氷と炎の歌

剣嵐の大地

〔上〕

ジョージ・R・R・マーティン
岡部宏之訳

早川書房
7086

A STORM OF SWORDS

by

George R. R. Martin

Translated by
Hiroyuki Okabe
Published 2012 in Japan by
HAYAKAWA PUBLISHING, INC.
This book is published in Japan by
arrangement with
THE LOTTS AGENCY, LTD
through JAPAN UNI AGENCY, INC., TOKYO.

目次

北部
凍結海岸
風哭きの峠道
スカーリング・パス
霜の牙
フロストファング
クラスターの砦
〈幽霊の森〉
〈壁〉
影の塔
シャドウ・タワー
黒の城
カースル・ブラック
海を望む東の物見城
イーストウオッチ・バイ・ザ・シー
スカゴス島
〈氷の入江〉
熊の島
ベア・アイランド
〈海豹の入江〉
アザラシ
最後の川
カーホールド城
海竜岬
シー・ドラゴン・ポイント
深林の小丘城
ディープウッド・モット
〈狼の森〉
ウィンターフェル城
ドレッドフォート城
ホワイトナイフ川
トーレンの方塞
ズ・スクウエア
岩石海岸
ストーニイ・ショア
〈王の道〉
折れ枝川
ブロークン・ブランチ
古墳地帯
バロウランズ
バロウトンの町
白い港
ホワイト・ハーバー
寡婦の物見城
ウイドウズ・ウオッチ
細流地域
リルズ
熱病川
フィーバー
要塞ケイリン
モウト
古き城
オールドカースル
ソルトスピア
地峡
ネック
〈白浪湾〉
ザ・バイト
フィンガーズ
クラーケン岬
灰色沼の物見城
グレイウオーター・ウオッチ
三姉妹諸島
スリー・シスターズ
鉄諸島
くろがね
双子城
ツインズ
オールド・ウィック島
海の護り城
シーガード
緑の支流
アリンの谷間
ヴエイル
高巣城
アイリー
〈血みどろの門〉
パイク城
グレート・ウィック島
青の支流
ジェイムズ・シンクレア作図
リヴァーラン城
赤の支流

南部
三姉妹諸島
フィンガーズ
〈王の道〉
双子城
鉄諸島
ブラックタイド島
緑の支流
海の護り城
オークモント島
アリンの谷間
青の支流
ハーロー島
高巣城
パイク城
三叉鉾河
〈血みどろの門〉
ガルタウン
タンブルストーン河
赤の支流
十字路の旅籠
潮だまりの町
リヴァーラン城
ダリー城
〈蟹の入江〉
フェア島
蟹爪島
ハレンの巨城
鋏み割りの蟹爪岬
ゴールデン・トゥース
黄金の歯
〈顔のある島〉
〈王の道〉
乙女の池の町
ドラゴンストーン城
神の目湖
ケイスの町
ダスケンデール
キャスタリーの磐城
ドリフトマーク城
枝角城
ラニスポート
キングズ・ランディング
ロズビー城
尖頭岬城
〈黄金の道〉
ブラックウォーター河
ブラックウォーター湾
マッセイの鉤状砂嘴
河間平野
クレイクホール城
〈王の森〉
〈海の道〉
N
黄金樹林城
ウェンドウォーター川
〈薔薇の道〉
ビターブリッジ
タース島
マンダー河
古き樫城
嵐の果て城
日没海
アッシュフォード
楯諸島
破船湾
ハイガーデン城
〈雨の森〉
ドーンとの境界地方
ブライトウォーター城塞
角の丘城
〈骨の道〉
怒りの岬
ドーン海
オールドタウン
王墓城
高台城
黒山城
ドーン
岩山の頂城
星降る城
折れた腕
神麗城
砂岩城
地獄の巣穴城
サンスピア宮
レモンウッド城
アーバー島
塩の浜辺城
ジェイムズ・シンクレア作図

〈壁〉の外の土地
［北部の砦］
1 橋のたもとの西の物見城（ウエストウオッチ・バイ・ザ・ブリッジ）
2 影の塔（シャドウ・タワー）
3 見張り台（センチネル・スタンド）
4 灰色の楯（グレイガード）
5 石の扉（ストーンドア）
6 霜の丘（ホアフロスト・ヒル）
7 氷の疵（アイスマーク）
8 夜の砦（ナイトフォート）
9 深い湖（ディープ・レイク）
10 王妃の門（クイーンズゲート）
11 黒の城（カースル・ブラック）
12 樫の守り（オークンシールド）
13 池の端の森の物見城（ウッズウオッチ・バイ・ザ・プール）
14 黒貂の館（セイブル・ホール）
15 霧氷の門（ライムゲート）
16 長形墳（ロングバロウ）
17 篝火（ザ・トーチズ）
18 緑の楯（グリーンガード）
19 海を望む東の物見城（イーストウオッチ・バイ・ザ・シー）
常冬（とこふゆ）の土地（地図はない）
ゼン
ミルクウォーター川
風哭きの峠道（スカーリング・パス）
霜の牙（フロストファング）
〈最初の人々の拳（フィスト）〉
枝角川
〈幽霊の森〉
クラスターの砦
ホワイトツリー
〈壁〉
峡谷川
〈ブランドンの贈り物（ギフト）〉
王妃の冠（クイーングクラウン）
〈新しい贈り物（ニュー・ギフト）〉
〈氷の入り江〉
〈王の道〉
〈海豹（アザラシ）の入り江〉
ハードホーム
ストロルド岬
震顫海（しんせん）
スカゴス島
R.G.

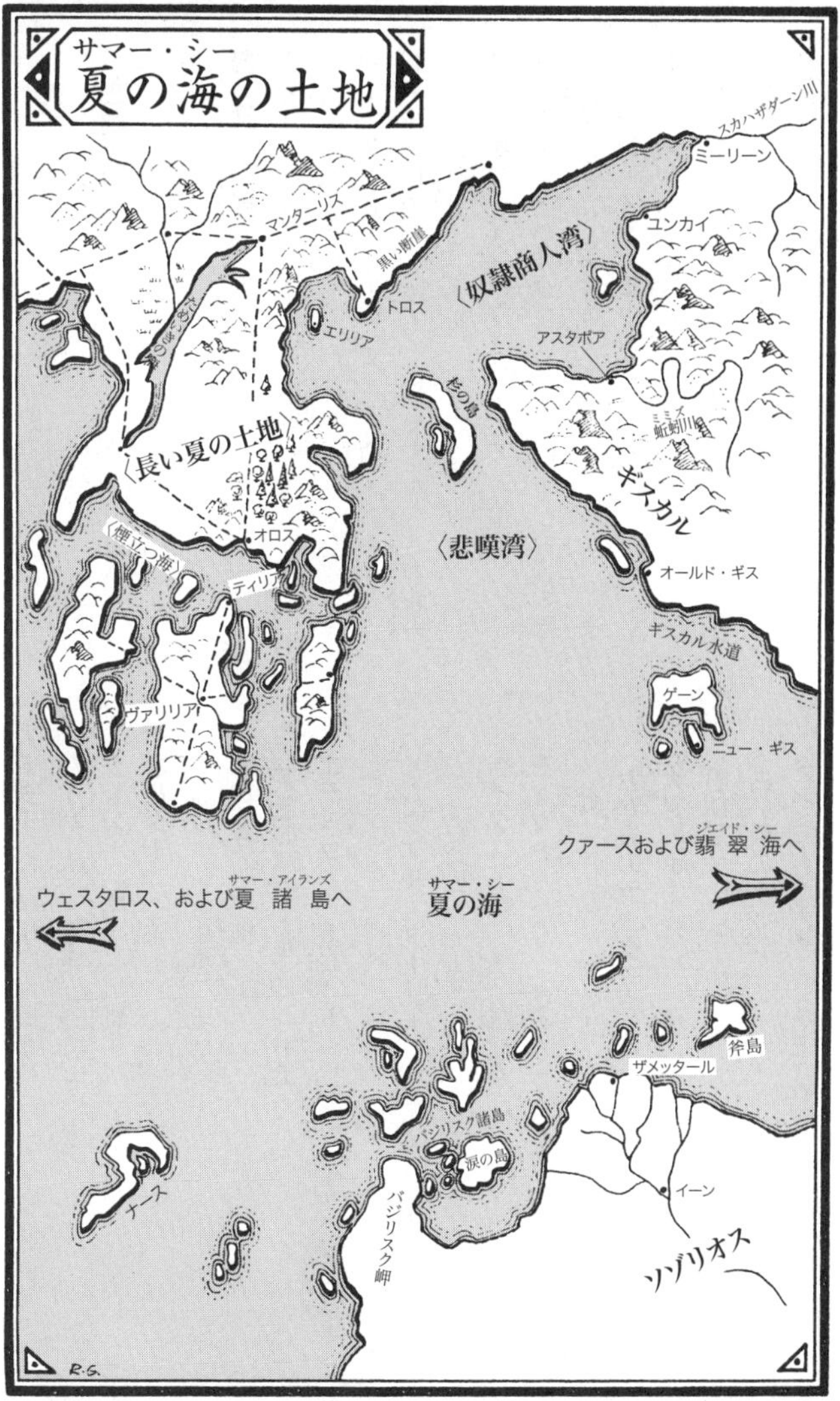

サマー・シー
夏の海の土地
スカハザダーン川
ミーリーン
ユンカイ
マンターリス
黒い断崖
〈奴隷商人湾〉
トロス
エリリア
アスタポア
杉の島
ミミズ
蚯蚓川
〈長い夏の土地〉
ギスカル
オロス
〈悲嘆湾〉
〈煙立つ海〉
ティリア
オールド・ギス
ギスカル水道
ゲーン
ヴァリリア
ニュー・ギス
ジェイド・シー
クァースおよび翡翠海へ
サマー・アイランズ
ウェスタロス、および夏諸島へ
サマー・シー
夏の海
斧島
ザメッタール
バジリスク諸島
涙の島
ナース
イーン
バジリスク岬
ソゾリオス
R.S.

主要登場人物

■〈冥夜の守人(ナイツ・ウォッチ)〉の遠征隊

ジオー・モーモント　〈冥夜の守人(ナイツ・ウォッチ)〉総帥。〈熊の御大(オールド・ベア)〉
サー・マラドール・ロック　哨士(レンジャー)
ドネル・ヒル　サー・マラドールつきの雑士(スチュワード)。〈色男(スイート)のドネル〉
サー・オッティン・ウィザーズ　哨士(レンジャー)
ジャーマン・バックウェル　哨士(レンジャー)。巨人の階段(ジャイアンツ・ステア)偵察中に行方不明
トーレン・スモールウッド　哨士(レンジャー)
ブレイン　影の塔(シャドウ・タワー)の哨士(レンジャー)
ベドウィック　哨士(レンジャー)。通称〈でかぶつ(ジャイアント)〉と呼ばれる小男
バネン　哨士(レンジャー)
トダー　哨士(レンジャー)。〈がま(トウド)〉
パイパー　哨士(レンジャー)。通称ピップ
グレン　哨士(レンジャー)。〈野牛(オーロクス)〉
ホルダー　工士(ビルダー)
ダイウェン　樵士(フォレスター)
〈木挽き(ソーウッド)〉　樵士(フォレスター)
〈茶色(ブラウン)のバナール〉　哨士(レンジャー)
エディソン・トレット　雑士(スチュワード)。〈陰気な(ドロラス)エッド〉
サムウェル・ターリー　雑士(スチュワード)。ランディル公の長男
ヘイク　雑士(スチュワード)。料理人
チェット　もとメイスター・エイモンつきの雑士(スチュワード)
〈おかまのラーク〉　雑士(スチュワード)
〈大男(スモール)のポール〉　雑士(スチュワード)
〈忍び足(ソフトフット)〉　哨士(レンジャー)
〈白い目(ホワイトアイ)のケッジ〉　哨士(レンジャー)
タンバージョン　哨士(レンジャー)

ゴウディ　哨士（レンジャー）
〈短刀（ダーク）〉　哨士（レンジャー）
〈片手（ロップハンド）のオロ〉　哨士（レンジャー）
〈不潔男（グラッブズ）〉　哨士（レンジャー）
〈内反足（クラブフット）のカール〉　雑士（スチュワード）

■ジェイミーの旅

サー・ジェイミー・ラニスター　〈王の楯（キングズガード）〉総帥。太后（クイーン）サーセイの双子の弟。〈王殺し（キングスレイヤー）〉
サー・クレオス・フレイ　ジェイミーの従弟
ブライエニー・タース　タースのセルウィン公の娘。もと〈虹の楯（レインボウガード）〉
ヴァーゴ・ホウト　自由都市クォホール出身の傭兵。〈山羊（ヤギ）〉。傭兵部隊〈勇武党（ブレイヴ・コンパニオンズ）〉、通称〈血みどろ劇団〉の隊長
アースウィック　ヴァーゴの副長。〈勇武党〉員。〈酒びたり（フェイスフル）〉
ティメオン　〈勇武党〉員。ドーン出身のならず者
ロージ　〈勇武党〉員。鼻のないの凶悪犯
〈噛みつき魔（バイター）〉　〈勇武党〉員。鋭い歯の凶悪犯

■リヴァーラン城

ホスター・タリー公　リヴァーラン城の城主
サー・ブリンデン・タリー　ホスター公の弟。〈漆黒の魚（ブラックフィッシュ）〉
サー・エドミュア・タリー　ホスター公の長男。リヴァーラン城の城代
レディ・キャトリン・スターク　ホスター公の長女。［エダード公］の未亡人
ロブ・スターク　〈北の王〉。ウィンターフェル城の城主。［エダード公］の長男。十六歳。〈若き狼〉
グレイウィンド　ロブの大狼（ダイアウルフ）
ジェイン・ウェスタリング　ロブの妻。岩山（クラッグ）城城主ガウエン公の長女。十六歳

レディ・サイベル・ウェスタリング　ガウエン公の妻。ジェインの母

サー・ロルフ・スパイサー　レディ・サイベルの弟。岩山（クラッグ）城の城代

サー・レイナルド・ウェスタリング　ガウエン公の長男。〈貝殻の騎士〉

エレイナ・ウェスタリング　ガウエン公の次女。十二歳

ロラム・ウェスタリング　ガウエン公の次男。ロブの従士。九歳

ジョン・アンバー公　最後の炉端（ラスト・ハース）城の城主。〈グレート・ジョン〉

ジョン・アンバー　ジョン公の嫡男。〈スモール・ジョン〉

リカード・カースターク公　カーホールド城の城主

［エダード・カースターク］　リカード公の長男。〈囁きの森〉で戦死

［トーレン・カースターク］　リカード公の次男。〈囁きの森〉で戦死

ジェイソン・マリスター公　海の護り（シーガード）城城主

パトレック・マリスター　ジェイソン公の息子

タイトス・ブラックウッド公　使い鴉の木城館（レイヴンツリー・ホール）の城主

レディ・メイジ・モーモント　熊の島（ベア・アイランド）の女公

デイシー・モーモント　レディ・メイジの嫡女

サー・マーク・パイパー　クレメント公の長男。ピンクの乙女（メイドン）城の跡継ぎ

サー・パーウィン・フレイ　ウォルダー・フレイ老公の十五男

マーティン・リヴァーズ　ウォルダー公の落とし子

タイオン・フレイ　レディ・ジェナ・ラニスターの三男。リヴァーラン城の虜囚

ウィレム・ラニスター　サー・ケヴァンの息

子。リヴァーラン城の虜囚

アサライズ・ウェイン　リヴァーラン城家令

サー・ロビン・ライガー　同衛兵隊長

〈背高（ロング）のルー〉　同衛兵

デルフ　同衛兵

エルウッド　同衛兵

サー・デズモンド・グレル　同武術指南役

ヴァイマン　同学匠（メイスター）

〈へぼ詩人（ライマー）のライマンド〉　同吟遊詩人

■アリアの旅

アリア・スターク　［エダード公］の次女。十歳。〈足手まといのアリア〉〈ひよこ〉

ジェンドリー　武具職人の徒弟。［ロバート一世］の落とし子。〈牡牛（ブル）〉

ホット・パイ　孤児。パン屋の息子

〈七つ川（セヴンストリームズ）のトム〉　ベリック公配下の逆徒（アウトロー）。吟遊詩人

レム　同逆徒。もと王の兵士。〈レモンクロークのレム〉

アンガイ　同逆徒。境界地方（マーチズ）出身の弓兵。〈射手（アーチャー）〉

ハーウィン　同逆徒。もとウィンターフェル城の兵士

〈幸あれかしのジャック〉　同逆徒

〈緑の鬚（グリーンベアド）〉　同逆徒。タイロシュの傭兵

〈木の葉の淑女（レディ・オブ・ザ・リーヴズ）〉　黄色い森の木々の上に暮らす人々の長（おさ）。白髪の女性

レディ・レイヴェラ・スモールウッド　殻斗館（エイコーン・ホール）の女主人。シオマー公の妻

シャーナ　〈ひざまずく男の旅籠〉の女将

〈やどろく〉　シャーナの夫

〈小僧（ボーイ）〉　戦争孤児

■キングズ・ランディング

ジョフリー一世　少年王。［ロバート一世］の長男。十三歳

サンサ・スターク　［エダード公］の長女。

少年王のもと婚約者。十二歳

太后(クイーン)サーセイ　［ロバート一世］の未亡人。少年王の摂政

プリンセス・ミアセラ　［ロバート一世］の長女。十歳

プリンス・トメン　［ロバート一世］の次男。九歳

タイウィン・ラニスター　〈王の手〉。キャスタリーの磐城(ロック)の城主。西部総督。サーセイの父

サー・ケヴァン・ラニスター　タイウィン公の弟

ティリオン・ラニスター　サーセイの弟。〈小鬼(インプ)〉。もと〈王の手〉

ポドリック・ペイン　ティリオンの従士

ブロン　ティリオンの傭兵隊長

パイセル　小評議会参議。上級学匠(グランド・メイスター)

ピーター・ベイリッシュ公　小評議会参議。ハレンの巨城(ホール)の新城主。〈小指(リトルフィンガー)〉

ヴァリス　小評議会参議。宦官。密告者の長。〈蜘蛛(スパイダー)〉

サー・オズマンド・ケトルブラック　〈王の楯(キングズガード)〉

サー・マーリン・トラント　〈王の楯(キングズガード)〉

サー・アダム・マーブランド　〈王都の守人(シティ・ウォッチ)〉の新指揮官。ディモン公の嫡男

タイレク・ラニスター　サーセイの従弟。王都の暴動時に行方不明

メイス・タイレル公　ハイガーデン城の城主。南部総督

レディ・アレリー　メイス公の妻

レディ・オレナ・タイレル　メイス公の母。［ルーサー公］の未亡人。〈茨(いばら)の女王〉

アリック　レディ・オレナの護衛。〈左(レフト)〉

エリック　レディ・オレナの護衛。〈右(ライト)〉

レディ・ジャナ・フォソウェイ　メイス公の妹

サー・ガーラン・タイレル　メイス公の次男。

〈高士（ギャラント）〉
レディ・レオネット　サー・ガーランの妻
サー・ロラス・タイレル　メイス公の末男。
もと〈虹の楯（レインボウガード）〉の総帥。〈花の騎士〉
マージェリー・タイレル　メイス公の長女。
少年王の婚約者
メガ・タイレル　マージェリーの従妹
アラ・タイレル　マージェリーの従妹
エリノア・タイレル　マージェリーの従妹
メレディス・クレイン　マージェリーの友
ナイステリカ　マージェリーつきの司祭女（セプタ）
〈バターバンプス〉　タイレル家つきの道化師
パクスター・レッドワイン公　アーバー島の
領主
マシス・ロウアン公　黄金樹林城（ゴールデングローヴ）の城主
ジャイルズ・ロズビー公　ロズビー城の城主
レディ・タンダ　ストークワースの領主
ロリス　タンダの次女
シェイ　ロリスつき侍女。ティリオンの愛人
〈ムーン・ボーイ〉　道化師。曲芸師
サー・ドントス　もと騎士の道化師
チャタヤ　娼館の女主人
アラヤヤ　チャタヤの娘。十六歳の娼婦
ティメット　山の民。焼身族（バーンド・メン）の〈赤い手〉
チェラ　山の民。黒耳族（ブラック・イヤー）
シャッガ　山の民。石烏族（ストーン・クロウ）
〈銀の舌（シルバータング）のサイモン〉　吟遊詩人
モット　武具師の親方

■〈壁〉の向こう

ジョン・スノウ　〈冥夜の守人（ナイツ・ウォッチ）〉の総帥モー
モントつき雑士（スチュワード）。［エダード・スターク
公］の落とし子。十五歳。〈スノウ公（ロード・スノウ）〉
ゴースト　ジョンの大狼（ダイアウルフ）
［〈二本指（ハーフハンド）のクォリン〉］　影の塔（シャドウ・タワー）の哨士（レンジャー）。
ジョン・スノウに殺される
［エゲン］　禿頭で屈強な哨士（レンジャー）。風哭きの峠道（スカーリング・パス）
で戦死

〔〈従士〉ダルブリッジ〕　哨士(レンジャー)。風哭きの峠道(スカーリング・パス)で戦死

〔〈石の蛇(ストーンスネーク)〉〕　哨士(レンジャー)。登山の名手。風哭きの峠道(スカーリング・パス)で行方不明

マンス・レイダー　〈壁の向こうの王〉

ダラ　マンス・レイダーの妻

ヴァル　ダラの妹

ジャール　ヴァルの恋人

ハーマ　野人の戦頭(いくさがしら)。〈犬頭(ドッグズヘッド)〉

〈泣き男(ウィーパー)〉　野人の戦頭

スター　野人の戦頭。ゼン族の族長(マグナー)

ヴァラミア　皮装者(スキンチェンジャー)。〈六つの皮を持つ男(シックス・スキンズ)〉

〔オレル〕　皮装者(スキンチェンジャー)。風哭きの峠道(スカーリング・パス)でジョン・スノウに殺される

〔〈鴉殺し(クロウキラー)のアルフィン〉〕　野人の戦頭。〈二本指のクォリン〉に殺される

トアマンド　野人の戦頭。〈巨人殺し(ジャイアンツベイン)〉ほか、多くの異名の持ち主

〈鎧骨公(ロード・オブ・ボーンズ)〉　野人の戦頭。〈がらがら帷子(ラトルシャツ)〉

レニル　野人の戦士

リック　野人の戦士。〈長槍(ロングスピア)〉

ラグワイル　野人の女戦士。槍の妻(スピアワイフ)

イグリット　野人の女戦士。槍の妻

〈怪力のマグ〉　巨人族

■海の彼方の女王

女王(クイーン)デナーリス一世　狂王エイリス二世の唯一生き残った娘。〈嵐の申し子(ストームボーン)デナーリス〉〈焼けずのデナーリス〉〈ドラゴンの母〉

〔レイガー〕　デナーリスの兄。ロバート・バラシオンに斃(たお)される

〔ヴィセーリス〕　デナーリスの兄。〈乞食王〉。融けた黄金の王冠を戴き、死亡

〔カール・ドロゴ〕　デナーリスの夫。ドスラク人の王。戦傷が悪化して死亡

［レイゴ］　デナーリスとドロゴの息子。死産。妖女(メイジャイ)ミリ・マズ・ドゥールにより、胎内で殺された
ドロゴン　女王のドラゴン
ヴィセーリオン　女王のドラゴン
レイガル　女王のドラゴン
イリ　女王の侍女。十五歳
ジクィ　女王の侍女。十四歳
サー・ジョラー・モーモント　〈女王の楯(クイーンズガード)〉の総帥
アッゴ　〈女王の楯(クイーンズガード)〉。コーであり、血盟の騎手
ラカーロ　〈女王の楯(クイーンズガード)〉。コーであり、血盟の騎手
ジョゴ　〈女王の楯(クイーンズガード)〉。コーであり、血盟の騎手
イリリオ・モパティス　自由都市ペントスの豪商(マジスター)。デナーリスの支援者
〈闘士(ストロング)〉ベルウァス　イリリオの使者。もとミーリーンの去勢闘奴
アースタン　ベルウァスの従者。〈白鬚(ホワイトベアド)〉
グロレオ　イリリオの大型船《バレリオン》船長
クラズニス・モ・ナクロツ　アスタポアの奴隷商人
ミッサンデイ　通訳の少女。十歳
ザロ・ゾアン・ダクソス　クァースの交易(マーチャント)王(プリンス)
クェイス　仮面の女影魔導師
パイアット・プリー　クァースの黒魔導師
［ミリ・マズ・ドゥール］　神の妻にして妖女(メイジャイ)。ラザールの〈大いなる羊飼い〉神の使徒

■ブランの旅

ブラン・スターク　［エダード公］の次男。九歳
サマー　ブランの大狼(ダイアウルフ)
ミーラ・リード　灰色沼の物見城(グレイウォーター・ウォッチ)の城主ハウ

ランド公の娘。十六歳

ジョジェン・リード　ハウランド公の息子。十三歳。緑視力（グリーン・サイト）を持つ

ホーダー　ウィンターフェル城の馬丁

■ドラゴンストーン城

スタニス一世（バラシオン）　「ステッフォン公」の次男。ウェスタロス王を名乗る

王妃（クイーン）セリース　スタニスの妃

王女（プリンセス）シリーン　スタニス一世の娘。十一歳

エドリック・ストーム　「ロバート一世」の落とし子。デレナ・フロレントの息子

アレスター・フロレント公　〈王の手〉。王妃の伯父。ブライトウォーター城塞（キープ）の城主

サー・アクセル・フロレント　ドラゴンストーン城の城代。王妃の伯父

レディ・メリサンドル　〈光の王（ロード・オブ・ライト）〉の女祭司。〈紅の女（レッド・ウーマン）〉

［クレッセン］　学匠（メイスター）。相談役。治療師

パイロス　学匠（メイスター）。クレッセンの後継者

〈まだら顔（パッチフェイス）〉　道化師

サー・ダヴォス・シーワース　〈玉葱（タマネギ）の騎士〉。もと密輸業者。《黒いベータ（ブラック・ベサ）》船長

デヴァン　サー・ダヴォスの五男。スタニス王の従士

［モンフォート・ヴェラリオン公］　〈潮（タイズ）の主〉にして海標（ドリフトマーク）城の城主。ブラックウォーターの戦いで戦死

アードリアン・セルティガー公　蟹爪（クロー）島の領主。ブラックウォーターの戦いで虜囚に

ドゥラム・バー・エモン公　尖頭（シャープ・ポイント）岬城の城主。十五歳

サラドール・サーン　自由都市ライスの海賊、海の傭兵。巨船《ヴァリリアン》船長

コラーニ・サスマンテス　サーンの《シャヤラのダンス》船長

〈かゆ（ポリッジ）〉　牢番

〈八目鰻（ランプリー）〉　牢番

年代配列に関する覚書

〈氷と炎の歌〉は、たがいに何百キロも何千キロも離れた場所にいる登場人物の目を通して語られています。ある章は一日のことを、またある章はわずか一時間のことを扱っているけれど、二週間、一カ月、半年にわたる章もあります。このような構成なので、物語を厳密に逐次的に述べることは不可能で、重要な出来事が五千キロも離れた場所で同時に起こることもありえます。

本書『剣嵐の大地』の最初のいくつかの章は『王狼たちの戦旗』の最後のいくつかの章に続いておらず、また、部分的に重なってもいないことをお断りしておきます。本書の冒頭で扱うのは、〈最初の人々の拳（フィスト）〉やリヴァーラン城やハレンの巨城（ホール）や三叉鉾河（トライデント）畔で起こった出来事と、キングズ・ランディングでブラックウォーター河の合戦が行なわれている間に起こった出来事、およびその余波が続いている間の……

ジョージ・R・R・マーティン

ドラゴンの紋章だけでなく、実物を登場させろと
忠告してくれたフィリスのために

剣嵐の大地

〔上〕

プロローグ

その日は曇天で、ひどく寒く、犬たちは臭跡をたどろうとしなかった。

黒い牝犬は熊の通った跡をひと嗅ぎしただけで後ずさりし、後足の間に尻尾をはさんで、仲間の犬どものところにこそこそと逃げ帰った。寒風が吹きつけると、犬たちは意気地なく川岸に身を寄せ合った。チェットも重ね着した黒いウールと硬革（ボイルド・レザー）の間に、寒気がしみこむのを感じた。人間にとっても、獣たちにとっても、あまりにも寒かったが、どうしようもなかった。チェットは唇が歪み、頬と首一面に広がっているできものが、赤く炎症を起こしているように感じた。〝こんな所に来ずに、〈壁〉に残って使い鴉（レイヴン）の世話をし、年とったメイスター・エイモンのために火をおこしていれば、安全だったのになあ〟その身分を取り上げたのはジョン・スノウのやつだった。あいつと、あいつの友人のサム・ターリーだった。おれがここにいるのは、やつらのせいだ。この〈幽霊の森〉の奥深くで、猟犬の群れと一緒に骨の髄まで凍えているのは。

「こんちくしょう」かれは犬どもの注意を引くために、引き綱を強く引っ張った。「跡をつけろ、野郎ども。熊の足跡があるじゃないか。きさまら、肉を喰いたいのか、喰いたくないのか？　探し出せ！」だが、犬たちはクンクン鳴きながら、いっそう身を寄せ合うばかりだった。チェットはかれらの頭上で短い鞭を鳴らした。すると黒い牝犬がかれに向かって唸った。「犬の肉は、熊の肉と同じくらいうまいんだぞ」牝犬に警告すると、そのひと言ごとにかれの息が凍った。

〈おかまのラーク〉が脇の下に手をつっこみ、腕組みをして立っていた。かれは黒いウールの手袋をしていたが、いつも指が凍えてかなわんと文句をいっていた。「狩りをするには、いくらなんでも寒すぎる」かれはいった。「熊の野郎などくそくらえだ。こいつのためにおれたちが凍える価値はない」

「手ぶらで帰ることはできないぞ、ラーク」〈大男のポール〉が顔の大部分を覆っている茶色の頬髭の中から、どら声でいった。「そしたら、総帥がおかんむりだ」その大男のつぶれた獅子鼻の下に氷がついていた。鼻水が凍ってしまったのだ。かれは厚い毛皮の手袋をはめた大きな手で槍の柄をしっかりと握っていた。

「あの〈熊の御大〉も、くそくらえだ」〈おかま〉がいった。この男は鋭い顔立ちに神経質な目つきで、痩せていた。「モーモントは夜が明ける前に死ぬんだぞ、忘れたか？　やつがどう思おうと知ったこっちゃないぜ」

〈スモール・ポール〉は黒い小さな目をしばたたいた。こいつ、たぶん忘れてたんだ、とチエットは思った。こいつは愚かで、なんでも忘れるんだから。〈スモール・ポール〉がいった。「なぜ〈熊の御大（オールド・ベア）〉を殺さなくちゃならない？　おれたちが逃げ出して、やつをほったらかしておけばいいじゃないか？」

「やつがおれたちを放っておくと思うか？」ラークがいった。「やつは追っ手をかけておれたちを見つけ出すぞ。おまえ追い詰められたいか、このうすらとんかちめ？」

「とんでもない」〈スモール・ポール〉がいった。「それはいやだ。ごめんだよ」

「それなら、やつを殺すか？」ラークがいった。

「ああ」その大男は凍った川岸を槍の柄でどんと突いた。「やつに狩り出されちゃ困るからな」

〈おかま〉は脇の下から手を抜いて、チェットのほうを向いた。「おい、士官は全部殺す必要があるぞ」

チェットはそれを聞いて、うんざりした。「その話はもう終わった。〈熊の御大（オールド・ベア）〉は死ぬ、そして、影の塔（シャドウ・タワー）からきたブレインも。〈不潔男（グラッブズ）〉とイーサンも同様だ。あいつらは当直だから運が悪いんだ。ダイウェンとバネンは追ってくるから殺す。そして、〈豚の殿さま（サー・ピギー）〉は使い鴉を飛ばすから殺す。それだけだ。おれたちはかれらを静かに殺す。眠っている間にな。ひとつ悲鳴が上がれば、おれたちは蛆虫の餌になるんだぞ。一人残らず」かれのおできは赤く膿んでいた。「おのれの分を尽くし、仲間にもそれぞれ分を尽くさせるんだ。そして、ポール、覚えておけよ。三番目の当直の時にやるんだぞ。二番目じゃないぞ」

「三番目の当直だな」その大男は髭と凍った鼻水の間からいった。「おれと、〈忍び足(ソフトフット)〉だな。覚えておくよ、チェット」

今夜は月は出ないはずだ。そして、かれらは仲間の八人が歩哨に立つように、前もって当直の割りふりを細工していた。そして、馬の番にあと二人を。これ以上の準備はとてもできそうもなかった。しかも、今では、いつなんどき野人どもが襲ってくるかわからなかった。チェットはその前に、ここからずっと離れた所に脱出しているつもりだった。あくまで生きのびるつもりだった。

〈冥夜の守人(ナイツ・ウォッチ)〉の三百人の兵士は、馬で北に向かってきたところだった。黒の城(カースル・ブラック)から二百人。さらに影の塔(シャドウ・タワー)から百人が。これは生者の記憶にある最大の遠征で、〈冥夜の守人(ナイツ・ウォッチ)〉全兵力の三分の一に近かった。かれらはなんとしても、行方不明になったベン・スターク、サー・ウェイマー・ロイス、その他の兵士を見つけ、また、野人が住処(すみか)を離れて流出する理由を知るつもりだった。まあ、自分たちが〈壁〉を出たときよりも、いなくなったスタークやロイスのそばに近づいたとは決していえないが、野人たちがどこに行ったかはわかったのだった――かれらは神に見捨てられた霜の牙(フロストファング)の凍った高地に入りこんでいた。チェットにとって、かれらが時の終焉までそこにうずくまっていてくれても、いっこうにかまわなかった。

ところが、なんたることか、野人が下山を始めたというのだ。ミルクウォーター川に沿って。

　チェットが目を上げると、それが目の前にあった。その川の岩だらけの岸には氷の髭が生えており、霜の牙から薄いミルク色の水が際限なく流れ下っていた。そして今や、マンス・レイダーとその部下の野人たちが同様に流れ下ってきた。三日前にトーレン・スモールウッドが汗びっしょりになって戻ってきて、偵察隊の見たものを〈熊の御大〉に報告している間、その部下の〈白い目のケッジ〉が他の者たちに同じ話をした。「かれらはまだかなり山麓の上のほうにいるが、下ってきている」ケッジはたき火に手をかざしながらいった。「〈犬頭のハーマ〉が先鋒を率いている。あの瘡掻きのあばずれがな。ゴウディが彼女の野営地にこっそり上がって、焚き火のそばで彼女をはっきりと見たんだ。あのタンバージョンの馬鹿野郎が彼女を弓で射たいといったが、スモールウッドが止めたんだ」

　チェットがぶっきらぼうにいった。「何人ぐらいいるか見当がついたか？」

「すごく大勢だ。二万か、三万か。数えている暇はなかった。ハーマが連れているのは先鋒の五百人ぐらいだ。一人残らず馬に乗っている」

　焚き火のまわりの兵士たちは不安そうな視線を交わした。一ダースの馬に乗った野人を見かけるのさえ稀なのに、五百人とは……

「スモールウッドはバネンとおれに、先鋒のいる場所を大きく迂回していって、主力部隊を見てこいと命じた」ケッジは続けた。「やつらは際限もなく続いてくる。凍った川のようにのろのろと移動してくるんだ。一日に六、七キロぐらいのスピードだ。だが、自分らの村に帰るつもりはまったくないようだ。半分以上が女と子供だ。そして、山羊とか羊とかの家畜を追い立ててくる。野牛に橇(そり)さえも引かせている。積み荷は、毛皮の梱(こり)、脇腹肉、鶏の檻、バターを作る容器、紡ぎ車など、一切合切(いっさいがっさい)だ。騾馬(ラバ)や小型馬は背骨が折れるかと思われるほど重い荷物を背負っている。女たちも同様だ」

「そうやって、ミルクウォーター川に沿って下ってくるのか？」

「そういっただろう？」

ミルクウォーター川を下ってくれば、かれらは〈最初の人々の拳(フィスト)〉——〈冥夜の守人(ナイツ・ウォッチ)〉が野営地に選んだ古代の環状砦——のそばを通ることになる。指抜きほどのちっぽけな知性のある人間ならだれでも、ここから撤退して〈壁〉に舞い戻る潮時だとわかるはずだ。〈熊の御大(オールド・ベア)〉は忍び返しやら、落とし穴やら、鉄菱で〈拳(フィスト)〉の防備を固めたが、そのような大群に対してはそんなものはすべて無意味だ。もし、ここに留まっていれば、かれらに飲みこまれ、圧倒されてしまうだろう。

そして、スモールウッドは攻撃したがっていた。サー・マラドール・ロックの雑士(スチュワード)をしている〈色男(スイート)〉ことドネル・ヒルの話では、一昨夜、スモールウッドがロックのテントにやってきたということだった。サー・マラドールはもともとサー・オッティン・ウィザーズ老人と同じ考えを抱いていたので、〈壁〉への退却を促したのだが、スモールウッドは逆にかれを説得してその考えを変えさせようとした。「あの〈壁の向こうの王〉は、こんな北のほうにわれわれがいるとは決して考えないだろう」〈色男(スイート)のドネル〉はかれの言葉を伝えていった。「そして、やつのこの大軍は、剣のどちらの端を握ればよいかもわからない、役立たずの無駄飯喰いどもの集団だ。一撃をくらわせれば、戦意を喪失して、泣きわめきながら自分のあばら家に逃げ帰り、この先五十年は出てこないだろうよ」と。

〝三百人対三万人〟――チェットはこれは紛れもなく狂気の沙汰だといい、そして、サー・マラドールが説得されてしまい、二人がかりで今にも〈熊の御大（オールド・ベア）〉を説得しようとしているのは、狂気の沙汰の上塗りだといった。「ぐずぐずしていると、このチャンスは逃げてしまい、二度と戻ってはこないだろう」スモールウッドはだれかれとなく聞く耳をもつ者にいっていた。これに対して、サー・オッティン・ウィザーズがいった。「おれたちは〝人の領土を護る楯〟だぞ。つまらない目的で、その楯を放り出してはならんのだ」だが、これに対してトーレン・スモールウッドがいった。「切り合いになったら、もっとも確実な守りは、敵を切り殺すすばやい打撃であって、楯の陰に縮こまることではないぞ」と。

しかし、スモールウッドにもウィザーズにも指揮権はなかった。指揮権をもっているのはモーモント公であって、モーモント公は他の斥候たち――巨人の階段（ジャイアンツ・ステア）に登ったジャーマン・バックウェルとその部下、および、風哭きの峠道（スカーリング・パス）の偵察に出かけた〈二本指（ハーフハンド）のクォリン〉とジョン・スノウ――を待っていた。しかし、バックウェルと〈二本指（ハーフハンド）〉はなかなか帰ってこなかった。〝おそらく死んだのだ〟どこかの荒涼とした山頂で、ジョン・スノウがけつの穴を野人の槍に刺されて、青くなり、凍って横たわっているところを、チェットは思い描いた。そう思うと、頬がゆるんだ。〝あのいまいましい狼も、やつらが殺してくれたらいいのだが〟

「ここに熊はいない」かれはだしぬけに結論した。「古い足跡だけだ。〈拳〉に戻るぞ」

犬たちはかれと同様しきりに帰りたがって、かれを引き倒しそうになった。たぶん、餌をもらえると思ったのだろう。チェットは思わず笑った。もう三日間も犬たちに餌を与えていなかった。腹を空かせて、手に負えなくさせるためである。今夜、こっそり暗闇の中に逃げこむ前に、〈色男のドネル〉と〈内反足のカール〉が馬の繋ぎ綱を切ったら、この犬どもを馬の列の中に放つつもりだった。〝馬たちは牙をむき出した猟犬を見て、そこらじゅうでパニックを起こし、焚き火の中を駆け抜け、環状壁を跳び越え、テントを踏みにじるだろう〟大混乱のために、十四人の兵士がいないことにだれかが気づくのは何時間も後になるだろう。

ラークは最初、その倍の人数を仲間に入れたいといっていた。しかし、ばかで薄のろのおかまのようなやつの発言に、いったい何が期待できるだろうか？　仲間でないやつの耳に脱走のことを一言でもささやいたら、あっというまに首が飛ぶのだ。そう、十四人が適当な人数だ。それは、必要なことをするのに充分な人数であり、秘密が守れないほど大勢ではない。チェットは大部分の仲間を自分で集めたのだった。〈スモール・ポール〉はかれが誘った一人だった。かれは死んだ蝸牛よりものろのろしているとはいえ、〈壁〉でいちばん強い男なのだ。かれはかつて野人に抱きついて、その背骨を折ったことがある。また、〈ダーク〉も仲間に引き入れた。その名前はお気に入りの武器である短刀からきている。また、兵士たちが〈忍び足〉と呼ぶ小柄な白髪の男は、若いころ、百人の女を犯したが、かれが一物をぶちこむまで、どの女もかれの姿を見ず、物音を聞きもしなかったというのが、自慢の種だった。

この計画はチェットが立てたものだった。かれは利口な男で、メイスター・エイモン老人の雑士（スチュワード）をたっぷり四年間も務めていたのだが、ジョン・スノウがその仕事を奪って、友達の豚野郎にそれを与えてしまったのだった。今夜、でぶ豚のサム・ターリーを殺すとき、その耳元で「〈スノウ公（ロード・スノウ）〉によろしくな」とささやいてから、喉を掻き切って、あの分厚い脂肪の層から血をどくどくと流させてやるつもりだった。チェットは使い鴉については詳しいので、その点では問題ないだろう。ましてや、ターリーについて問題はなかった。ナイフでちょっと触れれば、あの臆病者はパンツを濡らして、べらべらと命乞いを始めるだろう。〝命乞いするならするがいい、そんなことしたってなんの役にもたちはしないぞ〟かれの喉を切り開いたら、〈壁〉に知らせが行かないように、鳥籠を開けて鳥どもをシッシッと追い払う。〈忍び足〉と〈スモール・ポール〉が〈熊の御大（オールド・ベア）〉を殺し、〈ダーク〉がブレインをやり、ラークとその仲間がバネンとダイウェン老人を黙らせる。自分たちの足跡を嗅ぎまわらせないようにだ。チェットたちは二週間分の食糧を蓄えていた。そして、〈色男のドネル〉と〈内反足のカール〉が馬の用意をする。モーモントが死ねば、指揮権はよぼよぼの老人であるサー・オッティン・ウィザーズに移る。そして〝かれは日没前に〈壁〉に向かって逃げ出しているだろう。そして、部下におれたちを追わせるような無駄なことはしないだろう〟

犬どもはかれを引っ張って、木々の間を進んだ。緑の葉の間から〈拳（フィスト）〉が天を突き上げているのが見えた。この日はあまりにも暗かったので、〈熊の御大（オールド・ベア）〉が松明を灯させていた。それで、その急峻な岩の丘の頂上を取り巻く環状壁に沿って、炎が大きな円を描いていた。

かれら三人は小川をじゃぶじゃぶと渡った。水は凍えるほど冷たく、水面に氷の板が広がりはじめていた。「おれは海岸に行くつもりだ」〈おかまのラーク〉が打ち明けた。「おれと、おれの仲間はな。舟を作って故郷の三姉妹(スリー・シスターズ)諸島に帰るんだ」

〝そして故郷に帰れば、脱走者とわかって、その愚かな首をはねられるのだぞ〟とチェットは思った。いったん誓約をすれば、〈冥夜の守人(ナイツ・ウォッチ)〉を離脱することはできなかった。七王国のどこにいっても、捕まって、殺されるのだ。

こんどは〈片手(ロップハンド)のオロ〉がしゃべっていた。舟でタイロシュに帰るのだと。かれがいうには、あそこではちょっとばかり盗みをしたくらいで、手を切断されることもないし、騎士の女房と寝ているところを見つかったくらいで、追放されて凍え死にさせられることもないと。チェットはかれと一緒に行こうかとも思ったが、あの土地の女々しい軟弱な言語を話すことができなかった。それに、チェットがタイロシュで何ができるだろうか？　魔女の沼地(ハグズ・マイア)で育って、これという特技ももっていないのだ。父親は一生涯、他人の土地を掘り返して、蛭(ヒル)をつかまえて過ごした。厚いなめし革の着物一枚になって、濁った水の中に入っていく。そして、上がってきたときには、乳首からくるぶしまで、びっしりと蛭がたかっている。それらの蛭を引き離すのを、チェットに手伝わせることもあった。その時、一匹の蛭がかれの手のひらにくっついたことがあった。かれはぞっとして、そいつを壁に打ちつけてつぶした。そうすると、父親はかれをひどく殴った。メイスターたちが蛭を一ダース一ペニーの割合で買い上げてくれるのだった。

ラークはその気になれば故郷に帰ることができる。そして、いまいましいタイロシュ人のやつらもだ。しかし、チェットはだめだった。かといってもし魔女の沼地（ハグズ・マイア）に帰らないとすれば、たちまち命がなくなるだろう。かれ自身はクラスターの砦の雰囲気が気に入っていた。あそこでクラスターは領主のように威張って暮らしていた。それなら、おれも同じようにしてもいいのではないか？　おかしなもんだなあ。蛭捕りの倅（せがれ）のチェットが砦持ちの領主になるなんて。旗印はピンクの地に一ダースの蛭にすればいい。それにしても、領主どまりでいいのか？　たぶん王になるべきだろう。〝マンス・レイダーは一介の鴉から身を起こした。おれだって、あいつと同じように王になれるだろう。そして、何人かの女房を抱えるだろう〟まだ床入りを迎えていない幼い娘たちを別にしても、クラスターは十九人の女房を持っていた。それらの女房の半数はクラスターのように年寄りで醜いが、それは問題にならない。年寄りの女房どもは料理や掃除に使ったり、人参（ニンジン）を引き抜かせたり、豚に餌を与えさせたりすることができる。その一方で、若い女房どもにベッドを温めさせ、子供を産ませればいいのだ。クラスターは、〈スモール・ポール〉が抱擁のひとつでもしてやったら最後、文句をいうことはないだろう。

　チェットがこれまでに知った女たちは、土竜の町（モウルズ・タウン）で買った売春婦だけだった。もっと若いころには、できものや腫れもののできたかれの顔をひと目見るなり、村の娘たちは気持ち悪がって顔を背けたものだった。最悪のやつはあのふしだら女のベッサだった。彼女は魔女の沼地（ハグズ・マイア）のあらゆる若者に対して股を開いたのだから、おれにも同じようにしていいはずではないか？　彼女は花が好きだと聞いて、おれはある日の午前中いっぱいかかって野の花を摘んだものだ。だが、彼女はおれの面前で笑い、おまえと寝るくらいなら、おまえの親父の蛭たちと寝たほうがましだとぬかした。彼女をナイフで刺すと、その笑いは止まった。その顔の表情がよかった。だから、おれはナイフを抜いて、もう一度刺した。七つ川（セヴンストリームズ）の近くでおれが捕まったとき、ウォルダー・フレイ老公はじきじきに出向いて裁きをつけるのを面倒臭がって、自分の私生児の一人、あのウォルダー・リヴァーズを差し向けた。次に気がついたときには、チェットは悪臭のする黒い悪魔のようなヨーレンと一緒に〈壁〉に向かって歩いていた。甘美な一瞬のために、一生を棒に振ってしまったのだった。

　だが今や、かれはそれを取り戻す気になった。そして、クラスターの女たちも。〝あの捩じくれた野人のじじいは当たり前のことをしている。ある女を女房にしたければ、その女とやればいいんだ。そして、醜いできものを我慢してもらえるように、花を摘んでやったりする必要はぜんぜんないのだ〟チェットはその過ちを二度と繰り返すつもりはなかった。

　これはうまくいくだろう、かれは百回も自分にいい聞かせた。〝おれたちがうまく抜け出すかぎりはな〟サー・オッティン・ウィザーズは影の塔（シャドウ・タワー）めざして南に向かうだろう。最短距離を通って〈壁〉に向かうだろう。おれたちのことなど気にしないだろう、ウィザーズのやつは。無傷で帰り着くことしか頭にないだろう。いっぽう、トーレン・スモールウッドだが、こいつは攻撃を強行したがるだろう。だが、サー・オッティンは骨の芯まで警戒心がしみついている。しかもかれのほうが上官だ。〝どうせ、それは問題にならないだろう。いったんおれたちが逃げてしまえば、スモールウッドはだれでも好きなやつを攻撃すればいい。おれたちの知ったこっちゃないだろう？　もし、かれらの誰も〈壁〉に戻らなければ、誰もおれたちを捜しにはこないはずだ。おれたちも他の連中とともに死んだと思うだろうから〟

これは新しい考えだった。そして、一瞬その考えに誘惑されそうになった。しかし、スモールウッドに命令権を与えるためには、サー・オッティンとサー・マラドール・ロックを殺す必要があった。しかし、二人とも昼夜、部下に取り囲まれている……だめだ、危険があまりにも大きすぎる。

「チェット」哨兵の木（センチネル・ツリー）と兵士松（ソルジャー・パイン）が生えている林の中の岩だらけの獣道をたどりながら、〈スモール・ポール〉がいった。「あの鳥はどうする？」

「どの鳥だ？」薄らばかが鳥のことを口にするなんて、今のかれにとってこんなに不必要なことはなかった。

「〈熊の御大（オールド・ベア）〉の大鴉さ」〈スモール・ポール〉がいった。「もし〈熊の御大（オールド・ベア）〉を殺したら、だれがかれの鳥に餌をやる？」

「そんなこと、どうでもいいじゃないか。やりたいなら、その鳥も殺せよ」

「おれはどんな鳥も傷つけたくない」その大男がいった。「しかし、あれは口をきく鳥だぞ。おれたちの仕業を、あいつがしゃべったらどうしよう？」

〈おかまのラーク〉が笑った。「〈スモール・ポール〉、きさま城壁みたいに鈍いなあ」

「それをいうな」〈スモール・ポール〉が険悪な口調でいった。

「ポール」その大男があまり怒らないうちに、チェットがいった。「あのじじいが喉を搔っ切られて血の海に横たわっているのを見たら、だれかが彼を殺しましたと鳥に教えてもらう必要はないだろう」

〈スモール・ポール〉はこの意見をじっくりと考えた。「それはそうだ」かれは認めた。「じゃ、おれがあの鳥をもらってもいいかな？　あの鳥、好きなんだ」

「くれてやるよ」チェットはいった。かれを黙らせるためだけに。

「腹がへったら、いつでもあの鳥を喰えるわけだ」ラークがいった。

〈スモール・ポール〉の顔色がふたたび変わった。「おれの鳥を喰おうなんて考えないほうがいいぞ、ラーク。覚えとけ」

チェットは木々の間から人声が聞こえるのに気づいた。「静かに、二人とも。もう〈拳(フィスト)〉のそばだぞ」

森から出ると、丘の西側の崖のそばだった。それで、もっと傾斜のゆるやかな南側にまわっていった。森の端近くで、一ダースばかりの兵士が弓術の練習をしていた。木々の幹に人間の輪郭を描いて、それらに向かって矢を放っていた。「見ろ」ラークがいった。「豚が弓を持っているぞ」

確かに、いちばん手前の射手は〈豚の殿さま(サー・ピギー)〉その人だった。つまり、メイスター・エイモンの雑士(スチュワード)の地位をチェットから奪った、でぶのサムウェル・ターリーだった。そいつの姿を見ただけで怒りがこみ上げてきた。メイスター・エイモンの雑士(スチュワード)としての生活は、チェットがこれまでに経験した最上のものだった。とにかく、その目の悪い老人は要求の少ない人で、かれの用事の大部分はクライダスがこなしていた。だから、チェットの仕事は、使い鴉小屋の掃除をして、二つ三つ火をおこして、少しばかりの食べ物を運ぶだけでよかった……しかも、エイモンはかれを殴ったことは一度もなかった。〝ターリーのやつ、高貴な生まれで読み書きができるというだけで、いつでもおれの部屋に入ってきておれを追い出すことができると思っていやがる。あいつの喉をナイフで掻っ切る前に、このナイフを読んでみろといってやるか〟「おまえたち、先に行け」かれは他の者にいった。「おれは見物していく」犬どもがかれらと一緒に行こうとして綱を引っ張った。丘の上に餌が待っていると思っているのだ。チェットがブーツの先で牝犬を蹴ると、犬どもはいくらか鎮まった。

その太った少年が赤い満月のような顔をゆがめて精神を集中し、自分の背丈ぐらいもある長弓(ロングボウ)と格闘するのを、かれは木々の間から眺めた。前の地面に三本の矢が立ててあった。ターリーは矢をつがえ、弓を引き、狙いをつけるために長い間引き絞ったままでいて、それから、放った。矢は樹木の間に消えた。チェットは大声で笑った。いかにもばかにしたように鼻を鳴らして。

「もうあの矢は見つからないぞ。それもおれのせいにされるんだ」エッド・トレットがいった。それは陰気な白髪の雑士(スチュワード)で、みんなに〈陰気なエッド(ドロラス)〉と呼ばれていた。「おれがあの馬を見失って以来、何かがなくなると、みんながおれを見る。まるで、なんとかなったはずだとでもいうように。しかし、あの馬は白くて、雪が降っていたんだ。どうしようもなかったんだよ」

「あの矢は風に流されたのさ」〈ロード・スノウ〉の仲間の一人であるグレンがいった。

「弓をしっかり支えるんだ、サム」

「重いんだよ」その太った少年は不満をいったが、それでも二番目の矢をつがえた。こんどの矢は上に行き、的から三メートル上の枝の間を飛んでいった。

「おまえ、あの木の葉を一枚散らしたな」と〈陰気なエッド〉がいった。「秋が急速に近づいている。その手助けをする必要はないのに」かれはためいきをついた。「そして、秋の後に何が来るか、みんな知っている。ちくしょう、それにしても寒いな。最後の矢を射ろ、サムウェル。おれは舌が上顎に凍りつきそうだ」

〈サー・ピギー〉は弓を下ろした。難しすぎるよ、とわめき出すのではないかと、チェットは思った。

「つがえろ、引け、そして放て」グレンがいった。「さあ、やれ」

その太った少年はすなおに地面から最後の矢を引き抜き、長弓につがえ、弦を引き、そして放った。かれは最初の二回にやったように、目を細めて入念に矢に沿って狙いをつけることなく、すぐに矢を放った。それは木炭で描いた人の輪郭の胸の下のほうに突き刺さり、びりびりと震えた。「当たった」〈サー・ピギー〉は驚いた声を出した。「グレン、見たかい？　エッド、見ろよ、的に当てたぞ！」

「敵の肋骨の間に当たったと、おれならいうな」グレンがいった。

「敵を殺したかなあ？」その太った少年は、気にしていった。

トレットは肩をすくめた。「肺を破ったかもしれん。あいつに肺があれば。たいていの樹木にはないことになっているがな」かれはサムの手から弓を受け取った。「とにかく、このくらいへたなやつはほかにもいるし、おれだってときどき、へまをするよ」

〈サー・ピギー〉は顔を輝かせていた。その表情を見れば、かれが本当に重要な何かを達成したと思われるほどだった。だが、チェットと犬たちを目にすると、その笑顔は歪み、かれはヒッと声を上げて立ちすくんだ。

「おまえが射たのは立ち木だ」チェットはいった。「相手がマンス・レイダーの子分だったら、おまえがどんな射撃をするか見ものだな。やつらは腕を伸ばして、葉っぱをさらさら鳴らして、そこに突っ立ってはいないぞ。とんでもない。やつらはおまえの面前で絶叫し、まっしぐらに襲いかかってくるんだ。そして、きっとおまえはちびってパンツを濡らすんだ。そいつらの一人が、その小さい豚の目の中間に斧を打ちこむ。それがおまえの頭蓋骨に食いこむときのグサッという音が、おまえの最後に聞く音になるんだ」

太った少年は震えていた。〈陰気なエッド〉がその肩に手を置いた。「兄弟（ブラザー）」かれはチェットに向かって厳粛にいった。「おまえがそういう目にあったからといって、サムウェルが同じ目にあうとはかぎらんぞ」

「何の話だ、トレット？」

「おまえの頭蓋骨を断ち割った斧のことさ。おまえの知恵の半分が地面にこぼれて、それを犬どもが喰ったっていうのは本当かな？」

無骨な大男のグレンが笑った。そして、サムウェル・ターリーさえも弱々しく小さな笑いを浮かべることができた。チェットは、いちばんそばにいた犬を蹴り、引き綱を引っ張り、丘を登りはじめた。〝笑いたいだけ笑うがいい、〈サー・ピギー〉のやつめ。今夜だれが笑うか見るがいい〟かれはトレットも殺す時間がありますようにと、ひたすら願った。〝陰気な馬面の愚か者め。あれはああいうやつなんだ〟

〈拳（フィスト）〉のこちら側の斜面はもっとゆるやかだったが、それでも登るのはたいへんだった。途中まで登ったところで、犬たちが吠えだし、かれを引っ張った。すぐに餌がもらえると思ったのだ。餌の代わりにかれはブーツを味わわせてやった。そして、かれに嚙みつこうとした大きな醜い犬にぴしりと鞭を当てた。かれらを全部つなぐと、かれは報告に行った。

「〈でかぶつ（ジャイアント）〉がいったように、足跡がありました。しかし、犬どもは跡を追おうとはしませんでした」かれは総帥の大きな黒いテントの前で、モーモントにいった。「あんなに下のほうの川岸では、古い足跡かもしれません」

「残念だな」モーモント総帥は頭が禿げており、大きなもじゃもじゃの白い顎髭を生やしていて、見かけどおりの疲れた声を出した。「新鮮な肉を少し喰えば、みんなもっと元気が出たのになあ」その肩にとまっている大鴉が首をひょこひょこ動かして、口真似した。「ニク（クオーク）、ニク、ニク」と。

〝いまいましい犬どもを料理することもできるぜ〟とチェットは思ったが、〈熊の御大（オールド・ベア）〉にさがってよしといわれるまで、黙っていた。〝こいつにお辞儀をするのは、これが最後だ〟と、かれは満足して心の中でいった。気温がますます下がっていくように思われた。これ以上寒くなるなんて、絶対そんなことはありえないのに。犬たちは固く凍った地面に惨めに身を寄せあっていた。そして、チェットはかれらのあいだにもぐりこみたいという誘惑を、なかば感じた。だがそれはやめて、顔の下半分に、口のところだけ隙間をあけて、黒いウールのスカーフを巻きつけた。体を動かしつづけているほうが暖かいと気づいた。それで、サワーリーフを一束持って、砦の外縁部をゆっくりとまわっていき、見張りに立っている黒衣の兄弟（ブラザー）たちにそれを一、二枚与えて噛みながら、かれらの話を聞いた。この日、当直に立っている兵士はだれも、かれの計画の仲間ではなかった。だが、かれらが考えていることをいくらかでも知れば、役に立つだろうと思ったのである。

かれらの考えていることはたいてい、めちゃくちゃに寒いということだった。

物の影が伸びるにつれて、風が強くなってきた。風は細いかん高い音をたてて、環状壁の石の間を震えながら通り抜けてきた。「あの音は大嫌いだ」小柄な〈でかぶつ〉がいった。「藪の中で乳を欲しがって泣きわめいている赤子の声みたいだ」

かれがひとまわり歩きおえて犬たちのところに戻ってくると、ラークが待っていた。「士官どもがまた〈熊の御大（オールド・ベア）〉のテントに集まって、何か激しく議論しているぞ」

「あれはやつらの癖なんだ」チェットはいった。「ブレイン以外はみんな高貴な生まれだから、酒ではなく、言葉で酔っぱらうのさ」

ラークがかれににじり寄った。「例の馬鹿野郎があの鳥のことをしゃべりまくっているぞ」かれは、だれもそばにいないことを確認するようにあたりを見まわしながら警告した。「あのいまいましい鳥のために、餌の種を蓄えているか今たずねているところだ」

「あれは鴉だ」チェットはいった。「死体を喰うさ」

ラークはにやりとした。「ことによったら、やつの死体かな？」

〝あるいは、きさまのだ〟自分たちにはラークよりもあの大男のほうが必要だと、チェットには思われた。「〈スモール・ポール〉のことでいらいらするのはよせ。おまえはおまえの役目を果たし、あいつはあいつの役目を果たすんだ」

チェットが〈おかま〉を追い払い、剣を研ぐために腰を下ろしたころには、木々の間から夕闇が迫ってきていた。手袋をはめたままで剣を研ぐのはひどく厄介な作業だったが、手袋をはずそうとはしなかった。これほど寒いと、素手で鋼に触れるような愚かなことをすれば、手の皮が剝がれるからである。

日が沈むと、犬たちがくんくん鳴いた。チェットはかれらに水と罵声を与えた。「夜中になれば、餌にありつけるぞ」このころには夕食の匂いがしはじめていた。

チェットが炊事係のヘイクから堅パンの耳と、豆とベーコンのスープの椀を受け取っている間、ダイウェンが長々としゃべっていた。「森があまりにも静かすぎる」その年とった樵士（フォレスター）はいっていた。「あの川のそばには蛙がまったくいない。暗闇に梟（フクロウ）がまったくいない。こんな生気のない森の音は聞いたことがないぞ」

「おまえのその入れ歯の音もかなり生気がないぞ」とヘイクがいった。

ダイウェンは木製の入れ歯をカチカチ鳴らした。「狼もまったくいない。以前にはいたものだが、もうぜんぜんいない。あいつら、どこに行くのかなあ」

「どこか暖かい所だ」チェットがいった。

焚き火にあたっている一ダースあまりの兵士のうち、四人がかれの息のかかった男たちだった。かれは食事をしながら、横目で一人一人を鋭く観察し、脱落する気配がないか探ろうとした。〈ダーク〉は落ち着きはらって、無言ですわり、毎晩やるように剣を研いでいた。そして、〈色男のドネル〉はたわいない冗談ばかりいっていた。かれは歯が白く、唇が赤くふっくらしていて、黄色い頭髪の房が肩のあたりに格好よく垂れていた。そして、自分はラニスター家のだれかの私生児だと主張していた。たぶん、それは事実なのだろうが、チェットは美男子には用がなく、私生児にも用がなかった。しかし、〈色男のドネル〉は頑張りがききそうに見えた。

だが、兵士たちが〈木挽き(ソーウッド)〉と呼ぶ樵(フォレスター)士は——樹木に関することよりも、そのいびきのためにそう呼ばれるのだが——今では、もう二度といびきをかかないと思われるほど落ち着きを失っていたので、あまり信頼がおけなかった。そして、マズリンはもっとひどかった。こんな寒気の中で、顔から汗がたらたらと流れ落ちているのが見え、汗の粒がたくさんの濡れた宝石のように、焚き火の明かりを反射していた。しかも、マズリンは食事をせず、まるでスープの匂いを嗅ぐと吐き気がするとでもいうように、スープを見つめているだけだった。

〝あいつには注意する必要があるな〟とチェットは思った。

「集合！」突然この叫びが発せられ、つづいて十数人の声がそれを引きついで、丘の上の野営地のあらゆる部分に急速に広がっていった。「〈冥夜の守人（ナイツ・ウォッチ）〉の諸君！　中央の焚き火のところに集合しろ！」

　チェットは顔をしかめてスープを飲み干し、みんなの後に続いた。

　焚き火の前に〈熊の御大（オールド・ベア）〉が立ち、その後ろにスモールウッド、ロック、ウィザーズ、そしてブレインが一列に並んでいた。モーモントは厚い黒い毛皮のマントをまとい、その肩にあの大鴉がとまって、黒い羽毛をくちばしで整えていた。〝これはよい知らせではありえない〟チェットは〈茶色（ブラウン）のバナール〉と影の塔（シャドウ・タワー）からやってきた数人の兵士たちの間に割りこんだ。森の中の見張り役と環状壁の上の衛兵を別にして、全員が集合すると、モーモントは咳払いをして、唾を吐いた。吐かれた唾は地面に落ちる前に凍った。「諸君」かれはいった。「〈冥夜の守人（ナイツ・ウォッチ）〉の兵士たちよ」

「ヘイシ！」総帥の大鴉が金切り声で叫んだ。「ヘイシ！　ヘイシ！」

「野人たちが行進を始めた。ミルクウォーター川に沿って山を下ってくる。かれらの先鋒は間違いなく十日後にはわれわれに襲いかかると、トーレンはみている。かれらのもっとも精強な侵略部隊が、先鋒の〈犬頭のハーマ〉に付き従っているだろう。その他の者は後衛部隊を構成しているか、あるいは、マンス・レイダー自身と一緒にいる。他の部分では、戦士が進軍の列に沿って薄く散開しているだろう。かれらは牛、騾馬、馬……などを連れているが、ごく少数だ。大部分は徒歩で、武器も貧弱で、訓練を受けていない。かれらの所持する武器は鉄よりもむしろ石や骨のようなものだろう。かれらは足手まといの女、子供、羊や山羊の群れを引き連れ、しかもありとあらゆる家財道具を携えている。要するに、かれらは大軍だが、脆弱だ……そして、われわれがここにいるのを知らない。いや、われわれとしてはそう祈るしかない」

〝やつらは知ってるさ〟とチェットは思った。〝この膿疱（のうほう）じじいめ、やつらが知ってるのは日の出のように確実だ。〈二本指のクォリン〉がまだ帰ってきていないじゃないか、ちがうか？　ジャーマン・バックウェルだってそうだ。もし、かれらのどちらかが捕まっていれば、いまごろ、野人どもに歌のひとつやふたつ歌わせられていることは、おまえだって想像できるだろうに〟

スモールウッドが進み出た。「マンス・レイダーは〈壁〉を破り、七王国に激しい戦いを仕掛けるつもりだ。そうだ、これは二つの勢力が雌雄を決するゲームなのだ。明朝、われわれはかれらに戦いを挑む」

「払暁（ふつぎょう）、われわれは全員出動する」〈熊の御大（オールド・ベア）〉がそういうと、集合した兄弟（ブラザー）たちのあいだにつぶやきが広がった。「われわれは北に向かい、それから弧を描いて西に向かう。われわれが向きを変えるころには、ハーマの先鋒は〈拳（フィスト）〉をずっと通り越しているだろう。霜（フロスト）の牙（ファング）の麓の丘陵地には、奇襲攻撃に役立つ細くて曲がりくねった谷間がたくさんある。かれらの行列は何キロも伸びているだろう。われわれは何カ所かで同時に襲いかかり、こちらも三百ではなく、三千の兵力があるようにかれらに思わせる」

「われわれは強襲し、敵の騎兵が隊形を整えて向かってくる前に退却する」トーレン・スモールウッドがいった。「もし、かれらが追跡してくれれば、さんざん追わせておいてから、急旋回して、敵の隊列のずっと後ろをまた攻撃する。かれらの荷馬車を焼き、家畜を追い払い、できるだけ大勢を殺(や)る。もし見つかれば、マンス・レイダー本人も殺す。かれらが諦めて古巣に戻れば、われわれの勝ちだ。そうならなければ、〈壁〉までずっと追い立てて、かれらの通り道を死体の行列にしてやる」

「向こうは何万人もいる」チェットの後ろのほうでだれかがいった。

「おれたちは死ぬだろう」これは怯えて青くなっているマズリンの声だった。

「シヌ」モーモントの大鴉が黒い翼をばたつかせ金切り声でいった。「シヌ、シヌ、シヌ」

「われわれの多くがな」〈熊の御大(オールド・ベア)〉がいった。「もしかしたら、こちらが全滅するかもしれぬ。しかし、ある総帥が千年も前にいったように、だからこそわれわれは黒衣を着ることにしたのだ。なぜなら、〃われは暗黒の中の剣(つるぎ)なり。われは〈壁〉の上に立つ守人(もりうど)なり〃……」

「〃われは寒さに抗して燃える炎なり〃」サー・マラドール・ロックが長剣を抜いた。

「〃夜明けをもたらす光明なり〃」他の者たちが応答し、さらに多くの剣が鞘から抜かれた。

やがてすべての剣が抜かれた。三百人近くが剣を差し上げ、同数の声が叫んだ。「〃眠れる者を目覚めさせる角笛(ホルン)なり！　人間の領土を護る楯なり！〃」チェットもそれに声を合わせるしかなかった。かれらの息で霧がたちこめ、焚き火の明かりがキラキラと鋼に反射した。ラークと〈忍び足〉と〈色男のドネル〉が他の大ばかたちと同様に唱和するのを見て、かれは喜んだ。それでいいのだ。決行の時が迫っているのに、注意を引くのはばかげている。

　叫び声が消えると、環状壁をついばむ風の音がまた聞こえた。炎が渦巻き、震えた。まるで炎も寒がっているかのように。そして、突然の静寂の中で〈熊の御大（オールド・ベア）〉の大鴉が嗄（か）れた大声でまた叫んだ。「シヌ」と。

〃利口な鳥だ〃とチェットは思った。士官たちがみんなに、今夜は充分に食べて、ゆっくり眠れと警告して、解散させた。チェットは犬たちのそばの自分の毛皮の下にもぐりこんだ。頭の中は、うまくいかないかもしれないことでいっぱいだった。あのいまいましい誓いの言葉で、仲間の一人が心変わりしたら、どうする？　あるいは、三番目の当直のときに決行するのを〈スモール・ポール〉が間違えて、二番目のときにモーモントを殺そうとしたら、どうする？　あるいは、マズリンが臆病風に吹かれ、あるいはだれかが密告者になったら、あるいは……

　かれはいつのまにか夜の闇に耳を澄ましていた。風の音はまさに赤子の泣きわめく声のようで、ときどき、人声、馬のいななき、薪のはぜる音などが聞こえた。だが、それ以外には何も聞こえなかった。あまりにも静かだ。

　目の前にベッサの顔が浮かんだ。〃おまえにぶちこみたかったのはナイフではなかったんだぞ〃といってやりたかった。〃おれはおまえのために花を摘んでやったのに、野バラやヨモギギクやキンポウゲなどを、午前中いっぱいかかって――〃心臓がドラムのようにドキドキ鳴って、露営の仲間が目を覚ましはしないかと怖くなるほどだった。口をぐるりと取り巻いている髭に氷がついた。〃どうしてこんな気分になるのか、ベッサのためか？〃これまで彼女のことを思い出すときは、その死んでいく顔の表情を思い出すだけだったのに。おれはどうなってしまったのか？　ほとんど息もできない。眠っていたのだろうか？　かれは起き上がって膝で立った。すると何か冷たいものが鼻に触れた。チェットは見上げた。

雪が降っていた。

涙が頰に凍りつくのがわかった。〃ひどいじゃないか〃かれは泣き叫びたかった。おれが準備してきたあらゆることを、用心深いすべての計画を、雪が台なしにしようとしている。大雪になっていて、厚く白い雪片があたりいちめんに降ってきていた。雪の中で、どうやって食糧の蓄えを見つける、いや、東に向かってたどっていく獣道をどうやって見つけるんだ？　〃おれたちを追跡するのにダイウェンもバネンも必要ないだろう。新雪の中をおれたちが脱走するとすれば〃しかも、雪は地面の形を隠す。特に夜はそうだ。馬は木の根につまずくかもしれないし、石につまずいて脚を折るかもしれない。〃もうだめだ〃かれは悟った。〃始める前に失敗した。もうだめだ〃蛭捕り人の息子に領主の生活は待っていないだろう。自分のものと呼べる城はないだろう。女房も王冠もないだろう。野人の剣に腹を刺されるだけだ。そして、名もない墓に入るだけだ。〃雪(スノウ)はこのすべてをおれから取り上げてしまった……憎らしい雪(スノウ)めが……〃

スノウはかつてかれの生活を台なしにした。スノウとそのペットの豚野郎が。

チェットは立ち上がった。脚はこわばり、降る雪が遠方の松明の光をぼんやりしたオレンジ色の明かりに変えた。まるで青白く冷たいカブトムシの大群に襲われたように感じられた。それらはかれの肩に、頭にたかり、鼻や目に飛んできた。かれは罵りながらそれを払いのけた。〝サムウェル・ターリーのやつ〟かれは思い出した。〝まだ、〈サー・ピギー〉を始末することはできる〟かれは顔にスカーフを巻きつけ、頭巾を引き上げ、その臆病者が眠っている場所に向かって大股に野営地の中を通っていった。

雪があまり激しく降っているので、かれはテントの間で方向感覚を失った。だが、結局、その太った少年が岩と使い鴉の籠の間に自分用の小ぢんまりした風よけを作っている場所を見つけた。ターリーはたくさんの黒いウールの毛布とぼさぼさの毛皮の下に埋まっていた。かれは一種の柔らかくて丸い山のように見えた。チェットが鞘から短刀を引き抜くと、鋼がなめし革とこすれて希望のようにかすかな音をたてた。使い鴉の一羽が「カー」と鳴き、もう一羽が「スノウ」とつぶやき、格子の間から黒い目で覗いた。最初の使い鴉も自発的に「スノウ」とひと声付け加えた。チェットは注意深く一歩ずつ足を下ろして、使い鴉のそばをそっと通っていった。もしでぶの小僧が大声を出そうとしたら、左手で口を塞いでやる。それから……

ウウウウーーーーフウウウウーーーー。

かれは途中で足を止め、罵りたい気持ちを飲みこんだ。角笛の音は野営地をふるわせた。遠くかすかだったが間違えようがなかった。〝今はやめろ。ちくしょうめ、今はやめろ！〟〈熊の御大(オールド・ベア)〉は〈拳(フィスト)〉を取り巻く森のずっと先のほうに見張りをひそませていた。何かが接近するのを警戒するためである。〝ジャーマン・バックウェルが巨人の階段(ジャイアンツ・ステア)から戻ったのだろう〟とチェットは思った。〝あるいは〈二本指のクォリン〉が風哭きの峠道(スカーリング・パス)から戻ったのか〟一音の角笛吹奏は味方の帰還を意味する。もし、これが〈二本指〉なら、ジョン・スノウも生きて一緒にいるだろう。

サム・ターリーが腫れぼったい目をして起き上がり、わけのわからない様子で雪を見つめた。使い鴉どもが騒がしく鳴いており、チェットは自分の犬たちが鳴いているのも聞いた。〝ちくしょうめ、野営仲間の半分は目覚めてしまった〟かれは手袋をはめた手で短剣の柄を握り、角笛の音が消えるのを待った。だが、それは消えたと思うまもなく、また聞こえてきた。しだいしだいに大きく。

ウウウウウウーーーーーーフウウウウーーーーーーー。

「たいへんだ」サム・ターリーの情けない声が聞こえた。その太った少年はよろよろと膝で立ったが、その足にマントと毛布がからみついた。かれはそれらを蹴って払いのけ、近くの岩にかけてあった長い鎖帷子(チェーン・メイル)に手を伸ばし、その大きなテントのような上着を頭からかぶって中にもぐりこんだ。そして、そこに立っているチェットのほうをちらりと見てたずねた。

「二回だった？　二回の吹奏を聞いた夢を見たけど……」

「夢じゃない」チェットはいった。「二回の吹奏だ。〈冥夜の守人(ナイツ・ウォッチ)〉全員に武装しろと呼びかけているんだ。二回の吹奏は敵の接近の知らせだ。あそこに〝ピギー〟と書いた斧があるぞ、でぶ。二回の吹奏は野人を意味するんだ」その大きな満月のような顔に恐怖の色が浮ぶと、チェットは吹き出したくなった。「やつら全員、七つの地獄に落ちやがれ。ハーマのやつも、マンス・レイダーの野郎も。スモールウッドのやつ、当分の間やつらは襲ってこないだろうといったくせに――」

ウウウウウウウーーーーーーーーーーフウウウウウウウウウウウウーーーーーーーーーーーーー。

角笛の音は長く長く長く続いた。まるで決して消えることがないかのように。使い鴉たちはばたばた暴れ、金切り声を出し、籠の中を飛びまわり、格子に激しく体当たりした。そして、野営地全体で、〈冥夜の守人(ナイツ・ウォッチ)〉の兵士全員が起き上がり、甲冑をつけ、剣帯を締め、戦斧や弓に手を伸ばした。サムウェル・ターリーは立ち上がって震えており、その顔はあたり一面に渦巻きながら降ってくる雪と同じ色をしていた。「三つだ」かれは金切り声でチェットにいった。「三つだった。ぼくには三つ聞こえた。角笛を三つ吹くことは決してない。何百年も、何千年もなかったことだ。三つの吹奏は――」

「――〈異形（ジ・アザー）〉が来たという知らせだ」チェットは半分笑い声で、半分泣き声でいった。それから突然、下着が濡れた。チェットは小便が足を流れ下るのを感じ、ズボンの前面から湯気が立ちのぼるのを見た。

1――ジェイミー

東の風がサーセイの指のように柔らかく、またかぐわしく、ジェイミーのもつれた頭髪の間を吹きすぎた。小鳥の歌声が聞こえ、櫂（オール）が薄桃色の夜明けに向かって舟を進ませると、舟の下で川の水が動くのが感じられた。あのように長く暗闇の中にいたジェイミー・ラニスターにとって、外の世界はめまいを感じるほど心地よかった。〝おれは生きている、そして、日光に酔っている〟物陰からぱっと飛び出す鶉（ウズラ）のように、笑い声が唇から飛び出した。

「静かに」その娘が顔をしかめて文句をいった。彼女の幅広の不器量な顔には、微笑よりもしかめ面が似合った。といっても、彼女の笑顔をジェイミーが見たことがあるというわけではなかったけれども。鋲を打った革の胴着の代わりに、サーセイの絹のガウンを彼女が着ているところを想像して、かれはおもしろく思った。〝こいつに絹のドレスを着せるのは、牛に絹のドレスを着せるようなものだ〟

しかし、この牛は舟を漕ぐことができた。粗織りの茶色の半ズボンの下には、木彫りの腱のようなふくらはぎがあり、腕の長い筋肉が、オールで水を掻くたびに伸びたり縮んだりした。夜間の半分を漕ぎつづけた後でも、彼女は疲れの色を見せなかった。これは、もう片方のオールを漕いでいるかれの従弟のサー・クレオスにも勝る体力といってよかった。〝この娘は大柄で力強い農民の娘のように見えるが、口のききかたは高貴な生まれを思わせ、そのうえ長剣と短剣を吊っている。それにしても、あの剣を使えるのだろうか？〟ジェイミーは手枷足枷が外れたら、すぐにそれを見届けてやろうと思った。

かれの手首には鉄の手錠がはめられ、足首にもそれに相当する足枷がはめられ、長さ三十センチほどの重い鎖につながれていた。「ラニスター家の一員であるわたしの約束は不充分だと思うのだな」かれは鎖で拘束されるときに、冗談をいったものだった。そのころには、キャトリン・スタークのおかげで、かれは泥酔してしまっていたのだった。リヴァーラン城からの脱出については、ごく断片的な記憶しかなかった。牢番との間に多少のごたごたがあったが、この大柄な娘がそいつを打ち負かしてしまったのだった。その後、ぐるぐる、ぐるぐると、果てしもないような階段をのぼった。かれの足は草のように弱く、二、三度つまずき、結局、この娘が腕を貸して支えてくれたのだった。ある時点で、かれは旅行用のマントにくるまれて、小舟の底に押しこまれた。レディ・キャトリンがだれかに、水門の落とし格子を上げるように命じるのを聞いた記憶がある。彼女は反論を許さない口調で摂政太后(クイーン)に対する新しい条件を述べ立てて、それをキングズ・ランディングに持ち帰らせるために、サー・クレオスを送り出そうとしていた。

それから、ジェイミーはうとうとしたに違いなかった。ワインのおかげで眠気をもよおし、体を伸ばすのは気持ちがよかった。牢屋では鎖がその贅沢な楽しみを与えてくれなかったのだ。ジェイミーはずっと昔に、行軍しながら馬上でちょっとずつ眠る術を会得していたが、今の状態は決してそれより辛くなかった。〝脱出の途中でおれがどんな姿で眠ったか、ティリオンが聞けば、やつは笑い転げることだろう〟だが、今は目が覚めていて、手枷足枷が不愉快だった。「マイ・レディ」かれは呼びかけた。「この鎖をはずしてくれれば、オールを漕ぐのを交代してやるぞ」

彼女はまたしかめ面をした。その顔は馬のような歯と、疑惑の渋い表情に満ちていた。

「鎖はつけておきます、〈王殺し(キングスレイヤー)〉」

「娘よ、キングズ・ランディングまでずっと漕いでいくつもりか？」

「ブライエニーと呼びなさい。〝娘〟ではありません」

「わたしの名前はサー・ジェイミーだ。〈王殺し(キングスレイヤー)〉ではない」

「王を殺したことを否定するのですか？」

「いいや。きみは自分の性を否定するか？　もしそうなら、そのズボンを下ろして、証拠を見せろ」かれは無邪気に笑ってみせた。「その胴着を開けと頼みたいね。しかし、その外見では、たいした証明はできそうもないな」

サー・クレオスが苛立った。「従兄よ、礼儀を忘れるな」

〝この男には、ラニスター家の血は薄くしか流れていない〟クレオスは、ジェイミーの叔母ジェナとあの薄のろエモン・フレイの間に生まれた息子で、エモンはこのタイウィン・ラニスター公の妹と結婚した日以来、タイウィン公を恐れて暮らしていたのだった。ウォルダー・フレイ公がリヴァーラン城の側に立って、双子城を戦いに巻きこんだとき、サー・エモンは自分の父親への忠誠よりも、妻への忠誠を選んだのだった。〝キャスタリーの磐城はあの取引でひどい目にあった〟ジェイミーは回想した。サー・クレオスは鼬のような顔つきで、鵞鳥のように戦い、特別に勇敢な牝羊の勇気の持ち主だった。レディ・スターク、つまりキャトリンは、もし自分のメッセージをティリオンに届ければ、かれを解放してやると約束した。そして、サー・クレオスは厳かにそうすると誓ったのだった。

あの地下牢の中で、かれらはみんな誓約を交わした。とくにジェイミーは。それが、かれを解放するためのレディ・キャトリンの条件だった。彼女はその大柄な娘の剣先をかれの胸に当てていったのだった。「スタークに対しても、タリーに対しても、もう二度と武器をとらないと誓いなさい。わたしの娘たちを無事に無傷で返すという約束を履行するよう、おまえの弟に強要するのです。騎士としての名誉にかけて、ラニスターの一員としての名誉にかけて、〈王の楯〉の誓約の兄弟としての名誉にかけて、誓いなさい。おまえの命にかけて、父親の命にかけて、息子の命にかけて、古今の神々にかけて、誓いなさい。そうすれば、おまえを姉のところに送り帰してやる。断れば、おまえの血を流す」彼女が剣先をねじると、衣服を通して鋼が皮膚をつついたことを、かれは思い出した。

〝べろべろに酔っぱらって、鎖で壁につながれ、胸に剣先を押し当てられながらいった誓約の尊厳について、総司祭(ハイ・セプトン)はなんというだろうか？〟といっても、ジェイミーはあのでぶの食わせ者や、そいつが奉仕していると主張する神々について、本当に関心をもっているわけではなかったけれども。あの地下牢で、レディ・キャトリンが糞尿の手桶を蹴倒したことをかれは思い出した。不思議な女だ。名誉など屁とも思わない男に、自分の娘たちの命を託すとは。といっても、彼女はかれをほとんど信用していなかった。〝彼女はおれにではなく、ティリオンに希望を託しているわけだ〟「まあ、彼女はそれほど愚かではないのだろう」ジェイミーは声に出していった。

かれを捕らえている娘が聞き違えた。「わたしは愚かでもなく、耳が遠いわけでもありませんよ」

かれは彼女に優しくした。こいつをからかうのはあまりにも容易でおもしろみがないから。「独り言だよ。きみのことではない。牢屋に入っていると、すぐにそういう癖がつくのさ」

彼女はしかめ面を見せ、オールを押したり引いたりして、何もいわなかった。

〝彼女は顔も美しいが、話もうまいなあ〟「きみの話し方から見て、きみは高貴な生まれだと思う」

「父はタースのセルウィン。神々の恩寵により、夕暮れ(イーヴンフォール・ホール)城の城主をつとめています」彼女はしぶしぶ答えた。

「タース島か」ジェイミーはいった。「あれは〈狭い海〉の恐ろしい大きな岩だと記憶している。そして、イーヴンフォールは嵐の果て(ストームズ・エンド)城に忠誠を誓っている。そのきみがどうしてウィンターフェル城のロブに仕えているんだ？」

「わたしが仕えているのはレディ・キャトリンです。そして、彼女はわたしに、あなたとつまらない議論をするのではなく、キングズ・ランディングにいるあなたの弟のティリオンのところにあなたを連れていくように命令したのです。静かにしていなさい」

「沈黙はもううんざりだよ、きみ」

「では、サー・クレオスと話しなさい。わたしは怪物と話すつもりはありません」

ジェイミーは吹き出した。「このあたりに怪物がいるのかね？　もしかして、水の底にでも隠れているのだろうか？　あの柳の茂みの中かな？　そして、わたしは丸腰なのだよ！」

「自分自身の姉を犯し、自分の王を殺し、無邪気な子供を投げ落として殺すような男には、他の名前はふさわしくありません」

〝無邪気だと？　あのあわれな少年はわれわれを覗き見していたんだぞ〟あの時、ジェイミーが求めていたのは、サーセイと二人きりで一時間過ごすことだけだった。かれらの北への旅はひとつの長い拷問だった。あの大きいキーキー鳴る屋形馬車（ウィールハウス）の中で、ロバートが毎晩酔っぱらって彼女のベッドにもぐりこむのを知りながら、毎日彼女を見て、しかも手を触れることができなかったのだから。ティリオンはジェイミーを機嫌よくしておくために最善を尽くした。だが、それは充分でなかった。「サーセイについては、きみは礼儀正しくしなければならないぞ、娘さん」かれは彼女に警告した。

「わたしの名前はブライエニーです。〝娘〟ではありません」

「怪物がなんと呼ぼうと、気にすることはないだろう？」

「わたしの名前はブライエニーです」彼女は猟犬のようにしつこく繰り返した。

「レディ・ブライエニーか？」彼女があまりにも不愉快な顔をしたので、それが彼女の泣きどころだとジェイミーは感じた。「それとも、サー・ブライエニーのほうがもっときみの趣味に合うのかな？」かれは笑った。「いや、そんなことはないだろう。尻当、頸当、馬面をつけ、絹ずくめの馬鎧を着せて、乳牛を飾り立てることはできる。だが、そうかといって、それにまたがって合戦に突入することはできないよ」

「従兄、ジェイミーよ、頼むから、そんな乱暴な口をきかないでくれ」サー・クレオスはマントの下に、フレイ家の双子の塔とラニスター家の黄金の獅子を四分区に配置した外衣を着ていた。「長い道中だ。仲間うちで喧嘩すべきではないよ」

「喧嘩するなら剣を使うさ。わが従弟よ、わたしはレディと話をしているんだ。ねえ娘さん、タースの女性はみんなきみのように不器量なのかね？　もしそうなら、男がかわいそうだ。海に囲まれた陰鬱な山に暮らす男たちは、本物の女がどんな姿をしているか、たぶん知らないだろう」

「タースは美しい」その娘はオールを漕ぐ合間に唸るようにいった。「サファイアの島と呼ばれている。さるぐつわをはめられたくなければ、黙っていなさい、怪物め」

「彼女も不作法だぞ。違うか、従弟よ？」ジェイミーはサー・クレオスにたずねた。「彼女の背骨は筋金入りだ、それは認める。わたしの面前で、あえて怪物呼ばわりするやつは、男でもそう多くはない」〝もっとも、背後ではいいたいことをいっているだろうが〟

サー・クレオスは神経質に咳払いした。「レディ・ブライエニーはこれらの間違った話をキャトリン・スタークから教わったにちがいない。スターク家はきみたちを剣で打ち負かす望みはないのだよ、きみ。だからこんどは毒のある言葉で戦うのさ」

〝かれらは実際に剣でおれを負かしたんだ、この軟弱な腑抜けめ〟ジェイミーは心得顔に微笑した。人々は放っておかれれば、あらゆる種類の事柄を心得顔の微笑に読みこむものだ。

〝従弟のクレオスは本当におれが無実だなどと信じ、この鍋の糞を飲み下したのか、それとも機嫌を取ろうと努力しているのだろうか？　ここにいるのは何者か。正直な薄らばか、それとも卑屈な腰巾着か？〟

サー・クレオスは楽しげにペラペラとしゃべりつづけた。「〈王の楯(キングズガード)〉の一員が子供を傷つけるなんてことを信じるやつは、名誉の意味を知らないのさ」

〝腰巾着め〟実をいうと、ジェイミーはブランドン・スタークを窓の外に投げ出したことを後悔しはじめていた。あとになって、サーセイはその少年が死を免れたことを知ると、ジェイミーに向かってしつこく文句をいったのだった。「かれは七歳だったのよ、ジェイミー」彼女は激しく非難した。「たとえ、あの子が見たものを理解したとしても、脅して黙らせることもできたはずよ」

「そいつは考えなかったなあ。まさかきみが――」

「あなたは決して考えない人よ。もし万一あの子が意識を回復して、見たことを父親に話せばーー」

「もし、もし、もしだ」かれは彼女を膝の上に引っ張り上げていた。「もし、あの子が意識を回復したら、かれは夢を見ていたとわれわれはいおう。嘘つきと呼ぼう。そして、万一の場合は、おれがネッド・スタークを殺す」

「そうしたら、ロバートはどうすると思うの？」

「ロバートには好きなようにやってもらう。必要とあらば、かれと戦うつもりだ。〝サーセイの玉門を争う合戦〟と吟遊詩人たちは呼ぶだろうよ」

「ジェイミー、手を放してよ！」彼女は激怒して、立ち上がろうともがいたものだ。

だが、その代わりに、かれは彼女にキスをした。一瞬、彼女は抵抗したが、やがてかれの口の下で、彼女は口を開いた。その時、彼女の舌にワインとクローブの味がしたことを、かれは覚えていた。彼女は身震いした。かれは彼女の胴着に手を伸ばして、ぐいと引っ張り、絹を引き裂いて、乳房を露出させた。こうして、しばらくの間、スタークの少年のことは忘れられたのだった。

サーセイはこの後で少年のことを思い出し、その子が二度と目覚めないように、キャトリンがいっていたあの男を雇ったのだろうか？　〝もし、彼女があの子の死を望んでいたなら、おれを派遣しただろうに。それに、このようなひどい殺しそこないをするような手先を選ぶとは、彼女らしくないぞ〟

下流では、風に吹かれてさざ波の立っている川面（かわも）に、朝日がきらきらと反射していた。南の岸は赤土で、道路のようになめらかで、小さな川が大きな川に流れこみ、水没した木々の腐りかけた幹が岸にしがみついていた。北の岸はもっと荒々しかった。高い岩の断崖がかれらの六メートル上にそびえ、その上に橅（ブナ）、樫（オーク）、栗（クリ）の木が生えていた。ジェイミーが眺めると、前方の高地に見張り塔が建っているのが目に入った。それは、オールが動くたびに伸び上がってきた。その風化した石は蔓（ツル）バラに覆われていて、そばを通るずっと前から、その塔が建ったまま放棄されているのだとわかった。

　風向きが変わると、サー・クレオスは大柄な娘に手を貸して、赤と青の縞模様の帆布でできた三角のこわばった帆を上げた。タリー家の色である。もし、川面でラニスターの軍勢に出会ったら、厄介なことになるのは確実だった。しかし、かれらにはこの帆しかなかったのだ。ブライエニーが舵を取った。ジェイミーは鎖をじゃらじゃら鳴らしながら、リーボード（風による横流れ軽減のため、水中におろす板）をおろした。その後は、風と水流の両方がかれらの脱出に味方して、スピードが上がった。「わたしを弟に届ける代わりに父に届ければ、旅程をうんと短縮できるのにな」かれは指摘した。

「レディ・キャトリンの娘たちはキングズ・ランディングにいます。わたしはその少女たちを連れて帰るか、永遠に帰らないか、どちらかです」

　ジェイミーはサー・クレオスのほうを向いた。「おい、そのナイフを貸してくれ」

「いけません」女が緊張していった。「あなたに武器を与えるつもりはありません」彼女の声は石のように揺るぎなかった。

〝彼女はおれを恐れている。鉄の鎖につながれているのに〟「クレオス、この髪を剃ってくれと頼まねばならないようだなあ。髭を残して、わたしの頭髪を剃ってくれ」

「丸坊主にしてほしいのかね？」クレオス・フレイがたずねた。

「ジェイミー・ラニスターは長い金髪の、髭のない騎士だと、国民は思っている。汚い黄色の髭を生やした禿げ頭の男なら、気づかれずに通れるかもしれない。鎖につながれている間は、人に知られたくないのさ」

その短剣はあまり鋭利ではなかった。クレオスはジェイミーのもじゃもじゃの頭髪に勇ましく立ち向かい、ごしごし、がりがりと刈り取り、髪を船端から投げ捨てた。金色の巻き毛は川面に浮かび、しだいに船尾のほうに流れていった。それらが消えると、一匹の虱がかれの首を這いおりた。ジェイミーはそれを捕まえて、親指の爪でつぶした。サー・クレオスはかれの頭皮から他の何匹もの虱をつまみ取って、水中にはねとばした。ジェイミーは頭に水をかけ、サー・クレオスに短剣の刃を研がせてから、最後の一センチの刈り残しを剃り落とさせた。それがすむと、髭を整えさせた。

水に映った姿は、かれの知らない男だった。頭に毛がないばかりか、まるであの牢獄で五年も過ごしたような風体になっていた。顔は痩せ、目の下にくぼみができ、覚えのないしわができていた。〝これではあまりサーセイに似ていないなあ。あいつ、いやがるぞ〟

昼になるころには、サー・クレオスは眠ってしまっていた。そのいびきはまるで交尾している鴨のようだった。ジェイミーは体を伸ばして、流れ過ぎる世界に見入った。暗い地下牢にいた後は、岩や木のひとつひとつが珍しく感じられた。

一部屋だけの丸太小屋がいくつか来ては去った。それらは高い柱の上にのっていて、鶴のように見えた。住民の姿は見えなかった。鳥が頭上を飛んだり、岸沿いの林から叫び声を上げたりした。そして水中を銀色の魚がナイフのように泳ぐのが目に映った。〝タリーの鱒（マス）、悪い前兆だ〟だが、もっと悪いものが見えた――通りすぎる浮木の一本と見えたものが、血の気がなく膨れた死人だとわかったのだ。そいつのマントは倒木の根に絡みついていたが、その色は間違えようもないラニスター家の真紅だった。その死体は、自分の知り合いではなかったかと、ジェイミーは思った。

三叉鉾（トライデント）河の支流は、河川地帯（リヴァーランド）で品物や人間を動かすもっとも容易な道だった。平和なときなら、小舟に乗った漁師や、竿を使って下流に向かう穀物をのせた艀（はしけ）や、浮いている商店で針や反物を売る商人や、場合によっては、数十の色の布を縫い合わせた帆を上げた、派手な彩色の旅芸人の舟が、村から村に、城から城に、川をのぼっていくのに出会ったことだろう。

だが戦（いくさ）がすべてを変えていた。かれらはいくつかの村を通りすぎたが、村人の姿はなかった。切られ、裂かれて、木々から垂れ下がっている空（から）の網が、漁民の唯一のしるしだった。一人の若い娘が馬に水を飲ませていたが、かれらの帆がちらりと見えたとたんに、その馬に乗って行ってしまった。その後、ある城館の焼け跡で、十数人の農民が畑を耕しているところを通りすぎた。人々は鈍い目でかれらを見つめたが、その小舟が脅威でないと判断すると、すぐに労働に戻った。

赤の支流（レッド・フォーク）は幅が広く、流れがゆるやかで、くねくねと曲がりくねって流れ、ところどころに木の生えた小島があり、水面のすぐ下に潜んでいる砂州や沈み木などでしばしば水が塞（せ）き止められていた。だが、ブライエニーは危険を察知する鋭い目をもっているらしく、必ず水路を見出すようだった。きみは河のことをよく知っているなと、ジェイミーがお世辞をいうと、彼女は疑わしそうな目でかれを見て、こういった。「河のことは知りません。タースは島です。わたしは馬に乗る前に、オールや帆の操作を覚えました」

サー・クレオスが起き上がって目をこすった。「ちくしょう、腕が痛いよ。この風が続いてくれるといいが」かれは風の匂いを嗅いだ。「雨の匂いがするぞ」

ジェイミーは雨がたっぷり降ればよいと思った。リヴァーラン城の地下牢は七王国の中でもっとも清潔な場所とはいえなかった。今では、かれの体は熟しすぎたチーズのような匂いがするに違いなかった。

クレオスはしかめ面をして下流を眺めた。「煙だ」

一本の細い灰色の指が、かれらを招くように曲がっていた。それは何キロも先の南岸から、捩じれたり渦を巻いたりしながら立ちのぼっていた。その下に大きな建物の残骸がくすぶっているのを、ジェイミーは見た。焼けていない樫（オーク）の大木があったが、それには女の死体が鈴なりになっていた。

それらの死体にたかっている鴉（クロウ）はほとんど飛び立とうとしなかった。女たちの喉の柔らかい肉に細いロープが深く食いこんでいて、風が吹くと、死体は、まわったり揺れたりした。

「これは騎士道にもとる仕業だ」よく見える所まで接近すると、ブライエニーがいった。

「本物の騎士だったら、こんな理不尽な殺戮はしないでしょう」

「本物の騎士は戦に出るたびに、もっと酷いものを見るのだよ、娘さん」ジェイミーはいった。「そして、もっと酷いことをするんだ、本当に」

ブライエニーは岸へと舵を切った。「無辜の民を鴉の餌にしておくわけにはいかない」

「心ない娘だな。鴉だって食べ物は必要だぞ」「川に留まって、死者は放っておきなさい」

かれらはその樫の大木が水上に枝を差し出している場所の上流に上陸した。ブライエニーが帆を下ろすと、ジェイミーは鎖をつけられているので、ぎごちなく舟を下りた。赤の支流の水がブーツを満たし、ぼろぼろのズボンにしみこんだ。かれは笑いながら膝をつき、頭を水中に突っこみ、ずぶ濡れになって、滴を垂らしながら起き上がった。垢が両手を厚く覆っていた。それを水中でごしごし洗い落とすと、手は記憶していた以上に細くて、青白かった。両足も同様にこわばり、体重をかけると不安定になった。〝ホスター・タリーの地下牢に長く居すぎたなあ〟

ブライエニーとクレオスが小舟を岸に引き上げた。かれらの頭上に死体がぶら下がっていた。腐った果物のように、死んで熟して。「わたしたちの一人がロープを切って彼女らを下ろさなければならない」娘がいった。

「わたしが登ろう」ジェイミーは鎖をガチャガチャ鳴らしながら、水の中を歩いて岸に上がった。「ちょっと、この鎖をはずしてくれよ」

娘は女の死体のひとつを見上げていた。ジェイミーは長さ三十センチの鎖が許すかぎりの歩幅で、よちよちと歩み寄った。そして、いちばん上の死体の首に下がっている粗末な標識を見て、にっこり笑った。「彼女らは獅子どもと共に横たわる」かれは読んだ。「なるほど、これはもっとも騎士道に反する行為だった……しかし、わたしの側ではなくて、きみたちの側がやったことだぞ。それにしても、この女たちはだれなのかなあ？」

「酒場の女どもだ」サー・クレオス・フレイがいった。「今、思い出したが、ここは旅籠だった。わたしがこの前リヴァーラン城に連れてこられたとき、警護の兵士の何人かがここで一夜を過ごした」建物はぜんぜん残っていなかったが、礎石と、黒こげになって崩落した梁が残っていた。それらの灰からまだ煙が立ちのぼっていた。

ジェイミーは売春宿と売春婦を弟のティリオンに任せてきた。ジェイミーが求める唯一の女性はサーセイだったから。「どうやら、この女たちはわが父上の兵士の何人かを楽しませたらしい。たぶんかれらに酒食を提供したのだろう。そのために、反逆者の首輪をはめられたのさ。ひとつのキスと一杯のエールのためにね」かれは川の上下を見やって、他に人がぜんぜんいないことを確かめた。「ここはブラッケンの領地だ。ジョノス公が彼女らを殺すように命じたのかもしれない。わたしの父上がジョノス公の城を焼いたからだ。残念ながら、かれはわれわれを愛していないだろう」

「ひょっとしたらマーク・パイパーの仕業かもしれない」サー・クレオスがいった。「あるいは、あの小枝のように痩せたベリック・ドンダリオンだろう。もっとも、かれは兵士しか殺さないと聞いているが。もしかしたら、ルース・ボルトンの部下の北部人の一隊かもしれないぞ」

「ボルトンは緑の支流(グリーン・フォーク)で、父上に打ち負かされた」

「しかし、撃滅されたわけではない」サー・クレオスがいった。「タイウィン公が浅瀬に向かって進軍したときに、ボルトンはまた南にやってきたのだ。かれがサー・エイモリー・ロ－チからハレンの巨城(ホール)を奪ったという噂が、リヴァーラン城に広がっていた」

この話は、ジェイミーにとって、まったく気に入らなかった。「ブライエニー」彼女が耳を傾けてくれればよいと思って、かれはていねいに彼女の名前を呼んだ。「もしボルトン公がハレンホールを占領しているとすると、トライデント河と〈王の道〉の両方が監視されているかもしれないぞ」

彼女の青い大きな目に不安の色が浮かんだように思われた。「あなたはわたしの保護下にあります。手出しをするなら、まずわたしを殺す必要があります」

「それが、かれらにとって障害になるとは思われないがね」

「わたしはあなたと同様に立派な戦士ですよ」彼女はむきになって反論した。「レンリー王が選んだ七人の騎士の一人でした。〈虹の楯(レインボウガード)〉として、絹の縞のマントを王みずからこの肩にかけてくださったのですよ」

「〈虹の楯(レインボウガード)〉だって？　きみと他に六人の娘が、というのかね？　乙女はみんな、絹の衣を着れば美しいと、昔ある吟遊詩人がいったが……どうやら、そいつは一度もきみを見なかったようだなあ」

娘は赤面した。「墓を掘らないと」彼女は木に登ろうとして、そのそばに行った。

その樫（オーク）はいったん幹に登ってしまえば、下のほうの大きい枝は彼女が立つことができるほど太かった。彼女は短剣を手にして木の葉の間を歩いていき、死体をつぎつぎに切り落とした。死体が落ちると、その周囲に蝿が群がり、彼女が死骸をひとつ落とすたびに悪臭がひどくなった。「売春婦のために、ずいぶん手をかけるのだな」サー・クレオスが文句をいった。「何を使って埋葬する？　鋤（すき）はないし、剣は使いたくないし――」

ブライエニーが叫び声を上げた。彼女は上に登る代わりに、飛び下りた。「舟へ。早く。帆が見える」

かれらはできるだけ急いで舟に戻った。もっともジェイミーはほとんど走ることができず、従弟の手で舟に引き上げてもらわなければならなかったけれども。ブライエニーはオールで舟を押し出し、急いで帆を上げた。「サー・クレオス、あなたにも漕いでもらわないと」

かれはいわれたとおりにした。水流と風とオールの三つが力を合わせ、小舟はいくらか速く水を切って進んだ。ジェイミーは鎖につながれて、上流を見つめていた。相手の帆のてっぺんだけが見えた。こちらは南に進んでいるのに、赤の支流（レッド・フォーク）が湾曲して流れているため、相手の帆が野原を横切って、衝立のような林の向こうを北に向かって進んでいるように見える。相しかし、これは錯覚だとかれは知っていた。かれは両手を目の上にかざした。「赤土色と水色だ」かれは告げた。

ブライエニーが声を出さずに大きな口を動かすと、反芻している牛のような顔になった。

「もっと速く、あなた（サー）」

旅籠はすぐにかれらの後ろに消え、相手の帆のてっぺんも見えなくなった。しかし、それに何の意味もなかった。追跡者がいったん湾曲部をまわれば、ふたたび見えるようになるだろう。「もしかしたら、高貴なタリー勢はあの売春婦どもの死体を埋葬するために止まるかもしれないぞ」あの地下牢に舞い戻るかもしれないという展望は、ジェイミーにとって望ましいことではなかった。〝ティリオンなら、ここで何かいいことを思いつくかもしれないが、おれには剣をとってかれらに立ち向かうことしか思いつかない〟

かれらは湾曲部をぐるりとまわったり、木の生えた小島の間に入ったりして、たっぷり一時間ほど追跡者と鬼ごっこをして過ごした。そして、ひょっとしたら追跡者をまくことができたかもしれないと希望が首をもたげたまさにその時に、遠方の帆がふたたび見えてきた。サー・クレオスは舟を漕ぐ手を休めた。「あいつら、〈異形（ジ・アザー）〉に喰われてしまえ」かれは額の汗をぬぐった。

「漕いで！」ブライエニーがいった。

「追ってくるのは、河川用のガレー船だ」ジェイミーはしばらく観察してから告げた。ひと漕ぎごとに、それは少しずつ大きくなるように見えた。「両舷に九丁ずつオールがある。つまり、十八人が乗っている。もし漕ぎ手だけでなく戦士も乗っているとすれば、もっと大勢かもしれない。そして、帆もわれわれのものより大きい。これでは逃げおおせないぞ」

サー・クレオスはオールを持ったまま凍りついた。「十八人、といったか？」

「われわれ一人に対して六人だ。わたしは八人でもかまわないが、この手錠がちょっと邪魔だな」ジェイミーは両方の手首を上げた。「レディ・ブライエニー、お手数だがこの手錠をはずしてくれないだろうか？」

彼女はかれを無視して、漕艇に全力を注いだ。

「われわれはかれらより夜の半分だけ先に出発した」ジェイミーはいった。「かれらは夜明け方からずっと漕いでいる。いちどきにオール二丁ずつ休ませながら。かれらは疲れてくるだろう。今のところ、われわれの帆を見て馬鹿力を出しているが、長続きはしないだろう。われわれはかれらを大勢殺すことができるはずだ」

サー・クレオスはぽかんと口を開けた。「しかし……十八人いるのだぞ」

「少なくともだ。むしろ、二十人か二十五人いるかもしれない」

かれの従弟はうめいた。「十八人を打ち負かすなんて、とんでもない」

「打ち負かせるといったか？　どんなに有利に見積もっても、剣を手にして死ぬのがいいところだ」かれは完全に真剣だった。ジェイミー・ラニスターが死を恐れたことは決してなかった。

ブライエニーが漕ぐのをやめた。その亜麻色の髪の房が汗のために額に張りついていた。そして、しかめ面をするとますます不器量に見えた。「あなたはわたしの保護下にあります」彼女はいったが、その声は怒りのためにほとんど唸り声になっていた。

そのような激しさを見て、かれは笑わずにはいられなかった。〝彼女は乳首のある猟犬だ〟と思った。〝いやむしろ、乳首といえるほどのものがあれば、そういえるだろうに〟

「では、守ってくれよ、娘さん。さもなければ、自力で守れるように、解放してくれ」

ガレー船は飛ぶように下流に向かって進んできた。その姿は木製の大きな蜻蛉のようだった。オールが激しく動くので、舟の周囲の水が白く泡立った。そいつは見る間に接近してきた。進んでくる舟の兵士たちが前に出てきた。手にした金属が輝き、弓も見えた。〝弓兵だ〟ジェイミーは弓兵が大嫌いだった。

突進してくるガレー船の舳先にがっしりした男が立っていた。禿げ頭、もじゃもじゃの灰色の眉、そして逞しい腕。鎖帷子の上に汚れた白い外衣をつけているが、それには薄緑色の糸で枝垂れ柳を刺繍してある。だが、マントは銀の鱒の留め金でとめられていた。〝リヴァーラン城の衛兵隊長だ〟このサー・ロビン・ライガーという男は若いころには頑強な戦士として有名だった。しかし、若い盛りは過ぎた。ホスター・タリー公と同い年で、その城主とともに年老いてしまっていた。

双方の間隔が五十メートルほどになると、ジェイミーは両手を口のまわりに当てて、水上に叫び返した。「わたしの道中の無事を祈るために来たのか、サー・ロビン？」

「連れ戻すためだ、〈王殺し〉」サー・ロビン・ライガーが大音声で答えた。「どうして金色の髪の毛を失ったのか？」

「頭のてかりで敵の目をくらませたいと思ったのだ。きみのは充分に役立っているぞ」

サー・ロビンはいやな顔をした。小舟とガレー船との距離は三十メートルに縮まった。

「そのオールと武器を川に投げこめ。そうすればだれも傷つかずにすむ」

サー・クレオスが振り返った。「ジェイミー、われわれはレディ・キャトリンによって釈放されたと伝えろ……正当な捕虜の交換だと……」

ジェイミーはとにかくそれを伝えた。するとサー・ロビンが叫び返した。「キャトリン・スタークはリヴァーラン城の支配者ではない」かれの両側に四人の弓兵が窮屈そうに位置についた。二人は立ち、二人を膝をついて。「剣を水中に投げこめ」

「剣は持っていない」かれは答えた。「だが、もし持っていたら、それをきさまの腹に突き刺し、その四人の卑怯者からたまを切り取ってやる」

これに答えて、矢が飛んできた。一本はマストに突き刺さり、二本は帆を貫通し、四本目はジェイミーから三十センチのところをかすめた。

赤の支流（レッド・フォーク）の湾曲部が前方にまた迫ってきた。ブライエニーは湾曲部を横切るように舵を切った。向きが変わると、帆桁がくるりとまわり、帆がいっぱいに風をはらんでバサッと鳴った。前方の流れの中ほどに大きな島があった。主な水路は右側にあり、左側には、その島と北岸の高い崖との間にわきの水路があった。ブライエニーが舵を動かすと、小舟は帆を細かく震わせながら水を切って左に向かった。ジェイミーは彼女の目を見た。〝美しい目だ〟と思った。〝しかも冷静だ〟かれは人の目を読む術を心得ていた。恐怖心がどのように見えるか知っていた。〝彼女は決心を固めている。絶望してはいない〟

三十メートル後ろで、ガレー船が湾曲部に入ろうとしていた。「サー・クレオス、舵をとって」娘が命じた。「〈王殺し（キングスレイヤー）〉、オールを持って、岩に当たるのを防いで」

「レディのご命令のままに」オールは剣ではないが、上手に振るえばブレードで人の顔を砕くことができるだろう。そして、軸は敵の剣を受け流すのに使える。

サー・クレオスはジェイミーの手にオールを押しこむと、いそいで船尾に行った。舟は島の端を横切り、鋭く向きを変えてわきの水路に入った。舟が傾き、崖の表面に水がザーッとかかった。島には柳、樫（オーク）、高い松などが密生し、急流に濃い影を落としていて、倒木や水没して腐った木の幹を隠していた。左側には切り立った岩の崖がそびえていて、その下では、割れた玉石や崖の表面から崩れ落ちた岩の堆積の周囲に水が白く泡立っていた。

かれらは日向から日陰に入り、樹木の緑の壁と灰褐色の岩の崖の間に入って、ガレー船からは見えなくなった。〝矢が飛来するまでの、しばしの中休みだ〟とジェイミーは、なかば沈んだ玉石から舟を押しやりながら、思った。

小舟がぐらりと揺れ、かすかな水音が聞こえたので、あたりを見まわすと、ブライエニーの姿がなかった。一瞬の後、崖の下で、彼女が水中から立ち上がるのが見えた。彼女は浅いよどみを歩いて渡り、いくつかの岩を這い上がり、登りはじめた。クレオスは目をむき、ポカンと口を開けた。〝ばかめ〟とジェイミーは思った。「あの娘は無視しろ」かれは従弟に向かってぴしりといった。「舵をとれ」

木々の向こう側に帆が動いてくるのが見えた。水路の入り口に河川用ガレー船の全体が見えてきた。二十メートルほど後ろだ。その舳先が急旋回して角を曲がり、半ダースの矢が飛来したが、すべて大きくそれた。両方の舟が動くので、射手は手こずっていた。だが、すぐに補正の仕方を覚えるだろうと、ジェイミーにはわかっていた。ブライエニーは手がかりを探りながら、崖の途中まで登っていた。〝ライガーはきっと彼女を見る。そして、見るやいなやあの弓兵どもに射落とさせるだろう〟ジェイミーはその老人が誇りのために愚かなことをするかどうか見届けてやろうと思った。「サー・ロビン」かれは叫んだ。「ちょっと話を聞いてくれ」

サー・ロビンは片手を上げた。部下の弓兵は弓を下ろした。「なんでもいえ、〈王殺し(キングスレイヤー)〉、だが早くいえよ」

小舟は割れて散らかった岩の間を揺れながら通過し、ジェイミーは叫んだ。「もっとうまい決着のつけ方がある――一騎討ちだ、あんたとわたしの」

「わしは今朝、生まれたわけではないぞ、ラニスター」

「ああ、しかし今日の午後、死ぬだろう」ジェイミーは相手に手錠が見えるように両手を上げた。「手錠をはめたまま闘うつもりだ。恐れる必要はあるまい?」

「きみを恐れるのではない。わしが選択するなら、一騎討ち以上に望むところはない。しかし、可能ならば、きみを生きたまま連れ戻すように命令されている」かれは弓兵に命じた。「つがえろ。引け。はな――」

距離は二十メートル足らずだった。弓兵たちはほとんど射損じるはずがなかった。だが、長弓（ロングボウ）を引き絞ったとき、かれらの周囲に小石が滝のように落下してきた。その甲板に小石がガラガラと当たり、兜に跳ね返り、舳先の両側に水しぶきが上がった。理解するだけの知恵のある者は上を見た。ちょうどその時に、牛ほどの大きさの巨石が崖のてっぺんから離れた。サー・ロビンは狼狽して大声を出した。石は空を切って転がり落ち、崖の面にぶつかり、二つに割れ、猛烈な勢いでかれらの上に落下した。大きいほうの石がマストを折り、帆を貫通し、二人の弓兵を水中に撥ね飛ばし、オールの上に身を屈めた漕ぎ手の足を砕いた。ガレー船がたちまち水浸しになったところを見ると、小さいほうの石がまともに船体をぶちぬいたようだった。漕ぎ手たちの悲鳴が崖にこだまし、弓兵たちは流れのなかで必死に手足をばたばた動かしていた。その水しぶきの上がり方を見ると、かれらはだれ一人泳ぐことができないようだった。ジェイミーは笑った。

ジェイミーたちが水路から出てくるころには、ガレー船はよどみと渦と、そして沈み木の間で浸水のため沈没しかかっており、ジェイミー・ラニスターは神々は慈悲深かったと結論していた。サー・ロビンとそのいまいましい弓兵どもは、ずぶ濡れの姿ではるばるリヴァーラン城まで歩いて帰らなければならないだろうと思われた。そしてまた、あの大柄で不器量な娘も厄介払いできた。〝自分ではこれ以上うまい計画は立てられなかったろう。いったん、これらの手枷足枷をはずしたら……〟

サー・クレオスが叫び声を上げた。ジェイミーが見上げると、小舟が川の湾曲部をまわっている間に、ブライエニーが指のように突き出た陸地を横切って、かれらよりずっと先の崖の上を重々しく歩いていた。それから彼女は岩から身を躍らせて、ほとんど優雅とも思える姿で、体を折って入水した。彼女が岩で頭を砕くことを望むとすれば、それは不躾なことだったろう。サー・クレオスは小舟を彼女のほうに向けた。ありがたいことに、ジェイミーはまだオールを手にしていた。〝浅瀬をぼちゃぼちゃ渡ってきたときに、一発上手に殴れば、おれはあの女から自由になれるだろう〟

だがそうしないで、かれは思わず水面にオールを差し出していた。ブライエニーがそれをつかみ、ジェイミーは彼女を引き寄せた。彼女が小舟に乗りこむのを手伝うと、水が彼女の頭髪から流れ落ち、ずぶ濡れの衣服から滴り落ちたので、甲板はプールのようになった。〝彼女は濡れるとよけいに醜くなる。あんなことができるなんて、だれが考えただろうか？〟「きみはとんでもない愚かな娘だな」かれは彼女にいった。「われわれはきみを乗せずに先に行ってしまうこともできたのだぞ。どうやら、わたしがきみに感謝することを期待しているようだな？」

「あなたの感謝など少しも求めていません、〈王殺し（キングスレイヤー）〉。あなたを無事にキングズ・ランディングに連れ戻すと誓っただけです」

「そして、実際にそれをやりとげるつもりなのだな？」ジェイミーは精一杯の笑顔を彼女に向けた。「これは驚いた」

2 ――――― キャトリン

サー・デズモンド・グレルは生涯タリー家に仕えてきた。キャトリンが生まれたときは従士、彼女が歩けるようになり乗馬や水泳を覚えたころには騎士、結婚した日までには武術指南役になっていた。かれはホスター公の仔猫（リトル・キャット）が若い女性になり、偉い城主の妻（レディ）になり、王の母になるのを見てきた。〝そして今、かれはわたしが反逆者になるのも見たのだわ〟

彼女の弟のエドミュアは戦（いくさ）に赴くとき、サー・デズモンドをリヴァーラン城の城代に指名して出かけた。だから、彼女の犯罪を処理するのがかれの仕事になった。かれはこのいやな気分を軽減するために、彼女の父親の家令である陰気なアサライズ・ウェインを一緒に連れてきた。この二人の男が前に立ち、彼女を見た。サー・デズモンドはがっしりした体格で、赤ら顔で、当惑しており、アサライズは謹厳で、やつれて、憂鬱そうだった。二人とももう一人が口を開くのを待った。〝かれらはわたしの父への奉仕に人生を捧げた。それなのに、わたしはかれらに不名誉を与えることで応えてしまったのだ〟キャトリンは物憂げに思った。

「お子さまたちのことは」サー・デズモンドがとうとういった。「メイスター・ヴァイマンから聞きました。お気の毒でした。恐ろしい。恐ろしい。しかし……」

「わたしたちも悲しんでおります、奥方さま」アサライズ・ウェインがいった。「リヴァーラン城の住民すべてがあなたとともに悲しんでおりますが、しかし……」

「あの知らせで、気が動転されたにちがいありません」サー・デズモンドが口をはさんだ。

「悲しみの狂気、母親の狂気。人々は理解するでしょう。あなたは知らずに……」

「知っていました」キャトリンはきっぱりといった。「自分が何をしているか理解していたし、それが反逆だということも知っていました。もし、あなたがたがわたしを処罰しなければ、人々はきっと、ジェイミー・ラニスターの釈放をわたしたちが黙認したと思うでしょう。あれはわたし自身の行為であり、わたし一人の行為であり、わたし一人が責任を負わねばなりません。〈王殺し(キングスレイヤー)〉につけていた枷をわたしにつけなさい。必要とあれば、わたしは誇りをもってそれをつけます」

「足枷をですか？」その言葉自体が、気の毒なサー・デズモンドにショックを与えたようだった。「王の母君に、城主ご自身のお嬢さまに？　とんでもありません」

「たぶん」家令のアサライズ・ウェインがいった。「エドミュアどのが帰られるまで、奥さまは自室に幽閉されることに同意されるだろう。当分はお一人で、殺害されたお子さまたちのために祈りを捧げて」

「幽閉か、そうだな」サー・デズモンドがいった。「塔の房に幽閉。それがいいだろう」

「もし、幽閉されるなら、父の部屋にしてください。そうすれば父の臨終を看取ることができますから」

サー・デズモンドはしばらく考えた。「よろしい。快適な暮らしと礼遇は奪いませんが、城内の自由は禁じることにします。聖堂（セプト）への参詣はけっこうですが、エドミュア公が帰還されるまでは、ホスター公のお部屋に留まっていただきます」

「お考えどおりに」父親が生きているかぎりエドミュアは〝公〟ではなかったが、キャトリンは訂正しないでおいた。「必要なら見張りを立てなさい。でも、脱走は試みないと保証します」

サー・デズモンドはこのいやな仕事がすんだことをあからさまに喜んで、うなずいた。しかし、悲しい目をしたアサライズ・ウェインは城代が去った後も、しばらく留まっていた。

「あなたは取り返しのつかぬことをおやりになりましたが、奥方、でも、なんの役にもたちません。サー・デズモンドは、かれらの後をサー・ロビン・ライガーに追わせました。〈王殺し（キングスレイヤー）〉を連れ戻すためです……というか、失敗すれば、かれの首を」

それくらいのことはキャトリンも予想していた。〝ブライエニーよ、あなたの剣を持つ手に〈戦士〉が力をお与えくださいますように〟彼女は祈った。できるかぎりのことをした。そして今は、希望をもつこと以外には何も残っていなかった。

彼女の身のまわりの品が父親の部屋に運ばれ、生まれたときから使っている大きな天蓋つきのベッドがどっかりと置かれた。その柱には跳ね上がる鱒（マス）の姿が彫刻されていた。父親の体は階段を半分まわった下に移っており、病の床は居室の外に開けている三角形のバルコニーに面して置かれていた。そこから、かれがずっと熱愛してきた川を見ることができた。

キャトリンが入っていくと、ホスター公は眠っていた。彼女はバルコニーに出て、ざらざらした石の手すりに片手を置いて立った。城の尖端の向こうに、流れの速いタンブルストーン河が、ゆったり流れる赤の支流（レッド・フォーク）に合流していた。そして、ずっと下流のほうまで見渡すことができた。〝もし、東から縞模様の帆がやってくれば、それはサー・ロビンの帰還だ〟さしあたり今は、川面（かわも）はからっぽだった。彼女はそれを神々に感謝して、室内に戻り、父親のそばにすわった。

キャトリンには、自分がそこにいることをホスター公が知っているかどうか、あるいは、自分がそこにいることがかれになんらかの慰めを与えるかどうか、わからなかった。しかし、父のそばにいることは、彼女にとって慰めとなった。〝もし、あなたがわたしの犯罪を知ったら、どう思うでしょう、お父さま？〟彼女は考えた。〝もし敵の手に捕らわれたのがライサとわたしだったら、あなたはわたしと同じことをしたでしょうか？　それとも、あなたもわたしを有罪とみて、これを母親の狂気と呼ぶのでしょうか？〟

室内には死の匂いが漂っていた。重苦しい匂い、甘い腐敗の匂いがしみこんでいた。死の匂いは失った息子たちのことを思い出させた。かわいいブラン、幼いリコン。かれらはネッドの被後見人だったシオン・グレイジョイの手で殺されてしまった。彼女はいまだにネッドのことを悲しんでいた。いつもネッドのことを悲しんでいた。しかし、子供たちも奪われるとは……

「子供を失うとは、あまりにも残酷なことだわ」彼女はそっとささやいた。父親にというよりも、むしろ自分自身に。

ホスター公が目を開いた。「タンジー」かれは苦しそうにしゃがれ声でいった。〝かれはわたしがわからない〟キャトリンは、父が自分のことを母や妹のライサと間違えるのに慣れてしまった。しかし、タンジーとは、聞き慣れない名前だった。「わたしはキャトリンよ」彼女はいった。「わたしはキャットよ、お父さま」

「許してくれ……血が……おう、どうか……タンジー……」

父の人生にはもう一人の女性がいたのだろうか？　もしかしたら、かれが若かったころに誘惑した村娘か何かが？　〝母が死んだ後、父は召使女か何かの腕に慰めを見出したのだろうか？〟これは奇妙な考えで、心が乱れた。突然、彼女はまるで父親を赤の他人のように感じた。「タンジーってだれ？　彼女を呼んでもらいたいの、お父さま？　その女の人はどこにいるの？　まだ生きているの？」

ホスター公はうめいた。「死んだ」かれの手が彼女の手を探った。「おまえは他の子供たちを産むだろう……かわいい赤子たち、それも正嫡の」

〝他の子供たち？〟キャトリンは思った。〝ネッドが死んだことを、父は忘れてしまったのだろうか？　まだタンジーのことをいっているのだろうか、それとも今はわたしのことを、それともライサのことを、それとも母のことを？〟

かれは咳をして、血痰を吐き出し、彼女の指をつかんだ。「……よい妻になれば、神々が授けてくださる……息子たちを……正嫡の息子たちを……アアアー」突然の苦痛の発作に、ホスター公の手がこわばった。その爪が彼女の手に食いこみ、かれは弱々しい悲鳴をあげた。

メイスター・ヴァイマンが急いでやってきて、また罌粟（ケシ）の汁の薬を調合し、飲み下させた。ホスター公はたちまち深い眠りに逆戻りした。

「父はある女のことをたずねていました」キャットはいった。「タンジーという」

「タンジー？」メイスターはぽかんとして彼女を見つめた。

「そういう名前の人を知らないかしら？　給仕女か、近くの村から来た女か——もしかしたら、ずっと昔のだれかかもしれないけれど？」キャトリンがリヴァーラン城を出てから長い年月が経っていた。

「いいえ、奥さま。よろしかったら、調べさせますが。アサライズ・ウェインなら、そのような人物がリヴァーラン城に仕えていたかどうか、きっと知っているでしょう。タンジー、とおっしゃいましたか？　庶民はしばしば娘に草花や香草の名前をつけますが」メイスターは考えこんだ。「ある未亡人を覚えております。その女はしばしば城にやってきて、靴底を張り替える必要のある古靴を探していました。考えてみると、その女の名はタンジーでした。いや、パンジーだったかな？　何かそんな名前でした。しかし、彼女はもう何年も来ていませんが……」

「彼女の名前はヴァイオレットでしたよ」キャトリンはいった。その女のことはよく覚えていたのだった。

「そうでしたか？」メイスターは申しわけなさそうな顔をした。「お許しを、レディ・キャトリン。とにかくわたしは長居ができません。仕事のこと以外にあなたに口をきいてはいけないと、サー・デズモンドに申しつけられておりますので」

「では、あなたは命令されたとおりにしなければならないわね」キャトリンはサー・デズモンドを非難することはできなかった。彼女はかれの信用を得るようなことをあまりしてこなかった。そして、リヴァーランの民衆の多くがまだ城主の娘に対して感じている忠誠心を彼女が利用して、また何かいたずらをしでかすかもしれないと、かれが恐れていることは疑いなかった。〝少なくともわたしは戦から解放された〟と彼女は思った。〝たとえ、ほんの短い間であるにしても〟

学匠が行ってしまうと、彼女はウールのマントをまとって、ふたたびバルコニーに歩み出た。日光が川面に映り、城のそばを流れ過ぎる水面をきらきらと光らせていた。キャトリンは小手をかざしてその強烈な光を避け、見えるのを恐れながらも、遠くのほうに帆を探した。しかし何もなかった。そして、彼女の望みがまだ絶たれていないことを示すものも、まったくなかった。

その日ずっと彼女は眺めつづけ、かなり夜遅くにまで及んだ。しまいには、立ちつづけで足が痛くなった。午後遅く、一羽の使い鴉が城に飛来し、大きな黒い翼をばたたさせて鴉小屋に舞いおりた。〝黒い翼は、暗い知らせ〟と彼女は思い、この前にやってきた鳥と、それが運んできた恐ろしい知らせを思い出した。

夕方、メイスター・ヴァイマンがタリー公の世話をするためにやってきて、キャトリンにもつましい夕食を持ってきた。パン、チーズ、茹でた牛肉にホースラディッシュを添えたものだ。「奥さま、アサライズ・ウェインに話をしました。かれがお仕えしている間に、タンジーという名前の女がリヴァーラン城にいたことは、絶対にないということでした」

「今日、使い鴉が来たのを見ました。ジェイミーがまた捕まったのですか？」〝それとも、まさか殺されたのでは？〟

「いいえ、奥さま。〈王殺し（キングスレイヤー）〉については何の報告もありません」

「では、別の合戦？　エドミュアが苦境に？　それともロブが？　ねえ、お願い。わたしを安心させて」

「奥さま、あのう……」ヴァイマンは室内に他の者がいないことを確かめようとするかのように、ちらりと見まわした。「タイウィン公が河川地帯（リヴァーランド）を去りました。浅瀬は平穏です」

「では、あの使い鴉はどこから来たの？」

「西からです」かれはホスター公の寝具をせわしなく整えて、彼女とは目を合わせなかった。

「ロブについての知らせかしら？」

　かれはためらった。「はい、奥さま」

「悪い知らせね」彼女はかれの態度でわかった。かれは何かを隠していた。「教えて。ロブのこと？　怪我をしたの？」〝死んだのではないでしょうね、どうぞ神さま、かれが死んだなんていわないでください〟

「陛下は岩山城（クラッグ）を攻撃中にお怪我をなさいました」メイスター・ヴァイマンは、まだはぐらかそうとするような口調でいった。「しかし、心配するようなことではないと書いてあります。そして、まもなく帰還されることを望んでおられると」

「怪我？　どんな怪我？　どのくらいひどいの？」

「心配する必要はない、とのことです」

「どんな怪我も心配だわ。手当てを受けているの？」

「それは確かです。岩山城(クラッグ)のメイスターが手当てするはずです。疑いありません」

「どこで負傷したの？」

「奥さま、わたしはあなたとお話しするなと命令されています。ごめんください」ヴァイマンは薬品類をまとめて、あわてて出ていった。そして、ふたたび彼女は父親と二人、取り残された。罌粟(ケシ)の汁が効いて、ホスター公は深い眠りに落ちた。口の端から一本の細いよだれの筋が流れ落ちて枕を濡らした。キャトリンは亜麻布の布きれで、優しくそれを拭った。彼女が触ると、ホスター公はうめいた。「許しておくれ」かれはほとんど聞き取れないほどかすかな声でいった。「タンジー……血……あの血……神よ御慈悲を……」

かれの言葉は意味がわからなかったけれども、彼女の心をなんともいえぬほど掻き乱した。

〝血〟彼女は思った。〝すべてが血に帰さなければならないの？　お父さま、その女はだれ？　そして、あなたは彼女に何をして、それほど許しを乞わねばならないの？〟

その夜、キャトリンは行方不明になったり死んだりした子供たちの、形のない夢にうなされてよく眠れなかった。夜明けのずっと前に目を覚ますと、耳に父親の言葉がこだましていた。〝かわいい赤子たち、それも正嫡の……なぜ、かれはそんなことをいうのだろうか。もし……父がこのタンジーという女に私生児を産ませた、などということがないとしたら？〟それは信じられなかった。弟のエドミュアなら、そう、ありうることだ。エドミュアが一ダースの私生児をつくったと聞いても驚きはしなかったろう。しかし、父が……ホスター・タリー公がそんなことをするはずがない。絶対に。

〝ひょっとしたら、タンジーというのは父がライサにつけた愛称ではないだろうか？　かれがわたしをキャットと呼んだように？〟前に、ホスター公は彼女をその妹と間違えた。〝おまえはまた子供を産むだろう、とかれはいった。かわいい赤子を、それも正嫡の、と〟ライサは五回流産をした。二回は高巣城（アイリー）で、三回はキングズ・ランディングで……しかし、リヴァーラン城では決してそういうことはなかった。もしリヴァーラン城だったら、ホスター公がそばにいて彼女を慰めただろうに。〝もし……もし、あの最初のときに彼女がほんとうに妊娠していたのでないかぎり……〟

彼女とその妹は同じ日に結婚をして、彼女らの新郎たちがロバートの反乱に加わるために出ていってしまうと、父親に預けられたのだった。その後、二人の月のものがいつもの時期に始まらなかったとき、ライサは息子を身ごもったと嬉しそうにいいたてたものだった。「あなたの息子はウィンターフェル城の跡継ぎで、わたしの息子は高巣城（アイリー）の跡継ぎよ。おう、かれらは親友になるわ。あなたのネッドとロバート公のように。かれらは従兄弟同士というよりも兄弟よ、本当に。わたしにはわかるんだから」〝彼女はあんなに嬉しそうだった〟

　しかし、ライサの月のものはその後まもなく下りてきたので、すべての喜びは彼女から消えてしまったのだった。ライサの出血はちょっと遅れただけだと、キャトリンはずっと思っていた。しかし、もし彼女が実際に妊娠していたとしたら……。彼女ははじめて妹にロブを抱かせたときのことを思い出した。小さくて、顔が赤くて、泣き叫んでいて。しかし、もうすでに丈夫で生命にあふれていた。キャトリンがその赤子を妹の腕に抱かせるやいなや、ライサは顔をくしゃくしゃにして涙を流した。彼女は急いで赤子をキャトリンに突き返して、逃げていってしまったのだった。

〝もし、彼女が以前にも子供を失っていたら、父の言葉を説明できるかもしれない。それ以外にも多くのことを……〟ライサとアリン公との縁組は急いで整えられたが、当時でさえもジョンは老人で、かれらの父親よりも年上だった。〝跡継ぎのいない老人だった〟かれの最初の二人の妻は子供を残さなかったし、かれの兄弟の息子はキングズ・ランディングでブランドン・スタークとともに殺されてしまった。そして、かれの勇敢な従兄弟は〈鐘の戦い〉で死んでしまった。もし、アリン家を存続させたいと思えば、かれには若い妻が必要だった……〝多産として知られる若い妻が〟

　キャトリンは立ち上がり、ローブをひっかけて、暗くなった居室への階段を下りて、父親のところにいった。一種の救いようのない恐怖感が彼女を満たした。「お父さま」彼女はいった。「お父さま、あなたのなさったことがわかったわ」彼女はもはや夢で頭をいっぱいにした無邪気な花嫁ではなかった。彼女は未亡人であり、反逆者であり、悲しめる母親であり、賢かった――世間並みに賢くなっていた。「彼女をかれに押しつけたのね」彼女はささやいた。「ライサは、ジョン・アリンがタリー家の剣と槍を買うために引き受けなければならぬ代償だったのね」

　妹の結婚に、あまりにも愛がなかったのは当然だった。アリン家は誇り高く、名誉に敏感だった。ジョン公は反乱の大義にタリー家を縛りつけるために、そして、息子が生まれることを期待して、ライサと結婚したのかもしれない。しかし、汚れた身で、いやいやながら自分の臥床にやってきた女を愛することは、かれにとって難しいことだった。かれは疑いなく、優しかっただろう。そう、義務は果たしたろう。しかしライサには温もりが必要だった。

　翌日、キャトリンは朝食をとると、鵞ペンと紙を取り寄せて、アリンの谷間（ヴェイル）にいる妹に手紙を書きはじめた。そして、言葉づかいに苦労しながらブランやリコンのことを書いたが、大部分は父親のことだった。〝もう寿命も尽きようとしている今、お父さまが考えているのは、あなたに対して行なった間違いのことだけです。メイスター・ヴァイマンは罌粟（ケシ）の汁をこれ以上濃くすることはできないといっています。もうお父さまは剣と楯を置くべき時です。休むべき時です。でも、かれは頑固に戦いつづけ、降参しようとはしません。それは、あなたのためだと思います。かれにはあなたの許しが必要です。戦（いくさ）のために、高巣城（アイリー）からリヴァーラン城に旅するのが危険になっていることは承知しています。でも、強力な騎士の軍勢なら、きっと〈月の山脈〉を安全に通してくれるのではないでしょうか？　百人の兵士、それとも千人の兵士なら？　そして、もしあなたが来ることができなければ、少なくともかれに手紙を書いてくれないでしょうか？　かれが安らかに死ぬことができるような、愛の言葉を少しばかり。なんでも好きなことを書いてください。そうすれば、わたしが読んで聞かせて、かれの苦しみを軽くしてあげます〟

ペンを置き、封蠟を持ってくるようにいいながらも、キャトリンはこの手紙はあまりにも取るに足らず、遅すぎると感じた。メイスター・ヴァイマンは、使い鴉が高巣城に着いて戻ってくるまでホスター公の命がもつとは思っていなかった。〝かれは前にも同じようなことをいっていたけれど……〟タリーの男は勝算の有無にかかわらず、容易に降参しないのだ。羊皮紙の手紙をメイスターに託すと、キャトリンは聖堂に行き、父親のために天上の〈厳父〉に灯明をともし、もう一本を〈老媼〉にともした。この神は死の扉の間から覗いて、世の中に最初の使い鴉を放ったのだった。そして、もう一本を〈慈母〉に捧げた。ライサと二人が失った子供たちすべてのために。

その日遅く、ホスター公のかたわらで一冊の本のひとつの文章を何度も何度も繰り返し読んでいると、大きな人声とラッパの音が聞こえた。〝サー・ロビンだ〟彼女はすぐにそう思って、体がすくんだ。バルコニーに出てみたが、川面には何も見えなかった。しかし、外からもっとはっきりと人声、たくさんの馬のいななき、鎧の当たる音、そして、あちらこちらで歓声が聞こえた。キャトリンは螺旋階段を登って城の屋上に行った。〝サー・デズモンドは屋上に登ることを禁じなかった〟と彼女は登っていきながら思った。騒音は城の反対側の正門のあたりから聞こえてきた。一群の人々が、ぎくしゃく上がっていく落とし格子の前に立っていた。そして、その先の、城の外側の野原に数百人の騎兵がいた。風が吹くと、かれらの旗印がひるがえり、リヴァーランの跳ねる鱒（マス）の紋章が見えると、彼女は体が震えるような安堵感を抱いた。〝エドミュアだ〟

　かれが彼女のところにやってきたのは、二時間後だった。そのころには、あとに残していった女や子供と男たちが再会して抱き合う、喜びの声が城内にこだましていた。鴉小屋から三羽の使い鴉が黒い翼をはばたかせて舞い上がった。キャトリンは父親のバルコニーからそれらを眺めた。彼女は髪を洗い、衣服を着替え、弟の叱責に直面する準備をしていた……しかし、そうはいっても待つのは辛かった。

　ついに扉の外で物音が聞こえると、彼女はすわり、膝の上に手を組んだ。エドミュアのブーツ、臑当（すねあて）、そして外衣に乾いた赤土が点々とついていた。その顔を見ると、とても戦（いくさ）に勝ったとは思えなかった。かれは痩せて、やつれ、頬が青白く、髭は伸び放題で、目がぎらぎらと輝いていた。

「エドミュア」キャトリンは心配していった。「加減が悪いようね。何かあったの？　ラニスター勢が川を渡ったの？」

「かれらは撃退した。タイウィン公も、グレガー・クレゲインも、アダム・マーブランドも、みな撃退した。しかし、スタニスが……」かれは顔をしかめた。

「スタニスが？　スタニスがどうしたの？」

「かれはキングズ・ランディングの合戦に破れた」エドミュアは残念そうにいった。「かれの艦隊は焼け、軍勢は敗走した」

ラニスターの勝利は悪い知らせだったが、キャトリンは意気阻喪した弟に同調することはできなかった。レンリーのテントをすーっと横切っていったあの影と、そして、かれの喉当の鋼の間から血が流れだす様子が、いまだに彼女の夢に出てきていた。「タイウィン公同様、スタニスも味方ではなかったわ」

「姉さんはわかっていない。ハイガーデン城はジョフリーに味方すると宣言した。ドーンもそうだ。南部のすべてがそうだ」かれの口が引き締まった。「それなのに、きみは〈王殺し〉の解放が適当だと考えた。きみにその権利はなかったのに」

「わたしには母親の権利があるわ」彼女の声は冷静だったが、ハイガーデン城のニュースはロブの希望に対する強烈な打撃だった。しかし今は、その問題を考えることはできなかった。

「権利はなかった」エドミュアが繰り返した。「かれはロブの捕虜だった。きみの王の捕虜だったのだよ。そしてロブはかれを安全に捕らえておくように、ぼくに託した」

「ブライエニーがかれを安全に守るでしょう。彼女は剣にかけてそう誓ったわ」

「あの女が？」

「彼女はジェイミーをキングズ・ランディングに送り届けて、アリアとサンサを無事にわたしたちのところに連れ帰るでしょう」

「サーセイは決して彼女らを手放さないよ」

「サーセイはね。でもティリオンがいるわ。かれは公然とそう誓った。そして、〈王殺し〉

し〉もそう誓ったのよ」

「ジェイミーの約束に価値はない。〈小鬼〉についていえば、かれは合戦の最中に頭に斧を受けた。きみのブライエニーがキングズ・ランディングに着かないうちに、かれは死ぬだろう。かりに彼女が着けばの話だが」

「死ぬ？」〝神々はそこまで無慈悲になれるものかしら？〟彼女はジェイミーに百回も誓約をさせた。しかし、彼女が希望をつないでいたのは、その弟の約束だった。

エドミュアは彼女の苦悩を理解しなかった。「ジェイミーはわたしの預かり物だ。そして、かれを取り戻すつもりだ。すでに使い鴉を送って――」

「だれに？　何羽？」

「三羽」かれはいった。「メッセージが確実にボルトン公に届くように。川であろうと道路であろうと、リヴァーラン城からキングズ・ランディングへの道中で、ハレンの巨城付近で絶対にかれらを捕らえねばならないと」

「ハレンホール」この言葉で部屋が暗くなったように感じられた。彼女は恐怖で声を詰まらせながらいった。「エドミュア、あなたは自分のしたことがわかっているの？」

「怖がらなくていい。きみに関することは省いてあるから。こう書いたのさ。ジェイミーが脱走した。かれを逮捕した者に一千ドラゴンの金貨を与えるとね」

〝ますます悪い〟キャトリンは絶望して思った。〝弟は馬鹿者だ〟望まないのに、涙が目にあふれた。「もしこれが脱走であって――」彼女はそっといった。「人質の交換でなければ、どうしてラニスター家がわたしの娘たちをブライエニーに渡すかしら？」

「決してそういうことにはならない。〈王殺し（キングスレイヤー）〉はわれわれのもとに戻る。確実にそうなるように手を打ったのだから」

「あなたが確実にしたのは、わたしが娘たちに二度と会えないようにしたということよ。ブライエニーがかれを無事にキングズ・ランディングに連れていったかもしれないのに……だれもかれもかれらを追求しなければね。でも、もう……」キャトリンは言葉を続けることができなかった。「出ていって、エドミュア」彼女はかれに命令する権利はなかった。まもなくかれのものになるはずのこの城内では。しかし、彼女の口調は反論を許さないものだった。「父とわたしの悲しみの場所に、わたしを残して。もうあなたにいうことはないわ。行って。行ってったら」彼女はひたすら横になりたかった。目をつぶって、眠り、夢を見ないように祈りたかった。

3――アリア

空は背後のハレンの巨城(ホール)の城壁のように黒く、小雨が絶え間なく降り、馬蹄の音をくぐもらせ、かれらの顔を流れ落ちた。

かれらは湖から離れて北に向かい、轍(わだち)の残る農道を通り、掻きむしられた畑を横切り、森林と川のある土地に入っていった。アリアは先頭に立ち、盗んだ馬を蹴って、周囲が木立に閉ざされるまでむちゃくちゃに走らせた。ホット・パイとジェンドリーが懸命に後を追ってきた。遠くで狼が吠え、ホット・パイの荒い息づかいが聞こえた。だれも口をきかなかった。アリアはときどき振り返って、二人の少年があまり後に取り残されていないか、追手が来ていないか確かめた。

たぶん追われているだろうと彼女は覚悟していた。厩舎から三頭の馬を盗み、ルース・ボルトン自身の居室から地図と短剣を盗み、通用門で衛兵を殺してきたのだから。彼女はあそこで、ジャクェン・フ＝ガーからもらったみすぼらしい鉄のコインを衛兵の前に投げ出し、そいつが拾おうとして膝をついたときに、喉を掻き切ったのだった。かれが死んで自分の血の海に横たわっているのを、だれかが見つけるだろう。それから、追跡の叫びがあがるだろう。かれらはボルトン公を起こして、ハレンホールの狭間から地下室まで捜索し、地図と短剣がなくなっているのに気づき、さらに武器庫から数本の剣がなくなり、台所からパンとチーズがなくなり、パン焼きの少年と鍛冶屋の徒弟と、ナンと呼ばれる酌取りがいなくなっているのに気づくだろう……酌取りの名はたずねる相手によって、〈イタチ（ウィーゼル）〉とかアリーとかになるだろうが。

ドレッドフォート城の城主はみずから追ってくることはないだろう。ルース・ボルトンは青白い体に点々と蛭（ヒル）をつけてベッドに留まったまま、持ち前のささやくような小声で命令を下すだろう。家来のウォルトンが追跡隊を率いるかもしれない。かれは常に長い足に臑当をつけているので、〈鉄の脛（スティール・シャンクス）〉と呼ばれている男だ。いや、もしかしたら、舌たらずのヴァーゴ・ホウトとその傭兵たちかもしれない。かれらはみずからを〈勇武党（ブレイヴ・コンパニオンズ）〉と呼んでいる。他の者たちは〈血みどろ劇団〉と呼んだり（決して面前でそう呼ぶことはないが）、〈足切り屋（フットメン）〉と呼んだりする。なぜなら、ヴァーゴ公は気に入らない人間の手足を切断する習慣があるからである。

〝もし捕まったら、かれはわたしたちの手足を切るだろう〟とアリアは思った。〝それから、ルース・ボルトンがわたしたちの生皮を剝ぐだろう〟彼女はまだ小姓のお仕着せを着ていて、その胸にはボルトン公の紋章であるドレッドフォートの皮を剝がれた男が刺繡されていた。

彼女は振り返るたびに、松明（たいまつ）の光が遠いハレンホールの城門から流れ出しているか、または、高くて大きな城壁の上を右往左往しているのが見えるのではないかと、なかば覚悟していた。しかし、何も見えなかった。ハレンホールは眠りつづけ、しまいには暗闇に消え、森の陰にかくれてしまった。

最初の川を渡ったとき、アリアは馬の向きを変えて道路から外れ、曲がりくねった流れに沿って四百メートルほど進み、それからはじめて石の多い岸を駆け上がった。そうすれば、たとえ追跡者が犬を連れてきても、臭跡を追うことができないのではないかと願ったのである。かれらは道路を進むことはできなかった。〝道路には死がある〟と彼女は自分にいい聞かせた。〝すべての道路に死がある〟と。

ジェンドリーとホット・パイは彼女の選択に文句をつけなかった。なんといっても、彼女は地図を持っていたし、ホット・パイは彼女のことを、追跡してくるであろう人々とほとんど同じくらい怖がっているようだったからである。かれは彼女が殺した衛兵を見たのだった。〝かれはわたしを恐れているほうがいい〟と彼女は思った。〝そうすれば、何か馬鹿なことをしでかさずに、わたしの言葉に従うだろうから〟

彼女は自分自身がもっと怯えるはずなのだが、と思った。馬に乗ったわずか十歳の痩せこけた少女。前には暗い森があり、後ろにはよろこんで彼女の足を切る兵士たちがいるのだ。それなのに、どういうわけかハレンホールにいたときよりもずっと落ち着いているように感じられた。雨は衛兵の血を指から洗い流してしまっていた。彼女は背中に剣を斜めに背負っていた。狼たちは痩せた灰色の影のように暗闇をうろついていた。〝恐怖は剣よりも深い傷をつくる〟彼女はシリオ・フォレルルに教わった言葉と、そして、〝ヴァラー・モルグリス〟

というジャクェンの言葉を小声でつぶやいた。

雨は断続的に降っていたが、よい外套を着ているので水はしみこまなかった。アリアはゆっくりとした一定のスピードで進んでいった。それ以上に速く進むには、木の下は暗すぎた。少年たちはどちらも、乗馬が決して上手ではなかった。そして、柔らかい荒れた地面には、なかば隠れた木の根や、岩が潜んでいて、危険だった。かれらはまた道路を横切った。水が溜まっている深い轍があったが、アリアはそこを避けて、起伏する丘陵に向かった。木苺、茨、生い茂った下生えの中を進み、水の涸れた小さな谷間の底を通っていくと、濡れて重くなった葉をつけた木の枝が顔を打った。

一度、ジェンドリーの牝馬が泥に足を取られて、ひどく尻餅をつき、かれは鞍から投げ出されたが、馬も本人も無傷だった。そしてジェンドリーは持ち前の頑固な表情で、すぐに馬上に戻った。その後まもなく、仔鹿の死骸をむさぼり喰っている三頭の狼に行きあった。ホット・パイの馬がその臭いを嗅ぎ、怯えて駆けだした。狼のうち二頭も逃げ出したが、三頭めは頭を上げて牙を剥き出し、獲物を守ろうとした。「後ろにさがれ」アリアはジェンドリーにいった。「ゆっくり、そいつを怯えさせないように」かれらはじりじりと馬を横歩きさせて遠ざかった。そして、ついに狼とその御馳走が見えなくなった。その時になってはじめて彼女は馬をまわして、ホット・パイの後を追った。かれは木々の間を突進する馬の鞍に必死でしがみついていた。

その後、かれらは焼けた村を通り、黒こげのあばら家の骨組みの間を注意深く縫っていき、林檎（リンゴ）の並木に一ダースの死人の骨がぶら下がっているところを通りすぎた。ホット・パイはそれらを見ると祈りはじめ、細い小さな声で何度も何度も〈慈母〉の慈悲を請うた。アリアは濡れて腐った衣服をまとっている肉のない死人を見上げて、独特の祈りの言葉を唱えた。

〃サー・グレガー〃その言葉はこのように続いた。〃ダンセン、ポリヴァー、〈善人面のラフ〉、〈一寸刻み〉（ティクラー）に〈猟犬〉（ハウンド）。サー・イリーン、サー・マーリン、キング・ジョフリー、クイーン・サーセイ〃そして、最後に〃ヴァラー・モルグリス〃と唱え、ベルトの下にしまってあるジャクェンのコインを押さえた。それから手を上げて、死人の下を通りながら林檎を一個もぎとった。それはぐちゃぐちゃで熟れすぎていたが、虫も何も全部合わせて食べた。

それは夜明けのない日だった。周囲の空はゆっくりと明らんだが、決して太陽は見えなかった。黒色が灰色に変わり、色彩がおずおずと世界に這い戻ってきた。兵士松（ソルジャー・パイン）は陰気な緑色の服をまとい、赤褐色や薄れた金色の広葉樹はすでに茶色に変わりはじめていた。かれらは時間を惜しみつつも足を止め、馬に水を飲ませ、ホット・パイが台所から盗んできたパンをちぎり、固く黄色いチーズの塊を手から手に渡して、慌ただしく冷たい朝食をとった。

「どちらに進んでいるか、わかっているのか？」ジェンドリーが彼女にたずねた。

「北よ」アリアはいった。

ホット・パイは不安そうにあたりを見まわした。「どっちが北だ？」

彼女は手にしたチーズで指し示した。「あっち」

「でも、太陽が出ていない。どうしてわかる？」

「苔で。ほら、苔はたいてい樹木の片側に生えているだろう？　それが南だ」

「北に行くと、何がある？」ジェンドリーがたずねた。

「三叉鉾河（トライデント）だ」アリアは盗んだ地図を広げてみせた。「いいか？　いったんトライデント河に着いたら、あとは上流に進んでいくだけでいい。そうすればリヴァーラン城に着く、ここだ」彼女は指で道をなぞった。「遠いけれど、川に沿っていくかぎり迷うことはない」

　ホット・パイは目をぱちくりして地図を見た。「どれがリヴァーラン城だって？」

リヴァーラン城は、青い線で示されているタンブルストーン河と赤の支流（レッド・フォーク）という二筋の川の合流点に、城の塔の絵で示されていた。「ここだ」彼女はそこに指を置いた。「〝リヴァーラン城〟と書いてある」

「文字が読めるのか？」かれはまるで彼女が水の上を歩くことができるとでもいったかのように、驚いていった。

　彼女はうなずいた。「リヴァーラン城に着けば安全だ」

「そうか？　なぜだ？」

〝なぜなら、リヴァーラン城はわたしの祖父の城で、兄のロブがいるはずだからだ〟彼女はそういってやりたかったが、唇を噛んで地図を巻いた。「とにかく安全なんだ。それも、あそこに着けばの話だが」彼女が最初に馬上に戻った。ホット・パイに真実を隠すのは気分が悪かった。しかし、かれには秘密を打ち明けなかった。ジェンドリーは知っているが、これは別の問題だ。ジェンドリー自身も秘密をもっているが、どんな秘密か本人さえも知っていないようだった。

　この日、アリアは進行のスピードを速めて、できるかぎり馬たちに速歩を続けさせた。そして、前方に開けた野原が見えると、拍車をかけて全速力で走らせた。しかし、そんな機会はほとんどなかった。進むにつれて土地は丘陵に変わっていったからだ。丘陵は高くもなく、特別に急でもなかったが、果てしもなく続くように思われ、つぎつぎに現われる丘を登り下りするのに、まもなく疲れてしまった。そして、いつのまにか、地形に沿って河床をたどったり、樹木の繁った迷路のような浅い谷間を通っていったりした。そのような場所では、木々が立派な天蓋のように頭上を覆っていた。

　アリアはときどきホット・パイとジェンドリーを先に行かせ、追手がやってくる気配がないかずっと耳を澄ませながら、自分だけ突然逆行して足跡を乱した。〝遅すぎる〟と彼女は思い、唇を噛んだ。〝わたしたちの歩みは遅すぎる。これではきっと捕まってしまう〟一度、ある尾根で、後ろの谷間の小川を黒い姿が渡ってくるのがちらりと見えたことがあった。そして、ほんの一瞬、ルース・ボルトンの騎主たちが追いついてきたのかと思った。しかし、もう一度見ると、それは狼の一群にすぎないとわかった。彼女は手で口を囲むようにして、下のかれらに向かって遠吠えをした。「ウオーーーー、ウオーーーーー」と。すると、群れでいちばん大きな狼が頭を上げて遠吠えを返したが、その声を聞くとアリアは体が震えた。

　日中までに、ホット・パイが文句をいいはじめた。尻が真っ赤になって痛いといい、足の内側が鞍でこすれて痛い、しかも、ちょっと眠らなければならないと。「くたびれすぎて、馬から落ちそうだよ」と。

アリアはジェンドリーを見た。「もし、かれが落ちたら、それを最初に見つけるのはだれだと思う？　狼か、それとも〈血みどろ劇団〉か？」

「狼だ」ジェンドリーはいった。「鼻がいいから」

ホット・パイは何かいいかけたが、思いとどまった。かれは落馬しなかった。まもなくふたたび雨が降りはじめた。まだ、太陽はちらりとも姿を見せていなかった。だんだん寒くなってきた。そして青白い霧が松の木々の間を縫い、焼けた何もない野原を流れてきた。

ジェンドリーも、ホット・パイと同様に辛い思いをしていたが、文句をいうには頑固すぎた。かれは不器用に鞍にすわり、もじゃもじゃの黒髪の下で、顔に断固たる表情を浮かべていた。しかし、かれが乗馬が不得意なことは、アリアにもわかっていた。〝早く気づくべきだった〟彼女は思った。彼女は物心ついて以来ずっと乗馬をしてきた。幼いころはポニーに乗り、その後は馬に乗った。しかし、ジェンドリーとホット・パイは都会生まれで、都会では庶民は馬に乗らずに歩いた。ヨーレンはかれらをキングズ・ランディングから連れ出したときに、かれらに馬を与えていた。しかし、〈王の道〉で驢馬（ロバ）に乗って荷車の後をトコトコ歩くのと、狩猟用の馬を操って荒れた森林と焼けた野原を通っていくのは、まったく別の事柄だった。

自分だけならもっとずっと楽に行けるであろうことは、アリアにもわかっていた。しかし、かれらをおいていくわけにはいかなかった。かれらは彼女の群れの仲間であり、友達であり、しかも、彼女に残っている生きた友達はかれらだけであり、アリアが連れてこなかったら、ジェンドリーは鍛冶場で汗を流し、ホット・パイは台所で働き、二人ともまだハレンホールで無事に暮らしていただろうから。〝もし〈血みどろ劇団〉に捕まったら、わたしはネッド・スタークの娘であり、〈北の王〉の妹だといってやろう。そして、わたしを兄のところに連れていけと、そして、ホット・パイとジェンドリーには危害を加えるなと命令してやろう〟かれらは信じないかもしれない。そして、たとえ信じたとしても……ボルトン公は兄の旗主であるが、それでもかれが怖かった。〝絶対捕まらないぞ〟彼女は心の中で誓い、肩越しに後ろに手を伸ばして、ジェンドリーが盗んできてくれた剣の柄に触った。〝捕まるものか〟

その日の午後遅く、一行が森の外に出ると、そこは川岸だった。ホット・パイが歓声を上げた。「トライデント河だ！　これで、おまえがいったように、上流に行きさえすればいいんだ。もう、向こうに着いたも同然だ！」

アリアは唇を噛んだ。「これはトライデント河ではないと思う」川は雨のために増水していたが、それでも川幅は十メートルをそれほど超えてはいなかった。彼女の記憶ではトライデント河はもっとずっと広かった。「トライデント河にしては小さすぎる」彼女は二人にいった。「そして、そんなに遠くまで来てはいない」

「いや、来た」ホット・パイがいい張った。「一日じゅう、馬に乗ってきたし、ほとんど止まらなかった。遠くまで来ているにちがいない」

「もう一度、あの地図を見てみよう」ジェンドリーがいった。

アリアは馬から下り、地図を出して広げた。その羊皮紙に雨粒がパラパラ当たり、細い筋となって流れ落ちた。

「どこか、この辺だと思う」彼女がそういって指し示すと、少年たちは彼女の肩ごしに覗きこんだ。

「それじゃあ」ホット・パイがいった。「ほとんど進んでいないぞ。ほら、おまえの指によるとハレンホールはそこだ。おまえはほとんどそこに触っている。一日じゅう、馬を進めてきたのにさ！」

「トライデント河に着くには、何キロも何キロも進まなければならない」彼女はいった。「着くには何日もかかるだろう。これはどれか別の川にちがいない。ほら、これらの川のひとつだ」彼女は地図の作者が記入した何本かのもっと細い青線を示した。それら一本一本の下に繊細な文字で名前がしるされていた。「ダリー川、青林檎川、乙女川……ほら、これだ。小柳川、これがそれかもしれないぞ」

ホット・パイは地図の線から川に目を移した。「そんなに小さく見えないがなあ」

ジェンドリーも顔をしかめていた。「おまえが指し示している川は、そちらの別の川に流れこんでいるぞ、ほら」

「大柳川だな」彼女は読んだ。

「では、大柳川だ。そして、大柳川はトライデント河に流れこんでいる。それで、これらをつぎつぎにたどっていくことはできるが、上流にではなく、下流に進まねばならない。ただし、もしこの川が小柳川でないとすれば、もし、こいつがここの別の川だとすれば……」

「さざなみ川」アリアは読んだ。

「見ろ、こいつはぐるりとまわって、湖のほうに流れ下る。ハレンホールに逆戻りだ」かれは指で線をたどった。

ホット・パイが目を丸くした。「とんでもない！　必ず殺される」

「これがどの川か見定めなければならない」ジェンドリーは持ち前の頑固な声で宣言した。「確かめる必要があるぞ」

「いや、その必要はない」地図では青線のそばに名前が書かれているかもしれないが、川の土手に名前を書く人はいない。「上流にも下流にもいかない」彼女は決心して、地図を巻いた。「渡って、今までどおり北に進みつづける」

「馬が泳げるか？」ホット・パイがたずねた。「深そうだぞ、アリー。蛇がいたらどうする？」

「北に向かっているというのは、確かか？」ジェンドリーがたずねた。「こんな丘陵地帯だ……もし、ぐるりと向きが変わっていたら……」

「木に生えている苔――」

かれは近くの木を指さした。「あの木は三面に苔が生えている。そして、隣の木には苔がまったく生えていない。迷う可能性があるぞ。ぐるぐる円を描いてまわるだけかも」

「その可能性はある」アリアはいった。「しかし、とにかく川を渡るつもりだ。おまえたち、一緒に来てもいいし、ここに留まってもいいぞ」彼女は二人を無視して馬上に戻った。もし、後をついてきたくなければ、自力でリヴァーラン城を見つければいい。むしろ、〈血みどろ劇団〉がかれらを見つけるだろうが。

川岸に沿ってたっぷり八百メートルも進んでから、やっと安全に渡れそうな場所が見つかった。しかし、その時でさえ、彼女の牝馬は水に入るのをいやがった。名前が何であれ、その川の水は茶色で、流れが速かった。そして、まんなかの深い部分では、水が馬の腹より上にきた。ブーツに水が入ったが、彼女は踵を馬に押しつけて向こう岸に上がった。後ろから、水のはねる音と、牝馬の神経質ないななきが聞こえた。〝それじゃ、ついてくるんだな。よろしい〟彼女が振り返って眺めると、少年たちは懸命に川を渡り、ずぶ濡れの姿で彼女のそばにやってきた。「トライデント河じゃなかった」彼女はかれらにいった。「違っていた」

次の川はもっと浅くて渡るのは楽だった。それもまたトライデント河ではなかった。そして、これを渡ると彼女がいったときも、だれも文句をいわなかったのだった。

ふたたび馬を休めるために停止し、またパンとチーズの食事をしていると、夕闇が迫ってきた。「濡れて、寒いよ」ホット・パイが文句をいった。「もう間違いなく、ハレンホールから遠くに来た。火を焚いてもいいよなあ――」

「だめだ！」アリアとジェンドリーが同時にいった。ホット・パイはちょっとたじろいだ。アリアはジェンドリーを横目で見た。〝こいつ、わたしと同じことを同時にいった。昔、ウィンターフェル城でジョンがやっていたように〟彼女は兄弟みんなのなかでジョン・スノウがいちばん恋しかった。

「少なくとも眠れるだろうな？」ホット・パイがたずねた。「おれ、すごく疲れたよ、アリー。尻が赤くなって痛いし。水膨れができたと思う」

「捕まったら、それじゃすまないよ」彼女はいった。「なんとしても先に進まなくちゃ。どうしても」

「しかし、もう真っ暗だ。それに月も見えないしさ」

「馬の背中に戻れ」

あたりが暗くなってきたので、ゆっくりとしたペースで進んだ。アリアは自分自身の疲れが重くのしかかってくるのを感じた。ホット・パイと同様に、彼女も睡眠が必要だった。しかし、そんな余裕はなかった。もし眠れば、目が覚めたときに、ヴァーゴ・ホウトが〈道化のシャグウェル〉や〈酒びたり（フェイスフル）〉のアースウィックやロージャや〈嚙みつき魔（バイター）〉や司祭（セプトン）のアットやその他の怪物全員を率いて、自分たちを見下ろして立っているかもしれなかった。

しかし、馬の動きがゆりかごの動きのように気持ちよくなり、アリアはまぶたが重くなっていくのを感じた。彼女はほんの一瞬、目をつぶり、それからまたぱっと開いた。〝眠るわけにはいかない〟彼女は声を出さずに自分を叱りつけた。〝だめ、だめ〟彼女は目を開けておくために、拳を目に当てて強くこすり、しっかり手綱を握り、馬を蹴り、駆け足にした。しかし、彼女も馬もそのペースを保つことはできなかった。そして、ほんの数瞬でまた普通の歩みに戻った。さらに数瞬で、彼女の目はふたたび閉じた。こんどはそんなにすぐには開かなかった。

目が開くと、馬は立ちどまって、茂みで草をはんでいた。一方、ジェンドリーが彼女の腕を揺すっていた。「眠っちゃったな」かれは彼女にいった。

「目を休めていただけだよ」

「では、長い間、休めていたぞ。おまえの馬は円を描いてさまよっていた。しかし、馬が止まるまで、おれはおまえが眠っているのに気づかなかった。ホット・パイはもっとひどい。やつは木の大枝に衝突して撥ね飛ばされた。やつのわめき声が聞こえたはずだ。それなのに、おまえは目覚めなかった。おまえ、止まって眠る必要があるぞ」

「おまえが進むかぎり、わたしだって進むことができる」彼女はあくびをした。

「違う」かれはいった。「愚か者になりたければ、進みつづけるがいい。だが、おれは止まる。最初の見張りはおれが務める。おまえたちは眠れ」

「ホット・パイは？」

ジェンドリーは指さした。ホット・パイはすでに地面に下りて、湿った落ち葉のベッドの上にマントをかぶって横たわり、小さないびきをかいていた。片方の拳に大きなチーズのかけらを握っていたが、どうやらそれを噛んでいる間に眠ってしまったらしかった。

反論してもしかたがないと、アリアは気づいた。ジェンドリーに一理ある。〝〈血みどろ劇団〉の連中も眠る必要はあるだろう〟これが正しければよいがと思いながら、彼女は自分にいい聞かせた。あまり疲れていたので、馬から下りることさえ難しかった。しかし、橅(ブナ)の木の下に適当な場所を見つける前に、馬に足枷をつけなければならないことを思い出した。地面は固くて湿っていた。いつになったら、熱い食事をとり、暖炉にあたり、またベッドで眠ることができるのだろうかと思った。目を閉じる前に、最後にしたことは剣の鞘を払い、自分の横に置くことだった。「サー・グレガー」彼女はあくびをしながらささやいた。「ダンセン、ポリヴァー、〈善人面のラフ〉。〈一寸刻み(ティクラー)〉と……〈ハウンド〉……」

夢は血みどろな残虐行為に満ちていた。その中に〈劇団〉員たちが出てきた。少なくとも四人。青白いライス人とイッベンからきた黒くて残忍な斧使い、イッゴと呼ばれるドスラクの騎馬族長、それに、どうしても名前のわからないドーン人だ。かれらは錆びた鎖帷子(チェーン・メイル)と濡れた革衣をまとい、剣と斧を馬の鞍に当ててガチャガチャと鳴らしながら、雨の中をつぎつぎにやってきた。かれらはわたしを狩っているつもりだと、彼女は夢特有の奇妙な鋭い確信を抱いた。だが、それは間違っていた。彼女がかれらを狩っていたのだった。

夢の中では彼女は決して小さな少女ではなかった。彼女は巨大で強力な狼だった。そして、彼女がかれらの前の木々の下から現われて、牙をむき、低い唸り声をあげると、馬も人も等しく恐怖の悪臭を放つのがわかった。ライス人の馬は後ろ足で立ち上がり、恐怖の悲鳴をあげ、他の連中は人間の言葉でたがいに叫び合ったが、かれらが行動に移らないうちに、暗闇と雨の中から他の狼たちが跳び出してきた。痩せて、濡れて、声をたてない狼の大群が。

戦いは短かったが、血みどろだった。毛深い男は斧を抜きながら倒れた。色の黒いやつは弓に矢をつがえながら死んだ。そしてライスからきた青白い男は逃げ出そうとした。彼女の兄弟姉妹がそいつを追い詰めて、きりきり舞いをさせ、四方八方から襲いかかり、馬の脚に嚙みつき、地面に転落した騎手の喉を嚙み切った。

鈴をつけた男だけが踏みとどまった。かれの馬は彼女の姉妹のひとりの頭を蹴り、かれは髪につけた鈴をかすかに鳴らしながら、湾曲した銀色の鉤爪でもう一頭の狼をほとんど真っ二つに断ち切った。

彼女は激怒に駆られてそいつの背中に飛び乗り、鞍の上からまっさかさまに突き落とした。落下しながら、彼女の顎はそいつの腕をしっかりとくわえ、革とウールと柔らかい肉に歯を食いこませた。着地したとき、彼女は頭を激しく引いてそいつの肩から腕をむしり取った。彼女は大喜びして、それをくわえて前後に振りまわし、温かい赤い滴を冷たい黒い雨の中に振りまいた。

4――ティリオン

古い鉄の蝶番（ちょうつがい）のきしる音で目覚めた。

「だれだ」かれはしわがれ声でいった。喉がひりひりして声が嗄れてはいたが、とにかく声は出た。まだ熱はあった。そして、ティリオンは時間の感覚をなくしていた。こんどは、どのくらい長く眠っていたのだろうか？　ひどく衰弱している。どうしようもなく衰弱している。「だれだ？」こんどはもう少し大きな声でいった。開いた扉の向こうから松明の火がちらちらと射したが、室内の明かりはベッドサイドのちびた蠟燭の明かりだけだった。

近づいてくる人影を見ると、ティリオンは体が震えた。この〈メイゴルの天守〉の中では、すべての召使は太后（クィーン）に雇われている。だから、どんな訪問者もサーセイの手先という可能性があり、サー・マンドンがやりかけた仕事を終えるために遣わされた可能性があるのだ。

それから、その男が蠟燭の明かりの中に歩み入り、ティリオンの青白い顔をしげしげと見て、声高に笑った。「髭剃りをしていて顔を切った、というわけですな？」

片方の目の上から、なけなしの鼻の残りを横切って顎に達する大きな傷を、ティリオンは指でまさぐった。肉芽はまだ生々しく、触ると温かかった。「そうだ、おっそろしくでかい剃刀でな」

ブロンの漆黒の髪は洗いたてで、厳しい目鼻立ちの顔からまっすぐ後ろに梳(くしけず)られていた。服装は、型押しした柔らかい革のブーツ、銀の飾り鋲をちりばめた幅広のベルト、それに薄緑色のシルクのマント。濃い灰色のウールのダブレットを斜めに横切って、明るい緑色の糸で刺繍された燃えている鎖。

「どこに行っていたんだ？」ティリオンはたずねた。「呼びにやったのに……あれは二週間も前だったにちがいない」

「いや、四日前ですよ」その傭兵は答えた。「そして、わたしは二度もここに訪ねてきたんです。そしたら、あんたは死んだように人事不省になっていた」

「死んではいない。優しい姉が確かにそれを試みたがね」たぶん、これを声に出していってはいけなかったのだろう。だが、ティリオンはもはや気にしなかった。自分を殺そうとしたサー・マンドンの後ろにサーセイがいたことは、腹の底でわかっていた。「おまえの胸の、その醜い物はなんだ？」

ブロンはにやりとした。「騎士の紋章ですよ。燃える鎖、スモーク・グレイの地に緑色の。お父上の命令で、わたしは今やブラックウォーターのサー・ブロンなんですよ、〈小鬼(インプ)〉どの。お忘れなく」

ティリオンは羽毛布団の上に両手をつき、もぞもぞと動いて数センチ体を引き上げ、枕によりかかった。「騎士にしてやると約束したのはおれだぞ、覚えてるだろう？」〝お父上の命令で〃というのがまったく気に入らなかった。父のタイウィン公が、自分が〈手の塔〉に入るために、すぐさま息子を追い出したのは、だれにもわかるメッセージだった。しかし、それとこれとは違う。「おれは鼻の半分を失い、おまえは騎士の位を得る。神々のこの処置は納得できないなあ」かれは苦々しい声でいった。「父はみずからおまえの肩を剣で叩いて、騎士に叙任したのか？」

「いいや。〈巻き上げ機（ウィンチ）の塔〉の戦いに生き残ったわたしらは、総司祭（ハイ・セプトン）と〈王の楯（キングズガード）〉によって肩を叩かれました。その儀式を執り行なう〈王の楯（キングズガード）〉が三人しか残っていなかったので、だらだらと半日もかかりましたがね」

「サー・マンドンが戦死したのは知っている」〃ポッドに川に突き落とされたのさ。あの裏切り者がおれの心臓に剣を突き刺すほんの一瞬前にな〃「他に死んだものは？」

「〈猟犬（ハウンド）〉」ブロンがいった。「死んだのではなく、姿を消しました。かれが臆病風に吹かれたので、代わりにあんたが出撃隊を指揮したと、金色（こんじき）のマントどもがいっています」

〃おれとしたことが、あまり賢明な思いつきではなかったな〃顔をしかめると、傷跡の組織がひきつれるのがわかった。ブロンに椅子をすすめて、いった。「姉はおれをマッシュルームと間違えている。暗い場所に閉じこめて、糞を喰わせるんだからな。ポッドはいいやつだが、あいつの舌のいぼはキャスタリーの磐城（ロック）ほどの大きさがある。そして、おれはやつの話を半分も信用していない。サー・ジャスリンを呼んでこいと送り出したら、かれは死んだといって戻ってきたぞ」

「かれも他の者も、何千人と死にましたよ」ブロンは腰を下ろした。

「どのように？」ティリオンはますます気分が悪くなるのを感じながら、たずねた。

「合戦の間に。聞くところによると、姉上は王を赤の王城（レッド・キープ）に連れ戻すために、ケトルブラック兄弟を遣わしたそうです。王が逃げようとするのを見て、金色（こんじき）のマントの連中の半分は一緒に逃げることに決めました。しかし、〈鉄の手（アイアンハンド）〉ことサー・ジャスリン・バイウォーターがその前に立ちふさがって、城壁に戻れと命じました。かれが熱弁をふるって説得し、みんながほとんど引き返そうとしたときに、だれかがその首を射抜きました。すると、かれはそれほど恐ろしい形相ではなくなったので、連中はかれを馬から引きずり下ろして、殺したそうです」

〃またサーセイに貸しができたな〃「おれの甥は」かれはいった。「ジョフリーは。何か危険な目にあったか？」

「まあ、ほどほどに」

「何か危害を受けたのか？　負傷したか？　髪を掻きむしられたとか、爪先を切り株にぶっつけたとか、爪が割れたとか？」

「そういうことは聞いていません」

「王が逃げればどうなるか、サーセイに警告したんだ。今は、金色（こんじき）のマントをだれが指揮している？」

「お父上が御家来の西部人の一人に隊を任されました。アダム・マーブランドとかいう騎士に」

たいていの場合、金色のマントは外部の人間に指揮されるのをいやがるものだ。しかし、サー・アダム・マーブランドは賢明な選択だった。かれはジェイミーと同様に、人々がよろこんで従う種類の男だった。〝おれは〈王都の守人〉を失ったんだな〟「シャッガを探しに、ポッドをやった。だが、不首尾だった」

「石鳥族はまだ〈王の森〉にいます。シャッガはあの場所が気に入ったようです。ティメットは焼身族を連れて故郷に帰りました。戦が終わってから、スタニスの野営地で奪った戦利品を全部持ってね。ある朝、チェラが十数人の黒耳族を連れて〈川の門〉に姿を現わしたが、お父上の赤マント隊がかれらを追い払い、キングズ・ランディングの市民が糞を投げつけて歓声をあげましたよ」

〝恩知らずめ。黒耳族はかれらのために死んだのに〟ティリオンが眠り薬を飲まされて夢を見ている間に、かれ自身の肉親がかれの鉤爪を一枚一枚剝がしてしまったのだ。「おまえ、姉のところに行ってくれ。彼女のたいせつな息子は無傷で戦を切り抜けた。だから、サーセイにはもはや人質は必要ない。前に、アラヤヤを釈放すると誓ったぞ――」

「釈放しましたよ。八日か九日前に、鞭打った後で」

ティリオンは肩を刺すような突然の痛みを無視して、体をもう少し起こした。「鞭打った？」

「中庭の柱に縛りつけて、鞭打ったんですよ。それから、血だらけの裸のまま門から放り出しました」

〝彼女は読み書きを習っていたなあ〟ティリオンはちぐはぐなことを考えた。顔を横切って傷跡がひきつれた。そして、突然、猛烈な怒りで頭が爆発しそうに感じた。アラヤヤは娼婦だった。それはそうだが、めったにいないような、優しくて勇気があって無邪気な娘だった。ティリオンは彼女に指一本触れていなかった。彼女はシェイを隠すベールにすぎなかった。その役割が彼女にどんな負担になるか、不注意にもかれはまったく考えていなかったのだった。「姉がアラヤヤを扱うのと同じようにおれはトメンを扱うと、姉に約束した」かれは覚えていることを声に出していった。まるで吐き気をもよおしそうだった。「しかし八歳の子供を、どうして鞭打つことができる？」〝だが、そうしなければ、サーセイの勝ちだ〟「トメンはあんたの支配下にはいない」ブロンがぶっきらぼうにいった。「太后は〈アイアンハンド〉が死んだことを知ると、後任にケトルブラック兄弟を遣わした。そして、それを拒否する度胸のある者はロズビー城にはいませんでしたよ」

これまた打撃だ。しかし救いでもあると、認めないわけにはいかなかった。ティリオンはトメンが好きだった。「ケトルブラック兄弟はこちら側にいるはずだったが」かれは少なからず苛立ちながら、ブロンにいった。

「以前はね。かれらに太后が与える金の倍額を、わたしがあんたの金から渡すことができていたあいだはね。しかし今、彼女は賞金を増額したのですよ。オズニーとオスフリッドは戦の後で騎士にしてもらった――わたし同様に。どんな戦功にたいする報奨なのか、想像もつかないが。やつらが戦っているのを、だれも見なかったのにねえ」

〝おれの雇い人はおれを裏切る。友人は鞭打たれ、辱められる。そして、おれはここに朽ち果てようとしている〟とティリオンは思った。〝合戦に勝ったと思ったが、これが勝利の味なのか？〟「スタニスがレンリーの亡霊によって敗走させられたというのは本当か？」

ブロンは薄笑いを浮かべた。「〈巻き上げ機（ウィンチ）の塔〉から見えたのは、泥の中に散乱した旗印と、槍を投げ捨てて逃げ出す兵士ばかりでしたよ。でも居酒屋や売春宿では、レンリー公があいつを殺したのを見たとか、こいつを殺したのを見たとかいっているやつが何百人もいたな。スタニスの軍勢の大部分はもともとレンリーの家来でした。そしてかれらはあの輝く緑色の甲冑を見たとたんに、また寝返ったんです」

あれだけ戦略を練ったのに。出撃もしたし、舟の橋も渡ったのに。顔を二つに切断されたのに。ティリオンは亡霊の戦功の陰に隠されてしまったのだった。〝もし、実際にレンリーが死んでいるなら〟調べる必要があることがほかにあるのでは、と思われた。「スタニスはどうやって逃げた？」

「かれのライス人の家来がガレー船団を湾の沖に停泊させていました。あんたの鎖の外にね。戦況が不利になると、かれらは湾岸沿いに入ってきて、できるだけ大勢を連れ去った。終わりごろには、兵士たちは船に乗ろうとしてたがいに殺し合ってましたよ」

「ロブ・スタークはどうした。何をしていた？」

「かれの狼軍団の一部は焼き討ちをしながらダスケンデールに向かって南下してきました。

お父上はあそこの態勢を整えるために、ターリー公とかいうやつを派遣しました。わたしもかれの軍に加わろうかと半分考えましたね。かれは立派な武人で、略奪品については気前がいいという噂だから」

ブロンを失うと想像するのは、我慢の限界を超えた。「とんでもない。おまえの居場所はここだ。おまえは〈手〉の衛兵隊長なのだぞ」

「あんたはもう〈手〉じゃない」ブロンは鋭く念を押した。「お父上ですよ。そして、かれは自前の獰猛な衛兵を抱えておられる」

「おまえがおれの部下として雇った兵士たちは、みんなどうなった？」

「何人かは〈巻き上げ機の塔〉で死にました。われわれ残りの者には、あんたの叔父さんのサー・ケヴァンが給料を渡して、お払い箱にしました」

「ご親切なこった」ティリオンはとげとげしくいった。「つまり、おまえは金に対する執着を失ったということか？」

「とんでもない」

「よろしい」ティリオンはいった。「たまたま、まだおまえが必要だからな。サー・マンドン・ムーアのことは知っているか？」

ブロンは笑った。「やつは間違いなく溺死したと承知していますが」

「やつには大きな借りがある。だが、どうして支払ったものか？」かれは顔に触り、傷跡を探った。「実をいうと、あいつのことをほとんど知らないのだ」

「やつは魚のような目をして、白いマントを着ていました。他に何を知る必要があるんです？」

「何もかもだ」ティリオンはいった。「まず手始めに」かれが求めているのは、サー・マンドン・ムーアがサーセイの手下だったという証拠である。しかし、それを声に出していう勇気はなかった。赤の王城（レッド・キープ）の中では、舌を慎むにしくはないからである。壁には鼠がいて、おしゃべりな小鳥がいて、〈蜘蛛（スパイダー）〉もいるのだ。「起こしてくれ」かれは敷布と格闘しながらいった。「父上にお目にかかる潮時だし、人前に姿を見せる潮時だ」

「そういう美しい姿をね」ブロンが嘲った。

「鼻が半分欠けていてもいいじゃないか？　どうせこの顔だ。ところで、美しいといえば、マージェリー・タイレルはまだキングズ・ランディングにいるのか？」

「いいえ。しかし、これからやってくるんです。市民たちは熱狂的に彼女を愛していますよ。タイレル家はハイガーデン城からずっと食糧を運んできていて、それを彼女の名のもとに与えているんです。毎日、何百台もの大荷車でね。ダブレットの胸に小さな金の薔薇を縫いつけたタイレルのやつらが何千人となく闊歩しています。それも、だれ一人自分の金でワインを買うやつはいません。人妻であれ未亡人であれ娼婦であれ女どもはみんな、胸に金の薔薇をつけた、産毛を生やした小僧どもに夢中なんですよ」

〝やつらはおれに唾を吐きかけて、タイレル家の連中に酒を飲ませているわけだ〟ティリオンはベッドから床に滑りおりた。体の下で脚がぐらぐら揺れ、部屋がぐるぐるまわり、かれはブロンにつかまってまっさかさまに床に倒れるのを防がなければならなかった。「ポッド！」かれは叫んだ。「ポドリック・ペイン！　いったいぜんたい、どこにいるんだ？」歯のない犬のように、苦痛がかれをかじった。ティリオンは弱いものを憎んだ。特に自分自身の弱さを。恥ずかしかった。恥ずかしさは怒りに変わった。「ポッド、入ってこい！」

少年が走ってきた。ティリオンがブロンの腕につかまって立っているのを見ると、かれはあっけにとられた。「殿さま。立った。つまり……その……ワインが必要ですか？　ドリームワインが？　学匠（メイスター）を連れてきましょうか？　あの人はじっとしていろといいましたよ。つまり、寝ていろと」

「長く寝ていすぎた。きれいな衣服を持ってこい」

「衣服？」

この少年が合戦の中ではあれほど頭脳明晰で機略縦横であるのに、他の場合にはまったく気が利かないのはなぜか、ティリオンは理解できなかった。「着る物だ」かれは繰り返した。「チュニック、ダブレット、半ズボン、タイツ。おれが着るんだ。このいまいましい牢屋から出ることができるように」

衣服をつけるには三人の手が必要だった。顔は恐ろしい状態だが、最悪の怪我は肩と腕の関節にあった。矢が当たって、自分自身の鎖帷子（チェーン・メイル）が脇の下にめりこんでしまったのである。メイスター・フレンケンが包帯を取り替えるたびに、変色した肉からいまだに膿と血が滲み出てくる。そして、ちょっとでも動くと、鋭い痛みが体を貫くのだった。

結局ティリオンは不満ながら、半ズボンと、大きすぎて肩からだらしなく垂れ下がる寝間着で我慢しなければならなかった。ブロンが両足にブーツをはかせている間に、よりかかるための杖をポッドが探しにいった。ティリオンは力づけにドリームワインを一杯飲んだ。ワインには蜂蜜で甘味が加えてあり、痛みをしばらく我慢できるだけの罌粟（ケシ）の汁が混ぜてあった。

それを飲んでも、扉の掛け金をはずすころには目眩（めまい）がして、曲がりくねった階段を下りていくと脚が震えた。片手に杖を持ち、もう片方の手でポッドの肩につかまって歩いた。そうやって螺旋階段を下りていくと、下女が上がってきた。彼女は白い目を見開いてかれらを見つめた。まるで幽霊でも見ているように。〝こびとが死から蘇（よみがえ）った〟ティリオンは思った。

〝そして見ろ、ますます醜くなったぞ。さあ、みんなに知らせにいけ〟

〈メイゴルの天守〉は赤の王城（レッド・キープ）内でもっとも堅固な場所で、城の中の城であり、刺の植わった深い空壕（からぼり）に囲まれていた。かれらが扉のところに行くと、夜なので跳ね橋は引き上げられており、その前にサー・マーリン・トラントが白い甲冑と白いマントをつけて立っていた。

「橋を下ろせ」ティリオンは命じた。

「太后（クイーン）の命令で、夜は橋を引き上げることになっています」サー・マーリンは昔からサーセイの飼い犬だった。

「太后は眠っている。おれは父に用事があるんだ」

タイウィン・ラニスター公の名前には魔力があった。サー・マーリン・トラントは不機嫌な声で命令を下し、橋が下ろされた。壕の向こう側にはもう一人の〈王の楯(キングズガード)〉が歩哨に立っていた。サー・オズマンド・ケトルブラックはティリオンがよちよちと近寄ってくるのを見ると、愛想笑いを浮かべた。「よくなられたのですか、殿さま?」

「とてもよくなった。次の合戦はいつだ? 待ちきれないよ」

しかし、ポッドとかれが曲折階段のところに着くと、ティリオンは困惑して階段を見つめるばかりだった。〝自力ではとてものぼれないぞ〟心の中で告白した。かれは自尊心を飲みこんで、ブロンに抱き上げてくれと頼んだ。この時間では見て笑う者はだれもいないだろう、赤子が抱かれるようにこびとが抱かれて階段を上がっていったという話をする者はいないだろう、と空頼みしながら。

外郭の中庭には何十ものテントやパビリオンが建っていた。「タイレルの連中です」絹と帆布の迷路の間を縫っていきながら、ポドリック・ペインが説明した。「ロウアン公のテントも、そしてレッドワイン公のテントも。みんなが入る場所はありませんでした。城内には、という意味ですが。間借りをしている人々もいます、町の中に――旅籠でもどこでも。結婚式のためにやってきたのです。王の結婚式、ジョフリー王の。殿さまも出席できるほど元気になられるでしょうか?」

「貪欲な鼬(イタチ)どもが、おれを遠ざけておくことはできないだろう」少なくとも、合戦より結婚式のほうがましだとはいえる。そのほうが鼻を切り取られる可能性は少ないだろうから。

〈手の塔〉の鎧戸をしめた窓のかげに、まだぼんやりと明かりが灯っていた。扉の両側を守っている兵士は真紅のマントをまとい、獅子の頭立のついた兜をかぶっていた。この兜は父の家の衛兵のものである。その二人をティリオンは知っていた。そして、かれらも彼を見てティリオンだと認めた……もっとも、どちらの兵士もかれの顔を長くは見ていられないと、ティリオンにはわかった。

中に入ると、サー・アダム・マーブランドが螺旋階段を下りてくるのに出会った。かれは〈王都の守人〉の士官がつける装飾のある黒い胸当と金糸織りのマントをまとっていた。「殿さま」かれはいった。「嬉しいですなあ、立っているお姿を見るとは。人の噂では――
――」

「――小さな墓が掘られているとか？　わたしも嬉しい。この情勢では、起き上がるのが最善らしいと思えたのでね。きみは〈王都の守人〉の指揮官になったそうだな。お祝いを述べようか、それともお悔やみを述べようか？」

「両方です、残念ながら」サー・マーブランドは微笑した。「死者と逃亡者をのぞいて、四千四百人ばかりがわたしのもとに残りました。そんなに大勢の者に、どうやって給料を払いつづけることができるかは、神々と〈小指〉のみぞ知るです。でも、お姉さまが一人も解雇してはならぬと命じられました」

〝まだ怖がっているのか、サーセイ？　戦はすんだ。もう金色のマントはあんたの助けにはならないぞ〟「きみは父のところから出てきたのか？」

「はい。残念ながらわたしが退出したとき、ご機嫌麗しいとはいえないご様子でしたがね。

四千四百人もいるのに、たった一人の従士の行方も探し出せないのかとご立腹でした。つまり、あなたの従弟のタイレクがまだ行方不明のままなのですよ」

タイレクは十三歳の少年で、亡くなったかれの叔父タイゲットの息子だった。レディ・エルメサンドと結婚してからあまり日にちが経っていなかった。乳飲み子のエルメサンドは、たまたまヘイフォード家に生き残っている唯一の跡継ぎだった。〝そして七王国の歴史上最初の、乳離れする前に未亡人となった花嫁になるだろう〟「わたしもかれを見つけることができなかった」ティリオンは打ち明けた。

「かれは蛆虫の餌になってます」ブロンがいつもの気配りを見せていった。「〈アイアンハンド〉もタイレクを捜した。そして、宦官がふくらんだ財布をじゃらじゃら鳴らした。それでも、やはりだめだった。諦めるんですな、サー」

サー・アダムは嫌悪の表情でその傭兵を見た。「タイウィン公は血縁のこととなると頑固でね。生死にかかわらずあの少年を取り戻すでしょう。そして、わたしはタイウィン公のご意向にそうよう努力するつもりです」ティリオンに目を戻して、「お父上はご自分の居室におられます」

〝おれの居室にな〟とティリオンは思った。「行き方は知っているつもりだ」

上にはまだ階段があった。しかし、こんどは片手をポッドの肩にかけて、自力でのぼっていった。ブロンがかれのために扉を開いた。タイウィン・ラニスター公は窓の下の椅子にすわり、オイルランプの明かりで書き物をしていた。かれは掛け金の音を聞いて目を上げた。

「ティリオン」静かに、かれは鵞ペンを置いた。

「覚えていてくださって嬉しいです、父上」ティリオンはポッドの肩から手を離して、杖によりかかり、よちよちと近寄っていった。〝何か、おかしいぞ〟かれはすぐに気づいた。

「サー・ブロン」タイウィン公がいった。「ポドリック。われわれの話がすむまで、きみたちは外にいたほうがいいだろう」

ブロンが〈王の手〉を見た目つきは、傲慢といってもよいものだったが、それでもお辞儀をして立ち去り、ポッドも後について出ていった。背後で重い扉が閉まると、ティリオン・ラニスターは父親と二人だけになった。居室の窓は夜寒を防ぐように閉じられていたが、それでも部屋の寒さは身にしみた。〝どんな嘘を、サーセイはかれに吹きこんでいたのか？〟

キャスタリー・ロック城の城主は二十歳も若い男と同じくらい細身で、禁欲的な風貌で、ハンサムでさえあった。強い金髪の髭が頬を覆い、厳しい顔を縁取り、頭は禿げていて、口元は厳しかった。喉には黄金の〈手〉の鎖をかけていた。それぞれの手が隣の手首を握っている鎖である。「美しい鎖ですね」ティリオンはいった。〝おれがかけたほうがもっと美しく見えるのに〟

タイウィン公はこの皮肉を無視した。「すわるがいい。病床から出てもいいのかな？」

「もう病床にはうんざりしましたよ」ティリオンは父親が弱者をどんなにさげすむか知っていた。かれは手近な椅子にすわった。「なんと快適な部屋におられることか。信じられますか？　わたしが死にかけていたとき、だれかがわたしを〈メイゴルの天守〉の暗く小さな独房に移したことを」

「赤の王城(レッド・キープ)は婚礼の客人であふれている。みんなが帰れば、もっと適当な居場所を見つけてやる」

「むしろ、この部屋が好きですがね。この大がかりな婚礼の日取りはあなたが決めたのですか？」

「ジョフリーとマージェリーは年が明けた最初の日に結婚させる。たまたまその日は新しい世紀の初日にあたる。この儀式は新時代の夜明けの先触れとなろう」

〝新しいラニスターの時代だ〟とティリオンは思った。「ああ、まずいなあ。わたしはその日は別の計画を立ててしまいましたよ」

「寝室への不満と、へたな冗談をいうためにここに来たのか？　わしは重要な手紙を書き上げなければならんのに」

「重要な手紙。そうでしょうとも」

「剣と槍で勝つ合戦もあれば、ペンと使い鴉(レイヴン)で勝つ合戦もある。遠まわしな非難はやめておけ、ティリオン。わしはメイスター・バラバーが許すかぎり、おまえの病床を見舞ったのだぞ。おまえが死にそうなときにな」かれは顎の下で、手を尖塔のかたちにした。「なぜ、バラバーを罷免した？」

ティリオンは肩をすくめた。「メイスター・フレンケンのほうは、わたしを無感覚にしておく決心をそれほど固めてはいませんからね」

「バラバーはレッドワイン公の随員の一人としてこの町に来た。才能ある治療師といわれている。かれにおまえの世話をするように、親切にもサーセイが頼んだのだぞ。彼女はおまえの命を心配していた」

〝生きながらえるのが心配だったのさ〟「だからこそ、疑いなく彼女は、いっときもわたしのベッドサイドを離れなかったのでしょうね」

「おかしなことをいうな。サーセイは王家の結婚の計画がある。わしは戦をしている。そして、おまえは少なくともこの二週間、危険の圏外にいたのだぞ」タイウィン公は青白い目で、じっと息子の変形した顔を観察した。「確かにものすごい傷だな、それは認める。いったいどんな狂気にとりつかれたのか？」

「敵が破城槌で城門を攻撃していたのです。あの出撃隊を、もしジェイミーが率いていたら、剛勇とおっしゃるでしょうね」

「ジェイミーは決して合戦のさなかに兜を脱ぐような愚か者ではない。おまえを切った相手を、殺したんだろうな？」

「ああ、あの野郎は充分に死んでいます」とはいえ、サー・マンドンを殺したのはポドリック・ペインだったけれども。甲冑の重みで溺死させるために、かれを川に突き落としたのだった。「敵を殺すのは永遠の喜びです」ティリオンは楽しげにいった。もっとも、サー・マンドンは真の敵ではなかった。あの男にかれの死を望む理由は決してなかった。〝かれは手先にすぎなかった。そしてその後ろにだれがいるか、おれは知っているつもりだ。おれが合戦に絶対生き残らないようにしろと、彼女が命令したのだ〟しかし証拠がなければ、タイウィン公はこのようないいがかりに決して耳を傾けないだろう。「お父上、なぜあなたはこの市内にいらっしゃるのですか？」かれはたずねた。「スタニス公かロブ・スタークか、またはだれかと戦うために、出陣なさるはずではないのですか？」〝それも早ければ早いほどいい〟

「レッドワイン公が艦隊を連れてくるまでは、ドラゴンストーン城を攻撃する船がない。それでもかまわない。スタニス・バラシオンの太陽はブラックウォーター河に沈んでしまった。スタークについていえば、あの少年はまだ西部にいる。しかし、ヘルマン・トールハートおよびロベット・グラヴァー麾下の北部人の大軍がダスケンデールに向かって南下してきている。かれらを迎え撃つために、わたしはターリー公を派遣した。一方、サー・グレガーがかれらの退路を絶つために〈王の道〉を北上している。トールハートとグラヴァーはかれらに挟み撃ちにされるだろう。これはスタークの兵力の三分の一だ」

「ダスケンデール？」ダスケンデールにはそのような危険を冒す価値は何もなかった。〈若き狼〉はついに大失敗をしてしまったのか？

「おまえが心配する必要はまったくない。その顔は死に神のように青白いぞ。そして、包帯には血がにじんでいる。なんでもいいたいことをいって、ベッドに戻るがいい」

「わたしが求めるのは……」かれは喉が赤くひりひりして、詰まっているのを感じた。事実、かれは何が欲しかったのか？　〝あなたがわたしに与えることができる以上のものですよ、父上〟「ポッドから聞きましたが、〈リトルフィンガー〉はハレンの巨城の城主にしてもらったそうですね」

「空虚な称号だ。ルース・ボルトンがロブ・スタークのためにあの城を守っているかぎりは。だが、ベイリッシュ公はその身分を欲しがったのだ。タイレルとの縁組について、かれはよく働いてくれた。ラニスターは借りを返す」

タイレルとの縁組は、実はティリオンの考えだった。だが、今それを主張するのは卑しいことのように思われた。「その称号は、おっしゃるほど空虚でないかもしれませんよ」かれは警告した。「〈リトルフィンガー〉は充分な理由がなければ何もしません。まあ、それはそれとして、たしか、借りを返すとかおっしゃいましたね？」

「そして、おまえは自分の報酬が欲しい、というのだな？ よろしい。何が欲しい？ 領地か、城か、なんらかの役職か？」

「まず手始めに、ほんのちょっと感謝の言葉でもいただければ」

タイウィン公はまばたきもせず、じっとかれを見据えた。「役者と猿は喝采を欲しがる。その点では狂王エイリスも同様だった。おまえは命令どおりに働いた。そして、それがおまえの精一杯の働きだったと確信している。おまえの果たした部分的な役割を否定する者はない」

「わたしの果たした部分的な役割ですって？」ティリオンは残っているなけなしの鼻孔をうごめかさずにいられなかった。「わたしはあなたの都市を救ったと、わたしには思えますが」

「戦（いくさ）の流れが変わったのは、わしがスタニス軍の側面を衝いたからだと、たいていの者は感じているようだぞ。タイレル、ロウアン、ターリーの諸公もまた立派に戦った。また、火術師（パイロマンサー）どもに命じて炎素（サブスタンス）を作らせ、バラシオンの艦隊を打ち破ったのは、姉のサーセイだったと聞いている」

「その間、わたしは鼻毛を抜いていただけだったと、おっしゃるのですか？」ティリオンは思わずとげとげしい口調になった。

「おまえの鎖は巧妙な手段だったし、われらの勝利に決定的な働きをした。この言葉を聞きたかったのか？　ドーン同盟軍についても、おまえに感謝すべきだと聞いている。ミアセラが無事にサンスピアに到着したと聞けば、おまえも嬉しかろう。サー・アリス・オークハートからの手紙によれば、ミアセラはプリンセス・アリアンを大好きになったということだ。また、プリンス・トリスタンは彼女に魅了されたということだ。わしとしては、マーテル家に人質を差し出すことは好まない。だが、これもしかたあるまい」

「こちらはこちらで人質を取ります」ティリオンはいった。「小評議会の席もまた取引の一部です。プリンス・ドーランが軍勢を連れてきてその席を脅しとるというのでなければ、かれ自身われわれの支配下に入るつもりです」

「議席が、マーテル家が要求するすべてであればよいのだが」タイウィン公はいった。「おまえはかれに復讐をも約束した」

「正義を約束したのですよ」

「なんとでも好きなようにいうがよい。それでも、やはり血を見ることになるぞ」

「それは不足している物資ではありませんね？　わたしは合戦の間、その海の中を跳ねまわっていましたよ」ティリオンは物事の核心に迫ってもよいと思った。「それともグレガー・クレゲインをたいそうお好きになったので、かれと離れるのは耐えられないとおっしゃるのですか？」

「サー・グレガーにはそれなりの使い道がある。その弟も同様だ。あらゆる城主にとって獣が必要になる時があるのだ……この教訓はおまえも学んだようだが。サー・ブロンやあのような山の民を抱えているところを見るとな」

ティリオンはティメットの火傷した目、斧を持ったシャッガ、耳の干物の首飾りをつけたチェラなどを思い出した。そしてブロンを。とりわけブロンを。「森には獣があふれています」かれは父親に念を押した。「路地もそうです」

「そのとおりだ。おそらく他の犬どもが狩りをするだろう。それは考慮しよう。他にいうことがなければ……」

「重要な手紙を書いていらっしゃったところでしたね」ティリオンが不安定な脚で立ち上がると、一瞬、めまいの波が打ち寄せた。かれは目をつぶり、それから扉のほうに一歩踏み出した。後になれば、もう一歩、さらにもう一歩と歩きつづけるべきだったと反省するだろうに。だがかれはそうせずに振り返った。「何が欲しいか、とおたずねでしたね？　欲しいものをいいましょう。当然わたしのものになるべきものをください。キャスタリー・ロック城をください」

　父親の口元が引き締まった。「おまえの兄の生得権をか？」

「〈王の楯〉（キングズガード）は結婚を禁じられています。子を持つことを、領地を持つことを。わたし同様あなたもご存じでしょうに。ジェイミーはあの白いマントを羽織った日にキャスタリー・ロック城の請求権を失ったのです。それなのに、あなたはただの一度もそれをお認めになりませんでした。もう、認めてもいいころです。わたしがあなたの息子であり、正当な後継者であると、国民の前に立って宣言していただきたいのです」

　タイウィン公の金色の斑（まだら）のある薄緑色の目が、無慈悲な光を放った。「キャスタリー・ロック城は」かれはとりつくしまのない冷たい無表情な声でいい放った。「絶対だめだ」

　その言葉は二人の間に、巨大に、鋭く、毒を含んで浮遊した。

〝質問する前から答えはわかっていた〟とティリオンは思った。〝ジェイミーが〈王の楯〉（キングズガード）の誓約の兄弟（スウォーン・ブラザー）となってから十八年間、おれはこの問題を一度も持ち出さなかった。わかっていたにちがいない。ずっとわかっていたにちがいない〟「なぜですか？」かれはしいてたずねた。たずねたことを後悔するとわかっていながら。

「それをたずねるのか？　おまえが――この世に出てくるときに母親を殺したおまえが？　おまえはできそこないの、ひねくれた、反抗的な、執念深いこびとで、嫉妬と肉欲と下劣な狡猾さに満ちている。人の世の法律がおまえにわしの名を名乗り、わが家の色を身に着ける権利を与えているのは、おまえがわしの子ではないと証明できないからだ。神々はわしに謙虚さを教えるために、わが父の、そしてそのまた父の紋章である誇り高き獅子を、おまえが身につけて、よちよち歩きまわるのを見なければならないという罰をわしに与えたもうた。だが、おまえがキャスタリー・ロック城をおまえの売春宿にすることを、神々も人間もわしに強制することはできないぞ」

〝おれの売春宿？〟夜が明けた。ティリオンは父親の不機嫌がどこからきたか、すぐにわかった。かれは歯噛みをしていった。「サーセイがアラヤヤのことを話したのですね」

「それがその女の名前なのか？　実をいうと、わしはおまえのすべての娼婦の名前は覚えていない。子供のときに結婚したやつは誰だった？」

「ティシャ」かれは傲然といい放った。

「そして、緑の支流（グリーン・フォーク）にいたあの戦場売春婦は？」

「どうして、気にするんですか？」父の面前でシェイの名前を口にしたくないので、かれはたずねた。

「気にはしない。彼女らが生きていようと、死んでいようと気にしないと同様にな」

「ヤヤを鞭打たせたのはあなたなんですね」これは質問ではなかった。

「おまえはわたしの孫を脅迫の種にしたと姉から聞いたぞ」タイウィン公の声は氷よりも冷たかった。「彼女の言葉は嘘なのか？」

ティリオンは否定するつもりはなかった。「確かに脅迫しました。アラヤヤに危害を加えられないようにするためです。ケトルブラック兄弟が彼女を虐待しないようにです」

「売春婦の名誉を守るために、おまえは自分の家を、自分の血縁者を、脅迫したのか？　そういうことか？」

「よい脅迫はしばしば打撃よりも有効だと教えてくれたのは、あなたでした。ジョフリーが数百回もわたしを苛つかせたからというわけではありませんが、そんなに人を鞭打ちたいなら、かれから始めたらどうですか？　しかし、トメンは……どうしてわたしがトメンを傷つけたいものですか？　かれはよい子です。そして、わたし自身の血縁者です」

「おまえの母親もそうだった」タイウィン公は不意に立ち上がり、こびとの息子の上にそびえ立った。「寝床に戻れ、ティリオン、そしてもうキャスタリー・ロック城への権利について、これ以上何もいうな。報奨は与えるが、おまえの尽力と地位にふさわしいとわしが考えるものを与える。そして、間違うでないぞ――おまえがラニスター家に恥辱を加えるのを黙認するのはこれが最後だ。売春婦とは手を切れ。こんどおまえの寝床で見つけた女は、首を吊るすぞ」

5――ダヴォス

自分が死にたいのか、むしろ死にたくないのか見きわめようとしながら、かれはその帆が大きくなってくるのを長い間見つめていた。

死ぬほうが楽だとわかっていた。洞穴の中に腹這いになって、その船が通りすぎるのを待つだけでいい。そうすれば、死がこちらを見つけてくれるだろうから。熱がもう何日間も体じゅうで燃え、腸を茶色の水に変え、落ち着きのない眠りの中でかれを震わせていた。朝が来るごとに体が弱っていた。〝もう、あまり長くはないだろう〟と、かれは自分にいい聞かせるようになっていた。

たとえ熱では死なないとしても、渇きできっと死ぬだろう。ここには、時たまの雨が岩のくぼみに溜まる以外に、真水はない。ほんの三日前に（それとも四日だったろうか？　この岩の上にいると日々のたつのがわかりにくかった）頼みにしていた水溜まりは古い骨のように乾ききってしまい、緑色に、また灰色に、入り江の水が周囲で波うっているのを見るのは耐えがたいほどだった。いったん海水を飲みはじめれば、終わりが来るのは早いだろうとわかっていた。それでも、あまり喉が渇くので、あやうく最初のひと口を飲みはじめそうになっていた。ところが、突然のスコールがかれを救ったのだった。このころにはひどく弱ってしまっていたので、かれは目をつぶり口を開けて雨の中に横たわり、ひび割れた唇と腫れた舌にしぶきが流れ落ちるのを待つだけだった。しかし、雨があがるとちょっと力がついたように感じられた。そして、島の水溜まりや岩の割れ目や裂け目などにふたたび生命があふれていた。

だが、これは三日前（いや、たぶん四日前）のことで、その水も今ではほとんどなくなっていた。一部は蒸発してしまい、残りは飲み干してしまった。明日までにはふたたび泥をなめ、窪みの底の湿った冷たい石をしゃぶっているだろう。

そして、たとえ渇きか熱で死ななくても、飢餓で死ぬことになるだろう。かれの島は広大なブラックウォーター湾の水面に突き出ている尖塔のような不毛の岩にすぎなかった。合戦の後にかれが打ち上げられた岩礁に、潮が引くと小さな蟹がときどき姿を見せた。かれは指をはさまれて痛かったが、それらを岩の上で押しつぶし、はさみから肉を、殻から内臓を吸い出したのだった。

しかし、潮が満ちてくるとその磯は姿を消した。そして、ダヴォスはまた湾に押し出されないように、岩に駆け上がらなければならなかった。岩の尖塔の頂上は、満潮時には五メートル近くも水面の上にあった。だが海が荒れると、波のしぶきはもっと上まであがったので、たとえ洞穴（実は突き出た岩の下のくぼみにすぎなかったけれども）の中にいても、濡れずにいることはできなかった。岩には苔しか生えておらず、海鳥さえもその場所を避けた。ときたま鷗（カモメ）たちが尖塔の上に下りるので、ダヴォスはそれを捕まえようとするが、かれが近づく前に鳥たちはすばやく逃げてしまうのだった。石を投げてもみたが、体力が弱っているのでそれほど強く投げることができず、たとえ命中しても鷗たちは不快な悲鳴を上げるだけで、舞い上がってしまうのだった。

この避難場所から別の岩も見えた。かれのものよりも高い岩の尖塔が遠くに。それらの中でもっとも手前の岩はたっぷり十二メートルは海面上にそびえているだろうと思われた。しかし、この距離では確かなことはわからなかった。その周囲を鷗の群れがつねに舞っていた。ダヴォスは、そちらに渡っていって巣を襲ってやろうとしばしば考えた。だが、ここの水は冷たく、潮流は強くて危険だし、そのような所を泳ぐには体力が足りないとわかっていた。そんなことをすれば、海水を飲むのと同様に確実に死んでしまうと。

〈狭い海〉の秋はしばしば湿気があって雨が多いと、かれは過去の経験で知っていた。日が照っているかぎり、日中はそれほど悪くなかったが、夜はしだいに寒くなり、白波を蹴立てて強風が湾を吹き渡ることもあった。そして、ダヴォスは遠からずずぶ濡れになって、がたがた震えることになるだろう。熱と寒けが交互に襲ってきた。そして、最近では激しくしつこい咳が出るようになっていた。

身を隠す場所はこの洞穴しかなかったし、これではとても充分とはいえなかった。干潮のとき、流木や黒こげの残骸の破片が磯に打ち上げられることがあったが、火花を放つとか、火をおこすとかする手段がなかった。一度、やけくそになって、二つの流木を擦り合わせてみたが、木が腐っていて、手に豆ができただけでくたびれもうけだった。衣服もずぶ濡れだった。そのうえ、ここに打ち上げられる前に、ブーツの片方は湾のどこかでなくなってしまっていた。

渇き、飢え、寒さ。これらが四六時中、一緒にいる仲間だった。そして、いつの間にか、これらを友人と考えるようになっていた。もうすぐ、これらの友達のだれかがかれを哀れに思って、この際限のない苦境から救いだしてくれるだろうと。いや、もしかしたら、自分はいずれ水の中にじゃぶじゃぶ入っていって、どこか北のほうの見えないところにあるとわかっている陸地に向かって泳ぎだすだろう。このような弱った体で泳いでいくには遠すぎるだろう。しかし、そんなことはどうでもよかった。ダヴォスは昔から海の男だった。海で死ぬつもりでいた。〝海底の神々は、おれをずっと待っている〟とかれは思った。〝もう、かれらのところに行ってもいいころだ〟

しかし今、帆が見えた。水平線上のほんの小さな点だったが、だんだん大きくなってくる。〝船がいるはずのない場所に、船がいる〟かれは自分がいる岩礁の場所をだいたい知っていた。これはブラックウォーター湾の海底にそびえている一連の海山のひとつで、もっとも高いものは海面上三十メートルもそびえており、もっと小さい十数個の岩でも海面上十メートルから十八メートルくらいの高さがある。船乗りはこれらを〈人魚王の槍〉と呼び、海面に突き出している一個に対して、海面のすぐ下には十数個も潜んでいて危険なことを知っている。どんな船長でも常識があれば、それらからずっと離れた航路を取るはずなのに。

　ダヴォスは縁の赤らんだ青い目で、その帆が大きくなってくるのを見守り、帆布に当たる風の音を聞こうとした。〝あの船はこちらに向かってくる〟もし、あれがすぐに進路を変えでもしないかぎり、この貧弱な避難所から声の届く距離を通ることになるだろう。ということは、助かるかもしれないということだ。もしそれを望むなら、の話だが。しかし、自分がそれを本当に望んでいるかどうか定かではなかった。

〝なぜ生きなければならぬ？〟かれは涙でかすんだ目をして考えた。〝おう神々よ、なぜですか？　息子たちは死んでしまいました。デイルもアラードも、マリックもマットスも。たぶん、デヴァンも。これほど大勢の強くて若い息子たちよりも、父親のほうが長生きするなんてことがあるでしょうか？　どうして、わたしが生き長らえますか？　わたしは空っぽの殻です。蟹は死にました。中には何も残っていません。それがわからないのですか？〟

　かれらは〈光の王（ロード・オブ・ライト）〉の燃える心臓の旗をひるがえして、ブラックウォーター河をさかのぼっていったのだった。ダヴォスと《黒いベータ（ブラック・ベサ）》は第二戦列にいた。デイルの《生霊（レイス）》とアラードの《レディ・マーリャ》にはさまれて。三男のマリックは《忿怒（フュアリー）》の漕手長で、第一戦列のまんなかにいた。一方、マットスは父親の副官を務めていた。スタニス・バラシオンのガレー艦隊は赤の王城（レッド・キープ）の壁の下で、ジョフリー少年王のより小さな艦隊と戦闘状態に入っていた。そして、数瞬の間、川面に弓弦の音が鳴り響き、鉄の衝角が櫂（オール）もろとも船体を粉砕する音が響きわたった。

　やがて、巨大な獣のようなものが咆哮し、緑色の炎がかれらを押し包んだ。炎素（サブスタンス）、火術（パイロマ）

師の小便、翡翠の悪魔だ。船が水面から持ち上がったように見えたとき、マットスは《黒いベータ》の甲板で、かれの横に立っていた。ダヴォスは、いつの間にか川の中にいて、手足をばたばたさせ、ぐるぐるとまわりながら押し流されていた。上流では十五メートルもの高さの炎が天を掻きむしっていた。《黒いベータ》が、そして《忿怒》が、その他一ダースもの船が燃上するのが見え、火のついた兵士が川に飛びこんで溺死するのを見たのだった。《忿怒》と《レディ・マーリャ》は沈没したか、砕けたか、あるいは鬼火のベールの陰に隠されたかして、見えなくなった。そして、それらを探すひまはなかった。なぜなら、河口がもう目の前に来ていたからである。そして、河口を横切ってラニスター勢が巨大な鉄の鎖を張り渡していた。岸から岸まで、燃える船と鬼火しかなかった。その光景を見て、かれの心臓は一瞬止まりそうになったものだった。そして、その音を、炎のぱちぱちはぜる音を、蒸気のしゅうしゅういう音を、瀕死の兵士たちの悲鳴を、地獄に向かって押し流されていきながら顔に感じたあの恐ろしい熱を、今でも覚えている。

しなければならないことは何もなかった。あとほんの数瞬遅れていれば、いまごろは海底の緑色の冷たい泥の中で、魚に顔をつつかれながら、息子たちと一緒にいたことだろう。

しかしそうはせず、すぐさま深く息を吸って水中に潜り、川底に向かって脚を蹴った。唯一の望みは、鎖と燃える船と川面に漂う鬼火の下を通過して、その先の安全な湾に向かって必死に泳ぐことだった。ダヴォスは昔から強力な泳ぎ手だったし、この日は鋼を身につけていなかった。兜だけはかぶっていたが、それは《黒いベータ》が沈んだときになくなってしまっていた。緑色の暗闇の中を切り裂いていくと、板金鎧（プレート・アーマー）や鎖帷子（チェーン・メイル）の重みで水中に引きこまれた他の者たちが必死にもがいているのが見えた。ダヴォスは脚に残っているすべての力をふるって水を蹴り、流れに身を任せて、かれらのそばを泳ぎ抜けた。目に水がいっぱい入った。深く、さらに深く、さらに深く潜っていった。息を止めているのがひと掻きごとに困難になっていった。唇から泡を吹き出しながら、柔らかく黒い川底を見た記憶があった。何かが脚に触った……沈み木か魚か溺死者か、わからなかった。

　このころには空気が必要になった。だが、恐れてもいた。もう、あの鎖の下を通っただろうか、湾に出ただろうか？　もし、船の下に浮かび上がったら、溺れるだろう。そして、もし漂っている鬼火のまんなかに浮上したら、最初のひと息で肺は焼けて灰になるだろう。かれは体をねじって上を見た。だが、緑色の暗闇しか見えなかった。その時、体をまわしすぎて、上下が突然わからなくなった。パニックに襲われた。手は川底を掻きむしり、泥が舞い上がり、何も見えなくなった。この瞬間には、胸がさらに苦しくなっていた。かれは水を掻きむしり、蹴り、体を押しやり、向きを変え、肺は空気を求めて悲鳴を上げていた。蹴って、蹴って、川の暗闇の中に迷い、蹴って、蹴って、蹴って、もはや蹴ることができなくなるまで蹴った。口を開いて、悲鳴を上げようとすると、水が口にどっと流れこみ、塩の味がした。そして、ダヴォス・シーワースは溺死しかけていると悟った。

　次に気がついたときには、日が昇っていて、岩の尖塔の下の磯に横たわっていた。周囲には空っぽの湾が開けていて、そばに折れたマストと焼けた帆と膨れた死体があった。そのマストと帆と死体は次の満潮時に消えて、ダヴォスだけが〈人魚王の槍〉のまんなかの岩に取り残されていた。

かれは長年、密輸をやっていたので、キングズ・ランディングの周囲の海域を、これまでにすごしたどの場所よりも熟知していた。そして、この避難所は海図の上のほんの一点にすぎず、まともな船乗りならそばに来ない場所であり、向かってくるはずのない場所だと知っていた……もっとも、ダヴォス自身は密輸をしていたときに、他の船に見つかるよりはと、一度か二度はそばに来たことがあったけれども。〝もし、おれがここで死んでいるのが見つかれば、万一そんなことがあるとすれば、たぶん人々はこの岩におれの名前をつけるだろう〟とかれは思った。〝〈玉葱岩(タマネギ)〉と呼ぶだろう。これはおれの墓石に、遺産(セプトン)になるだろう〟かれにはそれ以上の価値はなかった。〝〈厳父〉は子供たちを守る〟と司祭たちは教えた。だが、ダヴォスは息子たちを火の中に導いてしまった。ディルはあんなに子供を欲しがっていたのに、もう決して妻に子供を授けることはないだろう。そして、アラードはオールドタウンにもキングズ・ランディングにもブレーヴォスにも女友達がいるが、まもなく彼女らはみんな泣くことになるだろう。マットスは自分の船の船長になることを夢見ていたのに、もう決してそうなることはないだろう。マリックは決して騎士の位を得ることはないだろう。

〝かれらが死んだのに、どうしておれが生きることができようか？　あまりにも大勢の勇敢な騎士や有力な領主が死んだ。おれよりましな人々が、そして、貴族たちも。洞穴にもぐりこむんだ、ダヴォス。中にもぐりこんで、体を縮めていれば、あの船は通りすぎるだろう。

そして、もう二度とだれもおまえを悩ますことはないだろう。おまえは石の枕の上で眠れ、そして、鷗に目をほじらせ、蟹に肉を食わせろ。おまえはそれらを充分に喰った。だから、かれらに義理がある。隠れろ、密輪屋。隠れろ、そして、黙って、死ね〟

その帆はもう間近に迫った。あとほんの少しで、その船は無事に通りすぎるだろう。そして、かれは安らかに死ぬことができるだろう。

かれの手が喉をまさぐり、いつも首にかけている小さな革袋を探した。その中には、騎士に叙任された日に、王によって切断された四本の指の骨が入っていた。〝おれのお守りだ〟かれの短くなった指が胸を叩き、探ったが、何もなかった。革袋はなくなっており、指の骨もそれとともになくなっていた。なぜかれがその骨を持っているか、スタニスは決して理解しなかった。「王の裁きを思い起こすためだ」かれはひび割れた唇でささやいた。だが今、それはなくなっていた。〝火は息子たちだけでなく、お守りをも奪った〟夢の中で川はまだ燃えていて、炎の鞭を持った悪魔どもが水面で踊り、人間はその鞭の下で黒こげになって燃えた。「〈慈母〉よ、お慈悲を垂れたまえ」ダヴォスは祈った。「救いたまえ、優しい母よ。われらみなを救いたまえ。お守りはなくなり、息子たちもいなくなりました」いま、かれは思いきり泣いていた。塩辛い涙が頬を流れ落ちた。「火がすべてを奪った……火が……」

たぶん、岩に当たる風の音か、海岸の波音にすぎなかったかもしれない。だが、一瞬、ダヴォス・シーワースは〈慈母〉の答えを聞いた。〝おまえが火を呼んだのだよ〟〈慈母〉は貝殻の中の波音のようなかすかな声でささやいた。悲しげに、そっと。〝おまえがわたしした

ちを燃やした……わたしたちを燃やした……**わたしたちを――、燃やした――**〃

「あの女だ！」ダヴォスは叫んだ。「〈慈母〉よ、われわれを見捨てないでください。あなたを燃やしたのはあの女です。〈紅の女〉（レッド・ウーマン）、メリサンドルです、あいつです！」彼女の姿を思い描くことができた。ハート型の顔、赤い目、長い銅色の髪。歩くと赤いガウンが炎のように動いた。シルクとサテンが渦巻いた。彼女は東方のアッシャイからやってきた。ドラゴンストーン城にやってきて、異国の神のためにスタニスの妻セリースと、その家来たちに取り入り、そしてスタニス・バラシオン王その人にまで取り入った。王は燃える心臓を旗印にするまでになった。ル＝ロール、〈光の王〉、そして炎と影の神の燃える心臓を。メリサンドルに促されて、王は〈七神〉をドラゴンストーン城の聖堂（セプト）から引き出して城門の前で燃やし、その後で、嵐の果て（ストームズ・エンド）城の〈神々の森〉をも燃やした。〈心の木〉さえも、厳かな顔を持った白いウィアウッドの大木も。

「あの女の仕業でした」ダヴォスはもっと弱々しい声でまたいった。〃彼女の仕業であり、おまえの仕業でもあるのだぞ、〈玉葱（タマネギ）の騎士〉め。おまえは闇夜に彼女を舟に乗せてストームズ・エンド城に運んだ。彼女が影の子を放つようにだ。よいか、おまえに罪がないわけではないぞ。おまえは彼女の旗印のもとで出陣し、それをマストに掲げた。おまえはドラゴンストーン城で〈七神〉が燃やされるのを見て、何もしなかった。あの女は〈厳父〉の正義を火に投じ、〈慈母〉の慈悲を、〈老嫗（ろうう）〉の知恵を火に投じた。〈鍛冶〉も〈異客（まれびと）〉も、〈乙女〉も〈戦士〉も、彼女はすべて燃やしてしまった。彼女の残酷な神の栄光のために。そして、おまえは何もせず、黙っていた。彼女がメイスター・クレッセン老人を殺したとき、あのときでさえも、おまえは何もしなかったぞ〃

帆は百メートル彼方にあり、急速に湾を横切っていた。あとほんの少しでそばを通りすぎて、見えなくなってしまうだろう。

サー・ダヴォス・シーワースは岩に登りはじめた。

かれは震える手で体を引き上げた。熱のために頭がくらくらした。麻痺した指が濡れた石の上で二度滑り、落ちそうになった。だが、なんとか岩にしがみつくことができた。落ちれば死ぬが、生きねばならなかった。少なくとも、あとほんの少しの間は。何か、やらなければならないことがあった。

岩のてっぺんは狭すぎて、体力の弱ったかれが安全に立っていることはできなかった。だから、かれはしゃがんで、肉の落ちた腕を振った。「船よ」かれは風に向かって絶叫した。「船よ、ここだ、ここだ！」岩の上から見ると、船はもっとよく見えた。細身の縞模様の船体。ブロンズの船首像、膨らんだ帆。船体に名前が書いてあったが、ダヴォスは読み書きができなかった。「船よ」かれはまた叫んだ。「**助けてくれ、助けてくれ！**」

舳先の水夫がかれを見て指さした。他の水夫たちが船首楼に集まってきて、あっけにとられてこちらを見るのがわかった。少したつとそのガレー船は帆を下ろし、オールを突き出し、かれの避難所に向かってぐるりと向きを変えた。それは大きすぎて岩のそばまで近づくことができなかった。だが、三十メートル手前で小舟を出した。ダヴォスは岩にしがみついて、それがじりじりと近づいてくるのを見守った。四人の水夫が漕いでいて、もう一人が舳先にすわっていた。「おーい」かれの島までほんの数メートルのところに来ると、五人目の男が叫んだ。「おーい、岩の上のやつ。おまえは誰だ？」

〝成り上がりの密輸屋さ〟とダヴォスは思った。〝王を愛しすぎ、神々を忘れた愚か者だ〟

「おれは……」喉が干上がっていた。そして、喋り方を忘れてしまっていた。言葉は舌には奇妙なものに感じられ、耳には聞き慣れない音に響いた。「戦に加わっていた。おれは……船長だった。き、騎士だった。騎士だった」

「わかった」相手はいった。「そして、どちらの王に仕えているのか？」

そのガレー船はジョフリーのかもしれないと、かれは不意に気づいた。ここで間違った名前をいえば、船は自分を見殺しにするだろう。だが、違う。船体が縞模様だ。これはライスの船だ。サラドール・サーンの船だ。〈慈母〉がこの船をここに遣わしてくれたのだ。慈悲深い〈慈母〉が。彼女はかれに使命を与えたのだ。そして息子たちが、他の息子たちがいる。そして、この時かれは知った。〝おれにはまだ王がいる。〟〝スタニスは生きている〟 〈慈母〉は本当に慈悲深かった。愛してくれる忠実な妻がいる〟どうして忘れたりもするのか？

「スタニスに」かれはそのライスの船に向かって叫び返した。「神々よ御慈悲を、おれはスタニス王に仕えている」

「わかった」船の男がいった。「われわれもそうだ」

6――――サンサ

招待状はごく普通のすなおなものに見えたが、サンサは読み返すたびにお腹がきゅっと縮むのを感じた。〝あの人はもうすぐ王妃(クイーン)になる人だ。美しくて、豊かで、みんなに愛されている。その彼女がどうして謀叛人の娘と食事をしたいなどと思うのだろうか？〟もしかしたら好奇心かもしれなかった。たぶんマージェリー・タイレルは自分のライバルだった娘の品定めをしたいのだろう。〝わたしに腹を立てているのかしら？　わたしが彼女に悪意を抱いていると思っているのかしら……？〟

マージェリー・タイレルとその護衛隊が〈エイゴンの高き丘〉を登ってくるのを、サンサは城壁の上から眺めた。ジョフリーは新しい花嫁候補を町に迎えるために、〈王の門〉に出迎えていた。そして、二人は馬を並べて群衆の歓呼の中を進んできた。ジョフリーは黄金の甲冑をつけて光り輝き、タイレルの娘は緑色のドレスに、秋の花々を染め出したマントを肩にひるがえした華麗な姿をしていた。彼女は十六歳、茶色の髪に茶色の目。細身で美しかった。彼女が通ると人々は大声でその名を呼び、祝福してもらうために子供たちを差し上げた。そして、彼女の馬の蹄の下に花をまき散らした。マージェリーの母親と祖母が車輪のついた背の高い屋形馬車（ウィールハウス）に乗って続いた。その乗り物の側面には百もの蔓（ツル）バラが彫刻されていて、そのひとつひとつが金鍍金（めっき）されて光り輝いていた。町民たちは彼女らをも歓声を上げて迎えた。

〝〈猟犬（ハウンド）〉がいなかったら、わたしを馬から引きずりおろして殺したであろう人々と同じ町民だ〟サンサはかれらに憎まれるようなことは何もしていなかったし、マージェリー・タイレルはかれらの愛を勝ち得るために何もしていなかった。〝彼女はわたしにも愛してもらいたいのかしら？〟彼女は招待状を調べた。それはマージェリー自身の手で書かれたように見えた。〝彼女はわたしの祝福をもとめているのかしら？〟この晩餐会のことをジョフリーは知っているかしら、とサンサは思った。よくわからないけれど、これはかれの仕業かもしれなかった。そう思うと怖くなった。もし、この招待の陰にジョフがいるとすれば、年上の娘の面前でわたしに恥をかかせるような残酷ないたずらを計画しているのかもしれない。かれはまたわたしの衣服を剝ぎ取って鞭打てと〈王の楯（キングズガード）〉に命じるのだろうか？　この前にそうしたときは、かれの叔父のティリオンが止めてくれた。でも、こんどはあの〈小鬼（インプ）〉は救ってくれることはできない。

〝わたしのフロリアンしか、わたしを救うことはできない〟サー・ドントスは彼女の脱走を手伝ってくれると約束したが、ジョフリーの婚礼の夜まではだめだといった。計画はよく練ってあると、彼女の親愛なる献身的な〝道化師（フール）になった騎士〟が保証した。その時までは、我慢して、日を数えるしかないと。

〃そして、わたしに代わって許婚者（いいなずけ）となる人と食事をする……〃

あるいは、彼女はマージェリー・タイレルを誤解していたのかもしれない。たぶん、招待状は単純な親切、儀礼的な行為なのかもしれない。〃ただの夕食かもしれない〃しかし、ここは赤の王城（レッド・キープ）、ここはキングズ・ランディング、ここはジョフリー・バラシオン一世王の宮廷であって、サンサ・スタークがここで学んだことがひとつあったとすれば、それは不信であった。

そうであるにしても、彼女は受け入れなければならなかった。彼女は今は何者でもない。謀叛人の見捨てられた娘であり、反逆した城主の嫌われ者の妹にすぎないのだ。ジョフリーの王妃になる人の招待を断ることなど、とてもできなかった。

〃〈猟犬（ハウンド）〉がここにいてくれたら〃あの合戦の夜、サンダー・クレゲインは彼女を町から連れ出そうとして、彼女の部屋にやってきたのだった。しかし、サンサは断ってしまった。彼女はときどき、夜中に目覚めて、自分が賢明だったらどうなっていたろうかと思うことがあった。彼女は杉の櫃（ひつ）の中にいれた夏用のシルクの下に、かれの汚れた白マントを隠しておいた。なぜそうしたか、自分でもわからなかった。〈ハウンド〉は臆病者になってしまったという噂を聞いた。戦（いくさ）がたけなわになったころ、かれがひどく酔っぱらってしまったので、〈小鬼（インプ）〉がその部下を率いなければならなくなったと。しかし、サンサは理解できた。彼女はかれの火傷した顔の秘密を知っていた。〃かれが怖がったのは火だけだった〃あの夜、炎素（サブスタンス）は川そのものを燃え上がらせ、空気そのものさえも緑色の炎で満たした。城内にいてさえも、サンサは怖かった。外にいたら……彼女はほとんど想像することもできなかった。

　彼女はためいきをつきながら鵞ペンとインクを取り出して、マージェリー・タイレルに対して懇(ねんご)ろな受諾の手紙を書いた。

　指定された夜が来ると、別の〈王の楯(キングズガード)〉が迎えにきた。〝サンダー・クレゲインとは……そう、犬と薔薇の花ほど違うわ〟戸口に立ったサー・ロラス・タイレルの姿を見ると、彼女の胸は少し高鳴った。この人が父親の軍勢の前衛部隊を率いてキングズ・ランディングに帰還して以来、間近に見るのはこれがはじめてだった。一瞬、彼女は何といっていいかわからなかった。「サー・ロラス」彼女はやっといった。「あなたは……あなたはとてもお美しい」

　かれは当惑したような微笑を浮かべた。「お嬢さまは、とても優しいことをおっしゃる。しかも、お美しい。妹があなたを首を長くして待っています」

「この晩餐会が待ち遠しくてたまりませんでした」

「マージェリーもそうです。そして、祖母も」かれは彼女の腕をとり、階段のほうに導いていった。

「お祖母(ばあ)さま？」サー・ロラスに腕を触られていると、歩くのと、話すのと、考えるのを、全部同時にすることがとても難しく感じられた。彼女はシルクを透かしてかれの手の温かさを感じることができた。

「レディ・オレナですよ。彼女もあなたと一緒に食事をします」

んですか？」

「まあ」サンサはいった。〝わたしはかれと話をしている。そして、かれはわたしに触っている。わたしの腕を支えて、触っている〟「〈茨の女王〉と呼ばれていらっしゃる。そうな

「そうです」サー・ロラスは笑った。〝かれの笑みはこの上もなく温かい〟彼女はかれに導かれていきながら、思った。「でも、本人の前ではその名前を使わないほうがいいですよ。さもないと、刺されるかもしれませんからね」

サンサは赤面した。〈茨の女王〉と呼ばれて喜ぶ女などいないことは、どんな愚か者でもわかったろうに。〝たぶん、わたしはサーセイ・ラニスターがいうように、本当の愚か者なのだろう〟かれにいうべき、気のきいた魅力的なことを考え出そうと必死で努力したが、頭から知恵は逃げ出してしまっていた。かれがいかに美しいかいいそうになったが、それはすでにいってしまったことを思い出した。

それにしても、かれは本当に美しかった。はじめて会ったときよりももっと背が高く見えたが、それでもなお、しなやかで優雅だった。そして、これほどすばらしい目をした若者を他に見たことがなかった。〝でも、かれは若者ではない。成人した男性だ。〈王の楯〉の一人だ〟白装束をつけているかれは、タイレル家の緑と金の衣装をつけているときよりも、いっそう立派に見えると彼女は思った。今では、かれの衣装で色のついた部分は、マントを止めているブローチだけだった。繊細な緑の翡翠でできた葉っぱのしとねに、気持ちよさそうに横たわるハイガーデン城の柔らかな黄金の薔薇である。

サー・ベイロン・スワンが〈メイゴルの天守〉の扉を押さえて、かれらを通した。かれもまた白装束だったが、サー・ロラスの半分も上手に着こなしてはいなかった。刺の植わった空壕(からぼり)の向こう側で、二十人ほどの兵士が剣と楯で稽古をしていた。城内は満員になっていたので、客のテントやパビリオンを建てるために外郭に近い庭が開放され、武術の稽古には内側の小さい庭だけがあてられていた。レッドワイン家の双子の一人が、楯に目を描いたサー・タラッドに押しまくられていた。ずんぐりした〈ケイスのサー・ケノス〉は長剣を振り上げるたびにシュッシュッ、フーフーと音をたてながら、オズニー・ケトルブラックの攻撃をなんとか防いでいるように見えた。しかし、オズニーの兄弟のサー・オスフリッドは蛙顔の従士モロス・スリントを手ひどくやっつけていた。刃を鈍らせた剣であるにせよ、ないにせよ、スリントは明日までには大量の青痣を収穫していることだろう。かれらを見ただけで、サンサの顔が曇った。〝この前の合戦の死者をほとんど葬りおえないうちに、もう次の合戦の準備をしているなんて〟

庭の端で、黄金の二つの薔薇を楯に描いた一人の騎士が、三人の敵を防いでいた。みんなが見つめている間にも、かれは敵の一人の側頭部を打って気絶させた。「あちらはあなたのご兄弟かしら?」サンサはたずねた。

「さようです、お嬢さま」サー・ロラスが答えた。「ガーランはしばしば三人を相手にして稽古をします。四人のこともあるのですよ。実戦では一対一は稀だというのです。だから、準備をしておきたいのだと」

「とても勇敢なお方にちがいありません」

「偉大な騎士です」サー・ロラスは答えた。「実は、わたしよりも上手な剣士なのです。もっとも、槍はわたしのほうが上ですがね」

「覚えていますわ」サンサはいった。「あなたはすばらしい試合をなさいます」

「お優しいことをおっしゃる。いつ、わたしの試合をごらんになったのですか？」

「ほら、あの〈王の手〉の馬上槍試合の時ですよ。覚えていらっしゃらないのですか？　あなたは白い駿馬にまたがり、百種類もの花々を甲冑につけ、わたしに一輪の薔薇の花をくださいました。赤い薔薇でした。あの日、他の娘たちには白い薔薇を投げ与えていらっしゃいました」彼女はそういいながら顔を赤らめた。「どんな勝利も、きみほど美しくはないとおっしゃいました」

サー・ロラスは慎み深い笑みを浮かべた。「わたしは単純な事実をいっただけです。目を持つ男なら、だれでも見ることができることを」

〝かれは覚えていないんだわ〟とサンサは悟り、愕然とした。〝今はたまたま、優しくしてくれているだけだ。かれはわたしのことも、薔薇のことも、何もかも覚えていないのだ〟彼女はあの薔薇が何かを意味すると、あらゆることを意味すると、確信していたのだった。白ではなく、赤い薔薇。「あれは、あなたがサー・ローバー・ロイスを落馬させた後のことでした」彼女は藁をもつかむ気持ちでいった。

かれは彼女の腕から、手を離した。「わたしはストームズ・エンドでローバーを討ち取りました、お嬢さま」これは自慢ではなかった――悲しげだった。

〝かれと、そして、レンリー王を警護する〈虹の楯（レインボウガード）〉のもう一人も殺された〟女たちが井戸のまわりでこの話をしていたのを彼女は聞いていたのだが、ちょっと忘れていたのだった。

「あれはレンリー王が殺されたときでしたね？　あなたの妹さまは、なんと恐ろしく感じられたことでしょう」

「マージェリーですか？」かれの声が緊張した。「確かにね。でも、彼女はビターブリッジにいました。見てはいませんでした」

「たとえそうでも、お聞きになったときには……」

サー・ロラスは剣の柄を手でそっとこすった。その柄は白い革で、柄頭は縞大理石の薔薇の花だった。「レンリーは死にました。ローバーもね。かれらのことを話しても仕方がないでしょう？」

その口調の鋭さに、彼女はたじろいだ。「あの……あなた、わ、わたしはあなたの気持ちを傷つけるつもりはありませんでした」

「わかっています、レディ・サンサ」サー・ロラスは答えたが、その声からすべての温かみが消えていた。そして、ふたたび彼女の腕をとることもなかった。

深まる静寂の中で、二人は曲折階段をのぼっていった。

〝ああ、なぜサー・ローバーのことを持ち出さなければならなかったのだろう？〟サンサは思った。〝何もかも台なしにしてしまった。もう、かれはわたしに腹を立てている〟彼女はこの事態を改善するために何かいうことはないか、考えようとした。しかし浮かんでくる言葉はへたで弱々しいものばかりだった。〝お黙り、さもないと事態をますます悪化させるだけよ〟彼女は自分にいい聞かせた。

メイス・タイレル公とその随員は王家の聖堂の後ろに住居を提供されていた。そこは〈乙女の蔵〉と呼ばれたスレート葺きの長い要塞だった。その名の由来は、ベイラー聖徒王が自分の姉妹の姿を見て世俗の思想に誘惑されないように、彼女らをその中に幽閉していたからである。その彫刻のある高い扉の外側に二人の衛兵が立っていた。かれらは金鍍金の半球形兜をかぶり、金色のサテンで縁取りをした緑のマントをつけ、胸にはハイガーデン城の黄金の薔薇を縫いつけていた。二人とも身長が二メートルはあり、肩幅が広く、腰が細く、すばらしい肉付きをしていた。その顔が見えるほどそばに行っても、サンサは二人を識別することができなかった。二人とも、同じ力強い顎、同じ濃い青い目、同じ濃い赤い口髭を生やしていたからである。「かれらはどなたですか？」彼女は一瞬、当惑を忘れて、サー・ロラスにたずねた。

「祖母の個人的な護衛です」かれは答えた。「かれらの母親はそれぞれアリックとエリックと名づけましたが、祖母は二人の区別がつかないので、〈左〉と〈右〉と呼んでいます」

〈レフト〉と〈ライト〉が扉を開けた。すると、マージェリー・タイレル自身が現われて、二人に挨拶するために短い階段を駆けおりてきた。「レディ・サンサ」彼女は呼んだ。「来てくださって、とても嬉しいわ。よくいらっしゃいました」

サンサは未来の王妃の足元にひざまずいた。「たいへんな名誉でございます、陛下」

「マージェリーと呼んでくださらないの？　どうぞ、お立ちになって。ロラス、レディ・サンサがお立ちになるのをお助けして。サンサとお呼びしてよろしいかしら？」

「どうぞ」彼女が立ち上がるのに、サー・ロラスが手を貸した。

マージェリーは妹らしいキスをしてロラスを去らせ、サンサの手をとった。「いらっしゃい、祖母が待っています。彼女はレディの中でもっとも気が長いというわけではありませんからね」

暖炉に火が燃えており、床のあちらこちらに、香りのよいふくらんだ藺草（いぐさ）の敷物が敷かれていた。長い架台テーブルのまわりに一ダースほどの女性がすわっていた。

サンサはタイレル公の背の高い威厳のある妻、レディ・アレリーしか知らなかった。彼女の三つ編みの長い銀髪は宝石のはまったリングで束ねられていた。マージェリーは他の人々を紹介した。マージェリーの三人の従妹、メガとアラとエリノアはすべてサンサの年ごろに近かった。豊満なレディ・ジャナはタイレル公の妹で、青林檎のフォソウェイ家の一人に嫁いでいた。上品で目の輝いているレディ・レオネットは、そのフォソウェイ家の一人で、サー・ガーランに嫁いでいた。司祭女（セプタ）のナイステリカは顔にあばたがあり素朴な人だったが、陽気に見えた。青白く、優雅なレディ・グレイスフォードは妊娠しており、レディ・ブルワーは本当に子供で、八歳にもなっていなかった。そしてメリーと呼ばれる人は丸々と太った騒がしいメレディス・クレインのことで、絶対にレディ・メリーウェザーのことではなかった。こちらは情熱的な黒い目をしたミア美人だった。

最後にマージェリーは、テーブルの上座についているしわくちゃで白髪の人形のような婦人の前に彼女を連れていった。「わが祖母、レディ・オレナをご紹介いたします。彼女はハイガーデン城の城主であった故ルーサー・タイレルの未亡人です。ルーサー公の思い出はわたしたちみなの慰めとなっております」

その老女は薔薇の香水の匂いがした。〝おや、こんなにちっぽけな人が〟彼女に茨のような刺々しいところは少しもなかった。「キスしておくれ、お嬢ちゃん」レディ・オレナはしみのある柔らかい手でサンサの手首をつかんでいった。「わたしと、わたしの愚かな牝鳥の群れと一緒に、食事をしてくれて本当に嬉しいわ」

サンサはその老女の頬にうやうやしくキスをした。「お招きいただいてありがとうございます、マイ・レディ」

「おたくのお祖父さま、リカード公を知っていましたよ。ほんの少しだけれど」

「祖父はわたしが生まれる前に亡くなりました」

「そのことは知っていますよ、お嬢ちゃん。おたくのタリーのお祖父さまも、そう長くはないと聞いています。ホスター公よ。あなたも聞いているでしょ？　老人だわ――わたしほどではないけれど。それにしても、最後にはわたしたちすべてに夜が訪れるのよ。そのことをあなたはだれよりも知っているわね、かわいそうなお嬢ちゃん。あなたはあなたなりの悲しみを味わったことを、わたしは知っています。お気のどくでした」

サンサはマージェリーのほうをちらりと見た。「わたくしはレンリー公の死を聞いて、悲しい思いをいたしました。あの方はとてもご立派でした」

「そういってくださって、ありがとう」マージェリーが答えた。

彼女の祖母が鼻を鳴らした。「そう、立派だったわ。そしてチャーミングでとてもきれいだった。かれは服の着方を知っていた。微笑み方を知っていた。入浴の仕方を知っていた。そして、どういうわけか、そうすることが王になるのにふさわしいという観念にとりつかれていた。バラシオン家の者は確かに、常に何か奇妙な考えを抱いていた。それはかれらの中のターガリエン家の血から来てるんだと、わたしは思うのよ」彼女は鼻を鳴らした。「みんなはかつてわたしをターガリエン家の者に嫁がせようとした。でも、わたしはすぐにその話に終止符を打ったわ」

「レンリーは勇敢で優しかったわ、お祖母さま」マージェリーがいった。「父もかれを好いていました。そしてロラスも」

「ロラスは若い」レディ・オレナはぴしゃりといった。「そして、人間を馬から棒で突き落とすのがとても上手だ。だからといって、賢いわけではない。おまえの父親についていえば、わたしは木の大さじを持って生まれてきた農家の女だったらよかったのにと思うことがあるよ。そうすれば、かれの大きな頭にいくらかでも常識をたたきこむことができたでしょうからね」

「お母さま」レディ・アレリーがたしなめた。

「お黙り、アレリー。わたしに向かってその口調は何よ。お母さまなんて呼ばないでね。もしあんたを産んだのなら、きっと覚えているはずよ。わたしに責任があるのは、おまえの夫だけ。ハイガーデン城のあの馬鹿殿だけよ」

「お祖母さま」マージェリーがいった。「お言葉にお気をつけあそばせ。さもないと、サンサがわたしたちのことをどう思うでしょうか？」

「わたしたちに多少の知恵があると思うかもね。とにかく、その一人には」老女はサンサのほうに向きなおった。「あれは謀叛（むほん）だと、わたしは警告したのよ。ロバートには二人の息子がいる。レンリーには兄がいる。そのレンリーが、いったいどうしてあの醜い鉄の椅子にすわる権利があるというのよ？　すると、うちの息子はチッ、チッと舌うちしていうの。かわいい孫を王妃（クィーン）にしたくないのか？　と。あなたがたスタークも昔は王だった。アリン家だって、ラニスター家だってそうだった。そして、バラシオン家さえも女系ではそうだった。でも、エイゴン竜王がやってきて、河間平野（リーチ）の正当な王を〈火炎が原〉で料理するまでタイレル家は執政にすぎなかったのよ。実をいうと、わたしたちのハイガーデン城の領有権だってちょっと怪しいのよ。あの恐ろしいフロレント家がいつも泣き言をいっているようにね。

〝だから、どうなの？〟といいたいでしょう。もちろん、どうってことないわよ。うちの息子のような愚か者は別としてね。いつの日か、自分の孫があの鉄の椅子にすわるかもしれないと思うと、メイスはふくれあがるのよ……ねえ、あれ、なんていったっけ？　マージェリー、あんた利口だから、この哀れな半馬鹿のおばあさんに教えてちょうだい。つつかれると元の大きさの十倍も膨れ上がる、あの夏諸島(サマー・アイランズ)のおかしな魚の名前を」

「膨れ魚といいます、お祖母さま」

「そうですよ。夏諸島人は想像力がないね。うちの息子は膨れ魚を紋章にすればいいわ、本当のところ。バラシオン家が鹿に王冠をかぶせたように、かれはその魚に王冠をかぶせればいいんだわ。そうすればかれはご満悦でしょうよ。たずねられれば答えるけれど、このとんでもない愚行から、わたしたちはずっと離れているべきだったのよ。でも、牛の乳をいったん絞ってしまったら、もう、元の乳房に戻すことはできないでしょう。膨れ魚公があの王冠をレンリーの頭にかぶせた後は、わたしたちはプディングに膝まで浸かってしまった。それで、こうやって、物事を見透かすことになったわけよ。これらのことをどう思う、サンサ?」

サンサは口をぱくぱくさせた。まるで、自分が膨れ魚になったみたいだった。「タイレル家は〈緑の手(グリーンハンド)〉とよばれたガース・ガードナー王までさかのぼることができます」いきなりたずねられて、こう答えるのが精一杯だった。

〈茨の女王〉は鼻を鳴らした。「それはフロレント家も同じよ。ロウアン家だって、オークハート家だって。それに、南部の他の貴族の半数もね。ガースは肥沃な土地に自分の種を蒔くのが好きだったといわれる。かれが手以外のところも緑色だったとしても、わたしは驚かないわ」

「サンサ」レディ・アレリーが割って入った。「あなた、とてもお腹がすいているにちがいないわ。一緒に猪を食べませんか？　それとレモン・ケーキを少し」

「レモン・ケーキは大好きです」サンサは認めた。

「それは聞いていますよ」レディ・オレナが断言した。沈黙させられる意志がないのは明らかだった。「あのヴァリスのやつ、その情報をわたしたちが喜ぶと思ったみたい。実をいうと、宦官の武器（ポイント）はどうなっているのか、どうしてもわたしにはわからないのよ。役に立つ穂先をちょん切られたただの男としか、わたしには思えないけど。アレリー、食べ物を運んでこさせて。それとも、あなた、わたしを飢え死にさせるつもりなの？　ここへ、サンサ、このわたしの隣にすわりなさい。わたしは他の連中よりもずっと退屈じゃないわよ。あなた、道化師（フールズ）が好きだといいけど」

　サンサはスカートをなで下ろして、すわった。「あのう……道化師（フールズ）とおっしゃいましたか？　つまり……あの道化服を着た人たち？」

「鳥の羽毛よ、この場合はね。わたしが誰の話をしていると思っているの？　うちの息子？　それとも、これらの美しいレディたち？　だめ、顔を赤らめないで。髪の毛も赤いから、赤面するとまるで柘榴（ザクロ）に見えるわ。実をいえば、すべての男たちは馬鹿（フール）よ。でも、道化服を着た連中は、王冠をかぶった連中よりもずっとおもしろいわ。マージェリー、あんた、〈バターバンプス〉を呼びなさい。レディ・サンサを笑わすことができるかどうか、試してみましょう。他の人たちもすわって。何から何までわたしが指図しなければならないの？　わたしの孫娘が羊の群れに世話されていると、サンサが思うにちがいないわ」

〈バターバンプス〉は緑と黄色の羽毛の道化服を着て、へなへなの鶏冠をつけて、食事の前に現われた。その〈ムーン・ボーイ〉三人分ほどもある、まるまると太った大男は腕立て側転をしながら広間に入ってきて、食卓に跳び乗り、サンサの真ん前で巨大な卵を産んだ。

「割りなさい、お嬢さま」かれは命じた。彼女がそうすると、十数羽の黄色いひよこが飛び出し、四方八方に走り出した。「捕まえて！」〈バターバンプス〉が叫んだ。幼いレディ・ブルワーが一羽をひっつかまえてかれに渡した。するとかれは首をのけぞらせて、大きなゴムのような口にそれを放りこみ、丸ごと飲みこんでしまったように見えた。そして、ゲップをすると小さな黄色の羽毛が鼻から飛び出した。レディ・ブルワーが悲しんで大声で泣き出したが、そのひよこが彼女のガウンの袖からもぞもぞと出てきて腕を駆けおりると、彼女の涙は突然、かん高い喜びの声に変わった。

召使たちが葱とマッシュルームのスープを運んでくると、〈バターバンプス〉は曲芸を始め、レディ・オレナは身を乗り出し、テーブルに肘をついた。「わたしの息子を知っている、サンサ？　ハイガーデン城の膨れ魚公を？」

「偉大な城主さまです」サンサは礼儀正しく答えた。

「偉大な馬鹿者よ」〈茨の女王〉は答えた。「あれの父親もまた馬鹿者だった。わたしの夫、故ルーサー公もね。いや、わたしはかれをとても愛していたわ。誤解しないでね。優しい男で、寝室の技はへたではなかった。でも、それにもかかわらず、大馬鹿者だったわ。かれは鷹狩りのときに、どういうわけか崖から馬で落ちた。空を見上げていて、乗った馬が自分をどこに連れていくか、ぜんぜん気にしていなかったらしいの。

そして今、わたしの馬鹿息子が同じことをしようとしている。ただ、かれは乗用馬ではなくて獅子に乗っているのだけれどね。獅子に乗るのは容易だけれど、下りるのはそれほど容易ではないと、わたしは警告したの。でも、かれはくすくす笑うだけでね。もし息子をもったらね、サンサ、いうことを聞くように、しばしば叩かなくてはだめよ。わたしには息子が一人しか授からなくて、ほとんど叩くことができなかった。だから今、かれはわたしよりも〈バターバンプス〉のほうに心を留めているの。獅子は抱き猫ではないといってやったんだけれど、かれは〝チッ、チッ、お母さま〟というのよ。たずねられればいうけれど、この国にはまったく〝チッ、チッ〟が多すぎるわ。これらの王たちがみんな剣を置いて、母親のいうことに耳を傾けるようになれば、世の中はもっとよくなるのにねえ」

サンサは自分がまたぽかんと口を開けているのに気づき、その口を一匙のスープで満たした。一方、レディ・アレリーやその他の婦人たちは、〈バターバンプス〉がオレンジを頭や肘や豊満な尻で弾ませる芸を見てくすくす笑っていた。

「あの王子について、本当のことを聞かせてもらいたいのよ」レディ・オレナがだしぬけにいった。「あのジョフリーのことをね」

スプーンを握っているサンサの指がこわばった。〝本当のこと？　だめ。それをたずねないで、お願い、だめ〟「あの……あの……あの……」

「話して。あなたよりよく知っている人はいないでしょ？　あの若者は充分に王者らしく見える。それは認めるわ。ちょっと自惚れが強すぎる。でも、それはかれのラニスター家の血のせいでしょう。でも、ちょっと困った話も聞いているのよ。それらの話に少しは真実性があるのかしら？　あの子はあなたを虐待したの？」

サンサは不安そうにあたりを見まわした。そして、頬を叩くと、種が鼻から飛び出した。婦人たちはくすくす、げらげら笑った。給仕たちが出入りし、〈乙女の蔵〉にスプーンや皿の音が谺した。ひよこの一羽が食卓に跳び戻って、レディ・グレイスフォードのスープの中を駆け抜けた。自分たちにはだれも注意を払っていなかったが、たとえそうでも、サンサは怯えていた。

レディ・オレナは、いらいらしはじめた。「あなた、なぜ〈バターバンプス〉に見とれているの？　わたしは質問しているのよ。答えを求めているのよ。ラニスター家はあなたの舌を盗んだの、あなた？」

「ジョフは……ジョフリー王は、あの方は……陛下はとてもきれいでハンサムで、そして……そして、獅子のように勇敢です」

「そうよ、ラニスター家の人はみんな獅子です。そして、タイレル家の人がおならをすると薔薇の香りがするのよ」その老女はぴしゃりといった。「でも、かれはどのように優しいの？　どのように利口なの？　善良な心を、優しい手を、持っているの？　王にふさわしく騎士的なの？　かれはマージェリーを大事にし、優しく扱い、彼女の名誉を自分の名誉同様に守るかしら？」

「そう思います」サンサは嘘をついた。「かれはとても……とても端正な人です」

「いったわね。いいかね、あなた、あなたはここでは〈バターバンプス〉と同じくらい愚かだという人もいるのよ。そして、わたしはそれを信じはじめているわ。端正だと？　端正にどんな価値があるか、うちのマージェリーに教えておけばよかった。役者のおならら以下だわ。〈燃えさかる炎のエリオン〉は充分に端正だったけれど、怪物には変わりなかったわ。問題は、ジョフリーは何か？　ということよ」彼女は手を伸ばして、通りかかった召使をつかまえた。「葱は嫌いだ。このスープは下げなさい。チーズを持ってきて」

「チーズはケーキの後で出ることになっています、マイ・レディ」

「チーズはわたしが出せというときに出てくるのよ。そして、わたしは今それを出せといっているの」その老女はサンサのほうを振り返った。「怯えているの、あなた？　その必要はないわ。ここにいるのは女たちだけだから。真実を話しなさい。あなたに害はありません」

「父は常に真実を話しました」サンサは静かにいった。だが、それでも、言葉を出すのは難しかった。

「エダード公はね、そう、そういう評判だった。にもかかわらず、かれらはかれを謀叛人と呼び、首をはねた」老女の目がサンサに突き刺さった。剣先のように鋭く、光り輝く目が。

「ジョフリーが」サンサはいった。「ジョフリーがそうしたのです。かれは慈悲をかけると約束したのに。それなのに父の首を斬ったのです。かれはそれが慈悲だといいました。そして、わたしを城壁の上に連れていって、わたしに見せました。あの首を。わたしを泣かせたかったのです。でも……」彼女ははっと口をつぐみ、手で覆った。〝しゃべりすぎた。おお、神々よ。かれらに知られてしまう、聞かれてしまう。だれかが告げ口をするだろう〟

「続けて」催促したのはマージェリーだった。ジョフリー自身の妃になる人が。彼女がどのくらい聞いていたか、サンサにはわからなかった。

「できません」〝彼女がかれに話したら、彼女が話したら、どうなる？　そうしたら必ずかれはわたしを殺すだろう。あるいは、わたしをサー・イリーンに与えるだろう〟「わたしは決して……父は謀叛人でした。兄もそうです。わたしには謀叛人の血が流れています。お願いです。これ以上話させないで」

「落ち着きなさい、あなた」〈茨の女王〉が命じた。

「この人怯えているわ、お祖母さま。ほら、ごらんなさい」

老女は〈バターバンプス〉を呼び寄せた。「道化！　歌を歌いなさい。長いやつがいいわ。『熊と美女』がいいでしょう」

「かしこまりました！」大男の道化師が答えた。「本当に、それがいいでしょう！　逆立ちをして歌いましょうか、マイ・レディ？」

「そのほうがいい声が出るの？」

「いいえ」

「では、立って。その帽子を落とすんじゃないよ。思い出したけど、おまえは髪を決して洗わないんだから」

「ご命令のままに」〈バターバンプス〉は最敬礼をして、大きなゲップを出すと、体を伸ばし、腹を突き出し、大声を出した。「一匹の熊がいた。熊が、熊が！　体じゅう黒と茶色の**毛むくじゃら……**」

　レディ・オレナがもぞもぞと身を乗り出した。「わたしがあなたよりも幼いころから、赤(レッド)の王城(・キープ)では壁にも耳があると、よく知られていた。だから、歌のほうが都合がいいのよ。その間にわたしたち女は自由にしゃべるのだから」

「でも」サンサはいった。「ヴァリスは……知るのです。いつでも……」

「もっと大声でお歌い！」〈茨の女王〉は〈バターバンプス〉に向かって怒鳴った。「おまえ、ここにある老いた耳はほとんど聞こえないのだよ。わたしに向かってささやいているのかね、でぶの道化師め？　ささやいたって、給料は払わないよ。お歌い！」

「……**熊よ！**」〈バターバンプス〉は垂木に谺するような胴間声で叫んだ。「**みんなはいった。さあ、おいで。さあ、おいで、美女のところに！　美女だって？　熊はいった。でも、わたしは熊です！　体じゅう黒と茶色の毛むくじゃら！**」

　しわくちゃな老女は微笑した。「ハイガーデン城では多くの蜘蛛が花の間にいるのよ。かれらがいたずらしないかぎり、小さな巣を織らせておくの。でも、足の下に入れれば踏みつぶすわ」彼女はサンサの手の甲を叩いた。「さあ、あなた、真実を。そのジョフリーというやつはどんな種類の男なの？　バラシオンと自称しているけれど、ラニスターにしか見えないわねえ？」

「そして、出かけていった。ここから、あそこに。ここから！　あそこに！　三人の若者、一匹の羊、そして、一匹の踊る熊が！」

　サンサは心臓が喉につかえたように感じた。〈茨の女王〉があまりそばに来たので、その老女の息の酸っぱい匂いを嗅いだ。彼女の瘦せた細い指が彼女の手首をつかんだ。反対側では、マージェリーも聞き耳を立てていた。サンサの体を戦慄が走った。「怪物です」彼女はささやいた。あまり震え声だったので、自分自身にもほとんど聞こえないくらいだった。「ジョフリーは怪物です。あの人は肉屋の少年について嘘をいい、わたしの狼を父に殺させました。わたしが気に入らないことをすると、かれは〈王の楯〉に叩かせました。かれは邪悪で残酷です、マイ・レディ、本当なんです。そして太后も同じです」

　レディ・オレナ・タイレルとその孫娘が顔を見合わせた。「ああ」老女がいった。「困ったわね」

〝まあ、なんてことを〟とサンサは怯えて思った。〝もし、マージェリーがジョフと結婚しなければ、かれはわたしのせいだと思うだろう〟「お願いです」彼女は思わずいった。「この結婚をやめないでください……」

「恐れることはない。膨れ魚公はマージェリーを王妃にすると決心しているのだから。そして、タイレル家の者の言葉はキャスタリーの磐城のすべての黄金よりも価値がある。少なくとも、わたしの若いころはそうだった。それはそれとして、あなた、真実を語ってくれてありがとう」

「**踊った、まわった。美女のところまで、ずーっと！　美女よ！　美女よ！**」〈バターバンプス〉は跳躍し、大声を上げ、足を踏みならした。

「サンサ、あなたハイガーデン城にいらっしゃらない？」マージェリーが微笑むと兄のロラスそっくりの顔になった。「ちょうど今は、秋の花が満開よ。そして、小さな森や泉があり、木陰の中庭があり、大理石の柱廊があるわ。父はいつも吟遊詩人を宮廷に置いているの。この〈バターバンプス〉よりいい声なの。そして、笛吹きやフィドル弾きや竪琴弾きもいるのよ。とびきり上等の馬もいるし、マンダー河を行く遊覧船もあるの。サンサ、あなた鷹狩りはする？」

「少しは」彼女は認めた。

「**おう、かわいらしかった、そして清らかだった、そして美しかった！　蜂蜜のような髪の乙女は！**」

「あなたも、わたしのようにハイガーデン城を好きになるわよ。わかってるんだから！」マージェリーはサンサの乱れた髪の房をなでつけた。「一度見れば、絶対帰りたくなくなるわよ。そして、帰る必要はないかもしれないわ」

「**彼女の髪！　彼女の髪！　蜂蜜のような髪の乙女！**」

「お黙り、子供」〈茨の女王〉は鋭くいった。「サンサは訪問したいとさえいっていないではないか」

「おう、でも、したいです」サンサはいった。話を聞くと、ハイガーデン城は彼女がいつも夢に見ていた所のように思われた。かつてキングズ・ランディングで見出したいと願っていた美しい魔法の宮廷のように。

「……**夏の空気のよい匂いを嗅いだ！　熊が！　体じゅう黒と茶色の毛むくじゃら**」

「でも、太后が」サンサは続けた。「許してくれないでしょう」

「許しますよ。ハイガーデンが手を引けば、ラニスター家はジョフリーを玉座に留めておく望みがないんだから。うちの息子の馬鹿殿が頼めば、彼女はかれの要求を聞き届ける以外にないのよ」

「そうでしょうか？」サンサはたずねた。「お殿さまは頼んでくださるでしょうか？」

レディ・オレナは顔をしかめた。「かれに選択の余地を与える必要はないわ。もちろん、かれはわたしたちの真の目的を知らないのよ」

「**熊は夏の空気のよい匂いを嗅いだ！**」

サンサは眉をしかめた。「わたしたちの真の目的、ですって、マイ・レディ？」

「**熊は鼻をひくひくさせ、大声で吠え、その匂いを嗅いだ！　夏の空気の蜜の匂いを！**」

「あなたを無事に結婚させることよ」老女がいい、〈バターバンプス〉が古い古い歌をがなった。「わたしの孫と」

〝サー・ロラスと結婚、まあ……〟サンサは息が止まった。彼女はサー・ロラスが光り輝くサファイアの甲冑をつけて、自分に薔薇を投げてくれたことを思い出した。白いシルクをまとったサー・ロラスは、あまりにも清らかで無邪気で美しかった。微笑むと口の端にえくぼができた。その笑い声の優しさ、その手の温かさ。かれのチュニックを引き上げて、その下のなめらかな肌を愛撫したらどんな気持ちがするか。かれにキスして、あの濃い茶色の巻き毛に指を入れ、濃い茶色の目までなでおろしたらどんな気持ちがするか、想像するしかなかった。彼女は首まで赤くなった。

「おう、わたしは乙女、清らかで美しい！　決して毛むくじゃらな熊とは踊りません！　熊よ！　熊よ！　決して毛むくじゃらの熊とは踊りません！」

「いいでしょう、サンサ？」マージェリーがたずねた。「わたしには姉妹が一人もいないの、兄弟ばかりで。ねえ、お願い、〝はい〟といって、わたしの兄との結婚に同意するといって」

サンサの口から言葉が転がり出た。「はい。そうします。それ以上の望みはありません。サー・ロラスと結婚するなんて、かれを愛するなんて……」

「ロラス？」レディ・オレナが当惑した声を出した。「愚かなことをおいいでないよ、あんた。〈王の楯（キングズガード）〉は決して結婚しませんよ。ウィンターフェル城では何も教えなかったのかしら？　わたしたちは孫のウィラスのことをいっているのよ。たしかに、あなたと比べればちょっと年をとっている。それにしても、かわいい若者よ。ちっとも愚かなところなんかないわ。しかもハイガーデン城の後継者なのよ」

サンサはめまいを感じた。一瞬、彼女の頭はロラスの夢でいっぱいになったと思うと、次の瞬間にそのすべてがひっさらわれてしまったのだ。〝ウィラス？　ウィラス？〟「あのう」彼女は呆然としていった。〝礼儀がレディの武器だ。彼女らの気分を害してはならない。言葉に気をつけて〟「サー・ウィラスのことは知らないんです。お近づきになる機会がありませんでした。その方は……ご兄弟のように立派な騎士でいらっしゃいますか？」

「……**彼女を空中高く持ち上げた！　熊が！　熊が！**」

「いいえ」マージェリーがいった。「騎士の誓いはしていないの」

彼女の祖母が顔をしかめた。「この子に真実を話しておやり。その坊やは、かわいそうにも足が悪いのよ。まあ、そういうことなの」

「かれは従士をしていたころに怪我をしたの。馬上槍試合にはじめて出場してね」マージェリーが打ち明けた。「乗っていた馬が倒れ、かれの脚を砕いたの」

「あの蛇のようなドーン人が悪いのよ。あのオベリン・マーテルというやつがね。そして、かれの学匠もやぶだった」

「**わたしは騎士を呼んだ、でも、あんたは熊だ！　熊だ！　熊だ！　熊だ！　体じゅう黒と茶色の毛むくじゃら！**」

「ウィラスは片足が悪いけれど、心はいいのよ」マージェリーはいった。「わたしが幼いころ、よく本を読んで聞かせてくれたわ。そして、星座の絵も描いてくれた。わたしたちと同じように、あなたもかれを愛するようになるわ、サンサ」

「**彼女は蹴り、泣きわめいた。とても美しい乙女が。しかし、彼女の髪からかれは蜜をなめ**

とった。彼女の髪から！　彼女の髪から！　彼女の髪から蜜をなめとった！」

「いつ、その方にお目にかかれるんですか？」サンサはためらいがちにいった。

「まもなく」マージェリーが約束した。「あなたがハイガーデン城に来たら。ジョフリーとわたしが結婚した後に。お祖母さまがあなたを連れていくわよ」

「そうよ」老女がサンサの手を叩き、柔らかなしわだらけの笑顔を見せていった。「かならずそうしますよ」

「そこで、彼女はためいきをつき、悲鳴を上げ、空気を蹴った！　わたしの熊よ！　彼女は歌った。わたしの熊はとても美しい！　そして、二人は去っていった。ここから、あそこに。熊と、熊と、そして美女が！」〈バターバンプス〉は最後の歌詞を大声で歌い、空中に跳び上がり、両足でどしんと着地し、テーブルの上のワインカップをビリビリ震わせた。女たちは笑って拍手した。

「あの恐ろしい歌は決して終わらないかと思ったわ」〈茨の女王〉がいった。「でも、ごらん、わたしのチーズが来たよ」

7――ジョン

世界は灰色の闇だった。松と苔と寒さの匂いがした。青白い霧が黒い地面から立ち昇っていた。騎馬隊は、岩石と痩せこけた樹木の間を縫うようにして、下の谷の川床に宝石をちりばめたように燃えている――自分たちを招いているように見える――灯火に向かって下りていった。何百何千という数えきれないほどの灯火が、凍った白いミルクウォーター川の岸に沿って、もうひとつの川のように連なっていた。ジョン・スノウは右手を開いたり閉じたりした。

かれらは旗も持たず角笛も鳴らさずに、尾根を下りていったが、その静けさを破るのは、遠くの川の水音と、ぱかぱかという蹄の音と、〈がらがら帷子（ラトルシャツ）〉の骨でできた甲冑がかたかた鳴る音だけだった。どこか上空で、一羽の鷲が大きな青灰色の羽を広げて舞っていた。一方、下界では人間と犬と馬と一匹の白い大狼（ダイアウルフ）が進んでいった。

通りすぎた馬の蹄に当たって、一個の石が斜面を転がり落ちた。その突然の音を聞いて、ゴーストがそちらを向くのが見えた。白い大狼のゴーストは、一日じゅう、騎手たちからちょっと離れてついてきていた。それがかれの習慣だった。しかし月が兵士松（ソルジャー・パイン）の上に昇ると、かれは赤い目を光らせて、駆け上がってきた。〈がらがら帷子〉の犬たちは例によって、いっせいに唸ったり、激しく吠えたりしてかれに挨拶した。だがその大狼はかれらを相手にしなかった。六日前、野人たちが野営をしていたときに、いちばん大きな猟犬が後ろから大狼に襲いかかった。だがゴーストは振り向いて跳びかかり、犬は尻を血だらけにされて追い払われた。その後、犬の群れは無難な距離を置くようになったのだった。

　ジョン・スノウの小ぶりな馬がそっといなないた。しかし、ちょっと触って優しい言葉をひとつかけてやると、獣はすぐに落ち着いた。自分の恐怖心もそのように容易に鎮められればよいのにと、ジョンは思った。かれの服装は黒ずくめだった。〈冥夜の守人（ナイツ・ウォッチ）〉の黒衣である。しかし、かれの前後を敵が馬に乗って進んでいた。〝野人どもだ。そして、おれはかれらと一緒にいる〟イグリットは〈二本指（ハーフハンド）のクォリン〉のマントを着ており、レニルはクォリンの鎖帷子（チェーン・メイル）を取り、大柄な槍の妻（スピアワイフ）のラグワイルはかれの手袋を、射手の一人はそのブーツを取っていた。クォリンの兜は〈長槍（ロングスピア）のリック〉と呼ばれる小柄で地味な男のものになった。しかし、かれの細い頭にはその兜はうまく合わないので、イグリットにそれを譲ってしまっていた。そして、〈がらがら帷子〉はクォリンの骨を、エゲンの血だらけの首と一緒に袋に入れていた。エゲンは風哭きの峠道（スカーリング・パス）を偵察するためにジョンと一緒に派遣されたのだった。〝死んだ、みんな死んだ、おれ以外は。そしておれは世間に対して死んだのだ〟

　イグリットがすぐ後ろから来た。前には〈長槍のリック〉がいた。〈鎧骨公（ロード・オブ・ボーンズ）〉が、この二人をジョンの監視人にしたのである。「もしこの鴉が逃げたら、おまえたちの骨も煮てやるからな」かれは出発するとき、兜としてかぶっている巨人の頭蓋骨の乱杙歯の間から笑顔でいったものだった。

イグリットがかれを嘲った。「自分で見張りたいのかい？　あたしたちに見張らせたいなら黙っておいで。そうすれば、こちらが勝手に見張るからね」

〝こいつらは本当に自由民なんだ〟とジョンは合点した。〈がらがら帷子〉が率いているにせよ、だれでも平気で口答えするのだ。

その野人のリーダーは友好的でない目でジョンを見据えた。「おまえ、こいつらを騙したと思っているかもしれないがな、鴉小僧、マンスを騙せると思うなよ。かれはひと目見て、嘘を見抜くんだぞ。そして、見抜いたら、おれはおまえのその狼でマントを作り、おまえの柔らかい子供の腹を開いて、鼬（イタチ）を縫いこんでやるぞ」

ジョンは右手を開いたり閉じたりし、火傷した指を手袋の中で屈伸した。だが、〈長槍のリック〉は笑っただけだった。「それで、どこで鼬を見つけるのかね、この雪の中で？」

その最初の夜、長い騎行の後、かれらは無名の山の頂上の、浅い岩の窪みで野営をし、雪が降りだした中で、焚き火に身を寄せ合って寝た。ジョンは雪片が炎の上に流れてきては融けるのを眺めた。ウールと毛皮と革着を重ね着しているにもかかわらず、骨の髄まで冷えるのを感じた。イグリットは食事をすますと、フードを引き上げ、両手を袖に突っこんで暖めながら、かれのそばに腰を下ろした。「あんたが〈二本指（ハーフハンド）〉をどうしたか聞けば、マンスはすぐにあんたを受け入れるよ」彼女はかれにいった。

「受け入れて、どうする？」

その娘はばかにしたように笑った。「仲間にするのさ。あんた、自分が〈壁〉から舞いおりた最初の鴉だと思っているのかい？　あんたらはみんな心の中で自由に飛びたいと思っているんだよ」

「そして、おれが自由になったら」かれはゆっくり答えた。「逃げるのも自由なのか？」

「そうよ」彼女は、その乱杭歯にもかかわらず、暖かい笑顔をもっていた。「そして、あたしらがあんたを殺すのも自由。自由になるというのは危険なことだよ。でも、たいていの者はその味を好むんだね」彼女は手袋をはめた手をかれの足にのせた。膝のすぐ上に。「見ててごらん」

〝そうしよう〟とかれは思った。〝見てやろう、そして、聞いてやろう、そして学んでやろう。そうしてわかったら、〈壁〉に報告してやろう〟野人どもはかれを誓約破りと考えていたが、心の中ではかれはまだ〈冥夜の守人(ナイツ・ウォッチ)〉の一員であり、〈二本指のクォリン〉から〝かれを殺す前に〟課せられた最後の義務を果たすつもりだった。

斜面の底で、一筋の小川が麓の丘から流れ下って、ミルクウォーター川に合流する個所に出た。見たところ、岩と草だけのようだったが、凍った表面の下に水の流れる音が聞こえた。〈がらがら帷子〉は薄氷を踏み砕いて、一行を渡らせた。

マンス・レイダーの斥候兵が現われて、かれらを取り囲んだ。ジョンはひと目見てかれらを品定めした。八人の騎手、男も女もいる。毛皮と硬革(ボイルド・レザー)をまとい、そこここに兜か鎖帷(チェーン)

子の切れ端が見える。携えている武器は槍と、焼き固めた木の投げ槍だ。しかし、肉付きがよく、金髪で、涙目をしたリーダーは、鋭くとがった鋼の大鎌を持っていた。〝〈泣き男〉だな〟とジョンはすぐにわかった。こいつのことを黒衣の兄弟たちはよく話題にしていた。〈がらがら帷子〉や〈犬頭のハーマ〉や〈鴉殺しのアルフィン〉と同じく、かれは有名な侵略者だったのだ。

「で、これは誰だ?」

「〈鎧骨公〉」〈泣き男〉はかれらを見ると、いった。そしてジョンと大狼を見た。

「寝返った鴉だ」〈がらがら帷子〉がいった。かれは〈鎧骨公〉と呼ばれるのが好きだった。かたかた鳴る鎧を着ているからである。「こいつは、〈二本指〉の骨と同じように、自分の骨を取られるのを怖がっていたぞ」かれは相手の野人に、戦利品の袋を振ってみせた。

「こいつは〈二本指のクォリン〉を殺した」〈長槍のリック〉がいった。「こいつと、あの手下の狼がな」

「そして、オレルもやっつけた」〈がらがら帷子〉がいった。

「この小僧は狼潜りだよ。まあ、ほとんどそれに近いね」大柄な槍の妻ラグワイルが口をはさんだ。「こいつの狼は〈二本指〉の足から肉をひと切れ喰いちぎったよ」

〈泣き男〉の赤い涙目がまたジョンを見た。「ほう? なるほど。よく見ると、こいつには狼みたいなところがあるな。マンスのところに連れていけ。ひょっとしたら仲間に入れるかもしれん」かれは馬をぐるりとまわして走り去り、それを手下の者が懸命に追った。

湿った強風が吹き荒れるなか、かれらはミルクウォーター川の谷を横切り、一列になって川端の露営地を通っていった。ゴーストはジョンにぴったりとついていったが、その匂いが先触れのように前に流れていき、まもなくかれらの周囲で野人の犬が唸ったり吠えたりしはじめた。レニルは金切り声で黙れと怒鳴ったが、犬たちはまったく聞き入れなかった。「あいつら、おまえの獣があまり好きではないんだ」〈長槍のリック〉がジョンにいった。

「かれらは犬、こいつは狼だ」ジョンはいった。「自分らの仲間でないとわかっているのさ」〝おれがおまえたちの仲間でないと同様にな〟だが、かれには守るべき義務があった。〈二本指のクォリン〉と一緒に最後の焚き火にあたっていたときに、かれがジョンに課した義務が——変節者の役を演じろ、そして霜の牙(フロストファング)の荒涼とした冷たい荒野で、野人たちが何を探していたか突き止めろ。「なんらかのパワーだ」クォリンはそれを〈熊の御大(オールド・ベア)〉の前でそう呼んでいた。しかし、それが何かわかる前に、いやマンス・レイダーがそれを見出したかどうかわかる前に、かれは死んでしまったのだった。

　川に沿って、荷車、荷馬車、橇が並び、その間に炊事の火が燃えていた。野人の多くは生皮や普通の皮やフェルトにした獣毛のテントを張っていたが、岩陰に粗末な差し掛け屋根を作って入ったり、自分たちの荷車の下で寝る者もいた。ひとつの焚き火のところで、一人の男が何本もの長い木の槍の穂先を焼き固めては、たくさん積み上げた槍の上に投げこんでいるのをジョンは見た。また別の場所では、硬革(ボイルド・レザー)をまとって顎髭を生やした二人の若者がたがいに焚き火越しに飛びかかっては、一撃ごとに唸り声を上げて打ち合いをしていた。また、そのそばに十数人の女たちが輪になってすわり、矢に羽根をつけていた。

〝おれの仲間を殺すための矢だ〟ジョンは思った。〝父の領民を殺すための。ウィンターフェル城と深林の小丘城（ディープウッド・モット）と最後の炉端城（ラスト・ハース）の人々を殺すための。北部を滅ぼすための矢だ〟

しかし、目に入るすべてが戦闘準備とはいえなかった。女たちが踊っているのも見え、赤子の泣き声も聞こえ、小さな少年がかれの馬の前を駆けていった。子供たちはみんな暖かそうな毛皮にくるまって、息を弾ませて遊んでいた。羊や山羊が自由に動きまわり、牛が草を探して川岸をうろついていた。ひとつの炊事の火から羊を焼く匂いが漂ってきた。また、別の焚き火の上では木の焼き串にさした一頭の猪がぐるぐるとまわっていた。

高い緑の兵士松（ソルジャー・パイン）に囲まれた広場で、〈がらがら帷子〉は馬を下りた。「ここで野営するぞ」かれはレニルやラグワイルやその他の者にいった。「馬に餌をやれ。それから犬にも、それから自分にも。イグリット、〈長槍〉、その鴉を連れてマンスに見せにいくぞ。その後で、腹を裂いてやるからな」

その先はみんな歩いていった。さらに多くの炊事の火と、さらに多くのテントがあり、ゴーストがみんなの後をついていった。ジョンはこれほど大勢の野人を見たことがなかった。かつてだれも見た者がないのではないかと思った。〝野営地はどこまでも続く〟とかれは思った。〝だが、それもひとつではなくむしろ百の野営だ。そして、それぞれがその前のやつよりもさらに無防備だ〟野営地は何キロも続いていたが、野人たちは防備というほどの防備をしていなかった。落とし穴もなければ、尖らせた杭もなく、ただ馬に乗った小さな偵察隊が周辺をパトロールしているだけだった。それぞれのグループ、または部族、または村が、他の者が立ちどまったのを見たり、よさそうな場所を見つけたりすると、ただ好き勝手に止まるのである。〝自由民だなあ〟もし、こんなに乱雑な連中がおれの仲間に捕まったら、かれらの多くはその自由の代価をみずからの命の血で支払うことになるだろう。かれらには人数がある。しかし、〈冥夜の守人〉には規律があった。そして、合戦となれば、九分九厘、規律が数を制すると、かつて父がいったことがあった。

どれが王のテントかは、間違えようがなかった。それは他のテントの三倍の大きさがあり、中から音楽が流れ出すのが聞こえた。もっと小さなテントの多くと同様に、それはまだ毛のついている生皮を縫い合わせたものだったが、マンス・レイダーのテントの皮は、もじゃもじゃの白い毛の生えた雪熊の生皮だった。尖った屋根のてっぺんには、かつて〈最初の人々〉の時代に七王国全体を自由にうろついていた巨大な篦鹿の枝角が一対、のせられていた。

少なくともここには護衛の姿が見えた。テントの垂れ布のところに、腕に丸い革の楯を縛りつけ、長い槍によりかかった二人の衛兵がいた。ゴーストを見ると、一人が槍の穂先を下げていった。「その獣はここに残せ」

「ゴースト、待て」ジョンが命じると、その大狼はすわった。

「〈長槍〉、獣を見張ってろ」〈がらがら帷子〉がテントの垂れ布を引き開けて、ジョンとイグリットに中に入れと合図した。

テントの中は暑くて煙たかった。燃える泥炭の籠が四隅に立っていて、ぼんやりした赤い光があたりを満たしていた。毛皮が何枚も地面に敷かれていた。黒衣をまとったジョンは、そこに立って〈壁の向こうの王〉を自称する変節者に拝謁の栄を賜る（たまわ）のを待っていると、ひどい孤独を感じた。煙たくて赤い薄明かりに目が慣れると、六人の姿が見えた。そいつらは誰一人かれに注意を払わなかった。色の黒い若者と美しい金髪の女がひとつの角杯で酒を飲んでいた。妊娠した女が火鉢のそばに立って牝鳥を料理していた。一方、黒と赤のぼろぼろのマントをまとった白髪の男があぐらをかいてクッションによりかかり、リュートを奏でながら歌を歌っていた。

　ドーン人の妻は太陽のように美しかった、
　そして、彼女のキスは春よりも暖かかった。
　だがドーン人の剣は黒い鋼でできていた、
　そして、そのキスは恐ろしいものだった。

ジョンはその歌を知っていた。しかし、それをここで聞くのは奇妙な感じだった。赤い山脈とドーンの暖かい風から何千キロも離れた〈壁〉の外の、毛むくじゃらな生皮のテントの中で聞くのは。

〈がらがら帷子〉は黄ばんだ兜を脱いで、歌の終わるのを待った。骨と革の甲冑の下の男は小さく、巨人の頭蓋骨の下の顔は普通だった。ごつごつした顎、薄い口髭、土色のこけた頬。目の間が狭く、一筋の眉が額の端から端までずっと伸びていた。黒い頭髪が薄くなり、V字型の生えぎわから後退しかかっていた。

　ドーン人の妻は水浴びしながら歌うのが好きだった、
桃のような甘い声で。
だが、ドーン人の剣にはそれ自身の歌があった、
吸血鬼のように鋭く冷たい刃があった。

　火鉢のそばに、背は低いが横幅のとても広い男が腰掛けにすわって、焼き串から牝鶏の肉を喰っていた。熱い脂が頬を流れ下り、雪のように白い髭に流れこんでいたが、かれは気にせずに機嫌よく微笑んでいた。太い腕に、神秘的な文字を刻んだ厚い金の輪をはめており、黒い環鎧（リング・メイル）の重い帷子（かたびら）を着ていたが、それは死んだ哨士（レンジャー）から奪ったものに違いなかった。数十センチ離れて、ブロンズの小札（こざね）を縫いつけてある革の帷子を着た、もっと背の高い痩せた男が立って、目をしかめて地図を覗きこんでいた。そいつは革の鞘に入った両手使いの大剣を、斜めに背負っていた。槍のようにまっすぐな体、長い針金のような全身の筋肉、きれいに髭を剃り、頭は禿げ、強いまっすぐな鼻、くぼんだ灰色の目。そいつはもし耳があれば、端正な顔立ちといってもよかったが——凍傷にやられたのか、敵か何かのナイフに切断され

たのかジョンにはわからなかった——両耳を失っていた。耳がないので、かれの頭は細長く、尖っているように見えた。

白髭の男も、禿げ頭の男も、両方とも戦士だと、ジョンにはひと目でわかった。〝この二人はどちらも〈がらがら帷子〉よりずっと危険だ〟どちらがマンス・レイダーなのかと、かれは思った。

かれが暗闇に包まれて地面に横たわり、
その舌が自分の血を味わうと、
ブラザーたちはそばにひざまずき、
かれのために祈った、
するとかれは微笑み、笑い、そして歌った、
〝ブラザーよ、おう、ブラザーよ。
おれのこの世の日々は終わった、
ドーン人がおれの命を奪った、
だが、それがどうした。
人はみな死なねばならぬ、
そして、おれはドーン人の妻を味わったのだ！〟

『ドーン人の妻』の歌の最後が消えると、禿げた耳なし男が地図からちらりと目を上げて、ジョンを間にはさんだ〈がらがら帷子〉とイグリットを獰猛な目つきで見た。「なんだ、こいつは？」かれはいった。「鴉か？」

「オレルの腹を裂いた黒衣の私生児だ」〈がらがら帷子〉がいった。「そして、忌まわしい狼潜り（ウォーグ）でもある」

「おまえは皆殺しにするはずだったぞ」

「こいつは寝返ったのよ」イグリットが説明した。「自分の手で〈二本指のクォリン〉を殺したんだよ」

「この小僧がか？」耳なし男がそれを聞いて腹を立てた。「〈二本指〉野郎はおれが殺すはずだった。名前はあるのか、鴉？」

「ジョン・スノウです、陛下」かれは膝を屈めることも期待されているのだろうかと思った。

「陛下だと？」耳なし男が白髭の大男を見た。「ほらみろ。こいつはおれを王だと思っている」

髭面の男が大笑いしたので、鶏の肉片があたり一面に飛び散った。かれは大きな手の甲で口の脂を拭った。「この小僧、目が悪いにちがいない。耳のない王なんて聞いたことがあるか？　おい、王冠が首までずり落ちるじゃないか！　ハッハ！」かれはジョンに向かってにやりと笑い、袖で指を拭った。「くちばしを閉じろ、鴉。ぐるりとまわれば、探している相手が見えるかもしれないぞ」

　ジョンは向きを変えた。

吟遊詩人が立ち上がった。「おれがマンス・レイダーだ」かれはリュートをわきに置いて、いった。「そしておまえはネッド・スタークの落とし子、ウィンターフェル城のスノウだ」

　ジョンはびっくりして、しばらく言葉もなく立ちつくした。それからやっと立ちなおっていった。「ど……どうして、知って……」

「後で話してやる」マンス・レイダーがいった。「今の歌は気に入ったか、小僧？」

「とても。前にも聞いたことがあります」

「〝だが、それがどうした？　人はみな死なねばならぬ〟」〈壁の向こうの王〉が軽い口調でいった。「〝そして、おれはドーン人の妻を味わったのだ〟おい、うちの〈鎧骨公〉がいったことは本当か？　おまえ、おれの旧友〈二本指〉を殺したのか？」

「はい」〝といっても、おれがやったというよりも、かれ自身の行為だった〟

「影の塔（シャドウ・タワー）はもう二度と恐ろしい場所ではなくなるだろうな」王は悲しげな声でいった。「クォリンはおれの敵だった。だが、かつて〈冥夜の守人（ナイツ・ウォッチ）〉ではおれの誓約の兄弟（スウォーン・ブラザー）でもあった。だから……おまえがかれを殺したことに感謝すべきかな、ジョン・スノウ？　それとも呪おうか？」かれはからかうような笑顔をジョンに向けた。

　〈壁の向こうの王〉はまったく王らしくなかったし、ましてや野人には見えなかった。中背で、痩せぎす、鋭い顔。狡猾な茶色の目に、ほとんど白髪になった茶色の髪。頭に王冠はなく、腕に金の腕輪はなく、喉に宝石はなく、銀の輝きさえもなかった。着ているものはウールと革着。目を引く唯一の衣服は、ぼろぼろの黒いウールのマントで、その長い破れ目は色褪せた赤いシルクでつくろってある。

「敵を殺したことで、ぼくに感謝すべきです」ジョンは結局いった。「そして、友人を殺したことで呪ってください」

「ハッハ！」白髭の男が大声でいった。「ご名答！」

「同感だ」マンス・レイダーはジョンを近くに招き寄せた。「われわれの仲間に入りたいなら、われわれを知ったほうがいい。おれと間違えた男はスター。ゼン族の族長(マグナー)だ。〝マグナー〟とは古代語で〝公(ロード)〟のことだ」耳なし男は冷たい目でジョンを見つめ、マンスは白髭男のほうを向いた。「この、われらの獰猛な鶏喰いは、おれの忠実なトアマンド。あの女は――

――」

トアマンドは立ち上がった。「待て。おまえスターには肩書をつけた。おれにもつけろ」

マンス・レイダーは笑った。「わかった。ジョン・スノウ、おまえの前に立っているのは、〈巨人殺し(ジャイアンツベイン)〉、〈大言壮語(トール・トーカー)〉、〈角笛を吹き鳴らす者(ホーン・ブロワー)〉、そして〈氷を砕く者(ブレーカー・オブ・アイス)〉ことトアマンドだ。そしてまた、〈雷の拳(サンダーフィスト)〉、〈熊たちの夫(ハズバンド・トゥ・ベアズ)〉、〈赤の広間(ラディ・ホール)の酒の王(ミードキング)〉、〈神々に語る者(スピーカー・トゥ・ゴッズ)〉、そして〈千軍の父(ファーザー・オブ・ホスト)〉でもある」

「その呼び名のほうがおれによく似合う」トアマンドはいった。「よく来たな、ジョン・スノウ。ところで、おれは狼潜り(ウォーグ)は好きだが、スタークは嫌いだぞ」

「火鉢のところの立派な女性は」マンス・レイダーが続けた。「ダラだ」その妊娠した女は恥ずかしそうに微笑した。「彼女は王妃として扱え。おれの子を身ごもっているんだ」かれは残りの二人のほうを見た。「この美人は彼女の妹のヴァル。隣の若いやつ、ジャールは彼女の最近のペットだ」

「おれはだれのペット（ノー・マンズ・ペット）でもないぞ」ジャールはいった。黒い獰猛な顔で。

「そしてヴァルは決して男（マン）じゃないぞ」白髭男のトアマンドが鼻を鳴らしていった。「もう、おまえにもわかっているだろうがな、小僧」

「これで全部だ、ジョン・スノウ」マンス・レイダーがいった。「お粗末ながら〈壁の向こうの王〉とその廷臣たちだ。では、こんどはおまえの話を聞こうか。おまえ、どこから来た？」

「ウィンターフェル城です」かれはいった。「黒の城（カースル・ブラック）を経由してきました」

「それで、どうしてミルクウォーター川をのぼってきた、家の炉端から遠く離れて？」かれはジョンの答えを待たず、すぐに〈がらがら帷子〉を見た。「こいつらは何人いた？」

「五人。三人は死に、この小僧はここ。もう一人は馬では行けない山腹を登っていった」

レイダーの目がまたジョンの目と合った。「たった五人だったのか？ それとも、もっと大勢のおまえのブラザーがうろついているのか？」

「われわれは、四人と〈二本指〉でした。〈二本指のクォリン〉は普通の兵士二十人分の価値がありました」

〈壁の向こうの王〉はそれを聞いて微笑した。「そう思うやつもいた。それにしても……

ことになったんだ？」

ジョンはすでに嘘を用意していた。「総帥はぼくを鍛えるために〈二本指〉のところに派遣したのです。それで偵察隊にぼくを加えたのです」

「偵察隊だって……いったいなぜ、鴉どもが黒の城（カースル・ブラック）からの小僧が、影の塔（シャドウ・タワー）からの哨士（レンジャー）たちと一緒に来たと？　どうして、そういう

族長（マグナー）のスターがそれを聞いて、眉をしかめた。「偵察隊だって……いったいなぜ、鴉どもが風哭きの峠道（スカーリング・パス）を偵察しに登ってくるんだ？」

「村人が消えていました」ジョンはいった。これは本当だった。「まるで、自由民のすべてが消え失せたみたいです」

「消え失せた、なるほど」マンス・レイダーがいった。「それも、自由民だけではない。われわれの居場所をだれが教えたのか、ジョン・スノウ？」

トアマンドが鼻を鳴らした。「それはクラスターだ。間違っていたら、おれは世間知らずの乙女同然だ。いったじゃないか、マンス、あいつの首を斬るべきだと」

王はいらいらした様子でその老人を見た。「トアマンド、話す前に考える習慣をつけろ。クラスターだということは、おれも知っている。ジョンが本当のことをいうかどうかたしかめるために、おれはこいつにたずねたのだぞ」

「ハッハ」トアマンドは吐き出すようにいった。「おや、しくじったな！」かれはにやりと笑ってジョンを見た。「見ろ、小僧、だからこいつが王で、おれは王じゃないんだ。酒飲みでも、喧嘩でも、歌でも、おれはこいつよりまさっている。そして、手足の大きさもこいつ

の三倍はある。だが、マンスは利口だ。かれは鴉として育ったが、知ってのとおり、鴉は利口な鳥だからな」

「おれはこの小僧と二人だけで話したいんだ、〈鎧骨公〉よ」マンス・レイダーは〈がらがら帷子〉にいった。「はずしてくれ、おまえたちみんな」

「なんだ、おれもか？」トアマンドがいった。

「ああ、特におまえはな」マンスはいった。

「歓迎されていないホールで喰うつもりはない」トアマンドは立ち上がった。「おれと牝鶏は出ていくよ」かれは火鉢から焼けた鶏肉をもう一羽ひったくり、マントの裏地に縫いつけたポケットに押しこんで、いった。「ハッハ」そして指をなめなめ出ていった。他の者たちも続いて外に出た。ダラという女を除いて。

「よかったら、すわれ」かれらが出ていってしまうと、レイダーはいった。「腹はへっているか？　少なくともトアマンドは二羽の鳥を残していったぞ」

「喜んでいただきます、陛下（ユア・グレイス）。ありがとうございます」

「陛下（ユア・グレイス）だと？」王は笑った。「それは、自由民の口からめったに聞かれない称号だ。たいていの者にとって、おれはマンス。ある者にとっては〝マンスってやつ〟だ。一杯飲むか？」

「よろこんで」ジョンはいった。

王はみずから酒を注ぎ、ダラはぱりぱりに焼けた牝鶏を切りわけて、それぞれに半分ずつ運んできた。ジョンは手袋を脱ぎ、指をつかって食べ、骨から肉片をすべて吸い取った。

「トアマンドは真実を語った」マンス・レイダーはパンをちぎりながらいった。「黒い鴉は利口な鳥だ。それはそうだが……おれはおまえがまだダラの腹に入っている赤子よりも小さいころから鴉だったのだ、ジョン・スノウ。だから、おれに対してずるく立ちまわろうなどと思うなよ」

「わかりました、陛下──マンス」

王は笑った。「ユア・マンスか！　これはいい。さっき、話をすると約束した。なぜ、おまえを知っているか話そう。もう、理由はわかったか？」

ジョンは首を振った。「〈がらがら帷子〉が先に知らせたのですか？」

「翼を使ってか？　われわれには訓練した使い鴉はおらん。ちがう。おれはおまえの顔を知っているのだ。以前に見たことがある。二度も」

最初、何をいっているかジョンにはわからなかった。しかし、よく考えてみると合点がいった。「あなたが〈冥夜の守人〉の兄弟だったころ……」

「よろしい！　そうだ、それが最初のときだ。おまえはほんの子供だった。そして、おれは黒装束で、老コージル総帥がおまえの父親に会いにウィンターフェル城を訪ねたときの、一ダースの護衛兵の一人だった。そして、中庭の周囲の城壁の上を歩いていたら、おまえと、兄弟のロブに出会ったのさ。前の夜、雪が降っていて、おまえたち二人は門の上に大きな雪の山を作り、だれかが下を通るのを待っていた」

「覚えています」ジョンは驚きの笑いとともにいった。そうだ、若い黒衣の兄弟が城壁の上の通路にいたっけ……。「あなたは他言しないと誓いましたね」

「そして、その誓いを守った。少なくとも、その誓いは」

「ぼくらは〈でぶのトム〉の上に雪を落としました。かれは父の衛兵の中で、いちばんのろまでした」その後、トムはかれらを庭じゅう追いまわした。結局三人は秋の林檎(リンゴ)のように真っ赤になったものだった。「でも、ぼくに二度会ったといいましたね。もう一度はいつですか?」

「おまえの父親を〈王の手〉にするために、ロバート王がウィンターフェル城に来たときさ」〈壁の向こうの王〉は陽気にいった。

ジョンは信じられなくて、目を丸くした。「そんなこと、ありえません」

「ありえたんだ。おまえの父親は王が来ることを知ると、〈壁〉にいる弟のベンジェンに宴(うたげ)に参加するように連絡を送った。黒衣の兄弟たちと自由民との間には、おまえが知っている以上に交渉があるのだ。そして、おれの耳にもこの知らせはすぐに届いた。これは絶好のチャンスで、見逃す手はなかった。おまえの叔父はおれの顔を知らない。だから、その点では心配はなかった。また、何年も前にちょっと会った若い鴉を、おまえの父親が覚えていることとはあるまいと、おれは思った。ロバートというやつをこの目で見て、いわば王と王で、おまえの叔父のベンジェンも含めて、品定めしたいと考えた。当時、ベンジェンは哨士長(ファースト・レンジャー)になっていたし、おれの人民を殺すやつでもあったからな。そこで、おれはいちばん足の速い馬に鞍をおいて、出かけた」

「でも」ジョンは反論した。「〈壁〉が……」

「〈壁〉は軍隊なら止めることができるが、一人の人間ならだめだ。おれはリュートと銀貨の入った袋をひとつ持ち、長形墳（ロングバロウ）のところで氷に登り、〈新しい贈り物（ニュー・ギフト）〉から数キロ南に歩き、馬を買った。だいたいのところ、おれのほうがロバートよりもずっと早く進むことができた。なにしろあいつは、妃に楽をさせるために、重々しい車輪付きの大きな家で旅をしていたからな。ウィンターフェル城から南に一日の距離で、おれはロバートに出会い、その仲間に加わった。自由騎兵、乞食騎士はいつも王家の行進についてまわる。王に仕えるチャンスを狙ってな。そして、おれはリュートを持っていたおかげで、容易に受け入れられた」かれは笑った。「今まで〈壁〉の南北で作られたすべての猥褻な歌をおれは知っている。だから、おまえの父親がロバートに御馳走をする夜に、おれは自由騎兵たちと一緒に広間の後ろのベンチにすわって、〈オールドタウンのオーランド〉が大竪琴を奏でながら、海底の死んだ王たちの歌を歌うのを聞いていた。そして父上の宴に加わり、〈王殺し（キングスレイヤー）〉や〈小鬼（インプ）〉に会った……そのついでに、エダード公の子供たちと、その後を走る狼の子供にも心を留めた」

「〈吟遊詩人ベール〉ですね」ジョンは霜の牙（フロストファング）でイグリットを殺そうとした夜に、彼女から聞いた物語を思い出した。

「そうならいいんだが。ベールの手柄話に刺激されたことを否定するつもりはない……だが、おまえの姉妹のどちらをも盗んだ覚えはないぞ。ベールはかれ自身の歌を書き、それを実行した。おれはもっと上手なやつが作った歌を歌うだけだ。もっと飲むか？」

「いいえ」ジョンはいった。「もし、見つかって……捕まったら……」

「おまえの父親はおれの首をはねさせたろう」〈壁の向こうの王〉は肩をすくめた。「しかし、いったんかれの食卓で食事をしたのだから、賓客の権利として守られていた。歓待の掟は〈最初の人々〉と同じくらい古くからある。そして、〈心の木〉と同様に神聖視されている」二人の間の食卓と、その上の割ったパンや鶏肉の骨を指さして、「こうして、おまえは賓客となっている。そして、おれの手から危害を加えられることはない……少なくとも今夜はな。だから、本当のことをいえよ、ジョン・スノウ。おまえは恐怖のために変節した臆病者なのか、それとも、別の理由で、おれのテントにやってきたのか？」

賓客の権利があるにせよ、ないにせよ、ジョン・スノウはここで融けかかった氷の上を歩いていると知った。一歩間違えば、心臓が止まるほど冷たい水の中に落ちてしまう。〝一語一語、口に出す前に判断しろ〟かれは自分にいい聞かせた。答える前に時間を稼ぐために、ながながと酒を飲んだ。そして、杯をそばに置いて、いった。「あなたがどうして変節したか教えてください。そうすれば、わたしも理由をいいます」

マンス・レイダーは、ジョンの望みどおり微笑した。この王は明らかに自分自身の声の響きを好む人間だった。「おれの脱走の話は聞いているだろう、疑いなく」

「それは王冠のためだったという人がいます。女のためだったという人もいます。また、あなたには野人の血が混じっているからだという人もいます」

「野人の血は〈最初の人々〉の血だ。スターク家の人間の血管を流れている血と同じ血だぞ。王冠については、おまえ見えるか？」

「女が見えます」かれはダラのほうをちらりと見た。

マンスはダラの手をとり、引き寄せた。「おれのレディに責任はない。おまえの父親の城から帰るときに出会ったのだ。〈二本指〉というやつは古い樫の彫刻みたいな男だ。しかし、おれは肉でできている。そして、魅力ある女性が大好きだ……その点では、〈冥夜の守人〉の兄弟の四分の三と異なるところはない。このあわれな王の十倍も多くの女とやっていながら、まだ黒衣を着ている男たちがいる。別の推測をしてみろ、ジョン・スノウ」

ジョンはしばらく考えた。「〈二本指〉は、あなたは野人の音楽が大好きだったといいました」

「そうだった。今もそうだ。なるほど、そのほうが的に近い。だが的中ではない」マンス・レイダーは立ち上がり、マントの留め金をはずし、そのマントをベンチの上に放った。「これのためさ」

「マントの？」

「〈冥夜の守人〉の黒いウールのマントだよ」〈壁の向こうの王〉はいった。「ある日、偵察に出たとき、おれたちは見事な大鹿を仕留めた。その皮を剥いでいると、血の匂いに誘われて暗闇猫がねぐらから出てきた。おれはそいつを追い払ったが、その時にマントをびりびりに引き裂かれてしまった。ほら見ろ。ここと、ここと、そして、ここだ」かれはくすくす笑った。「そいつはおれの腕と背中も引き裂いた。おれの出血は大鹿よりもひどかった。兄弟たちはおれを影の塔（シャドウ・タワー）のメイスター・マリンのところに連れ戻す前に死ぬかもしれないと恐れた。そこでみんなは、ある野人の村におれを運んでいった。そこで、賢い老女がある種の治療をやっていると聞いていたのだ。老女はすでに死んでいたが、その娘が手当てをしてくれた。傷を洗って縫い合わせ、粥と薬をくれて、また馬に乗れるようにしてくれた。そして、マントのほころびも真っ赤なシルクで縫い合わせてくれた。そのシルクは、凍結海岸に打ち上げられた小舟の残骸から彼女の祖母が引き出したアッシャイの品だった。彼女はそれを宝物としてたいせつにしていたが、おれにくれたのだよ」かれはまたマントをさっと羽織った。「ところが影の塔（シャドウ・タワー）に戻ると、おれは新しいウールのマントを貯蔵品の中から与えられた。どこもかしこも真っ黒。黒いズボンと黒いブーツ、それに黒いダブレットと黒い鎖帷子（チェーン・メイル）に合うように、真っ黒に仕立てられたやつだ。その新しいマントにはほつれも、ほころびも、破れ目もなかった……とりわけ、赤い色がなかった。〈冥夜の守人（ナイツ・ウォッチ）〉の兵士は黒衣を着るものだと、サー・デニス・マリスターがおれに厳しく念を押した。まるで、おれがそれを忘れてしまったかのように。元のマントは火にくべるのがよいといった。

　翌朝、おれは脱走した……接吻が犯罪でなく、人がどんなマントでも好きなマントを着ることができる場所に向かって」かれは留め金を締めて、また腰を下ろした。「そして、おまえの理由は、ジョン・スノウ？」

ジョンはもうひと口酒を飲んだ。〝かれが信じるような話はひとつしかない〟「あなたはウィンターフェル城にいたといいましたね。父がロバート王をもてなした夜に」

「そういった。そのとおりなのだから」

「では、われわれ全員を見ましたね。プリンス・ジョフリーやプリンス・トメンやプリンセス・ミアセラや、ぼくの兄弟のロブやブランやリコンや、妹のアリアやサンサを。かれらがみなの視線を浴びながら中央の通路を歩いていって、王と王妃がすわっている台座のすぐ下の食卓につくのを、あなたは見ましたね」

「覚えている」

「では、ぼくがどこにすわっていたか見ましたか、マンス?」かれは身を乗り出した。「かれらが私生児をどこにすわらせたか、あなたは見ましたか?」

マンス・レイダーは長いことジョンの顔を見つめていた。「おまえに新しいマントを見つけてやろう」王はそういって、手を差し伸べた。

8 ――デナーリス

静かな青い海原にゆっくりとした間断ないドラムの音が響き、櫂（オール）が水を切るシューッ、シューッという柔らかな音がガレー船から聞こえた。それらに重い綱で曳航されている大型船《バレリオン》はガレー船の航跡の中で呻いていた。《バレリオン》の帆はマストから寂しげにだらりと垂れ下がっていた。それはそれとして、デナーリス・ターガリエンは船首楼に立って、ドラゴンたちが雲ひとつない青空で追いかけっこをしているのを眺めていた。こんなに楽しい思いをしたことはかつてなかった。

家来のドスラク人たちは馬が飲むことのできないどんな液体も信用せず、海を〝毒の水〟と呼んだ。この三隻の船がクァースの港で錨を上げた日、かれらはペントスではなく地獄に向かって船出しようとしていると思ったかもしれなかった。彼女の勇敢な若い血盟の騎手たちは、小さくなっていく海岸線を大きな白目をむいて眺めていたものだった。三人のそれぞれが、他の二人に怖がっている様子を見せまいと心を決めていた。一方、侍女のイリとジクィは小さなうねりが来るたびに、必死に欄干につかまって船端からゲーゲーと吐いた。ダニーの小さな部族（カラザール）の他の者たちは甲板の下に留まり、船を取り巻く陸地のない恐ろしい世界に怯える馬たちと一緒にいるほうを選んだ。出帆してから六日目に突然のスコールがかれらを襲った。彼女はその音をハッチを通して聞いた。馬たちは蹴り、悲鳴を上げ、騎手たちは《バレリオン》が上下にうねったり、左右に揺れたりするたびにかすかな震え声で祈った。

だが、どんなスコールもダニーを怖がらせることはできなかった。彼女は〈嵐の申し子（ストームボーン）デナーリス〉と呼ばれた。なぜなら、彼女は遠いドラゴンストーン城で、ウェスタロスが記憶している最大の嵐のときに、泣き叫びながらこの世に生まれ出たのだから。その嵐は猛烈なもので、城の壁から怪物像（ガーゴイル）をむしり取り、父親の艦隊を砕いて木っ端にしてしまったのだった。

〈狭い海〉はしばしば嵐に見舞われた。そして、ダニーは幼いころから数十回もそこを渡っていた。王位簒奪者に雇われた刺客の半歩前を、ひとつの自由都市から次の自由都市へと逃げてまわっていたのだから。彼女は海が大好きだった。空気中の鋭い潮の香りや、青天井だけに仕切られている水平線の広大さが好きだった。それを見ると彼女は自分を小さく感じたが、また自由にも感じた。ときどき、《バレリオン》と並んで銀の槍のように波を切って泳ぐイルカも好きだった。また、ときたま姿を見せる飛び魚も。また、船乗りさえも好きになった。かれらの歌や物語も全部ひっくるめて。かつて、ブレーヴォスに渡航したとき、乗組員が突風の中で大きな緑色の帆を必死になって下ろすのを見て、船乗りになったらどんなにすばらしいだろうとさえ考えたものだった。しかし、兄のヴィセーリスにそれを話すと、かれは彼女が悲鳴を上げるほど髪の毛をひねって、かん高い声でこういったのだった。「おまえはドラゴンの血統だ。ドラゴンだぞ。生臭い魚なんかじゃないぞ」と。

〝これについて、かれは愚かだった。そして、他の点ではさらに〟とダニーは思った。〝かれがもっと賢くて、もっと忍耐強かったら、今、西に向かって航海しているのは、生得の権利によってかれのものである王位に即こうとするヴィセーリスであっただろうに〟かれは愚かで凶暴だったと、彼女にもしだいにわかってきた。にもかかわらず、かれを恋しく思うこともあった。しかしそれは、晩年にそうなったような残酷で弱い男ではなく、ときどき彼女をベッドにもぐりこませてくれる兄であり、七王国の物語を聞かせてくれる少年であり、いったん王冠をわがものにすれば、われわれの生活がもっとずっとましなものになると語った男であった。

船長がそばに現われた。「この《バレリオン》が、その名前の由来のように空を飛ぶことができればよいのですが、陛下」かれはひどいペントス訛りのある、へたくそなヴァリリア語でいった。「そうすれば、漕ぐ必要もなく、曳航する必要もなく、順風が吹いてくれと祈る必要もないのに」

「まったくそうね、船長」彼女はこの人物を味方に引き入れることができたのが嬉しくて、微笑して答えた。グロレオ船長はその主人のイリリオ・モパティス同様に、ペントスの老人だった。そして、自分の船に三頭のドラゴンを乗せることを乙女のように不安がっていた。万一、火事になった場合に備えて、五十個もの海水の入ったバケツがいまだに舷側から吊るされていた。最初、グロレオはドラゴンたちを檻に入れたがり、ダニーはかれの恐怖を鎮めるためにそれに同意した。しかし、ドラゴンたちの様子があまりにも惨めだったので、彼女はすぐに決心をひるがえして、解放するように主張したのだった。

今では、それをグロレオ船長も喜んでいた。一度だけ、小さな火災が起きたが、簡単に消し止められた。それはそれとして、《バレリオン》では、以前《サデュレオン》という名前で航海していたときよりも、鼠の数が急に激減したように思われた。そして、乗組員は最初、好奇心とともに恐怖心も抱いていたのだが、〝おれたちのドラゴン〟に奇妙な強い誇りを抱きはじめていた。船長からコックの少年にいたるまで、だれもかれも、この三頭が自由に飛びまわるのを眺めるのを楽しみにしていた……もっとも、ダニーほど喜んだ者はいなかったのだが。

〝かれらはわたしの子供だ〟と彼女は思った。〝そして、もしあの女魔術師のいったことが正しければ、かれらだけが、わたしが持つことになる子供らしいのだ〟

ヴィセーリオンの鱗は新鮮なクリームの色をしていて、角と翼の骨と刺のような背骨の突起は濃い黄金色で、日光を受けると金属のように輝いた。レイガルは夏の緑と秋の青銅色をしていた。かれらは船の上空を輪を描いて飛翔した。高く、より高く、おたがいに相手の上に昇ろうとして。

ドラゴンたちは常に上から襲うのを好むものだと、ダニーは知っていた。かれらのどちらかが相手と太陽の間に入ると、そいつは翼をたたんで、絶叫しながら急降下し、二頭は口をガチガチ嚙み合わせ、尻尾を激しく振りながら、鱗のあるボールのようにもつれ合って、空から転げ落ちるのであった。二頭が最初にそうしたとき、たがいに殺し合うつもりではないかと彼女は心配した。しかし、これは遊びにすぎなかった。かれらは飛沫を上げて海に落ちるやいなや、ぱっと離れて、かん高い声で鳴き、シューシューいいながらふたたび舞い上がった。空気につかみかかる翼から海水の蒸気を発生させながら。ドロゴンもまた高く飛翔した。もっとも、それは実際には見えなかった——かれは何キロも先になったり、何キロも後になったりして、狩りをしていたから。

かれ——つまり、彼女のドロゴン——は、いつも空腹だった。〝空腹で、急速に成長している。あと一年、あるいは二年で、かれは乗ることができるほど大きくなるだろう。そうしたら、塩辛い大海を船で横断する必要はなくなるだろう〟

しかし、その時はまだ来ていなかった。レイガルとヴィセーリオンは小さな犬ほどの大きさで、ドロゴンはかれらよりもほんのわずか大きいだけだった。しかし、どんな犬もかれらより体重は重かったろう。ドラゴンの体は翼と首と尻尾ばかりで、見かけより軽かった。だからデナーリスは故郷に帰るのに、材木と風と帆に頼らなければならなかったのだ。

これまでのところ、材木と風と帆は彼女によく仕えていたが、気まぐれな風が裏切り者になっていた。風は六日六夜、凪いでいた。そして今、七日目になっても風はそよとも吹かず、帆をふくらませることはなかった。幸いにしてマジスター・イリリオが後から送ってよこした二隻の船は貿易ガレー船で、それぞれ二百梃のオールを持ち、それを漕ぐ腕っぷしの強い漕ぎ手が乗り組んでいた。しかし、この大きな《バレリオン》は、歌にたとえれば調子が違っていた。広大な船倉と巨大な帆を持った横幅の広い牝豚のような鈍重な船で、凪（なぎ）の時にはどうしようもなかった。《ヴァーガー》と《メラクセス》は彼女を曳航するために綱を張ったが、進む速度は痛々しいほどのろくなった。三隻とも大勢の人が乗り、重い船荷を積んでいたからだ。

「ドロゴンの姿が見えませんね」サー・ジョラー・モーモントが船首楼にいる彼女のところに来ていった。「また行方不明になったのですか？」

「行方不明なのはわたしたちのほうですよ。こんなだらだらと這うような進み具合は、ドロゴンの趣味に合わないのです。わたしもそうだけど」彼女の黒いドラゴンは他の二頭よりも大胆で、最初に海上を飛ぼうとし、最初に船から船にパタパタと飛んでいき、流れる雲の中に最初に姿を消し……最初に狩りをしたのだった。飛び魚が水面から飛び出すやいなや、火炎を放射して包みこみ、ひっさらって、飲みこんでしまうのだった。「かれはどのくらい大きくなるのかしら？」ダニーは好奇心にかられてたずねた。「あなたわかる？」

「七王国の伝説には、海から大海魔（クラーケン）を引き抜くことができるほど巨大に育ったドラゴンの話が出てきます」

ダニーは笑った。「それはすばらしい見ものだったでしょうね」

「ただのお話ですよ、女王（カリーシ）さま」流謫の騎士がいった。「千年も生きている賢いドラゴンの話もあります」

「まあ、ドラゴンってどのくらい長く生きるのかしら？」彼女が見上げると、ヴィセーリオンがゆっくりとはばたいて、船をかすめてサーッと飛び、垂れ下がった帆を動かした。

サー・ジョラーは肩をすくめた。「ドラゴンの自然の寿命は人間の何倍も長いと、まあ、そのように、歌はわれわれに信じさせたかったようですが……七王国でもっともよく知られていたドラゴンはターガリエン家のものでした。それらは戦（いくさ）のために飼育され、戦の中で死にました。ドラゴンを殺すのは容易ではありませんが、可能なのです」

船首像のそばに立ち、硬木の長い杖に細い手を巻きつけた従者の〈白鬚（ホワイトベアド）〉がかれらのほうを向いていった。「〈黒い恐怖〉ことバレリオンはジェヘアリーズ調停王の治世に死にましたが、その時二百歳でした。かれは野牛を丸呑みにするほどの大きさがあったといいます。ドラゴンは成長を止めることはないのですよ、陛下、食べ物と自由があるかぎりはね」

この男の名前はアースタンだったが、その頬鬚が白かったので、〈闘士（ストロング）〉ベルウァスが〝白鬚（ホワイトベアド）〟と呼び、今ではほとんど全員がかれをそう呼ぶようになったのである。かれはサー・ジョラーよりも背が高かったが、かれほど筋骨逞しくはなかった。その目は薄青く、長い顎髭は雪のように白く、絹のように細かった。

「自由？」ダニーは不思議そうにたずねた。「どういう意味？」

「あなたのご先祖がドラゴンたちのために、キングズ・ランディングに広大なドーム型の城を築きました。〈竜舎（ドラゴンピット）〉と呼ばれるものです。今でも〈レイニスの丘〉の上に建っていますが、完全に廃墟になっています。昔、王家のドラゴンが住んでいたのはそこでした。それは広大な住処で、三十人の騎士が馬に乗って横にならんで通り抜けることができるほど幅の広い鉄の扉がついていました。にもかかわらず、〈竜舎〉のドラゴンでその先祖のように大きくなったものは一頭もなかったといわれています。学匠（メイスター）たちの説では、その理由は壁が周囲にあり、頭上に大きなドームがあったからだということです」

「もし壁がわれわれを小さくしておくことができるなら、農民はみんな小さく、王たちは巨人のように大きくなるはずだ」サー・ジョラーがいった。「おれは小屋に大男が生まれるのを見たこともあれば、城に住んでいるこびとも見ているぞ」

「人は人」〈白鬚（ホワイトベアド）〉は答えた。「ドラゴンはドラゴンです」

サー・ジョラーは尊大に鼻を鳴らしていった。「なんと造詣の深いことか」その流謫（るたく）の騎士はこの老人を決して愛していなかった。最初から、それをおもてに出していた。「とにかく、ドラゴンについて、おまえが何を知っている?」

「ほんの少しですよ、それは確かです。でも、エイリス王が〈鉄の玉座〉にすわっていたころ、しばらくの間わたしはキングズ・ランディングで仕えていました。そして、かれの玉座の間の壁から見下ろしているドラゴンたちの頭蓋骨の下を歩きました」

「それらの頭蓋骨のことを、ヴィセーリスが話していたわ」ダニーはいった。「王位簒奪者はそれらをはずして隠してしまったのよ。盗んだ玉座に自分がすわっているのを、かれらに見下ろされるのに耐えられなかったから」彼女は〈白鬚（ホワイトベアド）〉を招き寄せた。「あなた、わたしの父上に会ったことがあるの?」エイリス二世王は娘が生まれる前に死んでしまったのだった。

「拝謁の栄に浴したことがあります、陛下」

「かれは善良で優しいと思った？」

「陛下は……しばしば快活でいらっしゃいました」〈白鬚〉は最善を尽くして感情を隠そうとしたが、それははっきりと顔に表われていた。

「しばしば？」ダニーは微笑した。「でも、常にではない？」

「敵とお考えになる相手に対しては、非常に厳しくおなりになることもありました」

「賢明な人は決して王の敵にはならないわ」ダニーはいった。「あなたは兄のレイガーを知っていたの？」

「プリンス・レイガーを本当に知っている人はいないといわれていました。ともあれ、わたしは馬上槍試合のときにお見かけする光栄に浴しました。そして、愛用の銀の弦を張ったハープをお弾きになるのを、たびたびお聞きしました」

サー・ジョラーが鼻を鳴らした。「収穫祭か何かで、千人もの他の連中と一緒にな。次には、かれの従士をしていたとぬかすだろう」

「そのようなことは申しませんよ、あなた。プリンス・レイガーの従士はマイルズ・ムートンが務めていました。その後をリチャード・ロンマスが継ぎました。かれらが武勲を立てると、プリンスご自身でかれらを騎士に叙任されました。そして、かれらはずっとプリンスと親しくしていました。若いコニントン公もまたあの方の友人でした。でも、あの方の一番の親友はアーサー・デインでした」

「〈暁の剣（つるぎ）〉ね！」ダニーは喜んでいった。「かれのすばらしい白い剣のことを、ヴィセーリスがよく話していたわ。サー・アーサーは国じゅうで、わたしたちの兄と肩を並べる唯一の騎士だったと」

〈白髯（ホワイトベアド）〉は頭を下げた。「わたしはプリンス・ヴィセーリスのお言葉に異議をさしはさむ立場にはございません」

「王（キング）ですよ」ダニーは訂正した。「かれは王だったのよ。決して統治しなかったけれど。ヴィセーリス三世王よ。でも、あなたの言葉はどういう意味かしら？」かれの答えは彼女の期待していたものではなかった。「サー・ジョラーはかつて、レイガーを最後のドラゴンと呼んだわ。そう呼ばれるからには、かれが無双の戦士だったにちがいないと思うけど」

「陛下」〈白髯（ホワイトベアド）〉はいった。「ドラゴンストーン城のプリンスは非常に元気のある戦士ではありましたが……」

「続けて」彼女はうながした。「わたしには自由に話していいのよ」

「仰せのままに」その老人は硬木の杖によりかかり、眉根にしわをよせた。「無双の戦士……という言葉は立派ですが、陛下、言葉では戦いに勝つことはできません」

「剣が戦いに勝つのだ」サー・ジョラーがぶっきらぼうにいった。「そして、プリンス・レイガーはその使い方を知っていた」

「そのとおりです、しかし……わたしは百もの武芸競技大会を、また、いやになるほど多くの戦争も見てきました。そして、どんなに強く、すばやく、武術に長けた騎士でも、それに匹敵する他の人々がいるのです。選手はある大会では勝つかもしれないが、次の大会ではたちまち負けてしまうことがあります。草で滑りやすい場所のせいで負けることもあれば、前夜に食べた物のせいで負けることもあります。風向きの変化が勝利という贈り物をもたらすこともあります」かれはサー・ジョラーをちらりと見た。「あるいは、腕に巻いたレディの好意のしるしとかが」

　モーモントの顔が黒ずんだ。「言葉に気をつけろよ、じじい」

　サー・ジョラーがラニスポートで戦ったのを、アースタンは見ていたのだとダニーは悟った。そこの武芸競技大会でモーモントはあるレディの好意のしるしを腕に巻いて、勝利したのだった。また、かれはそのレディをも手に入れた。ハイタワー家のリネス、かれの二番目の妻、高貴な生まれで美しかった……しかし、彼女はかれを破滅させ、放棄したのだった。そして彼女の記憶は今のかれには苦々しいものになっていた。「おとなしくしてね、わたしの騎士さん」彼女はジョラーの腕に手を置いた。「アースタンは悪意があったわけではないのよ」

「わかりましたよ、女王（カリーシ）さま」サー・ジョラーはしぶしぶいった。

　ダニーはその従者のほうに視線を戻した。「わたしはレイガーのことをほとんど知らないの。ヴィセーリスから聞いた話だけ。そして、その兄が亡くなったとき、ヴィセーリスは幼い少年だったの。かれは本当はどんなだったの？」

　老人はしばらく考えた。「有能。それがもっとも目立ちました。そして断固、慎重、忠順、専心。かれについてひとつの物語があります……しかし、きっとサー・ジョラーも知っているでしょう」

「あなたの口から聞きたいわ」

「かしこまりました」〈白鬚(ホワイトベアド)〉はいった。「幼いころ、このドラゴンストーン城のプリンスはたいそう書物が好きでした。あまり幼いころから本を読んでいたので、レイラ王妃は、かれを身ごもっている間に書物と蠟燭を飲んだにちがいないといわれたほどです。レイガーは他の子供たちの遊びには何の興味も示しませんでした。メイスターたちはかれの知恵に驚嘆しましたが、父上の騎士たちは聖徒王ベイラーの再来だと皮肉な冗談を飛ばしていました。ところが、ある日、プリンス・レイガーは巻物の中に何かを見つけて、人が変わりました。それが、どんなことだったか、だれにもわかりませんでした。ただ、その少年はある日の早朝、騎士たちが剣をつけて身支度をしている中庭に突然現われたのです。そして、武術指南役のサー・ウィレム・ダリーに歩み寄って、いいました。〝剣と甲冑が欲しい。ぼくは戦士にならなければならないらしい〟と」

「そして、なったのね！」ダニーは喜んでいった。

「実際にそうなりました」〈白鬚(ホワイトベアド)〉はお辞儀をした。「失礼します、陛下。戦士の話をしていたら、〈闘士(ストロング)〉ベルウァスが起きてきました。かれの世話をしなければなりません」

　ダニーは船尾のほうを見た。その去勢奴隷は大きな図体にもかかわらずすばやい身のこなしで、船の中央の船倉から上がってくるところだった。ベルウァスはずんぐりして横幅が広く、たっぷり十五ストーンもの脂肪と筋肉がついており、大きな茶色の腹には白く色あせた十文字の切り傷がいくつもついていた。だぶだぶのパンツをはき、黄色いシルクの腹巻をし、鉄の鋲を打った滑稽なほど小さな革のベストを着ていた。「〈闘士〉ベルウァスは空腹だぞ！」かれはだれにいうともなく大声で怒鳴った。「〈闘士〉ベルウァスは今、喰うぞ！」かれは振り向いて、船首楼にいるアースタンを見た。「〈白鬚〉！〈闘士〉ベルウァスさまに食べ物を持ってこい！」

「行ってもいいわよ」ダニーはその従者にいった。かれはまたお辞儀をして、主人の世話をするために離れていった。

サー・ジョラー・モーモントは無愛想で正直な顔をしかめてそれを見守った。かれは大柄で逞しく、顎ががっしりしていて、肩が厚い。決してハンサムな男ではないが、ダニーがこれまでに知った真実の友だった。「あの老人の言葉には、かなり掛け値があると考えたほうが賢明です」〈白鬚〉が声の届かない距離まで遠ざかると、サー・ジョラーは彼女にいった。

「女王はみんなの言葉に耳を傾けなければならないのよ」彼女はいった。「身分の高い者、低い者、強者に弱者、高潔な者、腐敗した者。ひとつの声は偽りを話すかもしれないけれど、多くの声にはつねに真実が見出される」ある本にそう書いてあったのだった。

「では、わたしの声を聞いてください、陛下」流謫の騎士はいった。「この〈白鬚のアースタン〉というやつはあなたを騙しています。やつは従者になるには年をとりすぎています。そして、あの愚かな去勢奴隷に仕えるにはあまりにも弁舌に長けています」

〝たしかにおかしいわ〟ダニーは認めないわけにはいかなかった。〈闘士(ストロング)〉ベルウァスはミーリーンの闘技場で育てられ、訓練された元奴隷だった。マジスター・イリリオが彼女を守るためにかれを遣わした、と、まあ、ベルウァスは主張した。そして、彼女に護衛が必要なのは事実だった。〈鉄の玉座〉の簒奪者は彼女を殺した者に、領地と貴族の位を授けると約束していたから。すでに一杯の毒入りワインで、一度目の試みがなされた。彼女がウェスタロスに近づけば近づくほど、また別の攻撃があるだろうと思われる。クァースにいたとき、黒魔導師のパイアット・プリーは彼女が不死者たちを〈塵の宮殿〉で焼き殺した復讐として、〈弔問者(ソロフル・メン)〉を送ってよこした。黒魔導師は間違いを決して忘れないと、そして〈弔問者(ソロフル・メン)〉たちは決して暗殺に失敗することはないといわれていた。ドスラク人の大部分もまた彼女に反感を抱いているだろう。今ではカール・ドロゴの家来(コス)たちがそれぞれ自分の部族(カラザール)を率いていて、かれらのだれ一人として、彼女自身の小さな集団を見つけしだい、襲うのをためらわないだろう。そして、彼女の家来を殺し、奴隷にし、ダニー自身をヴァエス・ドスラクに引きずっていき、〈寡妃の会(ドシュ・カリーン)〉の皺くちゃ婆の仲間に入れるだろう。彼女はザロ・ゾアン・ダクソスが敵でなければよいのにと思った。しかし、そのクァースの交易王(マーチャント・プリンス)は彼女のドラゴンをむやみに欲しがっていた。また、影魔導師のクェイスがいる。あの謎めいた忠告ばかりする、赤い漆塗りの仮面をつけた奇妙な女が。彼女もまた敵なのだろうか、それとも危険な友人にすぎないのか？　ダニーにはわからなかった。

〝サー・ジョラーは毒殺者からわたしを守ってくれた。そして、〈白鬚(ホワイトベアド)のアースタン〉はあのマンティコアから守ってくれた。たぶん、〈闘士(ストロング)〉ベルウァスは次の暗殺者からわたしを守ってくれるだろう〟かれはとても体が大きくて、ちょっとした樹木ほどの腕と、髭が剃れるほど鋭利な大半月刀(アラク)を持っている。もっとも、あののっぺりした茶色の頬に髭が生えるなんてことはありそうもないが。しかし、かれは子供のようでもあった。〝護衛としては、かれには足りないところがたくさんある。ありがたいことに、わたしにはサー・ジョラーと血盟の騎手たちがいる。そしてドラゴンたちのことを決して忘れてはならない〟いずれ、かれらはもっとも恐ろしい護衛になるだろう。三百年前のエイゴン征服王とその姉妹にとって、そうであったように。しかし、今のところは、かれらは防護よりもむしろ危険をもたらす存在だった。世界全体で、生きているドラゴンは三頭しかいない。そして、それらは彼女のものだ。それらは驚異であり、恐怖であり、値段のつけられないものなのだ。

彼女が次の言葉を思案していると、うなじに冷たい息吹を感じた。そして、シルバーゴールドの後れ毛が額に揺れた。頭上で帆が軋(きし)って動き、突然、《バレリオン》全体から大歓声が沸き上がった。「風だ！」水夫たちが叫んだ。「風が戻ったぞ、風が！」

ダニーが見上げると、この大きな船の帆が波打ち、膨らみ、綱がびりびり震えて緊張し、六日という長い間待ち焦がれていた美しい歌を歌った。グロレオ船長が命令を叫びながら船尾のほうに駆けていった。歓声を上げていなかったペントス人たちが大急ぎで帆柱に登っていった。〈闘士(ストロング)〉ベルウァスさえも大声を出して、ちょっと踊った。「神々は慈悲深い！」

ダニーはいった。「ほらごらん、ジョラー？　船がまた進みはじめたわ」

「はい」かれはいった。「でも、何に向かってですか、女王さま（マイ・クィーン）？」

風は一日じゅう吹いた。最初は東から一定の風が。それから、激しい疾風になった。太陽が赤い炎となって沈んだ。〝まだウェスタロスまで世界の半分もある〟ダニーは自分にいい聞かせた。〝でも、時々刻々、近づいていくのだわ〟自分が統治するために生まれてきたその土地を最初にひと目見たとき、どんな感じがするか想像しようとした。〝それはこれまでに見たこともないほど美しい海岸だろう。わかっているんだ。それ以外に考えられないでしょう？〟

しかし、その夜おそく、暗闇の中を突進する《バレリオン》の船長室――「たとえ海上にあっても、女王さま（クィーン）は船長の上に立つものです」とグロレオ船長が愛想よくいって船長室を提供してくれたのだった――の寝棚の上にダニーがあぐらをかいて、ドラゴンたちに餌を与えていると、扉に鋭いノックの音が聞こえた。

イリは寝棚の足元に眠っていた（三人では狭すぎるので、今夜はジクィが柔らかな羽根布団を女王さま（カリーシ）と共有していたのだった）。だが、その侍女はノックの音で目を覚まして、扉のところに行った。ダニーは掛け布団を胸元に引き上げてかかえた。彼女は裸になっていて、こんな時間に訪問者が来るなどと予想してはいなかった。「お入りなさい」外の揺れるランタンの下にサー・ジョラーが立っているのを見て、彼女はいった。

その流謫の騎士は首をすくめて入ってきた。「陛下。お眠りのところ、お邪魔してすみません」

「眠ってはいませんでした。来て、ごらんなさい」彼女は膝にのせた椀から塩漬けの豚肉の塊を取り出して、ドラゴンたちに示した。三頭とも、それを欲しそうに見た。レイガルは緑色の翼を広げて羽ばたきした。そして、ヴィセーリオンは首を青白い長い蛇のように前後に振って、彼女の手の動きを追った。「ドロゴン」ダニーはそっといった。「ドラカリス」そして、豚肉を空中に放った。

ドロゴンは襲いかかるコブラよりもすばやく動いた。その口から、オレンジ色と真紅と黒の炎が音をたてて噴き出し、肉が落下しはじめる前にそれを焦がした。かれの鋭い黒い歯がそれをパクッとくわえると、レイガルがさっと頭を近寄せた。まるで、兄弟の顎からその御馳走を盗もうとでもするように。だが、ドロゴンは肉を飲みこんで、かん高い声を上げた。すると、小さいほうの緑色のドラゴンは不満そうにシューシュー鳴くしかなかった。

「やめなさい、レイガル」ダニーがうるさそうにいって、その頭をぴしゃりと叩いた。「あんたはもう食べたでしょ。貪欲なドラゴンは飼ってやらないから」彼女はサー・ジョラーを見て微笑した。「もう火鉢で肉をあぶる必要はないらしいわ」

「なるほど。ドラカリスとは？」

その言葉を聞くと、三頭のドラゴンがいっせいに首をまわした。そして、ヴィセーリオンが薄い金色の炎を噴き出したので、サー・ジョラーはあわてて後ずさりした。ダニーはくすくす笑った。「その言葉には気をつけてね、あなた。さもないと、かれらはあなたの髭を焦がすかもしれないわ。これは高地ヴァリリア語で〝ドラゴンの火〟という意味なの。だれもうっかり使ったりしない言葉を、命令の言葉に選びたかったのよ」

　モーモントはうなずいた。「陛下」かれはいった。「ちょっと、内々でお話ししたいことがあるのですが？」

「いいわよ。イリ、ちょっと座をはずして」ダニーはもう一人の侍女ジクィの裸の肩に手を当てて揺り起こした。「あなたもね。サー・ジョラーがわたしに話があるんだって」

「はい、女王（カリーシ）さま」ジクィは濃い黒髪をくしゃくしゃにして、裸で、あくびをしながら、寝棚から下りた。そして、あわてて衣服を着て、イリと一緒に船室を出て、扉を閉めた。

　ダニーはドラゴンたちに残りの塩漬けの豚肉を与えて奪い合いをさせると、ベッドの自分の横を叩いた。「お座りなさい、騎士さん。そして気になることを話しなさい」

「三つあります」サー・ジョラーは腰を下ろした。「〈闘士（ストロング）〉ベルウァス。あの〈白鬚（ホワイトベアド）の アースタン〉。そして、かれらを送ってよこしたイリリオ・モパティスです」

〝またか？〟ダニーは掛け布団をもっと引き上げて一端を肩にかぶせた。「どうして？」

「クァースの黒魔導師どもが、あなたは三度裏切られるといいました」その流謫の騎士は彼女に思い出させた。一方、ヴィセーリオンとレイガルはたがいに噛みつき合い、引っ掻き合いを始めた。

「一度は血のため、一度は黄金のため、そして一度は愛のためね」ダニーは忘れるわけがなかった。「ミリ・マズ・ドゥールが最初だったわ」

「ということは、あと二人、裏切り者が残っているということです……そして今、二人の新参者が姿を現わしました。そうです、わたしはそれが気になるのです。あなたを殺した者に貴族の地位を与えると、ロバートがいったことを決して忘れないでください」

　ダニーは身を乗り出してヴィセーリオンの尻尾をひっぱり、緑色の兄弟から引き離した。その動作で、掛け布団が彼女の胸から滑り落ちた。彼女はあわてて掛け布団をつかみ、また胸を覆った。「あの簒奪者は死んだわ」彼女はいった。

「しかし、代わりに息子が支配しています」サー・ジョラーが目を上げ、その黒い目が彼女の目と合った。「忠順な息子は父親の負債を払います。たとえ血の負債であっても」

「そのジョフリーという少年はわたしの死を望むかもしれないわね……もし、わたしが生きていることを思い出したら。それと、ベルウァスや〈白鬚(ホワイトベアド)のアースタン〉とどんな関係があるの？　あの老人はあのとおり剣さえも携えていないのよ」

「はい。しかし、かれがあの杖をどんなにすばやく扱ったか、わたしは見ました。クァースであのマンティコアをどうやって殺したか、覚えていらっしゃいますか？　あのようにたやすく、かれがつぶしたのは、あなたの喉だったかもしれないのですよ」

「そうだったかもしれないわね。でも、違った」彼女は指摘した。「つぶされたのは、わたしを刺し殺そうとしたマンティコアだった。かれはわたしの命を救ってくれたのよ」

「女王(カリーシ)さま、ひょっとして、〈白鬚(ホワイトベアド)〉とベルウァスはあの刺客とぐるになっていたということはないでしょうか？　すべて、あなたの信頼を得るための策略だったかもしれませんよ」

彼女が突然大声で笑いだすと、ドロゴンはシューッといい、ヴィセーリオンは舷窓の上のとまり木にパタパタと飛んでいった。「その策略は成功したわね」

流謫の騎士は笑顔を返さなかった。「これらはイリリオの船であり、イリリオの船長であり、イリリオの水夫であり……そして、〈闘士(ストロング)〉ベルウァスとアースタンもまたかれの部下です。あなたのものではありません」

「マジスター・イリリオは前にわたしを守ってくれました。〈闘士(ストロング)〉ベルウァスがいうには、わたしの兄が死んだと聞いてイリリオは泣いたそうよ」

「ええ」モーモントはいった。「しかし、かれはヴィセーリスのために泣きましたか、あるいは、かれと一緒に立てた作戦を惜しんで泣きましたか？」

「かれの作戦を変更する必要はないわ。マジスター・イリリオはターガリエン家の友人で、財産家で……」

「生まれつき財産家だったわけではありません。世の中で、わたしの見るところ、優しさで金持ちになった人は一人もいません。黒魔導師は、第二の裏切りは黄金のためだろうといいました。イリリオ・モパティスは黄金以上に何を愛しているというのでしょう？」

「自分の皮膚よ」部屋の向こう側で、ドロゴンが鼻から蒸気を立ち昇らせ、不安そうに身じろぎした。「ミリ・マズ・ドゥールはわたしを裏切った。だから火あぶりにしてやった」

「ミリ・マズ・ドゥールはあなたの支配下にありました。ペントスでは、あなたはイリリオの保護下に入るでしょう。これは同じではありません。わたしはあなたと同様にあの豪商を知っています。あいつは狡い男です。しかも利口で——」

「〈鉄の玉座〉を勝ちとるためには、わたしには利口な男たちが必要です」

サー・ジョラーは鼻を鳴らした。「あなたを毒殺しようとしたあのワイン商人もまた利口な男でしたよ。利口な男たちは策略を考え出します」

ダニーは足を引き上げて掛け布団の下に入れた。「あなたがわたしを守ってくれるでしょう。あなたと、わたしの血盟の騎手たちがね」

「四人でですか？　女王さま、あなたはイリリオ・モパティスを知っていると信じておられる。それは結構です。しかし、あの太った去勢奴隷や世界一年とった従者のような、知らない男たちでわが身を囲むと、そういい張っておられる。パイアット・プリーやザロ・ゾアン・ダクソスから教訓を得てください」

〃かれは善意でいっている〃ダニーは思った。〃かれは愛のために、できるだけのことをしているのだ〃「だれをも信じない女王は、だれをも信じる女王と同じくらい愚かだと、わたしには思えるわ。家来として抱えるすべての人にリスクは伴う。それはわかります。でも、そのようなリスクを負わずに、どうして七王国を勝ちとることができるというの？　一人の流謫の騎士と三人のドスラクの血盟の騎手だけを伴って、わたしはウェスタロスを征服しなくてはならないの？」

かれは頑固な口調でいった。「あなたの行く道は危険です。それは否定しません。しかし、行きずりの嘘つきや策士の一人一人を盲目的に信用すれば、お兄さまと同じ最期を迎えることになるでしょう」

かれがあまりにも頑固なので、彼女は腹が立った。〝かれはわたしを赤子か何かのように扱っている〟「〈闘士(ストロング)〉ベルウァスは朝食を作る策略さえも立てられないのよ。そして、〈白髯(ホワイトベアド)のアースタン〉がどんな嘘をいったかしら？」

「あいつは見かけどおりの男ではありません。どんな従者もあえてしないほど大胆に、あなたに話しかけます」

「わたしの命令に従って、率直に話したのよ。かれはわたしの兄を知っていたわ」

「とても大勢の人がお兄さまを知っています。陛下、ウェスタロスでは〈王の楯(キングズガード)〉の総帥が小評議会の席にすわり、剣だけでなく知恵をもって王に仕えます。もし、わたしが〈女王の楯(クィーンズガード)〉の筆頭なら、お願いです、わたしの話をしまいまで聞いてください。あなたにお話ししたい計画があります」

「どんな計画？　話して」

「イリリオ・モパティスはあなたをペントスに、かれの屋根の下に、取り戻したがっています。よろしい、お行きなさい……でも、それはあなた自身の都合のよい時にです。それもあなた一人ではなく。これらのあなたの新しい臣下が本当はどのくらい忠義で従順なのか、見てやりましょう。進路を〈奴隷商人湾〉に変更するように、グロレオに命令してください」

ダニーはそもそもその響きが気に入ったかどうか確信はなかった。ユンカイやミーリーンやアスタポアのような大奴隷都市にある人買い市場について、これまでに聞いたことはすべて悲惨な恐ろしいものであった。「わたしにとって、〈奴隷商人湾〉に何があるの？」

「軍隊です」サー・ジョラーはいった。「もし、〈闘士(ストロング)〉ベルウァスがそんなにお気に召したのなら、ミーリーンの闘技場でかれのようなやつは百人以上も買うことができますよ……しかし、わたしが向かいたいのはアスタポアです。アスタポアでは〈穢れなき軍団(アンサリード)〉を買うことができます」

「刺付きのブロンズの帽子をかぶった奴隷のことね？」ダニーは自由都市の有力者や支配者や君主などの屋敷の門に、〈穢れなき軍団〉の守衛が立っているのを見たことがあった。「なぜわたしに〈穢れなき軍団〉が必要なの？　かれらは馬にさえ乗れないのよ。しかも、たいていの者は太っている」

「あなたがペントスやミアで見た〈穢れなき男〉は、家の守衛です。あれはやわな仕事です。そして、いずれにしろ、去勢奴隷は太る傾向があります。大食はかれらに許された唯一の悪習ですからね。少数の家事をする年寄りの奴隷を見てすべての〈穢れなき男〉を判断するのは、〈白鬚(ホワイトベアード)のアースタン〉を見てすべての従者を判断するのと同じですよ、陛下。クォホールの三千人の話をご存じですか？」

「いいえ」掛け布団がダニーの肩から滑り落ちた。彼女はそれをつかんで元に戻した。

「ドスラク人が最初に東方から乗り出したのは、四百年かそれ以上前のことです。かれらは通り道のすべての町や都市を略奪し、焼き討ちしていきました。かれらを率いた族長(カール)はテンモという名前でした。かれの部族（カラザール）はドロゴの部族ほど大きくありませんでしたが、それでも充分な大きさでした。少なくとも五万人はいたでしょう。かれらの半分は編んだ髪に鈴の音を響かせる戦士でした。

　クォホール人はかれがやってくるのを知って、城壁を補強し、衛兵の人数を倍にし、さらに二百人の傭兵を雇いました。〈輝く戦旗隊〉と〈次子（セカンド・サンズ）〉です。それでも不安で、アスタポアに人を遣（や）り、三千人の〈穢れなき軍団〉を買いました。しかし、クォホールへの帰途は長い道のりで、かれらがクォホールに近づいたとき、煙と埃が見え、遠くから戦闘の響きが聞こえてきました。

〈穢れなき軍団〉が町に着いたときには太陽は沈んでいました。城壁の下ではクォホールの重い馬の死骸を鴉や狼がむさぼり喰っていました。〈輝く戦旗隊〉と〈セカンド・サンズ〉は逃げてしまっていました。傭兵どもは勝ち目がないことがわかると逃亡するのが常ですから。日が暮れるとドスラク人たちは自分たちの野営地に引き揚げて、飲んだり喰ったりドンチャン騒ぎをしていました。しかし、次の朝になれば、必ずかれらは戻ってきて、思うがままに城門を破壊し、城壁を強襲し、住民を強姦し、略奪し、奴隷にすることを疑う者はありませんでした。

　ところが夜が明けて、テンモとその血盟の騎手が部族民（カラザール）を率いて野営地から出てくると、城門の前には、三千人の〈穢れなき軍団〉が黒山羊の軍旗を頭上にひるがえして集結していたのです。このような少数の部隊なら、側面を衝けば容易に撃破できたでしょう。しかし、こちらはドスラク人です。相手は歩兵であり、歩兵は馬で簡単に踏みにじることができると考えました。

ドスラク人は突撃しました。〈穢れなき軍団〉は楯を組み合わせ、槍を下げて、がっしりと立ちはだかりました。頭髪に鈴をつけた二万騎の叫戦士（きょうせんし）に対して、かれらはがっしりと立ちはだかったのです。

ドスラク勢は十八回も突撃しました。そして、岩だらけの浜に打ち寄せる波のように、それらの槍と楯の上で自滅したのです。テンモはこの三千人に対して、弓兵たちを三度旋回させて攻撃し、雨あられと矢を射掛けさせましたが、〈穢れなき軍団〉は頭上にちょっと楯を持ち上げただけで、このスコールをやり過ごしました。最後に生き残ったのは、わずか六百人でした……しかし、二万人以上のドスラク人が死んで戦野に横たわっていました。その中には族長（カール）テンモ、その血盟の騎手、その家来、その息子のすべてが含まれていました。四日目の朝に、新しい族長（カール）が生き残りの兵を率いて市の城門の前を粛々と行進し、その一人一人が自分の編んだ髪をひとふさ切り取って〈穢れなき軍団〉の足元に投げ捨てました。

この日以来クォホール市の衛兵は、それぞれ編んだ人間の頭髪を吊るした長い槍を携えた〈穢れなき軍団〉だけで構成されるようになりました。

それを、あなたはアスタポアで見出すでしょう、陛下。あそこに上陸し、陸路ペントスまで旅を続けましょう。そのほうが時間は長くかかります。それはそうですが……あなたがマジスター・イリリオとパンをちぎるときには、あなたは背後に、ただの四人ではなく、一千人の剣士を従えているでしょう」

〝これは、そう、知恵のあるやり方だ〟とダニーは思った。〝でも……〟「どうやって一千の奴隷兵士を買うの？　わたしが持っている価値のあるものといえば、トルマリン協会がくれたあの冠だけよ」

「ドラゴンたちは、クァースにいたときと同様に、アスタポアにおいても偉大な驚異となるでしょう。クァース人がそうであったように、奴隷商人たちがあなたに贈り物の雨を降らせるかもしれません。たとえ、そうでなくても……これらの船はあなたのドスラク人とかれらの馬以上のものを積んでいます。わたしは船倉を歩いてこの目で見ましたが、かれらはクァースで貿易品を積みこみました。シルクの反物、虎の毛皮の梱、琥珀や翡翠の彫刻、サフラン、没薬（もつやく）……奴隷なんて安いものです、陛下。虎の毛皮のほうが高価です」

「それらの虎の毛皮はイリリオのものよ」彼女は反論した。

「そしてイリリオはターガリエン家の味方です」

「それなら、なおさらかれの品物を盗む理由はないわ」

「かれらの富をあなたに自由に使わせなければ、裕福な友人が何の役に立ちますか、女王さま（マイ・クィーン）？　もし、マジスター・イリリオが断るようなら、かれは顎が四つあるザロ・ゾアン・ダクソスにすぎません。そして、もしかれがあなたの大義に真面目に協力するつもりなら、船三隻分の貿易品を出し渋ることはないでしょう。あなたの軍隊創設のための資金にする以上に、虎の毛皮の有益な使い道があるでしょうか？」

〃そのとおりだわ〃　ダニーは興奮が湧き上がるのを感じた。「そのような長い行軍には危険が伴うでしょうね……」

「海上にも危険はあります。私掠船や海賊が南の航路に出没します。そして、ヴァリリアの北の〈煙立つ海〉には魔物が出ます。次の嵐はわれわれを沈めるかもしれないし、ちりぢりにするかもしれないし、大海魔（クラーケン）が海底に引っ張りこむかもしれません……あるいは、また凪（なぎ）に出会って動けなくなるかもしれず、風を待っている間に飲み水がなくなって死ぬかもしれません。行軍には別の種類の危険があるでしょう、女王さま（マイ・クィーン）、でも、どれひとつとして海の危険より大きいものではありません」

「でも、グロレオ船長が航路の変更を拒否したら？　そして、アースタンや〈闘士（ストロング）〉ベルウァスはどうするかしら？」

サー・ジョラーは立ち上がった。「たぶん、それを確かめる潮時でしょう」

「そうね」彼女は決心した。「やってみるわ！」ダニーは掛け布団をはねのけて寝棚から飛び下りた。「すぐに船長に会って、アスタポアに航路を定めるように命じるわ」彼女は衣装箱の上に身を屈めて、ぱっと蓋を開け、手に触れた最初の衣服——だぶだぶのサンドシルクのズボンをつかんだ。「わたしのメダリオン・ベルトを取って」彼女はサンドシルクのズボンを腰に引っ張り上げながら、ジョラーに命じた。「そして、ベストを——」振り向いて、そういいかけると……

サー・ジョラーが彼女の体に腕をまわした。

「まあ」ダニーがそういう暇もなく、かれは彼女を引き寄せて、唇と唇を合わせた。かれは汗と塩と革の味がした。そして彼女の体が砕けるほど強く抱きしめたので、かれの胴着の鉄の鋲が彼女の裸の乳房に食いこんだ。かれは片手で彼女の肩をつかんで支え、もう片方の手を背骨に沿って腰のくびれまで滑らせた。彼女は決してそのつもりがないのに、口が自然に開いてかれの舌を受け入れた。〝髭がざらざらする〟と彼女は思った。〝でも口は甘い〟ドスラク人は長い口髭だけで、顎髭を生やすことは決してなかった。そして、これまで彼女にキスしたのはカール・ドロゴだけだった。〝ジョラーはこんなことをすべきではない。わたしはかれの女王（クィーン）であって、情婦ではない〟

　長いキスだった。もっとも、どのくらい長かったかダニーにはわからなかったけれども。それが終わると、サー・ジョラーは彼女を放した。そして、彼女はあわてて一歩後ずさりした。「あなた……このようなことを……」

「こんなに長く待つべきではありませんでした」かれは彼女の言葉を引き取っていった。「あなたにキスすべきでした、クァースで、ヴァエス・トロロで。赤い荒野で、毎日毎晩、あなたにキスすべきでした。あなたは、しばしば上手に、キスされるように生まれついています」かれの目が彼女の胸に注がれた。

　ダニーは手で胸を覆った。意志に反して乳首が反応しないうちに。「こ……この行為はふさわしくなかった。わたしはあなたの女王ですよ」

「わたしの女王です」かれはいった。「そして、わたしがこれまでに会ったもっとも勇敢で、もっとも優しくて、もっとも美しい女性です。デナーリス——」

「陛下よ！」

「陛下」かれは譲歩した。「ドラゴンには三つの頭がある、覚えていらっしゃるでしょう？〈塵の宮殿〉の黒魔導師どもからそれを聞いて以来ずっと、あなたは不審に思っておられた。さあ、ここで謎解きをしましょう。バレリオン、メラクセス、そしてヴァーガー。それらにエイゴン、レイニス、そしてヴィセーニアが乗っていた。ターガリエン家の三つの頭を持つドラゴン——三匹のドラゴン、それに三人の乗り手です」

「ええ」ダニーはいった。「でも、兄たちは死んだわ」

「レイニスとヴィセーニアはエイゴンの姉妹でもあり妻でもありました。あなたには兄弟がいません。しかし、複数の夫を持つことはできます。そして、本当のことをいいましょう、デナーリスさま、あなたに対してわたしの半分も忠実な男は世界じゅうに一人もいませんよ」

9 ―― ブラン

尾根は地面から鋭く立ち上がり、鉤爪のような形をした岩と土の長い襞となっていた。下の斜面には松、サンザシ、トネリコなどの樹木がしがみついていたが、高く登るにつれて地面はむき出しになり、曇り空を背景にして稜線がくっきりと見えた。

かれは上のほうの岩が自分を呼んでいるのを感じて登っていった。最初は軽やかに跳ねていき、それからますます速く高く登っていき、強い脚にものをいわせて急勾配をいっきに駆け上がっていった。疾走するかれの頭上の枝から鳥たちが飛び立ち、空につかみかかるようにして羽ばたいて飛んでいった。木の葉の間で風がためいきをつき、栗鼠（リス）たちがたがいにチーチーと鳴き合った。松かさが地面に落ちる音さえも聞こえた。周囲でいろいろの匂いが歌った。それは心地よい緑の世界を満たす歌だった。

最後の数十センチを登って頂上に着くと、脚の下から砂利が流れ落ちた。太陽は高い松林の上に巨大に、赤く、かかっていた。そして眼下には、見渡すかぎり、匂いを嗅ぐことができるかぎり、森林と丘がえんえんと連なっていた。ずっと上のほうで輪を描いている鳶（トビ）の姿が、桃色の空に黒く見えた。

〝プリンス〟この〈人音(マン・サウンド)〉が突然かれの頭に入ってきた。だが、それは正しいと感じることができた。〝緑のプリンス、〈狼の森〉のプリンスだ〟かれは強く、脚が速く、獰猛で、心地よい緑の世界に住んでいるすべての者が、かれに恐れをなした。

はるか下界の森林の地面で、木々の間に何かが動いた。灰色の閃き。ちらりと見えてまた消えた。だが、それはかれの耳をピリピリさせるには充分だった。下の緑の急流のほとりに、もうひとつのかたちが滑るように走っていった。〝狼だ〟とわかった。かれの小さな従兄弟たちが何か獲物を追い詰めたのだ。今では、さらに多くの姿が見えた。敏捷な灰色の脚で走る影。〝群れだ〟

かれもかつて群れを持っていた。五頭だった。そして、六頭目は少し離れていた。かれの心のずっと深くのどこかに、人間がかれらの一頭一頭を区別するためにつけた音があった。だが、かれが群れの仲間を識別するのは、それらの音によってではなかった。かれはかれらの匂いを、兄弟姉妹の匂いを覚えていた。みんな同じような匂いがした。〝群れ〟の匂いがした。しかし、それぞれ異なってもいた。

熱い緑色の目をした怒った弟が近くにいると、プリンスは感じた。もっとも、もう狩り何回分もかれと会っていなかったけれども。しかし、太陽が沈むたびにかれは離れてゆき、ついに一頭になってしまい、他の者たちは強風に吹き飛ばされた木の葉のように、遠くばらばらになってしまった。

しかし、時にはかれらを感じることもできた。まるで、まだ一緒にいるかのように。岩か木立の影に隠れて見えないだけであるかのように。夜になると、かれらの匂いを嗅ぐことはできず、また遠吠えを聞くこともできなかった。しかし、背後にかれらの存在を感じた……いなくなってしまった姉だけは別にして。彼女を思い出すと、かれの尻尾は下がった。〝今は四頭だ、五頭ではない。四頭とあとの一頭。声のない白いやつ〟

これらの森はかれらのものだった。雪の積もった斜面や、岩の丘、緑の松の大木、金色の葉をつけた樫(オーク)、ほとばしる小川、白い霜の指に縁取られた青い湖。しかし、かれの姉はこの荒野を去って、他のハンターたちが支配している〈人岩(マン・ロック)〉の広間に入っていってしまった。そして、いったんあれらの広間に歩み入ったら、出てくる道を見出すのは困難だった。狼のプリンスは思い出した。

突然、風向きが変わった。

〝鹿だ、そして恐怖、そして血〟獲物の匂いを嗅ぐと、空腹感が目覚めた。プリンスはまた空気の匂いを嗅ぎ、向きを変えて歩きだした。なかば口を開けて、尾根の上を跳ねていった。尾根の反対側は、登ってきた斜面よりももっと急だったが、かれは確かな足どりで、岩や木の根や朽葉を踏んで、飛ぶように斜面を下っていき、木立を抜け、大股にいっきに地面を進んだ。匂いに引かれて、ますます速く。

そばに行ってみると、鹿は倒れて死にかけており、かれの小さい灰色の従兄弟たち八頭に取り囲まれていた。群れのリーダーたちはすでに食べはじめていた。牡が最初に、そして牝がその次に、代わる代わる獲物の赤い下腹から肉を喰いちぎっていた。他の者たちは辛抱強く待っていた。もっとも、群れの最下位のやつは別で、そいつは尻尾を下げて、他の者たちから数歩離れて、用心しながらぐるぐるまわっていた。かれは最後に食べることになっていた。兄弟の食べ残しを。

プリンスは風下にいたので、かれらが食べている場所から六歩離れた倒木の上に跳び乗るまで、群れはかれに気づかなかった。最下位の狼が最初にかれを見た。哀れな鳴き声を上げて、こそこそと逃げた。群れの兄弟はその声を聞いて振り返り、歯を剝き出し、唸った。だが、リーダーの牡と牝は別だった。

その唸り声に、大狼(ダイアウルフ)は低い警戒の唸りで応え、自分の歯を見せた。かれはその従兄弟たちよりも大きくて、痩せた最下位のやつの二倍、二頭のリーダーの一倍半の大きさがあった。かれはかれらのまんなかに飛びこんだ。すると、相手の三頭は戦意を喪失して藪の中に姿を消した。一頭は歯をガチガチ鳴らして、かれに向かってきた。かれはその攻撃に正面から立ち向かい、激突したときに相手の脚に嚙みついて、わきに放り投げた。そいつはキャンキャン鳴き、脚を引きずって逃げ出した。

こうして、対決する相手はリーダーだけになった。そいつは大きな灰色の牡で、獲物の柔らかい腹から出た血で鼻面を赤く染めていた。その鼻面には白髪が生えていた。これは年老いた狼のしるしである。だが、口を開くと赤いよだれが歯から流れ落ちた。

〝こいつは怖がっていない〟プリンスは思った。〝おれもおんなじだ〟いい勝負になるだろう。かれらは対決した。

木の根や石や落ち葉や獲物の内臓などの上を転げまわって、長い闘いが続いた。たがいに歯と鉤爪を使って攻撃し合い、飛び離れ、たがいにぐるぐるまわり、それからまた飛びかかった。プリンスのほうが大きく、ずっと強かったが、従兄弟のほうには群れがついていた。牝はかれらの周囲を離れずにまわり、匂いを嗅ぎ、唸り、夫が血だらけになって後退すると必ず、自分が間に割って入ろうとした。ときどき、他の狼たちも跳びこんできて、プリンスが反対側を向いたときにその脚や耳を嚙もうとした。一頭があまりかれを怒らせたので、かれは黒い激怒の塊になって旋回し、その攻撃者の喉を喰いちぎった。それ以後、他の者たちは距離を置くようになった。

そして、一日の最後の赤い光が緑色や金色の枝の間から射しこむと、その老狼は疲れて土の上に横たわり、ごろりと転がって喉と腹を見せた。降伏したのである。

プリンスはそいつの匂いを嗅ぎ、その毛皮と裂けた肉から血をなめ取った。老狼が弱々しく鳴くと、大狼は向きを変えた。今、かれはとても腹がへっていた。そして、この獲物はかれのものだった。

「ホーダー」

突然その音を聞いて、かれは動作を止めて唸った。狼たちは緑色と黄色の目を昼間の最後の光に輝かせて、かれを見つめた。だれもその音を聞かなかった。それはかれの耳だけに吹く奇妙な風にすぎなかった。かれは鹿の腹に深く歯を埋めて、ひと口の肉を喰いちぎった。

「ホーダー、ホーダー」

〝いやだ〟かれは思った。〝いやだ、いやだ〟これは少年の思考であって、大狼のものではなかった。周囲の森は暗くなりかかっていて、木々の影と従兄弟たちの目の光だけが残っていた。そして、これらのものを透かして、そしてそれらの目の後ろに、大きな男のにやにや笑う顔と、硝石が斑に浮いた石の穴蔵の壁が見えた。そして舌の上の温かい濃厚な血の味が薄れた。〝いやだ、やめろ、やめろ。ぼくは食べたい、食べたい、食べたいんだ……〟

「ホーダー、ホーダー、ホーダー、ホーダー」ホーダーはかれの肩をそっと前後に揺すりながら節をつけていった。ホーダーは優しくしようと努力していた。かれはいつも努力していた。だが、かれは身長が二メートルもあり、自分で思っている以上に力が強く、その巨大な手はブランの歯をガチガチ鳴らした。「**いやだ！**」かれは怒って叫んだ。「ホーダー、やめろ、ぼくはここだ、ここにいるぞ」

ホーダーは当惑した表情で手を止めた。「ホーダー？」

森林も狼たちも消えてしまった。ふたたびブランに戻った。何千年も昔に放棄されたにちがいない古代の見張り塔みたいなものの湿った穴蔵の中の。それは今では塔というようなものではなくなっていた。崩れ落ちた石さえも苔と蔦に覆われていて、直接その上に乗らなければ、壁石だったとはとても思えないような状態になっていた。ブランはこの場所を〈崩れた塔〉と名づけた。もっとも、その穴蔵に入っていく道を見つけたのはミーラだったけれども。

「きみはあまり長く行っていすぎたよ」ジョジェン・リードは十三歳で、ブランよりもたった四歳しか年上ではなかった。またジョジェンはそれほど大きくなく、五センチか六センチしかかれより背が高くなかった。しかし、実際の年齢よりももっと年上に、そしてもっと賢く見えるほど、威厳のあるしゃべり方をした。ウィンターフェル城にいたときには、ばあやが〝ちいさなお爺さん〟とあだ名をつけたほどだった。

ブランはしかめ面をしてかれを見た。「ぼくは食べたいよ」

「ミーラがすぐに食べ物を持って帰ってくる」

「もう蛙なんかうんざりだ」ミーラは地峡（ネック）からきた蛙喰い族の一人だった。だから、彼女がたくさんの蛙を捕ってくるのを、実は非難することはできないだろうと、かれは思っていた。しかし、たとえそうでも……「ぼくは鹿を食べたかったのに」一瞬、その味を思い出した。血と生肉のうまそうな味。思い出すとよだれがでた。〝ぼくは闘ってあれを勝ちとったんだ。勝ちとったんだ〟

「木にしるしをつけてきたかい？」

ブランは赤面した。かれが第三の目を開いてサマーの毛皮を着るときは、いつも何かをしろとジョジェンが命じるのだった。木の皮を爪で引っ掻けとか、兎を捕まえて、食べずにくわえてここまで持ち帰れとか、岩を押して一列に並べてこいとか。〝ばかばかしいことだ〟

「忘れた」かれはいった。

「いつも忘れるんだな」

そのとおりだった。かれはジョジェンに命じられたことをしようと思うのだが、いったん狼になると、それらは重要なこととは思えなくなるのだった。そこにはいつも見るべき物があり、匂いを嗅ぐべき物があり、狩りをすべき緑の世界全体が広がっていた。しかも、走ることができた！　走るより楽しいことはなかった——獲物を追いかけるときをのぞけば。

「ぼくはプリンスだったんだよ、ジョジェン」かれは年上の少年にいった。「ぼくは森のプリンスだった」

「きみは今もプリンスだよ」ジョジェンがそっといった。「覚えているだろう？　きみがだれか話して」

「知ってるくせに」ジョジェンは友人であり、教師であった。だが、ブランはときどきかれを殴りたくなることがあった。

「言葉でいってもらいたいのさ。きみがだれかいいたまえ」

「ブラン」かれは膨れ面をしていった。〝壊れた(ブロークン)ブランだ〟「ブランドン・スターク」〝肢体不自由児だ〟「ウィンターフェル城のプリンス」焼け落ちたウィンターフェル城の、人民が四散し殺されたウィンターフェル城の。温室庭園は粉砕され、熱い水がひび割れた壁から噴き出して、太陽の下で湯煙を立てていた。〝もう二度と見ることができない場所のプリンスなんて、ありうるだろうか？〟

「そして、サマーってだれ？」ジョジェンが促した。

「ぼくの大狼」かれは微笑した。「緑の世界のプリンス」

「少年のブランと狼のサマー。では、きみたちは二人だね？」

「二人」かれはためいきをついた。「そして、一人」ブランは、このようなばかなことをいいだすジョジェンは大嫌いだった。ウィンターフェル城にいたときには、狼の夢を見ろといった。そして、そのやり方を覚えると、こんどは必ず呼び戻すんだから〟

「それを覚えていなさい、ブラン。きみ自身を覚えていなさい。さもないと、狼がきみを喰いつくすだろう。きみ自身を覚えていなさい。きみたちが合体するとき、サマーの皮を着て走ったり、狩りをしたり、遠吠えをしたりするだけでは不充分なんだ」

〟あれはぼくに適している〟ブランは思った。かれは自分自身の皮よりもサマーの皮のほうが好きだった。〟自分の好きな皮を着ることができなければ、皮装者（スキンチェンジャー）である意味がないじゃないか？〟

「忘れるんじゃないよ。次のときには木にしるしをつけるんだよ。どの木でもいいんだ。しるしをつけさえすれば」

「つけるよ。忘れないよ。今、戻っていって、つけてもいい。お望みならね。こんどは忘れないよ」〟でも、あの鹿を喰うのが先だ。そして、もうちょっとあの小さな狼たちと喧嘩するんだ〟

ジョジェンは首を振った。「だめ。ここに留まって、食事をするほうがよい。きみ自身の口でね。狼潜り（ウォーグ）は分身の獣が食べる物で生きることはできないんだ」

〟どうして、そんなことがわかる？〟ブランは憤慨して思った。〟おまえ、狼潜り（ウォーグ）になったこともないじゃないか。どういうものか知らないくせに〟

ホーダーがぱっと立ち上がり、樽形の天井に頭を打ちつけそうになった。「ホーダー！」かれは叫んで、扉のところに駆けつけた。かれがちょうどそこに着く寸前に、ミーラが扉を押し開けて、かれらの隠れ家に入ってきた。「ホーダー、ホーダー」その大男の馬丁はにこにこしていった。

ミーラ・リードは十六歳。大人の女性だが、その弟よりも背が低かった。なぜもっと背が高くないんだとブランがたずねたとき、沼地人（クラノグマン）はすべて小柄だと、彼女は説明したものだった。茶色の髪、緑の目、そして少年のように平たい胸。彼女がしなやかに優雅に歩くのを、ブランは羨ましそうに眺めるしかなかった。ミーラは長く鋭い短剣を持っていた。だが、お気に入りの闘い方は、三叉の細身の蛙取り用の槍を片手に持ち、もう一方に網を持って闘うことだった。

「お腹のすいた人？」彼女は獲物をさし上げてたずねた。二匹の小さな銀色の鱒（マス）と六匹の太った緑色の蛙だった。

「ぼく」ブランはいった。〝でも、蛙はいやだな〟あの災難がふりかかる前、ウィンターフェル城にいたとき、蛙を喰うと歯が緑色になり、脇の下に苔が生えるぞと、二人のウォルダーがよくいっていた。あのウォルダーたちは死んだろうかとかれは思った。ウィンターフェル城では死骸を見なかったが……なんてったって、死骸はたくさんあったから。そして、建物の中は見ていなかった。

「では、あなただけに食べさせればいいのね。獲物を洗うのを手伝ってくれる、ブラン？」

かれはうなずいた。ミーラに対してすねた態度をとるのは難しかった。彼女はその弟よりずっと陽気だった。そして、いつもかれを微笑ませる術を心得ているようだった。これまで、彼女は何者に対しても怖がったり、怒ったりしたことは決してなかった。〝まあ、ジョジェンは別だけれど。かれはときどき……〟ジョジェン・リードはたいていの人を怖がらせることができた。緑ずくめの服装をして、その目は苔のようにくすんだ色をしている。そして、緑の夢を見た。ジョジェンが夢見たことは実現した。〝でも、かれがぼくの死んだ夢を見たのは別だ。ぼくは死んではいない〟ただし、ある意味では死んでいるともいえるだろう。

ブランとミーラが魚と蛙を洗っている間、ジョジェンはホーダーを外にやって小さな火をおこさせた。かれらはミーラの兜を料理用の鍋に使い、獲物を賽の目に切って投げこみ、いくらかの水と、ホーダーが見つけてきた野生の玉葱を入れて、蛙のシチューを作った。ブランはそれを食べて、鹿ほどうまくはないけれど、まずくもないと思った。「ありがとう、ミーラ」かれはいった。「マイ・レディ」

「どういたしまして、陛下」

「明朝」ジョジェンは告げた。「移動することにする」

ミーラが緊張するのがブランにわかった。「緑の夢を見たの？」

「いいや」かれは認めた。

「では、なぜ移動するの？」その姉がたずねた。「〈崩れた塔〉はわたしたちにとってよい場所よ。近くに村はない、森には獲物が満ちている、川や湖には魚と蛙がいる……それに、わたしたちがここにいるのを、だれが見つけるというのよ？」

「ここはわれわれが居るべき場所ではない」

「でも、安全よ」

「安全に見える、それはわかる」ジョジェンはいった。「しかし、どのくらい長く安全でいられる？　ウィンターフェル城では戦いがあった。われわれは死者を見た。戦いは戦争だ。もし、どこかの軍隊に不意討ちをくらったら……」

「それはロブの軍隊かもしれないよ」ブランはいった。「ロブはまもなく南から戻ってくるだろう。ぼくにはわかるんだ。かれはすべての旗主を連れて戻ってきて、鉄人(くろがねびと)どもを追い払うだろう」

「きみの学匠(メイスター)は死ぬときに、ロブのことは何もいっていなかったよ」ジョジェンが念を押した。「〝岩石海岸(ストーニイ・ショア)には鉄人(くろがねびと)が上陸した〟とかれはいった。〝そして、東には、〈ボルトンの落とし子〉がいる〟と。要塞(モウト)ケイリンと深林の小丘城(ディープウッド・モット)は陥落した。サーウィンの跡継ぎは死んだ。そしてトーレンの方塞(ズ・スクウェア)の城代も。〝どこもかも戦(いくさ)だ〟とかれはいった。〝それぞれが隣人と敵対している〟と」

「このあたりは前に調べたわ」かれの姉がいった。「あなたは〈壁〉に向かいたい。そして、あなたの三つ目の鴉のところに行きたい。それも結構だけれど、〈壁〉はずっと遠方だし、ブランにはホーダー以外に足がない。もし、馬に乗っていけば……」

「鷲なら飛んでいけるのにな」ジョジェンが鋭くいった。「しかし、われわれには馬もいないし、翼もない」

「馬は手に入るわ」ミーラはいった。「〈狼の森〉の奥深くにも、樵や、小作人や、狩人たちがいる。馬を持っている人もいるでしょう」

「たとえ、そうでも、かれらから盗むのか？　われわれは盗人なのか？　わざわざ人に追われるようなことをする必要はない」

「買うこともできるわ」彼女はいった。「物々交換よ」

「われわれを見てごらんよ、ミーラ。大狼を連れた足の悪い少年、頭の弱い巨人、それに何千キロも離れた地峡からはるばるやってきた二人の沼地人だ。わかってしまうよ。そして、噂が広まるだろう。ブランは死んでいるかぎり安全だ。生きていれば、かれの息の根をこんどこそ止めてしまいたいと思っている連中にとって、いいカモになるだろう」ジョジェンは焚き火のところにいって残り火を木の枝でつついた。「北方のどこかで、三つ目の鴉がわれわれを待っている。ブランにはぼくより賢明な教師が必要だ」

「どうやっていくの、ジョジェン？」その姉がたずねた。「どうやって？」

「歩いて」かれは答えた。「一歩、一歩」

「灰色沼からウィンターフェル城への道は果てしないように思われた。でも、あの時には馬に乗っていた。もっと長い道のりを歩いていけというのね。どこに果てがあるかわかりもしない道を。〈壁の向こう〉と、あんたはいう。あなたと同様に、わたしもそこに行ったことはないけれど、〈壁の向こう〉は広大な土地だと聞いているわよ、ジョジェン。三つ目の鴉はたくさんいるの、それとも、一羽だけなの？　どうやって、それを見つけるの？」

「たぶん、向こうがわれわれを見つけるよ」

ミーラがその答えを思いつかないうちに、音が聞こえた。夜の闇を透かして狼の遠吠えが聞こえたのである。「サマーかな？」ジョジェンが耳を澄ませて、たずねた。

「ちがう」自分の大狼の声なら、ブランはわかるのだ。

「確かかね？」〝ちいさなお爺さん〟がいった。

「確かだ」今日、サマーはずっと遠くをさまよっていた。そして、夜明けまでは戻ってこないだろうと思われた。〝ジョジェンは緑の夢を見るかもしれないが、狼と大狼の区別がつかないのだ〟ブランはなぜみんなそんなにジョジェンの言葉に耳を傾けるのだろうかと思った。かれはブランのようにプリンスではないし、ホーダーのように大きくも強くもないし、ミーラのように上手な狩人でもない。それなのに、どういうわけか、いつもジョジェンがみんなにああしろこうしろと指図するのだ。「ミーラがいうように、馬を盗むべきだ」ブランはいった。「そして、北の最後の炉端城（ラスト・ハース）に住むアンバー家まで乗っていくんだ」かれはちょっと考えた。「あるいは、舟を盗んでホワイトナイフ川を下って、白い港（ホワイト・ハーバー）の町まで行けばいい。あそこは、あのでぶのマンダリー公が支配している。あの人は収穫祭のときに親切にしてくれた。かれは船を作りたがっていた。たぶん、何艘か作ったろう。だから、それに乗ってリヴァーラン城に行き、ロブとその全軍を家に連れ帰る。そうすれば、ぼくが生きていることをだれかが知っても、問題ないだろう。ロブはだれにもぼくらを傷つけさせないよ」

「ホーダー！」ホーダーがいった。「ホーダー、ホーダー」

しかし、ブランの計画に賛成したのはかれ一人だった。ミーラは笑顔を作っただけで、ジョジェンは顔をしかめた。ブランはスターク家の一員であり、しかもプリンスである。そして地峡(ネック)のリード家はスタークの旗主にすぎない。なのに、かれらはブランの計画にまったく耳を貸さなかった。

「ホーダー」ホーダーが体を揺すっていった。「ホーーーーーダー、ホーーーーーダー、ホ・ダー、ホ・ダー、ホ・ダー」かれはときどき、このようにいうのが好きだった。自分の名前をいろいろな調子で、何度も何度も何度もいうのである。また、かれがいることをみんなが忘れるほど黙っていることもあった。「ホーダー！　ホーダー！　ホーダー！」かれは叫んだ。

〝これはいつまでも止まらないぞ〟とブランは気づいた。「ホーダー」かれはいった。「外に行って、剣術の稽古をしたらどうだ？」

この馬丁は自分の剣のことを忘れていたが、今、思い出した。「ホーダー！」かれはそういって、自分の剣を取りにいった。ブランと弟のリコンが、シオン・グレイジョイの鉄人(くろがねびと)どもから隠れたときに、ウィンターフェル城の地下墓所から三振りの墓場の剣を持ち出してきていた。ブランは伯父ブランドンの剣を取り、ミーラはブランの祖父にあたるリカード公の膝の上の剣を選んだ。ホーダーの剣はもっとずっと古いもので、巨大な重い鉄でできており、何世紀も放置されたために刃が鈍って、錆(さび)が点々と生じていた。ホーダーはそれを何時間も振りつづけることができた。崩れ落ちた石のそばに一本の朽木があって、かれはそれを半分ほど切り刻んでしまっていた。

外でやっているにもかかわらず、「ホーダー！」と怒鳴りながらいつもの木を切り刻んでいる音が壁越しに聞こえた。ありがたいことに〈狼の森〉は広大で、周囲のだれかに聞こえるおそれはなかった。

「ジョジェン、〝教師が必要〟ってどういう意味？」ブランがたずねた。「きみがぼくの先生だ。ぼくは一度も木にしるしをつけなかったけれど、こんどはそうするよ。きみのいうように第三の目が開いたし……」

「あまり大きく開いたので、きみがその中に落ちて、今後一生涯、森の狼として生きることになるのが心配なのさ」

「そんなことはない、約束するよ」

「人間の子供は約束する。しかし、狼は覚えているかな？　きみはサマーとともに走る。かれとともに狩りをする、かれとともに殺戮する……しかし、かれがきみの意志に従うよりも、きみがかれの意志に従うことになるだろう」

「忘れるだけだ」ブランは不満をいった。「たった九歳だよ。もっと年をとったらもっとよくなるさ。〈道化のフロリアン〉だって、〈ドラゴンの騎士〉プリンス・エイモンだって、九歳のころには偉大な騎士ではなかったぞ」

「それはそうだ」ジョジェンはいった。「そして、賢明な意見だ。もし、昼間がまだ長くなりつづけているときならね……でも、そうじゃない。きみは夏の子だと承知している。スターク家の標語(モットー)をいってごらん」

「〈冬来たる〉」そういうだけでも、ブランは寒けを覚えた。

ジョジェンは厳かにうなずいた。「ぼくは翼のある狼が石の鎖で地面につながれている夢を見た。そして、かれを解放するためにウィンターフェル城にやってきた。今その鎖はきみから外れた。しかし、きみはまだ飛ばない」

「じゃ、きみが教えてくれよ」ブランはときどき夢に出てくる三つ目の鴉を、まだ恐れていた。そいつは目の間の皮膚を果てしなくつついて、飛べと命令するのだった。「きみは緑(グリーン)視者(シーアー)だろ」

「ちがう」ジョジェンはいった。「夢を見るただの少年だ。緑視者(グリーンシーアー)たちはこれ以上の存在だった。かれらはきみのように狼潜り(ウォーグ)でもあった。中でももっとも偉い人は、飛ぶものにも、泳ぐものにも、這うものにも、どんな獣の皮でも着ることができ、ウィアウッドの目を通して見ることもでき、また、世界の下に存在する真理を見ることができた。

神々は多くの天分をお与えになるのだよ、ブラン。ぼくの姉は狩人だ。速く走る能力や、消滅したかと思われるほど静かに立っていられる能力も与えられている。鋭敏な耳、鋭い目、網や槍を扱う着実な手を持っている。彼女は泥を呼吸することができ、木々の間を飛ぶこともできる。きみやぼくはそのようなことはできない。ぼくに、神々は緑の夢を与えてくれた。そして、きみは……きみはぼく以上の者になる可能性があるんだよ、ブラン。きみは翼のある狼だ。どのくらい遠く、どのくらい高く、飛ぶことができるかわからない……もし、その方法を教えてくれる人がいればね。ぼくに理解できない能力をきみがマスターするのを、どうしてぼくが助けられようか？　われわれは地峡（ネック）の〈最初の人々〉と、かれらの友達だった〈森の子ら〉のことを覚えている……しかし、大部分は忘れられてしまった。そして、大部分はもはや知ることができない」

　ミーラはブランの手を取った。「ここに留まって、だれにも迷惑をかけずにいれば、戦争が終わるまで、安全でいられるでしょう。でも、弟が教えられること以外は、学ぶことができないでしょう。そして、かれの意見はもう聞いたわね。最後の炉端城（ラスト・ハース）か〈壁〉の外に避難所を探すために、もしここを去れば、わたしたちは捕まるリスクを冒すことになる。あなたはほんの子供よ。でも、わたしたちのプリンスでもあり、わたしたちの城主の息子であり、わたしたちの王の真の跡継ぎでもある。わたしたちは地と水と青銅と鉄と氷と炎にかけて、あなたに忠誠を誓った。このリスクは、天分とともにあなたのものなのよ、ブラン。その選択もあなたがすべきだと思うわ。わたしたちはあなたの命令を受けるしもべなのよ」彼女はにやりと笑った。「少なくとも、この点ではね」

「つまり」ブランはいった。「きみたちは、ぼくのいうとおりにするというんだね？　本当に？」

「本当よ。プリンスさま」その少女は答えた。「だから、よく考えてちょうだい」

　ブランは、父上がやったであろうように、考え抜こうとした。〈グレート・ジョン〉の叔父の〈淫売殺し(フォアズベイン)〉のホザーと〈鴉の餌(クロウフード)〉のモースは獰猛な男たちだ。しかし、かれらは忠義だろうとかれは思った。そして、カースターク家の連中もまた。カーホールドは強力な城だと父上はいつもいっていた。〝アンバー家かカースターク家に行けば安全だろう〟

あるいは、南のでぶのマンダリー公のところに行ってもよい。ウィンターフェル城では、かれは大いに笑い、ブランを他の諸公のようにひどい哀れみの目で見ることは決してなかったように思われた。サーウィンの城はホワイト・ハーバーよりも近い。だが、メイスター・ルーウィンは、クレイ・サーウィンは死んだといっていた。〝アンバー家もカースターク家もマンダリー家もみんな死んだかもしれない〟かれは悟った。もし、鉄(くろがね)人どもか〈ボルトンの落とし子〉に捕らわれれば、自分も死ぬであろうように。

もし、ここに留まって、〈崩れた塔〉の地下に隠れていれば、だれにも見つからないだろうし、自分は生きつづけるだろう。〝それも、肢体不自由のままで〟

ブランは自分が声を上げて泣いているのに気づいた。〝ばかな赤ん坊だ〟かれは自分をそう思った。カーホールドであろうと、ホワイト・ハーバーであろうと、灰色沼の物見城(グレイウォーター・ウォッチ)であろうと、どこに行くにしても、そこに着いたときは肢体不自由児なのだ。かれは拳を固めた。

「ぼくは飛びたい」かれはリード姉弟にいった。「お願いだ。その鴉のところに連れていってくれ」

10 ――ダヴォス

甲板に上がると、海標島(ドリフトマーク)の長い岬が小さくなって遠くに消え、前方にドラゴンストーン島が海からせり上がってくるところだった。その山の頂上から一筋の薄い灰色の煙が立ち昇っていて、島の所在が知れた。〝今朝はドラゴン山が落ち着かないな〟とダヴォスは思った。〝さもなければ、メリサンドルがだれか他のやつを焼き殺しているのだ〟

《シャヤラのダンス》があいにくの向かい風に逆らって、間切りながらブラックウォーター湾を横切り、水道(ガレット)を抜けていくあいだ、メリサンドルがかれの心の大部分を占めていた。マッセイの鉤状砂嘴にある尖頭(シャープ・ポイント)岬城の監視塔のてっぺんに燃えている大きな篝火(かがりび)は、彼女が喉につけているあのルビーを思い出させた。そして、夜明けと日没に世界が赤く変わると、空を流れる雲も彼女のさらさら鳴るガウンのシルクやサテンと同じ色に変わるのだった。

彼女もドラゴンストーン城で待っているだろう。その美しさと力をあますところなく発揮して、彼女の神と、彼女の影と、そして、かれの王とともに待っているだろう。その〈紅(あか)の女祭司〉は常にスタニスに忠実に見えた。今までのところは。〝彼女は王を飼い馴らしてしまった。人が馬を飼い馴らすように。彼女はできることなら権力に向かって王を走らせるだろう。そして、そのために彼女はおれの息子たちを火にくべたのだ。おれは彼女の胸から生きている心臓を切り出して、どのように燃えるか見てやるつもりだ〃かれは船長からもらった長い立派なライスの短刀の柄に手をやった。

船長はかれにとても親切だった。その名前はコラーニ・サスマンテスといい、サラドール・サーンと同じくライス人であり、船もまたサーンのものである。コラーニ船長の目はライスでよく見かける薄青い目で、その顔は風雨に荒れて骨張っており、長年にわたって七王国で貿易に従事してきたことを物語っている。かれは海から助け上げた男が高名な〈玉葱（タマネギ）の騎士〉だとわかると、自分の船室を使わせ、自分の衣服と、ほとんどぴったりの新しいブーツを与えた。また、食事も一緒にしようと主張した。もっとも、それはまずいとわかったのだが。かれの胃はカタツムリとか八目鰻（ヤツメウナギ）のようなコラーニ船長があれほど賞味する濃厚な味の食べ物を受け入れることができず、船長の食卓で最初の食事をした後、ぐったりと手すりにもたれてその日の残りを過ごしたのだった。

ドラゴンストーン島は櫂（オール）を動かすたびに大きくせり上がってきた。いまダヴォスは山の形を見ることができ、その横に、怪物像（ガーゴイル）とドラゴンの塔が立ち並ぶ巨大な黒い城を見ることができた。《シャヤラのダンス》の舳先のブロンズの船首像は、波を切るたびに翼のような水しぶきを上げた。かれは手すりに体重を預けてよりかかり、その支えをありがたく思った。かれはこの試練のために衰弱してしまった。あまり長く立っていると足が震え、抑えきれない咳の発作の虜になって、血のまじった痰を吐くこともあった。〃だいじょうぶだ〃かれは自分にいい聞かせた。〝結局下痢で殺すために、神々がおれを炎と海から救い上げたはずはない〟

漕手長のドラムの音と、帆のはためきと、オールが軋り水を掻く音を聞いていると、かれは若いころを思い出した。霧の朝に、これらと同じ音が自分の心に恐怖を目覚めさせたことが何度あったことか。この音は、サー・トリスティマン老人の海上警備隊が接近する前触れだった。そして、エイリス・ターガリエンが〈鉄の玉座〉にすわっていた時代には、この海上警備隊は密輪業者にとって死を意味した。

〝しかし、それは別の人生での出来事だった〟と、かれは思った。〝あれは玉葱船(タマネギ)の前、嵐の果て城(ストームズ・エンド)の前、スタニスがおれの指を切りつめる前のことだった。あれは戦(いくさ)の前、赤い彗星の前、自分がシーワースを名乗り、騎士になる前のことだ。あのころ、おれは別の人間だった。スタニス公がおれを出世させてくれる前のことだった〟

コラーニ船長から、あの川が燃えた日にスタニスの希望が消えたことを聞いた。ラニスター勢が側面からかれを衝いたのだった。すると、かれの移り気な旗主たちは、かれがもっとも必要とする時間に、何百人と群れをなしてかれを置き去りにしたのだった。「レンリー王の影も見られました」船長はいった。「かれは獅子公の先駆となって右に左に敵を殺し、その緑色の甲冑は炎(サブスタンス)素を反射して不気味な光を放ったということです。そして、かれの枝角は金色の炎を上げて走ったそうです」

〝レンリーの影だと〟自分の息子たちも影となって戻ってくるのだろうかと、ダヴォスは思った。幽霊が存在しないというには、あまりにも多くの不思議なものを、かれは海で見てきた。「だれも信義を守らなかったのか？」かれはたずねた。

「守ったのは、ごく少数でした」船長はいった。「おもに妃の親族が。わたしたちは〈花に囲まれた狐〉の紋章をつけた人々を大勢連れ出しましたが、さらに多くの、あらゆる種類の紋章をつけた人々が岸に取り残されました。今、フロレント公はドラゴンストーンで〈王の手〉になっています」

頂上を薄い煙に包まれた山がしだいに大きくなってきた。帆が歌い、ドラムが鳴り、オールがなめらかに動き、それほど長い時間がたたないうちに、かれらの前に港が口を開けた。

〝ひどく空っぽだ〟ダヴォスは昔のことを思い出して、思った。昔はすべての船着場に船が群がり、防波堤から離れて錨を下ろして揺れている船もあったのに。そして、かつて《忿怒(フューリー)》とその姉妹船が係留されていた船着場に、サラドール・サーンの旗艦《ヴァリリアン》が舫(もや)ってあるのが見えた。その両側の船も縞模様の船腹をもったライスの船だった。かれは《レディ・マーリャ》か《生霊(レイス)》がいないかと探したが無駄だった。

《シャヤラのダンス》は帆を下ろして港に入っていき、オールだけを使って波止場に着いた。水夫が船を係留している間に、船長がダヴォスのところに来ていった。「わたしのプリンスはすぐにあなたに会いたいというでしょう」

ダヴォスは返事をしようとして咳の発作にとらわれた。そして、手すりをつかんで体を支え、舷側から痰を吐いた。「王だ」かれはぜいぜいいった。「おれは王のところに行かなけ

ればならないんだ」　〃なぜなら、王のいるところにメリサンドルがいるだろうから〃

「だれも王のところにはいきません」コラーニ・サスマンテスがきっぱりといった。「サラドール・サーンがお話しするでしょう。最初にかれにお会いなさい」

　ダヴォスは抗弁する体力がなく、うなずくしかなかった。

　サラドール・サーンは自分の《ヴァリリアン》には乗っておらず、四百メートル離れた別の船着場にいることがわかった。かれは《豊かな収穫(バウンティフル・ハーヴェスト)》という腹の大きなペントス船の船倉に下りて、二人の去勢奴隷とともに船荷を数えていた。一人がランタンを差し上げ、もう一人がワックスの書字板と鉄筆を持っていた。「三十七、三十八、三十九」ダヴォスと船長がハッチを下りていくと、その老悪党がしゃべっていた。かれは今日、ワイン色のチュニックに、銀の渦巻き模様のある漂白した革の長いブーツをはいていた。かれはひとつの壺の栓を抜いて、匂いを嗅ぎ、くしゃみをして、いった。「粗挽きで、二級品だ。この鼻がそういってる。積み荷目録には壺四十三個と書いてある。他の壺はどこに行っちまったのかなあ？　あのペントス人どもめ、おれが勘定ができないと思ってるのか？」かれはダヴォスを見ると、突然、動きを止めた。「目がちくちくするのは胡椒のせいかな、それとも涙かな？　おれの前に立っているこの男は〈玉葱(タマネギ)の騎士〉かな？　いや、そんなことはありえない。わが親友ダヴォスは燃える川で死んだと、みんなの意見が一致している。なぜ、かれの幽霊がおれのところに来るのか？」

「おれは幽霊じゃないよ、サラ」

「ではだれだ？　おれの〈玉葱(タマネギ)の騎士〉はおまえのように、そんなに痩せてもいなかったし、顔色も悪くなかったぞ」サラドール・サーンはこの商船の船倉に満載されている香料の壺や反物の間を縫って近寄ってきて、ダヴォスを激しく抱擁し、左右の頬にひとつずつキスをし、三つめに額にキスをした。「まだ温かいな。そして心臓がどきどき動いているのがわかる。こんなことってあるだろうか？　おまえを飲みこんだ海が、また吐き出したなんて」

ダヴォスはプリンセス・シリーンの薄馬鹿の道化師、〈まだら顔(パッチフェイス)〉のことを思い出した。かれも海に沈み、出てきたときには頭がおかしくなっていた。〝おれも狂っているのだろうか？〟かれは手袋をはめた手の中に咳きこんで、いった。「おれは鎖の下を泳いで、〈人魚王の槍〉の波打ちぎわに漂着した。もし、《シャヤラのダンス》が通りかからなかったら、あそこで死んでいただろう」

サラドール・サーンは船長の肩を抱えた。「よくやった、コラーニ。おまえに立派な報酬をやろうと、考えているところだ。メイゾー・マール、ご苦労だが、わが友人ダヴォスを船主の船室にご案内してくれ。クローブを入れた熱いワインを持ってこい。あの咳の音が我慢ならん。それにライムも絞って入れろ。そして、白チーズと、さっき勘定したあの砕けたグリーン・オリーブも持ってこい！　ダヴォス、この船長との話がすんだら、おれもすぐに行くからな。こういっても気を悪くしないだろうが、オリーブを全部食べてしまうなよ。さもないと、おれは怒るぞ！」

ダヴォスは二人の去勢奴隷の年寄りのほうに案内されて、船尾の豪勢に飾られた船室に行った。絨毯は深々とし、窓にはステンドグラスがはめられ、そこに置かれた革の椅子はどれも、ダヴォスが三人すわってもゆったり寛げるくらいの大きさがあった。まもなくチーズとオリーブと、そして湯気を立てる熱い赤ワインが運ばれてきた。かれはそれを両手で持ってありがたくいただいた。その温かさが胸いっぱいに広がって、体が楽になるように感じられた。

　まもなくサラドール・サーンがやってきた。「おい、その薄いワインのことは勘弁してくれよ、友人。ペントス人どもは紫の色がついてさえいれば、水だって飲むんだから」

「これは胸に効くよ」ダヴォスはいった。「熱いワインは湿布よりも効き目がある。おふくろがいつもそういっていた」

「いや、湿布も必要だろうよ。こんなに長いこと〈槍〉の上にすわっていたんだからなあ。そのすばらしい椅子のすわり心地はどうだね？　やつはでかい頬っぺたをしている、違うかね？」

「だれのことかな？」ダヴォスは熱いワインをすすりながらたずねた。

「イリリオ・モパティスさ。あいつは実際、頬髭を生やした鯨みたいな男だ。これらの椅子はかれの体格に合わせて作られている。もっとも、やつがペントスからこれにすわりにくることはめったにないがね。太ったやつはいつもだらしなくすわる。あいつはどこにいくにも自分のクッションを持ち歩いているんだよ」

「おまえどうしてペントスの船に乗ってきたんだ？」ダヴォスはたずねた。「また海賊に逆戻りしたのかね？」かれは空のカップをわきに置いた。「ひどいことをいうなあ。サラドール・サーン以上に海賊の被害を受けているやつがいるかい？　おれは当然与えられるべきものを求めているだけだ。たくさんの黄金を得た。それは認める。しかし、正当な理由がなくもないのだよ。だから、コインの代わりに立派な羊皮紙の証書を受け取ったのだ。パリッとしたやつをね。それには〈王の手〉であるアレスター・フロレント公の名前と印章がついてる。おれはブラックウォーター湾の領主にしてもらった。そして、いかなる船舶といえども領主たるおれの許可なしに、所領の水域を渡ることはできないのだ、絶対に。そして、おれの正当なる義務と関税を避けるために、あれらの無法者どもが夜陰に紛れて通ろうとすれば、そうさ、やつらは密輸人と異なるところはなくなる。だから、おれは当然の権利として、やつらを拿捕するのさ」その老海賊は笑った。「しかし、おれはだれの指も切り取らないよ。切り取った指先が何の役に立つんだ？　おれが取るのは、船舶、船荷、多少の買戻し金だ。なんら不当なことではない」かれはダヴォスを鋭い目で見た。「具合がよくないな、おまえ。その咳……しかも、とても痩せている。皮膚を透かして骨が見えるぞ。それにしても、指の骨が入った例の袋が見えないが……」

昔からの習慣で、ダヴォスは手を伸ばして、もうそこにはない革袋に触ろうとした。「河でなくしてしまったんだよ」〝幸運のお守りなのに〟

「あの河は恐ろしかったなあ」サラドール・サーンは厳かにいった。「湾から見ているだけでも。おれは見ていたんだよ、体が震えたね」

ダヴォスは咳をし、痰を吐き、また咳をした。「《黒いベータ(ブラック・ベサ)》が燃えるのが見えた。そして《忿怒(フュアリー)》も」かれは嗄れ声で、なんとかいいおえた。「あの炎から、おれたちの船は一隻も逃れられなかったのか？」かれはまだ心の片隅に望みを抱いていた。

「《ロード・ステッフォン》、《ぼろぼろのジェナ(ラグド・ジェナ)》、《速剣(スウィフト・ソード)》、《笑う貴人(ラフイング・ロード)》その他の船は、火術師(パイロマンサー)どもの小便よりも確かに上流にいたので、燃えなかった。しかし、鎖が上がっていたし、どれも舞い上がることはできなかった。少数は降伏した。そして、大部分はブラックウォーター河のずっと上流に漕ぎ上がって戦闘を避け、それからラニスター家の手に落ちないように乗員の手で沈められた。《ぼろぼろのジェナ(ラグド・ジェナ)》と《笑う貴人(ラフイング・ロード)》はいまだに河で海賊をやっているという噂がある。しかし、事実かどうかだれにもわからんね」

「《レディ・マーリャ》は？」ダヴォスはたずねた。「《生霊(レイス)》は？」

サラドール・サーンはダヴォスの腕をぎゅっと握った。「いや。あれらは、だめだった。気の毒だがね。おたくのデイルとアラードは、いい男たちだった。しかし、ひとつだけ慰めがある――おたくの若いデヴァンは、おれたちが最後に救出した人々の中にいた。あの勇敢な若者は王のそばを片時も離れなかった。と、まあ、いわれているんだよ」

一瞬かれは目眩(めまい)を感じそうになった。安堵感がそれほど強かったのだ。デヴァンのことをたずねるのが怖かったのだった。「〈慈母〉は慈悲深い。おれはかれのところに行かなくてはならないのだよ、サラ。かれに会わなくてはならないんだ」

「うん」サラドール・サーンはいった。「それから、わかってるよ、おまえ怒りの岬(ケープ・ラス)に行きたいんだろ。かみさんと二人の幼い子供たちに会いにさ。おまえ、新しい船を一艘持つ必要があると、おれは思っているんだが」

「陛下がくださるだろう」ダヴォスがいった。

そのライス人は首を振った。「船は、陛下は一艘も持っていない。そして、サラドール・サーンはたくさん持っている。王の船団は河で燃えてしまったが、おれの船は残っている。一艘くれてやるからさ。おれの代わりに航海してくれよ、いいな？　おまえは夜陰に乗じて、だれにも見られずにブレーヴォスやミアやヴォランティスに乗りこみ、シルクや香料を積んで飛び出してくるんだ。膨らんだ財布を持つことになるぞ、間違いない」

「優しいな、サラ。だが、おれの義務は王に対するものだ。おまえの財布ではなくて。戦（いくさ）は続くだろう。スタニスは七王国すべての法律によって、いまだに正当な後継者なのだぞ」

「船が全部焼けてしまったら、必ずしもすべての法律が役に立つわけではないと思うがね。それから、おまえの王のことだがね、うん、残念ながら、かれは人が変わってしまったとわかってくるだろうよ。あの戦い以来、かれはだれにも会わずに、〈石造りの円塔〉に閉じこもっている。そして、妃のセリースが、伯父のアレスター公とともに、かれに代わって宮廷を開いている。アレスター公は〈王の手〉を自称しているのだ。彼女は王の印章をその伯父に渡して、かれが書く書簡に封をしている。おれの美しい羊皮紙の文書もそうだがね。それにしても、かれらが治めているのは小さな王国だ。そう、貧しくて、岩だらけだ。黄金はまったくない。忠実なサラドール・サーンに支払うべきほんの少しの黄金もないのだよ。しかも、最後に救出したあれらの騎士しかいない。そして、おれのささやかな精鋭船団以外に、船もないのだぞ」

ダヴォスは突然体を折って、激しく咳きこんだ。サラドール・サーンは介抱しようと近寄ったが、かれは手を振って断り、ほどなく落ち着いた。「だれにも、だって？」かれはぜいぜいいった。「どういう意味だ。陛下がだれにも会わないとは？」かれの声は自分の耳でもわかるほど、湿って、だみ声になっていた。そして、一瞬、目眩がして船室がぐるぐるまわった。

「彼女以外にはだれにも、だよ」サラドール・サーンはいった。そして、ダヴォスはその意味をたずねるまでもなかった。「おい、おまえ、無理をするんじゃない。おまえに必要なのはベッドだ。サラドール・サーンではなくてな。ベッドとたくさんの毛布。それに胸に貼る湿布と、もっと多くのワインとクローブだな」

ダヴォスは首を振った。「じきによくなるよ。おい、サラ、教えてくれ。ぜひ知りたいんだ。かれはメリサンドル以外のだれにも会わないのだと？」

相手のライス人は疑い深そうにじーっとかれを見て、しぶしぶ続けた。「衛兵が彼女以外のだれをも近づけないのだよ。妃や幼い娘もだ。召使が食事を運ぶが、ぜんぜん手をつけない」かれは身を乗り出して、声をひそめた。「奇妙な話を聞いたぞ。あの山の内部に飢えた炎が燃えているというのだ。そして、スタニスとあの〈紅の女〉がその火を見に一緒に下りていくのだと。噂では、縦穴があって、秘密の階段が山の中心部まで下りている。そして、彼女だけが焼けずに歩くことができる熱い場所に入っていくのだと。これだけの恐怖をあたえれば、食事をする気力がなくなるのも当然だろう」

〝メリサンドルのやつめ〟ダヴォスは身震いした。「〈紅の女〉がそうしたんだな」かれはいった。「あいつはおれたちを焼き尽くすために火を放った。自分をないがしろにしたスタニスを罰するために。自分の魔法がなければ、かれには勝つ望みがないことを教えるためにだ」

ライス人は二人の間に置かれた椀から大きなオリーブの実を選んだ。「そういうのはおまえが最初じゃないよ。しかし、もしおれがおまえだったら、そんなに大きな声ではいわないぞ。ドラゴンストーン城はあれらの王妃の家来とともに動いている。そうなんだ。そしてかれらは鋭い耳とより鋭いナイフを持っている」かれはオリーブを口に放りこんだ。

「おれだってナイフを持っているぞ。コラーニ船長がプレゼントしてくれたのだ」かれはその短刀を引き出して、テーブルの二人の間に置いた。「メリサンドルの心臓を切り出すためのナイフだ。彼女に心臓があれば、の話だが」

サラドール・サーンはオリーブの種を吐き出した。「ダヴォスよ、おい、ダヴォスさんよ。そんなことをいってはいけない。たとえ冗談にでも」

「冗談ではない。本気で彼女を殺すつもりだ」〝もし、人間の武器で彼女を殺すことができればの話だが〟ダヴォスには確信がなかった。かれはメイスター・クレッセン老人が彼女のワインに毒を入れるのを見た。その目でしっかりと見た。だが二人が毒入りのカップからワインを飲んだとき、死んだのはメイスターで〈紅の女祭司〉ではなかった。〃しかし、心臓をナイフで刺せば……悪魔でさえも冷たい鉄で殺されることもあると、歌に歌われている〃

「これは危険な話だぞ、おまえ」サラドール・サーンは警告した。「おまえはまだ船酔いが続いているんだろう。熱が精神を異常にしている。悪いことはいわない、ゆっくり休め。もっと丈夫になるまで」

〃おれの決心が弱まるまで、という意味だな〃ダヴォスは立ち上がった。たしかに熱っぽく感じ、ちょっと目眩がした。だが、そんなことは問題ではなかった。「おまえは油断ならない老悪党だよ、サラドール・サーン。にもかかわらず、よい友人でもある」

そのライス人は尖った銀色の顎髭をなでた。「では、この立派な友人のところに留まるんだな?」

「いいや、出ていく」かれは咳をした。

「行く? その姿を見ろ。咳きこむ、震える、痩せて、弱っている。どこに行くつもりだ?」

「城に。おれのベッドはあそこにある。そして、息子もいる」

「そして、あの〈紅の女〉もいる」サラドール・サーンは疑わしそうにいった。「彼女も城内にいるのだよ」

「彼女もね」ダヴォスは短刀を鞘に収めた。

「おまえは玉葱の密輸人だ。こそこそ忍び歩きしたり、剣で刺したりするのは慣れていないだろう？　しかも、病気だ。短刀を構えることさえできないよ。自分が捕まったらどうなるかわかっているのかね？　おれたちが河で燃えている間に、王妃は謀叛人たちを火炙りにしていたんだぞ。〝暗闇のしもべども〟と彼女はかれらを呼んだ。かわいそうな男たちを。そして、〈紅の女〉は火が燃えている間、歌を歌っていた」

ダヴォスは驚かなかった。〝わかっていた〟とかれは思った。〝かれに聞く前からわかっていた〟「彼女はサングラス公を土牢から出した」かれは推測していった。「そして、ヒューバード・ラムトンの息子たちも」

「そうだ。そして、かれらを火炙りにした。彼女はおまえも火炙りにするだろうよ。もしおまえが〈紅の女〉を殺せば、復讐としておまえを焼く。そして、おまえが彼女を殺し損ねれば、暗殺を試みた罰として火炙りにするだろう。彼女は歌い、おまえは悲鳴を上げ、それから死ぬだろう。それも、生き返ったばかりだというのにさ！」

「だからこそ」ダヴォスはいった。「やるんだ。アッシャイのメリサンドルと彼女のすべての仕業に止めを刺すんだ。そうでなければ、どうして海がおれを吐き出したりするものか？　サラ、おまえはおれと同様にブラックウォーター湾を知っている。分別のある船長だったら、〈人魚王の槍〉の岩礁の間に船を乗り入れて、船底を引き裂くような危険は冒さないだろう。《シャヤラのダンス》は決しておれのそばに来るはずではなかったんだよ」

「風さ」サラドール・サーンが大声でいい張った。「悪い風が吹いた。それだけのことだ。風で南に流されたのさ」

「で、だれがその風を送った？　サラ、〈母〉がおれに話しかけたぞ」

ライスの老人は目をぱちくりしてかれを見た。「おまえの母親は死んだはずだが……」

「〈慈母〉だよ。彼女はおれに七人の息子を与えてくださった。それなのに、おれはやつらが彼女を焼くのを傍観した。彼女がおれにいったんだ。おれたちが炎を呼んだと。影をもまた呼んだと。おれは船を漕いでメリサンドルをストームズ・エンド城の内奥に連れていき、彼女が恐ろしいものを産むのを見た」かれは今でも悪夢の中でそれを見るのだった。不気味な黒い手が彼女の太股を押し開き、膨れた子宮からのたくり出るのを。「彼女はメイスター・クレッセンとレンリー公と、コートネイ・ペンローズという勇敢な男を殺した。また、おれの息子たちをも殺した。今こそ、だれかが彼女を殺すべき時だ」

「だれかがな」サラドール・サーンはいった。「そうだ、そのとおり、だれかがね。だが、おまえではない。おまえは子供のように弱っているし、決して戦士ではない。頼むから、ここにいろよ。二人でもっと話をして、食事をとろう。そして、たぶん船でブレーヴォスに行って、それをやらせる〈顔のない男たち〉を雇おうよ。どうだ？　しかし、おまえはだめだよ。すわって食事をしなければ」

〝かれはこの仕事をずっとやりにくくしようとしている〟とダヴォスは疲れた頭で思った。〝そもそも、これはとんでもなく困難な企てだった〟「おれの腹には復讐心が詰まっているんだよ、サラ。食べ物の入る余地はないのだ。さあ、行かせてくれ。友人として、おれの幸福を祈り、行かせてくれ」

サラドール・サーンは重い腰で立ち上がった。「おまえは真の友人ではないと思えてきたぞ。おまえが死んだら、だれが灰と骨をかみさんのところに持ち帰り、旦那と四人の息子さんが亡くなりましたと告げるんだ？　悲しいサラドール・サーンしかいないのだよ。だが、まあいい、勇敢なる騎士よ、墓場に急行しろ。おれはおまえの骨を拾って袋に入れ、後に残った息子さんたちに渡し、骨を小さな袋に入れてそれぞれの首にかけろといってやろう」かれはすべての指に指輪のはまった手を、腹立たしげに振った。「行け、行け、行け、行け、行け」

ダヴォスはこのような別れ方をしたくなかった。「サラ――」

「行けったら。いや、留まるなら、そのほうがいい。しかし、行きたいなら、行け」

かれは行った。

昔、兵士や水夫や庶民であふれていた船着場の道は、今は無人でさびれていた。かつてキーキー鳴く豚や裸の子供をよけて歩いていた場所には、鼠がちょろちょろ走っていた。体を支える足はプディングのように感じられた。そして、三度目の咳の発作はあまりひどかったので、立ちどまって休まねばならなかった。だれも助けに来ず、何事かと窓から覗く者もいなかった。窓には鎧戸が閉められ、扉には門がかけられ、家々の半分以上になんらかの喪章が掲げられていた。〝数千人がブラックウォーター河をさかのぼり、戻ってきたのは数百人だった〟とダヴォスは思った。〝うちの息子だけが死んだのではない。〈慈母〉よ、かれらす

《豊かな収穫》（バウンティフル・ハーヴェスト）からドラゴンストーン城の門まで登っていく道のりは長く淋しかった。

べてに慈悲を垂れたまえ〟

城門に着くと、それも閉ざされていた。ダヴォスは鉄の鋲の打ってある木の門を、拳で叩いた。答えがないとわかると、蹴ってみた。何度も何度も。ついに物見櫓のてっぺんに一人の弩弓兵(クロスボウ)が現われ、二つそびえる怪物像の間から下を覗いた。「だれだ？」

かれは首をのけぞらせ、口のまわりに両手を当てて叫んだ。「サー・ダヴォス・シーワースだ。陛下にお会いしたい」

「酔っぱらいか？　叩くのをやめて、行っちまえ」

サラドール・サーンが警告したとおりだった。ダヴォスは別の手を考えた。「では、おれの息子を呼んでくれ。デヴァンだ、王の従士の」

衛兵は眉をしかめた。「おまえはだれだって？」

「ダヴォスだ」かれは叫んだ。「〈玉葱(タマネギ)の騎士〉だ」

上の頭がひっこみ、しばらくしてまた現われた。「立ち去れ。〈玉葱(タマネギ)の騎士〉は河で死んだ。かれの船は燃えたんだ」

「あの船は燃えた」ダヴォスは同意した。「しかし、本人は生きている。そして、ここに立っている。ジェイトはまだ門の衛兵隊長をしているか？」

「だれだって？」

「ジェイト・ブラックベリー。かれはわたしのことをよく知っている」

「そんなやつの話は聞いたことがない。おそらく死んだのだろう」

「では、チタリング公を」

「その人なら知っている。ブラックウォーターで焼け死んだ」

「〈鉤傷顔(フックフェイス)のウィル〉は？　〈豚腹のハル〉は？」

「死んだ、死んだ」弩弓兵はいったが、その顔に突然、不審の表情が浮かんだ。「待っていろ」かれはまた姿を消した。

ダヴォスは待った。〝いなくなった、みんないなくなった〟かれはぼんやり思いながら、太ったハルの白い腹が、脂で汚れたダブレットの下にいつもはみ出していたことを思い出し、また、釣り針の長い傷がウィルの顔を横切って残っていたことを、また、ジェイトがいつも、相手が五歳であろうと五十歳であろうと、貴族であろうと庶民であろうとおかまいなく、女でさえあれば帽子を取って挨拶していたことを、思い出した。〝溺死か焼死だ。うちの息子たちも他の千人もの人たちと一緒に、地獄で王になろうとして行ってしまった〟

突然、弩弓兵が戻ってきた。「出撃門のほうにまわれば、入れてもらえるぞ」

ダヴォスはいわれたとおりにした。中に入れてくれた衛兵は、知らない人物だった。かれらは槍を携え、胸にフロレント家の〈花に囲まれた狐〉の紋章をつけていた。かれらはダヴォスを、期待していたように〈石造りの円塔〉に連れていかずに、〈ドラゴンの尻尾〉と呼ばれるアーチの下を通り、エイゴンの庭園に下りていった。「ここで待て」下士官がいった。

「陛下はおれが戻ったことをご存じか？」ダヴォスはたずねた。

「おれが知るもんか。待てといったぞ」その男は槍兵を連れて行ってしまった。

エイゴンの庭園は心地よい松の匂いがし、周囲に黒い高い樹木が生えていた。野バラも咲いていたし、茨の生け垣がそびえ、沼地にはクランベリーが生えていた。

〝なぜ、ここに連れてきたのだろう？〟ダヴォスは不審に思った。

やがて、かすかな鈴の音と、子供のくすくす笑いが聞こえ、突然、藪の中から道化の〈まだら顔（パッチフェイス）〉が飛び出して、よろよろとできるだけ速く走り、その後をプリンセス・シリーンが懸命に追ってきた。「さあ、戻ってきなさい」彼女はかれの後ろから叫んだ。「〈パッチェス〉、戻ってきなさい」

道化師はダヴォスを見ると、はっと立ちどまり、枝角をつけたブリキの兜の鈴がチンリン、チンリンと鳴った。かれは片足から片足に体重を移して跳びながら歌った。「道化の血、王さまの血、乙女の太股の血、しかし、賓客には鎖、花婿にも鎖、そうとも、そうとも」この時、シリーンはほとんどかれを捕まえそうになった。だが、最後の瞬間にかれは蕨（ワラビ）の茂みを飛び越して、木々の間に姿を消した。プリンセスはそのすぐ後を追っていった。かれらの姿をみて、ダヴォスは思わず微笑んだ。

かれが向きを変えて、手袋をした手に咳きこもうとしたとき、もうひとつの小さな姿が生け垣から勢いよく飛び出して、まともにかれにぶつかり、かれを打ち倒した。

その少年もまた転んだが、ほとんどすぐに跳ね起きた。「おまえ、ここで何をしている？」かれは塵を払いながらたずねた。漆黒の髪がその首にかかり、目ははっとするような青い目だった。「ぼくが走っているときに邪魔しちゃいけないんだよ」

「はい」ダヴォスはうなずいた。「いけませんでした」必死に起き上がろうとするとまた咳の発作が始まった。

「きみ、病気なの？」少年はかれの腕をつかんで、引き立たせた。「メイスターを呼ぼうか？」

ダヴォスは首を振った。「ただの咳です。止まりますよ」

少年は言葉どおりに受け取った。「今、鬼ごっこをしていたんだ」かれは説明した。「ぼくが鬼だった。子供っぽい遊びだが、従妹が好きなんでね。きみの名前は？」

「サー・ダヴォス・シーワースといいます」

少年はかれを上から下まで疑わしそうに見た。「本当かい？　あまり騎士らしく見えないけど」

「わたしは〈玉葱（タマネギ）の騎士〉なのですよ、若さま」

青い目が瞬いた。「黒い船の人？」

「あの話を知っているんですか？」

「ぼくが生まれる前、きみはスタニス叔父さんのところに魚を運んできて食べさせた。タイレル公に包囲攻撃されていたときだ」少年は反り身になって肩をそびやかした。「ぼくはエドリック・ストーム」そして告げた。「ロバート王の息子だ」

「そうですとも」ダヴォスはほとんどすぐにわかった。その少年の耳はフロレント家特有の突き出た耳だったが、頭髪、目、顎、頬骨などはすべてバラシオン家のものだった。

「きみはぼくの父を知っていた？」エドリック・ストームがたずねた。

「あなたの叔父さんを宮廷に訪ねたときに、何度もお目にかかりましたよ。口をきいたことは一度もありませんでしたがね」

「父はぼくに闘い方を教えてくれた」少年は誇らしげにいった。「ほとんど毎年のようにぼくに会いにきて、ときどき一緒に稽古をした。この前の命名日には、これくらいの戦鎚を贈ってくれた。もうちょっと小さかったかな。でも、それはストームズ・エンド城に置いてきたけど、みんながいったんだ。スタニス叔父さんがきみの指を切り取ったって、本当？」

「端の関節だけですよ。指はまだあります。ちょっと短いですがね」

「見せて」

ダヴォスは手袋を脱いだ。少年は注意深くかれの手を観察した。「親指は縮めなかったの？」

「ええ」ダヴォスは咳をした。「ええ、残してくれました」

「どの指でも、きみの指をちょん切ったりすべきではなかったなあ」少年は判断した。「それは悪いことだよ」

「わたしは密輪業者でした」

「ああ。でも、きみはかれのために魚と玉葱(タマネギ)を密輸したんだ」

「その玉葱(タマネギ)のためにスタニス公はわたしを騎士に任じ、また、密輸のために指を切ったのですよ」かれは手袋をまたはめた。

「ぼくの父だったら、きみの指を切ったりしなかったろうに」

「ごもっともです、若さま」〝ロバートがスタニスとは違う人物だったことは確かだ。この子はかれに似ている。そうだ、またレンリーにも似ているぞ〟そう考えるとかれは不安になった。

少年がさらに何かいおうとしたとき、足音が聞こえた。ダヴォスは振り返った。サー・アクセル・フロレントが、キルトの袖無し胴着をつけた一ダースばかりの衛兵を連れて、庭園の小道をやってきた。かれらの胸には〈光の王〉の燃える心臓の紋章がついていた。

〝王妃の家来だ〟とダヴォスは思った。突然、咳がでた。

サー・アクセルは背が低く、筋骨逞しい男で、樽のような胸をして、腕が太く、足はがに股で、耳から毛が生えていた。王妃の伯父で、十年間ドラゴンストーン城の城代を務めており、ダヴォスにはいつも礼儀正しく対応していた。かれがスタニス公の恩顧を受けていると知っていたからである。だが今、かれの言葉には礼儀正しさも温かみもなかった。「サー・ダヴォス、溺死しなかったのだな。いったいどうして、そんなことが？」

「玉葱は水に浮くのですよ。王のところに連れていくために来てくれたのですね？」

「土牢に連行するために来たのだ」サー・アクセルは家来たちを招き寄せた。「こいつを捕らえろ。そして、短刀を取り上げろ。われらのレディに対して、それを使うつもりだぞ」

11――ジェイミー

その旅籠(はたご)に最初に目をとめたのはジェイミーだった。母屋は川の湾曲部の南岸にしがみついていて、長く低い両翼が、船で下流に向から旅人を抱きかかえるように水辺に伸びていた。下の階は灰色の石造り、上の階は白く塗られた木造で、屋根はスレート葺きだった。厩舎も見えた。そして、葡萄(ブドウ)がいっぱい実っている果樹園もあった。「煙突から煙が出ていないな」近づいていくと、かれは指摘した。「窓に灯も見えないぞ」

「前にここを通ったときには、この旅籠は開いていたが」サー・クレオス・フレイがいった。「ここではうまいエールを作っていた。たぶん、まだ酒蔵に残っているだろう」

「人もいるかもしれない」ブライエニーがいった。「隠れているにせよ、死んでいるにせよ」

「少しばかりの死人が怖いのかな、娘?」ジェイミーがいった。

彼女はかれを睨みつけた。「わたしの名前は――」

「――ブライエニー、知ってるよ。一晩ベッドで寝たいとは思わないか、ブライエニー?あけっぴろげの川で寝るよりは安全だろう。それに、ここで何が起こったか調べるのが賢明由なのだ。
つないだ。ジェイミーがぎごちなくその後を追った。鎖につながれているので身動きが不自
うに向けた。サー・クレオスが急いで帆を下ろし、舟がそっと桟橋に着くと、下りて、舟を
彼女は返事をしなかった。しかし、しばらくすると舵を押して、小舟を古びた船着場のほ
かもしれないぞ」

船着場の端の鉄の柱に小さな看板が掛かっていた。ひざまずいた王の絵が描いてあり、その両手は忠誠を誓うようにしっかり合わされていた。ジェイミーはそれをひと目見て、大声で笑った。「これ以上の旅籠は見つからんぞ」

「ここは何か特別な場所なのかな?」娘が疑わしそうにたずねた。

サー・クレオスが答えた。「これは〈ひざまずく男の旅籠〉ですよ、マイ・レディ。これは、北の最後の王トーレン・スタークがエイゴン征服王の前にひざまずいて服従を誓った、まさにその場所に建っているんです。看板の絵はたぶんその人のものでしょう」

「〈火炎が原〉で二人の王が負けた後、トーレンは軍勢を南下させた」ジェイミーがいった。「しかし、エイゴンのドラゴンとその軍勢の大きさを見て、知恵の道を通ることを選び、凍えた膝を屈したのだ」かれは馬のいななきを聞いて、言葉を切った。「厩舎に馬がいるぞ。少なくとも、一頭は」〝そして、おれがこの小娘から逃げるには、一頭いればいいのだ〟

「だれがいるか見てみようじゃないか?」ジェイミーは返事を待たずに、鎖をチャラチャラ鳴らしながら船着場を歩いていき、扉に肩を当て、押し開けると……

……矢をつがえた弩弓を構えた相手と目が合った。弩弓の向こうに、十五歳ぐらいのずんぐりした少年が立っていた。「獅子か、魚か、それとも狼か？」その少年はたずねた。

「太った鶏がいいんだがな」ジェイミーは自分の道連れが後から入ってくる足音を聞いた。

「弩弓は臆病者の武器だぞ」

「それでも、おまえの心臓を射抜くことができる」

「たぶんな。しかし、おまえがもう一度弦を引き絞る前に、ここにいるおれの従弟がおまえの腸を床にぶちまけるぞ」

「おい、子供をおどかすなよ」サー・クレオスがいった。

「われわれは危害を加えるつもりはない」娘がいった。「そして、食べ物と飲み物に支払う銭は持っている」彼女は財布から一枚の銀貨を取り出した。

少年は疑わしそうにそのコインを見て、それからジェイミーの手錠を見た。「どうしてこいつは拘束されているんだ？」

「何人か弩弓兵を殺したんでね」ジェイミーがいった。「エールはあるか？」

「ある」少年は弩弓を三センチほど下げた。「剣帯をはずして、下に落とせ。そうすれば、食事をさせてもいい」かれは、こいつらの仲間が外にいるのではないかと、横歩きをしながら厚いひし形の窓ガラス越しに外を覗いた。「あれはタリー家の帆だな」

「リヴァーラン城から来たのだ」ブライエニーはベルトの留め金をはずし、ガチャンと床に落とした。サー・クレオスも同じようにした。

　ぶくぶくむくんだあばた面の、血色の悪い男が重い肉切り包丁を持って地下室の扉から出てきた。「三人だな？　たっぷり三人前の馬肉がある。馬は年とって筋ばっていたが、肉はいまだに新鮮だ」

「パンはあるか？」ブライエニーがたずねた。

「堅パンと臭いオート麦ビスケットなら」

　ジェイミーはにやりとした。「おや、正直な旅籠の主人だぞ。みんな臭いパンと筋ばった肉を出すが、これほど潔く白状するのは珍しい」

「おれは主人じゃない。主人は裏庭に埋めた、かれの女どもと一緒にな」

「おまえが殺したのか？」

「殺したなら、そういうだろうか？」男はつばを吐いた。「たぶん、狼どもの仕業だろう。それとも獅子か。どっちにしろ同じことだ。かみさんとおれがかれらの死骸を見つけた。見たところ、この店はもうおれたちのものだ」

「おまえのそのかみさんというのはどこにいる？」サー・クレオスがたずねた。

　男は横目でうさん臭そうにかれを見た。「どうして、それを知りたがる？　彼女はここにはいない……おまえたち三人もいなくなるかもしれんよ。おまえたちの銀の味がおれの舌に合わなければ」

　ブライエニーは銀貨をかれに投げ与えた。男は空中でそれを受け取り、噛んでみてから、懐にしまった。

「彼女はもっと持っている」弩弓を持った少年がいった。

「そうだな。〈小僧〉、下に行って玉葱を持ってこい」

少年は弩弓を肩に担ぎ、最後に不機嫌な目つきでかれらを見て、地下室に姿を消した。

「おまえの息子か？」サー・クレオスがたずねた。

「かみさんとおれが引き取った子供だ。おれたちには二人の息子がいた。だが、獅子が一人を殺し、もう一人は下痢で死んだ。あの子のおふくろは〈血みどろ劇団〉に殺された。近ごろは、見張りを立てなければ寝てもいられないんだ」かれは肉切り包丁で、テーブルのほうをさした。「すわったらどうだ」

炉は冷えていたが、ジェイミーはその灰のすぐそばの椅子を選び、テーブルの下に長い脚を伸ばした。体を動かすたびに鎖がガチャガチャ鳴った。〝この音を聞くといらいらする。この道中が終わる前に、こいつをこの小娘の首に巻いて、どんなに喜ぶか見てやるぞ〟

旅籠の亭主ではなかった男が三枚の巨大な馬肉を焼き、ベーコンの脂で玉葱をいためた。それは一応、臭いオート麦ビスケットの埋め合わせになった。ジェイミーとクレオスはエールを飲み、ブライエニーは林檎酒を一杯飲んだ。少年はそばに来ずに、弦を引き矢をつがえた弩弓を膝に置いて、林檎酒の樽に腰掛けた。料理人は大ジョッキに一杯のエールを注ぎ、かれらのそばに来てすわった。「リヴァーランではどんなニュースがある？」かれはサー・クレオスを一行のリーダーと見なしてたずねた。

サー・クレオスは答える前にブライエニーをちらりと見た。「ホスター公は押されている。

しかし、息子は赤の支流(レッド・フォーク)の浅瀬を守って、ラニスター勢と睨み合っている。ずっと戦いが行なわれていた」

「どこもかしこも戦争だな。おまえさんたち、どこに行くんだね？」

「キングズ・ランディング」サー・クレオスは唇の脂を拭き取った。

旅籠の料理人は鼻を鳴らした。「では、おまえたち三人は馬鹿者だ。最近、聞いたところでは、スタニス王が城壁の外にいるそうだ。かれは十万人の家来を引き連れて、魔法の剣を持っているそうだぞ」

ジェイミーは手首に巻かれている鎖を握って、これを断ち切るだけの力があればよいと思いながら、ぎゅっと捩じった。〝では、その魔法の剣をどこに収めるか、スタニスに教えてやるのにな〟

「おれがおまえさんたちなら、〈王の道〉には近寄らないよ」料理人の男は続けた。「状況は悪いなんてものじゃないと聞いている。狼どもも獅子どもも、そして敗残兵の集団も、だれかれなく捕まえては掠奪しているとさ」

「人間の屑だ」サー・クレオスが軽蔑して断言した。「そういう連中は武器を持った男たちには決して手を出さないだろう」

「失礼だがね、騎士さん、おれの目には、武器を持った一人の男が、女と、鎖につながれた捕虜を連れて旅をしているのが見えるんだがな」

ブライエニーがその料理人に暗い目を向けた。〝この小娘は、自分が小娘であることを思い出させられるのを、とてもいやがるのだな〟とジェイミーはまた鎖を捩じりながら思った。鎖の輪は冷たく固く肉に当たった。無情な鉄だ。手錠のために手首が赤くすりむけていた。

「三叉鉾河（トライデント）に沿って海に出るつもりだ」娘が料理人の男にいった。「乙女の池（メイドンプール）で馬を見つけて、ダスケンデールとロズビーを経由していく。そうすれば、戦闘のもっとも激しい場所をずっと避けていけるはずだ」

男は首を振った。「川からでは決してメイドンプールには行けないよ。ここから五十キロ足らずの所に、二、三艘の舟が焼けて沈んでいて、まわりの水路が沈泥でふさがっている。そこには無法者の巣があって、通りかかった者をだれかれなく掠奪するんだよ。そして、もっと下流の跳び石（スキッピング・ストーンズ）や赤鹿島（レッドディア・アイランド）のあたりも同様だ。そしてそれらの土地には〈稲妻公〉の姿も見受けられる。かれはどこでも好きなように川を渡って、あっちに行ったりこっちに来たりして、決してじっとしていない」

「で、その〈稲妻公〉とは？」サー・クレオス・フレイがたずねた。

「ベリック公のことだよ、あんた。青天の霹靂みたいに不意討ちが得意なので、そう呼ばれるんだ。死んでも死なない人だとさ」

〝剣で刺されれば、だれでも死ぬ〟とジェイミーは思った。「ミアのソロスはベリック公と一緒に出歩いているのか？」

「うん。あの赤い魔導師はね。あの男には不思議な能力があるという噂だよ」

〝まあ、飲み較べなら、ソロスはロバート・バラシオンに匹敵する力があった。そして、そのような自慢ができる者はほとんどいなかった〟かつてジェイミーは、ソロスが王にいったのを聞いたことがあった。自分が紅の祭司になったのは、紅の衣がワインの染みをとてもよく隠してくれるからだ、と。ロバートはあまりにも大笑いしたので、サーセイの絹のマントにエールを噴きかけて台なしにしてしまったものだった。「異論をはさむつもりは毛頭ないが」かれはいった。「それにしても、トライデント河はわれわれにとってもっとも安全なコースとはいえないだろうなあ」

「そうとも」料理人はいった。「たとえ赤鹿島を通りすぎてベリック公と赤い魔導師に出会わなかったとしても、まだその先にはルビーの浅瀬がある。この前に聞いたところでは、あの浅瀬を占領しているのは蛭公の狼どもだそうだが、それはちょっと前のことだからね。今そこにいるのは、また獅子かもしれないし、ベリック公かもしれないし、だれがいるかわからんよ」

「あるいは、だれもいないかもしれない」ブライエニーがいった。

「この女子が自分の皮膚を賭けるというなら、とめはしないがね……しかし、おれだったら、ここで川から離れて、陸地を横断するよ。もし、おまえさんたちが主要道路から離れて、夜は木々の下に入れば、つまり隠れれば……うん、それでもおれは一緒に行きたくないね。それにしても、〈劇団〉のやつに出会う可能性は充分にあるよ」

その大柄な娘は疑わしそうな顔をしていた。「馬が欲しいなあ」

「ここには馬がいるよ」ジェイミーが指摘した。「一頭、厩舎でいなないているのを聞いたぞ」

「ああ、いるよ」旅籠の主人ではない男がいった。「たまたま三頭。だけど、売らないよ」

ジェイミーは思わず笑ってしまった。「もちろん、そうだろう。しかし、とにかく見せてもらおう」

ブライエニーは顔をしかめた。だが、旅籠の主人でない男は彼女の目をじっと見つめた。彼女は少し間をおいて、しぶしぶいった。「見せて」こうして全員が食卓から立ち上がった。

厩舎は、匂いから判断して、長いこと掃除されていなかった。何百匹という太った黒い蠅が藁の間に群がっていて、ブンブンと仕切りから仕切りに飛びまわり、いたるところに落ちている馬糞の山を這いまわっていた。だが、馬の姿は三頭しか見えなかった。それらは不揃いのトリオを形成していた。鈍重な茶色の農耕馬、白いよぼよぼの片目の去勢馬、それに騎士の乗用馬。最後のやつは灰色のぶちで、元気がよかった。「どんな値段でも、これらは売らないよ」自称持ち主が宣言した。

「これらの馬をどうして見つけた？」ブライエニーがたずねた。

「かみさんとおれがこの旅籠に来たとき、この輓馬（ばんば）は厩舎に入っていた」男はいった。「いま、おまえさんたちが喰ったばかりの馬と一緒にね。去勢馬はある晩にふらふらとやってきた。そして、乗用馬は勝手に走りまわっているのを小僧が捕まえた。まだ、鞍と手綱がついていたよ。ほら、見せよう」

かれが見せた鞍は銀の象嵌で飾られていた。鞍敷き布は元はピンクと黒の市松模様だったが、今はほとんど茶色になっていた。ジェイミーには元の色ははっきりわからなかったが、血痕は容易に判別できた。「うん、いますぐ持ち主が取り戻しにくることもなさそうだ」かれはその乗用馬の脚を調べ、去勢馬の歯を数えた。「かれに金貨を一枚与えるがいい。この灰色のやつに鞍もつけてくれるなら」かれはブライエニーに勧めた。「農耕馬には銀貨一枚。白い馬は、むしろこちらが引き取り賃をもらいたいくらいだ」

「馬のことで、不躾なことといわないで」娘はレディ・キャトリンから与えられた財布を開き、三枚の金貨を取り出した。「それぞれに一ドラゴンずつ払おう」

かれは目をぱちくりして金貨に手を伸ばしたが、ためらって、手を引っこめた。「どうしようかなあ。逃げ出す必要が生じても、金のドラゴンに乗っていくことはできないし、腹がへっても喰うこともできない」

「舟もやる」彼女はいった。「上流にでも、下流にでも、好きなように乗っていくがいい」

「その金の味を見させてくれ」男は金貨の一枚を彼女の手のひらから取って、噛んだ。「ふむ。確かに本物らしい。ドラゴン三匹と舟だな？」

「こいつ、法外な値段をふっかけているぞ、娘」ジェイミーが愛想よくいった。

「食糧も要る」ブライエニーはジェイミーを無視して、料理人にいった。「提供できるものなら、なんでもよい」

「オート麦ビスケットがまだある」男は彼女の手のひらから残りの二枚の金貨をすくい取り、自分の手の中でチャラチャラ鳴らし、その音を聞いてにっこりした。「はい、それに燻製の塩魚もある。それには銀貨が要るがね。泊まりも同じ値段だ。一晩泊まりたいだろう」

「いや」ブライエニーはすぐにいった。

男は眉をしかめて彼女を見た。「娘さん、あんた見知らぬ土地を、はじめての馬に乗って、夜歩きするつもりじゃあるまいね。うっかり沼地に踏みこむか、馬の脚を折るか、どちらかだよ」

「今夜は月が出るだろう」ブライエニーはいった。「道を見つけるのになんの障害もない」

料理人はしばらく考えた。「銀貨がないなら、銅貨数枚でベッドを貸そう。寒さしのぎの掛け布団も一枚か二枚つける。旅人を追い返したくないんだよ。この気持ちわかるだろうが」

「よさそうだな」サー・クレオスがいった。

「しかも掛け布団は洗濯したばかりだよ。おれの女房が出ていく前に、そうしていったんだ。蚤だって一匹もいない。信じてもらっていい」かれはまたコインをチャラチャラ鳴らして、にっこりした。

サー・クレオスはあきらかに誘惑に乗った。「きれいなベッドがあれば、いうことないですよ、マイ・レディ」かれはブライエニーにいった。「いったん疲れが取れれば、明日は気持ちよく旅ができます」かれは支持を求めて従兄を見た。

「だめだ、従弟よ、この娘のいうとおりだ。われわれは守るべき約束があり、まだ長い旅を続けなければならないんだ。馬で旅を続けるべきだ」

「しかし」クレオスがいった。「きみ自身いったじゃないか――」

「あの時はな」〝旅籠が無人だと思ったときにだ〟「今、おれは満腹だ。そして、月夜の騎行は望むところだ」かれは娘に微笑みかけた。「しかし、きみがおれを小麦粉袋のようにあの農耕馬の背中に放り上げるとしたら話は別だがね。この鎖をだれかになんとかしてもらわないと。くるぶしを鎖でつながれていると、馬に乗るのは困難だ」

ブライエニーは顔をしかめて鎖を見た。旅籠の主人ではない男が顎をなでた。「厩舎の裏にまわると鍛冶場がある」

「案内して」ブライエニーがいった。

「そうそう」ジェイミーがいった。「早ければ早いほどいい。ここにはおれの趣味に合わないほどたくさんの馬糞が落ちている。これを踏んづけるのはごめんだぜ」かれは彼女が自分の真意を理解するほど利口かどうか知ろうとして、娘を鋭く見た。

かれは彼女が手首の鉄鎖をもはずしてくれるかもしれないと、望みをかけていた。だが、ブライエニーはまだ疑っていた。彼女は足首の鎖の中央になまくらな鉄の鑿の刃をあてがい、鍛冶屋の金槌で十数回叩いて切断した。ジェイミーは手首の鎖も切ってくれと示唆したが、彼女は無視した。

「十キロ下流に焼けた村がある」料理人は馬に鞍をつけ、荷物を乗せるのを手伝いながらいった。こんどは、かれはブライエニーに忠告の矛先を向けた。「そこで、道が二つに分かれている。南に向かえば、サー・ウォレンの石の城館がある。サー・ウォレンは出ていって死んだ。だから、今だれがそれを所有しているか、おれにはわからない。とにかく、あそこは避けるにこしたことはない。森の中の小道を通っていったほうがいいよ。南東に」

「そうしよう」彼女は答えた。「礼をいう(ユー・ハヴ・マイ・サンクス)」〃もっと適切にいえば、やつはおまえの金(ヒー・ハズ・ユア・ゴールド)を奪っている、だろう〃ジェイミーは考えを口にしなかった。この大柄な醜い牛のような女に無視されるのにうんざりしたのだった。

彼女自身は農耕馬を選び、乗用馬をサー・クレオスに割り当てた。ジェイミーは仕方なく片目の去勢馬を引き出した。これによって、馬に拍車を当てて、この娘に自分の後ろ姿を拝ませるという考えは水泡に帰した。

男と少年が外に出て、かれらを見送った。男は幸運を祈るといい、もっといい時にまた来いといった。一方、少年は弩弓を小脇に抱えて、黙って立っていた。「槍か掛矢を使えよ」そいつにジェイミーがいった。「そのほうが役に立つぞ」少年は疑い深い顔でかれを見つめた。〃友好的な忠告もこれまでだ〃かれは肩をすくめて馬の頭を返し、もう二度と振り返らなかった。

サー・クレオスは不平たらたら馬を歩き出させた。まだ羽根布団に寝られなかったことを悔しがっているのだ。かれらは月光を浴びている川岸に沿って、東に向かった。ここでは赤の支流(レッド・フォーク)はとても川幅が広かったが、水深は浅く、両岸は泥と葦ばかりだった。ジェイミーの馬はトコトコとおとなしく歩いた。もっとも、その哀れな老馬は、よいほうの目の側に逸れていく傾向があったけれども。ふたたび馬に乗るのは気分がよかった。かれは〈ささやきの森〉で自分がまたがっていた軍馬をロブ・スタークの弓兵に殺されて以来、馬に乗っていなかったのだった。

焼けた村に着くと、同じように頼りない二つの道のどちらを選ぶかという問題に直面した。どちらも細い道で、農民が穀物を川に運んだ荷車の深い轍がついていた。一本は南東の方向に分かれていき、遠くに見える森の中に消えていた。もう一本はより直線的で石が多く、一直線に南に向かっていた。ブライエニーはそれらをちょっと見比べて、馬を南の道路に向けた。ジェイミーは意外だったが、それでよいと思った。なぜなら、かれも同じ選択をしたであろうから。

「しかし、これは旅籠の主人がすすめなかった道だぞ」サー・クレオスが異議をとなえた。

「あいつは主人ではなかった」彼女はぶざまに背を屈めて馬に乗っていたが、それでも安定して鞍にまたがっているようだった。「われわれの行くべき道の選択に、あまりにも関心を持ちすぎていた。そして、これらの森林……このような場所は無法者が出没することで悪名が高い。あの男はわれわれを罠にかけようとしていたのかもしれない」

「賢明な娘だ」ジェイミーは従弟に笑顔を向けた。「あえて推測すれば、仲間が道路の先にいるのだろう。あの厩舎にあのような記憶に残るほどのよい香りを残した連中がな」

「川についても嘘をいっていたのかもしれない。これらの馬にわれわれを乗せるために」娘はいった。「しかし、危険を冒すことはできなかった。ルビーの浅瀬にも十字路(クロスロード)にも兵士がいるだろう」

〝うん、彼女は醜いかもしれないが、必ずしも愚かではないな〟ジェイミーは不満ながら笑顔を向けた。

石の城館の上階の窓からもれる赤みがかった灯で、ずっと遠くからその存在が知れた。ブライエニーは先頭に立って道からはずれて野原に入っていき、その砦がずっと後ろになってから、やっと進路を変えて元の道に戻った。

夜が半分ほど過ぎたころ、娘は止まってもよいといった。そのころには三人とも鞍の上でぐったりしていた。かれらは流れのゆるやかな川のほとりの樫(オーク)とトネリコの小森に身を隠した。娘が火をおこすことを許さなかったので、かれらは臭いオート麦ビスケットと塩魚を分け合って、夜食をとった。その夜は奇妙に平和だった。頭上の黒いフェルトのような空に、星々に囲まれて半月がかかっていた。遠くから数匹の狼の遠吠えが聞こえ、かれらの馬の一頭が不安そうにいないないた。他には物音はしなかった。〝戦争の惨禍はここまで及んでいない〟とジェイミーは思った。ここにいるのが嬉しく、生きているのが嬉しく、サーセイのところに戻るのが嬉しかった。

「わたしが最初の見張りに立つ」ブライエニーがサー・クレオスにいうと、フレイはすぐにかすかな鼾をかきはじめた。

ジェイミーは樫(オーク)の幹によりかかり、サーセイとティリオンは今ごろ何をしているだろうかと思った。「おまえ、兄弟姉妹はいるのか？」かれはたずねた。

ブライエニーはうさん臭そうに横目でかれを見た。「いいや。わたしは父の唯一の、む──
──子供だ」

ジェイミーはくすくす笑った。「むすこ、といおうとしたんだな。かれはあんたを息子と思っているのか？　確かに、娘にしては変わってる」

彼女は剣の柄をにぎりしめ、無言で顔を背けた。〝なんとあわれなやつだろう、こいつは〟おかしなことに、ジェイミーは彼女を見てティリオンを思い出した。もっとも二人が似ても似つかない人間であることは一目瞭然であるけれども。「悪気でいったんじゃないよ、ブライエニー。許してくれ」こういったのは、たぶん弟のことを思い出したからだろう。

「おまえの罪は許容の域を超えている、〈王殺し（キングスレイヤー）〉め」

「また、その名をいう」ジェイミーは物憂げに鎖を捩じった。「なぜ、おれにそんなに腹を立てる？　おまえに危害を加えた覚えはまったくないぞ」

「他の人々に危害を加えた。守ると誓約した人々に。弱き者に、無辜（むこ）の者に……」

「……そして、王に？」話は常にエイリスのことに戻る。「理解できないことを批判するなど——思い上がるべきではないぞ、娘」

「わたしの名前は——」

「——そう、ブライエニーだ。おまえほど退屈で醜い人間はいないと、誰かにいわれたことはないか？」

「わたしを怒らせるなよ、〈王殺し（キングスレイヤー）〉」

「おう、かもしれないぞ。その気になれば」

「おまえはなぜ誓約をした？」彼女はたずねた。「なぜ白いマントをまとったのか？　その衣装が象徴するすべてを裏切るつもりなら」

〝なぜだと？〟彼女にとても理解できないことを、どう説明すればよい？　「おれは少年だった。十五歳の。そんなに幼い者にとって、あれは大きな名誉だった」

「答えになっていない」彼女は軽蔑したようにいった。

〝真実は、おまえの気に入らないだろうよ〟もちろん、かれは愛のために〈王の楯（キングズガード）〉に入ったのだった。

かれらの父親は、十二歳になったサーセイを宮廷に呼び出した。彼女を王族と結婚させたいと望んだからである。父は彼女へのすべての求婚を断り、彼女がもっと年をとり、もっと女らしくなり、もっとずっと美しくなるまで〈手の塔〉の自分のそばに置くことを好んだ。疑いなく、プリンス・ヴィセーリスが成人になるか、あるいはレイガーの妻が産褥で死ぬのを待っていたのである。ドーンのエリアは決して健康無比な女性ではなかった。

一方、ジェイミーは四年間サー・サムナー・クレイクホールの従士として過ごし、〈王の森兄弟団〉を打ち負かして、騎士に叙任されたのだった。だが、キャスタリーの磐城（ロック）に帰る途中、主に姉のサーセイに会うために、キングズ・ランディングにちょっと立ち寄ったとき、彼女はかれを脇に呼んで、こうささやいたのだった。タイウィン公はかれをライサ・タリーと結婚させるつもりであり、持参金の相談をするために、ホスター公を王都に招くところまで話が進んでいると。しかし、もしジェイミーが白衣を着ければ、ずっと彼女のそばにいることができる。サー・ハーラン・グランディソン老人は、眠れる獅子を紋章に採用しているだけあって、睡眠中に亡くなってしまった。エイリスはその後任として若い男を求めるだろう。だから、眠れる獅子の後任に吠える獅子が入ったらどうかしら？　と。

「父は決して同意しないだろう」ジェイミーは反対した。

「王は父にたずねはしないわよ。そしていったんたずねられれば、父は反対できない。公式にはね。七王国を実際に統治しているのは〈王の手〉だとサー・イリーン・ペインが自慢したので、エイリスはかれの舌を切り取らせたのよ。かれは〈手〉の護衛隊長だったけれど、父はあえてそれを止めようとはしなかったわ！　こんどのことだって止めないでしょうよ」

「しかし」ジェイミーはいった。「キャスタリーの磐城(ロック)がある……」

「あなたが欲しいのは岩城(ロック)なの？　それともわたしなの？」

この夜のことを、かれは昨日のように覚えていた。かれらは物見高い人の目を避けて、〈鰻(ウナギ)小路〉の古宿に泊まっていた。サーセイは粗末な侍女の服装をしてかれのところにやってきた。どういうわけか、それがかれの興奮をいやがうえにも高めた。この時ほど情熱的な彼女をジェイミーは見たことがなかった。かれが眠ろうとするたびに彼女はかれを起こした。朝までには、彼女のそばにずっといるためには、キャスタリー・ロック城などささやかな代償にすぎないと考えるようになっていた。かれは同意し、後のことはサーセイがすると約束した。

その後、月が変わると、王家の使い鴉(レイヴン)がキャスタリー・ロック城に飛来して、かれが〈王(キン)の楯(グズガード)〉に選ばれたと告げた。ハレンの巨城(ホール)で行なわれる馬上槍試合大会のさいに王の御前に伺候（しこう）して誓約をし、マントをまとえという命令だった。

この叙任により、ジェイミーはライサ・タリーから解放された。しかし、それ以外には何事も計画どおりには運ばなかった。かれの父親がこれほど激怒したことはなかった。かれはおおやけには反対できなかった――それはサーセイの判断どおりだった――ところが、些末な口実を理由に〈手〉の職を辞し、娘を連れてキャスタリー・ロック城に帰ってしまったのだ。サーセイとジェイミーは一緒になるかわりに、居場所が入れ代わっただけだった。そして、かれは淋しく宮廷にいて、狂った王の護衛をつとめた。そのかたわらで、四人のつまらない男たちが、足に合わないかれの父親の靴をはいて、かわるがわるナイフの刃渡りを演じた。〈王の手〉があまりにも急速に出世しては没落するので、ジェイミーはかれらの顔よりも紋章のほうを覚えているくらいだった。豊穣の角の〈手〉と踊るグリフィンの〈手〉は共に流罪になってしまった。そして、棍棒と短剣の〈手〉は炎（サブスタンス）素に漬かり、生きながら焼け死んだ。ロッサート公が最後だったが、かれの紋章は燃える松明で、前任者と同じ運命を与えられれば、これは不運な選択だった。しかし、この錬金術師は大いに出世していた。なぜなら、かれは炎に対する情熱を王と共有したからである。〝おれはロッサートの腸を抜かずに、溺死させるべきだった〟

ブライエニーはまだかれの答えを待っていた。ジェイミーはいった。「おまえの若さではエイリス・ターガリエンを知らないはずだが……」

彼女は耳を貸さなかった。「エイリス王が狂っており残虐であったことは誰も否定しない。

それでも、かれは戴冠し、聖油を注がれた王だ。そしておまえはかれを守ると誓約したのだぞ」

「自分の誓約したことぐらい知っているよ」

「そして、自分が何をしたかもね」彼女はかれを上から見下ろした。身長は一メートル八十、そばかすだらけ、しかめ面、馬のような歯の生えた、非難にみちた顔で。

「そうだ。そして、おまえも自分が何をしたか知っている。ここにいるわれわれは両方とも〈王殺し（キングスレイヤー）〉だぞ。おれが聞いたことが正しければ」

「わたしは決してレンリーを傷つけていない。そんなことをいうやつは殺してやる」

「では、クレオスからやれよ。その後で、大勢殺さなければならなくなるだろうよ。かれの話によれば」

「嘘だ。陛下が殺されたとき、レディ・キャトリンが現場にいて目撃した。影があった。灯火がちらちら揺れ、空気が冷たくなった。それから血が流れたのだ——」

「おう、うまいぞ」ジェイミーは笑った。「白状するが、おまえの頭の回転はおれよりも速い。おれが死んだ王を見下ろして立っているのをかれらに見られたとき、〝違う、違う、おれではない、影だった。恐ろしく冷たい影だった〟なんていおうとは、まったく思いつかなかったなあ」かれはまた笑った。「真相を教えてくれよ、〈王殺し（キングスレイヤー）〉同士でさ——かれの喉を切れといってスターク家が賃金を払ったのか、それとも依頼主はスタニスだったのかな？　レンリーがおまえを足蹴にした、とでもいうわけか？　いや、もしかしたら、おまえは月経中だったのかもしれん。娘が出血しているときには、決して剣を持たせてはいかんなあ」

一瞬ジェイミーはブライエニーが殴りかかるのではないかと思った。〝もう一歩前に出たら、あの短剣を鞘から引き抜いて、彼女の子宮を突き上げてやるぞ〟かれは片方の足に体重をかけて、飛びかかる用意をした。だが、娘は動かなかった。「騎士になるということは、稀で貴重な贈り物だ」彼女はいった。「そして、〈王の楯〉になるとすれば、なおさらだ。それは少数の者だけに与えられる贈り物であり、おまえはそれを軽んじ、汚したのだ」

〝おまえが必死に求めている贈り物だが、決して与えられることはないのだぞ、娘〟「おれは騎士の位を自分で獲得したのさ。何も与えられはしなかった。まだ従士をしていたころ、十三歳で武芸大会の模擬合戦に優勝した。十五歳で、サー・アーサー・デインと共に〈王の森兄弟団〉を撃破した。そして、その戦場でかれはおれを騎士に叙任したのだ。おれを汚したのはあの白いマントであって、その逆ではない。だから、おれに嫉妬するのはよせ。おまえに男根を与えるのを省略したのは神々であって、おれではない」

これを聞いたブライエニーは、憎悪に満ちた目つきでかれを見た。〝こいつめ、たいせつな誓約をしていなかったら、おれを喜んで切り刻むだろう〟とかれは思った。〝よし。薄弱な敬愛の念や乙女の判断など、もうたくさんだ〟娘は一言もいわずに歩み去った。ジェイミーはサーセイの夢を見たいと思いながら、マントにくるまって横になった。

ところが、目をつぶると、現われたのはエイリス・ターガリエンだった。かれはかさぶただらけで血の流れる手をつつきながら一人で玉座の間を歩きまわっていた。この馬鹿者は〈鉄の玉座〉の刃や逆刺でいつも手を切っていたのである。ジェイミーは黄金の甲冑をつけ、剣を手にして、王の扉から忍びこんでいた。〝白い甲冑ではなく黄金の甲冑だったが、それを覚えている者はだれもいなかった。あのいまいましいマントも脱いでいけばよかったのに〟

エイリスはかれの刃に血がついているのを見て、タイウィン公をやったのかとたずねた。
「あんなやつ死ねばよい。謀叛人め。あいつの首が欲しい。おまえ、かれの首を持ってこい。さもないと、他の連中と一緒に焼き殺すぞ。謀叛人どももみんなと。ロッサートはやつらが城内にいるといっているぞ！　かれらを暖かく迎えるために、かれは行った。だれの血だ？　だれのだ？」
「ロッサートの血です」ジェイミーは答えた。

するとそのショックで、王の紫色の目が丸くなり、口がだらりと開いた。王は腸の制御ができなくなり、向きを変えて、〈鉄の玉座〉のほうに逃げた。壁にかかった頭蓋骨の虚ろな目の下で、豚のようにキーキー鳴き、糞便の臭いを放つ最後の竜王の体を、ジェイミーは階段から引き離した。その喉をさっと横に切ると、それが最期になった。〝実に簡単だ〟と思ったことをかれは覚えている。〝王というものは、こんなに簡単に死ぬものではない〟少なくともロッサートは抵抗しようとした。もっとも、錬金術師らしく抵抗したというのが本当のところだが。〝だれがロッサートを殺したかと、みんなが決してたずねないのは奇妙だ……

…だが、もちろん、かれは重要人物ではなく、賤しい生まれで、〈王の手〉を二週間務めただけで、狂王のもうひとつの狂った思いつきにすぎなかった〟

サー・イリース・ウェスタリングとクレイクホール公その他の、かれの父の騎士たちがホールになだれこみ、間一髪でこの事件の最後に立ち会った。それゆえ、ジェイミーが姿を消して、どこかの大自慢家に称賛かまたは非難を横取りさせることは不可能だった。かれは自分を見た人々の目つきを見て、それは非難だとすぐに悟った……もしかしたら、それは恐怖だったかもしれないけれども。ラニスターであろうとなかろうと、かれはエイリスの七人の〈王の楯〉(キングズガード)の一人だった。

「城はわれわれのものです、閣下、そして町も」ローランド・クレイクホールがかれにいった。これはなかば事実だった。ターガリエン家の忠臣たちはまだ曲折階段や武器庫で死につつあり、グレガー・クレゲインとエイモリー・ローチは〈メイゴルの天守〉の城壁をよじ登っており、この時には、ネッド・スタークが北部人を率いて〈王の門〉から突入しようとしてさえいたのだが、クレイクホールはそれを知るよしもなかったからである。かれはエイリスが殺されたのを見ても、驚いた様子はなかった。ジェイミーは〈王の楯〉(キングズガード)に指名されるずっと前から、タイウィン公の息子だったのだから。

「狂王が死んだとみんなに知らせろ」かれは命じた。「降参する者はすべて助命し、捕虜にしろ」

「新王の即位も布告しますか?」クレイクホールがたずねると、ジェイミーはその質問の意味をはっきりと読み取った。あなたのお父上にしますか、それともロバート・バラシオンにしますか、それとも、あなたが新しい竜王になろうとするのですか？　と。かれはドラゴンストーンに逃走したヴィセーリス少年と、そして、レイガーの幼い息子でまだ母親とともに〈メイゴルの天守〉にいるエイゴンのことを、ちょっと考えた。〝新しいターガリエン王、そして〈手〉として、おれの父親。そうなれば、狼どもはどんな遠吠えをするだろうか、そして、ストーム公ロバートはどんなに怒り狂うだろうか〟一瞬、かれはそうしたい誘惑に駆られた。だが、床に広がる血の海に浸っている死骸をふたたび見下ろして、考えが変わった。〝エイリスの血はヴィセーリスとエイゴンの体にも流れている〟と思った。「おまえがもっとも好ましく思っている者の即位を布告しろ」かれはクレイクホールに命じた。それから、〈鉄の玉座〉に登ってすわり、剣を膝に横たえて、だれが王国の所有権を主張しにくるか見ることにした。それはたまたまエダード・スタークだった。

〝きさまにも、おれを裁く権利はないぞ、スターク〟

夢の中に、死者が緑色の炎のガウンをひるがえして燃えながら出てきた。ジェイミーは黄金の剣を持ってかれらのまわりを踊った。だが、一人を打ち倒すたびに、その代わりに二人が現われた。

ブライエニーがジェイミーの肋（あばら）にブーツを当てて、かれを起こした。世界はまだ暗かった。そして、雨が降りだしていた。かれらはオート麦ビスケットと塩魚と、そしてクレオスが見つけてきたブラックベリーで朝食をとり、日の出前に馬上の人となった。

12 ティリオン

宦官は調子外れの鼻唄を歌いながら戸口から入ってきた。桃色のシルクの流れるような衣を着て、レモンの匂いをさせている。かれはティリオンが炉端にすわっているのを見ると、足を止め、ひどく静かになった。「これはこれはティリオンさま」と神経質なクスクス笑いをしながら、とぎれとぎれにかん高い声でいった。

「では、おれを本当に覚えているのだな？　忘れられたかと思いはじめていたのだが」

「あなたさまがこんなにご丈夫で、健康でいらっしゃるのを拝見して、とても嬉しく存じます」ヴァリスは満面に笑みを浮かべた。「でも、白状いたしますと、わたくしめの粗末な部屋であなたさまにお会いするとは思っていませんでした」

「質素だな。ひどく質素だ、実際」ティリオンはヴァリスが父に呼び出されて留守になるのを待って、こっそり訪ねてきたのだった。この宦官の住処は貧弱で小さかった。北側の城壁の下のこぢんまりした三部屋だった。「待つ間を楽しく過ごすために、きわどい秘密の入った籠でもありはしないかと思っていたのだが、紙一枚見つからなかったぞ」かれは秘密の通路をも探したのだった。この〈蜘蛛（スパイダー）〉が人目につかずに出入りできる通路があるにちがいないと思ったからである。ところが、それらもまたつかみ所がないとわかったのだった。「ありがたいことに、きみの細口瓶には水が入っていた」かれは続けた。「寝室は棺桶ほどの広さしかない。しかも、ベッドは……実際に石でできているのか、それとも、そう感じられるだけなのか？」

ヴァリスは扉を閉めて、閂をかけた。「わたしは腰痛に悩まされているのですよ、あなた。だから、固い寝床のほうがいいのです」

「きみは羽根布団に寝る人間かと思っていたのだが」

「わたしは意外な性格の人間なのですよ。合戦の後、ご無沙汰していたので、お腹立ちですか？」

「あんまり冷たいので、きみもわが家族の一員かと思ったぞ」

「愛情が欠けていたからではありませんよ、殿さま。わたしはとてもデリケートな気質なので、あなたさまの傷を見るのが怖かったのです……」かれは大げさな身震いをした。「そのあわれなお鼻……」

ティリオンはいらいらしてかさぶたをこすった。「新しい鼻を黄金で作らせるべきかなあ。どんな種類の鼻がよいと思う、ヴァリス？　秘密を嗅ぎ出すために、きみのような鼻がよいか？　それとも、父の鼻が欲しいと金細工師に命じるべきか？」微笑して、「父上はあまり勤勉に働くので、もうほとんどお目にかかる機会がない。教えてくれ。グランド・メイスター・パイセルを小評議会に復帰させるというのは本当か？」

「そのとおりで、殿さま」

「感謝すべきは、わが美しき姉か？」パイセルは姉の手先だった。ティリオンはかれの職務と髭と威厳を剝奪して、暗黒房(ブラック・セル)に放りこんだのだったが。

「とんでもございません。オールドタウンの大(アーチ)メイスターたちに感謝なさいませ。かれらがパイセルの復職を強く望んだのです。グランド・メイスターの任命解職を決めることができるのは、賢人会議(コンクレイヴ)だけだという理由で」

〝とんでもない馬鹿者どもが〟とティリオンは思った。「メイゴル残酷王の首斬り役人が斧を使って三人を解職したような気がするが」

「そのとおりです」ヴァリスはいった。「そしてエイゴン二世は、グランド・メイスター・ジェラルディスをドラゴンに喰わせました」

「悲しいことに、おれにはドラゴンが一匹もいない。しかし、パイセルを炎素(サブスタンス)に浸して、燃え上がらせてやることはできたろうに。ひょっとして、〈知識の城(シタデル)〉はそれを望んでいたのではないか？」

「でも、あそこは伝統を守るほうをもっと好んだと思いますが」宦官はくすくす笑った。「ありがたいことに、より賢明な頭脳が勝って、当初、賢人会議(コンクレイヴ)はパイセル解職という事実を受け入れ、その後任選びに着手しました。靴職人の息子のメイスター・ターキンと、乞食騎士の私生児のメイスター・エレックに充分な考慮を払い、それによって、かれらの宗旨では生まれよりも能力を重要視することを世に示したことに満足した後、ハイガーデンのタイレル家出身のメイスター・ゴーモンを、われわれのところに送り出す寸前でした。わたしがそれをお父上にお知らせしたところ、父上はただちに行動を起こされました」

賢人会議（コンクレイヴ）はオールドタウンの閉ざされた扉の陰で行なわれると、ティリオンは承知していた。その審議は秘密ということになっていた。〃ということは、オールドタウンの〈知識の城（シタデル）〉の中にも、ヴァリスの小鳥がいたのだ〃「なるほど、父上は薔薇が開花する前に摘み取ることにしたのだな」かれはほくそ笑まずにはいられなかった。「パイセルは蟇（ヒキガエル）だ。しかし、タイレルの蟇よりもラニスターの蟇のほうがましだ、というわけだな？」

「グランド・メイスター・パイセルはあなたの家に常に友好的でした」ヴァリスはにこやかにいった。「サー・ボロス・ブラントもまた復職するとお知りになれば、あなたにとってたぶん慰めになるでしょう」

サーセイは、息子のプリンス・トメンがロズビー街道でジャスリン・バイウォーターに捕らわれたとき、その少年を守るためにサー・ボロスが命を捨てなかったというので、かれの白マントを剝奪してしまったのだった。この男は決してティリオンの友人ではなかったが、この後では、かれもほとんどティリオンと同じくらいサーセイを憎むようになったと思われる。〃これはちょっとした出来事だ〃「ブラントはとんでもない臆病者だな」かれはにこやかにいった。

「さようですか？　あらまあ。でも、〈王の楯（キングズガード）〉は一生涯奉仕するのが伝統です。たぶん、サー・ボロスは将来はもっと勇敢になるかもしれません。強い忠誠心をずっと持ちつづけることは疑いありません」

「父上に対してな」ティリオンはしたり顔でいった。「〈王の楯〉(キングズガード)といえば……ひょっとして、この嬉しくも思いがけないあなたさまの訪問は、サー・ボロスの同僚で川に落ちた、かの勇敢なるサー・マンドン・ムーアに関することではありませんか？」宦官は白粉(おしろい)を塗った頬をなでた。「ご家来のブロンは最近、ひどくかれに興味をお持ちのようですが」

　ブロンはサー・マンドンについて、できるかぎりの調査をしていた。しかし、ヴァリスがもっと多くを知っていることは疑いなかった……もしや、それを教える気になったのではあるまいか。「かれは友人がまったくいなかったようだ」ティリオンは注意深くいった。

「悲しいことです」ヴァリスはいった。「おう、悲しいことです。谷間(ヴェイル)に戻ってたくさんの石をひっくり返せば、多少の親類は見つかるかもしれません。しかし、ここではねえ……

　アリン公がサー・マンドンをキングズ・ランディングに連れてきて、ロバートが白マントを与えました。しかし、お二人ともあまりサー・マンドンを好きではなかったようです。また、かれは武芸競技大会で庶民から歓声を浴びるような種類の人間ではありませんでした。その武勇は疑いないところなのに。あのねえ、〈王の楯〉(キングズガード)の同僚たちも決してかれに温かくはありませんでした。サー・バリスタン・セルミーはかつてこういったそうです。あの男は剣以外に友人はなく、義務以外に生活はないと……でもねえ、サー・バリスタンがこのすべてを称賛のつもりでいったとは、わたしには思えません。考えてみれば、これは奇妙ではありませんか？　これらはわれわれが〈王の楯〉に求める資質そのものといえるでしょう――自分のために生きるのではなく、王のために生きる。これを考えると、われらの勇敢なるサー・マンドンは完全な白い騎士です。そしてかれは〈王の楯〉が当然そうすべきように、剣を手にして王自身の血縁者の一人を守りながら死んだのです」宦官は賤しい笑みを浮かべ、それから鋭い目でかれを見つめた。

〝王自身の血縁者の一人を殺そうとした、というのだな〟ヴァリスはむしろしゃべっていること以上に知っているのではないかと、かれは思った。いま聞いたことは何ひとつ新しいことではなかった。ブロンがほとんど同じ報告をしていたからである。かれはサーセイとの接点を必要としていた。サー・マンドンが姉の手先だったというなんらかの証拠を。〝われわれが欲しいものと、手に入るものは必ずしも同じではない〟かれは苦々しく思った。と、すると……。

「サー・マンドンのことを聞きたくてここに来たのではないぞ」

「ごもっとも」宦官は部屋を横切って、水の入った細口瓶のところにいった。「一杯差し上げましょうか、殿さま？」かれはカップに注いでたずねた。

「ああ。しかし、水はいらん」かれは腕組みした。「シェイを連れてきてもらいたいのだ」

ヴァリスはひと口飲んだ。「それは賢明なことでしょうか？　あのかわいい子。彼女をお父上が吊るし首になさったりすればたいへんですよ」

ヴァリスが知っていたのは、驚くべきことではなかった。「ああ、賢明でない。まったく狂気の沙汰だ。彼女を追放する前に、最後にひと目会いたい。彼女がこんなにそばにいることに、我慢できないのだ」

「わかります」

〝きさまにか？〟ティリオンは昨日、彼女が重い水桶を持って曲折階段を登ってくるのを見たばかりだった。眺めていると、若い騎士がその重い桶を運んでやろうと手を出し、彼女がそいつの腕に触って微笑みかけたので、ティリオンは腸が煮えくり返った。ティリオンは下りていき、彼女は上がってきて、二人は数センチの距離ですれ違った。あまり近かったので、彼女の髪の清潔で新鮮な匂いを嗅ぐことができた。「殿さま」彼女はちょっと会釈していった。かれは手を伸ばして彼女をつかみ、その場でキスしたいと思った。しかしかれはぎごちなくうなずいて、よちよちと通りすぎることしかできなかった。「何度も彼女を見かけている」かれはヴァリスにいった。「だが、話しかける勇気がない。おれの行動はすべてだれかに見張られているのではないかと思うのだ」

「ご賢察です、殿さま」

「だれだ？」かれはぐいと顔を上げた。

「ケトルブラック兄弟が、しばしばあなたのことを姉上に報告しています」

「あの卑怯な野郎どもに、どのくらいコインを支払ったか考えると……もっと金を与えれば、かれらをサーセイから引き離せる可能性があると思うか？」

「可能性は常にあります。しかし、それの可能性に賭けたくはありませんね。かれらは今は騎士です。三人すべてが。そして、姉上はもっと出世させてやると約束していらっしゃいます」いやらしい忍び笑いが宦官の唇から噴き出した。「そしていちばん年上の、〈王の楯（キングズガード）〉のサー・オズマンドはある別の……恩寵……をもまた期待しています。金の出し合いでは、あなたが太后（クィーン）と勝負できることは疑いありませんが、彼女にはもうひとつの財布があります。まったく無尽蔵のやつがね」

〝なんてこった〟とティリオンは思った。「サーセイがオズマンド・ケトルブラックとやっているというのか？」

「まあ、まさか、とんでもない。それは恐ろしく危険なことだとお考えになりませんか？違いますよ。太后はほのめかすだけです……たぶん明日には、とか、婚礼が終わったらとか……そして、にっこり笑って、ささやいたり、猥褻な冗談をいったり……通りがかりにかれの袖を胸で軽く擦ったり……そんなことで効き目があるらしいのです。しかし、そのようなことが、どうして宦官にわかるでしょうか？」かれの舌の先が下唇を横切って、内気な桃色の動物のように走った。

〝なんとかして、かれらを戯（たわむ）れなどより先の段階に進ませ、同衾している現場を父に押さえさせることができさえしたら……〟ティリオンは鼻のかさぶたをなでた。どうすればそれが可能かわからなかったが、いずれなんらかの計画が浮かぶだろうと思った。「おれを見張っているのは、ケトルブラック兄弟だけか？」

「そうなら、よろしいのですがね、殿さま。残念ながら、多くの目があなたに注がれています。あなたさまは……なんといえばよろしいのか？　目立つ？　そして、お話しするのは辛いのですが、あまり愛されていない。ジャノス・スリントの息子たちは父親の復讐をするために、あなたのことを喜んで告げ口するでしょう。そして、あのお優しいピーター公はキングズ・ランディングの売春宿の半分に友人を持っています。万一、あなたが不注意にもそのどれかにお上がりになると、すぐにかれにわかります。その後、まもなくお父上もお知りになるでしょう」

〝想像以上にひどいことになっている〟「そして、父は？　だれにおれのスパイをさせているのか？」

こんどは宦官は大声で笑った。「それは、わたしですよ、あなた」

ティリオンも笑った。おれは必要以上にヴァリスを信用するほどの大馬鹿者ではなかった――しかし、この宦官はシェイについて、吊るし首にするのに充分なことをすでに知っていた。「それらすべての目から隠れて、きみが壁を抜けてシェイをおれのところに連れてきてくれ。前にもやったように」

ヴァリスは揉み手をした。「まあ、殿さま、これ以上嬉しいお言葉はありませんが……メイゴル王は御自身の壁に鼠が入ることを望まれませんでした。この意味はおわかりでしょう。万一、敵の罠にはまった場合に備えて、かれが秘密の出口という手段を求められたのは事実です。しかし、あのドアは他のどの通路にもつながっておりません。レディ・ロリスのところからシェイをしばらくの間、連れ出すことはできます。しかし、人に見られずに、あなたの寝室に連れてくる道はないのです」

「では、どこか別の場所に連れてこい」

「でも、どこに？　安全な場所は決してありません」

「あるよ」ティリオンはにやりと笑った。「ここだ。あの岩のように固いベッドをもっと有効に使うべき時だと思うがね」

宦官は口を開けた。それからくすくす笑った。「最近では、ロリスはすぐにくたびれます。臨月が近いので。月の昇るころにはぐっすり眠っているでしょう」

ティリオンは椅子から飛び下りた。「では、月の昇るころに。ワインを仕入れておいてくれ。そして、二個の清潔なカップを」

ヴァリスはお辞儀をした。「かしこまりました」

その日の残りの時間は、まるで糖蜜に落ちた蛆虫のようにのろのろと過ぎていった。ティリオンは城の図書館に登り、ベルデカーの『ロイン戦争史』を読んで気を紛らわせようとした。だが、シェイの笑顔が心に浮かんで、読書どころではなかった。午後になると、その本を脇に置き、入浴の支度をさせた。お湯が冷たくなるまで、ごしごし体を洗い、それからポッドに頬髭を平らにそろえさせた。顎髭はかれにとって試練だった。黄色と白と黒い毛がもつれあい、斑（まだら）になり、ごわごわしていて、見苦しいどころの騒ぎではなかった。しかし、顔の一部を隠すのには確かに役立った。それが唯一の効用だった。

満足すべき程度に、清潔に、桃色に、そしてこざっぱりすると、ティリオンは衣装戸棚を探って、ラニスター家の緋色に染められたきっちりしたサテンのズボンと、獅子の頭の飾りボタンがついた、重くて黒いビロードの最上のダブレットを選んだ。本当なら、黄金の〈王の手〉の鎖をつけたかったのだが、それは瀕死の床に横たわっている間に、父親に盗まれてしまったのだった。ばかなことをしていると悟ったのは、服装を整えてしまってからだった。

〝ちくしょう、こびとめ。おまえは鼻とともにあらゆる常識を失ってしまったのか？　おまえを見た人はみんな、宦官に会いにいくのになぜ宮廷服を着ているのかといぶかるではないか〟ティリオンは自分を罵りながら、それらを脱ぎ、もっと質素な服に着替えた。黒いウールのズボン、古くて白いチュニック、そして、色褪せた茶色の革の袖なし胴着だ。〝どうでもよい〟かれは月の出を待ちながら思った。〝何を着ようと、おまえはやはりこびとだ。階段のところで出会ったあの騎士のような背丈には、絶対になれない。あいつの脚は長くてまっすぐで、腹は固く締まっていて、男らしい広い肩幅だった〟

月が城壁の上に顔をのぞかせると、かれはポドリック・ペインに、これからヴァリスを訪問するぞと告げた。「長くかかりますか、殿さま？」少年がたずねた。

「おう、そう望むがね」

赤の王城（レッド・キープ）は人が大勢いるので、気づかれずに行くことはとてもできないと、ティリオンは覚悟していた。扉のところに、サー・ベイロン・スワンが立ち番をしており、サー・ロラス・タイレルが跳ね橋を守っていた。かれは足を止めて、その二人と挨拶を交わした。以前にはいつも虹のように色彩豊かだった〈花の騎士〉が、白ずくめの衣装を着けているのを見るティリオンはたずねた。「何歳になるかね、サー・ロラス？」

「十七歳です、殿さま」

〝十七歳で、美しい、しかもすでに伝説上の人物になっている。七王国の娘たちの半分はかれと寝たいと思っている。そして、すべての少年がかれになりたいと思っている〟「失礼ながら、おたずねするが――どうして、十七歳で〈王の楯〉に加わりたいと思ったりしたのかね？」

「〈ドラゴンの騎士〉のプリンス・エイモンは十七歳で誓約をしました」サー・ロラスはいった。「そして、あなたのジェイミーお兄さまはもっとお若かった」

「かれらの理由は知っているが、きみの理由は？　マーリン・トラントやボロス・ブラントのようなすばらしい手本と並んで仕えるという名誉かな？」かれはその少年に、からかうような笑顔を向けた。「王の命を守るために、自分の命を差し出す。領地も称号も放棄し、結婚や子供を持つ望みも捨てる……」

「タイレル家は兄たちによって継続できます」サー・ロラスはいった。「三男が結婚したり、子供を作ったりする必要はありません」

「まあね、でも、結婚や子供を作ることは楽しいという者もいるよ。恋愛はどうなんだね？」

「日が沈めば、どんな蠟燭もその代わりにはなりません」

「それは歌の文句かな？」ティリオンは微笑して見上げた。「そうだ、きみは十七歳だ。今それがわかったよ」

ロラスはきっとなった。「からかっているんですか?」

〝怒りっぽい若者だ〟「いいや。気を悪くしたなら、許してくれ。わたし自身もかつて恋愛をして、やはり恋の歌を歌ったんだ」〝夏のように美しい乙女を愛した、髪に日光が照り映えている乙女を〟かれはサー・ロラスにおやすみといい、先に進んだ。

犬舎のそばで一群の兵士が二匹の犬を闘わせていた。ティリオンが足を止めてのんびり眺めていると、小さいほうの犬が大きいほうの犬の顔をなかば喰いちぎった。かれが、負け犬の顔がサンダー・クレゲインの顔に似てるぞ、というと、二、三人が荒々しく笑った。これでかれらの疑いの心が和らげば幸いだと思い、かれは北壁のほうに進み、宦官の貧弱な住処に通じる短い階段を下りていった。ノックしようとして手を上げたとたんに、扉が開いた。

「ヴァリスか?」ティリオンはすっと中に入った。「おーい?」一本の蠟燭が薄暗い光を投げ、空気にはジャスミンの香りが混じっていた。

「殿さま」その光の中に一人の女がにじり寄るようにして入ってきた。ぽっちゃりと太っていて、柔らかで、落ち着いていて、丸い桃色の月のような顔をしていて、重く黒い巻き毛が垂れている。ティリオンは後ずさりした。「何か間違いでも?」彼女はたずねた。

〝ヴァリスじゃないか〟かれは気がついて不愉快になった。「きみがシェイの代わりにロリスを連れてきたのかと、一瞬怯えたぞ。彼女はどこにいる?」

「ここです、殿さま」彼女が後ろから両手でかれの目をふさいだ。「わたしが何を着ているかわかりますか？」

「何も？」

「まあ、お利口さん」彼女は口をとがらせて、ぱっと手をどけた。「どうしてわかったの？」

「きみは何も着ていなくても、とても美しいからさ」

「そう？」彼女はいった。「本当に？」

「そうとも」

「では、おしゃべりしていないで、愛しあうべきではないかしら？」

「その前に、レディ・ヴァリスを追い払う必要がある。おれは見物人を欲しがるこびとではないからな」

「行ってしまいました」シェイがいった。

ティリオンは振り返った。そのとおりだった。宦官はスカートもろとも消え失せていた。

〝このどこかに隠し扉があるぞ。あるに違いない〟かれに考える時間をそれ以上与えずに、シェイはかれの首をまわしてキスした。彼女の口は濡れて、飢えていた。そして、彼女はかれの傷を、いや、鼻があった部分のかさぶたを、見さえしないようだった。かれの指の下の彼女の肌は暖かいシルクのようだった。親指が左の乳首に触れると、それはたちまち固くなった。「早く」彼女はキスの合間に催促し、指をかれの衣服の紐に伸ばした。「ねえ、早く、早く。中に入れて、入れて、入れて」かれはちゃんと衣服を脱ぐ暇もなかった。シェイはズボンからかれの一物を引き出すと、かれを床に押し倒し、その上に乗った。かれが唇の間に押し入ると、彼女は金切り声を出し、荒々しく体を動かし、どしんどしんと腰を落としながら「わたしの巨人、わたしの巨人、わたしの巨人」と呻いた。ティリオンはあまり興奮したので、五ストローク目で爆発してしまった。しかし、シェイは問題にしないようだった。彼女はかれの放出を感じると、淫らな笑いを浮かべて、体を前に倒し、かれの額から汗を吸い取った。「ラニスターのわたしの巨人」彼女はささやいた。「中に入ったままでいて、お願い。その感じが好きなの」

そこでティリオンは、腕を彼女の体にまわした以外には動かずにいた。〝彼女を抱くのも、抱かれるのも、とても気持ちよい〟とかれは思った。〝こんなに甘美なことが、彼女を吊し首にするほど重大な犯罪になるとは、どういうわけだろうか？〟「シェイ」かれはいった。「ねえ、きみ、われわれが一緒になるのはこれを最後にしなければならない。危険が大きすぎるのだ。万一、父上に見つかったら……」

「あなたの傷跡が好きよ」彼女はそれを指でなぞった。「これのおかげで、あなたはとても獰猛で強そうに見えるわ」

かれは笑った。「とても醜い、といいたいんだろう」

「わたしの目には、殿さまが醜くなるなんてことは決してありません」彼女はかれのぎざぎざの鼻の切り株を覆っているかさぶたにキスした。

「おれの顔はどうでもいい。問題はおれの父親だ――」

「あの人は怖くありません。もう、わたしの宝石やシルクを返してくれませんか？　あなたが戦で傷を負ったとき、わたしはヴァリスに、あれらを返してもらえるかとたずねました。でも、かれは返そうとしないのです。もし、あなたが戦死していたら、あれらはどうなってしまったかしら？」

「死にはしなかった、ここにいる」

「わかってます」シェイは笑いながらかれの上で体をうごめかした。「まさに、あなたのいるべき所にね」彼女は口をとがらせた。「でも、わたしはいつまでロリスのところにいなければならないのですか？　あなたが回復なさったというのに」

「聞いていたのか？」ティリオンはいった。「きみがそうしたければ、ロリスのところに留まっていてもよい。しかし、町を去るのがいちばんいいだろう」

「去りたくありません。戦がすんだら、わたしをまた館に移してくれるという約束でした」彼女は膣をちょっと締めた。すると、かれは彼女の内部でふたたび固くなりはじめた。「ラニスターは必ず借りを返すと、いったじゃないですか」

「シェイ、ちくしょうめ、やめなさい。おれの話をよく聞けよ。きみは去らなければならないんだ。今この町はタイレル家の連中で満ちている。そして、おれは厳重に見張られている。この危険を、きみは理解できないのか？」

「わたし、王の婚礼の宴会に出られますか？　ロリスは行きません。王自身の玉座の間で、だれもあなたを強姦するわけがないと、わたしいってやったんです。でも、彼女はあんなにばかだから」シェイが横に転がって体を離すと、かれの一物がかすかな濡れた音をたてて、彼女の体から滑り出た。「サイモンの話では吟遊詩人の武芸競技会があるそうですよ」手品師も参加するし、道化師の馬上槍試合さえあるそうです。

ティリオンはまことに気に食わないシェイのお気に入りの吟遊詩人のことを、ほとんど忘れていた。「どうやってサイモンと話をしたんだ？」

「レディ・タンダにかれのことを話したのですよ。そしたら、ロリスのために演奏するように、レディ・タンダがかれを雇ったのです。赤ん坊が蹴りはじめたとき、音楽を聞くと彼女は落ち着くんです。サイモンの話では、宴会のときに熊の踊りがあるそうです。そして、アーバー産のワインもね。わたし熊の踊りなんて一度も見たことないわ」

「おれの踊りよりもひどい踊りだよ」かれが気にしているのは吟遊詩人であって、熊ではなかった。一言でも不注意な言葉が、聞いてはならないやつの耳に入ったら、シェイは吊るされる。

「サイモンがいうには、七十七皿の料理が出て、百羽の鳩がひとつの大きなパイに焼きこまれるそうです」シェイは調子づいてしゃべった。「その殻を割ると、鳩が全部飛び出して、舞うんですって」

「その後で、鳩は垂木にとまって客の上に雨あられと糞を落とす」ティリオンはそのような婚礼のパイで被害を受けたことがあった。鳩は特にかれの上に糞を落とすのを好むようだった。いや、とにかく、かれはいつもそう疑っていた。

「わたしシルクやビロードの服を着て、召使女としてでなく、貴婦人として行くことはできないかしら？　わたしだとは誰にもわからない服装で」

〝おまえが貴婦人でないことは、誰にもわかるだろうよ〟とティリオンは思った。「ロリスの小間使いが、どこでそんなにたくさんの宝石を手に入れたのかと、レディ・タンダが不審に思うだろう」

「千人ものお客が来る、とサイモンがいいます。彼女はわたしを見さえしないでしょう。わたしはどこか下座の暗い隅に場所を見つけます。でも、あなたが立ち上がってお便所に行くたびに、わたしもそっと外に出てあなたに会います」彼女はかれの一物を両手で包んで、優しくしくしごいた。「ガウンの下に、下着をつけません。だから、殿さまはわたしの服の紐を緩める必要さえもないのです」彼女はじらすように指を上下に動かした。「それとも、もしよろしかったら、こうすることもできますわ」彼女はかれを口に含んだ。

ティリオンはまたいきそうになったが、こんどはずっと長く持ちこたえることができた。終わると、シェイはまたかれの体に這い上がって、裸のままかれの腕の下に寄り添った。

「わたし出席していいでしょう？」

「シェイ」かれは呻いた。「安全でないのだよ」

しばらくの間、彼女は黙りこんでいた。ティリオンは別のことを話そうとしたが、むっつりとしたよそよそしい壁に突き当たった。それは、北部でその上を歩いたことのあるあの〈壁〉のように、冷たく、微動だにしなかった。〝ちくしょうめ〟かれは蠟燭が燃えて小さくなり、ちらちらとまばたきはじめるのを眺めながら、やるせなく思った。〝ティシャで懲りているのに、また同じことをしでかすなど、どうしてできようか？　おれは父上が考えているとおりの大馬鹿者なのか？〟彼女の求める約束をしてやりたいのはやまやまだ。彼女をおれ自身の寝室に連れ戻し、この腕にのせて、彼女がこれほど愛するシルクやビロードの服を着せてやりたいのはやまやまだ。おれが選択できるものなら、ジョフリーの婚礼の宴（うたげ）でおれの隣にすわらせて、いくらでもたくさんの熊と踊らせてやるのに。しかし、彼女の絞首刑を見るわけにはいかなかった。

　蠟燭が燃え尽きると、ティリオンは体を引き離して、もう一本に火をつけた。それから、壁の周囲をまわって、それぞれの壁を叩き、秘密の扉を探した。シェイは足を引き上げ、膝を抱いてすわってかれを眺めた。ついに彼女はいった。「ベッドの下。秘密の階段があるわ」

　かれは信じられない気持ちで彼女を見た。「ベッド？　このベッドは固い石で、半トンもの重さがあるぞ」

「ヴァリスが押す場所があるの。そうするとベッドが浮き上がるの。どうしてかとたずねたら、魔法だといったわ」

「そうだ」ティリオンは思わずほくそえんだ。「釣合い錘（おもり）の術だ」

　シェイは立ち上がった。「わたし帰らなければ。ときどき、赤ん坊が蹴るとロリスが目を覚まして、わたしを呼ぶのよ」

「ヴァリスがまもなく戻ってくるはずだ。かれはたぶんわれわれの一言一句を聞いていただろう」ティリオンは蠟燭を下におろした。ズボンの前面に濡れた部分があったが、暗い所では人目につかないはずだ。かれはシェイに着物を着て宦官を待つようにいった。

「そうするわ」彼女は約束した。「あなたはわたしの獅子、でしょ？　ラニスターのわたしの巨人でしょ？」

「そうだ」かれはいった。「そして、きみは――」

「――あなたの娼婦」彼女はかれの唇に指を当てた。「わかってるの。あなたのレディになりたい。でも、決してなれない。さもなければ、あなたはわたしを宴（うたげ）に連れていってくれるでしょうから。それはどうでもいいわ。わたしはあなたの娼婦でいいの、ティリオン。わたしをそばに置いてくれればね、わたしの獅子さん、そして、わたしを安全にしておいてくれれば」

「そうする」かれは約束した。〝馬鹿者、馬鹿者〟心の中の声が金切り声でいった。〝なぜ、ちゃんといわなかった？　おまえは彼女を追放するためにここに来たのだぞ！〟そういう代わりに、かれはまた彼女にキスした。

歩いて帰る道は長くて淋しいように感じられた。ポドリック・ペインはティリオンのベッドの足元の脚輪付き（キャスター）ベッドで眠っていたが、かれはその少年を起こした。「ブロンを」かれはいった。

「サー・ブロンですか？」ポッドは目をこすって眠気をさました。「おう。かれを連れてく急いで」

見つめるだけだった。それから両手を振り上げて、いった。「はい、かれを、連れてきます。

ティリオンはそういったが、この皮肉は通じなかった。ポッドは当惑して、ポカンとかれを

「そうだよ、かれの服装についてちょっとおしゃべりするために、おまえを起こしたのだ」

るのですか？　殿さま？」

その若者はあわてて服を着て、飛ぶように部屋を出ていった。〝おれは本当にそんなに恐ろしいのだろうか？〟ティリオンは寝間着に着替えて、ワインを少し飲みながら考えた。

かれが三杯目を飲み、夜が半分過ぎたころ、ポッドがその傭兵の騎士を引っ張ってやっと戻ってきた。「この小僧がわたしをチャタヤの店から引っ張ってくるについては、それ相応の立派な理由があったのでしょうなあ」ブロンは腰を下ろしていった。

「チャタヤの店だと？」ティリオンは当惑していった。

「騎士になるのは気持ちいい。もう、下町の安い売春宿を探す必要がないからね」ブロンはにやりとした。「今、アラヤヤとマレイがひとつの羽毛ベッドに寝ていたんですよ。サー・ブロンをまんなかにはさんでね」

ティリオンは当惑を飲みこむしかなかった。ブロンは他のどの男とも同様に、アラヤヤと寝る権利をもっている。しかし、それにしても……。〝おれは彼女に指一本触れなかった。そうしたいのはやまやまだったが。しかし、そんなこと、ブロンは知るよしもない。かれは一物を彼女の外に出しておくべきだったのに〟かれ自身はあえてチャタヤの店を訪ねなかっ

た。もし訪ねれば、サーセイはそのことを父親の耳に入れるように取り計らうだろう。そして、ヤヤは鞭打ち以上の辛い目にあうだろう。かれは謝罪のしるしとして、銀と翡翠のネックレスとそれに調和するブレスレットを贈っておいた。しかし、それ以外のことは……

〝こんなこと考えてもしかたがない〟〈銀の舌(シルバー・タング)のサイモン〉と自称する吟遊詩人がいる」ティリオンは罪の意識を押し退けて、疲れたようにいった。「かれはときどき、レディ・タンダの娘のために演奏する」

「だから？」

〝殺せ〟といえばよかったかもしれない。しかし、その男は二、三の歌を歌っただけで、何もしていない。〝そして、シェイのかわいい頭に鳩と踊る熊の幻影を満たしただけだ〟「そいつを捕まえろ」かれはその代わりにいった。「だれか他の者が捕まえる前に、そいつを捕まえろ」

13　アリア

死んだ人の畑の野菜に手をかけたとき、歌声が聞こえた。

アリアははっとして、今つかんだばかりの、糸のように細い三本の人参(ニンジン)のことを突然忘れ、石のように静止して、耳を澄ませた。〈血みどろ劇団〉とルース・ボルトンの兵士を思い出して、背筋がぞっとした。〝これはひどい。やっと三叉鉾河(トライデント)にたどりついたのに、もうだいじょうぶだと思ったのに〟

ただ、〈劇団〉が歌を歌っているのはおかしくないだろうか？

歌声は東の小さな丘の向こうのどこかから、川面を流れてきた。

「美しい乙女に会いにガルタウンに出かけた、ハイホー、ハイホー……」

アリアが立ち上がると人参(ニンジン)が手から転げ落ちた。どうやら、吟遊詩人は川沿いの道を近づいてくるようだった。向こうのキャベツ畑にいるホット・パイの表情を見ると、かれもそれを聞いたらしい。ジェンドリーは焼けた小屋の陰に入って眠ってしまっていたから、何かを聞くという状態ではなかった。

「剣の先で甘いキスを盗んでやろう、ハイホー、ハイホー」

河のかすかな水音に混じってウッドハープの音も聞こえたような気がした。

「聞こえるか？」腕いっぱいにキャベツを抱えたホット・パイが、しゃがれた小声でたずねた。「だれか来るぞ」

「ジェンドリーを起こしてきな」アリアはかれにいった。「肩を揺するだけでいい。でかい声を出すんじゃないよ」ジェンドリーはホット・パイと違ってすぐに目を覚ます質だった。ホット・パイなら、蹴って怒鳴りつける必要があったけれども。

「あの子を恋人にして、木陰で休もう、ハイホー、ハイホー」

歌は一言ごとに大きくなってきた。

ホット・パイは腕を開いた。キャベツはドサッと小さな音をたてて地面に落ちた。「おれたち、隠れないと」

〝どこに？〟トライデント河の堤のそばに焼けた小屋と伸びすぎた畑がしっかり残っており、河岸には数本の猫柳が生えていて、その先の浅瀬の泥には葦が群生していた。しかし、このあたりの土地は痛々しいほどあけっぴろげだ。〝やっぱり森から出てはいけなかったんだ〟と彼女は思った。しかし、あまりにも空腹だったので、この畑は抵抗できない誘惑となった。ハレンの巨城から盗んできたパンとチーズは、森の奥で六日前になくなった。「ジェンドリーと馬といっしょに小屋の後ろに隠れていろ」彼女は決断した。そこにはまだ壁の一部が残っていた。それはたぶん、二人の少年と三頭の馬を隠すには充分な大きさだろう。〝もし馬がいななかず、あの吟遊詩人が畑を詮索しなければ〟

「おまえはどうする？」

「木のところに隠れる。相手はたぶん一人だ。もし、ちょっかいを出したら、殺す。行け！」

　ホット・パイは行った。そしてアリアは人参（ニンジン）を捨てて、盗んだ剣を肩ごしに引き抜いた。彼女はその鞘を斜めに背負っていたのだった。その長剣は大人の男のために作られたもので、彼女が腰に吊ると地面に届いてしまったからだ。〝しかも、重すぎる〟

　彼女はこの扱いにくい剣を手にするたびに、〈針（ニードル）〉を恋しく思った。しかし、これも剣であり、人を殺すことはできた。それで充分だった。

　彼女は道の曲がり角に生えている猫柳の古い大木のほうにすばやく移動して、垂れ下がっている枝の陰の草地に片膝をついた。〝おう、古（いにしえ）の神々よ〟しだいに大きくなる吟遊詩人の声を聞きながら、彼女は祈った。〝おう、木の神々よ、わたしを隠してください、あいつを通りすぎさせてください〟この時、馬がいななき、歌声がはたとやんだ。〝やつは聞いた〟と彼女は悟った。〝しかし、一人だろう。いや、そうでなくても、たぶん相手はわれわれが向こうを恐れているように、こちらを恐れているだろう〟

「聞いたか？」男の声がいった。「あの壁の陰に何かいるらしいぞ」

「ああ」第二の声、もっと低い声が答えた。「なんだと思う、〈射手（アーチャー）〉？」

〝では、二人だな〟アリアは唇を噛んだ。彼女がしゃがんでいる場所からは、柳の陰になってかれらの姿は見えなかった。しかし、声は聞こえた。

「熊だ」また別の声がきこえた。それとも、最初のやつだろうか？

「熊には肉がたくさんついているぞ」低い声がいった。「秋だから、脂ものっている。上手に料理すればうまいぞ」

「ひょっとしたら狼かも、もしかしたら獅子かも」

「四本足、だと思うか？　それとも二本足か？」

「どちらでもかまわん。〈射手〉、それらの矢をどうするつもりだ？」

「二、三本、壁の向こうに落としてみる。後ろに何が隠れているにしても、あわてて飛び出してくるさ。見てろよ」

「しかし、正直なまともな人間だったらどうする？　あるいは、胸に赤子を抱えた貧しい女だったら？」

「正直な人間だったら、出てきて、顔を見せるだろう。こそこそ隠れるのは、無法者だけだ」

「ああ、そのとおりだ。ではやれ。矢を放て」

アリアはぱっと立ち上がった。「やめろ！」彼女は剣を見せた。三人いるのが見えた。

〝たった三人だ〟シリオなら三人以上を相手に闘うことができる。そしてこの場合、たぶんホット・パイとジェンドリーが助太刀するだろう。〝しかし、かれらは子供で、こいつらは大人だ〟

かれらは徒歩の男たちで、旅の汚れと、泥の汚れが点々とついていた。吟遊詩人は、母親が赤子を抱くように、胴着のところにウッドハープを抱いていたので、すぐにわかった。小男で、見たところ五十歳ぐらい。口が大きく、鼻が尖り、薄れかけた茶色の髪の毛を生やしていた。色褪せた緑色の服には、ところどころ古い革のつぎが当たっていた。そして、腰には一対の投げナイフをつけ、背中には樵（きこり）の斧を斜めに背負っていた。

その横の男はたっぷり三十センチは背が高く、兵士の顔つきをしていた。鋲を打った革のベルトに長剣と短刀を吊っていて、帷子（かたびら）には重なり合った鋼の輪を縫いつけてあった。そして頭には円錐形の黒い鉄の半球形兜（ハーフヘルム）をかぶっていた。歯が悪く、もじゃもじゃの茶色い髭を生やしていたが、彼女の目を引いたのはフード付きの黄色いマントだった。厚くて重く、草や血がところどころについていて、裾がすり切れていた。そして、右肩に鹿革のつぎが当たっていた。その大きなマントは、その大男を巨大な黄色の鳥に見せた。

三人の最後の者はそれほど背は高くなかったけれども、持っている長弓（ロングボウ）と同じくらい痩せた男だった。赤い髪、そばかす。鋲を打った胴甲をつけ、長いブーツをはき、指のない革手袋をして、背中には矢筒を背負っていた。矢には灰色の鵞鳥の羽根がついていた。そして、そのうち六本を小さな垣根のように前の地面に突き立てていた。

その三人の男が、彼女が剣を手にして道に立っているのを見た。それから、吟遊詩人が物憂げに弦を弾いた。「さあ、子供」かれはいった。「怪我をしたくなかったら、その剣をしまえ。おまえには大きすぎるよ、小僧。しかも、このアンガイは、おまえがおれたちのそばに来ないうちに、その体を三本の矢で射抜くことができるぞ」

「できるものか」アリアはいった。「そして、おれは娘だ」

「なるほど」吟遊詩人はお辞儀をした。「失礼つかまつった」

「おまえたち、道路を進め。おとなしく歩いてここを通りすぎろ。そして、おまえは歌いつづけろ。おまえたちの居場所がわかるように。さあ行け。おれたちに手を出さなければ、殺さずにおいてやる」

顔にそばかすのある弓兵が笑った。「レム、聞いたか？　彼女はおれたちを殺さないとさ」

「聞いた」低い声で大柄な兵士のレムがいった。

「子供」吟遊詩人がいった。「その剣をしまえ。そうすれば、おれたちが安全な場所に連れていって、その腹に食べ物を入れてやるぞ。この辺には狼も獅子も出る。そして、もっと恐ろしいものも出るのだぞ。小さな娘が一人でうろうろする場所ではない」

「一人じゃないぞ」ジェンドリーが小屋の壁の陰から馬に乗って現われ、その後ろからホット・パイが彼女の馬を引いて現われた。鎖帷子（チェーン・メイル）を着て、剣を手にしているジェンドリーはほとんど大人の男に見えた。それも危険な人物に。だが、ホット・パイはホット・パイだった。「彼女がいうように、おれたちを放っておけ」ジェンドリーが警告した。

「二対三だな」吟遊詩人は勘定した。「おまえたち、これで全部か？　そして馬も。かわいい馬たちだ。どこで盗んだ？」

「おれたちのものだ」アリアは注意深くかれらを観察した。吟遊詩人は彼女の気を言葉で散らしつづけていたが、危険なのは弓兵だった。〝もし、あいつが地面から矢を引き抜いたら……〟

「正直な人間なら、名を名乗ったらどうだね？」吟遊詩人が少年たちにいった。

「おれはホット・パイだ」ホット・パイがすぐにいった。

「やあ、よろしく」男は微笑した。「そんなにうまそうな名前の少年に毎日会うことはないな。で、そちらの友達はなんという、羊肉の厚切り（マトンチョップ）とひよこか？」

ジェンドリーは鞍の上からしかめ面で見下ろした。「なぜ、おまえに名前を教えなくちゃならない？　まだ、おまえの名前を聞いていないぞ」

「ああそうか。おれは〈七つ川（セヴンストリームズ）のトム〉だ。しかし、みんなは〈七弦（セヴンストリングズ）のトム〉と呼ぶ。あるいは、〈七つのトム（トム・オ・セヴン）〉と。こちらの茶色の歯をした大柄な無骨者はレムだ。レモンクロークを縮めて、そういうんだがね。ほら黄色いだろう。そしてレムは酸っぱい男なのさ。そして、そちらの若いやつはアンガイ。おれたちは〈射手（アーチャー）〉と呼ぶほうが好きだがね」

「で、おまえはだれだ？」レムがいった。その声は、アリアが柳の枝の間から聞いた低い声だった。

彼女はそんなに簡単に本名を明かすつもりはなかった。「〈ひよこ〉でいい」彼女はいった。「おれはかまわない」

大男は笑った。「剣を持った〈ひよこ〉か」かれはいった。「こいつもめったにお目にかからないしろものだぞ」

「おれは〈牡牛(ブル)〉だ」ジェンドリーがアリアから話を引き取っていった。かれが〝羊肉の厚切り(マトンチョップ)〟より〝牡牛(ブル)〟を選んだことを、彼女は非難できなかった。

〈七弦(セヴンストリングズ)のトム〉がハープを爪弾いた。「ホット・パイ、〈ひよこ〉、そして〈ブル〉。ボルトン公の調理場から逃げてきたな、そうだろう？」

「どうしてわかる？」アリアは不安になってたずねた。

「胸にかれの紋章をつけているじゃないか、ちび」

彼女は一瞬、そのことを忘れていたのだった。マントの下にまだ立派な小姓のダブレットを着ていた。その胸にはドレッドフォートの皮を剝がれた男が縫いつけられていたのだった。

「ちびなんて呼ぶな！」

「いいじゃないか？」レムがいった。「充分に小さいんだから」

「前よりは大きくなった。子供じゃないぞ」子供は大人を殺さないが、彼女は殺している。

「それはわかる、〈ひよこ〉。おまえたちはだれも子供じゃない。ボルトンの子供なら話は別だが」

「絶対ちがう」ホット・パイは黙っているべき時を決して知らなかった。「おれたちはかれがやってくる前にハレンホールにいた。それだけのことだ」

「とすると、獅子の仔か。そういうわけか？」トムがいった。

「そうでもない。おれたちは誰の家来でもない。おまえたちはだれの家来だ？」

〈射手のアンガイ〉がいった。「王の家来だ」

　アリアは眉をしかめた。「どの王？」

「ロバート王」黄色いマントのレムがいった。

「あの酔いどれじじいか？」ジェンドリーが軽蔑したようにいった。「かれは死んだ。猪か何かに殺された。みんな知ってるぞ」

「そうだ、小僧」〈七弦のトム〉がいった。「だから、よけいに気の毒だ」かれはハープを爪弾いて悲しい和音を鳴らした。

　かれらが王の家来だということを、アリアはまったく考えていなかった。かれらはずたずたのぼろぼろになっていたので、むしろ無法者のように見えた。乗るべき馬さえも持っていなかった。王の兵士なら馬を連れているはずなのに。

　だが、ホット・パイが熱心に話に割りこんだ。「おれたちはリヴァーラン城を探しているんだ」かれはいった。「馬で何日ぐらいかかるか、知っているか？」

　アリアはかれを殺してやりたいとさえ思った。「黙ってろ。さもないと、そのばかな大口に石を詰めこんでやるぞ」

「リヴァーラン城は川上のずっと遠くだ」トムがいった。「食い物もない長い道中だ。おまえたち、ひょっとして、出かける前に熱い飯を喰いたくないか？　この先のそれほど遠くない所に、友人たちがやっている旅籠（はたご）がある。一緒にエールを飲み、パンをかじろうじゃないか。角突きあっていないでさ」

「旅籠？」熱い食べ物を想像すると、アリアの腹がぐうぐう鳴った。だが、彼女はこのトムという男を信用しなかった。親しげな口をきく人間が、みんな真の友人とはかぎらない。

「近いといったか？」

「上流に三キロ」トムはいった。「五キロまではいかない」

ジェンドリーは彼女の気分と同様に不安そうな表情をした。「友人って、どういう意味だ？」

「友達さ。友達とは何か、忘れてしまったのか？」

「シャーナというのが宿の持ち主の名だ」トムが口を出した。「彼女は鋭い舌と獰猛な目をしている。それはおれも認める。しかし、心は善良だ。しかも、小さい娘が好きだ」

「おれは小さい娘じゃない」彼女は怒っていった。「他にだれがいる？　友人たちといったが」

「シャーナの亭主さ。それと、かれらが引き取った孤児の少年が一人。かれらは悪いことはしないよ。おまえたちが酒を飲む年齢になっているなら、エールもあるぞ。新しいパンに、たぶん肉も少し」トムは小屋のほうをちらりと見た。「それに、ペイト爺さんの畑からおまえたちが盗んだ物も」

「決して盗んだわけじゃない」アリアがいった。

「それじゃ、おまえはペイト爺さんの娘か？　妹か？　かみさんか？　嘘をいうなよ、〈ひよこ〉。おれはこの手でペイト爺さんを埋めたんだぞ。おまえが隠れていたあの柳の木の真下にな。しかも、おまえはかれに似てないじゃないか」かれはハープから悲しい音を引き出した。「去年は大勢の善良な人たちを埋葬した。だが、おまえたちを埋めるつもりは決してない。このハープにかけて誓う。〈射手（アーチャー）〉、彼女に見せてやれ」

　その〈射手〉の手は信じられないほどすばやく動いた。彼女の耳から三センチ以内のところを、ヒュッと矢がかすめて飛び、後ろの柳の幹にぐさりと刺さった。この時には、弓兵はすでに二の矢をつがえて引き絞っていた。これまで、シリオが〝蛇のようにすばやく、夏の絹のようになめらかに〟といった意味がわかると彼女は思っていた。しかし、今、わかっていなかったと知った。矢は彼女の後ろで蜜蜂のようにビーンと鳴った。「しくじったな」彼女はいった。

「そう思うなら、おまえはもっとばかだ」アンガイがいった。「矢はおれの狙いどおりに飛ぶんだ」

「そのとおり」〈レモンクロークのレム〉がうけあった。

　弓兵と彼女の剣先との間には十歩以上の距離があった。〝こちらに勝ち目はない〟アリアは悟った。あのような弓があれば、そしてそれを使う技術があればよいのにと思った。彼女はむっつりとして、剣先が地面につくまで重い長剣を下げた。「その旅籠を見にいく」彼女は疑念を大胆な言葉の裏に隠そうとした。「おまえたちは前を歩け。おれたちは後ろから馬でいく。そうすれば、おまえたちが何をしているか見えるからな」

〈七弦のトム〉は最敬礼をしていった。「前であろうと、後ろであろうと、問題はない。さあこい、小僧ども、案内してやるぞ。アンガイ、それらの矢を引き抜いたほうがいい。ここでは必要ないだろうから」

アリアは剣を鞘に収めて、友達が馬にまたがっている所まで、三人の大人に近づかないように用心しながら道を横切っていった。「ホット・パイ、それらのキャベツを拾え」彼女は鞍にまたがりながらいった。「そして、その人参（ニンジン）も」

この時ばかりは、かれは反論しなかった。かれらは彼女が最初から望んでいたように歩き出した。轍のある道の、徒歩の三人から十歩ほど離れて、ゆっくりと馬を歩ませていった。だが、あまり時間がたたないうちに、どういうわけか、かれらは三人のすぐ前を進んでいた。

〈七弦のトム〉はゆっくりと歩きながらウッドハープを奏でるのが好きだった。「おまえたち、何か歌を知っているか？」かれはアリアたちにたずねた。「だれかと一緒に歌うのが、とても好きなんだがなあ。レムは調子をはずさずに歌うことができない。そして、われらの長弓小僧は境界地方（マーチズ）のバラードしか知らない。あれらの歌はものすごく長くて、それぞれ百番まで歌詞があるんだ」

「境界地方（マーチズ）では本物の歌を歌うのさ」アンガイが穏やかにいった。

「歌を歌うとはばかだぞ」アリアはいった。「歌を歌えば音がでる。おれたちはずっと遠くから声を聞いた。殺そうと思えば殺せたんだぞ」

トムの笑顔は、そう思っていないことを物語っていた。「唇に歌を浮かべずに死ぬより、もっと悪い死に方もある」

「近くに狼がいれば、おれたちにはわかるんだよ」レムが不満そうにいった。「いや、獅子でも。ここはおれたちの森だ」

「おれたちがあそこにいたことに、ぜんぜん気づかなかったくせに」ジェンドリーがいった。「おい、坊や、そういいきってはいけないよ」トムがいった。「人は口に出すよりももっと多くを知っていることもあるんだ」

ホット・パイが鞍の上で身じろぎした。「おれは熊の歌を知ってる」かれはいった。「とにかく、いくらかはな」

トムは弦を掻き鳴らした。「では、聞こうじゃないか、パイ坊や」かれは首をのけぞらせて歌った。「一匹の熊がいた。熊が、熊が！　体じゅう黒と茶色の毛むくじゃら……」

ホット・パイは鞍の上でちょっとリズムをとって体を上下させながら、熱心に唱和しはじめた。アリアはびっくりしてかれを見つめた。かれは声がよく上手に歌った。〝こいつ、パンを焼く以外は、何事も上手にできなかったのに〟彼女は心の中で思った。

ちょっと先で、一本の小川がトライデント河に流れこんでいた。そこを渡るとき、歌声に驚いて葦の間から一羽の鴨が飛び立った。アンガイはその場に立ちどまり、弓を肩からはずし、矢をつがえ、その鳥を射落とした。鳥は岸から遠くない浅瀬に落ちた。レムはずっと不満をいいながらも、黄色いマントを脱ぎ、膝の深さの水の中に入っていって、それを拾った。「あそこのシャーナの地下蔵にレモンがあるかなあ？」レムが文句をいいつつ水を撥ね散らかすのを見ながら、アンガイがトムにいった。「むかしドーンの娘がレモンを使って鴨を料理してくれたことがあったっけ」かれは懐かしそうにいった。

トムとホット・パイは小川の向こう岸で合唱を再開した。レムの黄色いマントの下から、ベルトに吊るした鴨が見えた。どういうわけか、歌は距離を短縮してくれるようで、その旅籠が目の前に見えてくるのに、それほど時間はかからなかった。それはトライデント河が大きく北に湾曲している場所の川岸に建っていた。アリアはうさん臭そうに眉をしかめて眺めながら、近づいていった。それが無法者の隠れ家には見えないことは認めねばならなかった。上階は白塗り、屋根はスレート、煙突からのんびりと煙が立ち昇っていて、その建物は友好的で、気のおけない感じでさえあった。厩舎などの付属の建物がそれを取り囲んでおり、後ろには果樹園、あずまや、小さな畑などがあった。この旅籠は自家用の船着場さえ持っており、それが川の中に突き出ていた。そして……

「ジェンドリー」彼女は声をひそめ、緊張して呼んだ。「ここには舟がある。道中の残りは舟で川をさかのぼっていくことができるよ。そのほうが馬で行くより速いと思う」

かれは疑わしそうな顔をした。「おまえ、帆掛け舟を使ったことがあるのか?」

「帆を上げれば」彼女はいった。「風が押してくれる」

「向かい風だったらどうする?」

「その場合は、櫂(オール)で漕げばいい」

「流れに逆らってか?」ジェンドリーは顔をしかめた。「のろくないかなあ? それに、もし舟がひっくり返って、みんな水中に落ちたら? どちらにしろ、あれはおれたちの舟ではない。旅籠の物だ」

〝手に入れることはできるだろうに〟アリアは唇を嚙んで、黙っていた。一行は厩舎の前で馬を下りた。他に馬は見えなかった。だがアリアは多くの仕切りの中に新しい馬糞があるのに注目した。「一人は馬を見張る必要があるな」彼女は用心していった。

トムがそれを小耳にはさんだ。「その必要はないよ、〈ひよこ〉。さあ、食事だ。馬は充分に安全だ」

「おれが残る」ジェンドリーが吟遊詩人を無視していった。「おまえたちの食事がすんだら、呼びにきてくれ」

アリアはうなずいて、ホット・パイとレムの後を追った。剣はまだ鞘に収めたまま背負っていた。そして、ルース・ボルトンから盗んだ短剣の柄のそばに手を置いていた。旅籠の中に気にくわないやつがいる場合に備えて。

扉の上の看板には、年とった王みたいな者がひざまずいた絵が描かれていた。内部は社交室のようになっていて、そこに、顎のごつごつした、非常に背の高い醜い女が、腰に手を当てて、凄い顔をして立っていた。「そこにぼんやり立っているんじゃないよ、ぼうず」彼女は嚙みつくようにいった。「それとも、娘かな？　どちらにしても、おまえはうちの入り口をふさいでいる。入るか、出るかしな。レム、うちの床を汚すなといっただろう？　みんな泥だらけだぞ」

「おれたち鴨を獲った」レムはそれを講和の旗のように差し出した。

女はその手から鴨をひったくった。「アンガイが鴨を獲ったという意味だろ。ブーツを脱ぐんだ。おまえ耳が悪いのか、それともただの間抜けなのか？」彼女は横を向いた。「〈やどろく〉！」彼女は大声で呼んだ。「上がってこい。色男どもが戻ったよ。〈やどろく〉！」

　地下倉庫の階段を、汚れた前掛けをした男がぶつぶついいながら上がってきた。そいつの身長は女より頭ひとつ低く、たるんだ黄色っぽい肌をしていて、顔にはでこぼこの疱瘡の跡が残っていた。「ここにいるよ、かみさん。怒鳴り散らすのはよせ。こんどはなんの用だ？」

「これを吊るしな」彼女はそういって鴨を手渡した。

　アンガイは足をもぞもぞ動かした。「おれたち、できれば喰いたいと思っていたんだがな、シャーナ。レモンを添えて。もし、ここにレモンがあるなら」

「レモンか。どこでレモンを手に入れるんだね？　おまえには、ここがドーンのように見えるのかい、そばかす小僧？　自分でレモン畑にぴょんと飛び帰って、ひと籠もいできておくれ。ついでに、うまいオリーブと柘榴も頼むよ」彼女はかれに向かって指を振った。「よかったら、それをレムのマントと一緒に料理することができるかもしれないよ。でも、二、三日吊るしてからでなくてはだめだね。兎を喰いな。それがいやなら、なんにも喰うな。もし腹がへっているなら、串焼きの兎がいちばん早くできるよ。それともシチューにしたほうがいいかな、エールと玉葱を添えて」

　アリアは兎の味が口中に感じられるようだった。「金を持っていないが、代わりに人参とキャベツを持ってきた」

「そうか？　どこにある？」

「ホット・パイ、この人にキャベツを渡しな」アリアがそういうと、かれはそうした。もっとも、あたかもその女がロージか〈噛みつき魔〉かヴァーゴ・ホウトでもあるかのように、その老女に近づくのを渋ったけれども。

　女はその野菜を厳密に調べ、その少年をもっと厳しい目で見た。「その〝ホット・パイ〟はどこにあるんだい？」

「ここさ。おれだ。おれの名前なんだよ。そして、彼女は……彼女は……〈ひよこ〉だ」

「あたしの屋根の下では、そんなことといわせないよ。あたしは食事の客と、料理に、それぞれ別の名をつける。区別するためにね。〈やどろく〉！」

〈やどろく〉は外に出ていたが、彼女の叫び声を聞いてあわてて戻ってきた。「鴨は吊るした。こんどはなんだ、かみさん？」

「これらの野菜を洗いな」彼女は命じた。「他の連中はすわって。兎料理を始めるから。〈小僧〉に飲み物を運ばせる」彼女は長い鼻からアリアとホット・パイを見下ろした。「子供にエールを出す習慣はない。しかし、サイダーは切れた。ミルクをしぼる牛もいない。そして、川の水は戦の匂いがする。なにしろ、死人が全部、流れ下ってくるからね。もし、蠅の死骸がいっぱい浮いているスープを出したら、おまえたち飲むかい？」

「アリーなら飲む」ホット・パイがいった。「いや、〈ひよこ〉なら」

「レムもな」アンガイが狡そうな笑みを浮かべていった。

「おまえがレムの心配をすることはない」シャーナはいった。「みんなにエールだ」彼女はさっと台所のほうに向かった。

レムが大きな黄色いマントを木釘にかけている間に、〈射手のアンガイ〉と〈七弦のトム〉は暖炉に近いテーブルについた。ホット・パイは入り口近くのテーブルのベンチにどしんと腰を下ろした。そして、アリアはかれの横に割りこんだ。

トムはハープを肩からはずした。「森の道の淋しい旅籠」かれは歌い、歌詞に合わせてゆっくりとメロディーを弾き出した。「やどろくのかみさんは蟇（ヒキガエル）のように無骨だった」

「今はやめとけ。さもないと兎にありつけなくなるぞ」レムが警告した。「あの女の性格は知っているだろう」

アリアはホット・パイに身を寄せてたずねた。「おまえ、帆掛け舟を操れるか？」かれが答えないうちに、十五、六歳のがっしりした少年がエールのジョッキを持って現われた。ホット・パイはそれを両手でうやうやしく受け取った。そして、それをすすると、アリアがこれまでに見たことがないような笑みを満面に浮かべた。「エールだ」かれはささやいた。「それに兎だぞ」

「では、陛下に乾杯といこう」〈射手のアンガイ〉が陽気に呼びかけて、ジョッキを上げた。「〈七神（セヴン）〉よ王を助けたまえ（セイヴ・ザ・キング）！」

「全部で十二人だぞ」〈レモンクロークのレム〉がつぶやいた。かれは飲んで、手の甲で口の泡を拭き取った。

〈やどろく〉が洗った野菜を前掛けにいっぱいのせて、正面の扉から駆けこんできた。「厩舎に見慣れない馬がいるぞ」かれは驚いたようにいった。

「ああ」トムがウッドハープを脇に置いていった。「それも、おまえが人にやった三頭よりいい馬がね」

〈やどろく〉は気分を害して、野菜をテーブルの上に落とした。「人にやったつもりはない。いい値段で売ったんだ。そして、小舟も手に入れた。とにかく、あれらを取り返すのがおまえたちの役目じゃないか」

〝案の定、こいつらは無法者だった〟アリアは聞きながら、思った。そして、テーブルの下に手を伸ばして短剣の柄を触り、まだそこにあることを確かめた。〝もし、こいつらがおれたちから何か奪おうとしたら、ひどい目にあわせてやるぞ〟

「そいつらとは出会わなかったよ」レムがいった。

「そちらに行かせたのに。おまえたち酔っぱらっていたにちがいない。それとも眠っていたのか」

「おれたちが？　酔っぱらった？」トムは長々とエールを飲んだ。「とんでもない」

「おまえが自分でやつらを捕まえることができたはずだぞ」レムが〈やどろく〉にいった。

「なんだと、この〈小僧(ボーイ)〉しかいないのにか？　二度もいったが、うちのばあさんはファーンのお産を手伝うためにラムズウォルドに行っていたんだぞ。たぶん、おまえたちの一人が、あの不憫な娘の腹に私生児を仕こんだのだろう」かれは不機嫌にトムを見た。「絶対、おまえだ。そのハープを使い、ありとあらゆる悲しい歌を歌って、あの不憫なファーンに下着を脱がせたのだ」

「たとえ、歌が乙女に服を脱がせ、暖かい太陽に肌にキスしてもらいたい気分にさせたとしても、それが吟遊詩人の落ち度かね？」トムはいった。「しかも、彼女がほれたのはアンガイだった。〝あなたの弓に触ってもいい？〟彼女がかれにたずねるのを、おれは聞いたんだ。〝まあ、とてもなめらかで固いわ。ねえ、ちょっと引っ張ってもいいかしら？〟だってさ」

〈やどろく〉が鼻を鳴らした。「おまえでもアンガイでも、どちらでもかまわない。あれらの馬についていては、おまえたちもおれも同罪だ。知ってのとおり、相手は三人いた。三対一で何ができる？」

「三人ねえ」レムが軽蔑したようにいった。「だが、一人は女で、もう一人は鎖につながれていた。自分でそういったじゃないか」

〈やどろく〉は顔をしかめた。「大女だ。男のような服を着ていた。そして、一人は鎖につながれていた……やつの目が気に入らなかったな」

アンガイはエールを飲みながら微笑した。「おれなら、人の目が気に入らなかったら、その目を射抜いてやるがね」

アリアは耳をかすった矢を思い出し、弓術を覚えたいと思った。

〈やどろく〉は感心しなかった。「年上の者がしゃべっているときは黙ってろ。エールを飲んで、舌を慎め。さもないと、あのばばあに匙で叩かせるぞ」

「年上の者たちはしゃべりすぎるよ。そして、おれのエールを飲めとおまえにいわれる筋合いはない」かれはこれ見よがしに、ぐーっとエールを飲んだ。

アリアもそうした。これまでずっと小川や水溜まりの水を飲み、それからトライデント河の泥水を飲んでいたので、このエールの味は、むかし父上が許してくれた少しばかりのワインの味と同じくらいうまかった。台所から流れてくる匂いを嗅ぐと、よだれが出た。しかし、彼女の頭はまだあの舟のことでいっぱいだった。〝帆掛け舟で進むのは、それを盗むよりも難しいだろう。みんなが寝静まるまで待てば……〟

給仕の少年が大きな丸いパンの塊を持ってまた出てきた。腹をすかしているアリアはさっそくひとかたまりをちぎって、むしゃぶりついた。だが、それはなんとなく重くてごつごつしていて、下が焦げていた。

ホット・パイは味をみてすぐに顔をしかめた。「ひどいパンだ」かれはいった。「焦げていて、おまけに固い」

「シチューに浸せば、うまくなる」レムがいった。

「いいや、ならない」アンガイがいった。「しかし、歯は欠きたくないね」

「喰っても、腹ぺこのままでも、かまわんよ」〈やどろく〉はいった。「おれがへたなパン屋に見えるかね？　おまえたち、もっとうまく焼いてみるか？」

「おれは焼ける」ホット・パイがいった。「簡単だよ。これは生地のこねすぎだ。だから、嚙むとこんなに固いんだ」かれはエールをもうひと口飲み、それからパンやパイやタルトなど愛するすべての物について、いとおしそうにしゃべりだした。アリアは目をむいた。

トムは彼女の向かい側にすわっていた。「〈ひよこ〉」かれはいった。「いや、アリー、いや、本名が何であってもかまわんが、これをおまえにやる」かれは薄汚い羊皮紙の切れ端を、二人の間の木のテーブルの上に置いた。

彼女はうさん臭そうにそれを見た。「なんだ、これは？」

「金のドラゴン三枚だ。おれたちはあの馬を買う必要があるんだ」

アリアは用心深くかれを見た。「あれはおれたちの馬だ」

「おまえたち自身があれらを盗んだということだな？　恥ずかしがることはないよ、娘。戦は多くの正直な人間を盗人に変える」トムは指で、その折りたたんだ羊皮紙を叩いた。「結構な値段を払うといっているんだ。実際、どんな馬にももったいないほどの値段を」

ホット・パイはその羊皮紙をつかんで、広げた。「金なんかないぞ」かれは大声で文句をいった。「字が書いてあるだけだ」

「そうだ」トムがいった。「おれも残念に思う。しかし、戦が終われば、それだけ支払うことになっている。王の家来として、約束する」

アリアはテーブルを押して離れ、立ち上がった。「おまえたちは王の家来なんかじゃない。盗賊だ」

「もし本物の盗賊に出会えば、かれらが支払いをしないことがわかるだろう。たとえ紙に書いたものでも。おまえたちの馬を受け取るのは、おれたちのためではないよ、娘さん。これはお国のためなんだ。そうすれば、もっと早く動きまわれるし、必要な戦闘を行なうことができるんだ。王の戦いをね。おまえたち、王を否定するのかね？」

全員が彼女を見ていた。あの〈射手〉も、大男のレムも、血色の悪い顔で、賤しい目をした亭主も。シャーナさえも。彼女は台所の入り口に立って、目を細くして見ていた。〝わたしが何をいっても、かれらは馬を奪うつもりだ〟と彼女は悟った。〝これではリヴァーラン城まで歩いていかなくてはならないだろう。もしも……〟「紙なんか、いらない」アリアはホット・パイの手から羊皮紙をひったくった。「外のあの舟をよこせば、馬をくれてやる。ただし、舟の使い方を教えてくれるのが条件だ」

〈七弦のトム〉はしばらく彼女を見つめていたが、その不格好な口をひねって、残念そうに苦笑いした。それから大声で笑った。アンガイもそれに加わった。それから全員が笑いだした。〈レモンクロークのレム〉、シャーナと〈やどろく〉、給仕の少年までもが。そいつは小脇に弩弓を抱えて、樽の陰から歩み出ていたのだった。アリアはみんなを怒鳴りつけてやりたいと思ったが、その代わりににこにこ笑いだしてしまった……

「騎兵だ！」ジェンドリーが緊張した金切り声で叫んだ。扉がばたんと開き、かれがそこに来ていた。「兵士だ」かれは息を弾ませた。「川の道をやってくる。十数人はいるぞ」

ホット・パイが跳び上がり、ジョッキをひっくり返した。だが、トムもその他の者たちも平然としていた。「うまいエールをうちの床にこぼす理由はない」シャーナがいった。「腰を下ろして、落ち着きな、ぼうや。兎が焼けてくるよ。おまえもだ、娘。どんな危害を加えられたかしらないが、もう終わったんだよ。もう王の家来と一緒にいるんだ。最善を尽くし、守ってやるよ」

　アリアの唯一の返事は、肩越しに手を伸ばして剣をつかむことだった。だが、剣を半分引き抜かないうちに、レムに手首をつかまれてしまった。「刃傷沙汰はもうたくさんだ」かれは彼女の腕をねじって、手を開かせた。かれの指はまめができていて固く、恐ろしく力強かった。〝まただ！〟アリアは思った。〝また、始まった。あの村でチジックやラフや〈馬を駆る山(マウンテン・ザット・ライズ)〉がやったことが〟かれらは彼女の剣を盗み、元の鼠に戻そうとするだろう。彼女は空いたほうの手でジョッキをつかみ、レムの顔めがけて投げつけた。エールがジョッキの縁から飛び出して、かれの目にかかった。そして、かれの鼻が砕ける音が聞こえ、血が噴き出すのが見えた。かれが大声を上げて顔に手をやると、彼女は自由になった。「逃げろ！」彼女は金切り声を上げて、駆け出した。

　だが、レムがまたすぐに追いついた。かれは足が長くて、一歩が彼女の三歩に相当した。彼女は体をひねり、蹴った。だが、かれは彼女を軽々と持ち上げて、顔に血を流しながら彼女を宙づりにしていた。

「やめろ、このばかな小娘め！」かれは彼女を前後に振りながら叫んだ。「もう、やめるんだ！」ジェンドリーが助けに駆け寄ったが、〈七弦のトム〉が短剣を持って、その前に立ちふさがった。

　この時、もう逃げるには手遅れになっていた。外に馬のいななきと、兵士たちの声が聞こえた。一瞬の後、開いた扉から一人の男ががに股で入ってきた。レムよりさらに大きいタイロシュ人で、大きな濃い顎髭を生やし、その毛の先端は鮮やかな緑色だが、白髪になりかけていた。その後から二人の弩弓兵が一人の負傷兵を間にはさんで入ってきた。それから他の者たちが……

アリアがこれまでに見たことがないような見すぼらしい集団だったが、携えている剣、斧、そして弓には見すぼらしいところは少しもなかった。入ってくると、一人か二人は彼女に不審そうな目を向けたが、だれも口をきかなかった。錆びた鉢形兜をかぶった片目の男が空気の匂いを嗅いで、にやりと笑った。一方、ごわごわした黄色い髪の弓兵は、エールをよこせと叫んでいた。かれらの後から入ってきたのは、獅子の頭立のついた兜をかぶった槍兵、足の悪い年配の男、ブレーヴォス人の傭兵、そして……

「ハーウィン？」アリアは小声でいった。〝そうだ！〟顎髭ともじゃもじゃの頭髪の下にあったのは、ハレンの息子の顔だった。昔かれは中庭で彼女のポニーを引いてまわり、ジョンやロブと一緒に槍的突きをやり、宴の日々には大酒を飲んだものだった。今は、もっと痩せていて、なんとなく厳しい感じで、そしてウィンターフェル城にいたころは決して髭を生やしていなかった。しかし、かれだった——彼女の父親の家来だった。「ハーウィン！」彼女は体をねじり、前に飛び出し、レムの鉄の把握から逃れようとした。「わたしよ」彼女は叫んだ。「ハーウィン、わたしよ、わたしがわからないの、わからないの？」涙が出てきて、彼女はいつのまにか赤子のようにすすり泣いていた。まさに、どこかの愚かな小娘のように。

「ハーウィン、わたしだってば！」

ハーウィンの目が彼女の顔から、ダブレットの胸の皮を剝がれた男に移った。「どうしておれを知っている？」かれは疑わしそうに顔をしかめていった。「皮を剝がれた男の紋章だな……おまえは誰だ、蛭公の召使か何かか？」

一瞬、彼女はどう答えてよいかわからなかった。あまりにもたくさんの名前があった。アリア・スタークは夢にすぎなかったのか？「わたしは娘よ」彼女は泣きながらいった。

「ボルトン公の酌取りをしていたの。でも、あいつが〈山羊〉のところにわたしを置いていこうとしたので、ジェンドリーやホット・パイと一緒に逃げてきたの。あなた、わたしを知っているはずよ。昔、わたしのポニーを引いてくれたじゃない、わたしが幼かったころに」

かれは目を丸くした。「なんてこった」かれは詰まった声でいった。「〈足手まといのアリア〉か？　レム、彼女を放せ」

「こいつはおれの鼻を砕いたんだぞ」レムは無造作に彼女を床に投げ出した。「いったいぜんたい、何者だ？」

「〈王の手〉の娘御だ」ハーウィンは彼女の前にひざまずいた。「ウィンターフェル城のアリア・スタークさまだ」

14 ―― キャトリン

〝ロブだ〟犬舎が大騒ぎになった瞬間に、彼女にはわかった。

息子がグレイウィンドを連れてリヴァーラン城に戻ったのだ。その巨大な大狼(ダイアウルフ)の匂いを嗅いだだけで、猟犬たちはこのように唸ったり、吠えたり、狂乱状態になるのである。〝かれはわたしのところに来るだろう〟と彼女にはわかった。エドミュアは一度訪ねてきたきりで、その後はやってこない。かれは〈へぼ詩人(ライマー)のライマンド〉に石臼(ストーン・ミル)の戦(いくさ)の歌を歌わせて、マーク・パイパーやパトレック・マリスターとともに日々を過ごすほうが好きなのだ。

〝でも、ロブはエドミュアとは違う。ロブはわたしに会うだろう〟

もう何日も雨が降りつづいていた。キャトリンの気分にふさわしい冷たい灰色の雨が。彼女の父親は日ごとに衰弱し譫妄状態になり、「タンジー」とつぶやいて許しを乞うためにだけ目を覚ますようになった。エドミュアはキャトリンを避けていたし、サー・デズモンド・グレルはいかにも辛そうに見えたが、いまだに彼女に城内の自由を許そうとしなかった。サー・ロビン・ライガーとその部下の帰還だけが、彼女の精神を高揚するのに役立った。かれらは徒歩で帰ってきたらしく、足を痛めて、骨の髄までずぶ濡れになっていたのだ。〈王(キングス)

殺し(レイヤー)〉はなんとかガレー船を沈めて逃走することに成功したと、メイスター・ヴァイマンが打ち明けた。キャトリンはサー・ロビンからもっと報告を聞きたいと願ったが、それは拒否された。

他にも具合のよくないことがあった。弟が帰還した日、二人が議論した数時間後に、下の中庭から怒りの声が上がるのを聞いたのだった。様子を見るために屋上にのぼると、城の正門の横に兵士たちが集まっていた。鞍と手綱をつけた馬が厩舎から引き出されたところで、叫び声も聞こえたが、距離が遠すぎてキャトリンには言葉が聞き取れなかった。ロブの白い旗のひとつが地面に落ちていた。そして、騎士の一人が馬を返して、その大狼の紋章を踏みにじるようにして門のほうに急行し、他の何人かの騎士がそれにならった。〝あれはエドミュアと共に〈関門橋(クロッシング)〉で戦った兵士たちだが〟と彼女は思った。〝いったいどうして、あんなに怒っているのかしら？　弟がかれらを侮辱でもしたのかしら？〟彼女は、一緒にビターブリッジと嵐の果て(ストームズ・エンド)城に行き、そして戻ってきたサー・パーウィン・フレイの姿が見えたように思った。そして、その腹違いの弟マーティン・リヴァーズの姿も。しかし、この高所からでは確かなことはわからなかった。四十人近くの兵士が城門から流れ出したが、その目的はわからなかった。

かれらは戻ってこなかったし、また、かれらが誰だったのか、どこに行ったのか、どうしてそんなに怒っていたのか、メイスター・ヴァイマンは教えてくれなかった。「わたしはお父上のお世話をするためにここにおります。それだけでございます、マイ・レディ」とかれはいった。「弟さまがまもなくリヴァーラン城の城主になられます。あのお方があなたに知らせたいと思うことは、教えてくださるにちがいありません」

しかし、今、ロブが西部から帰還した。〝許すにちがいない。凱旋だ。〝かれはわたしを許してくれるだろう〟とキャトリンは思った。わたし自身の息子なのだから。そして、アリアもサンサも、かれと同様にわたしの血を受けた子供なのだから。かれはこの部屋からわたしを解放してくれるだろう。そうすれば、何が起こったかわかるだろう〟

サー・デズモンドが呼びにくるころには、彼女は入浴をすませ、服装を整えて、鳶色の頭髪をとかしおえていた。「ロブ王が西部からお戻りになりました、マイ・レディ」その騎士はいった。「そして、大広間で王にお会いするようにとのご命令です」

これこそ、彼女が夢見ていた、そして恐れていた瞬間だった。〝わたしは二人の息子を失ったのか、それとも三人か？〟今すぐそれがわかるのだ。

入っていくと、大広間には人がいっぱいだった。すべての目が台座に集中していた。しかし、キャトリンはかれらの後ろ姿を見ただけで、誰かわかった。継ぎのある環鎧（リング・メイル）を着ているのはレディ・モーモント、部屋中の他の人々の頭の上にそびえているのは〈グレート・ジョン〉とその息子〈スモール・ジョン〉、白髪で、翼のある兜を抱えているのはジェイソン・マリスター、立派な鴉の羽毛のマントはタイトス・ブラックウッド……〝今では、かれらの半数はわたしを吊るし首にしたいと思うだろう。後の半分は目を背けるだけかもしれない〟また、彼女はだれかがここにいないという不安感をも抱いていた。

ロブは台座の上に立っていた。〃かれはもう少年ではない〃彼女は実感し、心が痛んだ。〃もう、十六歳、立派な成人だ。見ればわかる〃戦争はかれの顔からすべての甘さを溶かしてしまい、厳しい、痩せたかれを残した。髭は剃り落としていたが、鳶色の頭髪は切らずに肩に垂らしている。最近の雨が鎖帷子を錆びさせ、マントと外衣の白い部分に茶色の染みを残している。いや、もしかしたら染みは血かもしれない。頭には、かれのために青銅と鉄で作られた剣の冠をかぶっている。〃今では、あれを前よりも慣れたようすでかぶっている。王者らしくかぶっている〃

エドミュアが混雑する台座の下に立ち、慎み深く頭を垂れて、ロブがかれの勝利を褒め讃えるのを聞いていた。「……ストーン・ミルの攻略は決して忘れられることはない。タイウィン公がスタニスと戦うために逃げ去ったのは当然だ。かれは北部人と河川人の両方の力をいやというほど味わったからだ」この言葉は笑いと承認の叫び声を引き出したが、ロブは片手を上げて制止した。「だが、間違ってはいけない。ラニスター勢はまた必ず攻めてくる。そして、王国が安泰になる前に、まだいくつもの戦に勝利しなければならないだろう」

〈グレート・ジョン〉が大声で叫んだ。「〈北の王〉！」そして、鎖手袋をはめた手を突き上げた。河岸の諸公が「三叉鉾河流域の王！」という叫び声でそれに応えた。拳を打ち鳴らす音と、足を踏みならす音が、大広間に雷鳴のように轟いた。

この喧騒の中で、キャトリンとサー・デズモンドに気づいた者はほんの少数だった。しかし、かれらが肘でつつきあううち、彼女の周囲に静けさがゆっくりと広がった。彼女は頭を高く上げ、人々の目を無視した。〝かれらは好きなように考えるがいい。問題は、ロブの判断だ〟

台座の上にサー・ブリンデン・タリーのごつごつした顔が見えたので、彼女はほっとした。彼女の知らない一人の少年がロブの従士を務めているようだった。その後ろに、貝殻が描かれた砂色の外衣を着た若い騎士が立っており、その横にもう一人の年配者がいた。その紋章は、緑と銀の縞を斜めに横切るサフラン色の帯線に、黒い三個の胡椒壺（ペパーポット）が描かれていた。かれらの間に器量のよい年配のレディと、その娘らしい美しい乙女がいた。もう一人、サンサと同じ年ごろの別の娘がいた。貝殻の紋章は下位貴族のものだとキャトリンは知っていた。年配の男の紋章を、彼女は知らなかった。〝捕虜かしら？〟いったいなぜ、ロブは捕虜を台座に上げているのか？

アサライズ・ウェインがどかんと床を杖で打つと、デズモンドが彼女をエスコートして前に進んだ。〝もしロブが、エドミュアと同じような目でわたしを見たら、わたしはどうしてよいかわからない〟しかし、息子の目に見えたものは怒りではなく、何か他のもののように思われた……もしかしたら憂慮かしら？　違う、それでは意味をなさない。かれが何を恐れなければならないのか？　かれは〈若き狼〉であり、トライデントと北部の王だ。

最初に彼女に挨拶したのは、彼女の叔父だった。いつもどおりの〈漆黒の魚（ブラックフィッシュ）〉で、サー・ブリンデンは他人がどう考えようが問題にしなかった。かれは台座から飛び下りて、キャトリンを腕の中に引き寄せた。かれが「きみが帰ったのを見て、嬉しいよ、キャット」というと、彼女は平静を保つのに苦労しなければならなかった。「あなたもね」彼女はささやいた。

「母上」

キャトリンは、背の高い王者の風格を帯びた息子を見上げた。「陛下、あなたの無事な帰還をお祈りしていました。負傷したと聞きましたが」

「岩山城(クラッグ)を急襲したときに、腕を射抜かれた」かれはいった。「でも、もう治りました。最善の手当てを受けたので」

「では、神々の恩寵があったのですね」キャトリンは深く息を吸った。〝いいなさい。避けることはできない〟「わたしのしたことを、お聞きになったでしょう。その理由も聞きましたか？」

「娘たちのためだと」

「わたしには五人の子供がいました。今は、三人です」

「そうですね、奥方」リカード・カースターク公が〈グレート・ジョン〉を押し退けた。まるで、黒い鎖帷子(チェーン・メイル)をつけ、灰色の長いもじゃもじゃの髭を生やした不気味な幽霊のように。その細長い顔は憔悴し、冷たかった。「そして、わたしには息子が一人います。元は三人いたのに。あなたはわたしから復讐の機会を盗んだのです」

キャトリンは冷静にかれに対面した。「リカード公、〈王殺し(キングスレイヤー)〉を殺しても、あなたの息子が生き返るわけではありません。かれが生きていれば、わたしの子供の命を買うことができるかもしれないのですよ」

その城主はおさまらなかった。「ジェイミー・ラニスターはあなたをからかったのだ。あなたは空虚な言葉の袋を買ったのだ。わたしのトーレンとわたしのエダードのほうがもっと功労があったのに」

「出ていけ、カースターク」〈グレート・ジョン〉が太い腕で腕組みをして、怒鳴った。「これは母親の愚行だった。女というものは、そのように出来ているのだ」

「母親の愚行だと？」カースターク公は〈グレート・ジョン〉ことアンバー公に食ってかかった。「わたしはそれを反逆と呼ぶぞ」

「もうよい」ほんの一瞬、ロブは父親よりもむしろブランドンに似た声を出した。「何人といえども、余の耳に届くところで、ウィンターフェル城の母上を反逆者呼ばわりしてはならないぞ、リカード公」かれの声は、キャトリンに話しかけたときには和らいだ。「〈王殺し〉をふたたび拘束できるなら、そうしたい。あなたはわたしに知らせず、同意も得ずに、かれを釈放した……しかし、あなたのしたことは愛のためだったと、理解できる。アリアとサンサのため、そして、ブランとリコンに対する悲しみから出たものだった。愛は必ずしも賢いとはかぎらないことを、わたしは学んだ。それは大いなる愚行に導くこともありうる。しかし、われらはわれらの心に従う。それがわれらをどこに連れていくにしても。そうですね、母上？」

〝それが、わたしのしたことなのか？〟「もし、わたしの心がわたしを愚行に導いたのなら、カースターク公とあなたに、どんな償いでも喜んでいたします」

カースターク公の顔は頑として聞き入れない表情をしていた。「あなたの償いが、〈王殺し〉によって冷たい墓場に入れられたトーレンとエダードを温めるでしょうか？」かれは〈グレート・ジョン〉とメイジ・モーモントの間を肩で押し分けて、広間を出ていった。

ロブはかれを引き止めようとはしなかった。「かれを許してやってください、母上」

「あなたがわたしを許してくださるなら」

「もう、許しました。他のことが何ひとつ考えられないほど強く愛するということが、どういうことかわかります」

キャトリンは頭を垂れた。「ありがとうございます」〝少なくとも、この子は失わずにすんだ〟

「話し合わなければならない」ロブは続けた。「あなたや叔父上と。これについて……その他のことも。家令、解散を宣言しろ」

アサライズ・ウェインは床に杖を打ちつけて、「解散」と叫んだ。そして、河岸の諸公たちと北部人たちは一様に扉に向かって動きだした。この時になってはじめて、キャトリンは何がおかしいか気づいた。〝あの狼。あの狼がここにいない。グレイウィンドはどこにいるのかしら？〟彼女は犬たちの声を聞いて、その大狼がロブと一緒に戻ってきたことを知っていた。しかし、あれは広間にいなかった。その居場所である息子のかたわらに姿がなかった。

しかしながら、ロブにたずねようと思うまもなく、彼女は好意を寄せる人々の輪に取り囲まれていた。レディ・モーモントは彼女の手を取っていった。「マイ・レディ、もしサーセイ・ラニスターがわたしの二人の娘を捕らえたら、わたしも同じことをしたでしょう」儀礼にこだわらない〈グレート・ジョン〉は毛むくじゃらな太い手で彼女の腕をぎゅっとつかんで体を持ち上げた。「あなたの狼坊やは〈王殺し（キングスレイヤー）〉をかつてひどい目にあわせました。必要とあらば、またやるでしょう」ガルバート・グラヴァーと、ジェイソン・マリスター公はもっと冷やかだったし、ジョノス・ブラッケンはまるで氷のようだった。しかし、かれらの言葉は充分に礼儀正しかった。最後にそばに来たのは、彼女の弟だった。「ぼくもきみの娘たちの無事を祈るよ、キャット。それを疑わないでもらいたい」

「もちろん、疑わないわ」彼女はかれにキスした。「だから、あなたが好きよ」

すべての挨拶がすむと、リヴァーラン城の大広間は空になり、ロブと三人のタリー家の者と、そして、キャトリンの見知らぬ六人の男女だけが残った。彼女はその六人を不審そうに見た。「マイ・レディ、騎士たち、あなたがたは息子の大義に新たに参加した人々ですか？」

「新参者です」若いほうの騎士がいった。貝殻の紋章をつけた人物だった。「しかし、われわれの勇気は猛（たけ）く、忠誠心は堅固です。それを立証してお目にかけたいと望んでおります、マイ・レディ」

ロブは不愉快な顔をした。「母上」かれはいった。「紹介しましょう。レディ・サイベル。岩山城（クラッグ）のガウエン・ウェスタリング公の奥方です」その年配の女性は厳粛な物腰で進み出た。

「この方の夫君は、〈ささやきの森〉でわれわれが捕虜にした者の一人でした」

〝ウェスタリング、そうか〟キャトリンは思った。〝かれらの旗印は砂地に六個の白い貝殻（シーシェル）だ。ラニスター家に忠誠を誓った下級貴族だ〟

ロブはその他の知らない人々を、代わる代わる招き寄せた。「サー・ロルフ・スパイサー、レディ・サイベルの弟。われわれが岩山城（クラッグ）を占領したとき、この人はあそこの城代をしていた」その胡椒壺（ペパーポット）の騎士は頭を下げた。四角張った体格で、鼻がつぶれ、灰色の髭を短く刈りこんでいて、充分に豪胆らしく見えた。「ガウエン公とレディ・サイベルの子供たち。サー・レイナルド・ウェスタリング」その〈貝殻の騎士〉は濃い口髭の下で微笑した。若く、瘦せていて、粗野。よい歯と、太いモップのような栗色の頭髪をしている。「エレイナ」その小さな少女は急いで膝を折って挨拶した。「ロラム・ウェスタリング、わたしの従士です」その少年はひざまずこうとしたが、だれもひざまずいていないのに気づいて、お辞儀をした。「どうぞ、よろしく」キャトリンはいった。〝いったい、ロブは岩山城（クラッグ）の忠誠心を勝ち得たのかしら？〟もしそうなら、ウェスタリング家の者がかれと一緒にいるのは不思議でない。キャスタリーの磐城（ロック）はこのような裏切りを黙認しなかった。タイウィン・ラニスターが戦に出るのに充分な年齢になって以来、そのようなことはなかったのだが……

乙女が最後に進み出た。それも非常に恥ずかしそうに。ロブは彼女の手を取った。「母上」かれはいった。「レディ・ジェイン・ウェスタリングをあなたに紹介するのは、大いなる名誉です。この人はガウエン公の長女であり、わたしの……あのう……わたしの妻です」

キャトリンの心を最初によぎった想いは、〝いや、そんなことはありえない、おまえはほんの子供にすぎないのよ〟というものだった。

二番目の想いは〝しかも、あなたは他の人と結婚すると誓約しているのよ〟だった。

三番目の想いは〝まあ、ロブ、あなた、なんてことをしたの？〟だった。

この時になってはじめて、遅ればせながら記憶が甦った。〝愛のためになされた愚行？かれは兎を罠で捕らえるように、うまくわたしを罠にかけたのだわ。まるでわたしは、すでにかれを許してしまったみたいだ〟彼女の当惑と混じり合ったのは、悲痛な感嘆とでもいうものだった。この場面は、千両役者……あるいは王、にふさわしい巧妙さをもって上演されたのだ。キャトリンはジェイン・ウェスタリングの手を取る以外に選択の余地はないと悟って、いった。「新しい娘ができたのね」と。そして、その怯えている少女の両頬にキスした。

「わたしたちの広間と炉端によくいらっしゃいました」

「ありがとうございます、マイ・レディ。わたしはロブのよい真の妻になると、お誓いいたします。そして、できるだけ賢明な王妃になることを」

〝王妃か。そうだ、この美しい少女は王妃なのだ。それを覚えておかなければ〟彼女は否定しようもなく美しかった。栗色の巻き毛、ハート型の顔、そしてあの恥ずかしそうな微笑。細身だが、腰はしっかりしている、とキャトリンは見て取った。〝少なくとも、子供を産むのに問題はないだろう〟

レディ・サイベルは話がそれ以上進まないうちに、先手を取っていった。「スターク家にお仲間入りさせていただいて名誉に存じます、マイ・レディ。しかし、わたしたちはとても疲れております。遠い道を急いでやってまいりました。お部屋に引き下がらせていただいてもよろしゅうございましょうか？　あなたと息子さまもお話がおありでしょうから」

「それがよい」ロブは妻のジェインにキスをした。「きみたちには家令が適当な宿舎を提供するだろう」

「わたしがご案内しよう」サー・エドミュア・タリーが申し出た。

「ご親切に、ありがとうございます」レディ・サイベルがいった。

「わたしも行かなければなりませんか？」少年ロラムがたずねた。「わたしはあなたの従士ですが」

ロブは笑った。「しかし、今のところ従士は必要としていない」

「はい」

「陛下は十六年間、きみなしでやってこられたのだぞ、ロラム」〈貝殻の騎士〉サー・レイナルドがいった。「あと数時間、きみなしでも、王は生きていられると思うよ」かれは弟の手をしっかりと握って、広間から連れ出していった。

「奥さん、美しいわね」かれらが声の届かない所まで遠ざかると、キャトリンはいった。

「そして、ウェスタリングは価値ある家らしい……でも、ガウエン公はタイウィン・ラニスターに忠誠を誓った臣下ではなかったかしら？」

「そうです。〈ささやきの森〉で、ジェイソン・マリスターがかれを捕らえ、人質として身代金を要求しています。もちろん、これからぼくが解放します。もっとも、かれはぼくの陣営に加わるつもりはないかもしれないけれど。残念ながら、ぼくらはかれの同意なしに結婚した。そして、この結婚はかれを恐ろしく危険な立場に追いこんだ。岩山（クラッグ）城は強くない。ぼくの愛のために、彼女はすべてを失うかもしれない」

「そして、あなたは」彼女はそっといった。「フレイ家を失ったわね」

かれのしかめ面がすべてを物語った。彼女は今にして、あの怒りのこもった人々の声を理解した。なぜ、パーウィン・フレイとマーティン・リヴァーズがあんなに急いで城を出ていったのか、それも、行きがけにロブの旗印を地面に踏みにじって。

「あなたの花嫁とともに何人の剣士がやってくるか、たずねてもよろしいかしら？」

「五十人。騎士が一ダース」当然のことながら、かれの声は暗かった。双子城（ツインズ）で結婚契約が取り交わされたとき、ウォルダー・フレイ老公はロブに千人の馬に乗った騎士と三千人近くの歩兵をつけて、送り出したものだった。「ジェインは美しくもあり、利口でもあり、親切でもある。優しい心の持ち主です」

〝おまえに必要なのは、優しい心ではなく剣士なのよ。どうしてこんなことをやってしまったの、ロブどうして、こんなに無思慮なことを、こんなに愚かなことを？　どうして、こんなに……こんなに……幼いのかしら〟しかし、ここでは叱責は役に立たないだろう。彼女がいったのは、「どうして、こんなことになったか話しなさい」という言葉だけだった。

「ぼくは彼女の城を取った。そして彼女はぼくの心を取ったのさ」ロブは微笑した。「岩山（クラッグ）城の守備兵は貧弱だった。だから、一夜の急襲で落とすことができた。〈黒のウォルダー〉

と〈スモール・ジョン〉が城壁登攀部隊を指揮した。一方、ぼくは破城槌で正門を突破した。サー・ロルフが城をわれわれに明け渡す寸前に、ぼくは腕に一本の矢を受けた。最初はたいしたことはないと思った。しかし、化膿した。ジェインがぼくを自分のベッドに運ばせて、熱が下がるまで看病してくれたんだ。そして、〈グレート・ジョン〉が……ウィンターフェル城の知らせを持ってきたとき、彼女はぼくと一緒にいてくれた。ブランとリコンが……」かれは弟たちの名前を口にするのが困難なように見えた。「あの夜、彼女は……彼女はぼくを慰めてくれたんだよ、母上」

キャトリンは自分の息子にジェイン・ウェスタリングがどんな種類の慰めを与えたか、教えてもらう必要はなかった。「そして、その翌日に結婚したのね」

かれは彼女の目を覗きこんだ。誇りと惨めさの同居する目で。「それがなすべき名誉ある唯一のことだった。彼女は優しくて、かわいいよ、母上、彼女はぼくのよい妻になるだろう」

「たぶんね。でもフレイ公は黙っていないでしょう」

「わかってる」彼女の息子は傷ついた様子でいった。「ぼくは合戦以外、あらゆることに失敗した、というわけだね？　合戦がもっとも困難な部分だろうと思ったんだが……母上のいうことを聞いて、シオンを人質に取っていれば、まだ北部を支配していたろうし、ブランとリコンは無事にウィンターフェル城で生きていただろうに」

「そうかもしれないし、そうでないかもしれない。ベイロン公はそれでも運を天にまかせて戦に打って出たかもしれない。この前、王冠に手を伸ばしたときは、二人の息子を犠牲にした。こんど、一人だけ失うことは、ひとつの取引だと思ったかもしれないわね」彼女はかれの腕に触れた。「フレイ家はどうしたの、あなたがたの結婚の後で？」

ロブは首を振った。「サー・ステヴロンが相手なら、償いをすることができたかもしれない。しかし、サー・ライマンは石のように頭が鈍いし、〈黒のウォルダー〉ときたら……断言するが、あの名前は髭の色からきたものでは絶対ないよ。自分の姉妹は男やもめと結婚するのをいやがらないだろうとさえ、いいやがった。ジェインが慈悲をかけてくれと懇願しなかったら、あいつを殺してやっただろう」

「あなたはフレイ家に悲しむべき侮辱を与えてしまったのよ、ロブ」

「そのつもりはまったくなかった。サー・ステヴロンはぼくのために死んだ。そして、オリヴァーはどんな王も欲しがるような忠実な従士だった。かれはぼくのところに留まらせてくれと頼んだ。だが、サー・ライマンは他の者たちと一緒にかれを連れていってしまった。かれらの全軍を引き連れてね。かれらを攻撃しようと〈グレート・ジョン〉がぼくに促したが……」

「敵に囲まれて、味方と戦うの？」彼女はいった。「そんなことをすれば、あなたの最期になったでしょう」

「そうだ。ぼくはたぶんウォルダー公の娘たちに他の適当な相手を見つけることができるだろうと思った。サー・ウェンデル・マンダリーは一人を引き受けようと申し出た。そして、

〈グレート・ジョン〉はかれの叔父たちが再婚を望んでいるといった。もし、ウォルダー公が理性的になってくれれば――」

「かれは理性的ではないわ」キャトリンはいった。「かれは誇り高く、過失に対して過敏な人よ。あなたも知っているでしょうに。かれは王の祖父になりたかったのよ。あなたが二人の白髪の老山賊と、七王国でもっとも太った人の次男を差し出しても、かれをなだめることはできないわ。あなたは誓いを破ったばかりでなく、下級の家から花嫁を迎えたことで、双子城（ツインズ）の名誉を軽んじてしまったのよ」

これを聞いて、ロブはきっとなった。「ウェスタリング家はフレイ家よりもよい血統です。かれらは〈最初の人々〉から続いている古い家系だ。〈征服〉の前には、〈岩の王〉たちはときどきウェスタリング家と結婚した。そして三百年前に、もう一人のジェイン・ウェスタリングがメイゴル王の妃になった」

「そういう話はすべて、ウォルダー公の傷口に塩を塗るだけです。古い家系の人々がフレイ家を成り上がり者として見下すのを、かれは常に悔しがっているのです。あの人の口ぶりでは、これははじめて受けた侮辱ではありません。ジョン・アリンはウォルダー公の孫たちを養子に迎えることに、あまり乗り気ではなかった。そして、わたしの父はかれの娘の一人をエドミュアに嫁がせるという申し出を断った」彼女はふたたびそこにやってきた弟のほうに頭を傾けた。

「陛下」〈漆黒の魚（ブラックフィッシュ）〉がいった。「この話は内々でしたほうがよろしいでしょう」

「ああ」ロブは疲れた声でいった。「ワインが飲めるならなんでもするよ。謁見室に行こうかな」

　一同が階段をのぼっていくとちゅう、キャトリンは広間に入ったときから気になっていた疑問を口にした。「ロブ、グレイウィンドはどこにいるの？」

「中庭で羊の腰肉を食べている。犬舎長に餌をやってくれと頼んでおいたんだ」

「前には、いつもそばに置いていたのに」

「広間は狼のいる場所ではない。ご承知のように、あいつは落ち着かなくなる。唸ったり、噛みつこうとしたりする。あれを決して戦に連れていくべきではなかった。あまりにも多くの人を殺したために、今では人間を恐れなくなっている。ジェインはあいつがそばに来ると気にする。そしてあいつは彼女の母親を怯えさせるんだ」

　〝これがこの問題の核心だ〟とキャトリンは思った。「かれはあなたの分身なのよ、ロブ。かれを恐れるということは、あなたを恐れるということよ」

「ぼくは狼ではない。人々がぼくをなんと呼ぼうとね」ロブは不機嫌にいった。「グレイウィンドは岩山城（クラッグ）で一人を殺した。もう一人をアッシュマークで、そしてオックスクロスで六人か七人を。もし母上がそれを見たら――」

「ウィンターフェル城でブランの狼が人の喉を喰いちぎるのを見ましたよ」彼女は鋭くいった。「そして、そのことでわたしはかれを好きになりました」

「それは話が違う。岩山城（クラッグ）で死んだのは、ジェインが生まれて以来知っていた騎士だった。

彼女が怯えるのを非難することはできないよ。グレイウィンドは彼女の叔父も好きではない。サー・ロルフがそばに来ると、かれはいつも歯を剝き出すんだ」

彼女は寒気を感じた。「サー・ロルフを遠ざけなさい。今すぐ」

「どこに？　岩山城（クラッグ）に戻して、その首をラニスター家のやつが杭に刺すことができるように　ジェインはかれを愛している。かれは彼女の叔父だ。しかも、立派な騎士だ。ぼくにはロルフ・スパイサーのような人がもっと大勢必要だ。減らすなんて、とんでもない。ぼくの狼がその匂いを好まないらしいというだけのことで、かれを追放するわけにはいかないよ」

「ロブ」彼女は遮って、かれの腕をつかんだ。「わたしは前に、シオン・グレイジョイをそばに置いておきなさいといったわね。でも、あなたは聞き入れなかった。こんどは、聞き入れなさい。その男を遠ざけなさい。かれを追放しなければならないといっているのではありません。勇気ある男でなければできない仕事を与えなさい。何か、名誉ある義務を、どんな仕事かは問題でない……でも、かれをそばに置いてはいけない」

かれは眉をしかめた。「グレイウィンドに、すべての騎士の匂いを嗅がせなければならないというの？　その匂いをかれが好まない人物が、他にもいるかもしれないじゃないか」

「グレイウィンドが嫌う人は誰であれ、あなたのそばに置きたくないのよ。あれらの狼は狼以上の存在なのよ、ロブ。あなたはそれを心得ていなければならないわ。たぶん神々がかれらをわたしたちのところにお送りになったと思うのよ。あなたのお父さまの神々——北部の

「六匹だ」ロブはいった。「ジョンにも狼がいた。ぼくがあれらを見つけたんだよ、覚えているでしょう？　何匹いたか、ぼくは知っているし、かれらがどこから来たかも知っている。ぼくも母上と同じように考えたものだ。あの狼たちはぼくらの保護者、ぼくらの守護者だと。しかし……」

「しかし？」彼女は促した。

ロブの口元が引き締まった。「……シオンがブランとリコンを殺害したと聞いて、考えが変わった。かれらの狼はほとんど役に立たなかった。ぼくはもはや子供ではないよ、母上。ぼくは王だ。自分を守ることはできる」ためいきをついて、「サー・ロルフには何か仕事を見つけよう。かれを遠ざける口実をね。それも、かれの匂いのためでなく、あなたの心を休ませるために。あなたはもう充分に苦労しているから」

キャトリンはほっとして、他の者たちが階段の曲がり目にやってこないうちに、かれの頰に軽くキスした。すると、ほんの一瞬、かれはふたたび彼女の坊やになり、彼女の王ではなくなった。

ホスター公の私的な謁見室は大広間の上の小部屋で、水入らずの話し合いに、より向いていた。ロブが上座につき、王冠を脱いでかたわらの床に置いた。その間にキャトリンはワインを持ってくるように召使に命じた。エドミュアはストーン・ミルでの合戦の一部始終を、叔父の耳に注ぎこんでいた。しかし、召使がやってきて、そして出ていくと、叔父の〈漆黒（ブラック）

の魚(フィッシュ)〉は咳払いをして、はじめて次のようにいったのだった。「おまえの自慢話はもうみんな充分に聞いたぞ、甥っ子」

　エドミュアはめんくらった。「自慢話？　どういう意味ですか？」

「こういう意味だ」〈漆黒の魚(ブラックフィッシュ)〉はいった。「おまえは陛下の忍耐に感謝しなければならないということだ。おまえが家来の前で恥をかかないように、あの大広間で演じられた大根役者の笑劇に最後までつきあってくださったのだぞ。もしおれだったら、その浅瀬での愚行を称賛するよりもむしろ、おまえの愚かさ加減に愛想を尽かして、おまえの生皮をひんむいてやったことだろう」

「立派な男たちがあの浅瀬を守るために死んだんですよ、叔父さん」エドミュアは怒り狂って叫んだ。「どうして、〈若き狼〉以外に勝利を得る者はないというんですか？　ぼくがきみの栄光をいくらかでも盗んだかね、ロブ？」

「陛下といいなさい」ロブが冷たく訂正した。「きみはぼくを王として認めたのだよ、エドミュア、それとも、忘れてしまったのかな？」

〈漆黒の魚(ブラックフィッシュ)〉がいった。「きみはリヴァーラン城を保持しろと命じられたのだぞ、エドミュア、それだけのことだ」

「ぼくはリヴァーラン城を保持した。しかもタイウィン公の鼻を血で汚したんだ——」

「そうだ」ロブはいった。「しかし、鼻を血で汚したからといって、戦に勝つわけではないだろう？　オックスクロスの合戦の後、われわれがあんなに長く西部に留まっていたのはなぜか、考えたことがあるかね？　ラニスポートかキャスタリー・ロック城を脅かすのに充分な軍勢を、ぼくが持っていないことを知っていたのに」

「だって……他にも城はあった……黄金も、家畜も……」

「掠奪するために、われわれが留まっていたと思うのか？」ロブは信じられないような顔をした。「エドミュア、ぼくはタイウィン公を西に引き寄せるつもりだったのだよ」

「われわれはみんな馬に乗っていた」サー・ブリンデンはいった。「ラニスターの軍勢は主に歩兵だった。われわれは海岸でかれらを上下に追いまわし、それからその背後にまわりこんで、〈黄金の道〉を横切る強力な守備位置を取る計画だった。その場所は、斥候兵が前もって見つけておいたもので、わが軍にとってきわめて有利な地形だった。もし、そこで対戦していれば、ラニスター軍は甚大な被害を被っただろうに。たとえ対戦しなかったとしても、ラニスター軍は西部に閉じこめられたかたちになっただろう。タイウィン公がいなければならない場所から五千キロも離れたところにな。その間じゅうずっと、われわれはかれの土地に寄食していたろうに。かれがわれわれの土地に寄食するのではなくて」

「スタニス公はキングズ・ランディングを攻めようとしていた」ロブがいった。「かれは一撃のもとにジョフリー、太后、そして〈小鬼〉を取り除いてくれたかもしれないのに。そうすれば、われわれは和睦することができたかもしれないのに」

エドミュアは叔父から甥に目を移した。「そんなこと、いわなかったじゃないか」

「きみにはリヴァーラン城を保持しろと命令した」ロブはいった。「その命令のどの部分を、きみは理解しそこなったのか？」

「きみが赤の支流（レッド・フォーク）でタイウィン公を塞き止めたとき」〈漆黒の魚（ブラックフィッシュ）〉はいった。「ビタープリッジから出発した騎兵隊が、東部の出来事を知らせにかれのところにやってくることができる時間だけ、きみはかれの動きを止めたわけだ。タイウィン公はただちに軍勢の向きを変えて、ブラックウォーター河の源流近くでマシス・ロウアンとランディル・ターリーに合流し、タンブラーの滝に向かって強行軍をした。そこに着くと、メイス・タイレルとその息子の二人が大軍と船団を擁して待っていた。かれらは流れを下り、町まで半日のところで上陸し、スタニスの背後を衝いた」

　キャトリンはビタープリッジで見たレンリー王の宮廷を思い出した。一千の黄金の薔薇が風になびいていた。王妃マージェリーの恥ずかしそうな笑顔と優しい言葉。その兄の〈花の騎士〉はこめかみに血染めの包帯を巻いていた。〝たとえ、女の腕に落ちなければならなかったとしても、どうしておまえはマージェリー・タイレルの腕に落ちなかったのよ？〟ハイガーデン城の富と権力を味方につければ、来たるべき戦闘に決定的な相違をもたらすことができただろうに。〝そして、おそらくグレイウィンドは彼女の匂いをも好んだだろうに〟

　エドミュアは気分が悪くなったような顔をした。「ぼくは決して……決して、ロブ、どうか償いをさせてくれ。次の合戦では先陣を切るよ！」

〝償いのためか、弟よ？　それとも、栄光のためか？〟キャトリンはいぶかった。

「次の合戦ね」ロブはいった。「それはすぐに始まるだろう。ジョフリーの婚礼がすめば、ラニスター家はもう一度ぼくに対して、きっと戦いを挑む。そして、こんどはタイレル家が向こうに加わるだろう。また、ぼくはフレイ家とも戦う必要があるかもしれない。もし、〈黒のウォルダー〉が我を通すなら……」

「シオン・グレイジョイがあなたの弟たちの血を手につけたままで、あなたの父上の座にすわっているかぎり、それらの敵は後まわしにしなければならないわ」キャトリンは息子にいった。「あなたの第一の義務は自分自身の縁者や家来を守り、ウィンターフェル城を取り戻し、シオンを使い鴉（レイヴン）の檻に吊るして、ゆっくりと死なせることよ。さもなければ、この冠を永久に脱ぎなさい、ロブ、あなたが決して真の王でないことを人々にわからせるために」

　彼女を見たロブの目つきから判断して、これほど歯に衣を着せずにかれに話しかけた人間が、ここのところずっといなかったことがわかった。「ぼくはウィンターフェル城が陥落したと聞いたとき、すぐに北に行きたいと思った」かれはちょっと受け身になっていった。「ブランとリコンを解放したかった。しかし……夢にも思わなかった、シオンがかれらを傷つけることがありうるとは。もし、そう思っていたら……」

「〝もし〟といっても、手遅れよ。そして、救出は完全に手遅れになった」キャトリンはいった。「残っているのは、復讐だけよ」

「北部から来た最後の報告によると、サー・ロドリックがトーレンの方塞（ズ・スクウエア）付近で鉄人（くろがねびと）の軍勢を打ち負かし、ウィンターフェル城を奪回するためにサーウィン城に大軍を集めているということだ」ロブはいった。「いまごろはそれに成功しているかもしれない。もう長いこと報告が来ていない。そして、もしぼくが北に向かったら、トライデントはどうなる？　河岸の諸公(リヴァー・ローズ)たちに自分の領民を放棄しろとはいえないよ」

「そうね」キャトリンはいった。「かれらの領民の保護はかれらに任せて、北部人だけで北部を奪回するのね」

「どうやって、北部人を北部に向かわせるのかね？」彼女の弟のエドミュアがたずねた。「鉄人(くろがねびと)は日没海(サンセット・シー)を支配している。また、グレイジョイ家は要塞(モウト)ケイリンを保持している。いかなる軍勢も、南から要塞(モウト)ケイリンを奪取したことはない。あそこを攻めるだけでも気違い沙汰だ。土手道で罠にはまるだろう。前には鉄人(くろがねびと)、後ろには怒れるフレイ勢にはさまれて」

「フレイ家を取り戻さなければならない」ロブはいった。「かれらが味方につけば、まだ成功のチャンスはある。どんなに可能性が低いにしても。かれらがいなければ、望みはない。ウォルダー公が欲しがるものはなんでも喜んで与えるつもりだ……謝罪でも、名誉でも、領地でも、黄金でも……かれの誇りをくすぐるものが何かあるはずだ……」

「何かではない」キャトリンがいった。「誰かよ」

15 ジョン

「でっかくて、怖いか？」雪片がトアマンドの幅の広い顔に点々と張りつき、頭髪と髭の中に溶けこんだ。

巨人たちはマンモスの背にゆっくりと揺られて、二人ずつ並んで通っていった。ジョンの小型馬はこのような見慣れないものに驚き、怯えた。しかし、馬を怖がらせているものがマンモスなのか、それともその乗り手なのか、定かではなかった。ゴーストさえも一歩さがって歯を剝き出し、無音の唸りを発した。この大狼（ダイアウルフ）は大きかったが、マンモスはもっとずっと大きく、しかも、あとからあとからやってきた。

吹きつける雪とミルクウォーター川沿いに渦巻く青白い霧の中から現われてくる巨人の数を数えることができるように、ジョンは馬を手で押さえて、じっとさせた。勘定が五十からかなり上にいったとき、トアマンドが何かいったので、数がわからなくなってしまった。〝何百もいるにちがいない〟どんなに大勢通っていったにしても、まだあとから続々とやってくるようだった。

ばあやの物語では、巨人は壮大な城に住む特別に大きな人たちで、巨大な剣を持って戦い、子供が中に入ってしまうほど大きなブーツをはいて歩きまわる人々だった。しかし、これらはもっと違ったもので、むしろ人間よりも熊に似ていて、乗っているマンモスみたいな毛皮を着ていた。マンモスにまたがっているので、実際の身長がどのくらいか判断がむずかしかった。〝おそらく三メートル、あるいは三メートル半だな〟とジョンは思った。〝もしかしたら四メートルかもしれないが、それ以上ではないだろう〟かれらの前傾した胸は人間の胸といっても通用したかもしれないが、腕はもっとずっと下まで垂れていて、下半身の幅は上半身の幅の一倍半ぐらいに見えた。脚は腕よりも短いが、非常に太くて、靴のたぐいはいっさいはいていなかった。足は大きく広がっていて、固く、角質で、黒かった。首がなくて、巨大な重い頭が肩甲骨の間から前に突き出ていた。そして、顔は押しつぶされたようで、野獣のようだった。ビーズほどの大きさの鼠のような目が、角質の肉のひだの間にほとんど埋まっていた。しかし、かれらは絶えず鼻をふんふん鳴らして、見るのと同じくらい匂いを嗅いでいた。

〝かれらは毛皮を着ているのではない〟ジョンは気づいた。〝あれは生えている毛なのだ〟毛深い皮膚が体を覆い、腰から下は特に毛深く、上はまばらだった。ひどい匂いを発散していて、息が詰まりそうだったが、もしかしたらその匂いはマンモスのものかもしれなかった。

〝そして、ジョラマンは〈冬の角笛〉を吹き鳴らし、地面から巨人たちを目覚めさせた〟かれらが長さ三メートルの大剣を持っているかどうか、注意して見たが、棍棒しか見えなかった。大部分はただの枯れ木の大枝で、砕けた小枝がまだぶら下がっているものもあった。先端に玉石を縛りつけて、巨大な戦鎚のような物を作っているものも少しはいた。〝角笛がかれらを眠りに戻すことができるかどうか、歌にはまったく触れられていない〟

接近してくる巨人の一人は、他の者よりも年をとっているように見えた。そいつの皮は灰色で白い縞があり、乗っているマンモスは他のものよりも大きくて、やはり灰色と白だった。トアマンドは通りがかりに、そいつを見上げて何か叫んだ。ジョンが理解できない言語で、耳障りな大きくて鋭い言葉を発したのだった。その巨人の唇が上下に分かれて、巨大な四角い歯がいっぱい生えた口が見えた。そして、そいつはなかばげっぷのような、なかば唸り声のような音をたてた。ちょっと間を置いて、ジョンはそいつが笑っているのだと気づいた。マンモスは大きな頭をまわして、二人をちょっと見た。片方の巨大な牙がジョンの頭上を通り、その獣は川沿いの柔らかい土と新しい雪の上に巨大な足跡を残して、どしんどしんと通過していった。巨人はトアマンドが使ったのと同じ粗野な言語で、下に向かって何か叫んだ。

「あいつはかれらの王か？」ジョンはたずねた。

「巨人には王はいない。マンモスも、雪熊も、灰色の海の大鯨も、みんな王はもたない。あいつはマグ・マル・トゥン・ドー・ウェグ。〈怪力のマグ〉さ。お望みなら、おまえ、やつに向かってひざまずいてもいいぞ。かれは問題にしないだろうがな。おまえたち〈ひざまずき屋〉の膝はむずむずしているにちがいない。お辞儀をする相手の王が欲しくてさ。だが、やつに踏みつぶされないように用心しろよ。巨人どもは目が悪い。だから、ずっと下の足元にいる小さな鴉は見えないかもしれないぞ」

「おまえ、かれになんといったんだ？　あれは古代語だったのか？」

「ああ。おまえがやっていた相手は父親だったのかと、たずねたのさ。やつらはすごくよく似ていた。ただ、父親のほうが匂いがよかったがな」

「そして、かれはあんたになんといったんだ？」

〈雷の拳（サンダーフィスト）のトアマンド〉は隙間のある歯を見せて笑った。「おまえの横で馬に乗っているやつはおまえの娘かと、あいつはたずねたんだ。桃色のすべすべの頬をしているとさ」その野人は腕の雪を振り落として、馬をぐるりとまわした。「あいつ、これまでに髭の生えていない男を見たことがないのかもしれんぞ。さあ、戻ろう。いつもの位置におれがいないと、マンスのやつ怒り狂うからな」

ジョンは馬をまわしてトアマンドの後ろにつき、隊列の先頭に戻っていった。かれの肩から新しいマントが重く垂れ下がっていた。洗っていない羊の毛皮で、野人にいわれたように、毛の生えている面を内側にしてまとっていた。それは雪をうまく防ぎ、夜は充分に暖かかったが、ジョンは黒いマントもたたんで鞍の下に入れて持ち歩いていた。「おまえ、むかし巨人を殺したことがあるって、本当か？」かれは馬を進めながらたずねた。ゴーストは新たに降った雪の上に足跡を残しながら、かれらの横を静かに跳ねていった。

「おや、おれのような偉い男を、どうしておまえは疑うんだ？　あれは冬のことだった。おれは半分子供だった。そして、子供らしく愚かだった。遠くに行きすぎて、馬が死に、それから嵐に襲われた。本物の嵐だぞ。こんなちっちゃな塵みたいなやつではない。ハッハ！

きっと、嵐が終わるまでには凍え死ぬだろうと思った。そこで、眠っている巨人の女を見つけて、腹を切り裂き、その中にもぐりこんだ。彼女は充分に暖かく保ってくれた。確かにな。だが、ひどい匂いで死にそうだった。困ったことに、春が来ると彼女は起き上がり、おれを自分の赤子と思いこんだ。おれはたっぷり三カ月おっぱいを吸わせられてから、やっと逃げ出すことができた。ハッハ！　しかし、巨人のおっぱいの味が恋しくなることもあるよ」

「もし、彼女がおまえを養ってくれたのなら、殺すわけにはいかなかったろうに」

「殺さなかったさ。だが、この話を広めないでくれよ。〈巨人殺し(ジャイアンツベイン)のトアマンド〉のほうが、〈巨人の赤子(ジャイアンツベイブ)のトアマンド〉より響きがいいからな。とにかく、これが真相なのさ」

「では、他の名前はどうしてついたんだ？」ジョンはたずねた。「マンスはおまえを〈角笛(ホーン)を吹きならす者(ブロワー)〉と呼んだよな？　〈赤の砦(ラディ・ホール)の酒呑王(ミード・キング)〉とか、〈熊たちの夫(ハズバンド・トゥ・ベアーズ)〉とか、〈千軍の父(ファーザー・オブ・ホスト)〉とかさ？」かれが特に聞きたかったのは〈角笛を吹きならす者〉のことだったが、あまりあからさまにたずねるのは控えておいた。〝そして、ジョラマンは〈冬の角笛〉を吹き鳴らし、地面から巨人たちを目覚めさせた〟それが、巨人たちの出生の場所なのか、かれらとそしてかれらのマンモスの？　マンス・レイダーは〈ジョラマンの角笛〉を見つけて、それを〈雷の拳のトアマンド〉に与えて吹き鳴らさせたのだろうか？

「鴉どもはみんなそんなに好奇心が強いのか？」トアマンドはたずねた。「よし、ひとつ話をしてやろう。別の冬のことだ。おれがあの巨人の体内で過ごした冬よりも、もっと寒くて、昼も夜も雪が降っていた。その雪片はこんなに小さいものではなく、おまえの頭ほどもある大きなものだった。ひどい豪雪だったので、村全体がなかば埋もれてしまった。おれはあの赤の砦（ラディ・ホール）の中にいて、話相手になるのは酒樽だけで、酒を飲むより他に何もできなかった。飲めば飲むほど、近くに住んでいる女のことを考えるようになった。今まで見たこともないほど大きなオッパイを持っているすばらしく強い女だった。あいつは短気だった。あの女はな。でもなあ、あいつは暖かく接することもできた。そして、冬のさなかでは、男はぬくもりが必要なんだ。

飲めば飲むほど、おれは彼女のことを考えた。そして、考えれば考えるほど、一物が固くなり、しまいには我慢できなくなった。おれも愚かだったよ。頭から踵まで毛皮にくるまって、ウールの襟巻きを顔に巻いて、彼女を探しにでかけた。雪があまりひどく降るので、一度か二度はきりきりきりまいをしてしまった。そして、風がまともにおれの体を吹き抜けて、骨まで凍ってしまったが、ついに、おれと同様に着膨れている彼女にいい寄った。

その女は恐ろしい気性の持ち主で、おれが手をかけたらすごい勢いで抵抗した。彼女を家に連れ帰って、毛皮を脱がせるのが精一杯だった。だが、脱がせてみると、なんと彼女は記憶にある以上に熱かった。そして、おれたちは例のあのすてきな時を過ごした。それから、おれは眠ってしまった。翌朝、目を覚ますと、雪はやんでいて、日が照っていた。だが、おれはとてもそれを楽しむ状態にはなかった。体じゅう、引っ掻かれ、引き裂かれていて、一物ときたら半分喰いちぎられていた。そして、床には牝熊の毛皮が落ちていた。それから、自由民どもがこの毛のない熊を森で見たという噂がたちまち広がった。彼女は奇妙きてれつな二匹の仔を連れていたとさ。ハッハ！」かれは肉付きのいい股をぴしゃりと叩いた。「あいつにまた会うことができればなあ。彼女は一緒に寝るとすばらしかったよ、あの熊はな。あんなに激しくやった女は他にいなかったし、あんなに強い息子どもを産んでくれた女はいなかったよ」

「実際に彼女を見つけても、あんたは何ができるんだ？」ジョンは微笑してたずねた。「彼女はあんたの一物を喰いちぎったといったじゃないか」

「半分だけだ。そして、おれの半分は、他の男どもの二倍の長さがあるんだぞ」トアマンドは鼻を鳴らした。「ところで、おまえのことだが……おまえは〈壁〉に連れていかれたときに一物を切り取られたって、本当か？」

「ちがう」ジョンは憤然としていった。

「おれは本当にちがいないと思う。さもなければ、なぜイグリットを拒む？　彼女はおまえにぜんぜん抵抗しないだろうと思うが。あの娘はおまえを体の中に入れたがっている。それは一目瞭然だ」

〝あまりにも明白だ〟とジョンは思った。〝そして、この群れの半分はそれを見てしまったようだ〟かれは赤面したことをトアマンドに悟られないように、降る雪を見つめた。〝おれは〈冥夜の守人(ナイツ・ウォッチ)〉の一員だぞ〟かれは自分に念を押した。それならなぜ、まるで顔を赤らめた小娘みたいな気分になるのか？

かれはここにきて以来ほとんど毎日イグリットと一緒に過ごした。そして、たいていの夜も。マンス・レイダーは〈がらがら帷子(ラトルシャツ)〉が〈寝返った鴉〉を信用していないことを見逃さなかった。それで、ジョンに新しい羊皮のマントを与えた後、〈がらがら帷子〉ではなく、〈巨人殺しのトアマンド〉と馬を並べていったらどうかと示唆した。ジョンは喜んで同意した。そして、まさにその次の日に、イグリットと〈長槍(ロングスピア)のリック〉も〈がらがら帷子〉の群れを離れて、トアマンドの群れに加わったのだった。「自由民は一緒に行きたいやつと一緒に行くのよ」彼女はかれにそういった。「そして、あたしたちは〈骨袋(バッグ・オ・ボーンズ)〉のやつにはもう飽き飽きしているんだ」と。

　毎晩、野営をするたびに、かれが焚き火のそばにいようと、ずっと離れていようと、イグリットはかれの寝具の横に自分の寝具を投げ下ろした。一度などは、目を覚ますと、彼女がかれの胸に腕をのせて、体をくっつけて寝ていた。かれは横になったまま、長い間、股間の緊張をつとめて無視しながら、彼女の寝息に聞き入っていた。哨士(レンジャー)たちは暖をとるためにしばしばひとつの寝具で眠る。しかし、イグリットが求めているのは暖かさではないのではないかと、かれは疑った。その後、かれはゴーストを使って、彼女を遠ざけることにした。騎士と婦人たちがひとつのベッドで寝るときは、名誉を守るために間に剣をはさんで眠るのだという話を、ばあやがよくしていた。しかし、大狼が剣の代わりをするのは、これが最初にちがいないと、かれは思った。

　それでもなお、イグリットはしつこかった。一昨日ジョンはうっかり、熱い風呂に入りたいといってしまった。「冷たいほうがいいよ」彼女はすぐにいった。「後で体を温めてくれる人がいる場合はね。川はまだほんの一部凍っているだけだから、浴びてきなよ」

ジョンは笑った。「凍え死にさせるつもりだな」

「鴉どもはみんな、鳥肌立つのを恐れるの？　少しばかりの氷で死ぬことはない。それを証明するために、わたしも一緒に飛びこんでやる」

「そして、着物を肌に凍りつかせて、その日の残りを馬で行くのか？」かれは反対した。

「ジョン・スノウ、あんた何も知らないのね。着物を着たまま水に入るわけじゃないよ」

「ぜんぜん、入るつもりはない」かれはきっぱりといった。かれを呼ぶ〈雷の拳のトアマンド〉のどら声が聞こえる寸前に。（結局ジョンは入らなかった――まあ、それはどうでもいいことだが）。

野人たちはイグリットを非常な美人と思っているようだった。それは彼女の頭髪のためだった。自由民の間では赤毛は珍しかった。赤毛の人は炎にキスされたといわれた。それは幸運なことだと考えられたからである。そして、それは幸運かもしれないし、たしかに赤くもあったが、イグリットの髪はひどくもじゃもじゃだったので、ジョンは彼女に、おまえが髪を梳かすのは季節の変わり目だけではないかと、たずねたい誘惑に駆られるのだった。

この娘は、貴族の宮廷に入れば、絶対に庶民以外には見えないと、かれにはわかっていた。彼女の顔は丸い農民の顔で、しし鼻で、ちょっと乱杙歯で、目ときたら離れすぎていた。ジョンは彼女の喉に短刀を突きつけて、最初に彼女を見たときから、それに気づいていた。しかし最近では、もっと別のことにも気づきはじめていた。彼女が微笑むと、その乱杙歯も問題にはならないように思われた。また、目の間は離れすぎているかもしれないが、それらは美しい青灰色で、これまでに見たどんな目よりも生き生きとしていた。ときどき彼女は低いハスキーな声で歌を歌うが、それを聞くとかれは感動するのだった。またときどき、炊事の火のそばに彼女が膝を抱いてすわり、その赤毛に炎が反射しているときに、彼女がちょっと微笑んでかれを見たりすると……そう、それもまたかれの心をなんとなく動かすのだった。

しかし、かれは〈冥夜の守人(ナイツ・ウォッチ)〉の兵士であり、誓約をしていた――〝われは妻を娶(めと)らず、土地を持たず、子をつくらず〟。かれはこの言葉をウィアウッドの前で、父が信じる神々の前で唱えたのだった。それらを取り消すことはできない……熊の仔の父親になった〈雷の拳のトアマンド〉を疎(うと)ましく思う理由を認めることができないのと同様に。

「おまえ、あの娘は嫌いか?」トアマンドは他の二十頭のマンモスとすれ違うときにいった。これらのマンモスは巨人ではなくて、丈の高い木の櫓(やぐら)に乗った野人を背負っていた。

「いいや、しかし……」〝なんといったら、かれに信じてもらえるだろうか?〟「結婚するには、おれはまだ若すぎるよ」

「結婚?」トアマンドは笑った。「だれが結婚の話をしている? 南では、男は一緒に寝るすべての女と結婚しなければならないのか?」

ジョンはまた赤面したのがわかった。「彼女は、〈がらがら帷子〉がおれを殺そうとしたときに弁護してくれた。その彼女の名誉を汚すことはできないよ」

「おまえはもう自由な男なのだぞ。そして、イグリットも自由な女だ。おまえたちが一緒に寝たからといって、何が不名誉になるんだ？」

「子供を産ませるかもしれないじゃないか」

「おう、結構じゃないか。強い息子か、炎にキスされた元気に笑う女の子。そのどこが悪い？」

かれはちょっと言葉に窮した。「その男の子……その子供は私生児になるだろう」

「私生児は他の子供より弱いのか？　もっと病弱で、死にやすいか？」

「いや、そうじゃなくて──」

「おまえ自身が私生児だろう。そして、もしイグリットが子供を欲しくなければ、どこかの森の妖女(メイジャイ)のところに行って、〈月の茶〉を飲むだろう。いったんその種が植えこまれれば、おまえは中に入らないのだぞ」

「おれは私生児の父親になるつもりはない」

トアマンドはもじゃもじゃの頭を振った。「おまえたち〈ひざまずき屋〉は、なんて愚かなんだ。なぜ、あの娘を盗んだ。欲しくなかったら？」

「盗んだ？　決して……」

「盗んだ」トアマンドはいった。「彼女と一緒にいた二人を、おまえは殺した。そして、彼女を連れ去った。これをなんと呼ぶ？」

「捕虜にしたんだ」

「おまえは彼女を降参させた」

「そうだ、しかし……トアマンド、誓っていうが、おれは決して彼女に触っていない」

「おまえ、一物を切り取られていないのは確かか？」トアマンドは、そんな狂気は決して理解できないとでもいうように、肩をすくめた。「まあ、おまえはもう自由な男だ。だが、もしあの娘とやる気がないなら、牝熊を見つけたほうがいいぞ。男の一物は、使わずにいるとどんどん小さくなっていって、しまいには小便が出そうになっても出口が見つからない日が来るぞ」

　これにはジョンも返す言葉がなかった。自由民はとても人間とはいえないと、七王国が思うのも無理はなかった。〝かれらには法律がない、名誉もない、単純な良識さえもない。たがいに際限もなく盗み合い、野獣のように子を産み、結婚よりも強姦を好み、賤しい生まれの子供を世界に満たすのだ〟だが、〈巨人殺しのトアマンド〉はあのような大法螺吹きで嘘つきではあるが、ジョンはしだいに好きになってきていた。〈長槍(ロングスピア)〉もそうだ。〝そして、イグリットは……いや、イグリットのことは考えないようにしよう〟

　しかし、トアマンドや〈長槍〉たちと並んで、別の種類の野人も馬で進んでいた。人に唾を吐きかけるのと同じくらい無造作に人を切り裂く〈がらがら帷子〉や〈泣き男(ウィーパー)〉のような連中が。〈犬頭(ドッグズヘッド)のハーマ〉がいた。彼女は白い肉の厚切りのような頬をした、ずんぐりした酒樽のような女で、犬を憎み、二週間ごとに一匹殺して、その新しい頭を旗印にするのだった。また、ゼンの族長(マグナー)、耳なしスターの家来どもは、かれを領主よりもむしろ神と思っていた。〈六つの皮を持つ男(シックススキンズ)〉のヴァラミアは子鼠のような男だが、かれが乗っている獣は、後足で立つと四メートルぐらいの背丈になる凶暴な白い雪熊だった。そして、その熊とヴァラミアが行くところにはどこでも、三匹の狼と一匹の暗闇猫（シャドウキャット）がついて歩いた。ジョンは一度だけかれのそばにいたことがあった。それは一度で充分だった。その熊と、白黒の胴長の猫を見ただけでかれはぞっとし、ゴーストは背中と首の毛を逆立てたものだった。

また、ヴァラミアよりもさらに獰猛で、〈幽霊の森〉の北の果てや、霜の牙（フロストファング）の隠れた谷間や、もっと奇妙な場所からやってきた連中がいた。凍結海岸の人々はセイウチの骨で作った戦車を凶暴な犬の群れに引かせていた。恐ろしい氷河族は人肉を喰うという噂だった。また顔を青、紫、緑に染めている穴居人もいた。また、硬革（ボイルド・レザー）のような固い裸足で隊列を組んで早足で進んでくる硬足族を、ジョンはこの目で見た。スナークやグラムキンのような得体の知れない怪物は見かけなかったが、かれの知る範囲では、その何匹かを、トアマンドが夕食のときに食べることにしているようだった。

野人の大群の半分は、〈壁〉をちらりとも見ずにその生涯を終えるだろうとジョンは判断した。そして、かれらの大部分は共通語を一言もしゃべらなかった。それは問題ではなかった。マンス・レイダーは古代語を話し、リュートを爪弾きながらその言語で歌い、夜の闇を変わった野性的な音楽で満たしさえした。

マンスはこの部族の女族長と話をし、またあの部族の族長（マグナー）と話をし、ある集落では優しい言葉を使い、またある集落では歌を歌って、またある集落では剣の刃を使って住民を味方につけ、長い年月をかけて、この膨大なぞろぞろ歩きの大部隊を集めたのだった。そして、

〈犬頭のハーマ〉と〈鎧骨公（ロード・オブ・ボーンズ）〉とを、硬足族と夜走族（ナイトランナーズ）とを、凍結海岸のセイウチ人と大氷河の食人族とを和睦させ、七王国の心臓を狙って、百ものばらばらの短剣を叩きなおしてひとつの大槍に作り替えたのだった。マンス・レイダーは王冠も王笏も持たず、シルクとビロードの衣も持たないが、かれは名目以上の本物の王であることは、ジョンが見ても明白だった。

ジョンは〈二本指（ハーフハンド）のクォリン〉の命令で野人に加わったのだった。「かれらとともに馬を駆り、かれらとともに食事をし、かれらとともに戦え」その哨士（レンジャー）は死ぬ前の夜に、かれにそう命じたのだった。「そして、見張れ」と。しかし、かれの見張りはほとんどなんの役にも立たなかった。〈二本指（ハーフハンド）〉は、野人たちが〈壁〉を壊すためのなんらかの武器を、なんらかの力を、なんらかの破壊的な魔術を探して、荒涼とした霜の牙（フロストファング）に登ってきたのではないかと疑っていたのだ……しかし、たとえかれらがそのようなものを見出したにしても、それをだれも公然と自慢したり、ジョンに見せたりすることはなかった。また、マンス・レイダーも計画や戦略を少しも打ち明けなかった。あの最初の夜以来、ジョンはその男を遠くからしか見ていなかった。

〝必要なら、かれを殺してやる〟この見通しはジョンにとって決して愉快なものではなかった。そのような殺しに決して名誉はないだろう。そして、それはかれ自身の死をも意味するだろう。しかし、野人たちに〈壁〉を壊させ、ウィンターフェル城と北部を、古墳地帯（バロウランズ）と細流地域（リルズ）を、白い港（ホワイト・ハーバー）と岩石海岸（ストーニィ・ショア）を、そして地峡（ネック）をさえ、脅威にさらすわけにはいかなかった。スターク家の人々は八千年にわたって、このような破壊者と掠奪者から身内の人々を守るために、生き、そして死んできたのだ……そして、私生児であろうとなかろうと、かれの血管には同じ血潮が流れていた。〝しかも、ブランとリコンはまだウィンターフェル城にいる。メイスター・ルーウィン、サー・ロドリック、ばあや、犬舎長のファーレン、鍛冶場のミッケン、料理人のゲイジ……おれがこれまでに知ったすべての人が、おれが愛したすべての人が、まだあそこにいる〟もし、〈がらがら帷子〉や〈犬頭のハーマ〉やゼン族の耳なしの族長(マグナー)などの慈悲からかれらを守るために、自分がなかば感嘆している人や、ほとんど好きな人を殺さなくてはならないとしたら、ジョンはまさにそうするつもりだった。それにしても、この冷酷な任務をはずしてくれと、かれは父が信じていた神々に祈った。この大部隊は、野人のすべての集団、子供たち、見すぼらしいちっぽけな宝物などの重荷を負っており、雪がかれらの進行をさらに遅らせるので、ごくのろのろとしか移動できなかった。今は隊列の大部分が麓の丘陵地から出て、ミルクウォーター川の西岸を冷たい冬の朝の蜂蜜のようにだらだらと下り、川の流れに沿って〈幽霊の森〉の中心部に入りこんでいった。

そして、前方のどこか近くの、木々の上に〈最初の人々の拳(フィスト)〉がそびえていることを、ジョンは知っていた。そこに、〈冥夜の守人(ナイツ・ウォッチ)〉の三百人の黒衣の兄弟が、馬に乗って、待ちかまえているのだ。〈熊の御大(オールド・ベア)〉は〈二本指〉以外にも他の偵察隊を派遣していた。そして、いまごろはきっとジャーマン・バックウェルかトーレン・スモールウッドが戻ってきて、山岳地帯から何が下りてきているか報告しているだろう。

〝モーモントは逃げないだろう〟とジョンは思った。〝かれは年をとりすぎているし、遠くに来すぎている。かれは戦うだろうし、大軍をものともしないだろう〟まもなく、戦（いくさ）の角笛の音が聞こえ、一隊の騎馬武者が黒いマントをひるがえし、冷たい鋼を手にして、かれらに襲いかかるだろう。三百人の兵士が百倍の人数の敵を殺す望みは、もちろんない。しかし、その必要があるとは、ジョンは思わなかった。〝千人を殺す必要はない、一人殺すだけでよいのだ。かれらをまとめているのは、マンス一人なのだから〟

〈壁の向こうの王〉はできるだけのことをしていた。それにしても、野人たちは依然として、どうしようもなく無秩序で、それがかれらの弱点であった。長さ何キロもの大蛇のようにうねって進む行列のそこここに、〈冥夜の守人（ナイツ・ウォッチ）〉のだれにも劣らぬほど獰猛な戦士がいた。しかし、たっぷりその三分の一は隊列の両端の〈犬頭のハーマ〉の前衛部隊と、巨人、野牛、火投兵のいる凶暴な後衛部隊に入っていた。別の三分の一はマンスその人とともに中央部隊に入って、大軍の食糧、補給物資、最後の夏の収穫の残りのすべてを積んだ大荷車、橇、犬車などを守っていた。残りのすべては小さな集団に分かれて、〈がらがら帷子〉やジャールや〈巨人殺しのトアマンド〉や〈泣き男〉などの指揮下に入り、偵察隊や徴発隊を構成し、また果てしもなく続く隊列に沿って行ったり来たりして、多少なりとも秩序ある形で行進するように、鞭を鳴らして督励（とくれい）する役目を負った。

そして、さらに目を引いたのは、馬に乗っているのは野人百人につきわずかに一人ぐらいしかいないことだ。〝〈熊の御大（オールド・ベア）〉は、まるで粥を斧で切るように、かれらの間を突破するだろう〟そして、それが起これば、マンスはその脅威を鈍らせようとして、中心部隊とともに追跡するだろう。そして、当然それに続くはずの戦闘で、もしマンスが死ねば、あと百年間は〈壁〉は安全になるだろう、とジョンは判断した。〝だが、もしも……〟

かれは右手の火傷した指を屈伸した。〈長い鉤爪(ロングクロウ)〉は鞍に吊るしてあり、その大きなバスタード剣（柄の長さがひと握り半の中剣、〈私生児の剣〉とも）の、狼の首を彫刻した石の柄頭(つかがしら)と、柔らかいなめし革の柄が、すぐ手の届くところにあった。

数時間後、かれらがトアマンドの集団に追いついたときには、雪が激しく降っていた。ゴーストはずっと遠くに行き、獲物の匂いがする森の中に溶けこんでしまっていた。その大狼は、夜、野営をするころには、遅くとも夜明けには、戻ってくるだろう。ゴーストはどんなに遠くをうろついても、かならず帰ってくる……そして、また、イグリットも同じだった。

「では」その娘はかれを見て声をかけた。「もう、わたしたちを信じるね、ジョン・スノウ？　マンモスに乗った巨人を見た？」

「ハッハ！」ジョンが答える前にトアマンドが叫んだ。「この鴉は恋をしてる！　結婚するつもりだ！」

「巨人の女とか？」〈長槍のリック〉が笑った。

「ちがう、マンモスとだ！」トアマンドが怒鳴った。「ハッハ！」

イグリットが小走りにジョンのそばに来た。ジョンは馬を普通の歩き方にさせた。彼女はジョンよりも三歳年上だと主張した。もっとも、身長は十五センチ低かったけれども。この娘は何歳であるにせよ、丈夫なかわいい子だった。〈石の蛇(ストーンスネーク)〉は風哭きの峠道(スカーリング・パス)で彼女を捕まえたとき、〝槍の妻(スピアワイフ)〟と呼んでいた。彼女は結婚しておらず、選んだ武器は角とウィアウッドで作った短い湾曲した弓だったが、それでも、〝槍の妻〟という呼び名は彼女に似合っていた。彼女は妹のアリアにちょっと似ていると、ジョンは思った。もっとも、アリアはもっと幼く、たぶんもっと痩せているだろうが。イグリットがどのくらいふっくらしているか、それとも痩せているか、わからなかった。体じゅう、毛皮にくるまっているからである。

「『最後の巨人』を知っている？」イグリットは返事を待たずにいった。「うまく歌うには、わたしよりもっと低い声が必要だけどね」それから彼女は歌った。「おーーーーう、おれは巨人族の最後の一人だ。仲間は地上から消えてしまった」

〈巨人殺しのトアマンド〉がその歌を聞いて、にやりとした。「おれが生まれたとき、山の偉大な巨人族が全世界を支配していた、そして、おれはその最後の一人だ」かれは雪を透かして怒鳴り返した。

〈長槍のリック〉が歌に加わった。「おう、小さいやつらがおれの森を盗んだ。おれの川や丘を盗んだ」

「そして、おれの谷間に大きな壁を築き、おれの小川からすべての魚を盗んだ」こんどはイグリットとトアマンドが歌詞に似合う巨人のような声で歌い返した。

トアマンドの息子のトレッグとドアマンドも低い声で加わった。それから娘のマンダやその他全員が。他の者たちは槍を革の楯に打ちつけて、荒っぽい拍子を取った。しまいには、戦闘集団の全員が馬を進めながら合唱した。

石の広間でかれらは大きな火を燃やし、
　石の広間でかれらは鋭い槍を鍛える。
その間、おれは一人で山中を歩む、
　涙以外に真の連れもなく。
昼間かれらは犬を連れておれを狩り、
　夜は松明をつけておれを狩る。
巨人がまだ光の中を歩むうちは、
　小さい人間は決して高く立てないから。
おーーーう、おれは巨人族の最後の一人だ、
　だから、おれの歌の言葉をよく覚えてくれ。
おれがいなくなったらこの歌は消えるから、
　そして静寂が長く長く続くだろうから。

歌が終わると、イグリットの頰に涙がながれていた。
「なぜ泣いている?」ジョンはたずねた。「ただの歌なのに。巨人どもは何百人もいる。今見たばかりだ」

「おう、何百人もね」彼女は激しくいった。「あんたなんにも知らないんだね、ジョン・スノウ。あぶない——ジョン！」

ジョンは突然羽音を聞いて振り返った。青灰色の羽毛がめいっぱいにひろがり、鋭い鉤爪が顔に食いこみ、突然激しい痛みが走り、翼が頭の周囲を打った。くちばしが見えたが、手を上げたり武器に手をかけたりする暇はなかった。ジョンはのけぞり、鐙から足が離れ、馬はパニックを起こして暴れ、かれは落馬しかかった。それでもまだ鷲はかれの顔にしがみついていて、鉤爪を食いこませたまま、ばたばた羽ばたきし、キーキーと鳴き、くちばしでつついた。羽毛と馬と血の混沌の中で世界が逆さまになり、それから地面が上昇してかれを押しつぶした。

次に気がつくと、かれはうつ伏せに倒れて、口中に泥と血の味がし、イグリットがひざまずいて、骨の短剣を手にしてかれをかばうように覆いかぶさっていた。まだ羽音が聞こえたが、鷲の姿は見えなかった。かれの世界の半分が暗かった。「目が」かれは突然パニックを起こしていい、顔に手をやった。

「血が出ただけよ、ジョン・スノウ。やつは目をつつきそこなって、皮膚をちょっと破っただけだ」

かれの顔が疼いた。トアマンドが何か大声でいいながら、そばに立って見下ろしていた。ジョンは左目の血を拭いながら、右目でそれを見た。それから、馬蹄の響き、叫び声、そして、干からびた骨のカラカラ鳴る音が聞こえた。

「〈骨袋〉め」トアマンドが叫んだ。「きさまの地獄鴉を呼び戻せ！」

「そっちの地獄鴉に用がある！」〈がらがら帷子〉がジョンを指さした。「当てにならない犬みたいに、泥の中で血を流しているな！」鴦がばたばたと下りてきて、かれが兜の代わりにかぶっている割れた巨人の頭蓋骨の上にとまった。「おれはやつを呼びにきたんだ」

「では、連れていけ」トアマンドがいった。「だが、剣を持ってきたほうがいいぞ。おれはこの手に剣を持っているからな。きさまの骨を煮て、きさまの頭蓋骨を小便入れに使ってやるぞ。ハッハ！」

「おまえをつついて空気を抜けば、縮んであの娘よりも小さくなるぞ。邪魔をするな。さもないと、マンス・レイダーのお耳に入れるぞ」

イグリットが立ち上がった。「なんだって、かれを呼べとマンスがいうのか？」

「今、そういったろう？　やつをその黒い足で立たせろ」

トアマンドはしかめ面をしてジョンを見下ろした。「行ったほうがいい、呼んでいるのがマンスなら」

イグリットはかれを助け起こした。「かれは殺された猪みたいに血を流している。かれのきれいな顔に、オレルが何をしたか見てごらん」

〝鳥が憎んだりするだろうか？〟前にジョンは野人のオレルを殺したが、その男のある部分が鴦の中に残ったのだ。その金色の目が冷たい敵意を含んでかれを見た。「行くよ」かれはいった。右目に血が流れこみつづけ、頬は燃えるように痛んだ。そこに触ると、黒い手袋に血がついた。「馬を捕まえるから待て」かれがひたすら求めたのは馬ではなくゴーストだったが、その大狼はどこにも見つからなかった。〝今ごろは何十キロも遠くに行って、大鹿か何かの喉を喰いちぎっているのだろう〟むしろ、そのほうがよかったかもしれない。

馬は、かれがそばに行くと怯えて後ずさりした。顔の血を怖がっているのは間違いなかった。しかし、ジョンは静かに言葉をかけてそれをなだめ、結局、すぐそばまで行って手綱をつかんだ。そして、ひらりと鞍の上に戻ると、頭がくらくらした。〝傷の手当てをしなければならないだろう〟かれは思った。〝しかし、今はだめだ。おれに対して、かれの鷲が何をしたか、〈壁の向こうの王〉に見せてやろう〟かれは右手を開いたり閉じたりし、手を下げて〈ロングクロウ〉をつかみ、そのバスタード剣を背負うと、馬をまわして〈鎧骨公〉とその一党が待っている場所に早足で戻っていった。

イグリットもまた顔に厳しい表情を浮かべて、馬上で待っていた。「わたしも一緒に行く」

「来るな」〈がらがら帷子〉の胸甲の骨がカラカラと鳴った。「寝返り鴉を連れてこいと、おれが命じられた。他のやつは関係ない」

「自由な女は、どこでも行きたい所に行く」イグリットがいった。

ジョンの目に、風が雪を吹きつけていた。血が顔に凍りつくのがわかった。「おれたち、話をしているのか、それとも馬を歩かせているのか？」

「馬を歩かせている」〈鎧骨公〉がいった。

辛い騎行だった。かれらは渦巻く雪の中を、隊列に沿って三キロ進み、それから荷車の群れを横切って、ミルクウォーター川が東に向かって大きく湾曲している所をざぶざぶと渡った。川の浅瀬を薄氷が覆っていた。一足ごとに馬の蹄が氷を踏み抜き、結局十メートル先のもっと深い所に出た。東岸では雪がさらに激しく降っているように見え、吹き溜まりももっと深かった。〝風さえももっと冷たい〟しかも、日が暮れかかっていた。

しかし、吹雪を透かして見てさえも、森の上に不気味にそびえている大きな白い丘の形は間違えようもなかった。〝〈最初の人々の拳（フィスト）〉だ〟ジョンは頭上に鷲のかん高い叫びを聞いた。一羽の鴉が兵士松（ソルジャー・パイン）の上から見下ろして、かれが通るとカーと鳴いた。〝〈熊の御大（オールド・ベア）〉は攻撃したのだろうか？〟剣戟の響きや空を飛ぶ矢の音は聞こえず、自分の馬の蹄の下で、凍った雪面がザクザクと砕ける音が聞こえるばかりだった。

かれらは黙ったまま、南のスロープのほうにぐるりとまわっていった。そちらから行くのがいちばん容易なのだ。ジョンが馬の死骸を見たのは、その麓だった。そいつは丘の麓にぐったり倒れて雪になかば埋もれていた。凍った蛇のような内臓が、その腹からあふれ出し、一本の脚がなくなっていた。〝狼だな〟ジョンは最初にそう思ったが、それは間違いだった。狼なら殺した獲物を喰うはずだ。

さらに多くの馬の死骸が斜面に散らばっていた。脚が不気味にねじれ、見えない目が死を見つめていた。野人たちは蠅のようにそれらの上を這いまわって、鞍や手綱や荷物や甲冑を石斧で切り離して、剝ぎ取っていた。

「上だ」〈がらがら帷子〉がジョンにいった。「マンスは上に登っている」

環状壁の外で馬を下り、石の間の曲がった隙間を通り抜けた。〈熊の御大(オールド・ベア)〉がすべての入り口の内側に立てさせた尖った杭に、一頭の毛むくじゃらな馬の死骸が突き刺されていた。〝〈熊の御大(オールド・ベア)〉は脱出しようとしていたのだ。入ろうとしていたのではない〟騎兵の姿はひとつもなかった。

内部はさらにひどい状態になっていた。ジョンはこれまでに桃色の雪を見たことはなかった。風はかれの周囲を吹きまくり、重い羊皮のマントをはためかせた。鴉たちがひとつの馬の死骸から次の死骸に飛び移った。〝こいつらは野生の鴉(クロウ)どもか、それともおれたちの使い鴉(レイヴン)なのか？〟ジョンにはわからなかった。そして、あわれなサムのやつは今どこにいるのだろうかと思った。そして、何になっているのかと。

凍った血がかさぶたのようにブーツの踵にくっついた。野人たちは馬の死骸から鋼と革のあらゆるかけらを剝ぎ取り、蹄から蹄鉄さえもこじり取っていた。数人がひっくり返った荷物を調べて、武器や食べ物を探していた。ジョンはチェットの犬の一匹のそばを、いや、その死骸のそばを、通った。そいつはなかば凍った血がどろどろに溜まった中に横たわっていた。

二、三のテントがまだ野営地の向こう側の端に立っていた。そして、マンス・レイダーがいたのはそこだった。かれは切れこみのある黒いウールと赤いシルクのマントの下に、黒い環鎧(リング・メイル)と毛皮のズボンをつけ、両方のこめかみに鴉の翼のついた大きなブロンズと鉄の兜をかぶっていた。ジャールと〈犬頭のハーマ〉がそばにいた。そして、スターも。また〈六つの皮を持つ男〉のヴァラミアも狼と暗闇猫を連れてそこにいた。

ジョンを見たマンスの表情は厳しく冷たかった。「その顔はどうした？」

イグリットがいった。「オレルがかれの目をほじくり出そうとしたのさ」

「かれにたずねているのだ。舌を取られたのか？　たぶん、そうすべきだろう。これ以上嘘をいわないように」

族長のスターが長いナイフを抜いた。「この小僧は二つの目よりも、ひとつの目のほうがよく見えるかもしれんぞ」

「目を持っていたいか、ジョン？」〈壁の向こうの王〉がたずねた。「もし、そう思うなら、かれらが何人いたかいうがいい。そして、こんどは本当のことを話すようにしろよ、ウィンターフェル城の私生児め」

ジョンは喉がからからになっていた。「マイ・ロード……なに……」

「おれはおまえの君主ではない」マンスはいった。「そして、その〝なに〟は明白だ。おまえの仲間は死んだ。問題は、何人いたか？　だ」

ジョンの顔が疼いた。雪は降りつづき、考えるのは困難だった。〝しりごみしてはならぬ、何をたずねられようとも〟とクォリンはいったのだった。言葉が喉にひっかかったが、かれは無理にいった。「われわれは三百人いました」

「われわれだと？」マンスが鋭くいった。

「かれらでした。かれらは三百人いました」〝何をたずねられようとも〟と〈二本指〉はいった。〝それなら、なぜおれはこれほど怖(おじ)けづくんだ？〟「黒の城(カースル・ブラック)から二百人、そして影の塔(シャドウ・タワー)から百人」

「おれのテントで歌ったよりも、もっと本当らしい歌だな」マンスは〈犬頭のハーマ〉を見やった。「馬は何頭見つかったか？」

「百頭以上」その大女が答えた。「二百頭以下。東のほうにもっと死骸がある。雪の下に。いくつあるかわからない」彼女の後ろの旗持ちが、まだ血が滴るほど新しい犬の頭をつけた竿を持って立っていた。

「おれに対して決して嘘をつくべきではなかったぞ、ジョン・スノウ」マンスがいった。

「そ……それはわかっています」〝なんといえばいいのか？〟

野人の王はかれの顔を観察した。「ここの指揮官はだれだった？　本当のことをいえ。リッカーだったのか？　スモールウッドか？　ウィザーズではないな、あいつは弱すぎる。これはだれのテントだった？」

〝もうしゃべりすぎた〟「そいつの死骸は見つかりませんでしたか？」

ハーマが鼻を鳴らすと、軽蔑の気持ちが鼻孔からつららになって下がった。「これらの黒い鴉どもは、なんと愚かな連中だろう」

「こんど、質問に質問で答えたら、おまえを〈鎧骨公〉に渡すぞ」マンス・レイダーはジョンに宣告した。「ここの指揮官はだれだった？」

〝あと一歩だ〟とジョンは思った。〝あと三十センチ〟かれは〈ロングクロウ〉の柄に手を伸ばした。〝もし、黙っていたら……〟

「そのバスタード剣に手を触れてみろ。そしたら、それが鞘から出ないうちに、おまえの私生児(バスタード)の首を斬り取ってやるぞ」マンスがいった。「おまえに対して堪忍袋の緒が切れかかっているんだぞ、鴉め」

「いいな」イグリットが促した。「そいつは死んだ。だれであったにしても」

かれが顔をしかめると、頬の血の塊が砕けた。〝これは難しすぎる〟ジョンは絶望して思った。〝裏切り者にならずに、裏切り者の演技をするにはどうすればいいんだ？〟そのことはクォリンはいわなかった。しかし、二歩目はつねに一歩目よりも容易である。「〈熊の御大(オールド・ベア)〉です」

「あのじじいか？」ハーマは信じられないような口調でいった。「あいつがじきじきにやってきたって？　では、黒の城(カースル・ブラック)の指揮官は誰なんだ？」

「バウエン・マーシュ」こんどはジョンはすぐに答えた。〝何をたずねられようと、しりごみしてはならぬ〟

マンスは笑った。「もしそうなら、この戦(いくさ)はおれたちの勝ちだ。バウエンは剣の使い方よりも、数え方のほうがずっと得意だ」

「〈熊の御大(オールド・ベア)〉がここの指揮を執りました」ジョンはいった。「この場所は高くて堅固です。そして、かれはさらに防備を固めました。穴を掘り、杭を植え、食糧と水を運び上げました。

準備を整えたのです……」

「……おれに対してだな？」マンス・レイダーが結論をいった。「なるほど。もし、おれが愚かにもこの丘を強襲していたら、一羽の鴉を殺すのに五人の兵士を失っていたかもしれん。それでも、運がよかったと思ったろうよ」かれは口元を引き締めた。「だが、死人が歩くときは、壁や杭や剣は意味がなくなる。おい、死人と闘うことはできないのだぞ、ジョン・スノウ。そのことをおれの半分も知っているやつはいないのだ」かれは暗くなっていく空を見上げて、いった。「鴉どもは、意外にもおれたちの助けになったのかもしれん。なぜ攻撃を受けなかったのかと、おれは怪しんでいたのだ。だが、これから五百キロも行かなければならぬ。それに、寒さがつのっている。ヴァラミア、おまえの狼たちに〈亡者〉どもの匂いを追わせろ。あいつらに不意討ちを食うのはごめんだ。〈鎧骨公〉よ、見張りを倍にして、全員に松明と火打ち石を持たせろ。スター、ジャール、おまえたちは夜が明けしだい、出発しろ」

「マンス」〈がらがら帷子〉がいった。「おれは鴉の骨が欲しい」

イグリットがジョンの前に進み出た。「もとの仲間を守るために嘘をついた人を、殺すことはできないよ」

「やつらはまだこいつの仲間だ」スターが断言した。

「そうではない」イグリットがいい張った。「かれはわたしを殺さなかった。そう命じられたのに。そして、〈二本指〉を殺した。みんなが見たように」

ジョンは白い息を吐いた。〝もし、嘘をつけば、かれにわかるだろう〟かれはマンス・レイダーの目をじっと見つめて、火傷した手を開いたり閉じたりした。「ぼくはあなたのくれたマントを着ました、陛下」

「羊皮のマントをね！」イグリットがいった。「そして、かれとわたしはいく晩もその下でダンスをするのよ！」

ジャールは笑った。そして、〈犬頭のハーマ〉さえも薄笑いを浮かべた。「そういうことになっているのか、ジョン・スノウ？」マンス・レイダーが穏やかにたずねた。「彼女とおまえは？」

〈壁〉の外では常識は容易に破られる。ジョンはもはや名誉と恥の区別も、正と邪の区別もつけられないと感じていた。〝父よ、許してください〟「はい」かれはいった。

マンスはうなずいた。「よろしい。では明朝、ジャールやスターと一緒に行け。おまえたち二人とも。ひとつのように鼓動する二つの心臓を、おれはとても引き離すことはできない」

「どこに行くのですか？」ジョンはいった。

「〈壁〉を越えて行け。もうそろそろ、おまえの誠意を言葉以上のもので証明してもよいころだぞ、ジョン・スノウ」

族長(マグナー)は喜ばなかった。「おれが鴉にどんな用がある？」

「かれは〈冥夜の守人(ナイツ・ウォッチ)〉を知っており、〈壁〉を知っている」マンスはいった。「また、今までのどんな侵略者よりも、黒の城（カースル・ブラック）のことをよく知っている。かれの使い道はあるだろう。さもなければ、おまえはばかだ」

スターは顔をしかめた。「かれの心はまだ黒いかもしれんぞ」

「では、切り出せ」マンスは〈がらがら帷子〉のほうを向いた。「わが〈鎧骨公〉よ、どんな犠牲を払っても、部隊の前進を続けろ。もしわれわれが、モーモントより早く〈壁〉に着けば、われわれの勝ちだ」

「そうします」〈がらがら帷子〉の声は腹立たしいだみ声になっていた。

マンスはうなずいて歩み去り、ハーマと〈六つの皮を持つ男〉がその後に続いた。ヴァラミアの狼と暗闇猫（シャドウキャット）がそれを追った。ジョンとイグリットは、ジャール、〈がらがら帷子〉、族長（マグナー）とともに後に残った。この二人の年配の野人は憎悪を隠しきれない目でジョンを見た。そして、ジャールがいった。「聞いたとおりだ。おれたちは夜明けに出発する。できるだけたくさんの食糧を持ってこい。狩りをしている時間はないだろう。そして、顔の手当てをしてもらえ、鴉。血だらけのひどい形相になっているぞ」

「そうしよう」ジョンはいった。

「嘘をつかないのが身のためだぞ、娘」〈がらがら帷子〉が巨人の頭蓋骨の陰で目を光らせて、イグリットにいった。

ジョンは〈ロングクロウ〉を抜いた。「おれたちに近づくな。さもないと、クォリンと同じ目にあうぞ」

「ここでは、助けてくれる狼はいないぞ、小僧」〈がらがら帷子〉も自分の剣に手を伸ばした。

「そうかな？」イグリットが笑った。

環状壁の石の上に、ゴーストが白い毛を逆立ててうずくまっていた。かれは音をたてなかったが、その暗い赤い目に殺気をみなぎらせていた。〈鎧骨公〉はゆっくりと剣から手をはなして、一歩後にさがり、一言ののしって、行ってしまった。

ジョンとイグリットが〈拳(フィスト)〉から下りていくと、かれらの馬の横をゴーストがひたひたとついてきた。ジョンがもう話しても安全だと感じたのは、ミルクウォーター川をなかば渡ったときだった。「おれのために嘘をついてくれと、頼んだ覚えはないぞ」

「嘘なんかつかなかった」彼女はいった。「一部を省略しただけだ」

「おまえ、こういったぞ——」

「——あんたのマントの下でいく晩もやるとね。でも、いつそれを始めるかはいわなかったよ」彼女がかれに向けた笑顔は、ほとんど恥ずかしがっているかのようだった。「今夜は、ゴーストを別の場所で眠らせてね、ジョン・スノウ。マンスがいったように、行為は言葉よりも真実なのよ」

16 ―― サンサ

「新しいガウン？」彼女は驚くとともに警戒していった。

「これまでお使いになったどのガウンよりも、美しいものですよ、お嬢さま」その老女は断言した。彼女は結び目をつけた長い紐でサンサの腰まわりを計った。「すべてシルクとミアのレースで、サテンの裏をつけます。とても、お美しくなりますよ。クイーンじきじきのご注文です」

「どのクイーンかしら？」マージェリーはまだジョフの王妃(クイーン)にはなっていなかったが、前にレンリー王の王妃(クイーン)だった。それとも仕立屋は〈茨の女王(クイーン)〉のことをいっているのかしら？　あるいは……

「摂政太后(クイーン・リージェント)さまでございますよ」

「クイーン・サーセイ？」

「間違いございません。あの御方には長年にわたって、ご愛顧をいただいております」老女はサンサの脚の内側に紐を当てた。「もうあなたさまは一人前の貴婦人だと、陛下はおっしゃいました。そして、幼い少女のような服装をすべきではないと。腕を上げて」

　サンサは腕を上げた。新しいガウンが必要なのは事実だった。彼女は去年から八センチ背が伸びていた。そして、古い衣装の大部分は、初潮を迎えた日にマットレスを燃やそうとして、煙で台なしにしてしまったのだった。

「あなたの胸は太后さまの胸と同じくらい美しいでしょう」老女はサンサの胸に紐をまわしながらいった。「そのように隠すものではありません」

　それをきいて、彼女は赤面した。しかし、この間、乗馬をしたときに、胴着の紐をいちばん上まで締めることができなかった。そして、ある馬丁は、彼女が馬に乗るのを助けながら、目を丸くして見つめたものだった。ときどき、大人の男性が自分の胸を見ているのに、彼女は気がつくこともあった。また、チュニックのいくつかは、それをつけているとほとんど息ができないほどきつく感じた。

「どんな色にするの？」彼女はその女仕立屋にたずねた。

「色は、おまかせください、お嬢さま。かならずお気に召しますよ。下着も長靴下も、またスカートもマントも、その他すべて……高貴なお生まれの、美しい、若いお嬢さまにふさわしい物にいたします」

「王さまの婚礼に間に合うかしら？」

「おう、もっと、ずっと早くしろとの、太后陛下のご命令です。わたくしは六人のお針子と十二人の見習いを抱えています。そして、このために、他の仕事をすべて脇に置いてしまいました。多くの貴婦人方がわたしどもをお恨みになるでしょうが、なにしろ、太后さまのご命令ですからね」

「太后陛下のお心遣いに、ていねいにお礼を申し上げてくださいね」サンサは礼儀正しくいった。「わたしに対して、あまりにもお優しくしてくださいます」

「陛下はとても気前がよろしいのですよ」女仕立屋は賛成し、道具をまとめて出ていった。

〝でも、なぜ？〟サンサは一人になると考えた。そして、不安になった。〝このガウンはきっとマージェリーの差し金だ。あるいは、あのお祖母さまの〟

マージェリーの親切は変わるところがなかった。そして、彼女の存在がすべてを変えた。その知り合いの貴婦人たちもサンサを歓迎してくれた。サンサが他の婦人たちとのつきあいを楽しむのは、とても久しぶりだった。それがどんなに楽しいか、彼女はほとんど忘れてしまっていた。レディ・レオネットはハイハープの演奏を教えてくれたし、レディ・ジャナは粒選りの噂話をすべて聞かせてくれた。メリー・クレインはいつもおもしろい話をしてくれ、幼いレディ・ブルワーはアリアを思い出させた。もっとも、あれほど気性が激しくはなかったけれども。

サンサ自身の年齢にもっとも近いのはエリノア、アラ、メガの従姉妹三人組だった。彼女らはタイレル家のもっとも若い傍系の出だった。「藪の下のほうに咲いた薔薇なんですよ」機知に富み、すらりと優美なエリノアがふざけていった。メガは丸顔で声が大きく、アラは内気で美しかった。しかし、エリノアは成人した婦人の権利で、この従姉妹三人組を支配していた。彼女は花盛りの乙女であるのに対して、メガとアラはほんの少女にすぎなかったのである。

　この従姉妹たちは生まれつき彼女を知っていたかのように、サンサを仲間に入れてくれた。彼女らは針仕事をしたり、レモンケーキと蜂蜜入りワインを食べたり飲んだりしながらお話をして長い午後を過ごし、また夕方にはよく牌遊びをし、城の聖堂（セプト）で一緒に歌った……そして、しばしば一人か二人がマージェリーのベッドで一緒に寝るのを選び、小さな声で話をしながら夜のなかばを過ごした。アラは美しい声の持ち主で、せがまれるとウッドハープを弾きながら騎士道や失恋の歌を歌うのだった。メガは歌えなかったが、キスされるのが大好きだった。ときどきアラとキス遊びをするのだと、メガは告白したが、それは男とキスするのとは別物だったし、王とキスするなんてとんでもないことだった。サンサは自分がしたように、〈猟犬（ハウンド）〉にキスすることをメガはどう思うだろうかと考えた。〈ハウンド〉は合戦の夜にワインと血の匂いをぷんぷんさせて彼女のところに来たのだった。〝かれはわたしにキスして、殺すぞと脅し、それから歌を歌わせた〟

「ジョフリー王はとても美しい唇をしているわ」メガはわれを忘れてまくしたてた。「おう、かわいそうなサンサ、かれを失ったとき、あなたは胸がつぶれる思いをしたでしょうね。おう、きっと泣いたにちがいないわ！」

　〝ジョフリーはあなたの想像以上に、しょっちゅうわたしを泣かせたのよ〟彼女はいいたかった。しかし、彼女の声をかき消す〈バターバンプス〉はここにはいなかった。それで、彼女は唇を結んで舌を抑えた。

エリノアについていえば、彼女はアンブローズ公の息子である若い従士と婚約をしており、その若者が騎士に叙任されしだい、結婚することになっていた。かれは彼女の好意のしるしを身につけてブラックウォーターの合戦に出陣し、ミア人の弩弓兵を一人、サー・マレンドア配下の兵士一人を討ち取ったのだった。「アリンはね、彼女の好意のしるしのおかげで、恐怖心がなくなったというわ」とメガがいった。「かれは戦の雄叫びとして彼女の名前を叫んだというのよ。これ、すごくいかすと思わない？　わたしもいずれ、どこかの最高の騎士にわたしの好意のしるしをつけさせて、百人の敵を殺させたいわ」エリノアは彼女に、おだまりといったが、とても嬉しそうに見えた。

〝この人たちは子供なんだわ〟とサンサは思った。〝愚かな幼い娘たちよ。エリノアだってそうだわ。彼女らは戦を見たことがないし、人の死ぬのを一度も見ていないのだから〟彼女らの夢は歌と物語に満ちていた――ジョフリーがサンサの父親の首をはねる前に、彼女の夢がそうであったように。サンサは彼女らを憐れんだ。サンサは彼女らをうらやんだ。

しかし、マージェリーは違っていた。優しくて穏やかだ。それでも、彼女にはその祖母の気性もいくらか入っていた。一昨日、彼女はサンサを鷹狩りに連れていった。戦の後で市の外に出たのはこれがはじめてだった。死者は焼かれたか埋められたかしていたが、〈泥の門〉はスタニス公の破城槌の当たった部分が砕かれ傷ついていた。そして、ブラックウォーター河の両岸には、壊れた船の残骸が見え、焦げたマストが浅瀬からひょろ長い黒い指のように突き出ていた。唯一の交通機関は平底の渡し船だけだった。そして、〈王の森〉に着くと、そこは灰と炭と枯れ木ばかりの荒れ地になっていた。しかし、入り江にそった沼地には水鳥が群れていて、サンサの小型の隼(ハヤブサ)は三羽の鴨を捕らえ、一方、マージェリーの大型の隼は全速力で飛んでいる鷺(サギ)を一羽捕らえた。

「ウィラスは七王国でいちばんよい鳥を持っているのよ」ちょっと二人だけになったときにマージェリーがいった。「かれは鷹を飛ばすこともあるの。楽しみにしていてね、サンサ」

彼女はサンサの手を取ってきゅっと握っていった。「かわいい妹(いもうと)」

〝妹ですって〟サンサはかつてマージェリーのような姉妹を持つことを夢見た。美しくて、優しくて、世のすべての魅力を備えている姉妹を。しかし、アリアは姉妹としてはまったく不満足な人物だった。〝自分を妹と呼んでくれる人を、どうしてジョフリーと結婚させることができようか？〟そう思うと、突然、涙があふれた。「マージェリー、お願い」彼女はいった。「おやめなさい」この言葉を出すのは辛かった。「かれと結婚してはならないわ。かれは見かけどおりの人ではないのよ。違うのよ。あなたを傷つけるわ」

「わたしはそうは思わないの」マージェリーは自信ありげに微笑した。「わたしに警告するとは勇気があるわね。でも、心配する必要はないわ。ジョフリーは甘やかされ、自惚れが強い。そして疑いなく、あなたがいうように残酷よ。でもね、父はロラスをジョフリーの〈王(キングズガード)の楯〉に指名するように強要してから、この縁談に同意したのよ。だから、夜も昼もわたしを守ってくれる、七王国でもっとも立派な騎士を、わたしはそばに持つことになるのよ。ちょうど、プリンス・エイモンがネイリスを守ったようにね。だから、わたしたちの小さな獅子はお行儀よくするのが最善なのよ、そうでしょう？」彼女は笑っていった。「さあ、かわいい妹、川まで全速力で走って戻りましょう。護衛たちがかんかんになるわよ」そして彼女は返事を待たずに馬に拍車をかけて、飛ぶように走りだした。

〝彼女はとても勇気がある〟サンサは彼女の後を全速力で追いながら思った……それにしても、まだ疑いの気持ちが彼女の胸を噛んでいた。サー・ロラスは偉大な騎士だ。それはそのとおりだ。しかし、ジョフリーには他の〈王の楯(キングズガード)〉もいる。そして、金色(こんじき)のマントも真紅のマントもついている。そして、もっと年をとれば、自分自身の軍隊を指揮することになるだろう。エイゴン下劣王がネイリス王妃を決して傷つけなかったのは、たぶん、兄弟の〈ドラゴンの騎士〉が怖かったからだろう……しかし、もう一人の〈王の楯(キングズガード)〉が王のお気に入りの女性と恋に落ちると、王はその二人の首をはねたのだった。

〝サー・ロラスはタイレル家の人だ〟とサンサは自分にいい聞かせた。〝エイゴンのもう一人の騎士はトイン家の人にすぎなかった。その兄弟は軍隊を持たず、かれに復讐するには剣を使うしかなかった〟しかし、考えれば考えるほど、彼女はわからなくなった。〝ジョフは数カ月は我慢するかもしれない。もしかしたら一年くらいの間は。でも、遅かれ早かれ鉤爪を剝き出すだろう。そして、かれがそうしたら……〟国内にもう一人の〈王殺し(キングスレイヤー)〉が現われるかもしれない。そして、獅子の家来と薔薇の家来がどぶに血を流し、都市の内部で戦が始まるかもしれなかった。

こういうことをマージェリーが考えていなかったのも、サンサにとっては驚きだった。

〝でも、彼女はわたしより年上だし、わたしより賢明であるにちがいない。そして、彼女の父、タイレル公は自分のすることがきっとわかっているはずだ。わたしが愚かなことを考えているだけだろう〟

わたしはハイガーデン城に行ってウィラス・タイレルと結婚するつもりだとサー・ドントスにいったとき、かれはほっとしてわたしのことを喜んでくれるだろうと、彼女は思った。ところが、かれは彼女の腕をつかんでいったのだった。「とんでもない！」かれは酒のためだけでなく恐怖のために、だみ声になっていった。「いいですか、あのタイレル家の連中は、花をつけたラニスターにすぎないのですよ。お願いします。そんな愚かなことは忘れてください。あなたのフロリアンにキスして、わたしたちの計画どおり、ことを進めると約束してください。ジョフの婚礼の夜には——もう、それほど先ではありません——銀のヘアーネットをかぶって、わたしのいったようにしてください。そして、その後で、わたしたちは逃走するのです」かれは彼女の頰にキスしようとした。

サンサはかれの手をすり抜けて、後ずさりした。「だめよ。できないわ。うまくいかないわよ。わたしが逃げたいと望んだときには、あなたはわたしを連れていこうとしなかった。そして今は、わたしはその必要がないのよ」

ドントスは間の抜けた顔で彼女を見つめた。「でも、準備は整っているのですよ、お嬢さん。あなたを故郷に乗せていく船も、その船まで乗せていくボートも。あなたのフロリアンはかわいいジョンクィルのために、全部手配をすませたのです」

「迷惑かけてすまなかったわね」彼女はいった。「でも、もう船もボートも要らなくなったのよ」

「しかし、これはすべてあなたの安全を確保するためなのですよ」

「ハイガーデン城に行けば、わたしは安全よ。ウィラスがわたしを安全に守ってくれるでしょう」

「でも、かれはあなたを知りません」ドントスはいい張った。「そして、あなたを愛さないでしょう。ジョンクィル、ジョンクィル、そのかわいいおめめを開いてください。タイレル家の連中にとって、あなたという人間は問題ではないのです。かれらが結婚しようとしているのは、あなたの資格なのですよ」

「資格？」彼女は一瞬、理解できなかった。

「お嬢さん」かれはいった。「あなたはウィンターフェル城の跡継ぎです」かれはまた彼女の腕をつかんで、そんなことをしてはいけないと懇願した。だが、サンサは無理やりかれの手から逃れ、ふらふらしているかれを〈心の木〉の下に残してきてしまったのだった。それ以来彼女は〈神々の森〉を訪れていなかった。

しかし、かれの言葉を忘れたのではなかった。〝ウィンターフェル城の跡継ぎか〟彼女は夜ベッドに横たわって、考えるのだった。〝かれらが結婚しようとしているのは、あなたの資格なのですよ〟サンサは三人の兄や弟と一緒に育った。自分に資格があるとは決して思っていなかった。しかし、ブランとリコンが死んだとすると……〝それは問題ない。まだロブ何かを求めるだろうか?〟

がいる。かれはもう大人で、まもなく結婚して、息子をもうけるだろう。いずれにしても、ウィラス・タイレルはハイガーデン城の城主となるだろう。どうしてウィンターフェル城に何かを求めるだろうか?〟

彼女は、その音を聞くためにだけ、枕に向かってかれの名前をささやくのだった。「ウィラス、ウィラス、ウィラス」ウィラスはロラスと同様によい名前だと思った。音さえも多少は似ていた。かれの脚なんて、問題ではないだろう? ウィラスはハイガーデン城の城主になり、自分はそのレディになるのだ。

彼女は自分たち二人が、膝に小犬を抱いて庭園にすわっているところを想像した。あるいは、遊覧船でマンダー河に浮かび、吟遊詩人がリュートを掻き鳴らすのに耳を傾けるところを。〝わたしが息子たちを産んであげれば、かれはわたしを愛してくれるかもしれない〟彼女は息子たちにエダード、ブランドン、リコンと名づけて、三人ともサー・ロラスのような勇士に育てようと思った。〝そしてまた、ラニスター家を憎むように〟サンサの夢の中では、子供たちは、失った自分の兄弟にそっくりだった。時には、アリアにそっくりな少女さえもいた。

だが、ウィラスの姿を長く心に留めておくことは決してできなかった。彼女の想像力はかれを、若くて、優雅で、美しいサー・ロラスの姿に戻しつづけた。〝かれのことをそのように想像してはだめ〟彼女は自分にいい聞かせた。〝さもないと、かれに会ったとき、かれはわたしの目に失望を見るかもしれないから。そうしたら、かれはどうしてわたしと結婚できようか。わたしが愛しているのはかれの弟だと知ったら？〃ウィラス・タイレルは彼女の倍の年齢だと、彼女は常に自分にいい聞かせていた。しかも、脚が悪いと。そしてたぶん、その父親のように太っていて、赤ら顔でさえあるかもしれないと。しかし、顔立ちが整っていようといまいと、かれは彼女が持ちうる唯一の最高の騎士（チャンピオン）かもしれなかった。

　一度、彼女はマージェリーではなく自分が、ジョフと結婚する夢を見た。ところが、婚礼の夜にかれは首斬り役人のイリーン・ペインに変身してしまったのだった。彼女は震えて目覚めた。そしてマージェリーを自分と同じ目にあわせたくないと思った。しかし、タイレル家がこの縁談を進めるのを拒否するかもしれないと思うと、怖くなった。〃わたしは彼女に警告した。確かに警告した。わたしはかれの本当の性格を彼女に話した〃たぶんマージェリーは彼女を信じなかったのだろう。ジョフはかつてサンサに対してそうしたように、マージェリーに対して常に完璧な騎士の役を演じた。〃でも、彼女はたちまちかれの本当の人格を知るだろう〃サンサはこんど聖堂（セプト）にお参りしたら、天の〈慈母〉に灯明を上げて、マージェリーをジョフリーの残酷な行為からお守りくださいと祈ることにきめた。そして、たぶん、ロラスのために〈戦士〉にも灯明を上げようと。

　あの女仕立屋が最後に寸法をとったときに、彼女はベイラー大聖堂（グレート・セプト）の儀式に、その新しいガウンを着ようときめた。〃だから、サーセイはわたしのためにあれを仕立てさせているにちがいない。婚礼の席でわたしがあまり見すぼらしく見えないように〃実は、その後の宴会では別のガウンを着なければならないが、それにはどれか古いガウンでもよいだろうと彼女は思った。新しいガウンを食べ物や飲み物で汚す危険を冒したくなかった。〝わたしはあれをハイガーデンに持っていかなければならない〟彼女はウィラス・タイレルのために美しく装いたいと思った。〝たとえドントスがいうように、ウィラスが欲しいのはわたしではなくウィンターフェル城であるとしても、それでもわたしという人間を愛するようになるかもしれない〟サンサはしっかりと自分の胸を抱き、ガウンができあがるまで、どのくらいかかるだろうかと思った。それを着るのが待ちきれなかった。

17――アリア

雨が降ったりやんだりしていたが、灰色の空のほうが青空よりも多かった。そして、すべての川が増水していた。三日目の朝、アリアはたいていの苔が立ち木の逆の面に生えているのに気づいた。「道を間違えているよ」特別に多くの苔が生えている楡の木のところを通ったときに、彼女はジェンドリーにいった。「南に向かっている。ほら、幹の苔の生え方を見てごらん」

ジェンドリーは濃い黒い髪の毛を目から押し退けて、いった。「道なりに来ているんだから、問題ないよ。ここでは道が南に向かっているのさ」

〝一日じゅうずっと南に向かって進んできたんだよ〟と彼女はいいたかった。〝そして、昨日もそうだった。あの川床に沿って進んできたときに〟しかし、昨日はそれほど注意を払っていたわけではなかったので、あまり確信はなかった。「道に迷ったと思うな」彼女は低い声でいった。「川から離れるべきではなかった。川に沿って進めばよかったのに」

「川は曲がったり、ぐるりとまわったりする」ジェンドリーはいった。「このほうが近道なんだ、絶対に。無法者の秘密の道か何かだ。レムもトムも、あいつらは長年ここに住んでいたんだぞ」

　それはそのとおりだった。アリアは唇を噛んだ。「でも、苔が……」

「こんなに雨が降りつづけば、今におれたちの耳から苔が生えるだろうよ」ジェンドリーは文句をいった。

「南の耳からだけよ」アリアは頑固にいい張った。何につけても、〈牡牛〉を説得しようとするのは無駄だった。それでも、ホット・パイがいなくなった今では、かれは彼女の唯一の真の友人だった。

「パンを焼くのにおれが必要だと、シャーナがいうんだよ」かれらが出発する日に、ホット・パイが彼女にいったのだった。「とにかく、おれは雨と鞍ずれと、いつもびくびくしているのに疲れたんだ。ここにはエールがあるし、兎の肉も喰えるし、パンはおれのほうがうまく焼けるだろう。おまえたち戻ってきたら喰わせてやるよ。戻ってくるんだろう？　戦が終わったら？」それからかれは彼女が誰だったか思い出して、顔を赤らめて付け加えた。「お嬢さま」と。

　アリアは戦が終わるかどうかわからなかったが、うなずいたのだった。「あの時、叩いたりして、ごめんね」彼女はいった。ホット・パイは愚かで臆病だったが、キングズ・ランディングを出てからずっと一緒だった。そして、彼女はかれに慣れてしまっていた。「おまえの鼻を折っちゃった」

「レムの鼻も折ったぞ」ホット・パイはにやりとした。「あれはよかった」

「レムはそうは思わなかったけどね」アリアは仏頂面でいった。それから別れの時がきた。ホット・パイがお嬢さまの手にキスしてもいいかとたずねると、彼女はかれの肩をなぐりつけた。「その呼び方をするな。おまえはホット・パイ、おれはアリーだ」

「おれはここではホット・パイじゃない。シャーナはただ〈小僧(ボーイ)〉と呼ぶ。もう一人の〈小僧〉を呼ぶときと同じだ。いまにこんがらかるぞ」

かれがいなくなったのは、意外に彼女の心にこたえた。しかし、ハーウィンが幾分その埋め合わせになった。彼女はかれの父親のハレンのことをかれに話し、また、彼女が逃げ出した日に、かれが赤の王城(レッド・キープ)の厩舎の中で死んだ様子も話して聞かせたのだった。「父は厩舎で死ぬだろうといつもいっていました」とハーウィンはいった。「でも、かれが死ぬのは、獅子の群れのためではなくて気性の荒い牡馬か何かのためだろうとみんないっていたのです」アリアはまた、ヨーレンと一緒にキングズ・ランディングから脱出したときのことや、それから後に起こった多くのことについても話した。しかし、〈針(ニードル)〉で刺し殺した馬丁のことと、ハレンの巨城(ホール)から脱出するときに、喉を掻き切った衛兵のことは伏せておいた。ハーウィンに話をするのは、父に話すのとほとんど同じような感じだったが、父親に知らせるのに耐えられないことがいくつかあったのだった。

また、ジャクェン・フ＝ガーと、かれに貸して支払ってもらった三つの死についても、話さなかった。かれがくれた鉄のコインを、アリアはベルトの下に押しこんで持っていた。だが、ときどき、夜になるとそれを取り出して、かれが顔をなでるとその顔が溶けて別の顔になってしまったことを思い出すのだった。「ヴァラー・モルグリス」彼女は声をひそめていうのだった。「サー・グレガー、ダンセン、ポリヴァー、〈善人面のラフ〉。〈一寸刻み（ティクラー）〉と〈猟犬（ハウンド）〉。サー・イリーン、サー・マーリン、クイーン・サーセイ、キング・ジョフリー」

彼女の父親がベリック・ドンダリオンとともに西に送った二十人のウィンターフェル城の家臣のうち、六人しか残っていないと、ハーウィンは彼女にいった。そして、かれらは散り散りになってしまったと。「あれは罠でした、お嬢さま。タイウィン公は、火や剣とともに家来の〈山（マウンテン）〉を送り出して、赤の支流（レッド・フォーク）を渡らせました。あなたのお父上を誘い出そうという算段でした。グレガー・クレゲインを始末するためにエダード公みずから西に来るように、かれは計画したのです。もし、お父上がそうしていたら、殺されるか、あるいは捕虜になって、当時お母上の捕虜になっていた〈小鬼（インプ）〉と交換されたことでしょう。ただし、〈王殺し（キングスレイヤー）〉はタイウィン公の計画をまったく知らずにいて、弟の〈小鬼（インプ）〉が捕らわれたと聞いたときに、あなたのお父上をキングズ・ランディングの街路で襲ったのです」

「覚えているわ」アリアはいった。「かれはジョリーを殺したのよ」ジョリーは、邪魔をするなというとき以外は、いつも彼女に微笑みかけたものだった。

「かれはジョリーを殺しました」ハーウィンは認めた。「そして、あなたのお父上は、かれの馬が倒れかかったときに、脚を折られました。だから、エダード公は西に行けなかったのです。かれは代わりにベリック公を派遣しました。ご自分の家来を二十人と、ウィンターフェル城から来た者を二十人つけて。わたしはその中にいました。それ以外に他の者もいました。ソロスとサー・レイマン・ダリーと、かれらの家来と、サー・グラッデン・ワイルド、ローサー・マラリーという名前の城主などです。しかし、グレガーはママーズ・フォードで、両岸に兵士を隠して、待ち構えていました。われわれが渡りはじめると、前後から襲いかかりました。

わたしは〈マウンテン〉がレイマン・ダリーを一刀のもとに切り殺すのを見ました。ものすごい力で、ダリーの腕が肘から切断され、その下の馬も死にました。かれとともにグラッデン・ワイルドもその場で死に、マラリー公は馬で踏み倒されて、溺死しました。われわれは獅子に取り囲まれました。そして、自分も他の者たちと同じ運命をたどるかと思いました。しかし、アリンが大声で命令を叫び、われわれの部隊に秩序を取り戻したのです。そして、まだ馬上に残っていた者たちがソロスのまわりに結集して、逃げ道を切り開いたのです。その朝、われわれは百二十人いたのに、夕暮れには四十人しか残っておらず、ベリック公は重傷を負っていました。その夜、ソロスがかれの胸から槍の先を抜き取り、その穴に煮えたワインを注ぎ入れました。

公は夜明けまでにきっと死ぬだろうと、われわれは確信していました。でも、ソロスは焚き火のそばで一晩じゅうかれと一緒に祈り、夜が明けてもかれはまだ生きていて、回復のきざしがありました。馬に乗ることができるようになるまでに、二週間かかりましたが、公の勇気はわれわれを力づけてくれました。かれはこういいました。われらの戦はママーズ・フォードで終わったのではなく、あそこで始まったばかりなのだ。そして、味方の戦死者一人について、十倍に復讐してやろうと。

　このころには戦闘はわれわれを通り越してしまっていました。〈マウンテン〉の兵士は、タイウィン公の軍勢の先鋒にすぎませんでした。かれらは大挙して赤の支流（レッド・フォーク）を渡り、道沿いのあらゆるものを焼き尽くして河川地帯（リヴァーランド）になだれこみました。われわれはあまりに少数だったので、せいぜいかれらの後尾を脅（おびや）かすことしかできませんでした。しかしわれわれは、ロバート王がタイウィン公の反乱軍を撃破するために西に進軍してきたら、かれらと合流しようと話し合っていました。この時はじめて、ロバートが死に、エダード公も死んで、サーセイ・ラニスターの餓鬼が〈鉄の玉座〉にのぼったと聞いたのです。

　これで世界全体が逆転しました。つまり、われわれは無法者（アウトロー）を始末するために、〈王の手〉によって派遣されたのに、今ではわれわれが逆徒（アウトロー）となり、タイウィン公が〈王の手〉になったのです。そこで、降伏しようという者もいくらかいました。しかし、ベリック公はそれに耳を貸さず、こういいました。われわれはまだ王の兵士であり、獅子どもが虐待しているのは王の臣民であると。ロバート王のために戦うことができないなら、われわれは全員が戦死するまで、王の臣民のために戦おうではないかと。そして、そのようにしました。ところが、戦っているうちに奇妙なことが起こりました。われわれが一人戦死するごとに、二人がその代わりに現われました。騎士や従士や、高貴な生まれの人も少しはいましたが、大部分は農夫や楽士や旅籠の主人や、召使や靴屋のような平民で、二人の司祭（セプトン）さえもいました。あるゆる種類の男、女も。そして子供や犬までも……」

「犬だって？」アリアはいった。

「はい」ハーウィンはにやりとした。「われわれの若者の一人は、とんでもなく質(たち)の悪い犬を飼っているのですよ」

「わたしにも質の悪い立派な犬がいればよいのに」アリアは残念そうにいった。「獅子殺しの犬がね」彼女はかつてナイメリアという名前の大狼(ダイアウルフ)を飼っていた。しかし、その牝の大狼がサーセイに殺されるのを防ぐために、彼女は石を投げてそいつを追い払ったのだった。

〝大狼は獅子を殺すことができるだろうか？〟と彼女は思った。

その日の午後、また雨が降り、雨は夕方遅くまで降りつづいた。ありがたいことに、逆徒たちはそこらじゅうに秘密の友人を持っていた。だから、彼女やホット・パイやジェンドリーがしょっちゅうそうしていたように、かれらは露天で眠ったり、雨漏りのするあばら家を探したりする必要はなかった。

その晩、かれらは焼かれて放棄された村に泊まった。少なくともそれは放棄されているように見えた。ところが、〈幸あれかしのジャック〉が狩りの角笛で、短音を二つと長音を二つ吹き鳴らすと、あらゆる種類の人々が廃墟から、秘密の地下室から、這い出してきた。かれらはエールと干し葡萄(ブドウ)と、いくらかのすえた大麦パンを持っていた。そして、この逆徒たちは来る途中でアンガイが射落とした鵞鳥を一羽持っていた。だから、この夜の夕食はほとんど宴会のようになった。

アリアが鳥の羽根の最後の肉片を吸っていると、村人の一人が〈レモンクロークのレム〉

に向かっていった。「二日足らず前に、兵士どもがここを通過していったぞ。〈王殺し（キングスレイヤー）〉を探していたんだ」

レムは鼻を鳴らした。「それなら、リヴァーラン城を捜索したほうがいい。いちばん深い地下牢をさ。あそこはじめじめした結構な場所だ」かれの鼻はつぶれた林檎（リンゴ）に似ていて、赤く、皮が剝けて、腫れていて、機嫌は険悪だった。

「いいや」別の村人がいった。「かれは逃げた」

〝〈王殺し（キングスレイヤー）〉が〟アリアは首筋の毛が逆立つのを感じた。そして、息をつめて耳を澄ました。

「まさか？」〈七つのトム（トム・オ・セヴン）〉がいった。

「そんなこと信じないぞ」錆びた鍋のような兜をかぶった片目の男がいった。他の逆徒たちはかれを〈幸あれかし（ビー・ラッキー）のジャック〉と呼んだが、片目を失うならあまりラッキーではないなと、アリアは思った。「おれは地下牢の味を知っている。どうして逃げられたのかなあ？」

それを聞いても、村人は肩をすくめるだけだった。〈緑の鬚（グリーンベアド）〉が濃い灰緑色の頰髭をなでていった。「もし〈王殺し（キングスレイヤー）〉がまた自由になったら、狼たちは血の中に溺れることになる。ソロスに伝えなければならないぞ。〈光の王（ロード・オブ・ライト）〉は炎の中にラニスターの姿を見せてくれるだろう」

「ここには立派な火が燃えている」アンガイがにっこり笑っていった。

〈緑の鬚（グリーンベアド）〉は笑って、その弓兵の耳をぴしゃりと叩いた。「おまえにはおれがあの祭司に見えるか、〈射手（アーチャー）〉？　タイロシュのペロが火を覗きこめば、炭が髭を焦がすだけだ」

　レムは拳をぽきぽき鳴らして、いった。「しかし、ベリック公はジェイミー・ラニスターを捕らえたくないのだろうか……」

「かれはあいつを吊るすだろうか、レム？」村の女の一人がいった。「あんな美しい男を吊るすなんて、ちょっと残念だね」

「まず裁判だ！」アンガイがいった。「ベリック公はいつも裁判をする。おまえも知ってるくせに」微笑して、「それから吊るすのさ」

　あたり一面に笑い声が起こった。すると、トムがウッドハープの弦を掻き鳴らして、静かに歌いだした。

〈王の森〉の仲間たち、
　かれらは逆徒の集団だった。
森はかれらの城だった、
　しかし、かれらは土地をさまよった。
だれの黄金もかれらは見逃さなかったし、
　どんな乙女の手も見逃さなかった。
おう、〈王の森〉の仲間たちよ、
　あの恐ろしい逆徒の集団よ……

ジェンドリーとハーウィンの間の、暖かく乾燥した一隅で、アリアはその歌にしばらく聞き入った。それから目をつぶり、とろとろと寝入った。すると故郷の夢を見た。リヴァーラン城ではなくて、ウィンターフェル城の。だが、それはよい夢ではなかった。彼女は膝まで泥に埋まって、一人で城の外にいた。前方に灰色の城壁が見えたが、門に近づこうとすると、一足ごとに歩くのが困難になり、城はおぼろげになり、しまいには花崗岩よりもむしろ煙のように見えてきた。そして、そこには狼たちもいた。まわりの林の中を痩せた灰色の姿が目を輝かせて歩きまわっていた。かれらを見るたびに、彼女は血の味を思い出した。

翌朝、一行は道をそれて、野原を突っ切っていった。強い風が吹きすさび、馬の足元に茶色の枯れ葉が渦巻いた。だが、今だけは雨は降らなかった。雲の後ろから太陽が顔を出すと、それはあまりにも明るくて、アリアはフードを引き出して、日光が目に入らないようにしなければならなかった。

突然、彼女は手綱を引いた。「間違った方向に進んでいる!」

ジェンドリーが呻いた。「なんだ、また苔のことか?」

「太陽を見な」彼女はいった。「わたしたちは南に進んでいる!」アリアは鞍袋をかきまわして地図を探した。かれらに見せるためである。「決して三叉鉾河(トライデント)から離れてはいけなかったのよ。ほら」彼女は自分の脚の上に地図を広げた。今は、全員が彼女を見ていた。「ほら、川の間の、ここがリヴァーラン城だ」

「たまたま」〈幸あれかしのジャック〉がいった。「おれたちはリヴァーラン城がどこにあるか知っている。おれたちみんなが」

「おまえたちはリヴァーラン城に行くのではない」レムがぶっきらぼうにいった。

〃もう、ほとんどあそこに着いていたのに〃アリアは思った。〃かれらに馬をくれてやればよかった。残りの道は歩いてでも行けたのに〃それからあの夢を思い出して、唇を噛んだ。

「あー、そんなに悔しそうな顔をするなよ、子供」〈七弦(セヴンストリングズ)のトム〉がいった。「おまえに危害は加えないよ。それは約束してやる」

「嘘つきの約束だ！」

「だれも嘘はついていない」レムはいった。「約束はしなかった。おまえをどうするか、おれたちはいう立場にない」

レムはリーダーではなかった。それはトムも同様だった。リーダーはタイロシュ人の〈緑の鬚(グリーンベアド)〉だった。アリアはかれのほうを向いた。「わたしをリヴァーラン城に連れていけば、報酬がもらえるよ」彼女は必死にいった。

「子供よ」〈緑の鬚(グリーンベアド)〉が答えた。「農民は普通の栗鼠(リス)なら皮を剥いで鍋に入れる。だが、金の栗鼠が木に登っているのを見つければ、それを領主のところに持っていく。いや、持っていきたいと思うだろう」

「わたしは栗鼠じゃない」アリアはいい張った。

「栗鼠だよ」〈緑の鬚(グリーンベアド)〉は笑った。「望む望まないにかかわらず、おまえは〈稲妻公〉を見に出てきた小さな金の栗鼠なのだ。公はおまえをどう処置するか知っているだろう。賭けてもいいが、かれはおまえを母上のところに送り返すだろう。おまえの望みどおりに」

〈七弦のトム〉はうなずいた。「そうだ、それはいかにもベリック公らしい。かれはおまえを公平に扱うにちがいない」

〝ベリック・ドンダリオン公か〟アリアはハレンホールで、ラニスター家の者や〈血みどろ劇団〉の者たちから一様に聞いた話を思い出した。〈森の鬼火〉ことベリック公。ベリック公はヴァーゴ・ホウトに殺されたが、その前にはサー・エイモリー・ローチに殺されたし、〈マウンテン〉には二度も殺されたと。〝もしわたしを家に送り返さなければ、わたしも殺してやる〟「なぜ、わたしがベリック公に会わなければならないの？」彼女は静かにたずねた。

「おれたちは、高貴な生まれの捕虜をすべてかれのところに連れていくのだ」アンガイがいった。

〝捕虜か〟アリアは精神を鎮めるために深呼吸をした。〝静水のように静かに〟彼女は馬に乗っている逆徒たちのほうをちらりと見て、自分の馬の頭をまわした。〝さあ、蛇のようにすばやく〟と彼女は思いながら、乗っている馬の横腹を踵で強く蹴った。そして、〈緑(グリーン)の鬚(ベアド)〉と〈幸あれかしのジャック〉の間を駆け抜けた。そして、ジェンドリーの牝馬が彼女の進路からどいたときの、驚愕したかれの顔がちらりと見えた。それから、彼女は邪魔者のいない野原に出て、逃走を始めた。

もはや北であろうと南であろうと、東であろうと西であろうと問題ではなかった。かれらをまいてしまってから、リヴァーラン城への道を探せばよいのだ。アリアは鞍の上で体を前に乗り出し、馬を全力疾走に移らせた。背後で逆徒どもが戻ってこいと怒鳴り散らしていた。彼女はそれらの声に耳を閉ざしていたが、肩越しにちらりと振り返ると、四人が後を追ってきていた。アンガイとハーウィンと〈緑の鬚（グリーンベアド）〉が並んで馬を走らせ、レムは大きな黄色のマントを後ろになびかせて、ずっと後に取り残されていた。〝鹿のように速く〟彼女は馬に命じた。「走れ、さあ、走れ」

アリアは雑草の生い茂る茶色の野原を猛烈な勢いで突っ切っていった。草は腰の高さまであり、馬が全速力で疾走していくと枯れ葉が飛び散った。左手に森が見えた。〝あそこで、かれらをまくことができる〟野原の縁に沿って一筋の乾いた溝が走っていた。しかし、彼女は馬の歩調を乱すことなく、それを飛び越して、楡（ニレ）、櫟（イチイ）、樺（カバ）の木立に飛びこんだ。急いで振り返ると、アンガイとハーウィンがまだ懸命に後を追ってきていた。だが、〈緑の鬚（グリーンベアド）〉は後ろに取り残されてしまい、レムの姿はぜんぜん見えなかった。「もっと速く」彼女は馬に命じた。「走れるぞ、走れるとも」

二本の楡の木の間を通ったが、どちらの側に苔が生えているか、ぜんぜん注意して見なかった。一本の腐った丸太を飛び越し、折れた枝がぎざぎざ生えている巨大な倒木を大きく迂回していった。それから、スピードを緩めてゆるやかな坂を登り、スピードを速めて反対側を下った。馬の蹄は燧石（すいせき）を踏んで火花を散らした。その丘の頂上で彼女はちらりと後ろを見た。ハーウィンがアンガイの前に押し出ていたが、二人とも猛然と追ってきていた。〈緑(グリーン)の鬚(ベアド)〉はずっと後になり、へたばっているように見えた。

行く手を一本の小川が遮った。濡れた枯れ葉に塞き止められた水の中に、彼女はしぶきを上げて飛びこんだ。反対側に上がったときには、何枚かの枯れ葉が馬の脚にはりついていた。そちらは下生えがもっと繁っていて、地面には草木の根や石がたくさんあったので、速度を緩めなければならなかったが、なるべく速く進んでいった。また前方に丘があらわれた。こんどはもっと急な坂だった。それを上(のぼ)り、下(くだ)った。〝この森はどのくらい大きいのだろうか？〟と彼女は思った。自分の馬のほうが足が速いとわかっていた。ハレンホールの厩舎からルース・ボルトンの最良の馬を盗んできたのだから。しかし、そいつのスピードもここでは生かすことができなかった。〝また野原に出ないと。道を見つけないと〟ところが見つかったのは一本の獣道だった。それは細くてでこぼこしていたが、ないよりはましだった。彼女はそれに沿って疾走していった。木の枝が鞭のように顔を打った。その一本が彼女のフードに引っかかり、後ろに引っ張られた。彼女はほんの一瞬、追手に捕まったのではないかと思った。藪を通りすぎたとき、一匹の牝狐が彼女の猛烈な逃走に驚いて跳び出した。その獣道はもう一本の小川に彼女を導いた。いや、それとも同じ小川なのだろうか？　ぐるりとまわってしまったのだろうか？　その謎を解いている暇はなかった。追手の馬が背後の林の中を突進してくる音が聞こえた。昔キングズ・ランディングで追っかけていた猫のように、茨が彼女の顔を引っ掻いた。ハンの木の枝から雀の群れがぱっと飛び立った。しかし、今は木立がまばらになりはじめていた。そして突然、彼女は森の外に出ていた。前方に広い平らな野原が広がっていた。生えているのはすべて雑草と野生の小麦で、それらが濡れそぼち、踏みにじられていた。アリアは馬の腹を蹴って、また全力疾走に戻した。〝走れ〟彼女は思った。〝リヴァーラン城に向かって走れ、お家に向かって走れ〟追手をまくことができただろうか？　彼女は急いで振り返った。すると、五メートル後ろにハーウィンがいて、なおも接近してきていた。〝だめだ〟彼女は思った。〝だめだ、やめて。ひどいわ〟

かれが彼女の横に来たときには、どちらの馬も泡汗だらけになり、へたばっていた。かれは手を伸ばして彼女の手綱を握った。この時にはアリア自身も荒い息をしていた。勝負はついたとわかった。「あなたは北部人らしく馬を走らせますね、お嬢さま」ハーウィンは馬を引き止めていった。「叔母さまのレディ・リアナとそっくりです。でも、わたしの親父は厩長をしていたのですよ。覚えていらっしゃいますか？」

彼女は傷ついた表情でかれを見た。「おまえは父上の家来だと思ったのに」

「エダード公は亡くなりました、お嬢さま。わたしは今は〈稲妻公〉に仕えています。そして、誓約の兄弟（ブラザー）の味方をしています」

「どの兄弟（ブラザー）？」ハレン老人に他にも息子たちがいたとは、アリアの記憶になかった。

「アンガイ、レム、〈七つのトム（トム・オ・セヴン）〉、ジャック、そして〈緑の鬚（グリーンベアド）〉。かれらがみんなそうです。われわれは決してお兄さまのロブに危害を加えるつもりはありません、お嬢さま……しかし、われわれが戦うのはかれのためではありません。お兄さまは完全に自前の軍隊をお持ちです。

そして、大勢の偉い城主たちが膝を屈しています。でも、庶民にはわれわれしかいないのです」かれは探るような目で彼女を見た。「わたしのいっていることが、おわかりですか？」

「ええ」かれがロブの家来でないことは充分に理解できた。そして、自分がかれの捕虜であることも。〝ホット・パイとともに留まることもできたのに。あの小舟に乗ってリヴァーラン城までさかのぼることもできたのに〟〈ひよこ〉のままのほうが、いい生活ができたのに。〈ひよこ〉なら、だれも捕虜にしないだろうに。そう、ナンでも。そう、〈イタチ〉でも、そう、孤児のアリー少年でも。〝わたしは狼だったんだ〟と彼女は思った。〝でも今は、ただの愚かな小さなレディに戻ってしまった〟

「もう、おとなしく戻りますか」ハーウィンがたずねた。「それとも、縛り上げて、馬の背に放り上げなければなりませんか？」

「おとなしく戻るわ」彼女は膨れ面でいった。〝今のところは〟

18 サムウェル

サムはしくしく泣きながら、また一歩踏み出した。〝これが最後の一歩だ、これこそ最後だ。もう進めない。もうだめだ〟だが、かれの足はまた動いた。一歩、それからまた一歩。足が動いた。一歩、また一歩と。そしてかれは思った。〝これはおれの足ではない。だれか他のやつの足だ。だれか他のやつが歩いているんだ。おれであるはずがない〟

下を見ると、雪の中を足がよろよろと、つまずきながら歩いているのが見えた。不格好な物。しかもぎごちない。ブーツは元は黒かったように記憶しているが、今では雪がまわりにこびりついて、醜い雪のボールのようになっている。まるで、氷でできた二本の丸太ん棒みたいだ。

やみそうもない、雪は。吹き溜まりは膝の上まで来る。そして、凍った雪は白い臑当のように下肢を覆っている。かれは足を引きずり、よろよろと歩いていた。重い荷物を背負っているので、まるで猫背の怪物のような姿になっていた。しかも、疲れていた。ひどく疲れていた。〝進めない。母よ、お慈悲を。もうだめです〟

四歩か五歩ごとに、かれは手を伸ばして、剣帯を引き上げなければならなかった。剣は

〈拳〉で失ってしまったが、重い鞘がまだベルトからぶら下がっていた。しかし、ナイフは二丁持っていた。ジョンがくれたドラゴングラスの短剣と、そして肉を切るための鋼のやつを。それらすべての重量がかかっていて、しかも腹が大きく膨れているので、もし引き上げるのを忘れると、ベルトはどんなにきつく締めていてもたちまちすべり落ちて、くるぶしにからまるのだった。最初、腹の上にベルトを締めてみた。ところが、そうするとベルトはほとんど脇の下のところにきた。それを見ると、グレンは笑い転げ、〈陰気なエッド〉がいったものだった。「昔、そんなふうに首のまわりの鎖に剣を吊ったやつを見たが、ある日、そいつがつまずくと、剣の柄がそいつの鼻を突き上げたっけ」

　サム自身もつまずきながら歩いていた。雪の下には岩があり、木の根もあった。そして凍った地面に深い穴があることもあった。〈茶色のバナール〉はそれに踏みこんで、くるぶしを折った。あれは三日前のことだったか、それとも四日前のことだったか、あるいは……実際に何日前のことか、かれにはもうわからなくなっていた。その後、総帥はバナールを馬に乗せた。

　しくしく泣きながら、サムはまた一歩進んだ。それは歩くというよりも、むしろ落下する感じだった。果てしもなく落下していくが、決して地面に突き当たらない。ただ、前へ前へと落下していくのだった。〝止まらなくては。あまりにも辛い。あまりにも寒くて疲れている。眠る必要がある。焚き火のそばで、ほんのちょっと眠ればいい。そして、凍っていない物をひと口食べれば〟

しかし、止まれば死ぬのだ。それはわかっていた。みんな、それはわかっていた——生き残った少数の者たちは。〈拳(フィスト)〉から脱出したときには五十人いた。もしかしたら、もっといたかもしれない。しかし、何人かは雪の中で行方不明になり、数名の負傷者は出血のために死に……そしてときどき、サムは後ろで叫び声を聞いた。後衛部隊からだ。そして、一度は恐ろしい悲鳴を聞いた。それを聞いたとき、かれは走った。二十メートルか四十メートル。できるだけ速く、できるだけ遠くに。なかば凍った脚で雪を蹴立てて。脚がもっと強かったら、まだ走っているだろう。〝やつらは後ろにいる。まだ後ろにいて、おれたちを一人一人捕まえている〟

しくしく泣きながら、サムはまた一歩進んだ。あまり長いこと寒さにさらされていたので、もう温かみを感じるとはどういうことか忘れかけていた。かれは三枚のズボンをはき、仔羊の毛皮を二重にしたチュニックの下に、下着を二枚重ねて着こみ、その上に厚いキルトのコートを着て、鎖帷子(チェーン・メイル)の冷たい鋼が直接肌に触れないようにしていた。その長い鎖帷子(チェーン・メイル)の上に、ゆるやかな外衣を羽織り、その上に三倍の厚さのマントを着て、その角製のボタンを顎の下にしっかりとはめていた。かぶったフードは額まで覆っていた。また薄いウールと革の手袋の上に、重い毛皮のミットをはめた。顔の下半分にスカーフをしっかりと巻きつけ、フードの下には、羊毛で裏打ちしたきっちりはまる帽子をかぶり、それを引き下ろして耳を覆った。それでもなお寒さが体内にあった。特に、脚には。今ではもう脚に感覚がなくなっていた。しかし、ほんの昨日には、脚があまりに痛むので、歩くことはもちろん、立っていることもできないほどだった。一歩踏み出すごとに悲鳴を上げたかった。あれは昨日のことだったろうか？　覚えがなかった。〈拳(フィスト)〉を出てから眠っていなかった。あの角笛が鳴って以来、一度も。もっとも、歩きながら眠ったとすれば話は別だが。人間は歩きながら眠ることができるのだろうか？　サムにはわからなかった。いや、そうでなければ忘れてしまったのだ。

しくしく泣きながら、かれはまた一歩踏み出した。周囲には雪が渦巻いて降っていた。雪は白い空から降ることもあれば黒い空から降ることもあった。しかし、昼も夜も雪はやまなかった。雪はもう一枚のマントのように肩を覆い、背負っている荷物の上に高く積もった。そのためにますます重くなった。まるでだれかがナイフを突きたてて、歩くたびに前後左右にぐりぐりと動かすように、腰のくびれが猛烈に痛んだ。肩は鎖帷子(チェーン・メイル)の重みに苦しんでいた。これを脱ぐことができれば、何をやっても惜しくないとさえ思った。しかし、怖くて脱げなかった。とにかく、マントと外衣を脱がなくては鎖帷子(チェーン・メイル)には手が届かない。そんなことをすれば、凍えてしまうだろう。

〝もっと強くありさえすれば……〟と願った。だが、強くはないし、願っても無駄だった。サムは弱くて、太っていた。とても太っていて、自分の体重に耐えきれないほどだった。鎖帷子(チェーン・メイル)はあまりにも耐えがたかった。幾重(いくえ)にも衣服を着て、しかも鋼と皮膚の間にはキルトがはさまっているのに、まるで鎖帷子(チェーン・メイル)が肩を擦りむいているようだった。できることといったら、泣くことしかなかった。そして、泣くと涙が頬に凍りついた。

しくしく泣きながら、かれはまた一歩踏み出した。足を下ろすと凍結した雪面が割れた。さもなければ、ぜんぜん動くことができたとは思えなかった。右左の遠くのほうに、静かな木立の間に、降る雪の中に松明がぼんやりとオレンジ色の光輪となって見えた。首をまわすと、それらが木の間を上下に、また前後にひょこひょこと動いて進んでいくのが見えた。〝〈熊の御大（オールド・ベア）〉の炎の輪だ〟かれは自分にいい聞かせた。〝そして、あれから離れたら、とんでもないことになるぞ〟かれは歩いていきながら、まるで前方の松明を追いかけているような気分になった。しかし、それらには足もあった。かれの足よりも長く、丈夫なやつが。だから、かれは決してそれらに追いつくことができなかった。

　昨日、かれは自分も松明持ちに加えてくれと頼んだ。そうすると、暗闇が押し寄せてくる隊列の外を歩くことになるとしてもだ。火が欲しかった。火を夢見た。〝火があれば、寒くないだろうに〟しかし、おまえは出発のときに松明を持っていたのに、雪の中にそれを落として、火を消してしまったじゃないかと、だれかがいった。サムには松明を落とした記憶はなかった。だが、たぶんそれは事実なのだろう。長いこと腕を差し上げているには、力が弱すぎたから。松明のことをいったのは〈陰気なエッド〉だったろうか、それともグレンだったろうか？　どちらか、思い出すことができなかった。〝おれはでぶで、弱くて、役立たずだ。今では知恵さえも凍っている〟かれはまた一歩進んだ。

　鼻と口をスカーフで覆っていたが、今はそれも雪に覆われていた。しかも、それは顔に凍りついたにちがいないと思われるほどゴワゴワになっていた。呼吸すらも困難だった。そして、空気は吸いこむと痛みを感じるほど冷たかった。「母よ、お慈悲を」かれは凍ったマスクの下で、押し殺したかすれ声でつぶやいた。「母よ、お慈悲を。母よ、お慈悲を」かれは祈りの言葉をひとつ唱えるごとに、雪の中に足を引きずって一歩踏み出した。「母よ、お慈悲を。母よ、お慈悲を。母よ、お慈悲を」

　かれ自身の母親は数千キロも南の角の丘城（ホーン・ヒル）に、姉妹や弟のディコンとともに安全に暮らしている。〝彼女にはおれの声は聞こえない。天上の〈慈母〉にも聞こえないのと同様に〟司祭（セプトン）たちは異口同音に〈慈母〉は慈悲深いというが、〈七神〉の力は〈壁〉の外には及ばない。ここは古（いにしえ）の神々の支配する場所だ。名前のない、木や狼や雪の神々の。「お慈悲を」それからかれはささやいた。聞いてくれるものなら、古の神々であろうと、今の神々であろうと、悪魔であろうと、なんでもよかった。「おう、お慈悲を、わたしにお慈悲を、わたしにお慈悲を」

　〝マズリンは金切り声でお慈悲を乞うた〟これを、どうして突然思い出したのだろうか？　ぜんぜん思い出したくないことなのに。その兵士は仰向けに倒れ、剣を落とし、懇願し、降参し、まるで籠手を脱ぐように、厚い黒手袋をむしりとって投げ出したものだった。〈亡者（ワイト）〉がまだかれの喉をつかんで宙にぶらさげて、首をちぎり取りそうになっても、かれはまだ金切り声で命乞いをしていた。〝〈亡者〉どもの心には慈悲心は残っていない。そして、〈異形（ジ・アザー）〉どもは……いや、あれを思い出してはならない。考えるな。思い出すな。ひたすら歩け、歩け、歩け〟

しくしく泣きながら、かれはまた一歩足を出した。

凍結した雪面の下で、爪先が木の根に引っかかり、サムはつんのめり、どさりと片膝を突き、その弾みに舌を嚙んでしまった。口に血の味がした。それは〈拳(フィスト)〉を出て以来味わった何物よりも温かかった。〝これで終わりだ〟かれは思った。こうして倒れてしまうと、もう二度と立ち上がる力はないように思われた。手さぐりで木の枝をつかみ、しっかりと握って、立ち上がろうとした。しかし、こわばった足はかれを支えようとしなかった。鎖帷子(チェーン・メイル)は重すぎた。しかも、かれは太りすぎていた。そして、弱すぎ、疲れすぎていた。

「立ち上がれ、豚公(ピギー)」誰かが通りすがりに怒鳴ったが、サムは聞き流した。〝このまま雪の中に横たわって、目をつぶろう〟それほど辛くはないだろう、ここで死ぬのは。これ以上冷たくなるとは、とても考えられなかったし、ちょっとたてば下肢の痛みも肩のひどい痛みも感じることができなくなるだろうし、そもそも足そのものを感じなくなるだろう。〝おれが最初に死ぬわけではないだろう。みんなそうはいえないはずだ〟すでに〈拳(フィスト)〉の上で大勢死んでいる。みんなかれのまわりで死に、その後でさらに大勢が死んだ。それをかれは見ている。サムはがたがた震えながら、木の枝から手を放し、雪の中にぐったりと横たわった。そこは冷たく湿っているとわかっていた。しかし、たいへんな厚着をしているので、ほとんどそれを感じることはなかった。青白い空を見上げると、雪が腹や胸や瞼の上に舞い落ちた。

〝雪は厚い白い毛布のようにおれを覆うだろう。雪の下は暖かいだろう。そして、もしみんながおれのことを話題にするなら、おれは〈冥夜の守人(ナイツ・ウォッチ)〉の兵士として死んだといわなければならないだろう。おれは果たした。おれは果たした。義務を果たした。おれが誓いを破ったとは誰もいえない。おれはでぶで、弱くて、臆病だが、義務を果たしたのだ〟

使い鴉(レイヴン)の世話がかれの責任だった。だから、部隊はかれを連れてきたのだった。かれは来たくなかった。みんなにそういった。自分がどんなに臆病者か、みんなに説明したのだった。しかし、メイスター・エイモンは高齢だし目が見えなかった。だから、使い鴉の世話をするためにサムを派遣するしかなかったのだ。〈拳(フィスト)〉の上に野営を張るときに、総帥はかれに命令を与えた。「おまえは戦士ではない。おれもおまえも、それはわかっている。たとえ攻撃を受けるような事態になっても、その逆を証明しようなんてことを考えるなよ。邪魔になるだけだからな。おまえの役目はメッセージを送ることだ。だが、どのような手紙を書きましょうかと、あわててたずねにきたりするなよ。自分の考えで書いて、一羽を黒の城(カースル・ブラック)に、もう一羽を影の塔(シャドウ・タワー)に向けて放つのだ」〈熊の御大(オールド・ベア)〉は手袋をはめた指をサムの顔にまともに突きつけて、いった。「おまえが怯えて小便をちびっても、おれはかまわん。たとえ、千人の野人がおまえの血をよこせと絶叫して、壁を乗り越えてきても、おれはかまわん。おまえはそれらの鳥を放つのだぞ。さもないと、おれは七つの地獄全部を捜索してもおまえを探し出して、命令を果たさなかったことを後悔させてやるからな」そして、モーモント自身の大鴉が首を上下に振って鳴いた。「コウカイ、コウカイ、コウカイ」と。

サムは残念だった。自分がもっと勇敢でないことが、もっと強くないことが、剣術が上手でないことが残念だった。そして、父親のもっとましな息子でなかったことが、またディコンや妹たちのもっとましな兄でなかったことが残念だった。また、死ぬのも残念だった。しかし、もっとましな兵士たちが〈拳（フィスト）〉の上で死んだ。かれのようなキーキー声を出すでぶの少年ではない、立派で忠義な兵士たちが。しかし、すくなくとも、〈熊の御大（オールド・ベア）〉に地獄じゅうを追いまわされるつもりはなかった。〝おれは鳥たちを放った。すくなくとも、それはちゃんとやったんだ〟かれは前もってメッセージを書いておいたのだった。〈最初の人々の拳（フィスト）〉への攻撃を知らせる簡潔なメッセージを。そして、それを羊皮紙の袋に入れてたいせつにしまっておいたのだった。これらを発送する必要が決してないことを望みながら。その角笛が鳴ったとき、サムは眠っていた。最初、夢を見ているのかと思った。だが目を開けると、野営地に雪が降っており、黒衣の兄弟たちが弓や槍をひっつかんで環状壁のほうに駆けていくところだった。そばにいるのはチェットだけだった。かれはメイスター・エイモンの元の雑士（スチュワード）で、顔はおできだらけで、首に大きなこぶがあった。木々の間から三つめの吹奏音が嘆くように聞こえてきたとき、これまでに見たことがないような強烈な恐怖の表情がチェットの顔に浮かんだのを、サムは見た。「鳥たちを放すのを手伝って」かれは頼んだ。だが、その雑士（スチュワード）は向きを変え、短剣を手にして走り去ってしまった。〝かれは犬の世話をしなくてはならないんだ〟サムは思い出した。たぶん、総帥はかれにも何か命令を下していたのだろう。

　かれの指は手袋の中で、ひどくこわばり、動きにくくなっていた。そして、かれは恐怖と寒さのために震えていたが、それでも羊皮紙の袋を取り出して、あらかじめ書いておいたメッセージを引き出した。使い鴉たちはかん高い声で激しく鳴いていた。そして、かれが黒の城（カースル・ブラック）用の鳥籠を開けると、一羽がかれの顔にまともに飛びかかった。さらにサムが捕まえるまもなく、二羽が逃げ出して、やっと一羽を捕まえると、そいつは手袋の上からくちばしでつつき、血を流させた。しかし、かれは小さく巻いた羊皮紙を取りつける間だけ、なんとか持ちこたえた。この時までには、戦（いくさ）の角笛は沈黙してしまっていたが、〈拳（フィスト）〉には命令の叫びと鋼の騒音が鳴り響いていた。「飛べ！」サムはその使い鴉を空中に放り上げて、叫んだ。

影の塔（シャドウ・タワー）の籠に入った鳥たちが、あまり激しく鳴き叫び、暴れていたので、扉を開けるのが怖かった。しかし、とにかく扉を開けた。こんどは、逃げ出そうとする最初の使い鴉を捕まえた。一瞬の後、そいつは攻撃の知らせを携えて、降る雪の中を舞い上がっていった。

義務を果たすと、かれは怯えた不器用な指で服を着おえ、帽子をかぶり、外衣を着て、フード付きのマントを羽織り、剣帯を締めた。それも、ずり落ちないように本当にきつく締めたのだった。それから背嚢を見つけて、持ち物を全部押しこんだ。予備の下着や乾いた靴下、それにジョンからもらったドラゴングラスの鏃（やじり）と槍の穂先、それに、あの古い角笛も。そして羊皮紙、インク、鵞ペン、自分で描いた地図、〈壁〉からずっと持ってきた石のように固いガーリック・ソーセージなどを。それらを全部縛り上げて背負った。〝総帥はおれに、環状壁に駆けつける必要はないといった〟と思い出した。〝しかし、かれのところに駆けつけるには及ばないともいった〟ひとつ深呼吸をすると、次に何をすべきかわからない、ということがわかった。

かれは途方に暮れて、いつものように心の中に膨れ上がる恐怖を抱きながら、ぐるぐると輪を描いて歩いていた。犬どもが吠えていた。馬どもがかん高い声でいなないていた。だが、雪はそれらの音を包みこんで、ずっと遠くから聞こえるように感じられた。三メートル先は何も見えなかった。丘の頂上を取り巻いている低い石壁に沿って燃えている松明の明かりさえも。〝松明が消えてしまったなんてことがありうるだろうか？〟それを考えるのは、あまりにも恐ろしかった。〝角笛は三回長く鳴った。三回の長い吹鳴は〈異形（ジ・アザー）〉を意味する〟森の〈白き魔物（ホワイト・ウオーカー）〉、冷たい影、子供のころに聞いて悲鳴を上げて震えた物語に出てくる怪物ども。巨大な氷蜘蛛（アイス・スパイダー）にまたがった、血に飢えたやつら……

かれはおずおずと剣を抜き、それを手に持って、雪の中を一歩また一歩と歩き出した。一匹の犬が鳴きながら駆け抜けた。そして、影の塔（シャドウ・タワー）からきた兵士たち――長柄の斧や二メートル半の槍を携えた髭面の大男たち――の姿が見えた。かれらと一緒にいるほうが安全だと感じて、壁のところまでかれらについていった。環状壁の上にまだ松明が燃えているのを見ると、安堵の震えが体を駆け抜けた。

黒衣の兄弟たちが剣と槍を手にして、降る雪を見つめながら待機していた。サー・マラドール・ロックが馬に乗り、雪が斑（まだら）に積もった兜をかぶって、通りすぎた。サムは他の人たちのずっと後ろに立って、グレンか〈陰気なエッド〉を探した。〝もし死ななければならないなら、友達のそばで死なせてくれ〟かれはそう思ったことを思い出した。しかし、周囲の人々はみんな知らない人ばかりだった。ブレインという名の哨士（レンジャー）に指揮される影の塔（シャドウ・タワー）の兵士ばかりだった。

「さあ、やってくるぞ」一人の兄弟（ブラザー）がいうのを聞いた。

「矢をつがえろ」ブレインがいうと、二十本の黒い矢が同数の矢筒から引き抜かれ、同数の弓弦につがえられた。

「なんてこった、何百もいるぞ」ひとつの声がそっといった。

「引け」ブレインがいった。それから「待て」サムの所からは見えなかったし、見たいとも思わなかった。〈冥夜の守人（ナイツ・ウォッチ）〉の兵士たちは松明の後ろに立って、矢をつがえた弓を耳のところまで引き絞り、暗い滑りやすい斜面の雪の中を登ってくる何かを待ち受けた。「待て」ブレインがまたいった。「待て、待て」それから、「放て」

矢がささやくような音をたてて飛んだ。

環状壁に沿った兵士たちから、ふぞろいな歓声が上がった。だが、たちまちそれは静まった。「敵は止まりません」一人がブレインにいった。そして、もう一人が叫んだ。「もっとやってくる！　あそこを見ろ、森から出てくるぞ」そして、また別の声が、「なんてこった。やつらは這ってくる。もうすぐそこだ、さあ襲ってくるぞ！」このころには、サムは後ずさりしていた。木の枝の、突風に吹き上げられた最後の一葉のように震えながら。恐怖と寒さのために。〝今よりもっと寒かった。今は雪がほとんど暖かく感じられる。今のほうが気分がいい。ちょっと休むだけでいいんだ。たぶん、ちょっとたてば、また歩く力が出るだろう。

ちょっとたてば〟

一頭の馬がかれの頭のところを通っていった。毛深い灰色のやつで、たてがみに雪がつもり、蹄に氷がこびりついていた。サムはそいつが来るのを見守り、行くのを見守った。降る雪の中から、もう一頭があらわれた。一人の黒衣の男がそれを引いている。行く手にサムがいるのを見ると、そいつはかれを罵り、馬を迂回させていった。〝おれにも馬がいればよいのに〟とかれは思った。〝馬がいれば進みつづけることができる。すわることができるし、鞍の上で少しは眠ることもできるのに〟だが、かれらの馬の大部分は〈拳(フィスト)〉で失われてしまった。残った馬は、食糧、松明、負傷者を運ぶのに使われた。サムは負傷していなかった。

〝でぶで、弱いだけ。七王国最大の臆病者であるだけだ〟

かれはとんでもない臆病者だった。父親のランディル公はいつもそういっていた。そして、それは正しかった。サムはかれの跡継ぎだったが、決してそれにふさわしくなかった。だから、父親はかれを〈壁〉に追い払ってしまったのだった。弟のディコンがターリーの領地と城と、そしてホーン・ヒル城代々の城主が何世紀もの間とても誇りにして身につけてきた〈心臓裂き(ハーツベイン)〉の大剣を、受け継ぐだろう。世界の果てのもっと先のどこかの雪の中で死んだ兄のために、ディコンは涙を流すだろうか、とかれは思った。〝流したりするものか。泣くに値しない弱虫のために〟かれは父が母に、五十回もそういうのを聞いたものだった。〈熊の御大(オールド・ベア)〉もそれを知っていた。

「火矢を使え」その夜、〈拳(フィスト)〉の上で、総師が不意に馬に乗って現われて、そう怒鳴ったのだった。「炎を浴びせてやれ」サムが震えているのに総師が気づいたのはこの時だった。「ターリー！　なぜこんなところにいるんだ！　おまえの居場所は使い鴉の所だぞ」

「あ……あ……あのう、メッセージは送りました」

「よし」モーモントの肩に乗ったモーモント自身の大鴉が繰り返した。「ヨシ、ヨシ」と。

毛皮にくるまり、鎖帷子(チェーン・メイル)をつけた総師は大男に見えた。その黒い鉄の面頰の陰の目は凶暴だった。「ここにいては邪魔だ。鳥籠のところに戻っていろ。もし、またメッセージを出す必要が生じたときに、いちいちおまえを探すのは面倒だ。鳥の準備をちゃんとしておけ」かれは返事も待たずに馬をまわして、環状壁にそって小走りにまわっていった。「火を！　火を浴びせてやれ！」と叫びながら。

サムは二度いわれる必要はなかった。太い足が動くかぎりすばやく、鳥たちのところに戻った。〝前もってメッセージを書いておかなければ〟と思った。〝必要に応じてすばやく鳥を放つことができるように〟凍ったインクを温めるための小さな火をおこすのに、いつも以上に時間がかかってしまった。かれは鵞ペンと羊皮紙を持って、その焚き火のそばの岩に腰を下ろして、メッセージを書いた。

〝雪と寒さの中で襲われた。しかし、火矢で撃退した〟とかれは書いた。トーレン・スモールウッドが大声で「つがえろ、引け……放て」と命令するのを聞きながら。矢が飛ぶ音は母の祈りの声のように快く聞こえた。「燃えろ、死人ども、燃えろ」ダイウェンがかん高い声で歌うようにいった。兄弟(ブラザー)たちは歓声を上げ、罵った。サムは書いた。〝われわれは〈最初の人々の〈拳〉の上に踏みとどまっている〟サムは兄弟たちが自分よりも上手な射手であればよいと願った。

かれはその手紙を脇に置いて、もう一枚の新しい羊皮紙を取り出した。〝豪雪の中で、〈拳〉の戦闘はまだ続いている〟そう書いたときに、だれかが叫んだ。「やつらはまだやってくるぞ」〝結果は未定〟「槍を使え」だれかがいった。サー・マラドールだったかもしれないが、サムにはよくわからなかった。〝〈亡者〉どもが〈拳〉の上のわれわれを攻めた。雪の中で〟とかれは書いた。〝しかし、火で撃退した〟かれは振り返った。降る雪を透かして見えたのは、野営地の中央の大きな焚き火だけだった。その周囲を、馬に乗った兵士たちが落ち着きなく動いていた。予備隊だ、とかれは知った。何かが環状壁を破ってきたら、踏み倒す用意をしているのだ。かれらは剣の代わりに松明を持ち、それを焚き火に突っこんで点火していた。

〝〈亡者〉どもに完全に包囲された〟かれは書いた。その時、北面からいくつもの叫び声が上がった。〝北と南から同時に登ってくる。槍や剣では防ぐことができない。火だけだ〟「放て、放て」暗闇でひとつの声が絶叫した。そして他の声が叫んだ。「ものすごくでっかいぞ」それからもうひとつの声が、「巨人だ！」そして、もう一人がいい張った。「熊だ、熊だぞ！」一頭の馬が悲鳴を上げ、犬どもが吠えだし、それから何をいっているかわからないほど、あまりにも多くの叫び声が聞こえたのだった。サムはさらに速く書いた。つぎつぎに。〝死んだ野人たち、そして一人の巨人、いや、もしかしたら熊かもしれない。

襲ってくる。四方八方から〃木に鋼がぶつかる音が聞こえたが、その意味はただひとつしかなかった。〃〈亡者〉どもは環状壁を乗り越えた。野営地の中で戦闘が行なわれている〃馬に乗った十数人のブラザーが手に手に炎の尾を引く松明を持って、地面を揺るがせて東の壁に向かって走っていった。〃モーモント総帥は火を使って応戦している。われわれは勝った。勝ちつつある。陣地を保持している。われわれは退路を切り開き、〈壁〉に撤退しようとしている。われわれは〈拳(フィスト)〉の上に捕らわれ、猛攻にさらされている〃

影の塔(シャドウ・タワー)の兵士の一人が暗闇からよろよろと出てきて、サムの足元に倒れた。その兵士は焚き火から三十センチのところまで這い寄って、死んだ。〃負けた〃サムは書いたのだった。〃戦(いくさ)は負けた。完敗だ〃

なぜ、〈拳(フィスト)〉のことを思い出さなければならないのか？　それはごめんだ。かれは母親や妹のタラや、クラスターの砦で会ったジリという娘のことを、しいて思い出そうとした。だれかがかれの肩を揺すっていた。「立て」ひとつの声がいった。「サム、ここで眠ってはいかん。立って、歩きつづけるんだ」

〃眠っていたんじゃない、思い出していたんだ〃「行ってくれ」かれはいった。その言葉が冷たい空気の中で凍った。「だいじょうぶ。休みたいんだ」

「立て」荒々しく、しゃがれた、グレンの声だった。かれは上からサムを覗きこんだ。その黒衣には雪がこびりついていた。「休憩はなしだと、〈熊の御大(オールド・ベア)〉がいった。死ぬぞ」

「グレン」かれはにっこり笑った。「いいや、実は、こうしていると気持ちがいいんだよ。

先に行ってくれ。もうちょっと休んだら、追いつくからさ」

「だめだ」グレンの濃い茶色の髭が、口のまわりでぐるりと凍っていて、なんとなく年寄りみたいに見えた。「凍死するか、〈異形〉に喰われるか、どちらかだ。サム、立て！」

〈壁〉を出る前の晩に、ピップがいつものようにグレンをからかっていたのを、サムは思い出した。ピップは笑いながらいったのだった。グレンはまさに哨士(レンジャー)向きの男だと。なぜなら、恐怖を知らないほど愚かだからと。グレンはむきになってそれを否定していたが、やがてその意味に気づいたのだった。かれはがっちりした体格で、首が太くて、力持ちで——サー・アリザー・ソーンはサムを〈豚の殿さま(サー・ピギー)〉、そしてジョンを〈スノウ公(ロード・スノウ)〉と呼ぶのと同様に——グレンを〈野牛(オーロクス)〉と呼んでいた。しかし、かれはサムに対していつも優しかったのだった。〝しかし、あれはジョンがいたからこそだ。ジョンがいなかったら、だれもおれを好いてはくれなかったろう〟そして今、ジョンはいなくなってしまった。〈二本指(ハーフハンド)のクォリン〉とともに風哭きの峠道(スカーリング・パス)で行方不明になってしまった。おそらく死んでいるだろう。サムはかれのために泣きたいと思った。しかし、その涙もやはり凍るだけだろう。そして、今はほとんど目を開けていることさえできなかった。

松明を持った一人の兄弟(ブラザー)がかれらのそばに立ちどまった。そして、ほんの一瞬、サムは顔に温かみを感じて、気持ちがよかった。「こいつは放っておけ」その男はグレンにいった。

「歩けないやつは、終わりだ。おまえは自分のために体力をとっておけよ、グレン」

「こいつは立つよ」グレンは答えた。「手助けが必要なだけだ」

その男はありがたい温かみとともに立ち去った。グレンはサムを引っ張って立たせようとした。「痛いよ」かれは文句をいった。「やめてくれ。グレン、腕が痛いじゃないか。やめろったら」

「めちゃくちゃ重いやつだな」グレンは両手をサムの脇の下に差し入れて、ウーンと唸って、かれを引き立たせた。ところが、手を放したとたんに、その太った少年は雪の上にしりもちをついた。グレンはかれを蹴った。とても強く蹴ったので、ブーツに張りついていた雪の殻が割れてあたり一面に飛び散った。「立て！」かれはまた蹴った。「立って、歩け。歩かなくちゃだめだ」

サムは横に転がり、ボールのように体を丸めて、蹴られるのを防いだ。ウールや革着や鎖帷子(チェーン・メイル)を重ね着しているので、あまり衝撃を感じることはなかったが、それでも、やはり痛かった。〝グレンは友達だと思ったのに。友達を蹴るなんて。なぜ、放っておいてくれないのだろう？　おれはただ休みたい、それだけだ。休んで、ちょっと眠る。そして、ちょっと死ぬかもしれないが〟

「この松明を持ってくれれば、おれがそのでぶを連れていけるぞ」

突然、かれは気持ちよい柔らかな雪の中から、冷たい空気の中に引き上げられた。かれは宙づりになっていた。一本の腕が膝の下にあり、もう一本が背中の下にあった。サムは頭を上げて、目をぱちくりした。すぐ上にひとつの大きな顔があった。幅の広い獰猛な顔に、平たい鼻と小さな黒い目があり、濃くてかたい茶色の顎髭がもじゃもじゃと生えていた。この顔は前に見たことがあった。しかし、それを思い出すには少し時間がかかった。〝ポール。〈大男のポール〉だ〟松明の熱で溶けた氷がかれの目に滴り落ちた。「こいつを運んでいけるか？」グレンがたずねるのが聞こえた。

「前に、こいつより重い仔牛を運んだことがある。ミルクが飲めるように、母牛のところに運んでいったんだ」

〈スモール・ポール〉が歩くたびに、サムの頭がひょこひょこ上がったり下がったりした。

「やめてくれ」かれはつぶやいた。「下ろしてくれ。赤ん坊じゃないぞ。おれは〈冥夜の守人〉の兵士だぞ」かれはすすり泣いた。「このまま、死なせてくれよ」

「黙れ、サム」グレンがいった。「力を節約しろ。妹や弟のことを考えろ。メイスター・エイモンのことを。好きな食べ物のことを。よかったら歌を歌え」

「声を出して？」

「頭の中で」

サムは百もの歌を知っていた。しかし、そのひとつを思い出そうとしたが、だめだった。頭から歌詞が全部抜けてしまっていた。それで、またすすり泣いて、いった。「歌なんか知らないよ、グレン。いくつかは確かに知っていたが、今は思い出せない」

「いや、思い出せる」グレンはいった。「『熊と美女』はどうだ。あれならみんな知っている。〝熊がいた。熊が、熊が、黒と茶色の毛むくじゃら！〟」

「いや、あれはだめだ」サムは懇願した。〈拳〉に登ってきた熊の腐った体には毛が残っていなかった。熊のことは思い出したくなかった。「歌はやめてくれ。お願いだ、グレン」

「では、おまえの使い鴉のことを考えろ」

「あいつら、おれのものじゃなかった」〝あいつらは総帥の使い鴉だ。〈冥夜の守人（ナイツ・ウォッチ）〉の使い鴉だ〟「あついらは黒の城（カースル・ブラック）と影の塔（シャドウ・タワー）のものだ」

〈スモール・ポール〉が眉間にしわを寄せた。「チェットが、〈熊の御大（オールド・ベア）〉の大鴉をくれるといったぞ。あのしゃべるやつをな。そいつのために、おれは食糧をためたり、いろいろ用意していたんだ」かれは首を振った。「だが、忘れてきた。食糧は隠し場所に置いてきちまった」かれは一歩ごとに口から青白い息を吐きながら、とぼとぼと歩いていったが、それから不意にいった。「おまえの使い鴉を一羽くれないかなあ？　一羽だけでいい。ラークには絶対に喰わせないからさ」

「全部、行っちまったよ」サムはいった。「ごめん」〝ほんとに、ごめん〟「かれらは今、〈壁〉に帰るために飛んでいるところだ」戦（いくさ）の角笛がふたたび鳴って、〈冥夜の守人（ナイツ・ウォッチ）〉全員に乗馬を呼びかけるのを聞いたとき、かれは鳥たちを放してしまったのだった。〝二つの短音、そしてひとつの長音。これは乗馬の合図だった〟しかし、乗馬の理由はなかった——〈拳（フィスト）〉を放棄するのでなければ。そして、それは負け戦を意味した。その時、あまりにも強い恐怖に噛まれたので、かれは鳥籠を開け放つことしかできなかった。そして、最後の使い鴉が吹雪の中に舞い上がるのを見て、はじめて、書いておいたメッセージをひとつも送り出さなかったことに気づいたのだった。

「しまった」かれはきーきー声で叫んだものだった。「おう、しまった、おう、しまった」と。雪は降り、角笛は鳴った。

アフー、アフー、アフーーーーーーーーーー

それは〝乗馬、乗馬、乗馬〟と叫んでいるのだった。サムは二羽の使い鴉が岩にとまっているのを見て、それらを追いかけた。だが、そいつらは渦巻く雪の中をゆっくりと羽ばたいて、別々の方向に飛んでいった。かれは鼻から濃い白い雲のような息を吐きながら、その一羽を追った。そして、つまずいた。気がつくと、環状壁から三メートルのところにきていた。

その後……〈亡者（ワイト）〉が岩を乗り越えてきたのを思い出した。それらは顔に矢を受けたり、喉を射抜かれたりしていた。全身を環鎧（リング・メイル）で包んでいる者もいたが、ほとんど裸の者もいた……大部分は野人だったが、色褪せた黒衣を着ているやつもいた。一人の〈亡者〉の青白い腹を、影の塔（シャドウ・タワー）の兵士の一人が槍で背中まで刺し貫くのを見た。ところが、その〈亡者〉は刺し貫かれたまま、黒い両手を伸ばしてその兄弟（ブラザー）の頭をつかんで捩じった。兄弟（ブラザー）は口から血を流して死んだ。自分の膀胱の出口がはじめて緩んだのは、これを見たときだったと、かれはほとんど確信した。

かれは逃げた記憶がなかった。しかし、逃げたにちがいなかった。なぜなら、次に記憶しているのは野営地の中心にある焚き火のそばにいたことだから。そこにはサー・オッティン

・ウィザーズや、その他の弓兵たちがいた。サー・オッティンは雪の中に膝をついて、周囲の混沌を見つめていたが、しまいに乗り手のいない馬が走ってきて、その顔を蹴飛ばした。弓兵たちはかれに何の関心も示さなかった。かれらは暗闇の影に向かって火矢を放っていた。サムはひとつの〈亡者〉が射られるのを見た。炎がそいつを包むのを見た。だが、その後ろに、さらに一ダースほどがいた。そして、ひとつの青白い巨大な影は熊にちがいなかった。そして、弓兵たちの矢はたちまちなくなってしまったのだった。

それから、サムはいつの間にか馬に乗っていた。それはかれ自身の馬ではなかった。そして、自分がそれによじ登った記憶もまったくなかった。たぶん、それはサー・オッティンの顔を蹴って砕いた馬だったろう。角笛がまだ鳴っていた。それで、かれは馬を蹴って、音のするほうに向けた。

殺戮と混沌とそして吹雪のまんなかで、かれは〈陰気なエッド〉が無地の黒旗を槍につけて馬に乗っているのを見出した。「サム」エッドはかれを見ていった。「どうだ、おれの目を覚まさせてくれないか？　今、おっそろしい悪夢を見ているところなんだ」

さらに多くの兵士たちが、つぎつぎに馬に乗った。戦(いくさ)の角笛がかれらに退却を呼びかけていた。

アフー、アフー、アフーーーーーーーーーー

「敵は西の壁を乗り越えました、総帥」トーレン・スモールウッドが馬を必死に制御しながら、〈熊の御大〉に向かって叫んだ。「予備隊を送ります……」

「やめろ！」モーモントは角笛の音に負けないように、精一杯の声で怒鳴り返さねばならなかった。「みんなを呼び戻せ。突破口を切り開いて、脱出するんだ」かれは鐙の上に立ち上がった。その黒いマントが風にたなびき、甲冑に焚き火が反射した。「先鋒！」かれは叫んだ。「楔隊形をとれ。撃って出るぞ。南面を下る。それから東に向かう！」

「閣下、南面にはやつらがうじゃうじゃいます！」

「他の斜面は急すぎる」モーモントはいった。「おれたちは――」

かれの馬がかん高くいななないて、後ろ足で立ち上がり、かれを振り落としそうになった。その時にあの熊が雪のなかをよろよろ歩いてきたのだった。サムはまたびしょびしょに小便を漏らした。〝体の中にまだ小便が残っているとは思わなかったなあ〟その熊は死んで、青白く腐っていて、毛も皮もずり落ちていて、右前足の半分が骨まで焼けていた。それなのにまだ歩いてくるのだった。その目だけが生きていた。〝輝く青色〟ジョンがいったとおり、その目は凍った星のように輝いていた。トーレン・スモールウッドが突進した。その長剣が火の明かりを受けてオレンジ色と赤色に輝いた。かれがその剣を振るうと、熊の首がほとんど落ちかけた。それから、熊がかれの首を落とした。

「走れ！」総帥が叫んで、馬をまわした。

環状壁に達するころには、かれらは全力疾走に移っていた。サムはこれまでいつも馬にジャンプさせるのが怖くて実行できなかった。だが、低い石の壁が目の前に迫ると、選択の余地がないことがわかった。かれは馬を蹴り、目をつぶって、泣き声を出した。すると、どういうわけか、どういうわけか、馬はかれを乗せて壁を跳び越えたのだった。右側の騎手が、鋼と革と悲鳴を上げる馬肉と一塊になって、崩れ落ちた。それから〈亡者〉どもがかれの上に押し寄せ、楔隊形が閉じた。つかもうとする黒い手と、燃える青い目と、吹きつける雪の中を通って、かれらは丘の斜面をいっきに駆け下った。馬はつまずいて転がり、人は鞍から振り落とされ、松明がくるくるまわって空中を飛び、斧と剣が〈亡者〉の肉を切り刻み、サムウェル・ターリーはすすり泣き、今まで持っていたとは思えない力で必死に馬にしがみついた。

かれは突進する前衛部隊のまんなかにいて、前後左右を兄弟たち（ブラザー）に囲まれていた。一匹の犬がしばらくの間かれらと一緒に走っていた。そいつは雪の斜面を弾むように駆け下り、馬たちの間から出たり入ったりしていたが、それをどこまでも続けることはできなかった。〈亡者〉どもは退かず、踏み倒され、馬蹄に踏みにじられた。かれらは倒れながらも、通りすぎる剣や鐙や馬の足につかみかかった。右手の鉤爪が馬の腹を引き裂き、同時に左手が鞍につかみかかるのを、サムは見た。

突然、あたり一面が木立になった。そして、サムが凍った小川をバシャバシャ渡っている間に、殺戮の音が後ろに遠ざかっていった。息が止まるほど安心して振り返った……ところが、黒衣の男が藪から飛び出してきて、かれを鞍から引きずり下ろした。それが誰であったか、サムにはまったくわからなかった。そいつは一瞬にして馬に飛び乗り、次の瞬間には全速力で走りさった。サムがその馬の後を追って駆け出すと、足が木の根にからまって、ぱったりと顔から倒れた。そして、赤子のように泣いていると、〈陰気なエッド〉がそれを見つけたのだった。

これが〈最初の人々の拳(フィスト)〉についての筋の通った最後の記憶だった。後に、何時間も後に、かれは震えながら、他の生存者たちに混じって立っていた。その半数は馬に乗り、半数は徒歩だった。このころには、〈拳(フィスト)〉から何キロも離れていた。しかし、どのくらい離れたか、サムには記憶がなかった。ダイウェンが食糧や油や松明をずっしりと積んだ五頭の荷馬を引き連れて下りてきていた。そのうち、ここまでたどり着いたのは三頭だった。〈熊の御大(オールド・ベア)〉はどれか一頭とその積み荷がなくなっても、大事にならないように、その三頭に積み荷を再配分させた。そして健康な者から馬を取り上げて、負傷者に与え、徒歩部隊を再編成し、両脇と後尾を守るために松明を持った兵士を配置した。〝おれは歩きさえすればいいんだ〟サムは自分にいい聞かせて、わが家に向かって第一歩を踏み出した。しかし一時間も経たないうちに、かれの歩みはのろくなり、遅れはじめた……

みんなの足どりもまたのろのろしはじめたと、かれは見てとった。〈スモール・ポール〉は〈冥夜の守人(ナイツ・ウォッチ)〉第一の強い兵士だと、ピップがいったことを思い出した。〝そうにちがいない、おれを運んでくれるのだから〟しかし、たとえそうであっても、雪はしだいに深くなり、地面は不安定になり、ポールの歩幅は縮まりはじめていた。さらに多くの騎馬兵と、無関心な目でサムを見る負傷者たちが、通っていった。松明を持った兵士たちも通りすぎていった。「おまえたち落伍しかけているぞ」その一人がいった。次の者も同じ意見だった。「おまえたちを待つ者は誰もおらんぞ、ポール。その豚は〈亡者〉どもにくれてやれ」「こいつはおれに鳥をくれると約束したんだ」〈スモール・ポール〉はいった。実は、サムはそんな約束はしなかったのだが。〝鳥はおれのものじゃないから、やるわけにはいかないよ〟「おしゃべりをして、この手からコーンを食べる鳥が欲しいんだ」

「とんでもないばかだな」松明係の兵士はそういって、行ってしまった。グレンが突然足を止めたのは、そのしばらく後だった。「おれたちだけになっちまったぞ」かれは嗄れ声でいった。「他の松明が見えない。さっきのが、しんがりだったかな?」

〈スモール・ポール〉はこれに答えなかった。その大男はひとつ唸ると、膝をついた。そして、震える腕で、サムをそっと雪の上に下ろした。「これ以上、おまえを運べない。そうしてやりたいが、もうだめだ」かれは激しく震えた。

風はためいきのような音をたてて木立の間を吹き、細かい飛沫のような雪をかれらの顔に吹きつけた。その冷たさはあまりひどかったので、サムは裸になったように感じた。他の松明係の兵士たちを探したが、もういなかった。みんな行ってしまったのだ。グレンが手にしているのが唯一の松明だった。その松明から薄いオレンジ色のシルクのような炎が上がっていた。その炎を透かして、向こう側の暗闇が見えた。〝あの松明はまもなく燃え尽きる〟とかれは思った。〝そして食糧もなく、仲間もなく、火もなく、おれたちだけになってしまった〟

しかし、それは間違っていた。かれらだけになったわけではまったくなかった。

緑色の大きな哨兵の木（センチネル・ツリー）の下のほうの枝が、どさりというかすかな湿った音を立てて、重く積もった雪を落とした。グレンがさっと振り向いて、松明を突き出した。「だれだ？」一頭の馬の首が暗がりから現われた。サムは一瞬ほっとしたが、それは馬を見るまでのことだった。凍った汗の輝きのように、白い霜がそいつを覆っており、腹の裂けめから一塊のこわばった内臓が垂れ下がっていた。その背中には、氷のように青白い騎手が乗っていた。サムは喉の奥で泣き声を出した。あまりの恐ろしさに、また小便をちびりそうだった。しかし、体内が冷えきっていて。膀胱が固く凍ってしまったみたいだった。その〈異形〉は優雅に鞍から滑り下りて、雪の上に立った。そいつは剣のように細身で、乳白色をしていた。そいつが動くにつれて、甲冑がさざ波を打ち、形を変えた。そして、そいつの足は新雪の凍結面を踏み破らなかった。

〈スモール・ポール〉は背中にくくりつけていた長柄の斧をはずした。「きさま、その馬をなぜ傷つけた？　それはモーニーの馬だぞ」

サムは自分の剣の柄を探った。だが、鞘は空だった。〈拳（フィスト）〉で失ってしまったと思い出したが、手遅れだった。

「行っちまえ！」グレンが一歩踏み出して、そいつの前に松明を突き出した。「行け、さもないと焼き殺すぞ」かれは炎を突きつけた。

〈異形〉の剣はかすかな青い光を放って輝いた。それはグレンのほうに動き、稲妻のようにすばやく切りつけた。その氷の刃が炎をかすめると、キーッという音が鋭い針のようにサムの耳を突き刺した。松明の先端が横に飛んで、雪の深い吹き溜まりの上に転げ落ち、一瞬にして火が消えた。そして、グレンが持っているのは短い木の棒だけになった。かれが、ちくしょうと叫んでそれを〈異形〉に投げつけると同時に、〈スモール・ポール〉が斧で切りかかった。

その時にサムの心を満たした恐怖は、これまでに感じたいかなる恐怖よりもひどいものだった。こうして、サムウェル・ターリーはあらゆる種類の恐怖を知った。「〈慈母〉よ、お慈悲を」かれは恐怖のあまり古の神々を忘れて、泣いた。「〈厳父〉よ、守りたまえ、おう、おう……」かれの指が短剣を探り当て、その手が短剣を握りしめた。〈亡者〉どもはのろくて不器用な連中だったが、〈異形〉は風に舞う雪のように身軽だった。そいつは甲冑にさざ波を打たせて、さっとポールの斧を避け、クリスタルの剣をひねり、まわし、ポールの鎖帷子（チェーン・メイル）の環の間を滑らせ、革着とウールと骨と肉を断ち切った。シューーーーッという音とともにかれの背中から突き出た。サムはポールが「おう」というのを聞いた。ポールは斧を落とした。刺し貫かれて噴き出した血が、その剣の周囲に煙のように漂った。その大男はその殺し屋をつかもうとして手を伸ばした。そして、ほとんど手が届いたときに倒れた。かれの体重が〈異形〉の手から不思議な青白い剣をひったくった。

〃さあ、やれ。泣くのをやめて、闘え、赤ん坊。闘うんだ、臆病者〃聞こえたのは父の声であり、アリザー・ソーンの声であり、弟のディコンの声でもあり、新兵仲間だったラストの声でもあった。〃臆病者、臆病者、臆病者〃みんなはおれを〈亡者〉にするつもりなのかと思い、ヒステリーのようにクスクス笑った。自分の死んだ足で転んでばかりいる、大柄な白い〈亡者〉におれはなるのかと思った。〃やるんだ、サム〃この声はジョンだったろうか？ジョンは死んだ。〃おまえにも、やれる、やれる。さあ、やるんだ〃それからかれはよろよろと進み出た。実際は走るというよりはむしろ倒れるように。目をつぶり、両手で短刀をやみくもに突き出して。バリッという音が聞こえた。人の足に踏まれて氷が割れるような音が。それから、キーッというかん高く鋭い音。かれはそれを聞いて、両手で耳を覆って、よろよろと後退し、どしんとしりもちをついた。

目を開けると、〈異形〉の鎧がその足から細流となって流れ落ちており、喉に刺さった黒いドラゴングラスの短剣のまわりから青白い血が噴き出し、湯気を上げていた。そいつは白骨のように白い両手を伸ばしてナイフを引き抜こうとしたが、その指は黒曜石に触れると煙となった。

サムは横に転がり、目を丸くして、〈異形〉が縮まり、水溜まりになり、消えていくのを見つめた。心臓が二十鼓動するうちに、そいつの肉は消え、細かい白い霧となって渦巻き、流れ去った。その下に、乳白ガラスのような骨が青白く光っていたが、やがてそれらも溶けていった。最後に、ドラゴングラスの短剣だけが、まるで生きて汗をかいているかのように、湯気に包まれて残った。グレンは屈んでそれをすくい取ろうとしたが、あわてて投げ出した。

「なんと、こいつは冷たいぞ」

「黒曜石だよ」サムは苦労して膝をついた。「ドラゴングラスという物だ。ドラゴングラス。ドラゴンのガラスさ」かれはくすくす笑い、泣き、体を二つに折って、雪の上に勇気を吐き出した。

グレンはサムを引っ張って立ち上がらせると、〈スモール・ポール〉の脈を探り、目をつぶらせ、それからまた短剣を拾い上げた。こんどはつかんでいることができた。

「取っとけよ」サムはいった。「おまえはおれのように臆病じゃない」

「たいした臆病者だ、〈異形〉を殺すなんて」グレンはナイフで指し示した。「あそこを見ろ。木々の間を。桃色の光。夜明けだ。サム、夜明けだぞ。あちらが東にちがいない。あちらに行けば、モーモントに追いつけるはずだ」

「おまえがいうなら」サムは雪をきれいに取り去るために、左足で木を蹴った。それから右足で。「やってみよう」顔をしかめて、一歩踏み出した。「一所懸命やってみるよ」そして、また一歩。

19 ―― ティリオン

タイウィン公の〈王の手〉の鎖が、ビロードのチュニックの濃いワイン色に映えて、黄金色に輝いた。かれが入ってくると、タイレル、レッドワイン、それにロウアンの諸公がまわりに集まった。タイウィン公はそれぞれに挨拶した。ヴァリスには静かに一言かけ、総司祭（ハイ・セプトン）の指輪とサーセイの頬にキスをし、グランド・メイスター・パイセルの手を握り、長いテーブルの上座の王の席についた。それをはさんで、娘サーセイと、腹違いの弟ケヴァンが着座した。

ティリオンはあらかじめ末席の、かつてのパイセルの席を要求して、そこにクッションを積み重ね、テーブルの端から端まで見渡せるようにしてあった。元の席から追い出されたパイセルはサーセイの隣まで上がった。そこは、王の席を別にすれば、このこびとからもっとも離れることのできる位置だった。グランド・メイスターはよろよろした骸骨のようで、捩じれた杖にすがって、震えながら歩いた。かつては豊かな白い顎髭を蓄えていたが、今ではひよこのような細長い首から少しばかりの白髪が生えているだけだ。ティリオンは憐れみのこもらぬ冷たい目でかれを見つめた。

他の者たちもあわてて席についた。茶色の巻き毛と、白髪がたくさん混じったハート型の顎髭を生やした、重々しくがっしりしたメイス・タイレル公。猫背で痩せていて、禿げ頭をオレンジ色の髪の房が縁取っている、アーバー島のパクスター・レッドワイン。きれいに髭を剃っていて、がっしりした体格で、汗をかいている黄金樹林（ゴールデン・グローヴ）城の城主、マシス・ロウアン。まばらな白い顎髭をはやした弱々しい男、総司祭（ハイ・セプトン）。〝知らない顔が多すぎる〟とティリオンは思った。〝新しいプレーヤーが多すぎる。おれがベッドの中で腐っている間に、ゲームが変わってしまい、そのルールをだれも教えようとしない〟

いや、諸公は充分に礼儀正しかった。もっとも、かれを見ることが、かれらにとってどんなに不快なことであるか、本人にもわかっていたのだが。「あなたのあの鎖ですが、あれは名案でしたなあ」とメイス・タイレルは楽しそうな口調でいい、レッドワイン公はうなずいて、「まったくだ、まったくだ。ハイガーデン城の殿さまはわれわれ全員の代弁をしてくださった」といった。それもひどく陽気に。

〝それを、町民にいってやれ〟とティリオンは苦々しく思った。〝レンリーの幽霊の歌を歌う憎たらしい吟遊詩人どもにいってやれ〟

叔父のケヴァンはもっとも温かく、ティリオンの頬にキスまでして、こういった。「おまえがどんなに勇敢だったか、ランセルが話してくれたよ、ティリオン。あの子はおまえをとても高く買っていたぞ」

〝そのほうがいい。さもないと、あいつにはいってやりたいことがいくつかあるぞ〟かれはしいて笑顔を作っていった。「わが従弟はとても優しい。きっとかれの傷は癒えているでしょうね？」

サー・ケヴァンは顔をしかめた。「よくなったように見える日もあれば、そうでない日も……心配なことだ。おまえの姉さんはしばしば見舞いにいく。あの子を元気づけ、神に祈るために」

〝しかし、彼女はかれが生きるように祈っているのか、それとも、死ぬようにか？〟サーセイはかれらの従弟を破廉恥なやり方で利用していた。ベッドの内と外で。父がここに来て、もはやかれの必要がなくなった今となっては、ランセルがちょっとした秘密を持って墓場にいくことを、彼女は疑いなく望んでいるのだ。〝それにしても、彼女はかれを殺すところまでやるだろうか？〟今日、見たところでは、そのような冷酷なことをサーセイがやれるとは、とても思えなかった。彼女は魅力たっぷりにタイレル公にすりよってジョフリーの婚礼の祝宴について話をし、レッドワイン公にはその双子の勇敢な働きについてお世辞をいい、ロウアン公のどら声を冗談と笑いで和らげ、総司祭（ハイ・セプトン）には敬虔な声で話していた。「さあみなさん、婚礼の段取りについて話を始めましょうか？」タイウィン公が席につくと彼女はいった。

「いや」かれらの父親がいった。「戦（いくさ）の話だ。ヴァリス」

その宦官は上品に微笑した。「みなさま、とてもすばらしいお知らせがありますよ。昨日、夜明け方に、われらの勇敢なるランディル公がロベット・グラヴァーをダスケンデールの外側で捕らえ、海岸に押しこめました。両軍の損害は甚大ですが、結局、われらの忠臣たちが勝利を収めました。サー・ヘルマン・トールハートは一千人の他の者とともに死んだと伝えられます。ロベット・グラヴァーは、壊滅状態の生存者をハレンの巨城に向かって引き揚げさせていますが、その進路を剛勇なるサー・グレガーとその勇敢な家来たちが遮るとは、夢にも考えていません」

「神々を讃えよ！」パクスター・レッドワインがいった。「ジョフリー王の大勝利だ！」

〝これとジョフリーとどんな関係があったか？〟とティリオンは思った。

「北部軍にとって恐ろしい敗北だったことは確かです」〈小指〉がいった。「しかし、この敗北には、ロブ・スタークはまったく関わっていません。〈若き狼〉は依然として負けを知らずに、野に放たれています」

「スタークの作戦と動きについて、どんなことがわかっているか？」マシス・ロウアンがたずねた。相変わらずぶっきらぼうに、単刀直入に。

「かれは西部で奪取したいくつかの城を放棄し、掠奪品を携えてリヴァーラン城に逃げ帰ってしまった」タイウィン公が告げた。「われらがサー・デイヴンは亡くなった父親の軍勢の残りをラニスポートで再編成している。それがすんだら、黄金の歯でサー・フォーリー・プレスターと合流する。スタークの小僧が北進を始めたら、すぐにサー・フォーリーとサー・デイヴンがリヴァーラン城を急襲するだろう」

「スターク公が北進するつもりでいることは確かなのですね？」ロウアン公がたずねた。「要塞ケイリンに鉄人がいても、ですか？」

メイス・タイレルが声を上げた。「王国を持たぬ王ほど無意味なものがあるだろうか？それはわかりきったことだ。それゆえ、あの少年は河川地帯（リヴァーランド）を放棄して、みずからの軍勢をもう一度ボルトンの軍勢に合流させなければならない。そして、要塞（モウト）ケイリンに全勢力を投入する。わたしだったら、そうするな」

それを聞いて、ティリオンは言葉をのみこむしかなかった。ロブ・スタークは、ハイガーデン城の城主が二十年間に勝利した戦いよりも多くの戦いに、一年間で勝利している。タイレルの評判は、アッシュフォードにおいて、ロバート・バラシオンに対して決定的でない勝利を収めたという一点に基づいている。その合戦では、本隊が到着する前に、主としてターリー公の前衛部隊によって勝利を得たのだった。メイス・タイレルが事実上、指揮権を持っていた嵐の果て城（ストームズ・エンド）の包囲戦は、だらだらと一年も続いたあげく結果が出なかった。そして、三叉鉾河（トライデント）の合戦が行なわれた後、ハイガーデン城の城主はエダード・スタークに対して意気地なくも旗印を下ろしたのだった。

「わたしはロブ・スタークに対して厳しい書簡を書かねばなりません」〈リトルフィンガー〉がいっていた。「かれの家来ボルトンはわたしの高い壁の内側で羊たちを飼っていると聞くが、これはまったくもって恥知らずな行為です」

サー・ケヴァン・ラニスターが咳払いをした。「スターク家についていえば……ベイロン・グレイジョイが今や島々と北部の王を名乗っているが、かれはわれわれと同盟を結ぼうという書簡を送ってきている」

「かれは忠誠の誓いを立てるべきですよ」サーセイがきっぱりといった。「いかなる権利によって、かれは王を名乗っているのですか？」

「征服の権利によってだ」タイウィン公がいった。「ベイロン王は地峡（ネック）の首（ネック）を絞めにかかっている。ロブ・スタークの後継者たちは死んだ。ウィンターフェル城は陥落した。そして、鉄人（くろがねびと）は要塞（モウト）ケイリン、深林の小丘城（ディープウッド・モット）、そして岩石海岸（ストーニイ・ショア）の大部分を占領している。ベイロン王の長船（ロングシップ）船隊は日没海（サンセット・シー）を支配し、万一われわれが挑発すれば、ラニスポート、フェア島（アイル）、およびハイガーデン城さえも脅（おびや）かす絶好の位置を占めている」

「それで、もしわれわれがその同盟を受け入れるとすれば？」マシス・ロウアン公がたずねた。「かれはどんな条件を提案しているのですか？」

「かれが王であることを認めて、地峡（ネック）の北にあるすべてをかれに与えることを」

レッドワイン公が笑った。「地峡（ネック）の北に、正常な人間が欲しがるような物がありますかな？ もし、グレイジョイが剣や帆を、石や雪と交換したいというなら、それで結構。そうすれば、われわれは幸運だと思いますな」

「まったくだ」メイス・タイレルが賛成した。「わたしなら、そうしたい。われわれがスタニスの息の根を止めている間に、ベイロン王に北部人の息の根を止めてもらいましょう」

タイウィン公の顔色から、その気持ちを推しはかることはできなかった。「また、始末しなければならない人物として、ライサ・アリンもいる。ジョン・アリンの未亡人、ホスター・タリーの娘、キャトリン・スタークの妹だ……彼女の夫は死ぬときに、スタニス・バラシき高巣城の天空房の夢を見て、冷や汗をびっしょりかいて目覚めることがあるのだった。

オンと陰謀を企てていた」

「おう」メイス・タイレルが陽気にいった。「女性は戦には気が向かない。彼女は放っておきましょうよ。彼女がわれわれを困らせることはないでしょう」

「賛成です」レッドワインがいった。「レディ・ライサはこの争いに関係していなかったし、彼女が公然と反逆を行なったわけでもないのだから」

ティリオンは黙っていられなかった。「彼女はわたしを牢屋に放りこみ、死刑にしようとしたのですよ」かれはかなり強い怨恨の情をこめて指摘した。「また、命令されたにもかかわらず、キングズ・ランディングに戻ってジョフに忠誠を誓うこともしなかった。みなさん、わたしに兵を与えてください。そうすれば、わたしがライサ・アリンを片づけます」サーセイを絞め殺すのを別にすれば、これほど楽しいことは思いつかなかった。かれは今でもときどき高巣城の天空房の夢を見て、冷や汗をびっしょりかいて目覚めることがあるのだった。

メイス・タイレルの微笑は陽気だったが、ティリオンはその裏に軽蔑を感じ取った。「あなた、戦は戦士に任せておくのがいちばんですよ」そのハイガーデン城の城主はいった。「あなたより優れた戦士が〈月の山脈〉で立派な軍勢を失ったり、〈血みどろの門〉にぶつけて壊滅させたりしています。あなたの価値はみんな知っています。神の意思を試みる必要はありませんよ」

ティリオンはかっとして、クッションを押しやった。だが、かれがいい返す前に、父親が口を開いた。「ティリオンについては、別の仕事を考えている。わたしはピーター公が高巣城の鍵を持ってもいいと信じている」

「おう、持っていますよ」〈リトルフィンガー〉がいった。「この股間にね」かれの灰緑色の目が悪戯っぽく光った。「みなさん、わたしはお許しを得て、谷間(ヴェイル)に赴き、あそこのレディ・ライサ・アリンに求婚し、彼女を獲得したいと思います。そして、彼女の連れ合いになった暁には、血を一滴も流さずに、アリンの谷間(ヴェイル)をあなたがたに引き渡します」

ロウアン公が疑わしそうな顔をした。「レディ・ライサがきみを受け入れるだろうか?」

「彼女は以前に二、三度、わたしを受け入れていますよ、マシス公。そして、苦情はいいませんでした」

「同衾と」サーセイはいった。「結婚は別です。ライサ・アリンのような牛女でも、その違いを理解することはできるでしょう」

「確かに。リヴァーラン城の令嬢がずっと身分の低い者と結婚すれば、不釣り合いになったことでしょう」〈リトルフィンガー〉は両手を広げた。「しかしながら……高巣城(アイリー)のレディとハレンホールの城主とでは、それほど考えられないことではないでしょう、違いますか?」

ティリオンはパクスター・レッドワインとメイス・タイレルが目くばせを交わしたのを見逃さなかった。「いいかもしれませんね」ロウアン公がいった。「王の恩恵をその女性が誠実に受け入れることを、あなたが保証するならば」

「みなさん」総司祭(ハイ・セプトン)がいった。「秋がわれわれの上にあります。そして、善良な心を持つすべての人々は戦に厭(あ)いています。もしベイリッシュ公がこれ以上の流血なしに谷間(ヴェイル)を王の平和の中に引き戻すことができるならば、神々はきっとご加護をかれにお与えくださるでしょう」

「しかし、できるだろうか?」レッドワイン公がいった。「ジョン・アリンの息子は今は高巣城(アイリー)の城主になっている。ロバート公にね」

「ほんの子供ですよ」〈リトルフィンガー〉はいった。「わたしはかれをジョフリーのもっとも忠義な臣下に、そして、われわれみんなの忠実な友人に、育ててみせますよ」

ティリオンはその尖った顎髭と不遜な灰緑色の目を持つ男を観察した。〝ハレンホールの城主は空虚な称号だと? そんなことはありませんよ、父上。たとえその城にかれが決して足を踏み入れないとしても、この称号はこの縁組を可能にします。かれはずっとそれを知っていたんですよ〟

「われわれは敵に不自由しない」サー・ケヴァン・ラニスターがいった。「もし、高巣城(アイリー)を戦の外に置いておくことができれば、まことに結構だ。わたしとしては、ピーター公のお手並みを拝見したいと思いますな」

小評議会では、サー・ケヴァンはその兄の露払いだと、ティリオンは昔から知っていた。かれはタイウィン公が最初に考えたことしか、考えないのである。〝すべて前もって決まっていたのだな〟とかれは結論した。〝そして、この議論はショーにすぎない〟と。

羊どもはどんなに手際よく毛を刈り取られてしまっているか知らないままに、メーメーと賛成しているのである。だから、反対するのはティリオンということになった。「ピーター公がいなくなったら、王家はどうやって負債を支払うのですか？　かれはわれわれの金（かね）の魔術師です。そして、ここにはかれの代わりになる人物はいませんよ」

〈リトルフィンガー〉が微笑した。「わが小さな友人は誠にお優しい。わたしがすることは、ロバート王がいっていたように、銅貨の勘定だけです。利口な商人なら誰でもできることです……そして、キャスタリーの磐城（ロック）の黄金の触感に恵まれているラニスター家の一員なら、わたしをはるかに凌駕することは疑いありません」

「ラニスターの一員？」ティリオンはこの言葉にいやなものを感じた。

タイウィン公の金色の斑点のある目が息子の不揃いな目と合った。「きっと、おまえはその仕事に驚くほど適しているぞ」

「そのとおり！」サー・ケヴァンが熱心にいった。「おまえがすばらしい大蔵大臣になることは疑いないぞ、ティリオン」

タイウィン公は〈リトルフィンガー〉に注意を戻した。「もし、ライサ・アリンがきみを夫に迎えて王の平和に復帰すれば、われわれはロバート公に対して東部総督の称号を回復させよう。いつ、出発できるかな？」

「風向きがよければ、明日にでも。鎖の外にブレーヴォスのガレー船が停泊していて、小舟で荷物を積みこんでおります。《マーリング・キング》です。便乗について、船長と相談してみましょう」

「王の婚礼に出られなくて残念ですな」メイス・タイレルがいった。

ピーター・ベイリッシュは肩をすくめた。「潮と花嫁は人を待たずですよ、あなた。いったん秋の嵐が始まれば、航海はもっとずっと危険になります。溺れれば、花婿としてのわたしの魅力は台なしになりますからな」

タイレル公はくすくす笑った。「まったくだ。ぐずぐずしないほうがいい」

「神々があなたの船足を速めるように祈ります」総司祭（ハイ・セプトン）がいった。「キングズ・ランディングの全員があなたの成功を祈るでしょう」

レッドワイン公がいった。「グレイジョイとの同盟の話題に戻ってもよろしいですか？　わたしの見るところ、これには大いに利点があります。グレイジョイのロングシップ船隊はわたし自身の船隊を補強して、ドラゴンストーン城を強襲し、スタニス・バラシオンの主張に終止符を打つための充分な海軍力を与えてくれるでしょう」

「さしあたり、ベイロン王のロングシップ船隊には仕事がある」タイウィン公が穏やかにいった。「われわれもそうだがね。グレイジョイは同盟の代価として王国の半分を要求している。しかし、それを得るために、かれは何をするだろうか？　スターク家と戦う？　すでにそれはやっている。かれが無料でわれわれに与えるものに、なぜわれわれは代価を支払わねばならないのか？　わたしの意見では、このパイク島の領主についてなすべき最善のことは、なにもしないことだ。充分な時間をおけば、もっとよい選択肢が浮上するかもしれない。王が王国の半分を放棄する必要のない選択肢がね」

ティリオンは父親をじっくりと観察した。〝何か、かれがいっていないことがある〟ティリオンはキャスタリー・ロック城が欲しいと要求した夜に、タイウィン公が書いていた重要な手紙のことを思い出した。〝なんていったっけ？　剣と槍で勝利する戦もあれば、ペンと使い鴉（レイヴン）で勝利する戦もある……〟かれは〝もっとよい選択肢〟とは誰のことであり、どんな種類の代償を求めているのだろうかと思った。

「たぶん、婚礼の問題に移るべきでしょう」サー・ケヴァンがいった。

総司祭（ハイ・セプトン）はベイラー大聖堂（グレート・セプト）で行なわれている準備について話し、サーセイは祝宴のために立てられているいろいろな計画について詳細を語った。玉座のある公式謁見室で一千人に食事をふるまうが、さらに多くの者が外の庭にいる。外側と中央の中庭にシルクのテントを張って、食卓と酒樽を置き、広間に入れない者のすべてに御馳走をふるまう、と。

「陛下」グランド・メイスター・パイセルがいった。「賓客の人数についてですが……サンスピアから使い鴉が参っております。こうしてお話ししている間にも、三百人のドーン人がキングズ・ランディングに向かって進んできております。そして、婚礼の前に到着したいとのことです」

「どうやって、来るのだ？」メイス・タイレルが不機嫌にたずねた。「かれらはわたしの領地を横切る許可を得ていないぞ」かれの太い首が暗赤色に変わったのを、ティリオンは見て取った。ドーン人とハイガーデン人とは何世紀にもわたって、必ずしも相思相愛というわけではなかった。かれらは数え切れないほどの国境戦争を行なってきたし、平和なときでさえも、山地と境界地方（マーチズ）でたがいに小競り合いを繰り返してきたのだ。ドーンが七王国の一部になったとき、敵意は少し薄れた……しかし、〈赤い毒蛇（レッド・ヴァイパー）〉という異名のあるドーンの公弟（プリンス）が馬上槍試合のときにハイガーデン城の若き跡継ぎを不具にしたので……。〃こいつは厄介なことになるぞ〃と、このこびとは思い、父親がこれをどう処理するか見守ることにした。

「プリンス・ドーランはわが息子の招待を受けてやってくるのだ」タイウィン公は冷静にいった。「われらの祝宴に参加するためだけでなく、この小評議会に議席を要求するためだ。またかれの妹とその子供たちの殺害に対する裁きをロバートは認めなかったが、それを要求するためでもある」

ティリオンはタイレル、レッドワイン、ロウアンら三人のだれかが大胆にも、「しかし、タイウィン公、それらの遺骸をすべてラニスター家のマントでくるんでロバートに差し出したのはあなたではなかったのか？」というのではないかと、その三人の顔を見守ったが、だれもそんなことはいわなかった。それでもやはり、その気持ちはかれらの顔に表われていた。〃レッドワインはそんなことはどうでもいいと思っている〃とかれは思った。〃しかし、ロウアンは黙っているにしくはないと思っているようだ〃

「王がおたくのマージェリーと結婚し、ミアセラがプリンス・トリスタンと結婚すれば、われわれみんながひとつの大家族になりますよ」サー・ケヴァンがメイス・タイレルにいった。「過去の怨恨はそこに留めるべきです。賛成できませんか、あなた？」

「これはわたしの娘の婚礼ですよ――」

「――そしてわたしの孫の婚礼でもある」タイウィン公はきっぱりいった。「昔の喧嘩の入る場所ではない。違うかな？」

「わたしはドーラン・マーテルと喧嘩はしていない」タイレル公はいい張った。もっとも、その口調は少なからず不満げだったが。「もし、かれが平和裡に河間平野（リーチ）を横切りたければ、わたしの許可を得さえすればよいのだ」

〝その可能性は小さい〟とティリオンは思った。〝かれは〈骨の道〉を登り、夏の城館（サマーホール）付近で東に向かい、〈王の道〉をやってくるだろう〟

「三百人のドーン人が来ても、こちらの計画に齟齬は生じません」サーセイがいった。「兵士たちは中庭で食事をさせることにして、小貴族や生まれのよい騎士たちのために、謁見室に余分のベンチを押しこみ、プリンス・ドーランには台座の上に名誉ある席をひとつ設ければいいのです」

〝わたしはごめんだ〟というメッセージを、ティリオンはメイス・タイレルの目の中に見た。しかし、このハイガーデン城の城主は返事をせずに、そっけなくひとつうなずいた。

「もっと気持ちのよい仕事に移ってもよいだろう」タイウィン公がいった。「勝利の果実が分配を待っている」

「これ以上に甘いものがありましょうか？」すでに自分自身の果実――つまりハレンホール――を飲みこんでしまっている〈リトルフィンガー〉がいった。

それぞれの城主がそれぞれの要求を持っていた。この城にあの村、いろいろの地所、小さな川、森、戦(いくさ)で父親を失った未成年者たちの後見権など。幸いにも、これらの果実は大量にあり、全員に行きわたるだけの城や孤児がいた。ヴァリスがリストを作っていた。四十七人の下位の小領主と六百九十人の騎士たちが、数千人の平民の兵士とともに、スタニスの燃える心臓とその〈光の王(ロード・オブ・ライト)〉の下で命を失っていた。全員が反逆者であり、かれらの跡継ぎは相続権を剝奪され、かれらの領地と城はもっと忠誠心を発揮した人々に与えられた。

　ハイガーデンはもっとも豊かな収穫を得た。ティリオンはメイス・タイレルの太鼓腹を見て思った。〝こいつめ、桁外れの食欲をもっていやがる〟と。タイレルは、最初レンリーを支持し、その後でスタニスを支持する、というとんでもない間違いを犯したかれ自身の旗主、アレスター・フロレント公の領地と城を要求した。タイウィン公は喜んでその願いを聞き入れた。ブライトウォーター城塞(キープ)およびその領地と収入が、タイレル公の次男サー・ガーランに与えられ、かれは一瞬にして大領主に変身した。その兄はもちろん、ハイガーデン城そのものの遺贈に固執した。

　より小さな地所がロウアン公に与えられ、またターリー公、レディ・オークハート、ハイタワー公その他のここに出席していない名士たちのためにも取っておかれた。レッドワイン公は、〈リトルフィンガー〉とそのワイン仲買人がアーバー島最上の葡萄(ブドウ)の収穫量の一定割合から税を徴収していたのを、三十年間猶予してくれとだけ要求した。これが聞き入れられると、かれは充分に満足したと表明し、ここでアーバー島産のゴールドを一樽取り寄せて、ジョフリー王とその賢明にして善意にあふれた〈手〉に乾杯してはどうかと提案した。それを聞くとサーセイが堪忍袋の緒を切った。「ジョフに必要なのは剣であって、乾杯ではありませんよ」彼女はきっぱりといった。「かれの王国はいまだに王位簒奪予備軍と自称王たちに苦しめられています」

「でも、長いことはないと思いますよ」ヴァリスが気取っていった。

「みなさん、もう少し議題が残っています」サー・ケヴァンが書類を調べていった。「サー・アダムが総司祭の冠についていたクリスタルを何個か発見しました。こうしてみると、どうやら、盗人どもがクリスタルを分解し、黄金を溶かしたことは確実のようです」

「天上の父なる神はかれらの罪をお見通しです。全員をお裁きになることでしょう」総司祭が敬虔な口調でいった。

「疑いなく、そうなさるだろう」タイウィン公はいった。「それにしても、王の婚礼のとき、あなたは冠をかぶらねばならない。サーセイ、おまえの金細工師を呼びなさい。代わりの冠を作らせるのだ」かれは返事を待たずに、すぐにヴァリスに向かっていった。「報告事項は？」

その宦官は袖から羊皮紙を引き出した。「フィンガーズ沖に大海魔が目撃されました」くすくす笑って、「いいですか、グレイジョイ家ではなく本物のクラーケンです。そいつはイッベンの捕鯨船を襲い、海底に引きこみました。踏み石諸島では戦が行なわれています。そして、タイロシュとライスの間にも新たな戦争が始まっているようです。両方ともミアを同盟国にしたがっています。翡翠海から戻った船乗りの報告では、頭が三つあるドラゴンがクァースで孵(かえ)ったとのことで、その町の驚異となっており——」

「ドラゴンやクラーケンに興味はない。頭がいくつあってもだ」タイウィン公がいった。

「ひょっとして、きみの密告者どもはわが弟の息子の消息を得たのではないか？」

「残念ながら、われらの愛するタイレクさまは完全に消息を絶ってしまいました。かわいそうにあの勇敢な少年が」ヴァリスは涙を流しそうな声でいった。

「タイウィン」サー・ケヴァンは、タイウィン公が明らかに不興な声を出す前にいった。「戦闘中に脱走した金色(こんじき)のマントの何人かが、もう一度雇ってもらえるのではないかと考えて、ふらふらと兵舎に戻ってきています。かれらをどう扱うべきか、サー・アダムがお考えを聞きたいと申しております」

「かれらは臆病の故にジョフを危険に陥れたかもしれないのよ」サーセイはすぐにいった。「わたしはかれらを死刑にしたいわ」

ヴァリスはためいきをついた。「確かにかれらは死刑に値します、陛下。それはだれも否定できません。しかしながら、かれらを〈冥夜の守人(ナイツ・ウオッチ)〉に送るほうが賢明ではないかと愚考いたします。最近は〈壁〉から気がかりな知らせが届いておりますし。野人どもが蠢動(しゅんどう)しているとか……」

「野人、クラーケン、そしてドラゴンか」メイス・タイレルがくすくす笑った。「蠢動しない者がいるでしょうか？」

タイウィン公はこれを無視した。「脱走者は見せしめにするのがいちばんだ。戦鎚で膝を折れ。二度と逃げることはできないし、かれらが町で物乞いする姿を見れば、だれも逃げようとは思わないだろう」他の諸公のだれかが反対するかどうか見るために、かれはテーブルの端まで見渡した。

ティリオンは自分が〈壁〉を訪問したときのことを――老齢のモーモント公とその士官たちと一緒に食べた蟹のことを思い出した。またその〈熊の御大(オールド・ベア)〉が抱いていた恐怖をも思い出した。「たぶん、われわれの意見を知らせるために、数人の膝を折ってもよいかもしれません。たとえば、サー・ジャスリンを殺したやつらなどを。その他の者はバウエン・マーシュのところに送ればよいでしょう。〈冥夜の守人(ナイツ・ウォッチ)〉は目も当てられないほど弱体化しています。万一〈壁〉が破られたら……」

「……野人どもがどっと北部に流れこむだろう」かれの父親が引きとっていった。「そして、スターク家とグレイジョイ家は対処しなければならない敵をもうひとつ持つことになる。やつらはもはや〈鉄の玉座〉に従属する意志はないようだ。だから、〈鉄の玉座〉に助けを求める権利はないではないか？　ロブ王とベイロン王は二人とも北部をわが物と主張している。できるなら、かれらに北部を守らせればよい。もしできなければ、あのマンス・レイダーが同盟者として役立つかもしれん」タイウィン公は腹違いの弟ケヴァンを見た。「他に？」

サー・ケヴァンは首を振った。「これで終わりです。みなさん、あなたがたの知恵とよき助言にジョフリー王陛下が感謝なさることは疑いありません」

「子供たちと内々で相談したいことがある」他の者たちが立って出ていこうとすると、タイウィン公がいった。「おまえもだ、ケヴァン」

他の参議たちは従順に別れを告げた。ヴァリスが真っ先に出ていき、タイレルとレッドワインが最後になった。ラニスター家の四人を除いて部屋が空になると、サー・ケヴァンが扉を閉めた。

「大蔵大臣ですって？」ティリオンは緊張した細い声でいった。「いったい、だれの発案ですか？」

「ピーター公だ」かれの父親がいった。「しかし、ラニスター家の一員の手に金庫が保管されるのはよいことだ。おまえは重要な仕事をくれといっていたぞ。この仕事が手に余ると恐れているのか？」

「いいえ」ティリオンはいった。「罠を恐れているのです。〈リトルフィンガー〉は陰険な野心家です。わたしはかれを信用しません。あなたがたもしてはなりませんよ」

「かれはハイガーデンをわたしたちの味方につけた……」サーセイがいいかけた。

「……そして、ネッド・スタークをあんたに売りつけた、とわたしは承知している。われわれをもすぐさま売るだろう。悪いやつの手に入ると、貨幣は剣よりも危険だ」

かれの叔父ケヴァンがおかしな目でかれを見た。「われわれに、そのようなことはしないだろう。キャスタリー・ロック城の黄金は……」

「……地中から掘り出される。〈リトルフィンガー〉の黄金は空中から取り出される。指をパチンと鳴らしてね」

「あなたがたの誰よりも役立つ技術ね、弟くん」サーセイは悪意のこもった甘い声でいった。

「〈リトルフィンガー〉は嘘つきだ――」

「――そして、腹黒くもある。使い鴉（レイヴン）が鴉（クロウ）のことをそういいましたよ」

タイウィン公はテーブルをぴしゃりと叩いた。「やめろ！　このような聞き苦しい口喧嘩はもうたくさんだ。おまえたちは両方ともラニスターだぞ。それならそれらしくふるまえ」

サー・ケヴァンは咳払いした。「レディ・ライサの他の求婚者よりは、むしろピーター・ベイリッシュに高巣城（アイリー）を支配してもらいたいと思いますよ。ヨーン・ロイス、リン・コーブレイ、ホートン・レッドフォート……こいつらはそれぞれのやり方で危険な人物です。しかも、気位が高い。〈リトルフィンガー〉は利口かもしれないが、高貴な生まれでもないし、武術の達人でもない。谷間（ヴェイル）の諸公はこのような人物を決して君主として受け入れないでしょうなあ」かれは兄の顔色をうかがった。そしてタイウィン公がうなずくと、言葉を続けた。

「それから、こういうことがある――ピーター公は忠誠心を示しつづけています。ほんの昨日も、かれはタイレル家の陰謀を知らせてきましたよ。サンサ・スタークを〝訪問〟という名目で、ハイガーデン城に拉致しようとしているというのです。あちらで、彼女をメイス公の長男、ウィラスと結婚させるつもりだと」

「〈リトルフィンガー〉があなたに知らせた？」ティリオンはテーブルに身を乗り出した。

「われらの密告者頭ではなくて？　実におもしろい」

サーセイは信じられないような顔で叔父を見た。「サンサはわたしの人質ですよ。わたしの許可なくどこにも行きません」

「否応なしに許可しなければならないぞ、万一タイレル公に要求されたら」かれらの父親は指摘した。「かれの申し出を拒否することは、われわれがかれを信用しないと宣言するに等しい。かれは怒るだろう」

「怒らせておきなさい。かまうものですか」

〝このばかったれが〟とティリオンは思った。「姉上」かれは辛抱強く説明した。「タイレルを怒らせることは、レッドワイン、ターリー、ロウアン、それにハイタワーまでも怒らせることになるのだよ。そして、ロブ・スタークのほうが、かれらの欲望により適合しているのではないかと思いはじめるかもしれないじゃないか」

「わたしは薔薇と大狼（ダイアウルフ）を同衾させるつもりはない」タイウィン公が宣言した。「かれの機先を制しなければならない」

「どうやって？」サーセイはたずねた。

「結婚によって。まず、おまえのだ」

あまり突然の話だったので、サーセイはしばらく見つめることしかできなかった。それから、頬が平手打ちを受けたかのように真っ赤になった。「いやです。とんでもない。再婚なんてしません」

「陛下」サー・ケヴァンが礼儀正しくいった。「あなたは若い女性で、まだ美しく、子供を産む力もおありになる。余生を孤独に過ごすおつもりではないでしょう？　そして、新たな結婚は、あの近親相姦の噂を永久に忘れさせることになるでしょう」

「おまえが独身でいるかぎり、スタニスがあの忌まわしい中傷を広めることを許すことになる」タイウィン公は娘にいった。「新しい夫をベッドに迎え入れなければならない。子供をつくらせるために」

「子供は三人いれば充分です。わたしは七王国の太后ですよ。繁殖用の牝馬ではありません！　摂政太后です！」

「おまえはわたしの娘であり、わたしの命令に従うのだ」

彼女は立ち上がった。「ここにすわって、そんな話を聞くつもりはありません――」

「次の夫選びについて何か意見をいいたければ、ここにいなさい」タイウィン公は静かにいった。

彼女がためらって、それからすわると、ティリオンは彼女が負けたと知った。「再婚するつもりはありません！」という大声の宣言にもかかわらずである。

「おまえは結婚し、子を産む。子を産むたびにスタニスはますます嘘つきだということになる」父親の目は彼女を椅子に釘づけにするように思われた。「メイス・タイレル、パクスター・レッドワイン、そしてドーラン・マーテルなどは自分より長生きしそうな若い女を娶（めと）っている。ベイロン・グレイジョイの妻は老齢で衰えている。しかし、そんな所と縁組をすれば、否応なしに鉄（くろがね）諸島との同盟に引きこまれることになるだろう。そして、それがわれわれのもっとも賢明な進路かどうか、まだ確信がもてずにいるのだ」

「いやです」サーセイは蒼白な唇の間からいった。「いや、いや、いやです」

姉をパイク島に追いやることを想像すると、ティリオンは唇ににやにや笑いが浮かぶのを抑えることができなかった。〝祈りを諦めようとしたまさにその時に、どこかの優しい神がこれを与えてくれるのだ〟

タイウィン公は続けた。「オベリン・マーテルがいいかもしれないが、タイレル家はこれをひどく不快に思うだろう。だから、息子たちに目を向けねばならぬ。おまえ、自分より若い男と結婚することに反対ではないだろうな？」

「結婚には反対です、どんな人とでも――」

「わたしはレッドワイン家の双子、シオン・グレイジョイ、クェンティン・マーテル、その他にも大勢の男たちを考慮した。だが、われらとハイガーデン城との同盟はスタニスを破る剣だった。それを焼き入れし、強化しなければならない。サー・ロラスは白衣をつけて〈王の楯（キングズガード）〉になり、サー・ガーランはフォソウェイ家の一人と結婚したが、まだ長男が残っている。サンサ・スタークと結婚させようとかれらが画策している若者だ」

〝ウィラス・タイレルだ〟ティリオンはサーセイの救いようのない怒りに、邪悪な喜びを感じていた。「あれは体が不自由でしょう」かれはいった。

かれらの父親はひと目でかれを凍りつかせた。「ウィラスはハイガーデン城の跡継ぎであり、すべての報告が、かれは柔和で上品な若者であり、読書と星を眺めるのを好むと述べている。また動物の繁殖にも熱心で、七王国じゅうでもっとも優れた犬や鷹や馬を所有していると」

〝完璧な縁組だ〟ティリオンは思った。〝サーセイも繁殖には熱心だしな〟かれはウィラス・タイレルをかわいそうに思い、自分の姉を笑ってやりたいのか、泣いてやりたいのかわからなかった。

「このタイレルの跡継ぎを、わたしは選ぼうと思う」タイウィン公が結論した。「しかし、おまえが別の男を選びたいというなら、その理由を聞いてやる」

「どうもありがとうございます、お父さま」サーセイは氷のように冷たい礼儀正しさでいった。「ずいぶん難しい選択をせよとおっしゃるのですね。烏賊老人か、それとも体の悪い犬少年か、どちらを選びたいかと？　二、三日考えさせてください。もう退席してもよろしゅうございますか？」

〝おまえ太后だろ〟とティリオンはいってやりたかった。〝かれのほうがおまえに退席の許可を求めるべきだぞ〟

「行け」父親はいった。「気持ちが落ち着いたら、また話そう。義務を忘れるでないぞ」

サーセイはぎごちなく部屋から出ていった。激怒していることは目にも明らかだった。

〝しかし、結局は父のいうなりだ〟それはロバートとのことで証明されている。〝もっとも、ジェイミーのことを考慮しなければならないが〟サーセイが最初に結婚したときには、この兄はもっとずっと若かった。しかし、こんどは再婚をそう簡単に黙認しないかもしれなかった。不幸なウィラス・タイレルという存在は、腸をいきなり剣で刺し貫かれて致命傷を負うようなもので、むしろハイガーデン城とキャスタリー・ロック城との同盟を傷つける可能性があった。〝おれは何かいうべきだ。しかし、なんと？　失礼ですが、父上、彼女が結婚したがっているのはわれわれの兄弟ですよ、とでも？〟

「ティリオン」

かれは諦めたような笑いを浮かべた。「いま聞こえたのは、馬上槍試合に出場しろという先触れの声ですか？」

「おまえの娼婦遊びはひとつの欠点だ」タイウィン公は前置きなしにいった。「だが、その非難の一部はわたしに対するものかもしれん。おまえの身長は子供ぐらいしかないので、実は男性の世俗の欲望をすべて備えた成人男性だということを忘れがちだ。おまえも、もうとうに結婚してもよいころだ」

〝わたしは結婚しましたよ、お忘れですか？〟ティリオンは口を歪めて、笑い声とも唸り声ともつかない声を出した。

「結婚の見こみがあると知って嬉しいか？」

「自分がどんなにハンサムな花婿になるか想像しただけです」妻こそ、まさにかれにとって必要なものかもしれなかった。もし、その女が領地と城を持参すれば、この世でジョフリーの宮廷から離れていられる場所を得ることになる……そして、サーセイとその父親からも。

一方、シェイがいた。〝彼女はそれを好まないだろう。いくら、おれの娼婦であることに満足していると誓っても〟

　しかしながら、これは父親を動かす論点にはなりそうもなかった。だから、ティリオンは座席の上で体をうごめかし、背伸びをして、いった。「わたしをサンサ・スタークと結婚させるつもりですね。しかし、その縁組は公然たる侮辱だとタイレル家は考えるのではないでしょうか、その娘について計画があるとすれば？」

「タイレル公はジョフリーの婚礼がすむまでは、スタークの娘の問題は持ち出さないだろう。もし、サンサがその前に結婚してしまえば、かれは自分の意図をわれわれにまったく知らせなかったのだから、気分を害することはありえないだろう」

「そのとおりです」サー・ケヴァンがいった。「そして、後に残る恨みは、サーセイをウィラスに娶(めあわ)せることによって和らげられるはずです」

　ティリオンは鼻の新しい切り株をこすった。この傷跡はときどきたまらなく痒くなるのだった。「王家の疣(いぼ)陛下は、サンサの父親の死んだ日以来、彼女の生活を惨めなものにしてしまいました。そして、こんどは彼女をジョフリーから最終的に切り離して、わたしと結婚させるわけですね。これは著しく残酷に思えます。いくらお父上のなさることでも」

「おや、おまえは彼女を虐待するつもりなのか？」かれの父親は懸念というよりはむしろ好奇心に駆られたような声を出した。「あの娘の幸福はわたしの目的ではないし、おまえの目的でもないはずだ。南部のわれらの同盟関係はキャスタリー・ロック城のように堅固だとしても、まだ北部に勝つという仕事が残っている。そして北部の鍵はサンサ・スタークなのだぞ」

「彼女はほんの子供ですよ」

「もう開花したと、おまえの姉が断言している。もしそうなら、彼女は一人前の女であり、結婚に適する。おまえは彼女の処女膜を破る必要があるぞ。この結婚は完成していないと誰にもいわせないためにな。その後で一、二年待ってから彼女と寝たいと思うなら、それは夫としてのおまえの権利の内だ」

〝今のところ、おれの欲しい女はシェイだけだ〟とかれは思った。〝そして、サンサは子供だ、あんたがなんといおうとも〟「もし、ここでのあなたの目的が、彼女をタイレルから遠ざけることだけならば、彼女を母親のところに返せばよいではないですか？　そうすれば、おそらくロブ・スタークは膝を屈することを承服するでしょう」

タイウィン公はばかにしたような顔をした。「彼女をリヴァーラン城に送れば、彼女の母親は、息子とトライデント河流域との同盟を強化するために、彼女をブラックウッドかマリスターのだれかと結婚させるだろう。彼女を北に送れば、彼女は月が変わらないうちに、マンダリーかアンバーあたりと結婚するだろう。だが、ここの宮廷にいれば、彼女は確かに危険だ。このタイレルとの問題が証明するようにな。彼女はラニスター家の者と結婚しなければならない。それもすぐに」

「サンサ・スタークと結婚した者は、彼女の名においてウィンターフェル城を要求できるのだぞ」かれの叔父が口を出した。「それは考えないのか？」

「もし、おまえに彼女と結婚する意志がないなら、彼女をおまえの従兄弟のだれかに与えなければならない」かれの父親はいった。「ケヴァン、ランセルは結婚するだけの力があると思うか？」

サー・ケヴァンはためらった。「その娘をかれのベッドサイドに連れていけば、かれは希望を述べることはできるでしょう……しかし、結婚の完成となると、だめですな……むしろ、わたしとしては双子の息子たちのどちらかを推薦したいです。しかし、スターク家がかれらを両方ともリヴァーラン城で捕らえています。スターク家はジェナの息子のタイオンをも捕らえています。そうでなければ、かれがいいかもしれませんが」

ティリオンはかれらに脇演技をさせておいた。それはすべて自分の利益になると知っていたので。〝サンサ・スタークか〟かれは心の中で考えた。優しい話し方をする、よい匂いのするサンサ。シルクや歌や騎士道や、ハンサムな顔立ちの背の高い騎士を好む。ティリオンは、ついこの前の船を連ねた橋の上で戦っていたときの感じを思い出した。足の下でぐらぐら動く甲板を。

「おまえは戦中の働きに対して褒美をくれといったが」タイウィン公は力をこめていった。「今が最高の褒美をもらう絶好のチャンスだぞ、ティリオン」かれはいらいらしてテーブルを指で叩いた。「わたしはかつておまえの兄ジェイミーをライサ・タリーと結婚させたいと望んだが、その手筈が整わないうちに、エイリス王がジェイミーを自分の〈王の楯（キングズガード）〉に任命してしまった。その代わりにライサをおまえと結婚させるのはどうかと、わたしがホスター公に提案したら、かれは娘の婿には五体満足な男が欲しいと答えた」

〝そこで、ホスター公はライサをジョン・アリンと結婚させた。彼女の祖父といってもいいほどの老人と〟その後ライサ・アリンがどうなったか考えると、ティリオンは怒るよりもむしろ感謝したいと思った。

「ドーンにおまえのことを打診すると、その提案は侮辱だという返事が来た」タイウィン公は続けた。「後年、同様の答えをヨーン・ロイスやレイトン・ハイタワーからももらった。しまいには膝を屈して、ロバートが弟の婚礼の床で処女を奪ったフロレントの娘をもらってもよいと提案した。だが、父親は自分の家来の騎士のだれかに彼女を与えるほうがましだと答えた。

もし、おまえがスタークの娘と結婚する意志がないなら、他の妻を見つけてやらねばならない。国内のどこかに、キャスタリー・ロック城の友情を得るために、娘を手放してもよいと考える小領主か何かがきっといる。レディ・タンダはロリスはどうかといってきたが……」

ティリオンは狼狽のために身を震わせた。「そんな話は切り取って、山羊に喰わせてしまいたいです」

「では、目を開け。このスタークの娘は若くて、結婚適齢期で、従順で、最高の身分の生まれで、しかもまだ処女だ。美しくなくもない。なぜ、ためらうのか？」

〝まったく、なぜでしょうな？〟「わたしの気まぐれです。妙な話ですが、わたしはむしろ、寝床でわたしを求める妻のほうがいいのです」

「もしおまえの娼婦が寝床でおまえを求めると思うとすれば、おまえはわたしが予想していた以上の大馬鹿者だ」タイウィン公がいった。「おまえには失望したぞ、ティリオン。この縁談を喜ぶと思ったのに」

「はい、あなたにとってわたしの喜びがどのくらい重要か、みんな知っています、父上。しかし、これにはもっと問題が付随しています。北部の鍵とおっしゃいましたね？　今はグレイジョイ家が北部を保持しています。そして、ベイロン王には娘がいます。なぜ、サンサ・スタークであって、その娘ではないのですか？」かれは父親のきらきらした金片をちりばめた冷たい緑色の目を覗きこんだ。

タイウィン公は顎の下に尖塔の形に手を組んだ。「ベイロン・グレイジョイは統治ではなく掠奪の観点から物事を考える。かれに秋の収穫を享受させ、北部の冬の苦しみをなめさせてみよ。領民はかれを愛する理由を見出さないだろう。春が来たとき、北部人は大海魔で満腹していることだろう。しかし、おまえがエダード・スタークの孫を連れ帰り、その生得権を要求すれば、諸公と庶民は一様に歓迎して、その子を先祖の高い座につけることだろう。おまえ、本当に女を孕ませる能力があるのだろうな？」

「あると信じます」かれはかっとなっていった。「正直にいって、それを証明することはできません。もっとも、わたしがそれを試みなかったとは誰もいえません。もちろん、できるだけしばしば自分の小さな種を蒔きましたが……」

「下水やどぶに」タイウィン公が引き取っていった。「そして、雑草しか生えない庶民の地面にな。おまえもそろそろ自分の畑を持ってもよいころだぞ」かれは立ち上がった。「はっきりいっておくが、おまえには絶対にキャスタリー・ロック城を渡さない。しかし、サンサ・スタークと結婚すれば、ウィンターフェル城を手に入れることは本当に可能だぞ」

〝ティリオン・ラニスター、ウィンターフェル城の守護代か〟そう思うと、奇妙な寒けを覚えた。「けっこうですね、父上」かれはのろのろといった。「しかし、あなたの筵（むしろ）には大きくて醜いゴキブリがいます。ロブ・スタークはわたしと同様に、おそらく子供をつくる力があります。そして、あの多産なフレイ家のだれかと結婚すると誓っています。そして、いったんこの〈若き狼〉が一匹の仔を生めば、サンサの産むどんな仔も何の後継者にもなれません」

タイウィン公は動じなかった。「いっておくが、ロブ・スタークが多産のフレイ家の娘に子供を産ませることはないだろう。まだ小評議会に知らせるつもりはなかったが、ちょっとしたニュースがある。もっとも、たちまち諸公が知ることは疑いないが。あの〈若き狼〉はガウエン・ウェスタリングの長女を妻に迎えたぞ」

一瞬ティリオンは耳を疑った。「かれは誓いを破ったのですか？」かれは信じられないようにいった。「フレイ家をそでにして……」言葉が続かなかった。

「ジェインという名の十六歳の乙女と結婚したのだ」サー・ケヴァンがいった。「ガウエン公はかつてわたしに、彼女をウィレムかマーティンにどうかといってきたことがありましたが、断らねばなりませんでした。ガウエンはよい男ですが、その妻はサイベル・スパイサーです。かれはそんな女と結婚すべきではありませんでした。ウェスタリング家は常に分別よりも名誉を重んじてきたのです。レディ・サイベルの祖父はサフランや胡椒の商人で、スタニスが抱えているあの密輸業者と同じくらい低い身分の生まれでした。そして、その祖母はかれが東方から連れてきたどこかの女でした。おっそろしく年とった老婆で、尼になることになっていたそうです。女魔術師（メイジ）、と人は呼んでいました。彼女の真の名前を発音できる人はだれもいませんでした。ラニスポートの住民の半数は、治療やほれ薬などを求めて彼女を訪れました」かれは肩をすくめた。「もっとも、ずっと以前に死にましたがね。そして保証しますが、ジェインはかわいい子に見えましたよ。もっとも一度会っただけですが。それにしても、あのような疑わしい血筋の人間では……」

かつて娼婦と結婚したことがあるティリオンは、曾祖父がクローブを売っていた娘との結婚、という考えに震え上がっている叔父の気持ちに、かならずしも賛同することはできなかった。それはそれとして……〝かわいい子（スイート）〟とサー・ケヴァンはいっていたが、たいていの毒はまた〝甘く（スイート）〟もあるのだ。ウェスタリング家は古い血筋だが、かれらは力よりも気位が高かった。レディ・サイベルが、その高貴な生まれの夫よりも多くの持参金を持ってきたと聞いても、かれは驚かないだろう。ウェスタリング家の鉱山は何年も前にだめになってしまい、かれらの最良の土地は売り払われたか、または失われてしまった。そして、岩山城（クラッグ）は砦というよりもむしろ廃墟だった。〝だが、ロマンチックな廃墟ではある、海上にあんなに雄々しくそびえていて〟「驚いたなあ」ティリオンは白状せざるをえなかった。「ロブ・スタークにはもっと分別があると思っていたのに」

「十六歳の子供だ」タイウィン公がいった。「あの年齢では、肉欲、愛、名誉に較べて、分別はあまり力がないものだ」

「かれは誓いを破り、同盟者をはずかしめ、厳粛な約束を裏切ったのですね。名誉はどうなるのでしょう?」

サー・ケヴァンが答えた。「かれは自分の名誉よりも、娘の名誉を選んだのだ。いったん彼女の処女を奪うと、他にやりようがなかったのだな」

「彼女の腹に私生児を残してやったほうが、より親切だったろうに」ティリオンはぶっきらぼうにいった。ウェスタリング家はこれで何もかも失いそうだった。土地も城も命さえも。

〝ラニスター家はつねに借りを返すのだ〟

「ジェイン・ウェスタリングは母親の娘であり」タイウィン公がいった。「ロブ・スタークは父親の息子だ」

　このウェスタリングの裏切りは、ティリオンが期待したほど父親を怒らせなかったらしい。タイウィン公は家臣の不忠を容赦しなかった。かれはまだなかば少年であったころに、誇り高いキャスタミア城のレイン家と、ターベック城(ホール)の旧家であるターベック家を、根こそぎ末葉まで抹殺してしまった。吟遊詩人たちはこれについてむしろ陰気な歌まで作ったものだ。何年か後に、フェア城(カースル)のファーマン公が反抗的になったときに、タイウィン公は手紙の代わりにリュートを持たせた使者を送った。しかし、『キャスタミアの雨(レイン)』の歌が広間に谺するのを聞くと、ファーマン公はそれ以上ごたごたを起こさなかった。そして、たとえこの歌が充分でなかったとしても、レイン家とターベック家の粉砕された城が無言の証人として、キャスタリー・ロック城の力を侮ることを選択する者を待っていた。「岩山城（クラッグ）はターベック城やキャスタミア城からあまり遠くない」ティリオンは指摘した。「おそらくウェスタリング家はそこを通って、教訓を目にしてますよね」

「たぶん、見ただろう」タイウィン公はいった。「かれらがキャスタミア城のことをよく知っているのはまちがいない」

「はたしてウェスタリング家とスパイサー家は、狼が獅子を負かすと信じるような大馬鹿者なのでしょうか？」

タイウィン・ラニスター公が実際に笑いを浮かべそうになったことは、たいへん珍しかった。決して実際に笑ったことはなかったが、その気配だけでも恐ろしい見ものだった。「最大の馬鹿者は、かれらを嘲笑う人々よりもしばしば利口なのだぞ」とかれはいった。それから、「サンサ・スタークと結婚せい、ティリオン。それも、すぐに」

20 ——— キャトリン

かれらは遺体を肩に担いで運び入れ、台座の下に並べた。松明の灯っている広間が静まり返り、その静けさの中で、城半分ほどの距離でグレイウィンドが遠吠えしているのが聞こえた。〝かれは血の匂いを嗅いでいる〟とキャトリンは思った。〝石の壁や木の扉を透かして、夜と雨を透かして、かれはやはり死と滅びの匂いがわかるのだ〟

彼女はロブの高い座席の左側に立って、一瞬、自分自身の死を——ブランとリコンを——見下ろしているように感じた。これらの少年はもっとずっと年上だったが、死がかれらを縮めてしまっていた。裸で、濡れて、とても小さく見える。だから、生きていたときのかれらを思い出すのは困難だった。

その金髪の少年は髭を生やそうとしていた。桃の毛のような薄黄色のかすかな毛が、喉にできた短剣の赤い刺し傷の上の顎と頰を覆っていた。長い金色の頭髪は、風呂から引き出されたばかりのようにまだ濡れていた。その表情から見ると、かれは安らかに死んだらしい。おそらく眠っている間に。しかし、茶色の頭髪のその従兄弟は殺されまいと抵抗した跡が残っていた。腕には、刃を防ごうとしてできた切り傷がいくつもあり、また胸と腹と背中には、舌のない口のような刺し傷が無数にあり、まだ赤い血がゆっくりと滴っていたが、その血を雨がほとんど洗い流してしまっていた。

ロブは王冠をかぶって広間に入ってきた。王冠のブロンズが松明の明かりを受けて暗く輝いた。死者を見るかれの目は影に入っていて、表情は窺えなかった。〝かれもブランとリコンの死を見ているように感じているのだろうか？〟キャトリンは泣いたかもしれなかったが、もう涙は残っていなかった。死んだ少年たちは長く幽閉されていたために青白かった。しかも二人とも色白だった。かれらのなめらかな白い肌についた血ははっとするほど赤く、見るに耐えなかった。〝敵はサンサを殺したら、〈鉄の玉座〉の下に裸で横たえるのだろうか？彼女の肌もこのように白く、血もこのように赤く見えるのだろうか？〟戸外からは、絶え間なく降る雨音と、落ち着かない狼の遠吠えが聞こえていた。

彼女の弟エドミュアはロブの右に立ち、片手を父親の椅子の背に置いていたが、眠っていたためにまだむくんだ顔をしていた。かれも、彼女と同様に、夜の夜中に扉をどんどん叩かれ、夢の中から乱暴に引き出されてきたのだった。〝よい夢だった、弟よ？　あんたは日光や笑いや乙女のキスの夢を見るの？　そうだといいわね〟彼女自身の夢は暗くて、恐怖が編みこまれていた。

ロブの家来の主将たちと旗主諸公が広間に立っていた。ある者は鎖帷子（チェーン・メイル）を着て武器を持ち、またある者はさまざまな段階のぼさぼさの髪と衣服をつけていた。サー・レイナルドとその叔父サー・ロルフもその中にいたが、ロブは自分の妃にはこの醜悪な場面を見せないほうがよいと判断していた。〝岩山城（クラッグ）はキャスタリーの磐城（ロック）から遠くない〟とキャトリンは思い出した。〝みんな子供だったころに、ジェインはこれらの少年と遊んでいたかもしれないのだ〟

　彼女はふたたびタイオン・フレイとウィレム・ラニスターという二人の従士の死体を見下ろして、息子が口を開くのを待った。

　ロブが血みどろの死者たちから目を上げるまでに、とても長い時間がたったように思われた。「〈スモール・ジョン〉」かれはいった。「下手人を中に入れるように、きみの父にいいなさい」〈スモール・ジョン〉こと息子のジョン・アンバーは無言で命令に従い、石の大広間に足音を響かせながら出ていった。

　父親の〈グレート・ジョン〉が下手人を引き立てて扉から入ってくると、そこにいた何人かが、まるで反逆は、触ったり、見たり、咳をしたりすると、うつる病ででもあるかのように、後ずさりしてかれらを通した。捕らえた者も、捕らえられた者も、ほとんど同じ姿をしていた。それぞれが大柄の男たちで、濃い顎髭と長い頭髪を生やしていた。〈グレート・ジョン〉の家来の二人は負傷していて、下手人の三人もそうだった。槍を携えているか、腰の鞘が空であるかという事実だけが、かれらを分け隔てる手がかりになっていた。全員が長い鎖帷子（チェーン・メイル）か環鎧（リング・メイル）を着ており、重いブーツをはき、厚いマントを羽織っていた。マントはウールのものもあれば、毛皮のものもあった。〝北部は厳しく、寒い、そして、無慈悲だ〟と千年も前に彼女がはじめてウィンターフェル城に来たときに、ネッドがいったものだった。

「五人」ずぶ濡れの下手人たちが無言で前に立つと、ロブがいった。「これで全部か？」

「八人でした」〈グレート・ジョン〉が低く響く声でいった。「捕らえるときに二人殺しました。そして、三人目はいま死にかけています」

ロブは下手人の顔を観察した。「二人の非武装の従士を殺すのに、おまえたちは八人がかりだったのだな」

エドミュア・タリーが声を上げた。「かれらはわたしの二人の家来も殺した。塔に押し入るときに。デルプとエルウッドを」

「これは決して殺人ではなかった」リカード・カースターク公がいった。「顔に滴る血だけでなく、手首に巻かれたロープをも気にせずに。「父親の復讐を妨げる者は、だれであろうと死を求めているのだ」

キャトリンの耳には、かれの言葉は戦（いくさ）の太鼓の響きのように耳障りに、残酷に聞こえた。彼女の喉は骨のように干上がった。〝これはわたしの責任だ。これら二人の少年はわたしの娘を生かすために死んだのだ〟

「きみの息子たちが死ぬのを、わたしは〈ささやきの森〉の夜に見た」ロブはカースターク公にいった。「タイオン・フレイはトーレンを殺しはしなかったし、ウィレム・ラニスターはエダードを殺しはしなかった。それなのに、どうしてきみはこれを復讐といえるのか？　これは愚行であり、残酷な殺人だ。きみの息子たちは戦場で名誉ある戦死をとげたのだ。剣を手にして」

「息子たちは死んだ」リカード・カースターク公は一歩も譲らずにいった。「〈王殺し（キングスレイヤー）〉がかれらを切り倒したのだ。この二人はやつの同族だった。血は、血でしか償えない」

「子供たちの血で？」ロブは死骸を指さした。「かれらは何歳だった？　十二か、十三か？　従士だぞ」

「いつの戦（いくさ）でも従士は死ぬ」

「そうだ、戦死をする。タイオン・フレイとウィレム・ラニスターは〈ささやきの森〉で剣を捨てた。かれらは捕虜となり、牢に閉じこめられ、眠っていた、無防備で……見てみろ、子供だぞ！」

　カースターク公はそちらを見ずにキャトリンを見た。「かれらを見ろと、あなたの母上にいいなさい」かれはいった。「彼女がかれらを殺したのだ、わたしと同様に」

　キャトリンはロブの椅子の背に手をかけた。広間がぐるぐるまわるように思われた。そして、吐き気がした。

「母とこれとはなんの関係もない」ロブは怒っていった。「これはおまえの仕業だ。おまえの殺人だ。おまえの反逆だ」

「ラニスターを釈放することが反逆でなくて、殺すことがどうして反逆になるのか？」カースタークはしわがれ声でたずねた。「陛下はわれわれがキャスタリー・ロック城と戦っていることを忘れてしまったのか？　戦のときには敵を殺す。お父上はそう教えませんでしたか、坊や？」

「坊やだと？」〈グレート・ジョン〉が鎖手袋をはめた手でリカード・カースタークを殴ってひざまずかせた。

「手を出すな！」ロブの命令口調の声が鳴り響いた。アンバーは下手人から離れた。

カースターク公は折れた歯を吐き出した。「そうだ、アンバー公、わたしのことは王に任せろ。かれはわたしを叱ってから許すつもりだ。それがかれの謀叛の扱い方だ。われらの〈北の王〉の」かれは血で濡れた唇で微笑した。「それとも、あなたを〝北部を失った王〟とお呼びしましょうか、陛下？」

〈グレート・ジョン〉は横の兵士から槍をひったくり、かれの肩に突きつけた。「こいつを突き刺させてください、殿さま。こいつの腹を割いて、腸の色を見させてください」

広間の扉がどかんと開き、〈漆黒の魚（ブラックフィッシュ）〉がマントと兜から水を滴らせながら入ってきた。タリー家の兵士たちが後に続いた。一方、外では稲妻が空を破り、激しい黒い雨がリヴァーラン城の石を叩いた。サー・ブリンデンは兜を脱ぎ、片膝をついた。「陛下」かれはそういっただけだったが、その厳めしい口調は多くのことを物語っていた。

「サー・ブリンデンの話は内密に聞こう、謁見室で」ロブは立ち上がった。「〈グレート・ジョン〉、わたしが戻るまで、カースターク公をここに留めておき、その他の七人を吊るせ」

〈グレート・ジョン〉は槍を下げた。「死人までも？」

「そうだ。わが叔父ぎみの川をこのような汚物で汚したくない。かれらは鴉の餌にせよ」

下手人の一人が床にひざまずいた。「お慈悲を、殿さま。わたしは誰も殺しておりません。

ただ戸口に立って、見張りをしていただけです」

ロブはちょっと考えた。「おまえはリカード公の意図を知っていたか？　ナイフが引き抜かれるのを見たか？　叫び声を、悲鳴を、慈悲を求める泣き声を、聞いたか？」

「はい、聞きました。でも、関わりませんでした。ただの見張り役です、本当です……」

「アンバー公」ロブはいった。「こいつはただの見張り役だそうだ。他の者が死ぬのを見届けることができるように、最後に吊るしてやれ。母上、叔父上、どうぞ一緒に来てください」かれが背を向けると、〈グレート・ジョン〉の家来が捕虜たちを取り囲み、槍の穂先で広間から追い立てていった。外では雷鳴が轟(とどろ)いていた。それは耳元で城が崩れ落ちてくるかのような大きな音だった。〝これは王国が崩壊する音なのだろうか？〟とキャトリンは思った。


　謁見室の中は暗かった。しかし、もう一枚の厚い壁に隔てられているので、少なくとも雷鳴はくぐもっていた。暖炉に点火するために、召使がオイルランプを持って入ってきた。だが、ロブはランプを受け取って、召使を帰した。テーブルと椅子があったが、腰を下ろしたのはエドミュアだけだった。ところが他の人たちが立ったままでいることに気づくと、かれも立ち上がった。ロブは王冠を脱いで前のテーブルに置いた。

〈漆黒の魚(ブラックフィッシュ)〉が扉を閉めた。「カースターク家が去った」

「全員が？」ロブの声がこんなにだみ声になったのは、怒りのせいだったろうか、それとも絶望のせいだったろうか？　それはキャトリンにさえもわからなかった。

「戦士のすべてが」サー・ブリンデンが答えた。「少しばかりの戦場売春婦と召使どもは負傷者とともに残っている。事実を確かめるのに必要なだけの人数を尋問した。かれらは夕暮れに、最初は一人か二人ずつ去りはじめ、やがてもっと大勢の集団で出ていったようだ。負傷者と召使どもは、かれらがいなくなったことがわからないように、野営地の火を燃やしておくように命じられていた。ところが雨が降りだすと、それどころではなくなった」

「かれらはリヴァーラン城から離れて、軍を再編成するのだろうか？」ロブがたずねた。

「いいや。かれらはばらばらになって、狩りをしている。カースターク公は、〈王殺し（キングスレイヤー）〉の首を取ってきた者は、だれであろうと生まれの貴賤にかかわらず自分の処女の娘と婚約させると約束している」

〝なんということだ〟キャトリンはまた気分が悪くなった。

「三百人近い騎馬武者とその倍の数の乗用馬が、夜の闇に消えた」ロブは王冠の跡がついている耳の上の柔らかな皮膚をさすった。「カーホールド城の騎馬軍団のすべてがいなくなったのだな」

〝わたしのせいだ。わたしのせいだ。神々よ許したまえ〟兵士でないキャトリンでも、ロブのはまった罠を理解することができた。かれはしばらくの間は河川地帯（リヴァーランド）を支配したが、かれの王国は東以外のすべての側面を敵に囲まれた。東にはライサが自分の領地の山のてっぺんに居すわって高見の見物をきめこんでいる。〈関門橋（クロッシング）〉の領主が忠誠の義務を控えているかぎり、三叉鉾河（トライデント）さえもう安全とはいえない。〝そして今ここでカースターク家をも失うと

は……〃

「この噂がリヴァーラン城の外に広がってはならない」弟のエドミュアがいった。「タイウィン公はおそらく……ラニスター家は借りを返すと、かれらは常にいっている。この噂がかれの耳に入ったら、えらいことだ」

〃サンサは〃キャトリンは手のひらの柔らかい肉に爪がくいこむほど強く手を握りしめた。

ロブはぞっとするような冷たい目でエドミュアを見た。「わたしを人殺しだけでなく、嘘つきにもしたいのかね、叔父上？」

「偽りをいう必要はない。何もいわずにいよう。あの少年たちを埋葬し、戦がすむまでわれわれは黙っていよう。ウィレムはケヴァン・ラニスターの息子であり、タイウィン公の甥だった。タイオンはレディ・ジェナの息子であり、しかもフレイ家の一員だ。双子城にもこのニュースは伏せておこう……」

「……殺された死者を生き返らせることができるまで、かね？」〈漆黒の魚〉ことブリンデン・タリーが鋭くいった。「真実はカースターク家とともに逃げてしまったよ、エドミュア。そんなゲームをするのは手遅れだ」

「ぼくはかれらの父親に真実を伝える義務がある」ロブがいった。「そして、裁きを。その義務も負っているんだ」かれは王冠を見つめた。暗いブロンズの輝きを。鉄の剣の連なった環を。「リカード公はぼくに公然と歯向かった。ぼくを裏切った。死刑にする以外にない。ぼくがかれらの君主を反逆者として処刑したと聞いたら、ルース・ボルトンのところにいるカースタークの歩兵が何をするか、神々がご存じだ。ボルトンに警告しなければならないぞ」

「カースターク公の跡継ぎもハレンの巨城(ホール)にいたぞ」サー・ブリンデンが念をおした。「長男で、ラニスター家が緑の支流(グリーン・フォーク)で捕虜にしたやつがね」

「ハリオン。かれの名はハリオンだ」ロブは苦笑した。「王は敵の名を知っていなくちゃね、そうでしょう？」

〈漆黒の魚(ブラックフィッシュ)〉はかれを鋭い目で見た。「確かに知っているのだね？　そうすると、若いカースタークを敵にまわすことになることを？」

「敵以外の何に、かれがなるだろう？　ぼくはかれの父親を殺そうとしている。かれには感謝してもらえないだろう」

「するかもしれんよ。父親を憎んでいる息子たちはいる。そして、きみはあっというまにそいつをカーホールド城の城主にするのだから」

ロブは首を振った。「たとえハリオンがそのような種類の男だとしても、父親を殺したやつを公然と許すことは決してないだろう。そんなことをすれば、かれ自身の家来たちが反旗をひるがえしますよ。こいつらは北部人ですよ、叔父上。北部は覚えているのです」

「では、かれを赦免しなさい」エドミュア・タリーが促した。

ロブはまさに信じられないような顔でかれを見つめた。

その視線の下で、エドミュアは顔を赤らめた。「かれを助命してやれという意味です。この言葉の味を好まないのは、あなたと同様ですよ、陛下。かれはわたしの家来をも殺した。かわいそうにデルプはサー・ジェイミーから受けた傷が治ったばかりだったのに。カースタークは罰しなければならない。それは確かだ。拘束しよう」

「人質？」キャトリンはいった。〝それが最善かも……〟

「そうだ、人質だ！」彼女の弟は彼女の黙想を賛成と受け止めた。「おまえが忠誠を保っているかぎり父親を傷つけることはないと、息子にいってやりなさい。さもないと……われわれはいまフレイ家をつなぎとめる望みはない。わたしがウォルダー公のすべての娘と結婚し、その上かれの子供を寛大に扱うとでも申し出れば別ですがね。もし万一カースタークをも失うとしたら、われわれにどんな希望があるだろうか？」

「どんな希望……」ロブはためいきをつき、目にかかった髪を払いのけて、いった。「北部のサー・ロドリックからはなんの便りもない。ウォルダー・フレイからは新しい提案に対して返事がない。高巣城（アイリー）からは沈黙だけ」かれは母親に訴えた。「あなたの妹は決して新しい提案に対して返事をするつもりがないのだろうか？　彼女に何回手紙を書かなければならないのだろう？　鳥が一羽も着いていないとは信じられないが」

息子は慰めを求めている、とキャトリンは悟った。かれは、だいじょうぶよといってもらいたいのだ。しかし、彼女の王には真実が必要だった。「鳥は彼女のところに着いていますよ。たずねる機会があれば、着かなかったというかもしれないけれど。あの方面からの援助は期待しないで、ロブ。

ライサは決して勇敢ではなかった。わたしたちが共に少女だったころ、何か悪いことをすると、彼女は必ず逃げて隠れたものよ。もしかしたら彼女は、見つからなければ、お父さまは怒っていることを忘れるだろうと思ったのかもしれないわ。今も変わっていないのよ。彼女は恐怖のためにキングズ・ランディングから逃げた。自分の知っているもっとも安全な場所にね。そして、みんなが自分を忘れてくれればよいと願って、自分の山の上にすわっているのよ」

「谷間(ヴェイル)の騎士たちが参加してくれれば、戦況はまったく違ったものになるのになあ」ロブはいった。「しかし、彼女に戦う意志がないなら、それはそれでよい。ぼくは彼女に、〈血みどろの門〉をぼくらのために開き、ぼくらが北に乗っていく船をガルタウンに用意してくれと頼んでいるだけだ。高地の道は通りにくいだろうが、戦いながら地峡(ネック)の道を切り開いて通るほど困難ではない。もし、白い港(ホワイト・ハーバー)に上陸できれば、要塞(モウト)ケイリンの側面を衝くことができ、半年で鉄人(くろがねびと)を北部から追い出すことができるのに」

「そのようにはなりません、陛下」〈漆黒の魚(ブラックフィッシュ)〉がいった。「キャットのいうとおり、レディ・ライサは怖くて軍勢を谷間(ヴェイル)に入れることができないのだ。どんな軍勢でもね。〈血みどろの門〉は閉じたままだろう」

「それなら、彼女など〈異形(ジ・アザー)〉に喰われるがいい」ロブは絶望し激怒して罵った。「憎らしいリカード・カースタークも同様だ。そしてシオン・グレイジョイも、ウォルダー・フレイも、タイウィン・ラニスターも、その他のすべての連中も。なんてことだ、なぜ誰もが王になりたがるんだ？　みんなが〝〈北の王〉、〈北の王〉〟と叫んだときに、ぼくは思った……心に誓った……よい王になろうと、父のように名誉ある、強い、公正な、友人には忠誠な、敵に対したときには勇敢な王になろうと……今は敵も味方も区別がつかなくなってしまった。どうして、何から何までこんなにこんがらかってしまったのか？　半ダースもの合戦で、リカード公はぼくの味方として戦った。かれの息子たちは〈ささやきの森〉でぼくのために戦死した。タイオン・フレイとウィレム・ラニスターはぼくの敵だった。ところが今はかれらのために、死んだ友人の父親を殺さねばならない」かれは全員を見た。「ラニスター家はリカード公の首をもらえば、ぼくに感謝するだろうか？　フレイ家はどうだろうか？」

「だめだ」〈漆黒の魚〉（ブラックフィッシュ）ことブリンデン・タリーが相変わらずぶっきらぼうにいった。

「これで、リカード公の命を助けて人質に取る理由がますます増えた」エドミュアが促した。

　ロブは両手で重い青銅と鉄の王冠を持ち上げて頭に戻した。すると、突然また王になった。

「リカード公は死ぬ」

「でも、なぜ？」エドミュアがいった。「きみは自分でいったのに――」

「自分のいったことはわかっている、叔父上。だからといって、自分がしなければならないことに変わりはない」王冠の剣の列がかれの額に力強く黒く立ち並んだ。「戦のときなら、ぼくはタイオンとウィレムを自分で殺したかもしれない。しかし、これは戦ではない。かれらは自分のベッドで、裸で、武器を持たずに、眠っていたのだ。ぼくが投げこんだ牢屋の中で。リカード・カースタークは単に一人のフレイ、一人のラニスターを殺したのではない。

かれはぼくの名誉を殺したのだ。夜明けにぼくがかれを始末してやる」

夜が明け、冷たい灰色の朝になると、嵐は弱まり、ひたすら降りつづける雨だけになっていた。それでも〈神々の森〉は混雑していた。河岸の諸公（リヴァー・ローズ）も、北部人も、高貴な貴族も下賤な庶民も、騎士も傭兵も馬丁も、木々の間に立って、夜の暗いダンスの終わりを見つめた。エドミュアはすでに命令を下していた。そして、〈心の木〉の前に断頭台が置かれていた。雨と木の葉があたり一面に降りしきる中で、〈グレート・ジョン〉の家来が手を縛られたリカード・カースターク公を連れて群衆の間をやってきた。かれの家来たちはすでにリヴァーラン城の高い城壁から吊るされて、長いロープの端にぐったりとぶら下がっており、かれらの黒ずんでいく顔を雨が洗っていた。

〈背高（ロング）のルー〉が断頭台のそばで待っていたが、ロブはその首斬り役人から戦斧を受け取り、横にどくように命じた。「これはわたしの仕事だ」かれはいった。「かれはわたしの言葉で死ぬ。かれはわたしの手で死なねばならぬ」

リカード・カースターク公はぎごちなく頭を垂れた。「その点だけは感謝する。それ以外には何もない」かれはすでに死に装束として、家紋である白い旭日を刺繍した黒いウールの長い外衣をつけていた。「おまえと同様にわたしの血管には〈最初の人々〉の血が流れているんだ、坊や。それを覚えておくがいい。わたしはおまえの祖父の名をとって命名された。わたしはおまえの父のためにエイリス王に対して反旗をひるがえした。そして、おまえのためにジョフリー王に反抗した。オックスクロスと〈ささやきの森〉と、そして野営地の合戦で、おまえと馬を並べて戦った。そして、エダード公とともにトライデント河に立った。われわれは親族だぞ、スタークとカースタークは」

「この親族関係は、おまえがわたしを裏切るのを妨げなかった」ロブはいった。「そして今、おまえの命を救うこともないだろう。ひざまずきなさい」

リカード公が語ったことは真実だと、キャトリンは思った。カースターク家はその先祖をカーロン・スタークにまでさかのぼる。その人は一千年昔に、ある謀叛領主を制圧し、その武勲に対して土地を与えられたウィンターフェル城の若い息子だった。かれの築いた城は〝カールの砦(カールズ・ホールド)〟と命名されたが、まもなくカーホールドになり、また何世紀もたつうちにカーホールド・スターク家はカースターク家となったのだった。

「古(いにしえ)の神々であろうと今の神であろうと、関係ない」リカード公はキャトリンの息子にいった。「〈王殺し(キングスレイヤー)〉ほど憎らしいやつはいない」

「ひざまずけ、反逆者」ロブはふたたびいった。「それとも、その頭を台におしつけさせようか？」

カースターク公はひざまずいた。「神々がきみを裁く。きみがわたしを裁いたように」かれは断頭台に頭をのせた。

「リカード・カースターク、カーホールド城の城主」ロブは重い斧を両手で振り上げた。

「ここに、神々と人々の見守る前で、おまえを殺人と大逆で有罪と認める。わたし自身の名において、おまえを死刑に処する。わたし自身の手でおまえの命を絶つ。最期の言葉を述べたいか？」

「殺せ、そして呪われよ。おまえはわたしの王ではない」

斧がどしんと振り下ろされた。重くて、よく研磨されたその斧は一撃で息の根を止めた。しかし、その首を体から切断するには三度振り下ろすことが必要だった。そして、それが完了するころには生者も死者も血だらけになっていた。ロブは嫌悪の表情で戦斧を放りだし、無言で〈心の木〉のほうを向いた。かれは手をなかば握りしめて、震えながら立っていた。その頬に雨が流れ落ちた。〝神々よ、かれをお許しください〟とキャトリンは無言で祈った。〝かれはほんの子供です、そして、選択の余地はなかったのです〟

その日、彼女が息子の姿を見たのはこれが最後だった。雨は午前中ずっと降りつづき、川面を叩きつけ、〈神々の森〉の草地を泥濘（ぬかるみ）と水溜まりに変えた。〈漆黒の魚（ブラックフィッシュ）〉は百人の兵を集め、カースタークの家来たちを追って出ていった。しかし、かれが多くを連れ戻るとはだれも期待しなかった。「かれらを吊るす必要がないことだけを祈る」かれは出発にあたっていった。かれが行ってしまうと、キャトリンは父の居室に戻り、ホスター公のベッドのそばにふたたびすわった。

「もう、そう長いことはありません」その日の午後、メイスター・ヴァイマンが来て警告した。「最後の力が尽きかけています。もっとも、まだ闘おうとしていらっしゃいますが」

「かれはずっと闘士だった」彼女はいった。「すてきで、頑固な人だった」

「はい」メイスターはいった。「しかし、この戦に勝つことはできません。もうそろそろ剣と楯を置くべき時です。降参する時です」

〝降参する〟彼女は思った。〝和睦するために〟メイスターがいっていたのは父のことだったろうか、それとも息子のことだったろうか？

夕方に、ジェイン・ウェスタリングが会いにきた。その若い王妃はおずおずと居室に入ってきた。「キャトリンさま、お邪魔をしたくはありませんが……」

「大歓迎しますよ、陛下」縫い物をしていたキャトリンはここで針を置いた。

「どうか、ジェインと呼んでください。自分が陛下とは感じません」

「にもかかわらず、あなたはその一人ですよ。どうぞおすわりなさい、陛下」

「ジェインです」彼女は暖炉のそばにすわり、不安そうにスカートの皺を伸ばした。

「お気の召すままに。どんな御用かしら、ジェイン？」

「ロブのことです」その少女は答えた。「とても惨めな様子で、すごく……すごく憤って、落ちこんでいます。どうしてよいかわかりません」

「人の命を取るのは辛いものです」

「わかります。かれにいったのです、首斬り役人をお使いなさいと。タイウィン公が人を死なせるときには、そう命令するだけです。そのほうが楽です。そう思いませんか？」

「ええ」キャトリンはいった。「でも、わたしの夫は息子たちに、殺すことは決して容易なことではないと教えました」

「あのう」王妃ジェインは唇をなめた。「ロブは一日じゅう何も食べていません。ロラムにおいしい食事を持ってこさせました。猪のリブに玉葱(タマネギ)のシチューとエールです。でも、かれはひと口も食べませんでした。かれは午前中ずっと手紙を書いていて、邪魔をするなといいました。でも、手紙を書きおえると、火にくべてしまいました。今はすわって、地図を見ています。何を探しているのかとたずねたのですが、ぜんぜん返事がありません。わたしの言葉も耳に入らないようです。着替えさえもしようとしないのです。朝からずっとぐしょ濡れで、血だらけです。わたしはかれのよい妻になりたいと思っています。本当です。でも、どうやってお助けすればよいかわからないのです。元気づけるには、慰めるには、どうしたらよいのか。かれが何を必要としているか、わからないのです。お願いです、マイ・レディ、あなたはかれのお母さまです、どうしたらよいか教えてください」

〝どうすればよいか、わたしに教えて〟もし父親が質問に答えられるほど元気だったら、キャトリンは同じ質問をしたかもしれなかった。しかし、ホスター公は逝ってしまった。いや、もうすぐ逝く。夫のネッドもそうだ。〝ブランとリコンも。そして母も、そしてブランドンもずっと昔に〟彼女にはロブだけが残っていた。ロブと、そして娘たちについての薄れゆく希望が。「時には」キャトリンはゆっくりといった。「できる最善のことは、何もしないことだという場合があります。はじめてウィンターフェル城に来たとき、わたしはネッドが〈神々の森〉に行って〈心の木〉の下にすわると、いつも傷つきました。かれの魂の一部はあの木の中にあると知りました。それはわたしが決して共有できない部分だと。でも、その部分がないと、ネッドはネッドでなくなってしまうと、すぐに悟りました。ねえ、ジェイン、あなたは北部と結婚したのよ、わたしのようにね……そして、北部にはこれから冬が来るのよ」彼女は微笑もうとした。「辛抱しなさい。寛大になりなさい。かれはあなたを愛し、あなたを必要としており、そしてすぐにあなたのところに戻ってきます。たぶん、今夜にでも。戻ってきたら、支えてやってね。わたしがあなたにいえるのはそれだけです」

その若い王妃は魂を奪われたように聞き入っていた。「そうします」キャトリンの話がすむと、彼女はそういった。「あの人を支えます」彼女は立ち上がった。「もう、戻らなければ。かれがわたしを求めているかもしれません。おそらく。でも、たとえまだ地図に向かっていても、わたしは辛抱強く待ちます」

「それがいいわ」キャトリンはいった。しかし、その娘が扉のところに行ったとき、彼女は別のことを思いついた。「ジェイン」彼女は後ろから呼びかけた。「ロブがあなたに求めているることは、もうひとつあります。もっとも、かれはまだ自分で気がついていないかもしれないけれど。王には跡継ぎが必要です」

それを聞いて、少女は微笑した。「母もそういいます。そして、ミルク酒を作ってくれます。ハーブとミルクとエールを混ぜたものです。妊娠しやすくするために。わたしは毎朝それを飲みます。絶対双子を産んであげるとロブにいいました。エダードという子とブランドンという子を。それを聞いて、かれは喜んだと思います。わたしたち……わたしたちはほとんど毎日努力しているのですよ、お母さま。ときには二度もそれ以上も」少女の赤らんだ顔はとても美しかった。「まもなく妊娠すると、お約束します。毎晩、天上の〈慈母〉に祈っています」

「たいへんよろしい。わたしも祈りを加えましょう。古今の神々にね」

少女が行ってしまうと、キャトリンは父親のところに戻り、額にかかった細い白髪をなでた。「エダードという子とブランドンという子だそうよ」彼女はそっとためいきをついた。「そしてたぶん、いずれはホスターという子も生まれるでしょう。どう、お気に召すかしら?」かれは答えなかったが、彼女もそれは期待していなかった。屋根の雨音が父親の呼吸の音と混じるのを聞きながら、彼女はジェインのことを考えた。あの娘はロブがいったとおり、確かに優しい心を持っている。〝そして、よい腰を。〟そのほうが、もしかしたら重要かもしれない〟

21　ジェイミー

〈王の道〉の西側から東側へと馬を進めたが、その二日間にわたってずっと広大な廃墟の中だった。黒焦げの畑と、枯れ木の幹が弓兵の支柱のように空中に突き出た果樹園が何キロも続いていた。橋もまた焼かれていて、川は秋の雨で増水していたので、かれらは川岸を歩きまわって浅瀬を探さなければならなかった。夜には狼の遠吠えがにぎやかだったが、人影はまったくなかった。

丘の上の乙女の池（メイドンプール）の城には、ムートン公の赤い鱒（マス）の旗印がまだひるがえっていたが、町の城壁に人影はなく、門は打ち壊され、人家や商店の半数は焼かれるか略奪されるかしていた。生き物は数頭の野犬しか見当たらず、犬たちはかれらの近づく音を聞いて、こそこそと逃げていった。この町名のもとになっている池（プール）は、伝説によれば道化師フロリアンが、姉妹と一緒に水浴びをしているジョンクィルをはじめて垣間見た場所ということになっている。しかし、今は腐乱死体がいっぱい溜まっていて、水は濃い灰緑色のスープに変わってしまっていた。

それをひと目見て、ジェイミーが大声で歌いだした。「六人の乙女がいた、水の湧く池に

「……」

「何をしているの？」ブライエニーがたずねた。

「歌ってるのさ。『六人の乙女が池で』の歌だ。きっと、おまえも聞いたことがあるだろう。彼女らは内気な幼い乙女たちだったとさ。なんだか、おまえに似ているな。もっとも、もうちょっと美しかったろうがね」

「黙れ」その娘はいった。かれを池の死体の間に浮かべてやりたいという表情をして。

「頼むよ、ジェイミー」従弟のクレオスが懇願した。「ムートン公はリヴァーラン城に忠誠を誓っている。そのかれを城から引き出したくはないだろう。それに、この瓦礫の中には他の敵も潜んでいるかもしれないし……」

「彼女の敵か、それともわれわれの敵か？　その二つは同じではないぞ、従弟よ。この娘が腰に吊っている剣を使えるかどうか、おれは見たくてたまらないのだよ」

「黙らないと、猿ぐつわを嚙ませるしかなくなるよ、〈王殺し(キングスレイヤー)〉」

「この手錠をはずしてくれれば、キングズ・ランディングまでずっと無言劇を演じてやるがな。それ以上に公明正大なことはないだろう、娘？」

「ブライエニー！　わたしの名はブライエニーだ！」この声に驚いて三羽の鳥がばたばたと舞い上がった。

「水浴びをしたいか、ブライエニー？」かれは笑った。「おまえは乙女で、ここに池がある。背中を洗ってやるよ」かれはサーセイの背中をごしごし洗ったものだった。キャスタリーの磐城で二人とも子供だったころに。

その娘は馬の頭をまわして、小走りに去っていった。ジェイミーとクレオスは彼女の後を追って、メイドンプールの廃墟から出た。八百メートル行くと、世界に緑が戻りはじめた。ジェイミーは喜んだ。焼き討ちされた土地を見ると、エイリス王のことがあまりにも思い出されるからである。

「彼女はダスケンデール街道を選んでいる」サー・クレオスがつぶやいた。「海岸沿いに行くほうがもっと安全だろうに」

「安全だが、時間がかかる。おれはダスケンデール街道でいいと思う、従弟よ。実をいうと、おまえと一緒に歩くのはもううんざりしているんだ」〝おまえは半分ラニスターかもしれないが、おれの姉とは大違いだ〟

かれは双子の片割れである姉から長く離れていることに耐えられなかった。子供のころでさえ、たがいのベッドにもぐりこみ、腕を絡ませて眠ったものだった。〝それは子宮の中でも同じだった〟姉が初潮を迎えるか、またはかれ自身の男性の目覚めが起こるずっと以前から、二人は野原の牡馬と牝馬や、犬舎の牡犬と牝犬を見て、同じことをして遊んでいた。かつて、母親の侍女がその現場をとらえたことがあった……自分たちがしていたことを正確には覚えていないが、とにかくそれは母親レディ・ジョアナを震え上がらせてしまった。かの女はその侍女に暇を出し、ジェイミーの寝室をキャスタリー・ロック城の反対側に移し、サーセイの寝室の外に衛兵を立てて、おまえたちはそのようなことを二度としてはならない。

さもないと、お父さまにいいつけるしかないといった。しかし、かれらは恐れる必要はなかった。その後まもなく、母親はティリオンを産んだときに亡くなってしまったからである。ジェイミーは母親の顔をほとんど覚えていなかった。

たぶん、スタニス・バラシオンとスターク家がかれにとって親切なことをしてくれたのだろう。かれらは二人の近親相姦の噂を七王国じゅうに広めたのである。だから、何も隠すことはなくなったのだった。〝なぜ、おれはサーセイと公式に結婚して、毎夜彼女とベッドを共にしてはならないのか？　ドラゴンたちは常に自分の姉妹と結婚したのに〟司祭も貴族も庶民も、何百年間もターガリエン家を見て見ぬふりをしてきた。ラニスター家にも同じようにしてもらおうではないか。それは確かにジョフリーの王位要求に打撃を与えることになるだろう。しかし結局、ロバートに〈鉄の玉座〉を獲得させたのは剣であった。そして、ジョフリーがだれの子であるにしても、剣はやはりジョフリーをあの玉座に留めることができるだろう。〝サンサ・スタークを母親のところに返してしまえば、ジョフリーをミアセラと結婚させることができるだろうに。そのことは国民に、ラニスター家は神々やターガリエン家と同じく、一般の法律を超越した存在だということを示すだろう〟

ジェイミーはサンサを返してやろうと心に決めていた。そして、もし見つかれば、その妹も。そのようにしても、かれの失われた名誉が戻ってくるわけではないが、みんなが裏切りを予想しているときに、信義を守るという考えは、言葉にならないほどかれを楽しませた。

かれらは踏み荒らされた麦畑と低い石壁のところを通っていた。すると、後ろで一ダースもの鳥がいっぺんに舞い上がったような、かすかな音が聞こえた。「伏せろ！」ジェイミーは叫んで、馬の首のところに体を伏せた。去勢馬は悲鳴を上げて後脚で立ち上がった。その尻に矢が一本刺さっていた。さらに矢がシュッシュッと飛んでいった。ジェイミーが見ると、サー・クレオスが鞍から落ちかかり、足が鐙（あぶみ）にからまって身悶えしていた。その乗用馬が駆けだし、クレオス・フレイは頭を地面に打ちつけられて、悲鳴を上げながら引きずられていった。

　ジェイミーの去勢馬は苦痛のために息を吐き、鼻を鳴らしながらのろのろと歩いた。かれは首を伸ばしてブライエニーを探した。彼女はまだ馬上にあったが、その背中と足に矢を受けていた。だが、彼女はそれを感じていない様子で、剣を抜き、ぐるりと馬をまわして、弓兵を探した。「壁の後ろだ」ジェイミーはそう呼びかけて、なかば目が見えなくなった自分の馬を必死に戦闘体勢に戻そうとしていた。手綱がいまいましい手錠に絡まり、ふたたび空中に矢の雨が降った。「やつらに向かって、突撃！」かれは叫んで、彼女にやり方を教えるように、馬を蹴った。その哀れな老馬はどこから力を引き出したのか、猛然と走りだした。突然、かれらは籾殻（もみがら）を煙のように蹴立てて麦畑を疾走していった。ジェイミーは瞬間的に考えた。〝手錠をはめられた、武器を持たぬ男が突撃してくると敵が気づかないうちに、あの娘も後をついてくるほうがいい〟やがて、彼女が懸命に追ってくる音が聞こえた。「イーヴンフォール！」彼女は農耕馬で地響きをたてて追い越しながら叫んだ。そして、長剣を振りかざして「タース！　タース！」と。

最後の数本の矢が当たらずに飛び去った。それから、弓兵どもが算を乱して逃げ出した。騎士の突撃にあうと、支援部隊のいない弓兵は常に算を乱して逃げるのである。ブライエニーは壁のところで馬を止めた。ジェイミーが追いついたときには、敵兵はすべて二十メートル先の森の中に姿を消していた。「おまえ、戦意を失ったのか？」

「敵は逃げている」

「殺すのに絶好のチャンスなのに」

彼女は剣を鞘に収めた。「なぜ突撃した？」

「弓兵というものは、壁の後ろに隠れて、遠くから弓を射ているかぎり恐れない。しかし、向かってこられると逃げる。相手にそばに来られると、どういうことになるか知っているのだ。おい、背中に矢が刺さっているぞ。そして、足にももう一本。おれに手当てをさせるべきだな」

「あんたに？」

「他にだれがいる？　おれが最後に従弟のクレオスを見たときには、あいつの馬があいつの頭を使って敵を掘っていたぞ。しかし、やはりあいつを探すべきだろうなあ。なんてったって、ラニスターの一員ではあるのだから」

二人はクレオスがまだ鐙に絡まっているのを見つけた。かれは右腕と胸を射抜かれていた。しかし、止めを刺したのは地面だった。頭のてっぺんが潰れて血だらけになり、触ってみると柔らかくなっており、手で押すと、割れた骨のかけらが皮膚の下で動くのがわかった。

ブライエニーがひざまずいて、その手をつかんだ。「まだ温かい」

「たちまち冷たくなるさ。おれはその馬と衣服がほしい。ぼろと蚤にはうんざりしているんだ」

「あんたの従弟だったのに」その娘はショックを受けていった。

「だった」ジェイミーはうなずいた。「心配しなくていい。おれには従兄弟は大勢いるんだ。この剣ももらっておく。おまえと交替で見張りをする者が必要だろう」

「剣なしでも見張りはできる」彼女は立ち上がった。

「木に繋がれていてもか？　まあ、できるだろう。あるいは、次に出会う無法者と勝手に取引して、おまえのその細い首を斬らせることだってできるのだぞ、娘」

「あんたに武器を持たせるつもりはない。そして、わたしの名は──」

「──知ってる、ブライエニーだ。おまえを傷つけないと誓約しようか、それでおまえの娘らしい恐怖心が鎮まるなら」

「あんたの誓約は価値がない。エイリス王に忠誠を誓ったくせに」

「おれの知るかぎり、おまえは甲冑をつけた人間を料理したことがない。そして、われわれ双方が、おれを五体満足で無事にキングズ・ランディングに連れていくことを望んでいるのだろう？」かれはクレオスのそばにしゃがんで、剣帯を解きはじめた。

「かれのそばを離れろ。おい、やめろ」

ジェイミーはうんざりした。彼女の疑い深さに、彼女の侮辱に、彼女の乱杙歯に、そして、そばかすだらけの幅の広い顔に、そして、なよなよした薄い頭髪に。かれは彼女の抗議を無視し、両手で従弟の長剣をつかみ、死体に片足をかけて、引っ張った。そして、刃が鞘から滑り出すやいなや、くるりと振り向いて剣を振るい、切りつけた。鋼と鋼がガチャンとぶつかった。骨がゆすぶられるほどの衝撃だった。どういうわけか、ブライエニーは手遅れにならずに自分の剣を抜いていたのだった。ジェイミーは笑った。「うまいぞ、小娘」

「その剣を渡せ、〈王殺し（キングスレイヤー）〉」

「ああ、やるとも」かれはぱっと立ち上がり、抜き身の長剣を手にして飛びかかった。ブライエニーは飛びのいて剣を払った。だが、かれは追撃した。彼女が一太刀を跳ね返すやいなや、次の剣が彼女に襲いかかった。剣と剣がぶつかり、ぱっと離れ、またぶつかった。ジェイミーの血が騒いだ。これが自分の得意技だ。一撃ごとに死をやりとりしながら闘っているときほど、生気を感じることはなかった。〝おれは手首を縛られているから、この娘はしばらくの間はいい勝負をするかもしれない〟手首の鎖のために、かれは両手で剣を握らねばならなかった。もちろん、本物の両手使いの大剣よりも、この剣のほうが重さも長さも足りないわけだが。しかし、それがどうした？　従弟の剣はタースのブライエニーを殺すのに充分な長さがあった。

　高く、低く、上から、かれは彼女に鋼の雨を降らせた。左、右、斜めから。あまりにも激しい打ち合いなので、剣がぶつかるたびに火花が飛んだ。振り上げ、横に払い、切り下ろす、あくまで攻撃、攻めたて、ステップにスライド、ストライクにステップ、ステップにストライク。切りつけ、切り下ろし、速く、より速く、もっと速く……

……ついにかれは息が切れて、後ろにさがり、剣先を地面におろし、一瞬の中休みを彼女に与えた。「それほどへたではないな」かれは認めた。「小娘としては」

彼女は油断のない目でかれを見つめながら、ゆっくりとひとつ深呼吸をした。「あんたを傷つけるつもりはない、〈王殺し（キングスレイヤー）〉」

「まるで、その力があるような口ぶりだな」かれはさっと剣を振りかぶり、また彼女に飛びかかった。鎖をジャラジャラ鳴らしながら。

ジェイミーはどのくらい長く攻めたてていたかわからなかった。数分かもしれなかったし、また数時間かもしれなかった。剣が目覚めていたあいだ、時は眠っていたのだ。かれは彼女を追い立てて従弟の死体から遠ざかり、道を横切って追い立て、森の中に追いこんだ。彼女は一度、木の根を見損なってつまずいたので、かれはやったと思ったが、彼女は倒れずに片膝をついて、リズムを決して崩さなかった。そして剣をぱっとあげて、切り下ろしを防いだ。そうしなかったら肩から股まで切り裂かれていたことだろう。それから、こんどはかれに向かって切りかかってきた。何度も、何度も。一太刀ごとに体勢を立てなおしながら。

ダンスは続いた。かれは彼女を樫（オーク）の木に追い詰め、すり抜けられるとちくしょうといい、落ち葉がなかば詰まっている浅い川を渡って後を追った。鋼が鳴り、鋼が歌い、鋼が悲鳴を上げ、火花を飛ばし、こすれた。そして相手の女は一撃ごとに牝豚のような唸り声を出しはじめた。しかし、どういうわけか、かれは彼女に剣先を触れることができなかった。まるで、彼女はすべての打撃を防ぐ鉄の籠に入っているかのようだった。

「なかなか、わるくないぞ」かれはふたたび手を休めて息を継ぎ、彼女の右手にまわりながらいった。

「小娘としては？」

「従士にしては、といっておこう。青二才のな」かれは息を切らして、荒々しく笑った。

「かかってこい、かかってこい。かわい子ちゃん。まだ音楽は続いているぞ。一緒に踊りましょうか、お嬢さま？」

彼女は唸り声を発し、剣を振りまわして攻撃してきた。そして突然、懸命に皮膚を守ろうとしているのはジェイミーのほうになった。彼女の一撃がかれの顔に掠り傷を負わせて、血が右目に流れこんだ。〝こんな女は〈異形(ジ・アザー)〉に喰われてしまえ、そしてリヴァーラン城も！〟かれの剣術の腕はあのいまいましい地下牢の中で錆びてしまっていたのだ。そしてまた、鎖も決して助けにはならなかった。かれは目をつぶった。受けた衝撃のために両肩が痺れはじめ、手首が鎖と手錠の重さで痛くなった。一撃ごとに長剣が重くなり、最初ほどすばやく揮うこともできず、高く上げることもできなくなっていると、ジェイミーは悟った。

〝こいつ、おれよりも強いぞ〟

そう悟ると寒気がした。いかにも、ロバートはかれよりも強かった。〈白い牡牛(ホワイト・ブル)〉ことジェロルド・ハイタワーも血気盛んなころにはそうだった。そして、サー・アーサー・デインも。生者の中では〈グレート・ジョン〉ことジョン・アンバーがもっとも強かった。クレイクホール家の〈強い猪(ストロングボア)〉もまあそうだろう。クレゲイン兄弟は確かに強かった。〈馬を駆る山(マウンテン・ザット・ライズ)〉の力はとても人間のものとは思えなかった。しかし、それは問題にならなかった。スピードと技量では、ジェイミーはかれらのすべてを圧倒することができた。しかし、こいつは女だ。確かに、大きな牛のような女だが、それにしても……当然、疲れて屈伏するのは彼女のはずなのだが。

　にもかかわらず、彼女はかれをまた小川の中に攻め返した。「降参しろ！　剣を捨てろ！」と叫びながら。

　ジェイミーの足の下で、ぬるぬるした石がひっくり返った。かれは倒れると思いながら、その不運を逆手にとり、捨て身の突きに出た。その切っ先が、彼女の払いのけようとする剣をかすめて、太腿に突き刺さった。一輪の赤い花が咲き、ジェイミーは膝が岩にぶつかる寸前に彼女の血の色を愛でた。目もくらむほど膝が痛んだ。ブライエニーは水しぶきを上げてかれに体当たりして、剣を蹴飛ばした。「降参しろ！」

　ジェイミーは彼女の足の間に肩をぶちこみ、自分の上に相手を倒した。二人は転がって、蹴ったり殴ったりしたが、結局、彼女がかれに馬乗りになった。かれはなんとか彼女の短剣を鞘から抜き出すのに成功したが、それを彼女の腹に突き刺す前に手首をつかまれてしまった。片手が根元から捩じ切られたかと思うほどの力で、彼女はかれの両手の甲を岩に叩きつけた。そして、もう片方の手を広げて、かれの顔を覆った。「降参しろ！」彼女はかれの頭を押さえつけて、水中に沈め、また引き上げた。「降参しろ！」ジェイミーは彼女の顔に水を吹きかけた。ひと押し、ひと吹き、そしてかれはまた水中に潜り、必死に呼吸をしようとして足をばたばたさせたが、無駄だった。それからまた引き上げられた。「降参しろ！　さもないと溺死させるぞ！」

「そして、自分の誓いを破るのか？」かれは鼻を鳴らした。「おれのように？」

彼女は手を放し、かれはしぶきを上げて下に落ちた。

すると、森に荒々しい笑い声が鳴り響いた。

ブライエニーはよろよろと立ち上がった。腰から下が泥と血でぐしょぐしょになっており、衣服が乱れ、顔が赤らんでいた。〝まるで彼女は、闘っているところではなく、やっているところを捕らえられたような姿をしているぞ〟ジェイミーは岩の上を這って浅瀬に行き、鎖のついた手で目から血を洗い流した。小川の両岸に武装兵が並んでいた。〝不思議はない、おれたちはドラゴンも目を覚ますほどの大きな音をたてていたんだ〟「ようこそ、味方の諸君」かれは愛想よく呼びかけた。「お騒がせしてすまなかった。女房を折檻しているところを見られてしまったな」

「彼女のほうがおまえを折檻しているように見えたがな」声をかけてきたのは、ずんぐりした強そうな男だった。そして、かぶっている鉄の半球形兜（ハーフヘルム）の鼻当は、鼻のないことを完全には隠しきれていなかった。

こいつらはサー・クレオスを殺した無法者とは違うと、ジェイミーは突然気づいた。人間の屑のような集団が二人を取り囲んでいた。浅黒いドーン人に、金髪のライス人、三つ編みの髪に鈴をつけたドスラク人、毛深いイッベン人、羽毛のマントをはおった漆黒の夏諸島人(サマー・アイランズ)。ジェイミーはかれらを知っていた。〝〈勇武党(ブレイヴ・コンパニオンズ)〉だ〟

ブライエニーが口を開いた。「百スタッグの金があるが――」

ぼろぼろのマントを着た死人のような男がいった。「それは手付金にもらっておこう、お嬢さん」

「それから、おまえのオマンコをいただくことにする」鼻のない男がいった。「その部分は、おまえの他の部分より醜いこともないだろう」

「ひっくり返して、尻からやってやれよ、ロージ」兜に赤いスカーフを巻き付けたドーンの槍兵が促した。「そうすれば、顔を見ずにすむからな」

「そして、おれを見る喜びを彼女から奪うのか？」鼻のない男がいい、他の者たちが笑った。

この小娘は醜くて頑固であるとしても、これらの屑のような連中に輪姦されるのはかわいそうだ。「ここの司令官はだれだ？」ジェイミーが大声でたずねた。

「はばかりながら、おれさまだ、サー・ジェイミー」死人のような男は目の縁が赤くて、頭髪は薄く乾いていた。手と顔の青白い皮膚を透かして、青黒い血管が見えた。「アースウィックだ。〈酒びたり(フェイスフル)のアースウィック〉と呼ばれている」

「おれが誰か、知っているな？」

その傭兵は首を傾げた。「〈勇武党〉を欺くには、髭を生やして、頭を剃っただけでは不足だぜ」

〝つまり〈血みどろ劇団〉をだな〟ジェイミーはグレガー・クレゲインやエイモリー・ローチに用がないと同様に、この連中にも用はなかった。かれの父親はかれらのすべてを〈犬ども〉と呼んで、獲物にけしかけて恐怖心を煽るのに使っていたのだ。「もしおれを知っているなら、アースウィック、褒美がもらえることも知っているだろう。ラニスターは常に借りを返す。この小娘については、高貴な生まれだから、たっぷり身代金が取れるぞ」

相手の男は首を伸ばした。「そうかい？　運がよかったな」

アースウィックの笑いかたには、なんとなく狡猾な感じがあり、ジェイミーは気に入らなかった。「間違いない。〈山羊〉はどこにいる？」

「数時間の距離だ。おまえを見て、きっと喜ぶだろう。だが、おれならかれの面前で〈山羊〉とは呼ばないぞ、ヴァーゴ公は威厳については神経質なんだ」

〝あのだらしないしゃべり方の野蛮人が、いつから威厳をもったんだ？〟「きっと、覚えておくよ。かれに会うときにはな。どこの城主だって？」

「ハレンの巨城(ホール)だ。元から約束されていたんだ」

〝ハレンホールだと？　父は気が狂ったのか？〟ジェイミーは両手を上げた。「この手錠をはずしてもらおう」

アースウィックは紙のように乾いた笑い声を洩らした。

〝どうも様子がおかしい〟ジェイミーは当惑の色を示さずに、ただ微笑した。「何かおかしいことをいったか？」

鼻なし男がにやにやした。「〈噛みつき魔〉があの尼僧の乳首を噛み切って以来、おまえはおれが見たもっともおかしなやつだ」

「おまえとおまえの父親はあまりにも多くの戦に負けた」ドーン人がいいだした。「だから、獅子の皮と狼の皮を交換するしかなかったのさ」

アースウィックは両手を広げた。「ティメオンがいおうとしているのはこういうことだ。〈勇武党〉はもはやラニスター家には雇われていない。今はボルトン公と〈北の王〉に仕えているのさ」

ジェイミーはかれに冷たい軽蔑したような笑顔を向けた。「その口で、おれが名誉を汚したというのか？」

アースウィックはその言い種が気に入らなかった。かれが合図すると、劇団員の二人がジェイミーの両腕をつかみ、ロージが鎖手袋をはめた拳をかれの腹に叩きこんだ。かれが体を二つに折って呻き声を上げたとき、娘が抗議するのが聞こえた。「やめなさい、かれを傷つけてはいけない！　捕虜交換のため、レディ・キャトリンがわれわれを遣わしたのだ。かれはわたしの保護下にある……」ロージはまたかれを殴って、肺から空気を押し出した。ブライエニーは川底に沈んだ剣を取ろうとして、水に飛びこんだ。だが、その手が剣に届かないうちに、劇団員が彼女に飛びかかった。彼女は強かったので、四人がかりで彼女を殴り倒して、押さえつけなければならなかった。

結局、その娘の顔は腫れて、血だらけになった。ジェイミーは自分の顔もそうなっているにちがいないと思った。しかも、かれらは彼女の歯を二本も叩き折っていた。それは彼女の器量を改善するのになんの役にも立たなかった。二人の捕虜は血を流して、よろよろ歩きながら、森を抜けて馬のところに連れ戻された。ブライエニーは川の中でかれに太腿を傷つけられていたので、片足を引きずっていた。気の毒なことをしたと、ジェイミーは思った。今夜、彼女はきっと処女を失うだろう。あの鼻なし野郎はかならず彼女を犯し、他の何人かもおそらく輪姦するだろう。

ドーン人は二人を背中合わせに縛って、ブライエニーの農耕馬に乗せた。一方、他の団員はクレオス・フレイの持ち物を山分けするために、かれを丸裸にしていた。ロージはラニスターとフレイの誇り高い四分割紋のついた血染めの外衣を手に入れた。その獅子と塔のどちらにも矢が貫通した穴が開いていた。

「さだめし嬉しかろうよ、娘」ジェイミーはブライエニーにささやきかけた。かれは咳をして口にたまった血を吐き出した。「おれに剣を渡していれば、絶対捕まらなかったのに」彼女は答えなかった。〝豚みたいに頑固な女がいるものだ〟とかれは思った。〝しかし、勇気はある〟彼女のそういうところが、かれの気に入らなかった。「今夜、野営をするときに、おまえは強姦される。それも一度だけではない」かれは警告した。「抵抗しないほうがいいぞ。もし抵抗すれば、二、三本の歯を失うだけじゃすまないぞ」

ブライエニーの背中がこわばるのがわかった。「あんたが女だったら、そうするの？」

〝もしおれが女だったら、サーセイになるのさ〟「もしおれが女だったら、おれを殺させる。

だが、おれは女じゃない」ジェイミーは馬を蹴って小走りに走り出させた。「アースウィック！　話がある！」

そのぼろぼろのマントをつけた死人のような傭兵は、ちょっと手綱を引いて、かれらの横に来た。「なんのご用ですかね、だんな？　だが、気をつけろよ、さもないとまた折檻するぞ」

「黄金の話だ」ジェイミーはいった。「おまえ黄金は好きだろう？」

アースウィックは赤らんだ目でかれをじろじろ見た。「それにはそれなりの利用法がある。本心をいうとな」

ジェイミーは物知り顔をして、アースウィックに微笑してみせた。「キャスタリー・ロック城の黄金を全部。どうして、〈山羊〉に独占させるのか？　おれたちをキングズ・ランディングに連れていって、おれの身代金を自分で受け取ったらどうだ？　よかったら、彼女の身代金もあるぞ。タース島はサファイアの島と呼ばれていると、昔ある乙女から聞いたぞ」

これを聞くと、娘は身をくねらせたが、何もいわなかった。

「おれを裏切り者だと思うのか？」

「そうさ。違うかね？」

心臓の鼓動半拍ほどの間、アースウィックはこの提案について考えた。「キングズ・ランディングは遠い。そして、おまえの親父があそこにいる。タイウィン公はおれたちがハレンホールをボルトン公に売ったといって、憤慨するかもしれない」

〝こいつ、見かけによらず利口だぞ〟ジェイミーはこの卑劣漢のポケットを黄金で膨らませておいて、絞首刑にするのが楽しみだったのだが。「父との交渉はおれに任せろ。おまえが犯したどんな罪も王の赦免を得られるように取り計らってやる。騎士の位ももらってやるぞ」

「サー・アースウィックか」その男はその響きを楽しむようにいった。「それを聞いたら、愛しの妻がどんなに誇りに思うことか。もし、殺してさえいなかったら」かれはためいきをついた。「で、勇敢なるヴァーゴ公はどうなる？」

「『キャスタミアの雨(レイン)』の歌をうたってやろうか？　あの〈山羊〉をうちの親父が捕らえたら、やつはあまり勇気のあるところは見せないだろうよ」

「で、どうやって、それをするのかね？　おまえの親父の腕はハレンホールの壁越しに、おれたちをつまみ出すほど長く伸びるのかね？」

「必要があれば」ハレン王のばかばかしく巨大な城は以前にも陥落したし、また陥落することもありうるだろう。「山羊が獅子を負かすと思うほどの馬鹿者かね、おまえは？」

アースウィックは身を乗り出して、かれの横面を平手で物憂げに打った。そのまったくさりげない横柄なふるまいは、その打撃以上に不愉快だった。〝こいつ、おれを恐れていない〟とジェイミーは気づいて、寒けを覚えた。「話は充分に聞いたぞ、〈王殺し(キングスレイヤー)〉。おまえのような誓約破り野郎の約束を信じるとすれば、おれはまさに大馬鹿者ということになるだろう」

〝エイリスだ〟ジェイミーは腹立たしく思った。〝必ずエイリスのことになる〟かれは馬の動きに合わせて体を揺すりながら、剣が欲しいと思った。〝剣が二本あればもっといい。一本はおれ。もう一本は娘が使う。おれたちは死ぬだろうが、かれらの半数を地獄への道連れにしてやるのに〟

「どうしてタース島はサファイアの島だなんて、かれにいったの？」アースウィックに声が届かないところまで来ると、ブライエニーがささやいた。「まるでわたしの父が宝石をたくさん持っていると、かれが思うでしょうに……」

「そう思うように、せいぜい祈るがいい」

「あんたのいうことはすべて嘘なのか、〈王殺し（キングスレイヤー）〉？　タース島がサファイアの島と呼ばれるのは水が青いからよ」

「それをもうちょっと大きな声で怒鳴れよ、娘、アースウィックに聞こえないぞ。おまえの身代金がどんなに少ないか知ったとたんに、強姦が始まるぞ。この連中が一人残らず、おまえに乗っかるが、気にすることはないだろう？　ただ、目をつぶって、股を開いて、やつらがみんなレンリー公だと思えばいいんだ」

ありがたいことに、これを聞くと彼女はしばらく口をつぐんでいた。

ヴァーゴ・ホウトのところに着いたころには、ほとんど日が暮れていた。かれは一ダースほどの別の〈勇武党〉員と一緒に、小さな聖堂（セプト）の略奪をしているところだった。鉛で縁取られた窓は粉砕され、神々の木像は日向に引きずり出されていた。一行がそばに行くと、ジェイミーがこれまでに見たこともないほど肥満したドスラク人が、〈慈母〉の胸に腰を下ろして、その玉髄の目玉をナイフの先でえぐり出していた。そばに枝を広げている胡桃の木があり、その枝から一人の頭の禿げた痩せた司祭が逆さ吊りにされていた。そして、〈勇武党〉の三人がその死骸を弓術の標的に使っていたが、そのうちの一人は上手であったにちがいなく、死人の両眼に矢が刺さっていた。

傭兵たちはアースウィックと捕虜の姿を見ると、半ダースもの異なった言語で叫び声を上げた。〈山羊〉は炊事の焚き火のそばに腰を下ろして、焼き串に刺した生焼けの鶏肉を食べていた。脂と血が、指を伝って長いよれよれの髭に流れ落ちていた。かれは両手をチュニックで拭いて立ち上がった。「〈王殺し〉」かれは持ち前のだらしない口調でいった。「おまえたちはおれのほりょた」

「殿さま、わたしはタースのブライエニーです」娘が大声でいった。「サー・ジェイミーをキングズ・ランディングにいる弟のところに送り届けろと、レディ・キャトリン・スタークから命じられたのです」

〈山羊〉は彼女に無関心な目を向けた。「そのおんなをたまらせろ」

「聞いてください」ブライエニーが懇願すると、ロージは彼女とジェイミーを繋いでいる綱を切った。「〈北の王〉、あなたが仕える王の名において。お願いです、聞いてください」

ロージは彼女を馬から引き下ろして、蹴りはじめた。

「骨を一本も折らないように注意しろよ」アースウィックがかれに呼びかけた。「その馬面の女は体重と同じ重さの宝石の価値があるのだぞ」

〈ドーンのティメオン〉と、悪臭のするイッベン人が鞍からジェイミーを引き下ろして、焚き火のほうに乱暴に押しやった。かれらから手荒な扱いを受けている間に、かれらの剣の柄のひとつをつかむのは容易だったろう。しかし人数が多すぎるし、かれはまだ手枷をはめられていた。一人か二人を切り伏せることはできるかもしれないが、結局は殺されるだろう。ジェイミーはまだ死ぬつもりはなかったし、特にタースのブライエニーのようなやつのために死ぬのはごめんだった。

「きょうはいいひた」ヴァーゴ・ホウトがいった。その首には貨幣を連ねた鎖がかかっていた。あらゆる形と大きさ、鋳造されたもの、叩き出されたもの、王や魔導師や神や悪魔の顔、そして、あらゆる空想上の動物のついた貨幣が。

〝かれが戦ったそれぞれの土地の貨幣だな〟とジェイミーは思い出した。この男には貪欲という言葉が鍵だった。〝一度寝返ったなら、また寝返ることもありうるぞ〟「ヴァーゴ公、あんたがわが父親の軍門から去ったのは愚かだった。しかし、償いをするのにまだ手遅れではない。あんたも知っているように、かれはおれのために充分な礼金を払うだろう」

「ああそうた」ヴァーゴ・ホウトはいった。「かすたりーろっくのおうこんを、はんふんもらう。たか、そのまえに、かれにてかみをおくらねはならない」かれは独特のだらだらした山羊語で何かいった。

アースウィックがジェイミーの背中を押した。そして、緑とピンクの道化服を着た道化が足払いをかけた。ジェイミーが地面に倒れると、弓兵の一人がかれの手首の間の鎖をつかんで、両腕を前に引き延ばした。太ったドスラク人がナイフを脇に押しのけて、湾曲した巨大な半月刀（アラク）を抜いた。騎馬族の貴族が好む禍々（まがまが）しい鋭利な鎌のような剣である。〝おれを脅すつもりだな〟道化がジェイミーの背中に飛び乗ってくすくす笑い、ドスラク人が偉そうに進み出た。〝〈山羊〉のやつめ、おれに小便をちびらせ、助けを乞わせたいのだ。だが、そんな醜態は見せてやらないぞ〟かれはキャスタリー・ロック城のラニスターであり、〈王の楯（キングズガード）〉の総帥であって、傭兵風情に悲鳴を上げさせられてたまるかと思った。

ほとんど目にもとまらぬ速さで半月刀（アラク）が震えながら下りてくると、その刃に沿って日光が銀色に反射した。そしてジェイミーは悲鳴を上げた。

22 アリア

その小さな四角い砦はなかば廃墟になっていて、そこに暮らしている大きな白髪の騎士もまた同じ状態になっていた。かれは非常な高齢なので、かれらの質問を理解できなかった。何と話しかけても、ただ微笑して、つぶやくだけだった。「わたしはサー・メイナードに対して橋を守った。あいつは髪が赤く、腹の黒い男だった。しかし、わたしを動かすことはできなかった。かれを討ち取るまでに、わたしは六つの傷を負った。六つもだぞ！」

かれの世話をしている学匠（メイスター）は若い男で、訪問客を喜んでいる様子だった。その老騎士が椅子の上で眠りこんでしまうと、メイスターはかれらを脇に呼んで、いった。「残念ながら、あなたがたは幽霊を探しています。何年も前に、少なくとも半年前に、ここに一羽の鳥が来ました。ラニスター家が神の目湖（ゴッズアイ）の近くでベリック公を捕らえ、絞首刑にしたと」

「そうだ、吊るされたのはたしかだ。しかし、死なないうちに、ソロスが綱を切って下に下ろしたのだ」レムの壊れた鼻は以前ほど赤くも、腫れてもいなかった。しかしそれは歪んで治りかけていたので、顔が歪んでいるように見えた。「あの貴族はなかなか死なない人なのさ」

「そして、どうやら、見つけにくい人らしいですね」メイスターがいった。「〈木の葉の淑女（レディ・オブ・ザ・リーヴズ）〉にたずねてみましたか？」

「これからだ」〈緑の鬚（グリーンベアド）〉がいった。

翌朝、砦の後ろの小さな石橋を渡ったときに、これがあの老人が守ったという橋なのかなと、ジェンドリーがいった。だれにもわからなかった。「おそらくそうだろう」〈幸あれかしのジャック〉がいった。「他に橋は見えないから」

「歌が残っていれば、確かなことがわかるんだが」〈七弦のトム（セヴンストリングズ）〉がいった。「いい歌がひとつあれば、サー・メイナードがどんな人物だったか、また、なぜかれがそれほどこの橋を渡りたがったかわかるのになあ。気の毒なライチェスター老人も、いい吟遊詩人を一人抱えるだけの分別がありさえしたら、〈ドラゴンの騎士〉のように有名になったかもしれないのに」

「ライチェスター公の息子たちはロバートが謀叛を起こしたときに死んだ」レムが低い響く声でいった。「ある者は一方の側で、またある者はもう一方の側で。それ以来、かれは頭がおかしくなってしまった。血なまぐさい歌が、それを救うとは思えないよ」

「メイスターが〈木の葉の淑女（レディ・オブ・ザ・リーヴズ）〉にたずねろといったけれど、あれはどういうことかしら？」馬の背に揺られていきながら、アリアがアンガイにたずねた。

その弓兵は微笑した。「今にわかるよ」

三日後、黄色い森を通っているときに、〈幸あれかしのジャック〉が角笛をはずして、前のとは違う合図の音を吹いた。その音がほとんど消えないうちに、木々の枝から縄ばしごが下りてきた。「馬に足枷をはめて、上にあがるぞ」トムが歌うような口調でいった。上のほうの枝に登ると、そこにはひとつの集落が隠れていた。ロープで作った通路が迷路のように張りめぐらされ、小さな苔むした家々が赤や金色の壁の陰に隠れていた。そしてかれらは〈木の葉の淑女〉(レディ・オブ・ザ・リーヴズ)のところに案内された。彼女は粗織りの服を着た、枝のように痩せた、白髪の女性だった。「わたしたちはあまり長くここにいられない。秋が近づいているからね」彼女はかれらにいった。「九日前にヘイフォード街道を狼たちが下っていった。猟をしながら。もし上を見れば、わたしたちが見えたかもしれないのにね」

「ベリック公に会いませんでしたか？」〈七弦のトム〉がたずねた。

「かれは死んだよ」その女性は陰気な声でいった。「〈山〉(マウンテン)がかれを捕まえて、その目に短剣を突き刺した。托鉢の修道士(ブラザー)がそういっていた。実際に見た人から聞いたのだと」

「それはありふれた古い話だ。しかも偽りだ」レムがいった。「〈稲妻公〉はそんなに簡単には殺せない。〈マウンテン〉ことサー・グレガーはかれの目をくり抜いたかもしれないが、そんなことでは人は死なない。ジャックを見ればわかる」

「まあ、おれは死ななかったがね」片目の〈幸あれかしのジャック〉がいった。「おれの父親は本分を守ってパイパー公の執行吏に吊るされ、兄のウォットは〈壁〉に送られ、他の兄弟もラニスターのやつらに殺された。片目ぐらい、なんでもないよ」

「かれが死んでいないと誓うかね？」女はレムの腕をつかんだ。「すばらしいよ、レム。これはこの半年に聞いたいちばんよい知らせだ。〈戦士〉よ、かれを守りたまえ。そして、〈紅(あか)の祭司〉をも」

次の夜、かれらは焼き討ちされたサリーダンスという村の、焼け焦げた聖堂(セプト)の骨組の下に泊まった。そこには鉛の枠に入った窓ガラスのかけらだけが残っていた。そして、出てきた年とった司祭(セプトン)がいうには、掠奪者どもは〈慈母〉の高価な衣や、〈老媼(ろうう)〉の金鍍金(きんめっき)したランタンや、〈厳父〉がかぶっていた銀の冠さえも持ち逃げしたと。「かれらは〈乙女〉の乳房を切り取りましたが、あれはただの木でした。そして、目ですが、あの目は黒玉と瑠璃(ラピスラズリ)と真珠母でできていましたが、かれらはそれらをナイフでえぐり出しました。〈慈母〉よ、かれら全員を許したまえ」

「それは誰の仕業かね？」〈レモンクロークのレム〉がいった。「劇団員か？」

「いいえ」その老人はいった。「あれは北部人でした。樹木を崇拝する野蛮人どもです。〈王殺し(キングスレイヤー)〉を探しているといいました」

アリアはそれを聞いて唇を噛んだ。ジェンドリーが自分を見ているのがわかった。彼女は腹立たしくもあり、悲しくもあった。

聖堂(セプト)の地下蔵の、蜘蛛の巣と木の根と壊れた酒樽の間に、十人ほどの人が住んでいた。だが、かれらもベリック・ドンダリオンの消息は知らなかった。かれらのリーダーの、煤けたような黒い甲冑をつけ、マントに粗末な稲妻の紋章をつけた男もそれを知らなかった。アリアがそいつを見つめているのに気がつくと、〈緑の鬚〉が笑っていった。「〈稲妻公〉はどこにでもいるし、どこにもいないんだよ、痩せた栗鼠（リス）さん」

「わたしは栗鼠（リス）じゃない」彼女はいった。「もうすぐ一人前の女になる。十一歳になるんだ」

「では、おれがあんたと結婚しないように、用心したほうがいいよ！」〈緑の鬚〉は彼女の顎の下をくすぐろうとしたが、アリアはその愚かな手をぴしゃりと払いのけた。

その夜、レムとジェンドリーはそこの住人と牌ゲームをし、一方で〈七弦のトム〉は『太鼓腹のベンと総司祭（ハイ・セプトン）の鵞鳥』というばかげた歌を歌った。アンガイはアリアに自分の長弓（ロングボウ）を試しに引かせてみた。ところが、彼女がどんなに固く唇を噛んで力（りき）んでも、それを引くことができなかった。「あなたにはもっと軽い弓が必要です、お嬢さま」そのそばかすのある弓兵がいった。「もし、リヴァーラン城によく乾燥した木があれば、ひとつ作ってあげてもいいですよ」

トムはそれを盗み聞きして、歌を止めた。「おまえはばかな若者だな、弓兵。おれたちがリヴァーラン城に行くとすれば、それはただひとつ、彼女の身代金を受け取るためだ。すわりこんで弓を作っている暇はないぞ。もし生皮を剝がれないで出てこられたら、ありがたいと思え。おまえが髭を剃りはじめないころから、ホスター公は無法者どもを吊るしていたぞ。そして、やつのあの息子ときたら……音楽を毛嫌いするやつは信用ならないと、おれがいつもいっているじゃないか」

「かれが嫌うのは音楽ではない」レムがいった。「それはおまえだよ、馬鹿者」

「そんな理由はないのになあ。あの女はやつを男にするつもりだった。ところが、あの野郎がへべれけになってやれなかったのが、おれの落ち度かね？」

レムは壊れた鼻から息を噴き出した。「その歌を作ったのはおまえだったのか、それとも、自分の声に惚れた別の間抜け野郎か？」

「おれが歌ったのはたったの一度だけだ」トムは文句をいった。「そして、この歌がやつの歌だとだれがいうんだ？　あれは魚の歌だったのだぞ」

「バタバタ跳ねる魚だな」アンガイが笑っていった。

アリアはトムのばかばかしい歌が、だれの歌であろうと関心がなかった。彼女はハーウィンに向かっていった。「身代金とかれがいったのは、どういうこと？」

「われわれには馬がどうしても必要なのです、お嬢さま。甲冑もです。剣も楯も槍も。貨幣で買うことのできるすべての物が。ええ、それと畑に蒔く種がね。ほら、冬が来ますからね」かれは彼女の顎の下に触った。「あなたが、われわれが身代金をもらう最初の高貴な生まれの捕虜ではないでしょう。最後でもないと、願っていますがね」

これだけは真実だとアリアは知った。騎士たちはいつも捕らえられ、身代金を求められる。そして、時には、女が捕まることもあるのだ。〝でも、もしロブがそのお金を払わなかったら？〟彼女は有名な騎士ではなかった。そして、王というものは自分の姉妹の面倒を見る前に国を治めることが要求される。そして母上はなんというだろうか？　あんなに悪いことばかりしたわたしを、まだ取り戻したいと思っているだろうか？　アリアは唇を噛んで、思い悩んだ。

翌日、かれらは〈高き心の丘(ハイ・ハート)〉と呼ばれる場所に行った。それは、アリアが頂上に立つと、世界の半分が見えるのではないかと思われるほど高い丘だった。その頂上の周囲に巨大な青白い切り株が円を描くように残っていた。これはかつて頂上を丸く囲んでそびえていたウィアウッドの大木の名残だった。アリアとジェンドリーはその丘の周囲を歩いて、切り株の数を数えた。三十一本あり、中にはベッドにしてもいいと思うほど太いものもあった。〈ハイ・ハートの丘〉は〈森の子ら〉の聖地だったと、〈七弦のトム〉がいった。そして、かれらの魔法のいくらかがまだこのあたりに残っていると。「ここで眠る者には、決して危害が加えられないんだ」とその吟遊詩人がいった。それは本当に違いないとアリアは思った。丘がとても高くて、周囲の土地は真っ平らなので、敵が見られずに接近することはできないと思われた。

このあたりの庶民はこの場所には近づかない、とトムが彼女にいった。〈王殺しのエレッグ〉という名のアンダル人の王がここの森を切り倒したときに、〈森の子ら〉は死んでしまい、その幽霊が出るというのである。アリアは〈森の子ら〉のことも、またアンダル人のことも知っていたが、幽霊を怖いとは思わなかった。幼いころにウィンターフェル城の地下墓所によく隠れて、玉座にすわっている石の王たちの間で、〈お城においでごっこ〉や、〈怪物と乙女ごっこ〉をして遊んでいたのだから。

それはそれとして、やはりこの夜には首筋の毛が逆立った。眠っていたら、嵐で目が覚めたのだ。風が寝具をぱっと引き剝がし、森の中に吹き飛ばしてしまったからである。それを追いかけていったときに、話し声が聞こえた。

かれらの焚き火の燃え残りのそばで、トムとレムと〈緑の鬚〉がごく小さい女と話をしているのが見えた。その女はアリアよりも三十センチも小さく、ばあやよりも年寄りで、体が屈み、皺だらけで、節くれだった黒い杖にすがっていた。白髪は地面に届くほど長く、突風が吹くと頭のまわりに薄雲のようにたなびいた。肌はさらに白くてミルクの色をしていて、目は赤いように見えた。もっとも、藪の中からではっきりしたことがわからなかったけれども。「古の神々が動きだして、わたしを眠らせようとしない」とその女がいっているのが聞こえた。「燃える心臓を持つ影が、黄金の牡鹿を殺しているところを夢に見た。顔のない男がぐらぐら揺れる橋の上で待っている夢を見た。そいつの肩にはずぶ濡れの鴉がとまっていて、その翼から海藻が垂れ下がっていた。吠える川と魚の女の夢を見た。彼女は死んで漂い、頬に赤い涙をながしていた。だが、彼女の目が開くと、おう、わたしは怖くて目が覚めてしまった。このすべてを夢見た。そして、もっと多くの夢も。わたしに贈り物はあるかい、夢の話のお礼が？」

「夢じゃないか」〈レモンクロークのレム〉が文句をいった。「夢に何の価値があるか？魚女と溺れた鴉。おれだって昨夜、夢を見たぞ。おれは知り合いの宿の娘にキスをしていた。これを聞いて、おまえはおれに礼金を払うか、ばあさん？」

「その娘は死んだ」女はしゅーしゅーいう声でいった。「今は彼女にキスするのは蛆虫だけだ」それから、〈七弦のトム〉に向かっていった。「わたしの歌を聞かせてもらおう。さもなければ、出てお行き」

そこで、吟遊詩人は彼女のために歌った。とても静かで悲しい歌だったので、アリアには言葉の断片しか聞き取れなかった。もっとも、その節はなかば聞いたことのあるものだったけれども。〝サンサなら、きっと知っているだろうに〟彼女の姉はあらゆる歌を知っていたし、また多少は演奏することさえできたし、またとてもかわいい声で歌いさえした。〝わたしにできることといったら、歌詞を叫ぶことだけだった〟

次の朝には、その小さな白い女の姿はどこにもなかった。みんな馬に乗ったときに、アリアは〈七弦のトム〉に、〈ハイ・ハートの丘〉にはまだ〈森の子ら〉が住んでいるのかとたずねた。その吟遊詩人はくすくす笑った。「彼女を見たんだな？」

「あれは幽霊だったの？」

「幽霊が、体の節々がぎしぎし鳴ると文句をいったりするかね？　いいや、彼女はただのこびとのばあさんだよ。それにしても、おかしなやつさ。しかも凶眼の持ち主だ。しかし、彼女は知っているはずのないことを知っているんだよ。そして、ときどき、人相を見るんだ」

「あんたの人相を、彼女は気に入った？」アリアは疑わしそうにたずねた。

吟遊詩人は笑った。「少なくとも、おれの声はね。とにかく、彼女はいつもおれに同じ変な歌を歌わせるんだ。いいかい、悪い歌じゃないぞ。他の歌も上手に歌えるのになあ」かれは首を振った。「問題は、もう匂いがすることだ。おまえもまもなくソロスと〈稲妻公〉を見ることになるぞ、きっと」

「もし、あんたたちがかれらの家来なら、どうして、かれらはあんたたちから隠れているのよ？」

〈七弦のトム〉はこれを聞いて目をむいたが、ハーウィンが答えた。「わたしなら隠れているとはいいませんよ、お嬢さん。でも、当たっています。ベリック公はあちこち移動します。そして、作戦を口外することはめったにありません。そうしていれば、だれも裏切ることができませんからね。いまごろはわれわれのような者が何百人もかれに忠誠を誓っているでしょう。もしかしたら何千人もね。しかし、全員がかれの後について歩いても無駄です。そうすれば、王土を食い尽くすか、あるいは戦場でもっと大きな軍勢に殺されるかどちらかです。こうやって、小集団で散らばっていれば、多くの場所にいっぺんに攻めこむことができるし、敵に気づかれずにどこかに逃げることもできます。そして、一人が捕まって尋問されても、まあ、何をされても、ベリック公の所在を教えることはできません」ためらって、「この意味はわかるでしょう、尋問されるとは？」

アリアはうなずいた。「くすぐり、と呼んでいたわ。ポリヴァーもラフも、みんなが」彼女は自分とジェンドリーが捕まった神の目（ゴッズアイ）湖のそばの村のことを話し、また〈一寸刻み（ティクラー）〉がたずねていたことを話した。「村に黄金を隠してあるか？」かれはいつも、この質問から始めるのだった。「銀は、宝石は？　食糧はあるか？　ベリック公はどこにいる？　おまえたち村民で、かれを助けたやつは誰だ？　そいつはどこに行ったか？　かれは何人連れていたか？　騎士を何人？　弓兵を何人？　馬に乗ったやつは何人？　どんな武器を持っている？　負傷者は何人？　かれらはどこに行ったと、おまえいったか？」これを思い出すだけで、彼女はまた悲鳴を聞くことができ、血と糞と焼ける肉の悪臭を嗅ぐことができた。「かれはいつも同じ質問をしていた」彼女は厳かに逆徒どもにいった。「しかし、くすぐり方は毎日変えていた」

「絶対に、子供たちをそんな目にあわせてはならない」ハーウィンは彼女の話がすむといった。「〈山(マウンテン)〉は石臼(ストーン・ミル)で家来の半数を失ったと聞いている。ひょっとしたら、いまごろはその〈一寸刻み(ティクラー)〉というやつは赤の支流(レッド・フォーク)を流れ下っているかもしれないぞ。魚に顔をつつかれながらな。もしそうでなければ、うん、かれらが償わなければならない犯罪がもうひとつ増えるわけだ。この戦(いくさ)は、グレガー・クレゲインに王の裁きを加えるために、〈王の手〉がうちの殿さまを派遣したときに始まり、殿さまはそれをなし遂げて、この戦にけりをつけるつもりだと聞いている」かれは彼女の肩を、安心させるように叩いた。「さあ馬にお乗りなさい、お嬢さん。殻斗城館(エイコーン・ホール)までは長い道のりです。でも、終点に着けば、頭の上に屋根があり、腹の中に熱い夕食が入りますよ」

　確かに長い一日の騎行だった。しかし、夕闇が忍び寄るころ、ひとつの小川を渡って向こう岸に上ると、そこが殻斗城館(エイコーン・ホール)だった。石の幕壁と木造の砦があった。そこの主人は主君であるヴァンス公に従って戦に出ていて、留守中は城門は閉じられ、閂(かんぬき)がかけられていた。しかし、奥方は〈七弦のトム〉の旧友だった。そして、この二人は昔は恋人同士だったと、アンガイがいった。アンガイはしばしばアリアと馬を並べた。かれはジェンドリーは別として、他の誰よりも年齢が彼女に近かった。そして、かれはドーンの境界地方の滑稽譚を彼女に話して聞かせた。もっとも、彼女をばかにしたことは決してなかった。〝かれはわたしの友達ではない。わたしがまた逃げ出さないように用心して、わたしのそばにいるだけだ〟まあ、アリアも用心することはできた。それはシリオ・フォレルに教わったから。

レディ・スモールウッドはとても愛想よく逆徒たちを迎えた。もっとも、若い娘を戦の中で引きまわしていることを叱りつけたけれども。アリアが高貴な生まれだと、レムが口を滑らせると、彼女はますます怒った。「このかわいそうな子に、こんなボルトンの服を着せたのはだれ？」彼女はたずねた。「その紋章……皮を剝がれた男の紋章を胸につけていたりすれば、彼女をすぐさま絞首刑にしたいと思う人が大勢いますよ」アリアは早速上の階に連れていかれ、無理やりに風呂桶に入れられ、火傷するほど熱いお湯をぶっかけられた。レディ・スモールウッドの下女たちが彼女をごしごしと強くこすったが、まるで彼女ら自身が彼女の皮を剝ごうとしているかのようだった。そして、花のような甘ったるい匂いのする物を放りこみさえした。

それがすむと、少女らしい服装をするように強制された。茶色のウールのストッキングに、軽い亜麻布のシフトドレス。その上に薄緑色のガウンを着せられたが、その胴部には茶色の糸で一面に団栗が刺繡されており、さらに周囲も団栗で縁取られていた。「わたしの大伯母はオールドタウンの女子修道院で尼をしています」レディ・スモールウッドは、下女たちがアリアの背中でガウンの紐を締めているときにいった。「戦が始まったとき、わたしは娘をそこに送りました。戻ってくるころには、これらの衣服はきっと小さすぎるようになっているでしょう。あなた、ダンスはお好き、お嬢さん？　うちのケアレンはかわいいダンサーですよ。そして、美しい声で歌も歌います。あなたが好きなのは、どんなこと？」

　彼女は床の敷物の間で、足をもぞもぞ動かした。「お針仕事です」

「とても落ち着くわねえ、そうでしょう？」

「あのう」アリアはいった。「わたしは、そういかないんですけれど」

「だめ？　わたしはいつもそう感じますがねえ。神々はわたしたちそれぞれにささやかな天分と能力をお与えになります。そして、わたしたちはそれを利用することになっていると、伯母はいつもいっています。どんな行為も祈りになりうるのよ、できるだけ一生懸命にやればね。これは美しい考えだと思わない？　こんど、お針仕事をするときに思い出しなさい。毎日それをするの？」

「〈針〉を失うまでは、そうしていました。新しい物はあまり上等でないのです」

「このような時代にはみんな、ありあわせの物をできるだけ利用しなくちゃね」レディ・スモールウッドはガウンの胴部をひどく気にして整えた。「さあこれで、あなたも立派な若いレディに見えるわ」

〝わたしはレディじゃない〟アリアは彼女にいいたかった。〝わたしは狼です〟と。

「わたしはあなたが誰か知りません」その婦人はいった。「でも、それが最善かもしれませんよ。重要人物なんて、おおこわ」彼女はアリアの襟をなでおろした。「このような時代には、賤しい身分のほうがいいのですよ。あなたをここに留めておきたいのはやまやまだけれど、安全ではないのよ。城壁はあるけれど、それを守る人数が少なすぎます」彼女はためいきをついた。

アリアが体をすっかり洗われ、髪を梳かされ、衣服を着せられたころには、広間で晩餐がふるまわれていた。ジェンドリーは彼女をひと目見て、鼻からワインを噴き出すほど大笑いをしたので、ハーウィンがその横面をひっぱたいて黙らせた。食べ物は質素だったが、充分にあった。羊肉、マッシュルーム、茶色のパン、豆のプディング、それに黄色いチーズを添えた焼き林檎（リンゴ）。食べ物が片づけられ、召使たちが外に出されると、〈緑の鬚〉が声をひそめて、〈稲妻公〉の噂を奥方はお聞きではないだろうかとたずねた。

「噂？」彼女は微笑した。「二週間たらず前にここにいましたよ。かれらと、その他に一ダースばかりの連中がね。羊を追っていました。わたしはこの目が信じられませんでしたよ。ソロスはお礼に三匹くれましたがね。今夜食べたのが、その一匹です」

「ソロスが羊を追っていたって？」アンガイが大声で笑った。

「確かに奇妙な光景でしたよ。でもソロスは、自分は祭司だから羊の群れの扱い方は知っているのだといっていました」

「なるほど、そして毛も刈るんですね」〈レモンクロークのレム〉がくすくす笑った。

「だれかさんは、それについて珍しくすばらしい歌を歌えますよ」トムがウッドハープの弦を弾いた。

レディ・スモールウッドはかれをひるませるような目つきで見た。「たぶん、〝ドンダリオン〟と〝不倫する(キャリーオン)〟の韻を踏まない人がね。それとも、このあたりにいるすべての乳しぼり女に〝おう、わたしのかわいい恋人よ草むらに寝なさい〟と歌って、そのうちの二人の腹を膨らませていった男かしら」

「あれは〝あなたの美しさを飲ませてください〟でしたよ」トムは受け身になっていった。「そして、乳しぼりの乙女たちはいつもあれを聞いて喜びます。わたしがちゃんと覚えている、さる高貴なレディと同様にね」

彼女は鼻の穴を広げた。「河川地帯(リヴァーランド)はあなたの喜ばせた乙女が満ちています。みんなヨモギギクのお茶を飲んでいるのよ。あなたと同じ年ごろの男なら、自分の種を彼女らのお腹に蒔くことを知っているでしょう。遠からず、人々はあなたを〈七人息子のトム(トム・セヴンサンズ)〉と呼ぶようになるでしょうよ」

「何年も昔に七人を超えましたよ。それも立派な男の子たちで、ナイチンゲールのようなよい声をしています」明らかにかれはこの話題を好まなかった。

「あの殿さまはどこに行くかいいましたか、奥方?」ハーウィンがたずねた。

「ベリック公は計画を決して人に洩らさないのですよ。でも、石の聖堂(ストーニイ・セプト)とスリーペニーの森のあたりが飢饉になっています。わたしなら、あちらでかれを探しますね」彼女はワインをひと口飲んだ。「あなたがたも知っておいたほうがいいでしょうが、あまりありがたくない訪問者も来ています。うちの門の周囲に狼の群れがやってきて、わたしがここにジェイミー・ラニスターを匿っているのではないかと思って、遠吠えをしていました」

トムは楽器を弾くのをやめた。「では、本当なんですね。〈王殺し〉がまた解放されたというのは？」

レディ・スモールウッドはかれを軽蔑したように見た。「かれがリヴァーラン城の地下に鎖でつながれているなら、かれを捜しにくるとは思えませんね」

「奥方は、かれらになんとおっしゃったのですか？」〈幸あれかしのジャック〉がたずねた。

「そりゃ、こういいましたよ。わたしの寝床に裸のサー・ジェイミーがいるが、疲労困憊させたので下りてこられないと。かれらの一人はずうずうしくも、わたしを嘘つきだといいました。だから、ちょっと口論しながら送り出したのですよ。かれらはきっとブラックボトム・ベンドに向かったと思います」

アリアは椅子の上でもじもじした。「その北部人は何なのですか、その〈王殺し〉を追いかけてきたという人々は？」

レディ・スモールウッドは彼女が口をきいたので驚いた様子だった。「名前はいいませんでしたよ、お嬢さん、でも黒装束の胸に白い太陽の紋章をつけていました」

黒地に白い太陽はカースターク公の紋章だと、アリアは思った。〝それはロブの家来だった〟彼女はまだかれらが近くにいるのだろうかと思った。もし、この無法者どもをうまくまいて、かれらを見つければ、もしかしたらリヴァーラン城の母親のもとに連れていってくれるかもしれなかった……

「ラニスターがどうやって逃げたか、かれらはいいましたか？」レムがたずねた。

「いいました」レディ・スモールウッドはいった。「もっとも、その一言もわたしは信じていませんがね。レディ・キャトリンがかれを解放したのだと、かれらは主張していましたよ」

トムはその言葉にひどく驚いて、弦を一本切ってしまった。「まさか」かれはいった。「狂気の沙汰だ。そんなことをするなんて」

〝本当ではない〟とアリアは思った。〝本当ではありえない〟

「わたしもそう思いました」レディ・スモールウッドはいった。

この時、ハーウィンがアリアのことを思い出した。「このような話はあなたのお耳には向きませんね、お嬢さま」

「いえ、聞きたいわ」

逆徒たちは譲らなかった。「とんでもない、痩せっぽちの栗鼠（リス）さん」〈緑の鬚〉がいった。「われわれが話している間、あんたは立派な幼いレディらしく中庭で遊んでいなさい。さあ」

アリアは腹を立ててずかずかと立ち退き、扉をドカンと閉めてやろうかと思ったが、扉はあまりにも重かった。殻斗城館（エィコーン・ホール）の空はすっかり暗くなっていた。城壁に沿って少しばかりの松明が燃えていたが、それだけだった。この小さな城の門は閉まり、閂がはまっていた。二度と逃げようとはしないとハーウィンに約束したのは確かだが、それは母についてかれらが嘘をいいだす前のことだった。

「アリア？」ジェンドリーが後についてきていた。「レディ・スモールウッドが、鍛冶場があるといった。見たいか？」

「あんたが見たいなら」彼女は他に何もすることがなかった。

「このソロスというやつは」ジェンドリーは犬舎のところを通っていきながら、いった。「キングズ・ランディングの城に住んでいたあのソロスと同じ人物かなあ？〈紅(あか)の祭司〉、太っていて、頭を剃っていたが？」

「そう思うわ」アリアは覚えているかぎり、キングズ・ランディングでソロスと口をきいたことはなかったが、かれが誰であるかは知っていた。かれとジャラバー・ゾーは、ロバートの宮廷でいちばん色彩の派手な人物だった。そして、ソロスは王と大の仲良しでもあった。

「かれはおれを覚えてはいないだろうが、おれたちの鍛冶場によく来たものだ」スモールウッド城の鍛冶場はここしばらく使われていなかった。しかし、鍛冶屋は道具を壁にきちんと並べてかけていた。ジェンドリーは蠟燭に火を灯して鉄床(かなとこ)の上に置いて、壁からやっとこを下ろした。「ソロスの燃える剣のことを、親方はいつも怒っていた。あれは良質の鋼の使い方ではないと。しかし、あのソロスというやつは決して良質の鋼を使わなかった。安物の剣を炎素(サブスタンス)にちょっと浸して火をつけた。あれは錬金術師のちょっとしたトリックだと親方はいっていた。しかし、馬やへなちょこ騎士の何人かは怖がるんだよ」

彼女は顔をしかめて、父親がソロスのことを何かいっていたか思い出そうとした。「あまり祭司らしくないんだね」

「うん」ジェンドリーは認めた。「ソロスはロバート王よりも酒飲みだとモット親方がいっていた。かれらはひとつ穴に住むむじなみたいなもので、二人とも大食漢で飲んだくれだと」

「王さまを飲んだくれと呼んではいけないわ」たぶんロバート王は大酒飲みだったかもしれないが、かれは彼女の父親の友人だった。

「ソロスのことをいっていたんだよ」ジェンドリーは彼女の顔をつまもうとするかのように、やっとこを突き出したが、アリアは払いのけた。「かれは宴会と馬上槍試合大会が好きだった。だから、ロバート王はかれをとても好いていたんだ。そして、このソロスというやつは勇敢だった。パイク城の城壁が崩壊したときに、その割れ目に一番乗りしたのはかれだった。かれは得意の燃える剣を使って戦い、一振りごとに鉄人（くろがねびと）に火をつけたんだ」

「わたしにも燃える剣があればよかったなあ」彼女は火をつけてやりたい人々を大勢思い浮かべることができた。

「あれはほんのトリックだといっただろう。鬼火（ワイルドファイア）は鋼をだめにする。親方は一試合ごとにソロスに新しい剣を売ったといっていた。その値段で、かれらはいつも喧嘩していたがね」ジェンドリーはやっとこを元の場所にかけて、重い金槌を下ろした。「おれも最初の長剣を作る時期だと、モット親方がいった。そして、とてもよい鋼のかけらをくれた。その時おれは長剣をすごく作りたいと、あらためて感じた。ところが、ヨーレンがやってきて、おれを〈冥夜の守人(ナイツ・ウォッチ)〉に連れていくことになっちゃったんだ」

「それでも、作りたければまだ剣を作ることはできるよ」とアリアはいった。「リヴァーラン城に行けば、ロブ兄さんのために作れるよ」

「リヴァーラン城か」ジェンドリーは金槌を下ろして、彼女を見た。「今はおまえは違った顔になっている。立派な小さいお嬢さまのようだ」

「樫(オーク)の木に見えるだろう。そこらじゅう、ばかばかしい団栗(ドングリ)がついていてさ」

「でも、立派だよ。立派な樫(オーク)の木だ」かれは歩み寄って彼女の匂いをクンクン嗅いだ。「うってかわっていい匂いさえするぞ」

「やめて。あんた臭いよ」アリアはかれを鉄床に押し返して、逃げ出そうとした。だが、ジェンドリーは彼女の腕をつかんだ。彼女はかれの股間を蹴って転ばせたが、かれは彼女を引っ張って一緒に倒れた。そして、二人は鍛冶場の床を転げていった。かれはとても強かったが、彼女のほうはすばやかった。かれが彼女を押さえつけようとするたびに、彼女は身をくねらせて抜け出し、かれにパンチを見舞った。殴られても、ジェンドリーは笑うばかりで、それが彼女を怒り狂わせた。ついにかれはアリアの両方の手首を片手でつかみ、もう片方の手で彼女をくすぐりだした。そこで彼女はかれの股間を膝で蹴り上げ、無理に抜け出した。二人とも埃だらけになり、彼女のばかばかしい団栗のドレスの片袖が裂けた。「もう、わたしはそんなにきれいではなくなったね」彼女は叫んだ。

広間に戻ると、トムが歌を歌っていた。

ぼくの羽根布団は厚くて柔らかだ、
そして、そこにきみを横たえる、
きみに黄色ずくめのシルクを着せる、
そして、頭には冠をかぶせてあげる。
なぜなら、きみはぼくのお姫さまになるのだから、
そして、ぼくはきみの殿さまになるのだから。
きみをいつも温かく安全にして、
そして、ぼくの剣で守ってあげる。

ハーウィンはかれらをひと目見て、げらげら笑った。そして、アンガイはいつものようにそばかすだらけの間の抜けた顔で微笑んで、いった。「この人が高貴なレディだというのは本当かな？」しかし、〈レモンクロークのレム〉がジェンドリーの横面を張り飛ばした。「喧嘩したいなら、おれにかかってこい。おれとやれ！　彼女は小さい女の子だぞ、しかもおまえの歳の半分だ！　彼女に手を出すな。わかったか？」
「わたしがちょっかい出したの」アリアがいった。「ジェンドリーは話をしていただけよ」
「その小僧に手を出すな、レム」ハーウィンがいった。「アリアがちょっかい出したんだ。

おれは疑わない。彼女はウィンターフェル城にいたときも、このとおりだった」

トムは彼女にウィンクして、歌った。

そして、彼女はなんと微笑んだことか、
なんと笑ったことか、木の乙女は。
彼女はくるくるまわって遠ざかり、
かれにいった、
わたしには羽根布団は要らないわ。
わたしは黄金色の木の葉の
ガウンをまとうのよ、
そして、髪を草で結ぶの。
でも、あなたはわたしの
森の恋人になれるわ、
そして、わたしはあなたの森の娘にね。

「わたしには木の葉のガウンはないけれど」レディ・スモールウッドは優しい笑顔をちょっと作っていった。「でも、ケアレンは役立ちそうな他のドレスも残していきましたよ。いらっしゃい、お嬢さん。二階に行って、探してみましょう」

事態はいっそう悪くなった。レディ・スモールウッドはアリアをもう一度お風呂に入れて、しかも髪を切って梳かすのだといって聞かなかった。しかも、こんど彼女に着せたドレスは紅藤色(ライラック)のもので、小さなベビー・パールで飾られていた。それの唯一のよい点は、とてもデリケートにできているので、それを着て馬に乗るなど、とうてい考えられないことだった。だから、次の朝、食事がすむと、レディ・スモールウッドはズボンとベルトとチュニックを渡し、鉄の鋲を打った茶色のなめし革の胴着をくれた。「これらは息子の物だけれど」彼女はいった。「かれは七歳のときに亡くなったの」

「ごめんなさい、奥さま」アリアは急に彼女が気の毒になり、恥ずかしく思った。「団栗のドレスも破ってしまってすみませんでした。美しかったのに」

「ええ、お嬢さん、あなたも美しいですよ。勇気をお出しなさい」

23

デナーリス

〈誇りの広場〉の中心に赤煉瓦の泉があり、その水は硫黄の匂いがした。そして、泉の中心に青銅を叩き出して作った怪物ハーピーの像が立っていた。その像は六メートルの高さにそびえ、女の顔と鍍金(めっき)された髪と象牙色の眼と、そして尖った象牙色の歯を持っており、重そうな乳房から黄色い水が噴き出していた。しかし、腕はなく、蝙蝠(コウモリ)かドラゴンのような翼を持ち、脚は鷲の脚で、後ろにサソリのように巻き上がった毒針のある尻尾を持っていた。

〝ギスのハーピーだわ〟とダニーは思った。記憶が正しければ、〈ギス古帝国〉は五千年前に亡びたはずだった。その軍団は新興国ヴァリリアの力によって打ち砕かれ、煉瓦の壁は取り壊され、街路や建物はドラゴンの炎によって灰塵に帰し、まさにその野原に塩と硫黄と融けた金属の屑がまき散らされた。ギスの神々は死に、その人民も死んだ。これらのアスタポア人は雑種だと、サー・ジョラーがいった。ギスカル語そのものさえも大部分を忘れ去られて、この奴隷都市は征服者の高地ヴァリリア語、あるいはその派生語を話した。

しかし、その古代帝国の象徴はまだここに残っていたのだった。もっとも、この青銅の怪物の鉤爪からは、開いた手枷が両端についている重い鎖がぶら下がっていたけれども。〝ギ

スのハーピーは鉤爪に雷神の矢を持っていたが、これはアスタポアのハーピーなのだ〃
「このウェスタロスの売女(ばいた)に、下を見ろといってやれ」奴隷商人のクラズニス・モ・ナクロツは通訳をしている奴隷の少女にいった。「おれは肉を商っているのであって、金属を商っているのではない。この青銅は売り物ではないぞ。兵士たちを見ろといってやれ。日没の国の野蛮人の暗い紫色の眼でも、おれの創造物がどんなにすばらしいか、きっと見えるはずだ」

　クラズニスがしゃべる高地ヴァリリア語には訛りがあり、ギス特有の唸るような発音のために濁っていて、ところどころに奴隷商人の符牒(ふちょう)が混じった。ダニーはかれの言葉が充分に理解できたが、いかにもなんといったのですかというように、ぽかんとした表情で少女を見て微笑んだ。

「クラズニス親方はたずねているのです。かれらはすばらしくないか？　と」その少女はウェスタロスに行ったことのない人にしては、共通語を上手にしゃべった。年齢は十歳以上ではなく、丸く平たい顔をして、肌は浅黒く、ナース人の金色の眼をしていた。〈平和な人々〉と彼女らの民族は呼ばれていた。かれらがもっとも優秀な奴隷になることは衆目の一致するところだった。

「かれらはわたしの要求に合致するかもしれないわ」ダニーは答えた。アスタポア滞在中はドスラク語と共通語だけを話しなさいと、サー・ジョラーに勧められていた。〃わたしの熊さんは見かけ以上に利口だわ〃「かれらの訓練について話しなさい」

「このウェスタロスの女はかれらを気に入りました。でも、褒めてはいません。値段を低く抑えておくために」通訳は主人にいった。「どんな訓練を受けているか知りたいそうです」

クラズニス・モ・ナクロッツは首をひょこひょこ動かした。この男は〈善良なる親方（グッド・マスターズ）〉と呼ばれる奴隷商人のひとりで、まるで木苺（ラズベリー）の風呂に入ったような芳香を発していた。そして、突き出た赤黒い髭は油でぎらぎらしていた。〝かれの乳はわたしのより大きい〟ダニーは思った。かれが体に巻きつけて、片方の肩にかけている金糸で縁取りしたトカールの、海の色をした薄いシルクの布地を透かして、それが見えた。歩くときにはトカールがずれないように左手で適当に押さえ、右手には短い革の鞭を持っていた。「ウェスタロスの豚どもはみんな、そんなに無知なのか？」かれは文句をいった。「この〈穢れなき軍団（アンサリード）〉の兵士たちが槍、楯、短剣の名手であることは、世界じゅうが知っているのに」かれはダニーににっこり笑ってみせた。「彼女の知りたいことはさっさと教えてやれ。今日は暑い」

〝少なくとも、それだけは嘘ではないわね〟かれらの後ろに、よく似た奴隷少女が二人立って、縞模様のシルクの日除けをかれらの頭上にかざしていた。しかし、その陰にいてさえも、ダニーは頭がくらくらするのを感じ、クラズニスはだらだらと汗をかいていた。〈誇りの広場〉は夜明けから日光を浴びて焼けていた。厚いサンダルをはいているにもかかわらず、足の下の赤煉瓦の熱を感じることができた。地面から立ち昇る熱波のために、広場の周囲に建っているアスタポアの階段ピラミッド群が、なかば夢のようにゆらめいて見えた。

たとえ〈穢れなき軍団〉の兵士たちがその熱を感じたとしても、かれらは少しも表情にあらわさなかった。〝あのように立っているのを見ると、まるで煉瓦の人形といってもおかしくないわ〟彼女に検査してもらうために、千人が兵舎から行進してきて、大きな青銅のハーピー像の前に、百人ずつ十列に整列していた。かれらは直立不動の姿勢をとり、石のような眼でまっすぐ前を見つめていた。腰部に白い亜麻布を巻きつけているだけで、他には何も着ていなかった。そして頭には、三十センチの高さの尖った刺がてっぺんについた円錐形の青銅の兜をかぶっていた。クラズニスはウェスタロスの女王が、かれらの引き締まった強靭な肉体を見ることができるように、剣帯をはずし、キルトのチュニックを脱ぐように命じておいたのだった。

「かれらは幼いころに、体の大きさ、すばやさ、強さを基準に選ばれました」通訳の少女は彼女にいった。「五歳から訓練を開始します。そして毎日、明け方から夕方まで訓練して、短剣と楯と三種類の槍の使い方を会得させます。その訓練はとても激しいものですよ、陛下。少年三人のうち生き残るのは一人だけです。このことはよく知られています。〈穢れなき軍団〉では、刺付き兜を勝ち取った日に最悪の期間が完了するといわれています。なぜなら、かれらに課せられるどんな業務も、この訓練以上に辛いことはありえないからです」

クラズニス・モ・ナクロッツは共通語を一言も理解しないということになっていたが、話を聞きながらうなずき、ときどき鞭の先で奴隷少女をつついた。「こいつらは一日一夜、飲まず喰わずで、ここに立っていたのだと、彼女にいえ。おれが命令すれば、かれらは倒れるまで立っているだろう。そして、九百九十九人が煉瓦の上に倒れて死んでも、最後のやつはまだ立っていて、そいつ自身の死につかまれるまでは決して動かずに立っているだろうと、彼女にいえ。これがかれらの勇気だといえ」

「それは勇気ではなくて、狂気というものだ」厳かな小さな通訳が話しおえると、〈白鬚(ホワイトベアド)のアースタン〉がいった。かれは不愉快な気持ちを表現するかのように、硬木の杖の先でコツンコツンと煉瓦を叩いた。その老人は船でアスタポアに渡るのを望まなかったし、またこの奴隷兵団を買うことも喜ばなかった。女王というものは決定を下すまえに、すべての側の意見を聞くべきである。だからダニーはかれを〈誇りの広場〉まで連れてきたのだった。それは安全を確保するためではなかった。安全確保なら、血盟の騎手たちが充分にやれる。サー・ジョラー・モーモントは彼女の家来とドラゴンたちを守るために、《バレリオン》に残してきた。そして、自分の気持ちに反して、彼女はドラゴンたちを船内に閉じこめてきた。この都市の上を自由に飛ばせるのはあまりにも危険だった。世の中には、〝ドラゴン殺し〟と呼ばれたいという理由だけで、かれらを喜んで殺す手合いがいっぱいいるのである。

「その臭いじじいはなんといった？」奴隷商人が通訳にたずねた。彼女が答えると、かれは微笑していった。「おれたちはそれを〝従順〟と呼ぶと、その野蛮人にいってやれ。〈穢れなき軍団〉よりも強く、すばやく、大きい者は他にもいるかもしれない。剣や槍や楯の腕前が同等の者さえ少しはいるかもしれない。しかし、海と海の間のどこを探しても、これ以上従順な者を見つけることはできないだろう」

「羊どもは従順だ」奴隷商人の言葉が通訳されると、アースタンがいった。かれはダニーほどではないが、ヴァリリア語もいくらかできた。しかし、彼女と同様に、かれも言葉がわからないふうを装っていた。

この言葉が通訳されると、クラズニス・モ・ナクロッツは白い大きな歯を見せていった。

「おれが一言いえば、これらの羊はこいつの臭くて古い腸を煉瓦の上にまき散らすだろう。だが、それはいうな。こういえ。これらの生き物は羊よりむしろ犬だと。その七王国とやらでは、犬か馬を喰うのか？」

「かれらは豚と牛を好みます、親方」

「牛肉に豚肉か。風呂に入らない野蛮人どもの食べ物だ」

ダニーはこれらのやりとりを完全に無視して、奴隷兵の列に沿ってゆっくりと歩いていった。シルクの日除けを持った少女たちが、彼女に日が当たらないように、ぴったり後をついてきた。しかし、彼女の前の千人の男たちには、そのような日除けはなかった。半数以上は銅色の肌を持ち、ドスラク人やラザール人独特のアーモンド型の眼をしていた。だが、隊列の中には自由都市の男たちも混じっていた。また、青白いクァース人、黒檀のような顔色の夏諸島（サマー・アイランズ）人、その他どこの出身か見当もつかない者も混じっていた。また、クラズニス・モ・ナクロッツと同じ琥珀色の肌を持った者もいた。また、ハーピーの息子と自称した古（いにしえ）のギスカル人の特徴であるごわごわした赤黒い頭髪の者もいた。〝かれらは自分の同胞をも売るんだわ〟これを知っても彼女は驚かなかった。草の海で部族（カラザール）と部族（カラザール）が出会えば、ドスラク人だって同じことをするのだから。

兵士たちのある者は背が高く、ある者は低かった。年齢は十四歳から二十歳にわたっているると彼女は判断した。頰はなめらかで、眼は黒であろうと、茶色であろうと、青であろうと、灰色であろうと、琥珀色であろうと、全部同じだった。〝まるで一人の男みたいだ〟とダニーは思ったが、全員、完全な男性ではないと思い出した。〈穢れなき軍団〉は一人のこらず去勢奴隷なのだ。「なぜ、去勢するのですか？」彼女は奴隷女を通してクラズニスにたずねた。「完全な男性のほうが去勢奴隷よりも強いですよ。つねにそう聞いていますが」

「幼いころに去勢された者は、おたくのウェスタロスの騎士のような粗暴な強さを決して持たないということは事実だ」彼女の質問が通訳されると、クラズニス・モ・ナクロッはいった。「牡牛も同様な強さを持つが、牡牛は毎日闘技場で殺されている。三日足らず前に、ジヨシエルの闘技場では九歳の少女が牡牛を一頭殺した。〈穢れなき軍団〉は強さよりよいものをもっていると、いってやれ。かれらには規律がある。そうだ、われわれは古代帝国のやり方で戦うのだ。かれらは古代ギスの密集軍団の再来なのだ。絶対に従順、絶対に忠義、そして、まったく恐れを知らない」

ダニーは辛抱強く通訳の話を聞いた。

「もっとも勇敢な兵士でも、死と手足を失うことを恐れるぞ」アースタンは少女の通訳が終わると、いった。

それを聞くと、クラズニスはまた微笑した。「この老人にいってやれ。おまえは小便の匂いがし、杖がなければ立っていられないと」

「本当に通訳してもいいのですか、親方?」

かれは鞭で彼女をつついた。「いいや、やめとけ。そんなばかなことを聞くとは、おまえは娘なのか山羊なのか? こういうのだ。〈穢れなき軍団〉は人間ではない。かれらにとって死はなんでもない。そして、手足を失うことはそれ以下だと」かれはラザール人の風貌を持ついちばんがっしりした体格の男の前に立ち、さっと鞭を振り上げて、その銅色の頬に横ざまに血の筋をつけた。その去勢奴隷はまばたきし、血を流しながら、そのまま立っていた。

「もう一発やってもらいたいか?」クラズニスがたずねた。

「親方がお望みなら」

このやりとりを理解しないふりをすることは困難だった。ダニーはクラズニスがまた鞭を振り上げないうちに、その腕を押さえた。「親方にいって。かれの〈穢れなき軍団〉がどんなに強いか、そしてどんなに勇敢に痛みに耐えるか、わかったと」

彼女の言葉がヴァリリア語に翻訳されると、クラズニスはくすくす笑った。「この西部の無知な売女にいってやれ。これと勇気とはなんの関係もないと」

「これは勇気ではないと、親方はいっています、陛下」

「このふしだら女に、眼をちゃんと開いていろといえ」

「これを注意深くごらんくださいといっています、陛下」

クラズニスは並んでいる次の去勢奴隷のところにいった。それはライス人の青い眼と亜麻色の髪を持った若者だった。「剣をよこせ」かれはいった。その去勢奴隷はひざまずき、剣を鞘から抜き、柄を先にして差し上げた。それは切るよりもむしろ突くように作られた短い剣だったが、刃は剃刀のように鋭利に見えた。「立て」クラズニスは命じた。

「はい、ご主人さま」去勢奴隷は立った。するとクラズニス・モ・ナクロッはその剣をゆっくりとかれの胴体に当てて滑らせ、肋骨の間に一本の細い赤い線を引いた。それから切っ先を幅の広いピンクの乳首の下に差しこみ、ごしごしと切りはじめた。

「かれは何をしているの？」ダニーは男の胸から血が流れ落ちるのを見て、少女にたずねた。

「その牛女にメーメー鳴くのはやめろといえ」クラズニスは通訳されるのも待たずにいった。

「こうしても、かれにはたいした害にはならない。男に乳首は必要ない。まして、去勢奴隷には」乳首は細い糸のような皮膚でぶら下がった。かれがさっと切ると、それは煉瓦の上に転がり落ち、あとにはおびただしい血の涙を流す赤い丸い目のような傷が残った。去勢奴隷は、クラズニスが柄を先にして剣を返すまで、身動きしなかった。「そら、これでよし」

「このものはあなたのお役に立って喜んでいます」

クラズニスはダニーのほうに向きなおった。「ほら、かれらは苦痛を感じないのだ」

「どうして、そんなことが？」彼女は通訳をとおしてたずねた。

「〈勇気のワイン〉の効果だ」というのがかれの答えだった。「これは実際にはぜんぜんワインではなくて、有毒のナイトシェイド、吸血蠅の幼虫、黒蓮の根、その他多くの秘密の材料から作られたものだ。かれらは去勢される日から食事ごとにそれを飲む。すると、年月がたつにつれて苦痛を感じなくなり、戦闘で恐怖を感じなくなるし、また拷問にも耐えられるようになる。この野蛮人にいってやれ。〈穢れなき軍団〉がついていれば、彼女の秘密は守られると。小評議会の衛兵にしてもよいし、寝室の衛兵にしてもよい。かれらに盗み聞きされる心配は決してないと。

　ユンカイとミーリーンでは、しばしば少年の睾丸を切除して去勢奴隷を作るが、ペニスは残しておく。そのようにされた者は子をつくる能力は失せるが、勃起能力はしばしば残っている。これによって唯一の問題が生じることがある。われわれはペニスも取り除き、何も残さない。〈穢れなき軍団〉は地上でもっとも清らかな産物なのだ」かれはダニーとアースタンに向かってまた白い歯を見せて笑った。「聞くところによると、日没の王国では男性は独身を保ち、子供をつくらず、義務を果たすためにだけ生きると、厳かに誓うそうだな。そうなのかね？」

「そうだ」質問が通訳されると、アースタンがいった。「そのような団体はたくさんある。〈知識の城(シタデル)〉の学匠(メイスター)、〈七神〉に仕える司祭(セプトン)や司祭女(セプタ)、死者を扱う沈黙の修道女(シスター)、王の〈王(キン)の楯(グズガード)〉、そして〈冥夜の守人(ナイツ・ウォッチ)〉など……」

「あわれなやつらだ」その奴隷商人は通訳の言葉を聞いて、唸るようにいった。「男性はそんな生活をするようには作られていない。かれらの日々は誘惑という拷問だ。そして疑いなく、大部分の者は世俗の欲望に屈伏するだろう。われわれの〈穢れなき軍団〉は違う。おまえたちの誓約した同志がとても真似できないようなやり方で、かれらは自分の剣と結婚しているのだ。どんな女もどんな男もかれらを誘惑することはできないのだ」

かれの奴隷少女はかれの話の要点を、もっと礼儀正しい言葉で伝えた。「肉欲以外にも、男を誘惑するものはある」〈白鬚のアースタン〉は少女の言葉を聞いて反論した。

「男性はそうだ。しかし、〈穢れなき軍団〉は違う。強姦に興味がないと同様に、掠奪にも興味はない。かれらは武器しか持っていない。われわれは名前を持つことすら許さないのだ」

「名前がない？」ダニーは顔をしかめて、その小柄な通訳を見た。「本当に親方はそういったの？　かれらには名前がないと？」

「さようです、陛下」

クラズニスは自分より背の高い、義兄弟とでもいえそうなギスカル人の前に立ち、その足元に置かれた剣帯の小さな青銅の円盤を鞭で弾いた。「ここにかれの名前がある。このウェスタロスの売女に、ギス語の絵文字が読めるか聞いてみろ」ダニーが読めないと認めると、奴隷商人はその〈穢れなき軍団〉の兵士に向かって、「おまえの名前は何だ？」とたずねた。

「このものの名前は〈赤い蚤〉です、親方」

少女はかれらのやりとりを共通語に訳した。

「そして、昨日はなんという名前だった？」

「〈黒い鼠〉でした、親方」

「その前の日は？」

「〈茶色の蚤〉でした、親方」

「その前は？」

「このものは覚えていません、親方。たぶん〈青い蝦蟇(ガマ)〉だったでしょう。あるいは、〈青い蛆虫〉か」

「かれらの名前はみんなこんなものだと教えてやれ」クラズニスは少女に命じた。「こうすれば、かれら自体は寄生虫のようなものだと自然に悟るわけだ。一日の勤務が終わると名盤は空の樽に放りこまれる。そして、毎朝、無作為に引き抜くのだ」

「ますますひどい」アースタンはそれを聞いていった。「毎日、新しい名前を覚えるなんてことができるだろうか？」

「それができない者は、完全武装して一日じゅう走ることができない者や、闇夜に山に登れない者や、火渡りのできない者や、あるいは幼児殺しのできない者などとともに、訓練で選り除けられるのだ」

　これを聞いて、ダニーの口はたしかに歪んだ。〝この表情を見られたか？　それとも、かれは残酷であるだけでなく目も悪いか？〟通訳の言葉を聞くまで仮面のような表情を保とうとして、彼女はあわてて顔を背けた。そして、通訳の言葉を聞いて、はじめていった。「だれの子供を殺すの？」

「刺付き兜をもらうには、〈穢れなき軍団〉の兵士は銀貨を一枚持って、奴隷市場に行き、泣きわめく新生児を見つけ、母親の目の前でそれを殺さねばなりません。これによって、兵士の中に弱さが残っていないことを確認するのです」

彼女は気絶しそうになった。〝暑いから〟そう自分にいい聞かせようとした。「赤子を母親の腕から奪い取り、彼女が見ている前でそれを殺し、その苦痛に対して銀貨を一枚支払うのね？」

通訳がこれを伝えると、クラズニス・モ・ナクロッツは大声で笑った。「なんと女々しい愚か者か、こいつは。ウェスタロスの売女にいってやれ。その銭は子供の所有者に渡すのであって、母親に渡すのではないと。〈穢れなき軍団〉は盗むことは許されていないのだ」かれは自分の脚を鞭で軽く叩いた。「このテストに失敗するやつはほとんどいないといってやれ。かれらにとって犬を殺すほうが辛いといわねばならん。去勢の日に、それぞれの少年に仔犬を一匹ずつ与える。そして、一年たつと、それを絞め殺すように命じられる。それができない者は殺されて、生き残った犬の餌にされる。これは強烈な、よい教訓になるとわかった」

〈白鬚（ホワイトベアド）のアースタン〉はこれを聞きながら、杖の先で地面の煉瓦をトントントンと叩いた。トントントンと、ゆっくり、しっかりと。もはやクラズニスを見るに耐えないとでもいうようにかれが目を背けたのがダニーにわかった。

「親方はこれらの去勢奴隷は銭や肉では買収されないといいましたね」ダニーはその少女にいった。「でも、もし万一わたしの敵か何かが、わたしを裏切れば自由を与えると、かれらにいったら……」

「かれらはそいつを即座に殺して、その首を彼女のところに持ってくる、といえ」奴隷商人は答えた。「他の奴隷だったら、自由を買いたいと思って銀貨を盗んだり、貯めこんだりするかもしれないが、たとえこの小さな牝馬が自由を贈るといっても、〈穢れなき軍団（アンサリード）〉は受け取ろうとしないだろう。かれらには義務以外の生活はないのだ。かれらは兵士であり、それがすべてなのだ」

「わたしに必要なのは兵士です」ダニーは認めた。

「では、アスタポアに来たのはよかったといってやれ。どのくらいの規模の軍隊を買いたいのかたずねろ」

「何人の〈穢れなき軍団〉を売ることができますか？」

「完全に訓練された八千人が、今のところ求めに応じられる。うちでは部隊単位でしか売らないということを理解させろ。千人隊または、百人隊の単位でだ。昔は家庭の護衛として、十人単位で売ったこともあったが、それはうまくないことがわかった。十人では少なすぎる。かれらは他の奴隷や、ことによったら自由人にも混じるかもしれない。すると、自分が誰であるか、なんであるか忘れてしまうのだ」クラズニスはこれが共通語に翻訳されるのを待ち、それから続けた。「この乞食女王は理解しなければならぬ。このような驚くべき売り物は安価では手に入らないということを。ユンカイやミーリーンでは、奴隷剣士は、持っている剣の値段よりも安く手に入る。だが、この〈穢れなき軍団〉は全世界で最良の歩兵であり、その一人一人が長年の訓練のたまものなのだ。かれらは何度も何度も折り返され、何年も何年も鍛えられて、地上のいかなる金属よりも強くて弾力性に富むヴァリリア鋼のようなものだといってやれ」

「ヴァリリア鋼のことは知っていますよ」ダニーはいった。「〈穢れなき軍団〉にはかれら自身の指揮官がいるのか、親方にたずねなさい」

「指揮官は自分で調達しろといえ。われわれはかれらを従うように訓練するのであって、考えるように訓練していない。もし彼女が知恵を求めているなら、学者を買えといえ」

「そして、装備は?」

「剣、楯、槍、サンダル、それにキルトのチュニックが含まれている」クラズニスはいった。「そして、もちろん刺付き兜も。かれらはあんたの望む甲冑をつけるが、それはあんたが支給しなければならない」

ダニーは他に質問を思いつかなかった。そして、アースタンを見ていった。「あなたは長生きして世の中をいろいろ見ているわね、〈白髯(ホワイトベアド)〉。今かれらを見たわけだけど、どう思うかしら?」

「おやめなさい、といいます、陛下」その老人はただちに答えた。

「なぜ?」彼女はたずねた。「自由に話しなさい」ダニーはかれがなんというかわかっていると思った。だが、それを奴隷少女に聞かせたいと思ったのである。それを後で、クラズニス・モ・ナクロッツが聞くことができるように。

「女王さま(マイ・クイーン)」アースタンはいった。「何千年にもわたって、七王国に奴隷はいませんでした。古今の神々は一様に奴隷制を忌み嫌われました。邪悪なものとして。もし万一、陛下が奴隷軍団の先頭に立ってウェスタロスに上陸なさったら、善良な多くの人民はそのことだけであなたに反対するでしょう。それは、あなたの大義にも、あなたの家の名誉にも、多大の害を及ぼすでしょう」

「でも、いくらかの軍隊はどうしても持たねばならないのよ」ダニーはいった。「ジョフリー少年は、ていねいにお願いしただけでは〈鉄の玉座〉を明け渡すことはないでしょう」

「あなたが戦旗を掲げる日が来れば、ウェスタロスの人々の半分はあなたにつくでしょう」〈白鬚(ホワイトベアード)〉は断言した。「お兄上のレイガーさまはいまだに大いなる愛情を持って記憶されています」

「で、父上は？」ダニーはたずねた。

老人はちょっとためらって、いった。「エイリス王もまた記憶されています。かれは国家に長年にわたって平和をもたらしました。陛下、あなたに奴隷は必要ありません。マジスター・イリリオは、あなたのドラゴンが成長するまで、安全にあなたをお守りすることができます。そして、あなたの大義について、〈狭い海〉の向こう側の主要な城主たちの考えを打診するために、秘密の使節を送ることができます」

「その同じ城主たちが父上を〈王殺し(キングスレイヤー)〉の手に委ねて、王位簒奪者ロバートに膝を屈したのではないの？」

「膝を屈した連中でさえも、心の中ではドラゴンの帰還を切望しているかもしれません」

「かもしれない」ダニーはいった。かもしれないというのはどんな言語でいっても、ひどくあてにならない言葉だった。彼女はクラズニス・モ・ナクロッとその奴隷少女のほうに向きなおった。「これは、注意深く考えないと」

奴隷商人は肩をすくめた。「早く考えろといってやれ。他にも大勢買い手がいるんだ。ほんの三日前にも、ある海賊王に同じ〈穢れなき軍団〉を見せたが、やつは全部買いたいといっていた」

「あの海賊は三百人だけでよいといっていましたよ、親方」ダニーは奴隷の少女がいうのを聞いた。

かれは鞭の先で少女をつついた。「海賊どもはみんな嘘つきだ。かれは全部買うだろう。そういってやれ、おまえ」

ダニーはもしかれらを買うとすれば、百人以上買うことになるだろうと考えていた。「わたしが誰か、親方に思い出させなさい。わたしは〈嵐の申し子(ストームボーン)デナーリス〉、〈ドラゴンの母〉、〈焼けずのデナーリス〉、ウェスタロスの七王国の正嫡の女王です。わたしはエイゴン征服王の血と、その前の古代ヴァリリア永世領(フリーホールド)の血を受け継いでいるのですよ」

しかし、この香水をつけた太った奴隷商人は、この言葉が彼自身の醜い言語に翻訳されても動かされなかった。「ヴァリリア人がまだ羊とつるんでいたころに、古代ギスはひとつの帝国を支配していたのだぞ」かれはそのあわれな幼い通訳にがみがみいった。「そして、おれたちはハーピーの息子なのだ」肩をすくめて、「女に向かってぺらぺらしゃべっても、舌の無駄遣いだ。東であれ西であれ同じことだ。女というものは甘やかされ、おだてられ、砂糖菓子を詰めこまれなければ、物事を決めることができない。まあ、これがおれの宿命なら仕方がない。売女にいってやれ。このすばらしい街を案内してもらいたければ、クラズニス・モ・ナクロッが喜んでお役に立ちますと……この女が見かけ以上に女らしい女なら、そちらのお役にも立ってやるがな」

「あなたが思案なさっている間、クラズニス親方が喜んでアスタポアをご案内します、陛下」その通訳はいった。

「犬の脳のゼリーと、赤い蛸のすばらしく濃厚なシチューと、犬の胎児を喰わせてやるぞ」かれは舌なめずりをした。

「ここでは、たくさんのおいしい料理を食べることができると申しております」

「夜のピラミッドがどんなに美しいか話してやれ」奴隷商人が唸るような声でいった。「彼女の乳から蜜をなめ取ってやると、いや、その気なら、おれの乳から蜜をなめ取るのを許してやるといえ」

「アスタポアは夕暮れにもっとも美しくなります、陛下」奴隷少女がいった。「〈善良なる親方(グッド・マスターズ)〉が段々のひとつひとつにシルクのランタンを灯します。ですから、すべてのピラミッドが色とりどりの光で照らされます。蚯蚓(ミミズ)川を遊覧船が行き交い、静かな音楽を奏でながら、小島に立ち寄り、御馳走やワインやその他いろいろなものを楽しみます」

「ここの闘技場を見たいかとたずねろ」クラズニスが付け加えた。「夕方にドゥコールの闘技場で、ばかばかしく金のかかった出し物がある。一頭の熊と三人の幼い少年が出る。少年の一人は蜜の中に転がされ、一人は血の中に転がされ、一人は腐った魚の中に転がされる。

そして、どの少年を熊が最初に喰うか、彼女は賭けができるのだ」

トントントン、ダニーは聞いた。〈白鬚(ホワイトベアド)のアースタン〉の顔は冷静だったが、その杖はかれの激しい怒りを打ち出していた。トントントントン。彼女は、しいて微笑した。「熊なら、《バレリオン》で一頭飼っていますよ」彼女は通訳にいった。「そして、もしわたしがかれのところに戻らなければ、かれがわたしを食べるかもしれません」

「そらみろ」彼女の言葉が翻訳されると、クラズニスはいった。「決定するのは女ではない。彼女が駆けつけるその男なんだ。いつものとおりだ！」

「ご主人に、辛抱強くつきあってくれてありがとうといってね」ダニーはいった。「そして、ここで教わったすべてをよく考えてみると伝えて」彼女は〈白鬚(ホワイトベアド)のアースタン〉に腕をあずけて、広場を横切り、馬車のところに導かれていった。アッゴとジョゴがその両脇についた。騎馬族の貴族が、馬を下りて下賤な人間のように地面を歩くことを強要されると、みんなよくやるように、がに股で歩いた。

ダニーは顔をしかめて馬車に乗りこみ、そばに乗るようにアースタンを招いた。かれのような老人にこのような暑い場所を歩かせるべきではない。馬車が動きだしても、彼女はカーテンを閉めなかった。この赤煉瓦の街に日光がこのように強く照りつけるときには、気まぐれなそよ風でも大事にしなければならない。たとえそれが細かい赤い埃を巻き上げて吹いてくるにしても。〃しかも、わたしは見る必要があるのだ〃

アスタポアは、〈塵の宮殿〉の中を歩き、〈山々の母〉の下の〈世界の子宮〉で水浴した者の目にも、奇妙な都市だった。街路はすべて、広場に敷きつめられていたのと同じ赤煉瓦でできていた。それはまた、階段ピラミッドも、下に向かって傾斜しているリング状の観覧席に囲まれた深い穴のような闘技場も、硫黄の匂いのする泉も、薄暗い酒場も、それらを取り囲む古い城壁も、すべて同じだった。〝ものすごくたくさんの煉瓦だわ〟彼女は思った。

〝そして、すごく古くてこなごなになっている〟それらの細かい赤い埃はどこにでもあって、突風が吹くごとに下水の溝を舞っていった。大勢のアスタポアの女たちが顔をベールで覆っているのは不思議ではなかった。煉瓦の埃は砂埃よりもひどく目を刺した。

「道をあけろ！」かれがダニーから与えられた銀の柄のついた鞭を伸ばして、空中でピシリと鳴らすと、彼女は身を乗り出して「ここではやめなさい、わたしの血盟の血よ」とかれ自身の言語でいった。「これらの煉瓦は鞭の音をあまりにも多く聞いているわ」

この日の朝、かれらが港から出発したときには、ほとんど街路に人影はなかった。そして、今も、ほとんどそれ以上に人が出ている様子はなかった。一頭の象が背中に格子作りの輿をのせて、のっしのっしと通っていった。皮膚がむけた一人の裸の少年が、水のない煉瓦造りの側溝の中に屈んで、鼻をほじりながら地面の蟻をむっつりと見つめていた。かれは蹄の音を聞いて頭を上げ、騎馬衛兵の隊列がもうもうたる赤い埃を巻き上げて、鋭い笑い声をたてながら通っていくのを、ぽかんと口を開けて見つめた。騎馬衛兵の黄色いシルクのマントには銅の円盤が縫いつけられていて、それがたくさんの太陽のようにきらめいた。チュニックは刺繍のある亜麻布で、腰から下には襞のある亜麻布のスカートとサンダルをはいていた。みんな頭には何もかぶらず、固くて赤黒い頭髪を逆毛を立ててふくらませ、脂をつけて捩じり、角とか翼とか剣とか、中には握手をしている手などの、おかしな髪形をつくっていた。だから、かれらはまるで第七地獄から逃げてきた悪魔の集団のように見えた。裸の少年はダニーと同様に、かれらをしばらく見ていたが、かれらはたちまち行ってしまい、少年は今まで見ていた蟻のほうに注意を戻し、拳を鼻に当てた。

〝古い街だ、これは〟と彼女は思った。〝でも、最盛期ほどの人口はないし、クァースやペントスやライスほどのにぎわいはまったくない〟

彼女の馬車は四つ辻で突然止まり、鎖で数珠つなぎになった奴隷の群れが、監督の鞭の音にせき立てられて、早足に彼女の前を横切っていった。かれらは〈穢れなき軍団（アンサリード）〉ではなく、薄茶色の肌と黒い髪の毛の、もっと普通の種類の人たちだと、ダニーは気づいた。女も混じっていたが、子供はおらず、全員が裸だった。かれらの後ろから、二人のアスタポア人が白い驢馬に乗ってやってきた。一人は赤いシルクのトカールをつけた男で、もう一人は瑠璃（ラピスラズリ）の薄片で飾った青い亜麻布の薄いベールをかぶった女だった。彼女は赤黒い頭髪に象牙の櫛をさしていた。男は女に何かささやいて笑い、自分の奴隷やその監督にも、そしてダニーにも、まったく注意を払わなかった。奴隷の監督は五本の革紐を撚り合わせた鞭を持った、ずんぐりして横幅の広いドスラク人で、筋肉質の胸に自慢そうにハーピーの入れ墨をしていた。

「〝煉瓦と血がアスタポアを築いた〟」〈白鬚（ホワイトベアド）〉が彼女の横でぶつぶついった。「〝そして煉瓦と血がそこの住民を生んだ〟」

「それ、何？」ダニーは好奇心を抱いてたずねた。

「子供のころに学匠に教わった詩です。これがどんなに正しいか、まったくわかりませんでした。アスタポアの煉瓦はそれを作った奴隷たちの血で赤くなっているのですね」

「それはよくわかるわ」ダニーはいった。

「では、あなたの心臓も煉瓦に変わる前に、ここを去ってください。今夜、出帆してください。夕べの潮に乗って」

〝それができさえしたら〟ダニーは思った。「アスタポアを去るときには、軍隊を引き連れていなければならないと、サー・ジョラーがいうのよ」

「サー・ジョラー自身、奴隷商人でしたよ、陛下」その老人は念を押した。「ペントスにもミアにもタイロシュにも、あなたが雇うことのできる傭兵はいます。金のために人を殺す者に名誉はありません。しかし、少なくともかれらは奴隷ではありません。軍隊はあちらで見つけてください。お願いします」

「兄はペントス、ミア、ブレーヴォスなど、ほとんどすべての自由都市を訪問しました。その要人や長はかれに酒を飲ませ、約束しました。でも、かれの魂は死ぬほど飢えていました。人は一生涯、乞食の椀で食事をし、しかも人間でありつづけることはできません。わたしはクァースでそれを味わいました。もう、うんざりです。わたしは椀を手にしてペントスに行くつもりはありません」

「奴隷商人になるよりも乞食になるほうがましです」アースタンはいった。

「それは、そのどちらにもなったことのない人の言葉よ」ダニーは小鼻を広げた。「売られるということがどういうことか、あなた知っているの、従者さん？　わたしは知っているわ。兄は黄金の冠が欲しくて、わたしをカール・ドロゴに売った。そして、ドロゴはかれに黄金をかぶせた。それは兄の望むようなものではなかったけれどね。そして……わたしの太陽と星々の君はわたしを妃(きさき)にしてくれた。でも、もしかれがもっと違った男だったら、状況はまったく違ったものになっていたでしょうけれどね。怖いということがどんな感じか、わたしが忘れてしまったと思うの？」

〈白鬚(ホワイトベアド)〉は頭を下げた。「陛下、お気を悪くさせるつもりはありませんでした」

「わたしを怒らせるのは嘘だけよ。正直な忠告なら決して怒らないわ」ダニーは安心させるように、アースタンのしみのある手を軽く叩いた。「わたしはドラゴンの気質を持っているというだけのことよ。だからといって、怖がらないでね」

「覚えておきます」〈白鬚(ホワイトベアド)〉は微笑した。

〝かれは顔がよく、強い力を持っている〟とダニーは思った。なぜサー・ジョラーがこの老人をそれほど信用しないのか、彼女にはわからなかった。〝ひょっとしたら、わたしに新しい話し相手ができたので、嫉妬しているのではないだろうか？〟彼女の想いは勝手に《バレリオン》上のあの夜に戻った――流謫の騎士にキスされたあの夜に。〝かれは絶対にあんなことをするべきではなかった。年齢はわたしの三倍で、ずっと下賤の生まれで、しかもわたしは決して許可を与えなかった。真の騎士だったら、許可も得ずに自分の女王にキスなどするものでは絶対ない〟この後、船内では彼女は常に侍女を、そしてときには血盟の騎手をそばに置いて、決してサー・ジョラーと二人だけにならないように注意していた。〝かれはまたキスをしたがっている、あの目でわかるわ〟

ダニーは自分が何を求めているか、とても口にすることはできなかった。しかし、ジョラーのキスは彼女の中に何かを、カール・ドロゴが死んで以来眠っていたものを、目覚めさせてしまったのだった。狭い寝棚に横たわっているときに、自分の横に侍女の代わりに男を押しこんだらどうだろうと考えはじめた。そして、この考えに、いやがうえにも興奮するようになった。ときどき、目をつぶってかれの夢を見ようとした。しかし、彼女が夢見るのは決してジョラー・モーモントではなかった。彼女の恋人は常にもっと若くて、もっと美しかった。もっともその顔は依然として移り変わる影だったけれども。

一度、眠れないほど苦しかったので、ダニーは脚の間に手を滑りこませて、自分がひどく潤っているのにびっくりした。ほとんど息を止めて、彼女は下の唇の間で指を上下に動かした。横に寝ているイリが目覚めないように。そして、甘美な一点を探り当てると、そこに軽く触ったまましばらくじっとしていて、最初はおずおずと、それからしだいに早く動かした。それでも、求めていた解放は遠のいていくように思われた。それから、彼女のドラゴンが動きだし、一頭が船室の端から大声で叫んだので、イリが目を覚まして彼女のしていることに気づいた。

ダニーは顔が赤らむのがわかったけれども、暗いからイリはきっと気づかないだろうと思った。その侍女は無言で片手を彼女の乳に当て、それから身を屈めて乳首を口に含んだ。もう一方の手は柔らかな腹の曲線にそって下がっていき、繊細な銀色がかった金毛の丘を通過して、ダニーの太股の間で動いた。ほんの数瞬で彼女の脚が捩じれ、胸が隆起し、全身が震えた。そこで彼女は悲鳴を上げた。いや、それはドロゴンだったかもしれない。ことが終わった瞬間に、イリは一言もいわずにただ丸くなって眠りに戻った。

次の日、すべては夢のように思われた。そして、サー・ジョラーとこれとどんな関係があったというのだろうか？　〝わたしが欲しいのはドロゴだ、太陽と星々の君だ〟とダニーは自分にいい聞かせた。〝イリではない、サー・ジョラーでもない、ドロゴだけだ〟だが、ドロゴは死んでしまった。これらの感情はあの赤い荒野で、かれと共に死に絶えてしまったと思っていた。しかし、どういうわけかひとつの背信のキスがそれらを生き返らせてしまったのだった。〝かれは決してわたしにキスすべきではなかった。あまりにもつけあがりすぎた。そして、わたしは許してしまった。もう二度と繰り返してはならない〟彼女は口を歪めて首を振った。すると、三つ編みの髪につけた鈴がかすかに鳴った。

入り江に近づくと、街はより美しい顔を見せた。海岸に巨大な煉瓦のピラミッドが建ち並び、その最大のものは百二十メートルの高さがあった。それの幅の広い段々にあらゆる種類の樹木や蔓草や花々が生えていて、そのまわりに渦巻く風は緑の色と芳しい香りを含んでいた。門の上にはもうひとつの巨大なハーピーが立っていたが、これは赤土を焼いて作ったもので、目に見えてぼろぼろに崩れており、サソリのような尻尾は短い切り株しか残っていなかった。彼女が鉤爪でつかんでいる鎖は古い鉄で、錆びて腐ってしまっていた。それにしても、水ぎわに下りるともっと涼しかった。腐った杭の列に打ち寄せる波の音を聞くと、不思議に気分が和らいだ。

ダニーが馬車から下りるのをアッゴが助けた。〈闘士(ストロング)〉ベルウァスは巨大な杭の上にすわって、茶色に焼けた大きな腰肉を食べていた。「犬ですよ」かれは彼女を見ると嬉しそうにいった。「アスタポアの犬はうまいですよ、小さな女王さま。食べますか？」かれは脂ぎった微笑とともにそれを差し出した。

「どうもありがとう、ベルウァス、でも要らないわ」ダニーは他のときに、他のいくつかの場所で犬を食べたことがあった。しかし今のところは、〈穢れなき軍団〉とかれらの愚かしい仔犬のことしか考えられなかった。彼女はその大柄な去勢奴隷のそばをすり抜けて、渡り板を歩き、《バレリオン》の甲板に上がっていった。

サー・ジョラー・モーモントが立って彼女を待っていた。「陛下」かれはいって、頭を下げた。「奴隷商人どもが来て、帰っていきました。三人もです。一ダースの書記と、物を持ち上げたり動かしたりするための同数の奴隷を連れて。船倉の端から端まで一寸刻みに這いまわって、この船の財産をひとつ残らず記録していきました」かれは彼女と一緒に船尾のほうに歩いた。「売り物の兵士は何人ぐらいいましたか？」

「だめ」彼女が腹を立てていたのはモーモントだったのか、それともこの蒸し暑くて、悪臭がして、汗が出て、ぼろぼろ崩れる煉瓦の街だったのか？　「売り物は男ではなくて、去勢奴隷だった。煉瓦でできた去勢奴隷よ、アスタポアの他の部分と同じような。とんがり帽子をもらうために乳飲み子を殺し、自分の飼っている犬を絞め殺す、決して動かない死んだ目をした、八千人の去勢奴隷を買えというの？　かれらには名前さえないのよ。だから人間とは呼べないわよ」

「女王さま」かれは彼女の激怒にめんくらった。「〈穢れなき軍団〉は幼児のころに選ばれ、訓練されて――」

「かれらの訓練については、聞きたいことは全部聞いたわ」ダニーは突然、思いがけなく涙が出てくるのを感じた。彼女は手を上げて、サー・ジョラーの横面を張り飛ばした。そうするか、大声で泣くしかなかったのだ。

モーモントは彼女に打たれた頬に手を当てた。「もし、女王さまのご機嫌を損じたのであれば――」

「損じたわよ。ひどく損じたわよ。もし、あなたがわたしの真の騎士だったら、こんな堕落した不徳の巣のような場所に決して連れてこなかったでしょうに」〝もし、おまえがわたしの真の騎士だったら、決してわたしにキスなどしなかったろうに、いや、あのような目つきでわたしの胸を見なかっただろうに、いや……〟

「陛下のご命令どおりにいたします。夕潮に乗って出帆する準備をするように、グロレオ船長に伝えます。どこか、堕落の程度の少ない街に向かえと」

「だめ」ダニーはいった。グロレオが船首楼から二人を見ていた。そして、乗組員もまた。平手打ちの音を聞いて、〈白鬚（ホワイトベアド）〉も、彼女の血盟の騎手も、ジクィも、一人残らず仕事の手を止めていた。「今、出帆したいのよ。夕潮を待たずに。遠くに、速く行き、決して振り返りたくないの。でも、それはできないでしょ？　八千人の煉瓦作りの去勢奴隷の売り物がある。そしてわたしは、なんとかしてそれらを買う方法を考えなくてはならないのよ」彼女はそういい残して、船内に下りていった。

　彫刻を施した船長室の木の扉の裏側で、彼女のドラゴンたちは落ち着きがなかった。ドロゴンは頭をもたげてかん高い声で鳴き、鼻孔から青白い煙を噴き出し、またヴィセーリオンはぱたぱたと彼女の所に飛んできて、もっと小さいころにやったように肩にとまろうとした。「だめよ」ダニーはいって、肩をすくめて優しく追い払おうとした。「あんた、それをするにはもう大きすぎるわよ」だがそのドラゴンは白と金の尻尾を片腕に巻きつけ、黒い鉤爪を彼女の袖の布地にくいこませ、しっかりとしがみついた。どうしようもなくて、彼女はくすくす笑いながらグロレオの大きな革製の椅子に沈みこんだ。

「かれらはお留守中に暴れていましたよ、女王さま」イリがいった。「ごらんなさい。ヴィセーリオンはこんなに扉を掻きむしりました。そして、ドロゴンは奴隷商人たちが見にきたときに逃げ出そうとしました。わたしが引き戻そうとして尻尾をつかむと、振り向いてわたしを噛みました」彼女は手についたかれの歯形をダニーに見せた。

「かれらのどれかが火を吹いて逃げ道を作ろうとはしなかったの？」それが、ダニーがもっとも恐れていたことだった。

「いいえ、女王さま。ドロゴンは火を吹きましたが、それは空中に向かってでした。奴隷商人たちはそばに来るのを怖がりました」

彼女はイリの手のドロゴンが嚙んだところにキスをした。「痛かったでしょう。ごめんなさいね。ドラゴンは狭い船室に閉じこめられるようにはできていないのよ」

「ドラゴンは船内の馬みたいです」イリはいった。「そして、騎手のようでもあります。下で馬たちが悲鳴を上げるのですよ、女王さま。そして、羽目板を蹴るのです。その音が聞こえます。また、老婆と幼児も泣き叫ぶと、ジクィがいいます。あなたがここにいらっしゃらないときにはね。かれらはこの水上荷車(ウォーター・カート)が好きではないのです。そして、黒い塩の海が嫌いなのです」

「知っているわ」ダニーはいった。「本当に知っているわ」

「女王さま、悲しいですか?」

「ええ」ダニーは認めた。〝悲しく、途方に暮れたわ〟

「お慰めしましょうか?」

ダニーは後ずさりした。「いや。イリ、その必要はないわ。あの夜に起こったことは、おまえが目覚めたときのことは……おまえは寝室の奴隷ではない。もう解放したでしょ、覚えている? おまえは……」

「わたしはドラゴンのお母さまの侍女です」その少女はいった。「女王さまをお慰めするのはたいへんな名誉です」

「それは求めない」彼女はいい張った。「要らない」彼女は鋭く背を向けた。「さあ、出ていって。一人になりたいの。考えごとをしたいの」

ダニーが甲板に戻ったときには、〈奴隷商人湾〉の水面に夜の帳が下りかけていた。彼女は欄干にもたれてアスタポアを眺めた。〝ここから見ると、あれはほとんど美しいといってもいいくらいだ〟と彼女は思った。クラズニスの通訳がいったとおり、空に星が光りはじめ、地上にはシルクのランタンが光りはじめていた。煉瓦の階段ピラミッドのすべてにかすかな光が明滅していた。〝しかし、下は暗い。街路も広場も闘技場も。そして、もっとも暗いのは兵舎だ。あそこで、幼い少年が去勢された日に与えられた仔犬に残飯を与えているのだ〟

後ろにかすかな足音がした。「女王さま」かれの声。「率直にお話ししてもよろしゅうございますか？」

ダニーは振り返らなかった。今この時、かれを見るのは耐えられなかった。もし見れば、また平手打ちをくらわせるかもしれなかった。それとも泣きだすか。それともキスするか。そして、どれが正しく、どれが間違っているか、どれが狂気の沙汰か、まったくわからなかった。「なんでもいいなさい」

「エイゴン竜王がウェスタロスの海岸に上陸したとき、谷間（ヴェイル）や岩地（ロック）や河間平野（リーチ）の諸王が、みずからの王冠を渡すために駆けつけたわけではありません。もしあなたがかれの〈鉄の玉座〉におすわりになりたければ、かれがやったように鋼とドラゴンの炎をもって、それを勝ち取らねばなりません。つまりことを成就するには、その前に手を血で汚さねばならないということです」

〝〈炎と血〉ね〟とダニーは思った。これはターガリエン家の標語（モットー）だ。彼女は生まれたときからそれを知っていた。「敵の血なら喜んで流すつもりよ。しかし、無辜（むこ）の血は別問題です。八千人の〈穢れなき軍団〉を、かれらは提供するつもりです。八千人の死んだ赤子。八千匹の絞め殺された犬をね」

「陛下」ジョラー・モーモントがいった。「わたしは掠奪の後のキングズ・ランディングを見ました。あの日にも赤子が殺されました。老人も遊んでいる子供たちも。さらに多くの数えきれない人数の婦人が凌辱されました。あらゆる人間の中に野獣がひそんでいます。そしてその人に剣か槍を渡して戦（いくさ）に行かせると、その野獣が目覚めます。血の匂いさえ嗅がせれば目覚めるのです。しかし、指揮官の明確な命令がないのに、これらの〈穢れなき軍団〉が婦女を凌辱したり、街を刀にかけたりしたとは、まったく聞いていません。おっしゃるように、かれらは煉瓦かもしれません。しかし、あなたがかれらを買えば、それ以後かれらが殺す犬は、あなたが死を望む犬だけになります。そして、あなたが死を望む犬どもが実際にいると、わたしは記憶しています」

〝王位簒奪者の犬どもだ〟「ええ」ダニーは目を逸らして、かすかに色づいた灯火を眺め、涼しい潮風の愛撫に身を任せた。「あなたは都市掠奪のことをいっているのね。では、これに答えて——なぜ、ドスラク人はこの街をまったく掠奪しなかったの？」彼女は指摘した。

「あの城壁を見なさい。ぼろぼろと崩れだしている所が見えるでしょう。あそこも、そして、あそこも。あれらの塔に衛兵の姿が見える？　わたしには見えないわ。かれらは隠れているのかしら？　今日わたしは、あそこのハーピーの息子たちを見ました。みんな誇り高い、高貴な生まれの戦士たちです。かれらは亜麻布のスカートをはき、もっとも獰猛な感じのする部分は髪形です。おとなしい騎馬部族でも、このアスタポアを胡桃のように砕いて、中の腐った果肉をこぼすことができるでしょう。では、教えてちょうだい。なぜ、ヴァエス・ドスラクの神々の道のほとりに、盗まれてきた他の神々の像と並んで、醜いハーピーが立っていないのか？」

「あなたはドラゴンの目をお持ちです、女王さま。見れば、すぐにおわかりでしょう」

「答えを聞かせてといっているのよ。賛辞ではなくて」

「理由は二つあります。アスタポアの勇敢な守り手が籾殻のようなものだということは、事実です。古い家名と膨らんだ財布が、まだ広大な帝国を支配しているふりをするために、ギスの鞭を気取っています。それぞれが位の高い士官です。祭日には、自分たちがどんなに優秀な指揮官であるか見せつけるために、闘技場で模擬戦を行ないます。しかし、死ぬ演技をするのは去勢奴隷たちです。それにしても、アスタポアを掠奪したいと思うどんな敵も、〈穢れなき軍団〉と対戦することになると覚悟しなければならないでしょう。奴隷商人たちは都市の防衛に全兵力を繰り出します。ドスラク人たちはクォホールの城門に三つ編みの髪を残してきて以来、〈穢れなき軍団〉と対戦していないのです」

「そして、第二の理由は？」ダニーはたずねた。

「だれがアスタポアを攻めようと思うか、ということですね？」サー・ジョラーはたずねた。「ミーリーンとユンカイは競争相手ではあっても敵ではありません。〈破滅〉がヴァリリアを滅ぼし、東側奥地の住民はすべてギスカル人です。そして山脈の向こうにラザール人がいます。かれらはドスラク人が呼ぶように仔羊人（ラム・メン）であって、戦（いくさ）を嫌う人々として有名です」

「そうね」彼女はうなずいた。「でも、この奴隷都市の北はドスラクの海です。そして、二ダースの強力な騎馬部族（カラザール）がいて、かれらは都市の略奪と、その住民を奴隷として連れ去ることを無上の楽しみにしているのよ」

「どこに連れ去りますか？　奴隷商人どもを殺してしまったら、奴隷がなんの役に立ちますか？　ヴァリリアはすでになく、クァースは赤い荒野の彼方にあり、九つの自由都市は何千キロも西にあります。そして、たぶんご存じでしょうが、このハーピーの息子たちは通りすがりの騎馬族の王（カール）一人一人に気前よくふるまいます。ちょうど、ペントスやノーヴォスやミアで豪商（マジスター）たちがやっているように。騎馬貴族たちは御馳走され、贈り物をもらえば、すぐに行ってしまうことを、かれらは知っているのです。それは戦をするよりも安上がりで、もっとずっと確実なのです」

〝戦うよりも安上がりか〟ダニーは思った。〝そうかもしれないわね〟彼女にとってそれがそんなに容易なことでありさえしたら。ドラゴンを連れてキングズ・ランディングまで航海して、黄金の箱をジョフリー少年に渡して、立ち退かせることができたら、どんなに気持ちがよいことか。

「女王さま?」彼女が長い間黙っていたので、サー・ジョラーが促して、その肘に軽く触れた。

ダニーは肩をすくめてそれを避けた。「ヴィセーリスだったら、ありったけのお金を出してできるだけ多くの〈穢れなき軍団〉を買ったでしょうね。でも、あなたは前にいったわね、わたしはレイガーに似ていると……」

「覚えております、デナーリスさま」

「陛下といいなさい」彼女は訂正した。「プリンス・レイガーは奴隷ではなく自由人を戦いに投入したわね。かれはみずから剣で肩を叩いて従士を任命し、他に多くの騎士をも剣で肩を叩いて叙任したと、〈白鬚(ホワイトベアアド)〉がいったわ」

「ドラゴンストーン城のプリンスによって騎士に叙任されるほど大きな名誉はありませんでした」

「では、教えて——その人の肩に剣を当てるときに、かれはなんといったの? 〝行って、弱者を殺せ〟とでも? あるいは〝行って、かれらを守れ〟と? 三叉鉾河(トライデント)の合戦では、勇敢な男たちがドラゴンの旗印のもとで死んだと、ヴィセーリスがいっていたけれど——かれらはレイガーの大義を信じたから命を捧げたのか、それとも、買収され、給金をもらったから死んだのか?」ダニーは腕組をしてモーモントの前に立ち、答えを待った。

「女王さま」その大男はゆっくりといった。「すべて、あなたのおっしゃるとおりです。しかし、レイガーはトライデント河で負けました。合戦に負け、戦争に負け、王国を失い、命を失いました。かれの血は、かれの胸甲から落ちたルビーとともに、渦巻いて川下に流れていきました。そして、王位簒奪者ロバートがかれの屍を踏み越えて、〈鉄の玉座〉を盗んだのです。レイガーは英雄的に闘いました。レイガーは気高く闘いました。レイガーは立派に闘いました。そして、レイガーは死んだのです」

24——ブラン

　今かれらが歩いている山の曲がりくねった谷間には、道は通じていなかった。灰色の石の峰の間には、細長くて深く静かな青い湖がいくつもあり、暗緑色の松類の果てしない森が広がっていた。〈狼の森〉を後にして、古い燧石（すいせき）の丘陵の間を登っていくと、秋の木の葉の茶褐色や黄金色が少なくなり、丘陵が山地に変わるころには消え失せてしまった。今では灰緑色の哨兵の木（センチネル・ツリー）が頭上にそびえ、唐檜（トウヒ）や樅（モミ）や兵士松（ソルジャー・パイン）がおびただしく生えていた。下生えはまばらで、森の地面には暗緑色の針葉が散り敷いていた。

　方角がわからなくなった場合には——一、二度、そういうことがあったが——雲に邪魔をされない冷たく晴れわたった夜を待って、〈氷竜（アイスドラゴン）〉を見上げさえすればよかった。この星座の目になっている青い星は、オシャが前にいったように、北を示しているからである。ブランはオシャを思い出して、今どこにいるのだろうかと思った。そして、彼女がリコンやシャギードッグと一緒に無事に白い港（ホワイト・ハーバー）に着いて、太ったマンダリー公と一緒に鰻（ウナギ）や魚や熱い蟹のパイを食べているところを想像した。いや、もしかしたら、かれらは最後の炉端城（ラスト・ハース）に着いて、〈グレート・ジョン〉の炉の前で暖を取っているかもしれなかった。しかし、ブランの生活はホーダーの背中のバスケットに乗って、山地の斜面を上り下りする果てしのない寒々とした日々に変わってしまっていた。

「登ったり、下りたり」ミーラは歩きながらときどきためいきをつくのが癖になった。「それからまた、下りたり、登ったり。そしてまた、登ったり、下りたり。あなたのこのばかばかしい山は大嫌いですよ、プリンス・ブラン」

「昨日は好きだといったくせに」

「ああ、いいました。父から山地の話を聞いていますが、今まで実物を見ていませんでした。言葉にならないほど好きなんですよ」

ブランは妙な顔をして彼女を見た。「だって、たった今、大嫌いだといったじゃないか」

「どうして、両方ではいけないんですか？」ミーラは手を上げてかれの鼻をつまんだ。

「だって、二つは違うじゃないか」かれはいい張った。「夜と昼みたいに、氷と炎みたいに」

「もし、氷が燃えることができるなら」ジョジェンが持ち前の厳かな声でいった。「その場合は、愛と憎しみは合致する。山も沼も同じことだ。大地はひとつだよ」

「ひとつです」その姉がうなずいた。「でも、あまりにも皺だらけです」

この高い峡谷が都合よく南北に走ってくれることはめったになかった。だから、いつの間にか見当違いの方向に長い距離を歩いていることがしばしばあった。そして時には、今まで進んできた方向に逆戻りしなくてはならないこともあった。「〈王の道〉を通ってきたら、いまごろは〈壁〉に着いているだろうに」ブランはリード姉弟に何度も嫌味をいった。かれは三つ目の鴉を見つけたかった。そうすれば、飛ぶことを学べるからである。かれがあまり何度もそういうので、しまいにはミーラが一緒にそういってからかいはじめた。

「もし〈王の道〉を通っていれば、こんなに腹がへることもないだろうに」それで、ブランはこういいはじめた。低い谷間では食べ物に不足はなかった。ミーラは上手な女狩人で、三叉の蛙取りの槍を使って小川から魚を取るのはさらに上手だった。ブランは彼女のすばやさに感心して、彼女が槍を突き出し、槍の先にはねる銀色の鱒（マス）が突き刺されて上がってくるのを見るのを好んだ。大狼（ダイアウルフ）は日が沈むと、ほとんど毎夜姿を消し、夜明け前に必ず戻ってきた。たいていの場合、栗鼠（リス）か鹿か何かをくわえて帰ってくるのだった。

しかし、この山中では流れはしだいに細く、氷のように冷たくなり、獲物は少なくなっていった。それでもミーラはできるだけ狩りをし、魚を取った。しかし、それもしだいに困難になっていき、サマーすら獲物を見つけられない夜もあった。かれらはしばしば空腹を抱えて眠った。

しかし、ジョジェンは頑固に街道から離れていようとした。「街道を行けば、旅人に出会う」かれはいつもの調子でいった。「そして、旅人は見る目を持ち、噂を広める口を持つ。肢体不自由な少年、それを背負った巨人、そしてかれらのそばを歩く狼の噂が広がる」ジョジェンの頑固さに対抗できる者はいないので、かれらは苦労しながら荒れた山地を進み、毎日少しずつ高度を上げていき、少しずつ北に進んでいった。

ある日は雨が降り、またある日は風が吹き、一度はホーダーさえもうろたえて大声を出すほど猛烈なみぞれの嵐に遭遇した。天気のよい日には、まるで自分たちが世界じゅうで唯一の生き物であるかのように感じることもしばしばあった。「この山上にはだれも住んでいないのかしら？」ある日、ウィンターフェル城ほどもある大きな花崗岩の隆起を迂回していきながら、ミーラがたずねたことがあった。

「住民はいるさ」ブランは彼女にいった。「〈王の道〉の東は大部分アンバー家のものだ。しかし、かれらは夏には高い牧草地で羊の放牧をしている。〈氷の入り江〉に沿った山脈の西にはウル一族がいて、ぼくらが通ってきた丘陵地にはハークレイ一族がいて、ここの高地にはノット一族とリドル一族とノレイ一族と、そしてフリント一族さえもいくらかいるんだよ」かれの父の母の母はこの山地のフリント一族の一人だった。ブランが転落する前、あんなに登ることに夢中になっていたのは彼女の血がかれに入っているからだと、ばあやがいったことがあった。しかし、その女の人はかれが生まれる何年も何年も何年も前に死んだ。それは、かれの父親が生まれる前でさえあったが。

「ウルですって？」ミーラがいった。「ジョジェン、戦争中に父と一緒に戦ったウルという人がいなかったかしら？」

「セオ・ウルだ」ジョジェンは登攀のために荒い息をつきながらいった。「〈大桶〉とみんなはかれを呼んでいたぞ」

「それはかれらの旗印だよ」ブランはいった。「青地に三個の茶色の大桶。白と灰色の市松模様の縁取りがしてあるんだ。前にウル公（ロード・ウル）がウィンターフェル城に来たよ。忠誠の誓いを立て、父と話をするためだった。そしてかれの楯にはその大桶の紋章がついていた。でも、かれは本当は貴族（ロード）じゃないんだ。まあ、領主（ロード）なんだけどさ、みんなはかれをウル一族の人と呼んでいた。そして、ノット一族の人や、ノレイ一族の人や、リドル一族の人もいた。ウィンターフェル城の人々はかれらを〝ロード〟と呼んだ。でも、かれら自身の仲間はそうは呼ばなかった」

　ジョジェン・リードは立ちどまって息をついた。「それらの山の住民は、われわれがここにいるのを知っているかな？」

「知ってる」ブランはかれらが監視しているのを見たことがあった。かれ自身の目ではなく、より鋭いサマーの目で。ほとんど何物も見逃さない目で。「かれらの山羊や馬を盗もうとしないかぎり、ぼくらには手を出さないよ」

　そして、ブランたちは盗まなかった。ただ一度、山岳民族のどれかの一人と出会うには出会った。それは凍えそうな雨が突然どっと降りだしたので、雨宿りをしようとしたときのことだった。サマーがその場所を見つけてくれた。見上げるように大きな哨兵の木（センチネル・ツリー）の灰緑色の枝の陰に浅い洞窟があるのを嗅ぎ出したのだった。ところが、ホーダーがその張り出した岩の下に身を屈めたときに、ブランは奥のほうに焚き火のオレンジ色の明かりを見て、他の人がいると気づいたのだった。「入って、暖まりな」と男が声をかけてきた。「みんなの頭に雨があたらないだけの岩があるからさ」

かれはオート麦のビスケットとブラッドソーセージと、そして、革袋に入れて持っているエールを御馳走してくれた。だが、自分の名前をいわず、またかれらの名前もたずねなかった。この人はリドル一族だなと、ブランは推測した。かれの栗鼠（リス）の毛皮のマントをとめている留め金は、金と青銅でできていて、松かさの形をしていた。そして、リドル一族は独特の緑と白に塗り分けた楯の白い部分に、松かさの紋章をつけているのだった。

「〈壁〉まで遠いの？」ブランは雨がやむのを待ちながら、その男にたずねた。

「空を飛ぶ鴉にとってはそんなに遠くない」リドル一族の男がいった——そいつがリドル一族だとしての話だが。「しかし、翼のない人間にとっては遠いな」

ブランはいいかけた、「ぼくら、きっとあそこに着いているよ、もし……」

「……〈王の道〉を通っていたら」ミーラが引き取っていった。

そのリドル一族はナイフを取り出して、杖を削りはじめた。「ウィンターフェル城にスタークがいたころには、乙女が誕生日の晴れ着をきて〈王の道〉を歩いても、ちょっかいを出されることはなかった。そして、旅人は多くの旅籠（はたご）や砦で火にあたり、パンや塩などを手に入れることができた。しかし今では、夜が寒くなり、家々の扉は閉ざされる。〈狼の森〉には烏賊（イカ）どもがいるし、〈王の道〉には〝皮を剝がれた男〟たちが馬でやってきて、よそ者はいないかと探して歩く」

リード姉弟は顔を見合わせた。「〝皮を剝がれた男〟たちだって？」ジョジェンがいった。

「そう、あの落とし子の家来どもだ。かれは死んだが今は死んでいない。そして、狼の皮に銀貨を気前よく支払うという噂だ。そしてたぶん、他の歩く〈亡者(ワイト)〉の情報には金貨を支払うだろう」かれはそういって、ブランとその横に寝そべっているサマーを見た。「その〈壁〉についていえば」男は続けた。「おれはあそこに行きたくないね。〈熊の御大(オールド・ベア)〉は〈冥夜の守人(ナイツ・ウォッチ)〉を引き連れて〈幽霊の森〉に入っていった。ところが、戻ってくるのは使い鴉(レイヴン)ばかりだ。それもほとんどメッセージを持たずにね。〝黒い翼、暗い便り〟おふくろがよくそういっていた。だが、鳥たちが無言で飛ぶときは、世の中はもっとずっと暗いと思うな」かれは杖で焚き火をつついた。「ウィンターフェル城にスタークがいたころはこうではなかった。しかし、年とった狼は死に、若いやつは王位争奪ゲームをやるために南に行ってしまった。そして、ここらに残っているのは幽霊ばかりだ」

「狼たちはまた戻ってくる」ジョジェンが厳かにいった。

「どうして、おまえにそれがわかるんだね、ぼうや?」

「夢を見たんだ」

「おれは夜になると、九年前に葬ったおふくろの夢をときどき見るよ」男はいった。「しかし、目が覚めると、おふくろはいなくなっている」

「夢にもいろいろあるんだよ」

「ホーダー」ホーダーがいった。

　その夜、かれらは一緒に過ごした。日が暮れてずっとたっても雨が上がらなかったからである。そして、サマーだけが洞穴から出たい様子だった。焚き火が燃え尽きて熾(おき)になってしまうと、ブランはかれを外に行かせた。その大狼は濡れるのを、人間のようにいやがらなかった。そして、夜がかれを呼んでいた。月の光が、濡れた森をさまざまな階調の銀色に変え、灰色の峰々を白く変えた。梟が夜の闇にホーホーと鳴き声を響かせ、松の木の間を音もなく飛び、山腹で青白い山羊が動いた。ブランは目をつぶって、狼の夢に身を委ね、真夜中の匂いと音に神経を集中させた。

翌朝、目を覚ますと、焚き火は消えて、リドル一族の男は姿を消していた。だが、かれらのためにソーセージと一ダースのビスケットを緑と白の布にていねいに包んで残しておいてくれた。ビスケットのいくつかは松の実を入れて焼いてあり、いくつかにはブラックベリーが入っていた。ブランは両方をひとつずつ食べたが、どちらのほうがおいしいかよくわからなかった。いずれ、ウィンターフェル城にふたたびスターク家が戻ってくる日があるだろう。そうしたら、リドル一族を呼びにやって、松の実とベリーひとつずつに対して百倍のお返しをしてやろうと思った。

この日かれらがたどった踏み分け道は、いくらか楽だった。そして昼までには雲の割れ目から太陽が顔を出していた。ブランはホーダーの背中のバスケットに入って、ほとんど満足に感じていた。その大きな馬丁の歩みのなめらかな動きと、歩いているときにかれがときどきやる柔らかなハミングによって、眠りに誘われ、とろとろと寝こんでしまった。やがてミーラがかれの腕に軽く触って、目覚めさせた。「ごらんなさい」彼女は蛙取りの槍で空をさして、いった。「鷲が舞っているわ」

　ブランは頭を上げて、それを見た。そいつは灰色の翼を広げて動かさず、まるで風に浮いているみたいだった。そいつが輪を描いて昇っていくのを目で追いながら、あんなに楽々と世界の上を舞うのはなんと気持ちがよいことだろうと思った。〝塔に登るより、ずっといいぞ〟かれはその鷲に心を届かせて、この自由にならない愚かな肉体を離れて空に昇り、サマーと合体したようにそれと合体しようとした。〝緑視者（グリーンシーアー）ならそれができる。ぼくにもできるはずだ〟そうしようと、かれが一生懸命努力しているうちに、午後の黄金色の霞の中に鷲は姿を消してしまった。「行っちゃった」かれはがっかりしていった。

「他にも見えるわよ」ミーラがいった。「この高地に住んでいるんだから」

「たぶんね」

「ホーダー」ホーダーがいった。

「ホーダー」ブランは賛成した。

　ジョジェンが松かさを蹴った。「ホーダーは、きみに名前をいわれるのが好きみたいだな」

「ホーダーはかれの本当の名前じゃない」ブランは説明した。「かれが使う何かの言葉なのさ。本名はウォルダーだとばあやがいった。彼女はかれの祖母の祖母か何かだった」かれはばあやのことを話すと悲しくなった。「きみたち、鉄人（くろがねびと）が彼女を殺したと思うかい？」かれらはウィンターフェル城では彼女の死骸を見ていなかった。いま思い返してみると、だれにせよ女性が死んでいるのを見た記憶はなかった。「彼女はだれも決して傷つけなかった。

シオンさえもね。彼女はお話をしてくれるだけだった。いくらシオンだって、あのような人を傷つけようとは思わないだろう。ねえ、そうだろう？」

「傷つけることができるというだけの理由で、人を傷つける人々もいるよ」ジョジェンがいった。

「そして、ウィンターフェル城で殺戮をしたのはシオンではなかった」ミーラがいった。「鉄人（くろがねびと）の死者があまりにも多かったわ」彼女は蛙取りの槍を片方の手に持ちかえた。「ばあやのお話を覚えておきなさいよ、ブラン。彼女の話し方、声の調子を覚えておきなさい。それを覚えているかぎり、彼女の一部はずっとあなたの中に生きつづけるのよ」

「そうしよう」かれは約束した。それから長い間、かれらは口をきかずに、二つの岩の峰の間の高い鞍部を登っていく獣道をたどっていった。周囲の斜面にはいじけた兵士松（ソルジャー・パイン）がしがみついていた。ずっと先のほうに、山腹を流れ落ちる小川の氷のような輝きが見えた。ブランはいつの間にか、ジョジェンが息をする音と、ホーダーの足に松の枯れ葉が踏み砕かれる音に聞き入っていた。「きみたち、何かお話を知っているかい？」かれはだしぬけにリード姉弟にたずねた。

ミーラが笑った。「まあ、少しはね」

「少しは」その弟も認めた。

「ホーダー」ホーダーもハミングしながらいった。

「ひとつ話してよ」ブランはいった。「歩きながら。ホーダーは騎士のお話が好きなんだ。

ぼくもね」

「地峡（ネック）にはいないのだよ」ジョジェンがいった。

「水の上にはね」その姉が訂正した。「でも、沼の中は騎士の死骸でいっぱいよ」

「そのとおりだ」ジョジェンがいった。「アンダル人に鉄人（くろがねびと）、フレイ家やその他の馬鹿者ども。灰色沼（グレイウオーター）を征服しようとしてやってきた高慢な戦士たちがみんな沈んでいるんだ。かれらのうち誰一人として灰色沼（グレイウオーター）にたどり着いた者はなかった。かれらは馬で地峡（ネック）に乗りこんできたが、出ていかなかった。遅かれ早かれ、うっかり沼地に踏みこんで、全身につけている鋼の重さで水底に沈み、甲冑をつけたまま溺死してしまったのさ」

　水底で溺死した騎士を想像すると、ブランは戦慄を覚えた。もっとも、不服はなかった。戦慄は好きだったから。

「一人の騎士がいました」ミーラがいった。「偽りの春の年のことです。〈笑う木の騎士〉と人は呼んでいました。沼の民の一人だったかもしれません、その人はね」

「あるいは、そうでなかったかも」ジョジェンの顔は緑色の影で斑（まだら）になっていた。「きっとプリンス・ブランはこの話を百回も聞いているよ」

「いいや」ブランはいった。「聞いていない。そして、もし聞いているとしても、問題ない。ときどきばあやは前にしたのと同じ話をしたものだ。でも、ぼくらは決して気にしなかった。もし、それがいいお話ならね。昔話は旧友のようなものだと、彼女はよくいっていた。ときどき訪問しなければならないと」

「それは真理ね」ミーラは楯を背負い、蛙の槍でときどき邪魔な枝を払いのけながら歩いた。結局、彼女はお話をする気がないのだとブランが思いはじめたころ、彼女は話しだした。

「むかしむかし、地峡(ネック)に好奇心の強い若者が住んでいました。かれはすべての沼の民と同様に体が小さかったのに、勇敢で利口で強くもありました。かれは狩りをし、魚を獲り、木に登って成長し、わたしの同胞のすべての魔法を習得しました」

このお話は一度も聞いたことがないと、ブランはほとんど確信した。「その人はジョジェンのように緑の夢を見るの？」

「いいえ」ミーラはいった。「でも、かれは泥を呼吸し、木の葉の上を走り、一言ささやくだけで土を水に変え、水を土に変えることができたのよ。そして、樹木とお話ができ、言葉をつづり合わせて、城を出現させたり、消滅させたりすることができたの」

「ぼくも、それができればいいのになあ」ブランは悲しげにいった。「かれはいつ、〈木の騎士〉に出会うの？」

ミーラは顔をしかめた。「どこかのプリンスさまが静かにしてくだされば、すぐよ」

「たずねているだけだよ」

「その若者は沼地の魔法を知っていました」彼女は続けた。「でも、もっと知りたいと思いました。あなたも知っているように、わたしたちの同胞はめったに家から離れません。わたしたちは小さな部族で、わたしたちのやり方は他の人たちからみると奇妙に見えます。だから、大きな人々は必ずしもわたしたちを親切に扱ってくれません。でも、この若者はとりわけ大胆でした。そして大人になると、沼地を去って〈顔のある島(アイル・オブ・フェイセス)〉を訪れることにしました」

「だれも〈顔のある島〉を訪れないよ」ブランは異議を唱えた。「あそこは緑の人々が住んでいる所なんだ」

「かれが見つけたいのは、その緑の人々だったのです。それで、かれはわたしのようにブロンズの小札を縫いつけた帷子を着て、なめし革の楯と、わたしの槍のような三叉の槍を持ち、小さな皮の小舟を漕いで緑の支流(グリーン・フォーク)を下りました」

ブランは目をつぶって小さな皮舟に乗った人を見ようとした。かれの頭の中では、その沼の民はジョジェンのような顔をしていたが、ただ年齢がもっと上で、もっと強くて、ミーラのような服装をしていた。

「かれはフレイ家に攻撃されないように、夜間に双子城(ツインズ)の下を通りました。そして、三叉鉾(トライデント)河に着くと、川から上がり、小舟を頭にのせて歩きだしました。何日も何日もかかりましたが、ついに神の目(ゴッズアイ)湖に着きました。そして小舟を湖に浮かべて〈顔のある島〉めざして漕ぎ出しました」

「かれは緑の人々に会ったの？」

「ええ」ミーラはいった。「でも、それは別のお話で、わたしが話すことではありません。わたしのプリンスさまは騎士のことをおたずねでしたから」

「緑の人々でもいいよ」

「そうですね」彼女は肯定したが、それ以上かれらのことを話さなかった。「その冬の間ずっと、その沼の民はその島に留まっていました。しかし、春が来ると、かれは広い世界が自分を呼んでいるのを聞いて、去るべきときだと知りました。男の皮舟は前に置いた場所に残っていました。それで、かれは島に別れを告げて、岸に向かって漕ぎ出しました。どんどん漕いでいくと、ついに湖のずっと遠くの岸に、城の塔がそびえているのが見えました。岸に近づくにつれて、塔はますます高くなり、ついに、これは世界じゅうでもっとも大きな城にちがいないと、かれは悟りました」

「ハレンの巨城（ホール）だ！」ブランはすぐにわかった。「それはハレンホールだった！」

ミーラは微笑した。「そうだったの？　その城壁の下に、色とりどりのテントが立っていて、派手な旗印が風にはためき、鎖鎧や板金鎧（プレート・アーマー）を着た騎士たちが、馬鎧をつけた馬に乗っているのが見えました。肉を焼く匂いがして、笑い声や、先触れのラッパの響きが聞こえました。大馬上槍試合が始まるところで、それに参加する選手が国じゅうから集まっていました。王さま自身も、息子のドラゴン・プリンスと一緒に会場に来ていました。白い剣士たちが一人の新しい兄弟（ブラザー）を歓迎するためにきていました。嵐公（ストーム・ロード）や薔薇公（ローズ・ロード）もすぐそばにいました。岩地（ロック）の大獅子は王と喧嘩をしていたので、遠ざかっていましたが、かれの旗主や騎士たちの多くは出席していました。このような豪華な催しを、この沼の民は一度も見たことがありませんでした。そして、もう二度とこのようなものを見ることはできないと知りました。かれの心は、これに参加したくてたまらなくなりました」

ブランにもその気持ちはよくわかった。幼いころ、かれの夢はひたすら騎士になることだった。しかし、それは塔から落ちて脚が動かなくなる前のことだった。

「武芸大会が始まったとき、その大きな城の娘が〈愛と美の女王〉として君臨しました。五人の選手が彼女の冠を守ると誓っていました。その五人とは、ハレンホールの彼女の四人の兄弟と、そして有名な叔父である白い〈王の楯(キングズガード)〉でした」

「彼女は美しい乙女だったの？」

「そうでした」ミーラは石を飛び越しながらいった。「でも、もっと美しい人が他にもいました。その一人はドラゴン・プリンスの妻で、彼女は十二人のレディの仲間も引き連れてきていました。騎士たちはみんな槍に結びつける好意のしるしをくださいと彼女らに頼みました」

「この話はこれから、よくある恋物語になるんじゃないだろうな？」ブランは疑わしそうにたずねた。「ホーダーはそういう話があまり好きではないんだ」

「ホーダー」ホーダーは賛成していった。

「かれは騎士が怪物と闘う話が好きなんだ」

「騎士が怪物である場合もあるのですよ、ブラン。この小さな沼の民は暖かい春の日を楽しみながら、そして何物にも害を加えないで、野原を横切って歩いていきました。その時に、三人の従士に襲われました。かれらは決して十五歳以上ではありませんでしたが、それでも三人ともかれより体が大きかったのです。ここは自分たちの世界であり、かれはここにいる権利がないと、かれらは思いました。そして、かれの槍をひったくり、かれを地面に打ち倒し、蛙喰いと罵りました」

「そいつら、ウォルダー家だったの？」その言葉はなんとなく、〈小ウォルダー〉がいいそうな言葉だと感じたからである。

「だれも名乗りませんでした。でも、後で仕返しができるように、かれはかれらの顔をよく覚えておきました。かれが起き上がろうとするたびに、かれらはかれを押さえつけ、かれが地面に縮こまると、蹴りました。ところが、その時に大きな声が聞こえました。〝おまえたちが蹴っているのは、わたしの父の家来だぞ〟と牝狼が吠えたのです」

「四本足の狼、それとも二本足？」

「二本足です」ミーラはいった。「その牝狼は試合の剣で従士たちを殴りつけ、みんな追い払ってしまいました。沼の民は傷だらけ、血だらけになっていました。そこで、彼女はかれを自分の休み場所に連れ帰り、傷を洗って包帯をしてやりました。そこで、かれは彼女の群れの兄弟たちと出会ったのです。群れのリーダーの荒々しい狼、その隣の静かな狼、そして四匹のなかでいちばん若い仔狼に。

　その日の夕方、ハレンホールで武芸大会の開始を記念する宴会が催されることになっていました。そして、牝の狼はこの若者をぜひ出席させたいと思いました。かれは高貴な生まれで、他のだれにも劣らずよい場所にすわる権利を持っていたのです。若者はこの狼の乙女の意向を断りきれず、子狼に頼んで王の宴会にふさわしい衣装を持ってきてもらい、大きな城に上がっていきました。

かれはハレンホールの屋根の下で、これらの狼と、そばに侍（はべ）っている大勢の家来の剣士や呼び売りの商人や篦鹿（ヘラジカ）や熊や牡人魚たちと一緒に、御馳走を食べ、酒を飲みました。ドラゴン・プリンスがとても悲しい歌を歌ったので、狼の乙女は鼻をすすりました。すると弟の仔狼が、姉さんは泣いているといってからかったので、彼女はその頭にワインをひっかけました。一人の黒衣の兄弟が、〈冥夜の守人（ナイツ・ウォッチ）〉に加わらないかと騎士たちを勧誘していました。嵐公（ストーム・ロード）は髑髏（どくろ）と接吻の騎士と酒の飲み比べをして、酔いつぶしました。沼の民は、笑みを含んだ紫色の目をした乙女が、白い剣、赤い蛇、そしてグリフィンの貴族、そして最後に無口な狼とダンスをするのを見ました……でも、その乙女が無口な狼とダンスをしたのは、気の荒い狼が乙女に、気が小さくてベンチを離れることができない弟と踊ってくれと頼んだからでした。

この楽しい行事の最中に、その小さい沼の民は自分を襲った三人の従士がいるのに気づきました。一人は三叉（ピッチフォーク）の騎士に仕え、一人はヤマアラシに仕え、最後のやつは外衣に二つの塔を縫いつけた騎士に仕えていました。この紋章は沼の民がみんな知っている紋章でした」

「フレイ家だ」ブランはいった。「〈関門橋（クロッシング）〉のフレイ家だ」

「当時も、今もね」彼女は肯定した。「狼の乙女もまたかれらを見ました。そして、自分の兄弟にかれらを指し示しました。〝きみのために馬を用意できるだろう、そして、体に合う甲冑もね〟と仔狼が申し出ました。小さな沼の民は感謝しましたが、返事をしませんでした。かれの心は引き裂かれていました。沼の民は普通の人よりも小柄ですが、誇り高いのは同じです。この若者は他の仲間と同様に、決して騎士ではありませんでした。わたしたち沼の民は馬に乗るよりも舟に乗っているほうが多いし、手は櫂（オール）を漕ぐようにできていて、槍には向かないのです。かれは復讐をしたいのはやまやまでしたが、自分がばかにされ、同胞（クラノグマン）が辱められるだけに終わるのではないかと心配でした。その夜、無口な狼はその小さな沼地人を自分のテントに招きました。でも、かれは眠る前に湖岸にひざまずき、水面の〈顔のある島〉の方向を眺めて、北と地峡（ネック）の古（いにしえ）の神々に祈りを捧げたのです……」

「このお話を、きみはお父上から一度も聞いていないのかい？」ジョジェンがたずねた。

「お話をしてくれたのはばあやだったのさ。ミーラ、続けて。ここでやめては困るよ」

ホーダーも同じことを感じたにちがいなかった。「ホーダー」かれはいい、それから、「ホーダー　ホーダー　ホーダー　ホーダー　ホーダー」と繰り返した。

「では」ミーラはいった。「残りを聞いてくれるなら……」

「聞くよ。話して」

「五日間の試合が計画されていました」彼女はいった。「七組がぶつかり合う大模擬合戦（メレー）もありました。そして、弓術、斧投げ、競馬、吟遊詩人たちの馬上槍試合も……」

「それ、全部いわなくてもいいよ」ブランはホーダーの背のバスケットの中で、体をうごめかした。「馬上槍試合の話をして」

「わたしのプリンスさまのご命令なら。その城の娘は〈愛と美の女王〉で、四人の兄弟と一人の叔父が守っていました。ところが、ハレンホールの四人の息子たちは初日にみんな負けてしまいました。かれらに勝った人たちがちょっとの間最高の騎士（チャンピオン）として君臨していましたが、結局かれらもつぎつぎに負かされてしまいました。たまたま、初日の終わりごろに、ヤマアラシの騎士が最高の騎士（チャンピオン）の仲間に入りました。そして、二日目の朝、三叉（ピッチフォーク）の騎士と二つの塔の騎士も勝利を得ました。しかし、その二日目の午後遅く、物の影が長く伸びたころに、一人の謎の騎士が試合場に現われたのです」

ブランは物知り顔でうなずいた。馬上槍試合には、兜で顔を隠し、何も描かれていない楯、あるいは、見慣れない紋章をつけた楯を持って、しばしば謎の騎士が登場するのである。かれらは変装した有名な最高の騎士（チャンピオン）であることも時にはあった。自分の妹を王妃の代わりに〈愛と美の女王〉に指名するために、かつて〈ドラゴンの騎士〉が〈涙の騎士〉として試合に勝ったことがあった。そして〈豪胆バリスタン〉は謎の騎士の甲冑を二度つけたことがあった。その一度目はわずか十歳のときだった。「きっと、それがこの小さな沼の民だったんだ」

「それはわかりません」ミーラがいった。「でも、その謎の騎士は体が小さくて、体に合わないつぎはぎだらけの鎧をつけていました。楯の紋章は古の神々の〈心の木〉、つまり、笑っている赤い顔のついた白いウィアウッドでした」

「たぶん、かれは〈顔のある島〉から来たのだろう」ブランはいった。「かれは緑色だった?」ばあやの物語では、森の守護者たちは皮膚は暗緑色で、毛髪のかわりに木の葉が生えていた。時には枝角も生えていた。しかし、もしその謎の騎士に枝角が生えていたら、どうして兜をかぶることができたか、ブランにはわからなかった。「きっと、古の神々がかれを遣わしたんだ」

「たぶん、そうでしょう。その謎の騎士は王の前で槍を下げて挨拶をして、試合場の端まで馬を進めました。そこに五人の最高の騎士（チャンピオン）がパビリオンを建てていたのです。かれが挑戦した三人を、あなたは知っているでしょう」

「ヤマアラシの騎士、三叉（ピッチフォーク）の騎士、そして二つの塔の騎士だ」ブランはたくさんの物語を聞いているので、そんなことは知っていた。「かれは小さな沼の民だとぼくはいったぞ」

「かれが誰であったにせよ、古の神々はかれの腕に力を与えました。ヤマアラシが最初に倒れ、それから三叉（ピッチフォーク）の騎士が倒れ、最後に二つの塔の騎士が倒れました。かれらはあまり愛されていなかったので、町民たちは〈笑う木の騎士〉に熱烈な歓声をおくりました。この新しい最高の騎士（チャンピオン）はまもなく、そのように呼ばれるようになったのです。負けた騎士たちが勝利者に没収された馬と甲冑の代価を支払おうとすると、〈笑う木の騎士〉は兜をかぶったまま大音声でいいました。〝あなたがたの従士に名誉を教えなさい、それが充分な代価になります〟と。そして、負けた騎士たちがそれぞれの従士を厳しく折檻すると、かれらの馬と甲冑が返還されました。こうして、小さな沼の民の祈りはかなえられたのです……緑色の人々によってか、古の神々によってか、あるいは〈森の子ら〉によってか、わかりませんがねえ」

　よい物語だったと、ブランはちょっと考えて結論した。「それからどうなった？　〈笑う木の騎士〉は試合に勝って、お姫さまと結婚したのかな？」

「いいえ」ミーラはいった。「その夜、大きな城の中で、嵐公(ストーム・ロード)や髑髏(どくろ)と接吻の騎士が、かれの仮面を剝いでやると、それぞれ誓いました。そして、王自身も兜の中の顔は友人のものではないと断言して、家来たちにかれに挑戦しろと促しました。しかし、次の朝、先触れがラッパを吹き鳴らし、王が着席したときには、わずかに二人の最高の騎士(チャンピオン)しか現われませんでした。〈笑う木の騎士〉は姿を消してしまっていました。王は激怒して、かれを探すために息子のドラゴン・プリンスを遣わしましたが、かれらが見つけたのは、立ち木にぶらさげて捨てられた、かれの楯だけでした。結局、この馬上槍試合大会で勝ったのは、ドラゴン・プリンスということになりました」

「おう」ブランはこの物語について、しばらく考えていた。「よいお話だった。でも、かれを傷つけたのは、従士ではなくて、三人の悪い騎士でなければおかしい。そうすれば、小さな沼の民はかれらを全部殺すことができただろうに。没収された馬や甲冑の部分は、ばかばかしいよ。そして、謎の騎士がすべての挑戦者を破って優勝して、狼の乙女を〈愛と美の女王〉に指名すべきだよ」

「彼女はそうなりました」ミーラはいった。「でも、それはもっと悲しいお話です」

「本当に、これまでにこの物語を聞いたことがないのかい、ブラン？」ジョジェンがたずねた。「お父上はこの話を決してきみにしなかったのかい?」

ブランは首を振った。このころには一日が終わりに近づき、長い影が山腹を這い下りてきて、松林に黒い指を差しこんでいた。〝もし、あの小さな沼の民が〈顔のある島〉を訪れることができたのなら、ぼくだってできるかも〟すべての物語が、緑の人々は不思議な魔力を持っていたという点で一致していた。もしかしたらかれらは、かれを助けてふたたび歩くことができるようにし、さらに騎士に変えることができるかもしれなかった。〝たとえ、ほんの一日だったとしても、かれらは小さな沼の民を騎士に変えたんだ〟とかれは思った。〝一日でも充分だろう〟

25――ダヴォス

この地下牢は、普通のどんな地下牢よりも暖かかった。確かに、暗くはあった。外側の壁の突き出し燭台の松明が、古びた鉄格子の間からちらちらとオレンジ色の光を投げかけていたが、房の奥の半分は依然として暗闇に浸っていた。また、海がすぐそばに迫っているドラゴンストーン島のような小島では当然予想されるように、じめじめと湿ってもいた。また鼠もいたが、その数は普通の地下牢に較べていくらか多いように思われた。

しかし、ダヴォスは不快な寒さを感じることはなかった。ドラゴンストーン城の巨大な塊の下の、なめらかな石の通路はいつも暖かくて、下に行くほどさらに暖かくなるという噂を、ダヴォスはしばしば聞いていた。ここは城のずっと下だと、かれは判断した。そして、かれの房の壁は、手のひらを押しつけるとしばしば暖かく感じられた。おそらく昔の物語が正しくて、ドラゴンストーン城は地獄の石で建てられたのだろう。

最初ここに連れてこられたときには、かれは病気だった。戦況が悪化して以来、咳の発作がひどくなり、また熱も出ていた。唇には血豆ができ、房が暖かいにもかかわらず震えが止まらなかった。〝おれはもう長くない〟と思ったことを覚えている。〝まもなく死ぬだろう、この暗闇の中で〟と。

遠からず、この点について、ダヴォスは間違っていたと悟った。その他の多くのことについても。優しい手としっかりした声と、そして、若い学匠（メイスター）のパイロスが自分を見下ろしていたことを思い出した。かれは熱いニンニクのスープを与えられ、また痛みと震えを取るために罌粟（ケシ）の汁も与えられた。罌粟（ケシ）の汁を飲むと眠ってしまい、眠っている間に悪い血を抜くために蛭（ヒル）が使われた。いや、目覚めたときに腕に残っている、蛭が血を吸った跡を見て、そう推測したのだった。それほど日にちがたたないうちに咳が止まり、血豆も消えて、スープに白身の魚や、人参（ニンジン）や玉葱（タマネギ）も入るようになった。そして、ある日、以前に乗っていた《黒いベータ（ブラック・ベサ）》が砕けて川に投げ出されたころとくらべて、体力がついたと感じたのだった。

かれの世話をする牢番は二人いた。一人は横幅が広く、ずんぐりして、肩が厚く、とても大きな強い手をしていた。鉄の鋲を打ったなめし革の胴甲を着て、一日に一度、ダヴォスにオート麦の粥の入った椀を持ってきた。時には、それに蜂蜜で甘味をつけたり、ミルクを注いであることもあった。もう一人の牢番はもっと年寄りで、猫背で、顔色が悪く、脂ぎった不潔な髪をしていて、しみだらけの肌をしていた。そいつは、胸に星を連ねた輪を金糸で刺繍した、白いビロードのダブレットを着ていた。しかし、それは短かすぎ、だぶだぶすぎて、ぜんぜん体に合っておらず、汚れて、破れてもいた。かれはダヴォスに、肉とどろどろのごった煮の入った皿か、または魚のシチューか、一度は八目鰻（ヤツメウナギ）のパイの半分を持ってきさえした。八目鰻（ヤツメウナギ）はこってりしすぎていて、胃に納めておくのが難しいほどだった。それはそれとして、地下牢の囚人にとっては珍しい御馳走だった。

地下牢には日も射さず、月も照らず、厚い石の壁には窓もうがたれていない。昼か夜かわかるのは、牢番によってである。どちらも口が不自由でないことはわかっていたが、かれと話をしなかった。時には、見張りの交代のときに、ぶっきらぼうにちょっと言葉を交わすのが聞こえることがあった。かれらは自分の名前さえもダヴォスには教えなかった。それで、かれは勝手に名前をつけてやった。背が低くて力の強いやつは〈かゆ〉（ポリッジ）、猫背で顔色の悪いやつは、パイにちなんで〈八目鰻〉（ランプリー）と。ダヴォスはかれらが運んでくる食事と、房の外側の突き出し燭台の松明の交換で、日にちのたつのを知った。

暗闇では人は淋しくなり、他人の声が無性に聞きたくなるものだ。食事を運んでくるときであろうと、おまるを交換しにくるときであろうと、ダヴォスは牢番たちが房にやってくるたびに話しかけようとした。釈放や慈悲の嘆願に耳を貸さないであろうことはわかっていたので、いろいろ質問することにした。そのうちに返事が聞ける日が来るかもしれないと思いながら。「戦況はどうか？」とか、「王は元気か？」とか。また、息子のデヴァンのことや、プリンセス・シリーンのことや、サラドール・サーンのことなどをたずねた。また「天候はどうか？」とか「もう秋の嵐は始まったか？　〈狭い海〉をまだ船が航行しているか？」とか。

何をたずねようと、かれらは絶対に返事をしなかった。もっとも、〈ポリッジ〉がちょっとかれを見ることがあり、ほんの一瞬、口をきくかな、とダヴォスが思うこともあったけれども。〈ランプリー〉についてはそれだけの反応さえもなかった。〝かれにとって、おれは人間ではないのだ〟とダヴォスは思った。〝食べて、糞をして、口をきく、石にすぎないのだ〟と。しばらくたって、〈ポリッジ〉のほうがずっといいと思うようになった。〈ポリッジ〉は少なくとも、かれが生きていると知っているようであり、この男にはある種の奇妙な優しさがあった。かれは鼠に餌をやっているのではないかと、ダヴォスは思った。だから、鼠がこんなに多いのだと。一度、かれが鼠に対して、まるで子供に対するように話しかけているのを聞いたように思った。しかし、たぶんこれはそんな夢を見ただけだろう。

〝かれらはおれを死なせるつもりはないのだ〟とかれは悟った。〝かれらなりのなんらかの目的で、おれを生かしておくのだ〟と。その目的がなんなのかは考えたくなかった。一時、サングラス公がドラゴンストーン城の地下牢に幽閉されていたことがあった。サー・ヒューバード・ラムトンの息子たちもそうだった。かれらはみんな、薪の上で人生を終えた。〝おれは海に命を与えるべきだった〟ダヴォスは格子の向こうの松明を見つめて思った。〝あるいは、あの船を通過させるべきだった。あの岩の上で果てればよかった。炎に焼かれるよりも、蟹の餌になったほうがましだった〟

それから、ある夜、夕食を食べおえようとしていたとき、ダヴォスは奇妙な閃光が射したように感じた。格子ごしに見上げると、喉に大きなルビーをつけて、きらめく真紅の衣をつけたあの女が立っていた。その目は彼女にあたっている松明の光と同じくらい明るく輝いていた。「メリサンドル」かれは内心の感情と裏腹に、冷静にいった。

「〈玉葱の騎士〉」彼女も同様に冷静に答えた。まるで、二人が階段の途中か、中庭で出会って、礼儀正しく挨拶を交わすように。「お元気かしら？」

「前よりはよくなった」

「何か必要な物はない？」

「自分の王。自分の息子。かれらが必要だ」かれは椀を押しのけて、立ち上がった。「焼き殺すために来たのか？」

彼女は奇妙な赤い目で、格子ごしにかれを観察した。「本当にひどい場所ね。暗くて、しかも不潔だわ。よき太陽はここには輝かない、そして月も照らさない」彼女は片手を上げて、壁の突き出し燭台の松明のほうに伸ばした。「あなたと暗黒の間を隔てているのは、これだけね、〈玉葱（タマネギ）の騎士〉。この小さな炎、このル＝ロールの贈り物。消しましょうか？」

「いいや」かれは格子のほうに寄った。「やめてくれ」それに耐えられるとは思えなかった。鼠以外に仲間もなく、真の暗闇に一人取り残されることには。

〈紅の女（レッド・ウーマン）〉の唇が上に曲がり、笑顔になった。「では、火が好きになったのね、どうやら」

「その松明が必要だ」かれは手を開いたり閉じたりした。〝この女に頼むつもりはないぞ。頼むものか〟

「わたしはこの松明のようなものですよ、サー・ダヴォス。わたしたちは二人ともル＝ロールの道具なのです。唯一の目的のために作られたのです――暗黒を寄せつけないために。これを信じますか？」

「いいや」たぶんかれは嘘をいうべきだったろう。彼女が聞きたがっていることを口にすべきだったろう。しかし、ダヴォスは真実を話すことに慣れすぎていた。「あんたは暗黒の母だ。嵐の果て城（ストームズ・エンド）の洞穴で見たぞ。わたしの目の前で産んだではないか」

「勇敢な〈玉葱（タマネギ）の騎士〉が、過ぎゆく影をそんなに怖がるのですか？　では、気を取りなおしなさい。影というものは、光によって生み出されて生きるだけです。そして、あの王の炎はあまりにも弱いので、これ以上引き出して、もう一人息子をつくる勇気がわたしにはありません。かれを殺すことになるかもしれないからです」メリサンドルはそばに寄った。「でも、別の人なら……その炎がまだ熱く、高く燃えている人なら……もし、あなたが王の大義に仕えたいと本当に思うのなら、夜わたしの部屋にいらっしゃい。あなたが決して知らなかったような快楽を与えることができます。そして、あなたの命の炎をもって……」

「恐怖を生み出すことができる、と」ダヴォスは後ずさりした。「あんたに関わりたくないんだ、マイ・レディ。いや、あんたの神にもね。〈七神〉よ、われを守りたまえ」

　メリサンドルはためいきをついた。「その神々はガンサー・サングラスを守りませんでしたよ。かれは日に三度お祈りをして、楯に七つの七芒星を描きました。でも、ル＝ロールが手を差し伸べると、かれの祈りは悲鳴に変わり、かれは燃えました。そのような偽りの神々に、どうしてしがみつくのですか？」

「生まれてからずっと、この神々を信仰しているのだ」

「生まれてからずっとですか、ダヴォス・シーワース？　むしろ、昨日までは、というほうがいいでしょうに」彼女は悲しそうに首を振った。「あなたは王たちに真実を話すことを決して恐れませんでした。なぜ、自分自身に嘘をいうのですか？　目を開きなさい、騎士さん」

「わたしに何を見せたいのだ？」

「世界が作られるさまを。真理はあなたのまわりに充満しています。見れば、はっきり見えます。夜は暗く、恐怖に満ちており、昼は明るく、美しく、希望に満ちています。片方は黒く、片方は白い。氷があり、炎がある。憎悪と愛が。苦渋と甘味が。男と女が。苦痛と快楽が。冬と夏が。悪と善が」彼女はかれに一歩近寄った。「死と生が。いたるところに反対物が。いたるところに戦いが」

「戦い？」ダヴォスはたずねた。

「戦いです」彼女は肯定した。「二つのものがあるのですよ、〈玉葱（タマネギ）の騎士〉さん。七つでもなく、ひとつでもなく、百でも千でもありません。二つです！　あらたな一人の虚ろな王を、あらたな空虚な玉座にすわらせるために、わたしが世界のなかばを横断してきたと、あなたは思うのですか？　この戦いは開闢（かいびゃく）以来、戦われています。そして、それが終わる前に、すべての人間はどちら側に立つか選ばなければならないのです。一方の側にル＝ロールが、〈光の王（ロード・オブ・ライト）〉が、炎の心臓が、火と影の神がいます。そして、反対側に、名前を口にできぬ〈異形の王（ザ・グレート・アザー）〉が、暗黒の主が、氷の魂が、夜と恐怖の神が立っています。わたしたちの選択は、バラシオンかラニスターか、グレイジョイかスタークか、ではありません。わたしたちが選ぶのは死か生かです。暗黒か光明かです」彼女は華奢な白い手で房の格子をつかんだ。喉の巨大なルビーがそれ自体光を放って明滅するように見えた。「では話しなさい、サー・ダヴォス・シーワースよ。真実を話しなさい――あなたの心はル＝ロールの輝かしい光で燃えるのか？　それとも、それは黒く、冷たく、蛆虫が充満しているのか？」彼女は格子越しに手を伸ばして、三本の指をかれの胸に当てた。まるで、肉とウールと革着を透かして、かれの真実に触れようとするかのように。

「わたしの心は」ダヴォスはゆっくりいった。「疑いに満ちている」

メリサンドルはためいきをついた。「あらまあ、ダヴォス。この善良な騎士は最後まで正直だ。この暗闇に閉じこめられていてさえも。わたしに嘘をつかなかったことはよい。予想すべきだった。〈異形の王（ジ・アザー）〉のしもべはしばしば華やかな光の中に黒い心を隠す。それゆえ、ル＝ロールは祭司に偽りを看破する力をお与えになる」彼女は房から軽やかに退いた。「あなたはなぜ、わたしを殺そうとしたのですか？」

「話してやろう」ダヴォスはいった。「だれがわたしを裏切ったか教えてくれれば」それはサラドール・サーン以外にありえなかった。にもかかわらず、いまだにかれはそうでないことを祈っていた。

〈紅の女〉は笑った。「だれもあなたを裏切りませんでしたよ、〈玉葱（タマネギ）の騎士〉さん。わたしはあなたの目的を、炎の中に見たのです」

〝あの炎か〟「炎の中に未来を見ることができるのなら、どうしてわれわれはブラックウォーター河で焼かれたのか？　あんたはわたしの息子たちを火にくべた……わたしの息子たちを、わたしの船を、わたしの家来みんなを、燃やしてしまった……」

　メリサンドルは首を振った。「誤解ですよ、〈玉葱（タマネギ）の騎士〉さん。あれらの火は決してわたしのものではありませんでした。わたしがついていたら、あなたの戦いは別の結末を迎えていたでしょう。しかし、陛下は不信心者に取り巻かれていました。そして結果的にかれの誇りは信心よりも強かったのです。かれの受けた罰は悲しむべきものでした。しかし、かれはこの過ちから学びました」

〝すると、おれの息子たちは王への教訓にすぎなかったのか？〟ダヴォスは口がこわばるのを感じた。

「今、あなたの七王国は夜です」〈紅の女〉は続けた。「でも、まもなく太陽がふたたび昇るでしょう。戦いは続きます、ダヴォス・シーワース、そして、灰の中の残り火でさえも、いまだに大きな炎を起こすことができるということを、まもなく学ぶ人がいるでしょう。老メイスターはスタニスの姿に、ただの人を見ました。あなたは王を見ます。あなたがたは二人とも間違っています。かれは主に選ばれた者、炎の戦士なのです。かれが軍勢を率いて暗黒に立ち向かうのをわたしは見ました。わたしは炎の中にそれを見たのです。炎は嘘をつきません。そうでなければ、あなたはここにいないでしょう。それは予言書にも書かれているのです。赤い星が血を流し、闇が深まるとき、エイゾール・アハイはふたたび煙と塩のただ中に生まれ、石からドラゴンを目覚めさせるのです。血を流す星は現われて消えました。そして、ドラゴンストーンは煙と塩の地にあります。スタニス・バラシオンはエイゾール・アハイの再来なのです!」彼女の赤い目が双子の火のように燃え、かれの魂の奥底を見つめるように思われた。「あなたはわたしを信じない。今でも、ル＝ロールの真理を疑っている……にもかかわらず、かれに仕えたし、ふたたび仕えるでしょう。今いったことをよく考えるように、あなたをここに残していきます。そして、ル＝ロールはあらゆる善の源ですから、この松明も残していきますよ」

彼女は微笑し、スカートをひるがえして出ていった。その体臭だけが後に残った。残り香と、松明が。ダヴォスは房の床にしゃがんで膝を抱えた。ちらちら動く松明の明かりがかれに降り注いだ。メリサンドルの足音が小さくなって消えてしまうと、聞こえる音はカサコソと鼠の這う音だけになった。〝氷と炎〟とかれは思った。〝黒と白。暗黒と光明〟ダヴォスは彼女の神の力を否定することができなかった。かれはメリサンドルの子宮からあの影が這い出すのを見ていた。そしてこの女祭司は、知っているはずのないことを知っていた。〝彼女はおれの目的を炎の中に見た〟サラが自分を売ったのでないとわかって、よかった。しかし、あの〈紅の女〉が自分の秘密を炎を使って監視していると知ると、言葉にならぬほど不安になった。〝おれが彼女の神に仕えたし、ふたたび仕えるだろうと彼女がいったのは、どういうことだろう?〟かれはどちらも気に入らなかった。

かれは目を上げて松明を見つめた。長い間、まばたきもせずに、ゆらゆら、ちらちらと揺れる炎を見つめていた。炎の向こうを見ようとつとめ、火のカーテンを透かして、なんであろうとその後ろ側に住んでいるものを垣間見たいと思った……しかし、そこには何もなかった。火しかなかった。そして、しばらくすると涙が出てきた。

神に目がくらみ、疲れて、ダヴォスは麦わらの上に丸くなり、眠ることにした。

その三日後——つまり、〈ポリッジ〉が三度来て、〈ランプリー〉が二度来たころ——ダヴォスは房の外に人声を聞いた。かれはすぐに起き上がり、石の壁にもたれて、争う音に耳をすました。これは新しい出来事だった。この不変の世界にひとつの変化が起きたのだった。その音は左から、つまり日の光に向かって登る階段から、聞こえてきた。懇願し、叫んでいる男の声が聞こえた。

「……狂気の沙汰だ！」そういっている男の姿が見えてきた。そいつは、燃える心臓の紋章を胸につけた二人の衛兵にはさまれて、引きずられてきた。その前を、鍵束をジャラジャラ鳴らしながら〈ポリッジ〉が歩き、その後ろをサー・アクセル・フロレントが歩いてきた。

「アクセル」その囚人は必死に叫んだ。「きみはわたしを愛しているはずだ。放してくれ！　こんなことをしてはならない、わたしは反逆者ではないぞ」かれは年配の男で、背が高く、痩せていて、銀色がかった白髪で、尖った髭を生やし、長い優雅な顔を恐怖に歪めていた。

「セリースはどこだ、王妃はどこにいる？　彼女への面会を要求する。きさまら全員、〈異形(アザー)〉に喰われてしまえ！　わたしを釈放しろ！」

衛兵たちはかれの叫びになんの反応も示さなかった。「ここですかい？」〈ポリッジ〉が房の前でたずねた。ダヴォスは立ち上がった。そして一瞬、扉が開いたときに、かれらの間を突破しようかとも考えた。だが、それこそ狂気の沙汰だった。相手が多すぎた。衛兵どもは剣を持っていたし、〈ポリッジ〉は牡牛のように強かった。

サー・アクセルは牢番に向かってそっけなくうなずいた。「この反逆者どもに同居を楽しませよう」

「わたしは反逆者ではないぞ！」〈ポリッジ〉が扉の鍵を開けると、その囚人はかん高い声で叫んだ。かれは灰色のウールのダブレットに黒いズボンをはいて、質素な服装をしていたが、言葉遣いは高貴な身分であることを示していた。〝かれの生まれは、ここでは役に立たないのだな〟とダヴォスは思った。

〈ポリッジ〉が格子を大きく開き、サー・アクセルがうなずくと、衛兵たちはその預かり物を乱暴に突き飛ばした。その男はよろめいて倒れそうになったが、ダヴォスが抱きとめた。男はすぐさまその手を振りほどき、よろよろと扉のほうに戻ろうとしたが、扉はかれの青白い甘やかされて育った顔の前でガチャンと閉まった。「やめろ」かれは叫んだ。「やめろーーー」突然、その足からすべての力が抜け、かれは格子をつかんで、ゆっくりと床にくずおれた。

サー・アクセルと〈ポリッジ〉とそして衛兵たちはすでに向きを変えて戻りはじめていた。「こんなことをしてはいけない」囚人はかれらの遠ざかっていく後ろ姿に向かって叫んだ。「わたしは〈王の手〉だぞ！」

ダヴォスがかれの素性を知ったのは、この時だった。「あなたはアレスター・フロレント公ですね」

　男は振り返った。「だれだ……？」

「サー・ダヴォス・シーワースです」

　アレスター公は目を瞬いた。「シーワースというと……〈玉葱の騎士〉だな。きみはメリサンドルを殺そうとした」

　ダヴォスは否定しなかった。「ストームズ・エンドでは、あなたは純金の甲冑をつけ、胸甲に瑠璃色の花の象嵌をしていましたね」かれは手をおろして、相手が立ち上がるのを助けた。

　アレスター公は服についた汚い麦わらを払い落とした。「じゃ……邪魔をして、すまん。われわれの野営地がラニスター勢に蹂躙されたとき、わたしの長持がなくなってな、着けていた鎖帷子と、はめていた指輪だけを持って脱出したのだよ」

〝まだその指輪をはめているな〟ダヴォスは気づいた。指先を全部失ってしまったダヴォスが。

「きっといまごろはキングズ・ランディングで、コックの小僧か馬番のような者が、わたしの切れこみの入ったビロードのダブレットや宝石つきのマントを着て、跳ねまわっていることだろう」アレスター公はぼんやりと続けた。「だが、戦に恐ろしい事件がつきまとうのは世の常だ。きみはきみなりに、きっといろいろな物を失ったことだろう」

「船を」ダヴォスはいった。「すべての家来を。息子の四人を」

「ひ……〈光の王〉がかれらを導いて、暗黒からよりよき世界にお導きくださるように」相
手の男はいった。
〝〈厳父〉がかれらを正しく裁いてくださいますように、そして、〈慈母〉がかれらに慈悲
を垂れてくださいますように〟とダヴォスは思った。だが、この祈りは胸に収めておいた。
ドラゴンストーン城には、今は〈七神〉がおわす場所がないのだ。
「わたし自身の息子はブライトウォーター城塞（キープ）に無事でいる」その貴族は続けた。「しかし、
《忿怒（フュアリー）》で甥を一人失った。サー・イムリーといって、弟ライアムの息子だった」
河口の小さな石の塔に注意を払わず、全力で船を漕がせてやみくもにブラックウォーター
河を遡らせたのは、サー・イムリー・フロレントその人だった。ダヴォスはかれを忘れよう
としても忘れられなかった。「わたしの息子マリックはあなたの甥の漕手長でした」炎素（サブスタンス）
に包まれた《忿怒（フュアリー）》の最後の姿をかれは覚えていた。「生存者の報告はありませんか？」
「《忿怒（フュアリー）》は炎上し、乗組員もろとも沈没した」その貴族はいった。「きみの息子もわたし
の甥も、他の数えきれない立派な兵士たちとともに死んだ。あの日、戦（いくさ）そのものが負けたの
だよ、きみ」
〝この男は敗残者だ〟ダヴォスは、灰の中の燃え残りが大きな炎を起こすというメリサンド
ルの言葉を思い出した。〝かれが結局ここにきたのは不思議ではない〟「陛下は決して降参
しないでしょう、あなた」
「愚かしい、それは愚かしいことだ」アレスター公はまた床にすわった。しばらく立ってい

る努力が、かれにとってあまりにも辛いことであるかのように。「スタニス・バラシオンは決して〈鉄の玉座〉につくことはないだろう。真実をいうことが反逆なのだろうか？　苛酷な真実だが、だからといって真実味が減るわけではない。かれの艦隊は、あのライス人の船を別にして、なくなってしまった。そして、サラドール・サーンはラニスターの帆を見たとたんに逃げ出すだろう。スタニスを支持した城主たちの大部分は、ジョフリー側に寝返ったか、または死んだ……」

「〈狭い海〉の諸公さえもですか？　ドラゴンストーンに忠誠を誓った諸公がですか？」

アレスター公は弱々しく手を振った。「セルティガー公は捕らわれて、膝を屈した。モンフォード・ヴェラリオンはみずからの船とともに死に、〈紅の女〉がサングラスを焼いた。そして、バー・エモン公は十五歳で、太っていて、体が弱い。これらが、きみのいう〈狭い海〉の諸公だ。ハイガーデン城、サンスピア宮、キャスタリーの磐城（ロック）の全勢力に対して、スタニスに残っているのはフロレント家の軍勢だけだ。そして、今は嵐の諸公（ストーム・ローズ）の大部分もスタニスの敵にまわっている。残っている最善の希望は、講和してなんらかの救済を行なうことだ。それが、わたしのしようとしたことだ。なんたることか、どうしてこれを反逆といえるのか？」

ダヴォスは立ったまま顔をしかめた。「あなた、何をしたのですか？」

「反逆ではない。決して反逆ではない。わたしは誰にも劣らず陛下を愛している。わたし自身の姪がかれの妃（きさき）なのだぞ。そして、わたしより賢い者どもが逃げたときも、わたしは陛下に忠義を貫いた。わたしはかれの〈手〉だ。〈王の手〉だぞ。そのわたしがどうして反逆者になれるか？　わたしはわれわれの命を救おうとしただけだ、そして……そう……名誉を」かれは唇をなめた。「そして、手紙をしたためた。サラドール・サーンはそれをキングズ・ランディングに、タイウィン公に、届けることができる人間がいると請け合った。タイウィン公は……り、理性的な人だ。そして、わたしの条件は……条件は公正だった……公正以上のものだった」

「その条件とは、どういうものだったのですか、マイ・ロード？」

「ここは不潔だなあ」アレスター公は出し抜けにいった。「そして、この悪臭……この匂いは何だ？」

「手桶ですよ」ダヴォスは指さしていった。「ここには便所がありません。どんな条件ですか？」

　その貴族は怯えて手桶を見つめた。「つまりスタニス公は、王の平和に受け入れられ、これまでどおりドラゴンストーン城とストームズ・エンド城の城主であることが認められるならば、〈鉄の玉座〉への請求権を放棄し、ジョフリーが私生児であるという非難をすべて撤回する、ということだ。わたしも、ブライトウォーター城塞(キープ)と家のすべての領地が返還されるならば、同様にすると誓った。わたしは思ったのだ……タイウィン公がわたしの提案を理にかなったものと考えるだろうと。かれにはまだ始末しなければならないスターク家が残っているし、鉄人(くろがねびと)も残っている。シリーンをジョフリーの弟トメンと結婚させることによって、この協定を固めようと提案した」かれは首を振った。「この条件は……いつでも結びたいと思うほどよいものだ。きっと、きみにもそれはわかるだろう？」

「ええ」ダヴォスはいった。「わたしにもね」もし、スタニスが息子をもうけなければ、このような縁組により、ドラゴンストーン城とストームズ・エンド城はいずれトメンのものになるだろう。これは疑いなくタイウィン公を喜ばせるだろう。一方、ラニスター家はシリーンを、スタニスが新たな反逆を起こさない保証として、人質にできるだろう。「それで、これらの条件を言上したときに、陛下は何といわれましたか？」

「かれはいつも〈紅の女〉と一緒にいる。そして……かれは精神が正常ではないのではないかと、わたしは危惧している。この石のドラゴンという話……これはまったくばかばかしい話だ。われわれは〈燃えさかる炎（ブライトフレーム）のエリオン〉から何も学ばなかったのか、九人の魔導師から、あの錬金術師どもから、何も学ばなかったのか？　夏の城館（サマーホール）から何も学ばなかったのか？　このようなドラゴンの夢物語から、よいことが生じたことは決してないと、これだけはアクセルにいってやった。わたしのやり方のほうがよい。より確実だ。そして、スタニスはわたしに印章を渡して、取り仕切る許可をくれた。〈手〉は王の声で話すのだぞ」

「これは違いますね」ダヴォスは決してご機嫌取りではなかったし、自分の言葉を和らげようともしなかった。「スタニスは自分の要求が正しいと思っているかぎり、譲歩することはありません。それは、ジョフリーについての噂が真実だと信じるかぎり、取り消すはずがないのと同様です。その結婚についていえば、トメンはジョフリーと同じく近親相姦の結果生まれた子です。そして陛下は、シリーンをそんな者と結婚させるくらいなら、彼女が死んだほうがましだと考えるでしょう」

フロレントの額で一筋の血管が脈打った。「かれには選択の余地はない」

「あなたは間違っています、マイ・ロード。かれは王として死ぬことを選ぶことができます」

「そして、われわれもかれとともにか？ きみは、それを望むのか、〈玉葱の騎士〉よ？」

「いいえ。しかし、わたしは王の家来であり、かれの許可なしに和睦するつもりはありません」

アレスター公は長い間、力なくかれを見つめていた。それから、しくしく泣きだした。

26　ジョン

最後の夜は暗く、月がなかったが、この夜だけは空が晴れていた。「丘に登って、ゴーストを探す」かれは洞穴の入り口でゼン族にいうと、かれらはうんといって、かれを通した。

〝すごくたくさんの星だ〟とかれは松や樅（モミ）やトネリコの生えた斜面を登っていきながら、思った。子供のころウィンターフェル城でメイスター・ルーウィンから自分の星を教えてもらった。天空の十二宮と、それぞれの主星の名前もすでに知っていた。また、〈七神〉に捧げられた七つの星々も見つけることができた。〈氷竜（アイスドラゴン）〉、〈暗闇猫（シャドウキャット）〉、〈月の乙女〉、〈暁の剣〉などの星座はよく知っていた。これらはすべてイグリットの知識と共通だったが、他の星座のいくつかは違っていた。〝おれたちは同じ星を見上げているのに、こんなに違ったものを見ているのだなあ〟彼女の呼び方によると王冠は揺り籠であり、牡馬は角のある領主であり、天上の〈鍛冶〉に捧げられた、と司祭（セプトン）が説教していた赤い迷い星は泥棒と呼ばれた。そして、泥棒が月の乙女のところにいるときは、男が女を盗むのに幸先のよいときだと、イグリットはいい張った。「あんたがわたしを盗んだ夜のようにね。あの夜、泥棒の星は明るく輝いていたんだよ」

「おまえを盗むつもりはまったくなかった」かれはいった。「ナイフをその喉に突きつけるまで、おまえが女だとはぜんぜんわからなかったんだ」

「人を殺せば、故意でやったのではないとしても、死ぬことに変わりはないわ」イグリットは頑固にいった。たぶん、下の妹のアリアを別にすれば、ジョンはこんなに頑固なやつに出会ったことはなかった。〝アリアはまだおれの妹なのだろうか？〟とかれは思った。〝そもそも妹といえただろうか？〟かれは決してスターク家の正規の一員ではなかった。母親のわからないエダード公の落とし子にすぎず、シオン・グレイジョイと同様にウィンターフェル城に正当な居場所はなかったのだった。そして、その居場所さえも失ってしまったのだ。〈冥夜の守人〉の兵士は、誓約をしたときに自分の元の家族を捨てて、新しい家族に加わったことになる。だが、ジョン・スノウはその兄弟をも失ってしまったのである。

案の定、丘の頂上にゴーストはいた。この白い狼は決して遠吠えをしなかったが、何かに山の上に引き寄せられ、いつもおすわりの姿勢をして、白い霧のような息を吹き上げて、赤い目で星空を飲むのだった。

「おまえも星に名前をつけているのか？」ジョンはその大狼のそばに片膝をついて、白くて厚い首の毛皮を掻いてやりながらたずねた。「兎とか、牝鹿とか、牝狼とかさ？」ゴーストはかれの顔をなめた。そのざらざらした湿った舌がジョンの頬のかさぶたをやすりのようにこすった。このかさぶたはあの鷲の鉤爪で引っ掻かれたときの傷跡だった。〝あの鳥はおれたち両方に傷をつけやがったなあ〟とかれは思った。「ゴースト」かれは静かにいった。

「明日の朝、おれたちは乗り越えていく。ここには階段もなければ、起重機と籠もなければ、おまえを向こう側に渡してやる手段もない。おれたちは別れなければならないぞ。わかったか？」

暗闇で、その大狼の赤い目は黒く見えた。かれは相変わらず黙ったままジョンの首に鼻をこすりつけた。その息が熱い霧のように感じられた。野人どもはジョン・スノウを狼潜り(ウォーグ)と呼んだが、たとえそうであったとしても、かれは憑依の力が弱く、皮装者(スキンチェンジャー)のオレルが死ぬ前に鷲に取り憑いたように、狼の皮に潜る方法を知らなかった。一度、自分がゴーストになった夢を見たことがあった。その夢の中で、かれはマンス・レイダーが部下を集めていたミルクウォーター川の谷間を見下ろしていた。そして、その夢は結果的に正夢とわかったのだった。しかし今は夢を見ていなかったし、〝狼潜り(ウォーグ)〟という言葉しかあとに残らなかった。

「おまえはおれと一緒に来ることはできないんだぞ」ジョンは狼の頭を両手で抱え、その目の奥を覗きこんでいった。「おまえは黒の城(カースル・ブラック)に行かなくちゃならない。わかったか？　黒の城(カースル・ブラック)だぞ。見つけられるか？　帰り道がわかるか？　あの氷に沿っていけばいい、東へ東へと。太陽に向かって。そうすれば見つかる。黒の城(カースル・ブラック)の人々は、おまえがわかるだろう。そして、たぶん、おまえが来たことが警告になるだろう」かれは警告の手紙を書いてゴーストに持たせようかとも思った。しかし、インクもなければ、羊皮紙もなければ、鵞ペンさえもなかった。そして、見つかる危険が大きすぎた。「黒の城(カースル・ブラック)でまた会おうな。だが、おまえは自力であそこまで行かなければならないんだぞ。おれたちはしばらくひとりで、別々に狩りをしなくてはならないんだ。ひとりでだぞ」

大狼は体をひねってジョンの手から抜け出し、ピリピリと耳を立てた。そして、突然、身を躍らせて走り出した。そして、軽やかに藪を駆け抜け、倒木を飛び越し、山腹を駆け下りて、木々の間に青白い一筋の線を引くように駆けていった。〝黒の城(カースル・ブラック)に向かうのか？〟とジョンは思った。〝それとも牝鹿を追うのか？〟それがわかればよいと思った。自分は兄弟(ブラザー)としてもスパイとしてもだめであったように、結局、狼潜り(ウォーグ)としてもだめな存在だということになってしまうのではないかと恐れた。

針のような松葉の匂いを濃厚に含んだ一陣の風が木々の間を吹き過ぎ、色褪せた黒衣を引っ張った。南のほうに〈壁〉が高く黒くそびえているのが見えた。その巨大な影が星々を遮っていた。土地が荒々しい丘陵地帯であることから、ここは影の塔(シャドウ・タワー)と黒の城(カースル・ブラック)の中間のどこかにちがいないと、そして、より前者に近い場所だろうとかれは思った。何日もの間、狭い谷間の底に沿って細長い指のように伸びている二つの深い湖の間を、かれらは南に向かってのろのろと進んできていた。両側には、燧石(すいせき)の尾根と松の繁った丘がたがいに押し合うように並んでいた。このような地形では、馬でのろのろと進むしかなかったが、姿を見られずに〈壁〉に接近したいと思う者にとっては、隠れ場所を見つけるのが容易だった。

〝野人の騎馬隊にとっては〟とかれは思った。〝おれたちのような。おれのような者にとっては〟

あの〈壁〉の向こうに七王国が、そして、かれが守ると誓ったすべてのものが、広がっている。かれは誓いの言葉を述べ、命と名誉を捧げると約束した。だから、当然、あの上で歩哨に立っていなければならない。〈冥夜の守人〉(ナイツ・ウォッチ)に武器をとれと警告するために、唇に角笛を当てていなければならない。だが、角笛はなかった。野人から角笛を盗むのは難しくないだろうと思ったが、たとえそうしたところで、なんになる？　たとえ角笛を吹いても、聞く者はいない。〈壁〉は長さが何百キロもあり、〈冥夜の守人〉(ナイツ・ウォッチ)は悲しいほど縮小してしまっている。三つの砦以外はすべて放棄されてしまっている。ここから六十キロ以内には、兄弟(ブラザー)は一人もいないかもしれない。ジョンを除いては。もし、かれがまだ兄弟(ブラザー)だとすればだが……

……〈拳〉(フィスト)の上で、マンス・レイダーを殺そうと努力すべきだったのに。たとえ、それで命を落とすことになったとしても。それを、〈二本指(ハーフハンド)のクォリン〉はやろうとしていたのだった。しかし、ジョンはためらってしまい、チャンスは失われたのだった。次の日には、かれは族長(マグナー)のスター、ジャール、それに百人以上の選ばれたゼン族などの襲撃隊とともに出発してしまったのだった。おれは時節を待っているだけだ、その時が来れば、こっそり抜け出して黒の城(カースル・ブラック)に駆けつけるつもりだと、自分にいい聞かせた。だが、その時は決して訪れなかった。かれらはたいていの夜は放棄された野人の集落で休んだ。そして、スターはつねに部下の十人ほどのゼン族に馬を見張らせた。ジャールはジョンを疑わしそうに監視していた。そして、イグリットは夜も昼も決してそばから離れなかった。

〝ひとつのように鼓動する二つの心臓〟というマンス・レイダーのからかいの言葉が、かれの頭に苦々しく響いた。このような当惑をジョンが感じたことはめったになかった。〃おれに選択の余地はない〃寝具の下に彼女がはじめて忍びこんできたときに、かれは思った。〃もし、拒否すれば、彼女はおれが裏切り者だと知るだろう。おれは〈二本指(ハーフハンド)〉に演じろといわれた役割を演じているだけだ〃

かれの肉体は充分熱心に、その役割を演じた。唇は彼女の唇と重なり、手は彼女の牝鹿皮のシャツの下に滑りこんで胸を探り、彼女が下腹のふくらみを着物越しにかれの男根にこすりつけると、それは固くなった。〃おれは誓った〃とかれは思った。自分が誓いを立てたウィアウッドの森を、輪を描いて生えている九本の白い大木を、彫刻されている赤い顔が見つめて耳を澄ましているのを、思い出した。しかし、彼女の指はかれの着物の紐を解き、彼女の舌がかれの口に入り、彼女の手がかれの下着の中に滑りこんで、かれ自身をつまみ出すと、もはやウィアウッドの森を見ることができなくなり、彼女しか目に入らなくなった。彼女はかれの首を噛み、かれは彼女の鼻に自分の鼻をすりつけ、鼻を彼女の赤い髪に埋めた。〃幸運だ〃かれは思った。〃彼女は幸運の持ち主だ、火のキスを受けた女性だ〃「気持ちよくない？」彼女はかれを体内に導いて、いった。彼女のそこは充分に潤っていた。そして、処女ではなかった。それは明らかだった。だが、ジョンは問題にしなかった。かれの誓い、彼女の処女性、どちらも問題にならなかった。ただ、彼女の熱した体、かれの口に重ねられた口、かれの乳首をつねる指。「気持ちいいでしょう？」彼女はまたいった。「そんなに急がないで、おう、ゆっくり、そうよ、そのように。そう、そう、いいわ、いい、いい。何も知らないのね、ジョン・スノウ。でも、わたしが教えてあげる。さあ、もっと強く。そーーーーーう」

〝演技だ〟後になって、かれは自分にいい聞かせた。〝おれはひとつの役割を演じているのだ。一度はやらなくてはならなかった。誓いを破ったことを証明するために。彼女におれを信用させねばならなかったんだ〟決して二度とこれをする必要はなかった。かれはまだ〈冥夜の守人（ナイツ・ウォッチ）〉の一兵士であり、エダード・スタークの息子だった。かれはする必要のあることをしただけであり、証明する必要のあることを証明したのだ。

それにしても、この証明はあまりにも甘美だった。そして、イグリットはかれに寄り添い、胸に頭をのせて眠ってしまっていた。そして、これまた甘美だった。危険なほど甘美だった。かれはまたあのウィアウッドを思い出し、その前で誓った言葉を思い出した。〝これは一度だけだった。そして、やむをえなかったんだ。父さえも一度はつまずいた。結婚の誓いを忘れて、落とし子をつくったときに〟父と同じようにしようと、かれは自分に誓った。〝もう二度と繰り返さないぞ〟と。

その夜、これは二度繰り返された。また、朝になって、彼女が目覚めてかれが固くなっているのに気づいたときにも。このころには野人どもが起き出していた。そして、重ねた毛皮の下で何が行なわれているか、何人かが気づかないわけにはいかなかった。ジャールは、さっさとすませろ、さもないと、小便桶の中身を浴びせるぞといった。〝さかりのついた二匹の犬みたいだ〟とジョンは後で思った。これが成り下がった今の自分の姿なのか？　〝おれは〈冥夜の守人（ナイツ・ウォッチ）〉の兵士だぞ〟と心の中で小さな声がいい張った。だが、夜ごとにそれは少しずつかすかになっていくように思われた。そして、イグリットが耳にキスしたり、首を噛んだりするときには、その声はもうぜんぜん聞こえなくなった。〝父もこのようだったのだろうか？〟とかれは思った。〝父は今のおれのように弱かったのか、だからおれの母のベッドで自分自身の名誉を汚したのか？〟

　後ろで、何かが丘を登ってくるのに突然気づいた。ほんの一瞬、ゴーストが戻ってきたのかもしれないと思った。しかし、あの大狼なら決してこんな音はたてないはずだった。ジョンは一息に〈長い鉤爪（ロングクロウ）〉を抜いた。だが、登ってきたのはゼン族の一人にすぎなかった。青銅の兜をかぶった横幅の広い男だ。「スノウ」その闖入者はいった。「来い。族長（マグナー）が呼んでいる」ゼン族は古代語を話し、大部分は共通語の単語をほんの少ししか知らない。

　ジョンは族長（マグナー）の用事をあまり問題にしなかった。しかし、こちらの言葉をほとんど理解できない相手と論争してもはじまらなかった。そこで、その男について丘を下りていった。

　その洞窟の入り口は岩の割れ目で、かろうじて馬が通り抜けられるくらいの幅しかなく、一本の兵士松（ソルジャー・パイン）の後ろになかば隠されていた。入り口は北を向いていた。だから、内部の焚き火の明かりは〈壁〉からは見えなかった。たとえ運悪く、今夜たまたま〈壁〉の上をパトロールが通ったとしても、かれらに見えるのは、丘と松とそして、なかば凍った湖に照る冷たい星明かりだけだろう。マンス・レイダーは襲撃の計画を上手に立てていた。

　岩の内部で、通路を六メートルほど下りると、ウィンターフェル城の大広間ほどの大きな空間に出る。岩の柱の間に炊事の火が燃え、それから立ち昇る煙が石の天井を黒く汚していた。馬たちは浅い水溜まりの横の壁に沿って、足枷をはめられて並んでいた。床の中央に水が吸いこまれる穴があり、暗いのではっきりしたことはわからなかったが、それは下のほうのもっとずっと大きな洞穴らしいものに通じているように思われた。そして、どこか下のほうで地下水の流れるかすかな水音も聞こえた。

　ジャールは族長(マグナー)と一緒にいた。マンスはこの二人に統合指令を与えていた。それを、スターが決して喜んでいないことに、ジョンは前から気づいていた。マンス・レイダーはその色の黒い若者を、〝ヴァルのペット〟と呼んでいた。ヴァルはマンス自身の妃(クイーン)の妹である。そのため、ジャールは〈壁の向こうの王〉と弟同然の親しい存在になっていたのだった。族長(マグナー)はこの権限の共有にあからさまに腹を立てていた。かれはゼン族を百人連れてきていたが、これはジャールの家来の五倍の人数であり、かれはしばしば単独で指揮権を持っているようにふるまった。しかし、あの氷を部下たちに乗り越えさせるのは、この年下の男だろうと、ジョンは思っていた。たとえ二十歳以上になっているはずはないとしても、ジャールは八年間も侵入を繰り返し、〈鴉殺し(クロウキラー)のアルフィン〉や〈泣き男(ウィーパー)〉のような連中と、十数回も〈壁〉を乗り越えていたし、最近では自分自身の仲間と侵入を繰り返していたのだから。

　族長(マグナー)は単刀直入だった。「上をパトロールしている鴉どもに注意しろと、ジャールから警告された。やつらのパトロールについて、知っていることを全部おれにいえ」

　〝おれにいえか。おれたちにいえ、ではなくて〟ジャールがすぐそばに立っているのに、そらいったことに、ジョンは留意した。このぶしつけな要求を拒否することができたら、どんなによいだろうと思った。しかし、ほんのちょっと不忠な素振りを見せればスターに殺されるとわかっていた。そして、イグリットも、そう、かれのものであるという咎で殺されると。

「パトロールに四人ずつ出る。二人が哨士（レンジャー）で、二人が工士（ビルダー）だ」かれはいった。「工士（ビルダー）は割れ目とか、氷の融け方とか、その他の構造的な問題に注意を払う。そして、哨士（レンジャー）は敵の兆候を探す。かれらは驢馬に乗っている」

「驢馬？」その耳なし男が顔をしかめた。「驢馬は脚がのろいぞ」

「のろいが、氷の上では馬よりも足がしっかりしている。パトロール隊はしばしば〈壁〉の上を歩く。そして黒の城（カースル・ブラック）以外では、上の通路には長年砂利が撒かれていない。驢馬は東（イースト）の物見城（ストウオッチ）で飼育されていて、この役目に合うように特別な訓練を受けている」

「しばしば〈壁〉の上を歩くのか？　常にではなくて？」

「そうだ。四回のパトロールのうち一回は、上ではなく下に沿って歩く。基礎の氷の割れ目や、掘られたトンネルの兆候を探すのだ」

族長（マグナー）はうなずいた。「〈氷斧（アイスアックス）のアーソン〉とトンネルの話は、おれたち遠方のゼン族でさえも知っている」

ジョンもその物語を知っていた。〈氷斧のアーソン〉は夜の砦（ナイトフオート）からの哨士（レンジャー）にトンネルを見つけられたときには、壁のなかばまで掘り進んでいたという。哨士（レンジャー）たちはかれの掘削作業を妨げるような手間を取らず、ただ後ろの坑道を氷と石と雪で塞いでしまったのだった。

〈壁〉に耳をぴったり押し当てれば、いまだにアーソンが斧で削っている音が聞こえるぞと、〈陰気(ドロラス)なエッド〉がいったものだった。

「それらのパトロールはいつ出るのか？　何回ぐらい？」

ジョンは肩をすくめた。「決まっていない。おれが聞いたところでは、コージル総帥は三日目ごとに黒の城(カースル・ブラック)から海を望む東の物見城(イースト・ウオッチ・バイ・ザ・シー)にパトロールを出していたそうだ。また、二日目ごとに黒の城(カースル・ブラック)から影の塔(シャドウ・タワー)に出したという。もっとも、かれのころには、〈冥夜の守人(ナイツ・ウォッチ)〉にもっと大勢の兵士がいたからな。モーモント総帥は、パトロールの行き来が外部の者にわかりにくいように、人数と出発日を変更することを選んだ。そして、あの〈熊の御大(オールド・ベア)〉はときどき、放棄された城のひとつにもっと大きな部隊を二週間とかひと月とか派遣しようとさえした」この戦術はかれの叔父の発案だとジョンは知っていた。なんとかして敵に不安を与えようとしていたのだ。

「現在、石の扉(ストーンドア)に守備隊はいるか？」ジャールがたずねた。「灰色の楯(グレイガード)には？」

〝とすると、われわれはその二つの間にいるのだな？〟ジョンは注意深く無表情な顔をしていた。「おれが〈壁〉を去ったときには、東の物見城(イーストウォッチ)と黒の城(カースル・ブラック)、そして、影の塔(シャドウ・タワー)だけだ。あれ以来、バウエン・マーシュやサー・デニスが何をしていたか、おれは知らない」

「それらの城には何人ぐらいの鴉が残っているか？」スターがたずねた。

「黒の城(カースル・ブラック)に五百人。影の塔(シャドウ・タワー)に二百人。東の物見城(イーストウォッチ)にはたぶん三百人」ジョンは三百人水増ししていった。〝こんなに簡単に増員できさえしたら……〟

しかし、ジャールはごまかされなかった。「こいつ嘘をついているぞ」かれはスターにいった。「さもなければ、〈拳（フィスト）〉で失った兵士を含めているのだ」

「鴉め」族長（マグナー）が警告した。「おれをマンス・レイダーと間違えるなよ。きさまがおれに嘘をついたら、その舌を引っこ抜いてやるぞ」

「おれは鴉ではないし、嘘つきと呼ばれるつもりもない」ジョンは剣を持つ右手の指を屈伸した。

ゼン族の族長（マグナー）は氷のような灰色の目でジョンを観察した。「かれらの人数はもうすぐわかる」かれはちょっと間をおいていった。「行け。また質問があったら、呼びにやる」

ジョンはぎごちなく頭を下げて、去った。〝もし、野人がみんなスターのようなやつらなら、もっと気楽に裏切ることができるだろうに〟しかし、ゼン族は他の自由民とは違っていて、族長（マグナー）は〈最初の人々〉の後裔であり、鉄の手で支配していると主張していた。かれの小さなゼン族の土地は、霜の牙（フロストファング）の最北の峰々の間に隠れた高山の渓谷で、穴居人や硬足族や巨人や氷河の食人族に囲まれていた。ゼン族は獰猛な戦士たちだと、イグリットはいった。また、かれらの族長（マグナー）は、かれらにとって神なのだと。ジョンはそれを信じることができた。ジャールやハーマや〈がらがら帷子（ラトルシャツ）〉と違って、スターは絶対服従の家来を統率していた。そして疑いなく、この規律こそ、マンスが〈壁〉を越えるときにかれを選んだ理由なのであった。

かれは、炊事の火のそばで丸い青銅の兜の上に腰を下ろしているゼン族のそばを通っていった。〝イグリットはどこに行ったのだろう?〟彼女の持ち物とかれの持ち物が一緒に置かれていた。しかし、その娘の姿はなかった。「彼女は松明を持って、あっちに行ったぞ」〈山羊のグリッグ〉がいって、洞穴の奥を指さした。

その指の方向に歩いていくと、暗い奥の部屋に入りこみ、迷路のような石の円柱と鍾乳石の間をさまよった。〝こんな所に彼女がいるはずはない〟そう思っていると、彼女の笑い声が聞こえた。その声のほうに向かったが、十歩も歩かないうちに、何もない白色と薔薇色の石灰華の壁に突き当たった。かれは当惑して、元の道を戻っていった。すると、その時にそれが見えた。突き出した湿った石の下に暗い穴が開いていたのだ。かれはひざまずき、耳を澄ませ、かすかな水音を聞いた。「イグリット?」

「ここよ」彼女の声がかすかな谺(こだま)を伴って戻ってきた。

ジョンがやむなく十数歩這っていくと、周囲に洞窟が広がった。また立ち上がったが、ちょっと目を調節しなければならなかった。イグリットは松明を持ってきていたが、それ以外に光がなかった。彼女は岩の割れ目から暗くて広い池に落ちる小さな滝のそばに立った。その薄緑色の水に、オレンジ色と黄色の炎が反射した。

「こんな所で何をしている?」かれはたずねた。

「水音が聞こえたの。洞窟がどのくらい深くまで続いているか知りたかった」彼女は松明でさし示した。「ずっと下に下りていく通路があるわ。わたしは百歩ぐらい行ってから引き返してきたけれど」

「行き止まりか？」

「なんにも知らないのね、ジョン・スノウ。どこまでも、どこまでも、どこまでも、続いているのよ。これらの丘陵の内部に何百もの洞穴があって、ずっと深くで全部つながっているの。あんたの〈壁〉の下を通る道さえあるんだよ。〈ゴーンの道〉がね」

「ゴーンか」ジョンはいった。「ゴーンは〈壁の向こうの王〉だった」

「そうよ」イグリットはいった。「兄弟のジェンデルと一緒にね。三千年前の人だわ。かれらは自由民の大軍を率いて、洞穴を通り抜けた。そして、〈冥夜の守人（ナイツ・ウォッチ）〉はそれにぜんぜん気づかなかった。でも、かれらが外に出ると、ウィンターフェル城の狼どもが襲いかかったの」

「合戦があったんだ」ジョンは思い出した。「ゴーンは〈北の王〉を殺したが、その息子が父の旗印を拾い上げ、その頭から王冠を引き取り、次にゴーンを切り倒した」

「そして、その剣戟の響きで城の鴉たちが目を覚ました。そして、みんな黒装束で馬を駆り、自由民の背後を衝いたのよ」

「そうだ。ジェンデルは南からその王に攻められ、東からアンバーの軍勢に攻められ、そして北から〈冥夜の守人（ナイツ・ウォッチ）〉に攻められて、やはり死んだ」

「あんたなんにも知らないのね、ジョン・スノウ。ジェンデルは死ななかった。かれは鴉軍団の間を突破して、背後から狼に吠えられながら、仲間を率いて北に戻ったのよ。ところが、ジェンデルはゴーンのように洞穴に詳しくなかったので、道を誤った」彼女が松明を前後に振り動かしたので、いろいろな影が飛び跳ね、動いた。「かれは奥へ奥へと入っていった。そして後戻りしようとしたとき、見覚えがあると思っていた道が空の下に出ないで、石の壁で行き止まりになっていた。まもなく松明がひとつまたひとつと消えはじめ、しまいに真っ暗になってしまった。ジェンデルの仲間はそれ以来二度と姿を現わしていない。しかし、静かな夜には、かれらの子供の子供の子供が、まだ地上に戻る道を探しながら、丘の下でしくしく泣いているのが聞こえるのよ。ほら？　耳を澄ませてごらん。聞こえる？」

ジョンに聞こえるのは、水の落ちる音と、松明のぱちぱちいうかすかな音だけだった。

「その〈壁〉の下の道というのも、わからなくなってしまったのかな？」

「探しにいった人もいるわ。ジェンデルの子供たちを見つけるためにずっと深く入った人たちがね。でも、ジェンデルの子供たちはいつもお腹を空かしているのよ」彼女は微笑しながら松明を石の割れ目に置いて、かれのほうに来た。「暗闇には、肉しか食べるものがないのよ」彼女はささやいて、かれの首を嚙んだ。

ジョンは彼女の髪に鼻を押しつけ、彼女の匂いを胸いっぱいに吸いこんだ。「きみはまるで、ブランにお化けの話をするばあやみたいだ」

イグリットは拳でかれの肩をなぐった。「ばあやだって、わたしが？」

「おれより年上だ」

「そうよ。そして、もっと賢い。あんたはなんにも知らないのね、ジョン・スノウ」彼女はかれを押しのけ、肩をすくめて兎皮のチョッキを脱いだ。

「何してるんだ？」

「わたしがどのくらい年寄りか、見せてあげる」彼女は牝鹿皮のシャツを脱いでわきに放り、三枚のウールの下着を全部いっぺんに頭から脱ぎ捨てた。「わたしを見てちょうだい」

「そんな――」

「いいの」彼女が片方のブーツを脱ぐために片足で立ち、反対の足にぴょんと体重を移してもう片方のブーツを脱ぐと、乳房が弾んだ。彼女の乳首は広いピンクの円形をしていた。

「あんたもね」イグリットは羊皮のズボンを脱ぎながらいった。「見たければ、見せなくちゃね。あんたなんにも知らないんだから、ジョン・スノウ」

「たしかに、おまえを欲しがっている」かれは誓約も名誉もすべて忘れて、いつの間にかいってていた。彼女は生まれたままの姿でかれの前に裸で立った。そして、かれは周囲の岩のように固くなっていた。今では、五十回も彼女の中に入っていた。しかし、それはいつも毛皮の下で、みなが見ている前でだった。彼女がどんなに美しいか、一度も見たことがなかった。彼女の脚は細かったがよく筋肉がついていたし、太股の間の毛は頭髪よりももっと明るい赤だった。〝これでますます運がよくなるのかな？〟かれは彼女を引き寄せた。「おまえの匂いが好きだ」かれはいった。「その赤毛が好きだ。その口が好きだ、キスの仕方も好きだ。その笑顔が好きだ。その乳首が好きだ」かれはそれらのひとつひとつにキスした。「その細い脚が好きだ、そして、その間にあるものが好きだ」かれはひざまずいて、そこにキスした。まず、そこのふくらみに軽く。ところが、彼女は脚をちょっと開いた。内側のピンクの色が見えたので、かれはそこにもキスし、味わった。彼女はちいさな喘ぎを洩らした。「それほどわたしが好きなら、どうして、まだ着物を着ているの？」と彼女はささやいた。「何にも知らないのね、ジョン・スノウ。なんにも――おう、おう、おーーーーう」

その後、彼女はほとんど恥ずかしそうにした。いや、これまでになく恥ずかしそうな様子をした。「今したこと」重ねた衣服の上に一緒に横たわったときに、彼女はいった。「その……口で」ためらって、「それは……貴族が貴婦人にすることなの、南のほうでは？」

「そうは思わない」貴族たちが貴婦人に何をするか、だれもジョンに教えなかった。「ただ……そこにキスしたかっただけだ。気に入ったみたいだな」

「ええ。なんとなく……気持ちよかった。こういうことは誰も教えなかったの？」

「誰もいなかったんだ」かれは白状した。「おまえだけだ」

「童貞」彼女はからかった。「童貞だったのね」

かれは手前の乳首をいたずら半分につねった。「〈冥夜の守人〉(ナイツ・ウォッチ)の兄弟(ブラザー)だったから」〝だった〟かれはいつの間にかそういっていた。今、自分は何なんだろう？ それを直視したくなかった。「おまえは処女だったのか？」

イグリットは体を起こして片肘をついた。「わたしは十九歳で、槍の妻(スピアワイフ)で、火にキスされた女よ。処女であるわけないでしょう？」

「相手は誰だ？」

「祭りの時の少年。五年前。かれは兄弟と一緒に商いに来ていた。そして、わたしと同じような髪をしていて、火にキスされた男だった。だから、かれは幸運をもたらすとわたしは思った。でも、かれは弱かった。わたしを盗もうとして戻ってきたとき、〈長槍(ロングスピア)〉がかれの腕を折って、追っ払った。そして、かれは二度と戻ってこなかった。ただの一度もね」

「では、そいつは〈長槍〉ではなかったんだな？」ジョンはほっとした。素朴な顔で親しみやすい〈長槍〉を、かれは好きだったのだ。

彼女はかれをなぐった。「それは恥ずべきことだ。あんた自分の姉妹と寝るの？」

「〈長槍〉はおまえの兄弟ではない」

「同じ村の男よ。あんた何にも知らないのね、ジョン・スノウ。真の男は遠くから女を盗んでくるものよ。部族を強くするためにね。兄弟や父親や親族と寝る女は、神を怒らせる。そして呪われて病弱な子供を産む。怪物さえもね」

「クラスターは自分の娘たちと結婚しているぞ」ジョンは指摘した。

彼女はまたかれをなぐった。「クラスターはわたしたちの仲間というよりは、むしろあんたたちの仲間だよ。かれの父親は、ホワイトツリー村から女を盗んだ鴉だった。しかし、彼女とやった後、自分の〈壁〉に舞い戻った。彼女はその鴉に息子を見せるために、一度黒の城(ブラック・カースル)に行った。だが、そこの兄弟(ブラザー)たちは角笛を鳴らして、彼女を追い払ってしまった。クラスターの血は黒い。そして、かれは恐ろしい呪いを受けている」彼女はかれの腹を指で軽くなでた。「あんたも同じことをするだろうと、わたしは前に恐れていた。〈壁〉に飛び帰るだろうとね。あんたはわたしを盗んだ後、どうしてよいか迷っていたね」

ジョンは起き上がった。「イグリット、おれはおまえを決して盗んだわけじゃないぞ」

「いや、盗んだ。あんたは山から飛び下りてオレルを殺した。そして、わたしが斧を構える前に、ナイフを喉に突きつけた。あの時、あんたはわたしとやるか、それとも殺すか、いや、たぶんその両方をするだろうとわたしは思った。ところが、あんたは何もしなかった。そしてわたしがあんたに吟遊詩人ベールの話をして、かれがどうやってウィンターフェル城の薔薇を手折ったか話したとき、きっとあんたはわたしを奪うだろうと思った。ところが、あんたはそうしなかった。あんたは何にも知らないのね、ジョン・スノウ」彼女は恥ずかしそうな笑顔を見せた。「でも、少しは学びはじめているかも」

明かりが彼女のまわりで揺らめいているのに、ジョンは突然気づいた。そして周囲を見まわした。「もう上がっていったほうがいいぞ。松明がほとんど消えそうだ」

「この鴉はジェンデルの子供たちが怖いのかな？」彼女はにやりとしていった。「すぐ上が地上だよ。それに、まだあんたとの用事がすんでいないよ、ジョン・スノウ」彼女はかれを衣服の上に仰向けに押し倒して、馬乗りになった。「ねえ……」彼女はためらった。

「何だ？」かれは促した。松明が消えかかった。

「もう一度やってくれない？」イグリットは口走った。「口で？　貴族のキスを？　そうすれば……あんたもそれが好きかわかるから」

松明が消えるころには、ジョン・スノウはもうなるようになれと、思っていた。

後から罪の意識が戻ったが、今までよりも弱かった。〝これがそれほど悪いことなら〟かれは思った。〝神々はなぜこんなに気持ちよくしたのか？〟

二人とも果てたころには、洞窟は真っ暗になっていた。大きいほうの洞穴に登る通路の薄明かりだけが、唯一の明かりだった。そちらには二十もの火が焚かれていた。二人は服を着ようとして、手探りをし、たがいにぶつかり合った。イグリットが池に落ちて、水のあまりの冷たさに悲鳴を上げた。ジョンが笑うと、彼女はかれをも水中に引っ張りこんだ。二人は暗闇で揉み合い、水を撥ねかけあった。それから、ふたたび彼女はかれの腕に抱かれた。そして、二人ともまだぜんぜん果ててはいないことがわかった。

「ジョン・スノウ」彼女はかれが体内に子種を放出したときにいった。「今は動かないで、気持ちいい。あんたが中にいる感じが好きだよ、本当に。スターやジャールの所には戻らないことにしよう。洞穴の中に下りていって、ジェンデルの子供たちの仲間になろう。この洞穴から決して出たくないよ、ジョン・スノウ。絶対に」

27 ——デナーリス

「全部？」その奴隷の娘は用心深い声を出した。「陛下、このものの賤しい耳が聞き間違えたのでしょうか？」

傾斜した三角形の壁にはめこまれたひし形の色ガラスの窓から、涼しげな緑色の光が射しこんでおり、テラスの扉から静かに吹きこむ微風が、外の庭園から果物と花の香りを運んできた。「その耳の聞いたとおりですよ」とダニーはいった。「わたしは全部買いたいのです。どうか親方たちに伝えてちょうだい」

今日、彼女はクァース風のガウンを選んで着てきた。その濃い菫色（スミレ）のシルクは彼女の紫色の目を引き立たせた。その切れこみは、左の乳を露出させていた。アスタポアの〈善良なる親方（グッド・マスターズ）〉が低い声で内輪の相談をしている間、ダニーは細くて丈の高い銀の杯からピリッとした柿のワインを飲んでいた。かれらがしゃべっていることがすべて理解できたわけではないが、貪欲な気分は聞き取れた。

八人の奴隷商人はめいめい二人か三人のお付きの奴隷を引き連れていた……もっとも、いちばん年寄りのグラズダンという男は六人も引き連れていたけれども。ダニーは乞食と思われないように、自分でも家来を引き連れてきていた。サンドシルクのズボンをはき、彩色されたヴェストを着たイリとジクィ、〈白鬚〉老人と〈闘士〉ベルウァス、そして、血盟の騎手たちを。そして彼女の後ろには、サー・ジョラーがモーモント家の黒熊を刺繍した緑色の外衣を着て、暑さにうだって立っていた。かれの汗の匂いは、アスタポア人たちが浴びるように使っている甘い香水に対する粗野な答えになっていた。

「全部だと」クラズニス・モ・ナクロッツが唸った。今日かれは桃の匂いをさせていた。奴隷の娘はその言葉をウェスタロスの共通語で繰り返した。「何千人もいるんだぞ。千人軍団が八個だ。彼女が〝全部〟というのは、その意味か？　さらに百人隊が六個ある。これらは九番目の千人軍団の一部になることになっている。彼女はそれらをも欲しいというのか？」

「そうよ」ダニーはこの質問が伝えられると、いった。「千人軍団を八個、百人隊を六個……そして、まだ訓練中の者も。まだ刺付き兜をもらっていない者もね」

クラズニスは仲間のほうを振り返った。ふたたびかれらは仲間内で相談した。通訳の女奴隷はかれらの名前をダニーに教えていたが、それらをちゃんと覚えるのは困難だった。男たちの四人はグラズダンという名前らしかった。それはたぶん、太古の時代に古代ギス王国を創設したグラズダン大王の名前に由来するのだろう。かれらはみんな同じような容貌をしていた。がっしりした肉付きのよい男たち。琥珀色の肌、平たい鼻、黒い目。かれらの針金のような頭髪は黒いか、または暗赤色か、あるいはギスカル人に特有の赤と黒の奇妙な混合だった。全員がアスタポアの自由民のみに許されたトカールという衣をまとっていた。

人の身分はトカールの縁でわかると、ダニーはグロレオ船長から聞かされていた。このピラミッドの頂上の涼しい緑色の部屋にいる奴隷商人の二人は、銀の縁のトカールをまとい、五人は金の縁で、いちばん年配のグラズダンは一人だけ大きな白い真珠を連ねた縁取りのトカールをまとっていて、椅子の上で身じろぎしたり、腕を動かしたりすると、真珠が当たってかすかな音をたてた。

「訓練途中の若者を売るわけにはいかないぞ」銀縁のグラズダンの一人が他の者に向かっていっていた。

「いいさ。もし彼女が黄金をたくさん支払うなら」金縁の太った男がいった。

「あれらは〈穢れなき軍団(アンサリード)〉ではない。まだ仔犬を殺していない。もし、戦場でかれらがへまをやれば、われわれの恥になる。そして、かりに明日、五千人のうぶな子供を去勢しても、売り物になるには十年かかる。〈穢れなき軍団〉を買いにくる次の客に、なんという？」

「待ってくれといおう」と、太った男。「将来の金よりも、財布に今ある金のほうがいい」

ダニーはかれらに議論させておいて、酸っぱい柿のワインを飲みながら努めて知らん顔をしていた。〝全部買おう、値段はいくらでもかまわない〟彼女は自分にいい聞かせた。この都市には百人の奴隷商人がいたが、今ここにいるのがいちばんの大手だった。寝室奴隷、作男、秘書、職人、教師などを売るときは、かれらはライバルだったが、かれらの祖先は〈穢れなき軍団〉を作って売るためには一致団結していた。〝煉瓦と血がアスタポアを築き、煉瓦と血がそこの住民を生んだ〟

かれらの決定を最後に告げたのはクラズニスだった。「充分な黄金を払うなら、八千人売るといえ。そして、欲しければ、百人隊六個も。彼女が一年後に来れば、あと二千人売ると伝えろ」

「一年後にはウェスタロスにいるはずだわ」ダニーは通訳の言葉を聞いて、いった。「欲しいのは今なのよ。〈穢れなき軍団〉はよく訓練されているとはいえ、戦死者が大勢でるでしょう。かれらが落とした剣を拾う予備兵として、その子供たちも必要なの」彼女はワインをわきにどけて、奴隷の少女のほうに身を寄せた。「親方たちにいいなさい。まだ仔犬を飼っている子供たちも欲しいと。昨日去勢したばかりの少年にも、刺付き兜をかぶった〈穢れなき軍団〉の兵士と同じ額を払うと伝えなさい」

娘は伝えた。だが、答えは依然として〝だめ〟だった。

ダニーは当惑して顔をしかめた。「よろしい。二倍払うつもりだといって。全部入手できるなら」

「二倍？」金縁の太った男がよだれを流さんばかりにいった。

「このちびの売女はばかだぞ、本当に」クラズニス・モ・ナクロッツがいった。「三倍だと吹っかけてやれ。こいつ、払いたくて、うずうずしているんだ。奴隷一人につき十倍の値を吹っかけてやるんだ。それがいい」

尖った髭を生やした背の高いグラズダンが共通語でったけれども。「陛下」かれはがみがみいった。いった。「ウェスタロスが豊かであることは事実です。しかし、あなたは今は女王ではありません。もしかしたら、決して女王になれないかもしれません。〈穢れなき軍団〉といえども、七王国の野蛮な鉄の騎士たちに負けるかもしれません。念を押しますが、アスタポアの親方たちは約束だけで人肉を売るつもりはありませんよ。あなたが欲しがっているこれら去勢奴隷すべてに支払うのに充分な黄金と商品をお持ちですか？」

「その答えなら、わたしよりもあなたのほうがよく知っているでしょう、親方」ダニーは答えた。「あなたがたの手代がわたしの船を徹底的に調べて、琥珀の一粒一粒、サフランの壺一個一個記録していったではありませんか。わたしの財産はいくらですか？」

「千人軍団を一個買うのに充分です」その親方はばかにするように笑っていった。「でも、二倍払うとおっしゃっていますね。となると、百人隊五個しか買えませんよ」

「その美しい冠なら、あと一個百人隊を買えるかもしれません」太った男がヴァリリア語でいった。「その三頭のドラゴンのついた冠ならね」

ダニーはかれの言葉が翻訳されるのを待った。「この冠は売り物ではありません」ヴィセーリスが母親の冠を売ったとき、兄から最後の喜びが失われ、激しい怒りしか残らなかったのを憶えていた。「また、わたしの家来を奴隷にするつもりもないし、かれらの持ち物や馬を売るつもりもありません。でも、船は売ってもいいですよ。大帆船《バレリオン》とガレー船の《ヴァーガー》と《メラクセス》はね」彼女はこのようなことになるかもしれないと、グロレオとその他二人の船長には警告しておいたのだった。もっとも、かれらはその必要に激しく反対していたけれども。「三艘の立派な船は、少しばかりのけちな去勢奴隷どもよりもずっと価値があるはずだ」と。

太ったグラズダンは仲間のほうを向き、また低い声で相談を始めた。「千人軍団二個ですな」尖った髭を生やした男が振り向いていった。「それでも多すぎますよ。しかし、この親方たちはたまたま気前がよく、あなたの要求もたまたま大きいので」

二千の兵力では、彼女がやろうとしていることには決して充分でなかった。〝どうしても全部買わねばならない〟ダニーは今どうすべきかわかっていた。もっともその味はあまりにも苦くて、柿のワインでさえも口をさっぱりさせることはできなかったけれども。彼女は長いこと必死に考えて、他の方法はないと結論していた。〝これが自分にできる唯一の選択だ〟「全部、売りなさい」彼女はいった。「そうすれば、ドラゴンを一頭あげます」

隣のジクィがハッと音をたてて息をのんだ。クラズニスは仲間に笑顔を向けた。「いっただろう？　なんでも、彼女はくれるのだよ」

〈白鬚（ホワイトベアド）〉がショックを受けて、信じられないように彼女を見つめた。杖を握っている手が震えた。「いけません」かれは彼女の前に片膝をついた。「陛下、お願いです、奴隷ではなく、ドラゴンで王座を獲得してください。こんなことをしてはなりません――」

「おまえがわたしに指図するとは僭越です。サー・ジョラー、〈白鬚（ホワイトベアド）〉をわたしの前から連れ去りなさい」

モーモントはその老人の肘を乱暴につかんで引き立たせ、テラスに連れ出した。

「邪魔が入って遺憾だと、親方たちに伝えなさい」ダニーは奴隷の少女にいった。「わたしはかれらの答えを待っていると伝えなさい」

しかし返事はわかっていた。それは、かれらの目の輝きと、必死に隠そうとしている笑みでわかった。アスタポアには去勢奴隷は何千人もいるし、さらに多くの奴隷の少年が去勢を待っている。しかし、生きているドラゴンはこの広い世界に三頭しかいないのだ。〝しかも、ギスカル人どもは喉から手が出るほどドラゴンを欲しがっている〟当然ではないか？　まだ世界が若かったころに、古代ギスはヴァリリアを相手に五回苦戦をしいられ、五回とも惨敗を喫した。なぜなら、古代ヴァリリア永世領（フリーホールド）にはドラゴンがいたのに、ギス帝国には一頭もいなかったからである。

いちばん老齢のグラズダンが椅子の上でみじろぎし、真珠が触れ合ってかすかな音をたてた。「われわれが選ぶドラゴンは」かれは細く固い声でいった。「黒いやつだ。いちばん大きくて、いちばん強そうだ」

「かれの名前はドロゴンです」彼女はうなずいた。

「あんたの所持品全部。ただし、冠と女王らしい衣装は除く。それらは持っていてよい。船三隻とドロゴン」

「よろしい」彼女は共通語でいった。

「よろしい」グラズダン老人が重いヴァリリア語で答えた。

他の者たちも、真珠の縁取りをした老人に唱和した。「よろしい」奴隷の少女が翻訳した。

「そしてよろしい、そしてよろしい。八回よろしい」

「〈穢れなき軍団〉はおまえたちの野蛮な言葉をたちまち覚えるだろう」クラズニス・モ・ナクロッが付け加えた。これで契約が完了した。「しかし、当分はかれらに話しかける奴隷が必要だ。こいつを贈り物にするから連れていけ。取引が確定した記念品として」

「そうします」ダニーはいった。

奴隷の少女はかれの言葉を彼女に伝え、彼女の言葉をかれに伝えた。たとえ、自分が記念品として与えられることになんらかの感情を抱いたとしても、彼女は注意してそれが顔に表われないようにしていた。

ダニーがテラスで〈白髪(ホワイトベアド)のアースタン〉のそばを通ったとき、かれも口を慎んでいた。そして黙って後をついてきたが、歩きながら硬木の杖で赤煉瓦をトントンと叩く音が聞こえた。かれが怒るのも無理はないと彼女は思った。彼女がしたのは卑劣なことだった。〝ドラゴンの母〟がいちばん強い子を売り飛ばしたのだから〟そう考えるだけでも、彼女は気分が悪くなった。

しかし、〈誇りの広場〉に下りて、奴隷商人のピラミッド型の住居と去勢奴隷の宿舎の間の熱い赤煉瓦の上に立つと、ダニーはその老人に向かっていった。「〈白髪(ホワイトベアド)〉。わたしはあなたの忠告が欲しい。そして、本心をわたしにいうことを決して恐れてはならない……二人だけのときはね。でも、他人のいる前で、わたしの言葉に決して疑義をはさんではならないのよ。いいわね？」

「はい、陛下」かれは不満そうにいった。

「わたしは子供ではありません」彼女はいった。「女王ですよ」

「たとえ女王でも間違うことはあります。あのアスタポア人どもはあなたを騙しました、陛下。一頭のドラゴンはどんな軍隊よりも価値があります。エイゴンは三百年前にそれを証明しました。〈火炎が原〉で」

「エイゴンが証明したことは知っています。わたしは自分自身で二、三のことを証明するつもりです」ダニーはかれに背を向けると、馬車の横におとなしく立っている奴隷の少女のほうを向いた。「おまえ、名前はあるの。それとも毎日、樽から新しい名前を引き出さなければならないの？」

「そうするのは〈穢れなき軍団〉だけです」少女はいった。それから、この質問が高地ヴァリリア語でなされたことに気づいて、目を丸くした。「おう」

「名前はおうなの？」

「いいえ。陛下、このものの驚きの言葉はお忘れください。あなたさまの奴隷の名はミッサンデイです。でも……」

「ミッサンデイはもう奴隷ではありません。今この瞬間から、解放します。一緒に馬車に乗りなさい。話をしたいから」ラカーロが二人を助けて馬車に乗せた。そして、ダニーはカーテンを閉じて、埃と暑さを防いだ。「もし、おまえがわたしのところに留まるなら、侍女の一人として仕えてもらいます」馬車が動きだすと、彼女はいった。「通訳としてそばにおきます。クラズニスの通訳をしていたように。でも、好きなときに、暇をとってもいいのよ。父か母がいて、そこに帰りたいというなら」

「このものは留まります」少女はいった。「このもの……わたし……は行く所がありません。この……わたしはあなたにお仕えします、喜んで」

「自由を与えることはできるけれど、安全を与えることはできませんよ」ダニーは警告した。「わたしは世界を横断しなくてはならないし、戦をしなくてはならないからね。飢えるかもしれないし、病気になるかもしれないし、殺されるかもしれないのよ」

「ヴァラー・モルグリス」とミッサンディは高地ヴァリリア語でいった。

「〝人はみな、いつか死なねばならぬ〟というのね」ダニーはうなずいた。「でも、ずっと先になるように祈ることはできる」彼女は後ろのクッションによりかかり、少女の手を取った。「あの〈穢れなき軍団〉は本当に恐怖を知らないの？」

「はい、陛下」

「もう侍女になったわね。かれらが苦痛を感じないというのは本当なの？」

「〈勇気のワイン〉がそのような感情を殺します。かれらが仔犬を殺すころには、長年の間それを飲んでいるのです」

「そして、かれらは従順なの？」

「従順だけが、かれらの知っているすべてです。もしあなたが、息をするなと命じれば、かれらは従わないよりも、従うほうが楽だと思うでしょう」

ダニーはうなずいた。「そして、もうかれらは用済みだと、わたしが思ったら？」

「と、申しますと？」

「わたしがこの戦に勝って、父のものだった玉座を獲得すれば、わたしの騎士たちは剣を鞘に収めて、それぞれの城に戻り、妻や子供や母親のところに……かれらの人生に帰ります。でも、これらの去勢奴隷たちには人生がないわ。もう戦（いくさ）をしなくてもよくなった場合に、八千人の去勢奴隷たちを、どうすればよいのかしら？」

「〈穢れなき軍団〉は優秀な衛兵や優れた見張り役になります、陛下」ミッサンデイがいった。「また、このような優秀な血統の軍団は、買い手を見つけるのは決して難しいことではありません」

「ウェスタロスでは、人間は売り買いするものではないといわれています」

「お言葉を返すようですが、陛下、〈穢れなき軍団〉は人間ではありません」

「もし、わたしが実際にかれらを転売したら、わたし自身に対してかれらが使用されないという保証があるかしら？」ダニーは要点を衝いた。「そうするかしら？　わたしに対して戦うかしら、わたしを傷つけさえするかしら？」

「もし、かれらの主人が命令すれば。かれらは主人の言葉に疑義をはさみません。疑心はすべて除去されています。かれらは服従します」彼女は困った顔をした。「あなたが……あなたがかれらを用済みとしたら……陛下はかれらに自刃を命じてもよいかもしれません」

「それさえも、するの？」

「はい」ミッサンディの声はかすかになった。「陛下」

ダニーは彼女の手を握った。「でも、おまえはわたしがそれを命じなければよいと思うのね。なぜなの？　なぜ、心配するの？」

「このもの……わたしは……陛下……」

「はっきりいいなさい」

少女は目を伏せた。「わたしの兄弟だった者が三人、この中にいるのです、陛下」

〝では、おまえの兄弟もおまえのように勇気があって利口だといいわね〟ダニーはクッションにもたれ、馬車の進行に身を任せた。最後に一度だけ《バレリオン》に戻って、身辺の整理をすませるために。〝そしてドロゴンのところに戻るために〟彼女は口をきゅっと結んだ。

その夜は長く、暗く、風が強かった。ダニーはいつものようにドラゴンたちに餌を与えたが、自分自身はまったく食欲がなかった。そしてしばらくの間、一人船室にこもって泣いていたが、それから、グロレオと別の議論をする間だけ涙を乾かした。「マジスター・イリリオはここにいない」ついにかれにいわねばならなかった。「そして、たとえかれがいたとしても、やはりかれはわたしの考えを変えることはできないでしょう。わたしにはこれらの船よりも〈穢れなき軍団〉のほうが必要なのです。これについてはもう意見を聞きませんよ」

少なくとも数時間は、怒りが彼女から悲しみと恐怖を焼き尽くした。その後で、彼女は血盟の騎手たちを船室に呼んだ。そしてサー・ジョラーをも。彼女が本当に信用しているのはかれらだけだった。

その後で、眠るつもりでいた。明日に備えて充分に眠ろうと。しかし、狭苦しい船室で一時間ほど落ち着かずに寝返りを打っていると、とても駄目だとわかった。扉の外では、揺れるオイルランプの下で、アッゴが弓に新しい弦を張っていた。ラカーロはその隣で甲板にあぐらをかき、砥石で半月刀(アラク)を研いでいた。ダニーはかれら二人にそのまま作業を続けなさいといって、涼しい夜風を浴びるために一人甲板に上がっていった。乗組員たちはそれぞれの仕事に忙しく、彼女を一人にしておいた。だが、サー・ジョラーはすぐに欄干にもたれている彼女のそばに来た。〝かれは決して離れない〟とダニーは思った。〝わたしの気分をよく知りすぎている〟

「女王(カリーシ)さま、お休みにならないといけません。明日はきっと暑く辛い日になります。体力をつけておかないと」

「あなた、エロエを覚えている?」彼女はかれにたずねた。

「あのラザールの女ですね?」

「彼女は輪姦されていたけれど、わたしがやめさせて、わたしの保護下に置いた。ただ、〈太陽と星々の君〉が死ぬと、マーゴが彼女を取り返して、また食い物にし、それから殺した。アッゴはそれが彼女の運命だといったわね」

「覚えています」サー・ジョラーがいった。

「わたしは長いこと一人ぼっちだったのよ、ジョラー。兄以外には誰もいなくてね。とても怯えた子供だった。ヴィセーリスはわたしを保護すべきだったのに、わたしを傷つけ、もっと怖い目にあわせた。かれはあのようなことをすべきではなかったわ。かれはわたしの兄であるだけでなく、王だった。神々はなぜ王と女王をお作りになるのかしら、みずからを守ることができない人々を保護するためでないとしたら?」

「自分で王になる人々もいます。ロバートがそうでした」

「かれは真の王ではなかった」ダニーは軽蔑したようにいった。「かれは正義を行なわなかった。正義とは……そのために王があるのでしょうに」

サー・ジョラーは答えなかった。かれはただ微笑して、彼女の髪にそっと触れた。ほんのそっと。それだけで充分だった。

その夜、彼女は自分がレイガーになって、三叉鉾(トライデント)河に向かう夢を見た。だが彼女がまたがっているのは馬ではなくて、ドラゴンだった。王位簒奪者の率いる反乱軍が川を渡ってくるのを見ると、そいつらはみな氷の甲冑をつけていた。彼女がドラゴンの炎を浴びせかけると、それらは露のように溶けて、トライデント河は急流に変わった。彼女の心の小さな一部は、それが夢だと知っていた。しかし、他の部分は大喜びをした。〝これが現実になるはずだった。もう片方が悪い夢だったのだ。そして、わたしは今、目覚めたばかりなのだ〟と。

ふと目が覚めると、暗い船室の中だった。まだ勝利の興奮が残っていた。《バレリオン》は彼女とともに目覚めたようだった。そして、木部のかすかな軋り、船体に打ち寄せる波の音、頭上の甲板を歩く足音が聞こえた。そして、それ以外に何かがいた。

船室内の彼女のそばに何者かがいた。

「イリ？　ジクィ？　どこにいるの？」侍女たちは応えなかった。見ようとしても暗すぎたが、彼女らの息の音は聞こえた。「ジョラー、あなたなの？」

「かれらは眠っています」一人の女がいった。「みんな眠っています」その声はごく近くで聞こえた。「ドラゴンさえも眠っているはずです」

〝女がわたしを見下ろして立っている〟「そこにいるのは誰？」ダニーは暗闇を覗きこんだ。ひとつの影が見えるように思った。この上もなくかすかな姿の輪郭が。「なんの用？」

「覚えておきなさい。北に行くなら、南に旅をしなければならない。西に到達するためなら、東に行かなくてはならない。前進するなら、後退しなければならない。そして、光に触れるためには、影の下を通らねばならない」

「クェイスなの？」ダニーはベッドから飛び起きて、ぱっと扉を開いた。薄黄色いランタンの明かりが船室に射しこみ、イリとジクィが眠そうに起き上がった。「女王(カリーシ)さま？」ジクィが目をこすりながらつぶやいた。ヴィセーリオンが目を覚まして、口を開けた。そして、ぱっと吐き出した炎がいちばん暗い隅までも照らし出した。赤い漆塗りの仮面の女の姿はなかった。「女王(カリーシ)さま、ご気分が悪いのですか？」ジクィがたずねた。

「夢よ」ダニーは首を振った。「夢を見たの。それだけよ。眠りなさい。みんな眠りなさい」だが、どんなに努力しても、眠りはもう戻ってこなかった。

〝もし振り返ったら、わたしは破滅だ〟ダニーは翌朝、港の門を通ってアスタポアに入っていきながら、思った。自分のお付きの者たちが、実際にはどんなに貧弱で取るに足りないものであるか、あえて考えないことにした。さもなければ、勇気が全部消えてなくなってしまうだろうから。今日、彼女はシルバーにまたがり、馬毛のパンツをはき、色付きのなめし革のヴェストを着て、腰にはブロンズの小円盤を連ねたベルトを巻き、さらに二本のベルトを胸にたすきがけにしていた。イリとジクィは髪を三つ編みにし、それに小さな銀の鈴をつけていた。その音は〈塵の宮殿〉で焼け死んだクァースの〈不死者〉の歌を奏でていた。

今朝、アスタポアの赤煉瓦の街路はほとんど群衆で埋まっていた。奴隷と召使が道に並び、奴隷商人とその妻たちはトカールをまとって、かれらの家である階段ピラミッドから見下ろしていた。〝結局、かれらはクァース人とそれほど変わっているわけではない〟と彼女は思った。〝自分の子供たちや、またその子供たちに語り伝えるために、ドラゴンをひと目見たいと思っているのだ〟そもそも、かれらのうち何人ぐらいに子供がいるのだろうかと、彼女は思った。

アッゴは大きなドスラクの弓を持って彼女の前を行き、〈闘士（ストロング）〉ベルウァスは彼女の牝馬の右側を歩き、ミッサンデイという少女は彼女の左を歩いた。サー・ジョラー・モーモントは鎖帷子（チェーン・メイル）と外衣をまとって後ろにいて、だれかれとなくそばに寄り過ぎる者を睨みつけていた。ラカーロとジョゴは馬車を守った。ダニーはまえもって天蓋をはずしておくように命じておいた。三頭のドラゴンを昇り口に鎖でつないでおくためである。イリとジクィはドラゴンを静かにさせておくために、一緒に馬車で行った。しかし、ヴィセーリオンは尻尾を前後に振り動かし、鼻孔から怒ったように煙を吹き上げて、三度も舞い上がろうとしたが、ジクィが手にした重い鎖で引き下ろされた。ドロゴンは翼も尻尾もしっかりと縮めて、ボールのように丸まってしまった。しかし、目だけ開けて眠っていないことを示していた。

他の家来が後に続いた。グロレオとその他の船長たちと、その乗組員、そして、八十三人のドスラク人が。これらはかつてドロゴの部族民（カラザール）として一緒に馬を駆った十万人の中で、彼女のもとに残った人々だった。彼女はもっとも年とった者と弱っている者を隊列の内側に置いた――子持ち女、妊婦、幼い女の子、そして髪の毛を結うには幼すぎる男児をも。それ以外の者――いちおう、家来の戦士といえるだけの者――が馬に乗って列の外側を行き、陰気な集団を動かしていき、赤い荒野と黒い塩の海から生き残った百頭あまりの痩せた馬がその後に続いた。

〝旗印を縫わせておけばよかった〟彼女はアスタポアの曲がりくねった川にそって、ぼろぼろの隊列を率いていきながら思った。そして目をつぶり、それがどのように見えるか想像した。ひるがえる真っ黒なシルク、それにターガリエン家の三つの頭を持つ赤いドラゴンが金色の炎を吐いている。〝レイガーが掲げていたかもしれないような旗印だ〟川の両岸は奇妙に静まり返っていた。この流れをアスタポア人は〝蚯蚓川（ミミズ川）〟と呼んだ。それは太く、ゆっくりと流れ、曲がりくねり、木の生えた小島が点在していた。それらの島のひとつで子供たちが優雅な大理石の彫像の間を走りまわって遊んでいるのが垣間見られた。また別の島では、二人の恋人が高い緑の木の陰でキスをしていた。結婚式のときのドスラク人同様に恥も外聞も忘れて。かれらは衣服を脱いでいたので、奴隷なのか自由人なのか判断がつかなかった。

ハーピーの大きな青銅の像が立つ〈誇りの広場〉は、彼女が買った〈穢れなき軍団〉全員を収容するには小さすぎた。そのため、かれらはアスタポアの正門前の〈処罰の広場〉に集合していた。だから、いったんデナーリスがかれらを掌握してしまったら、市街からそのまま行進していくことが可能だった。ここには青銅の像はひとつもなかった。ただ、反抗した奴隷が拷問にかけられたり、皮を剥がれたり、吊るされたりする、木造の処刑台があるだけである。「新しい奴隷が街に入るときに、これが最初に目に入るように、親方たちがこれをここに置いたのです」一行がこの広場に来たときに、ミッサンデイがいった。

最初ひと目見たときに、ダニーは処刑された者の肌が、ジョゴス・ナーイの縞馬のような縞模様になっているのかと思った。それからシルバーを進めてもっと近寄ると、もぞもぞと動く黒い縞の下に生の赤い肉が見えた。〝〈処罰の広場〉の蠅だ。蠅と蛆虫だ〟反抗した奴隷は、林檎（リンゴ）の皮を剝くように、皮が一本の曲がりくねったリボンになるように剝かれていた。片腕が指から肘まで蠅で真っ黒になっている男がいた。そして、蠅の下に赤と白い色が見えた。ダニーはその下で馬を止めた。「この男は何をしたの？」

「持ち主に手を上げたのです」

彼女は胸がむかむかした。そして、シルバーをくるりとまわして、広場の中心に早足で向かった。そこには大きな代価を払って買った軍隊がいた。かれらは何列にも何列にも何列にも並んでいた。煉瓦の心臓を持つ、石でできた半人の軍隊――これが彼女の軍隊だった。八千人と六百人はブロンズの刺付き兜をかぶった完全に訓練された〈穢れなき軍団〉で、その後ろにいる五千余人は頭に何もかぶっていなかったが、槍と短剣で武装していた。もっとも後ろにいるのは、ほんの少年たちだと、彼女は見てとった。しかし、かれらもまた他の全員と同様に直立不動の姿勢をとっていた。

クラズニス・モ・ナクロッツとその仲間もみんなそこにいて、彼女を迎えた。その他の良家のアスタポア人たちはかれらのうしろにいくつかのグループになって立っていて、銀の高いカップでワインを飲み、その間をオリーブやサクランボや無花果(イチジク)を盆に乗せた召使たちが歩きまわっていた。長老のグラズダンは、四人の銅色の肌をした大きな奴隷たちに担がせた輿に乗っていた。広場の周辺を、半ダースほどの槍騎兵が馬を進めて、見物に来た群衆を押し返していた。かれらのマントに縫いつけられた磨かれた銅の円盤が、まばゆい日光を反射していた。しかし、かれらの馬が神経質になっているのに、彼女は注目しないわけにはいかなかった。〝ドラゴンを怖がっている。それも当然だ〟

彼女が馬を下りるのを、クラズニスが奴隷に手伝わせた。かれ自身は片方の手でトカールをつかみ、もう片方で装飾のついた鞭を持っていたので、手が空いていなかったのである。

「さあ、そろったな」かれはミッサンデイを見た。「これらは彼女のものだといってやれ……支払いができるならの話だが」

「できます」その少女はいった。

サー・ジョラーが大声で命令すると、交換の品々が持ち出された。虎の毛皮が六梱。繊細なシルクの反物が三百本。サフラン、没薬(もつやく)、胡椒、カレー、カルダモンなどのおびただしい壺。縞瑪瑙の仮面が一個。翡翠の猿の像が十二体。赤や黒や緑のインクの樽。珍しい黒アメジストが一箱。真珠が一箱、種を抜いて蛆虫を詰めたオリーブが一樽。酢漬けのメクラウオの樽が一ダース。大きな銅の銅鑼とそれを叩く鎚がひとつ。象牙の小環が十七個。ダニーには読めない文字で書かれている書物が大きな長持にいっぱい。さらに、さらに、さらに、いろいろな物が。彼女の家来は全部の品を奴隷商人たちの前に積み上げた。

支払いが行なわれている間に、クラズニス・モ・ナクロツは軍団の扱い方について彼女に最後の注意を与えた。「かれらはまだ未熟だ」かれはミッサンディに通訳させた。「このウェスタロスの売女は、かれらを早く流血に慣れさせるといい。ここことあそこととの間には多くの小さな町がある。略奪にはうってつけの町が。何を奪おうと、すべて彼女の物だ。〈穢れなき軍団〉は黄金や宝石を欲しがらない。そして、もし彼女が捕虜を捕まえたら、少数の衛兵を使ってアスタポアに連れ帰ればよい。われわれは健康なやつを買う。それもよい値段でな。そして、考えてもみろよ。十年もたてば、彼女がおれたちに送りつけた子供の何人かが、こんどは〈穢れなき軍団〉になるかもしれないんだ。こうして、みんな繁栄するのさ」

ついに、品物の山に加える交換品がなくなった。彼女のドスラク人たちがふたたび馬に乗った。そして、ダニーはいった。「わたしたちが運べたのはこれだけです。後の品は船で待っています。大量の琥珀、ワイン、そして黒米が。そして、船もあなたがたのものになります。そして、残った最後のものは……」

「……ドラゴンだ」引き取ってそういったのは、尖った顎髭のグラズダンだった。かれはひどく聞きにくい共通語を話した。

「そして、そいつはここに待っている」サー・ジョラーとベルウァスが彼女の横を通って馬車のところにいった。そこに、ドロゴンとその兄弟が横たわって日光を浴びていた。ジクィが鎖の一端をはずしてダニーに渡した。それを彼女がぐいと引くと、黒いドラゴンが首をもたげて、シューッと鳴き、夜の闇と真紅の色をした翼を広げた。クラズニス・モ・ナクロツは、その翼の影が頭上を横切ると、満面に笑みを浮かべた。

ダニーはその奴隷商人にドロゴンの鎖の端を渡した。そのお返しに、かれは彼女に鞭を贈った。その柄は黒い龍骨で、精巧な彫刻が施され、黄金の象嵌がしてあった。それから九本の細い革の鞭紐が伸びていて、それぞれの先端に金鍍金(めっき)した鉤爪がついていた。黄金の柄頭は女の首で、尖った象牙の歯がついていた。「〈ハーピーの指〉」とクラズニスがその鞭の名前をいった。ダニーは手の中でその鞭をひっくり返してみた。〝こんなに軽い物で、こんなに重い責任を負うのね〟

「成立です」かれは同意し、ドロゴンを馬車から引き下ろそうとして、ぐいと鎖を引いた。

ダニーはシルバーに乗った。胸の中で心臓がどきどきするのがわかった。気が遠くなるほどの不安を感じた。〝兄もこのようにしたのだろうか？〟また、あの王位簒奪者の大軍が無数の旗印を風になびかせて、トライデント河を整然と渡ってくるのを見たときに、プリンス・レイガーもこれと同じ不安を感じただろうかと思った。

彼女は鐙(あぶみ)の上に立ち上がり、〈ハーピーの指〉を頭上高く掲げて、〈穢れなき軍団〉の全員に見せた。**「取引はすんだ！」**彼女は声をかぎりに叫んだ。**「おまえたちはわたしのものだ！」**彼女は牝馬をかかとで叩き、〈指〉を高く掲げたまま、第一列に沿って疾走した。**「もう、おまえたちはドラゴン軍団だ！　おまえたちは買われ、代価は支払われた！　取引は終わった！　取引は終わった！」**

　グラズダンが白髪頭を鋭くまわすのがちらりと見えた。〝わたしがヴァリリア語をしゃべるのを聞いたのだ〟他の奴隷商人たちは聞いていなかった。かれらはクラズニスとドラゴンのまわりに集まって、大声で忠告を与えていた。そのアスタポア人が鎖を引こうと手繰ろうと、ドロゴンは馬車から離れようとしなかった。それから、かれの開いた口から灰色の煙が立ち昇り、長い首が伸び縮みしたと思うと、その奴隷商人の顔に噛みつこうとした。

〝トライデント河を渡るべきときだ〟とダニーは思って、ぐるりとシルバーの向きを変え、帰途についた。血盟の騎手が彼女をびっしりと取り囲んだ。「手こずっているわね」彼女は見ていった。

「こいつ、来ようとしないぞ」クラズニスがいった。

「当然よ。ドラゴンは奴隷ではないんだから」そして、ダニーはその奴隷商人の顔を力いっぱい鞭で叩いた。クラズニスは悲鳴を上げて、よろよろと後ずさりし、血が頬を流れ落ちて、香水を振った髭に流れこんだ。一撃で、〈ハーピーの指〉がかれの顔の半分をばらばらに引き裂いたのだが、彼女はその傷について考える暇はなかった。「ドロゴン」彼女は恐怖をすべて忘れて、大声で、優しく、歌うように叫んだ。**「ドラカリス」**と。

黒いドラゴンは翼を広げて唸った。

渦巻く黒ずんだ炎の槍が、クラズニスの顔にまともに当たった。かれの目は溶けて頬からながれ落ちた。そして、髪と髭に塗った脂が凄い勢いでどっと燃え上がったので、一瞬、その奴隷商人は頭の高さの二倍もあるような燃える王冠をかぶったように見えた。肉が焦げる突然の悪臭はかれの香水をも圧倒し、かれの泣き叫ぶ声は他のすべての音をかき消してしまうほどだった。

それから〈処罰の広場〉はばらばらに吹っ飛んで、血と混沌に変わった。〈善良なる親方(グッド・マスターズ)〉は悲鳴を上げ、こけつまろびつ、たがいに押し退け合い、あわててたがいのトカールの縁を踏んで転んだ。ドロゴンがまるで遊び半分のように黒い翼を動かして、のろのろとクラズニスのところに飛んできた。そしてその奴隷商人にまた炎を浴びせた。イリとジクィはヴィセーリオンとレイガルの鎖を解いた。すると突然、三匹のドラゴンが空中に出現した。ダニーが振り返って見ると、アスタポアの誇り高き悪魔の角をつけた戦士たちの三分の一が、怯えた馬の背から落ちないように必死に努力しており、また別の三分の一が輝く銅のまばゆい炎となって逃げていた。一人の男は剣を引き抜くだけの間、馬上に残っていたが、ジョゴの鞭がその首に巻きつき、その叫び声を途切れさせた。もう一人はラカーロの半月刀(アラク)で片手を失い、血を噴き出しながら、よろよろと逃げ去った。アッゴは腰を落ち着けて弓に矢をつがえ、トカールに向かって矢を放っていた。その縁が銀であろうと金であろうと何もついていなくても、問題にしなかった。〈闘士(ストロング)〉ベルウァスも半月刀(アラク)を抜き、それを振りまわして突撃した。

「**槍兵ども！**」ダニーは一人のアスタポア人が叫ぶのを聞いた。それはグラズダン——縁に重い真珠のついたトカールを着たグラズダン老人だった。「**〈穢れなき軍団〉よ！　おれたちを守れ、やつらを止めろ、おまえたちの主人を守れ！　槍兵ども！　剣士ども！**」

　かれの口をラカーロが矢で射抜くと、輿を担いでいた奴隷たちがかれを無造作に地面に放り出して逃げた。その老人は煉瓦の上に血の溜まりを作りながら、去勢奴隷の第一列まで這っていった。〈穢れなき軍団(アンサリード)〉はかれが死ぬのを見下ろしさえもしなかった。かれらは整然と並んで立っていた。

　そして動かなかった。〝神々はわたしの祈りを聞き届けてくださった〟

「**〈穢れなき軍団〉！**」ダニーはシルバー・ゴールドの髪を風に靡(なび)かせ、かれらの前を疾走した。その一歩ごとに長髪の鈴が鳴った。「**親方どもを殺せ、兵士たちを殺せ、トカールを着ている者、鞭を持っている者を一人残らず殺せ。だが、十二歳以下の子供を傷つけるな。目に入るすべての奴隷から鎖を切り放せ**」彼女は〈ハーピーの指〉を空中に差し上げた……そして、その鞭をわきに放り投げた。「**自由！**」彼女は歌うように叫んだ。「**ドラカリス！　ドラカリス！**」

「**ドラカリス！**」かれらは叫び返した。それは彼女がこれまでに聞いたもっとも甘美な言葉だった。「**ドラカリス！　ドラカリス！**」そしてかれらの周囲一面に奴隷商人たちが逃げまどい、すすり泣き、慈悲を乞い、死んだ。そして埃っぽい空気が槍と火でいっぱいになった。

本書は、早川書房から単行本として二〇〇六年十一月より三分冊で刊行された作品を、登場人物名、用語を一新して文庫化したものです。

訳者略歴　1931年生，1953年静岡大学文理学部卒，英米文学翻訳家　訳書『ファウンデーション』アシモフ，『拷問者の影』ウルフ，『七王国の玉座』マーティン（以上早川書房刊）他多数

HM=Hayakawa Mystery
SF=Science Fiction
JA=Japanese Author
NV=Novel
NF=Nonfiction
FT=Fantasy

氷と炎の歌③
剣嵐（けんらん）の大地（だいち）
〔上〕

〈SF1876〉

二〇一二年十月二十五日　発行
二〇二〇年十一月二十五日　四刷
（定価はカバーに表示してあります）

著者　ジョージ・R・R・マーティン
訳者　岡部宏之（おかべひろゆき）
発行者　早川浩
発行所　株式会社早川書房

郵便番号　一〇一 - 〇〇四六
東京都千代田区神田多町二ノ二
電話　〇三 - 三二五二 - 三一一一
振替　〇〇一六〇 - 三 - 四七七九九
https://www.hayakawa-online.co.jp

乱丁・落丁本は小社制作部宛お送り下さい。
送料小社負担にてお取りかえいたします。

印刷・三松堂株式会社　製本・株式会社川島製本所
Printed and bound in Japan
ISBN978-4-15-011876-1 C0197

本書は活字が大きく読みやすい〈トールサイズ〉です。